L'Enlèvement

Toute la Trilogie

Anna Zaires

♠ Mozaika Publications ♠

Publié par Mozaika Publications, imprimé par Mozaika LLC.
www.mozaikallc.com

Couverture : Najla Qamber Designs
najlaqamberdesigns.com

Sous la direction de Valérie Dubar
Traduction : Julie Simonet

e-ISBN: 978-1-63142-146-4
ISBN: 978-1-63142-147-1

Twist Me
L'Enlèvement
L'Enlèvement : Volume 1

PROLOGUE

*D*u sang.

Du sang partout. La flaque d'un rouge sombre s'étend et s'accroît. J'en ai sur les pieds, sur la peau, dans les cheveux… Je sens son odeur, j'en suis couverte, j'en ai le goût dans la bouche. Je me noie dans le sang, j'en perds le souffle.

Non ! Assez !

Je voudrais hurler, mais impossible de respirer. Je voudrais bouger, mais je suis ligotée et la corde me rentre dans la chair quand j'essaie de me libérer.

Et je l'entends hurler. Des cris de souffrance et d'angoisse qui n'ont plus rien d'humain, des cris déchirants, dévastateurs qui mettent mon esprit à vif et le martyrisent comme sa chair est martyrisée.

Il lève une dernière fois le couteau et la flaque de sang s'étend à l'infini, un flot qui m'entraîne dans son sillage…

Je me réveille en hurlant son nom, mes draps sont trempés de sueur froide.

Pendant un moment, je ne sais plus où je suis… et puis je m'en souviens.

Je ne serai plus jamais à sa merci.

CHAPITRE UN

Dix-huit mois plus tôt

J'ai dix-sept ans quand je le rencontre pour la première fois.

J'ai dix-sept ans et je suis folle de Jake.

— Nora, allons-y, ce n'est pas intéressant, me dit Leah. Nous regardons le match, assises sur les gradins. Un match de football américain. Je n'y connais rien, mais je fais comme si ça me plaisait parce que ça me permet de le voir. De le voir tous les jours s'entraîner sur ce terrain.

Évidemment, je ne suis pas la seule à regarder Jake. C'est l'attaquant de l'équipe et le garçon le plus sexy qui soit, en tout cas, le plus sexy du quartier d'Oak Lawn, à Chicago, dans l'Illinois.

— Si, c'est intéressant, lui dis-je. Le football, c'est super !

Leah roule des yeux.

— Ben voyons ! Alors, va lui parler ! Tu n'as pas ta langue dans ta poche, pourquoi ne pas faire en sorte qu'il te remarque ?

Je hausse les épaules. Jake et moi ne fréquentons pas les mêmes gens. Il est toujours entouré de majorettes qui lui font les yeux doux et je l'ai observé assez longtemps pour savoir qu'il préfère les blondes de grande taille aux petites brunes.

Et d'ailleurs pour le moment ça m'amuse de m'en tenir là et d'être simplement attirée par lui. Et je sais ce que je ressens. Du désir. Qui vient de mon système hormonal, tout simplement. Je ne sais pas si la personnalité de Jake me plairait, mais il est clair que j'aime le regarder torse nu. À chaque fois qu'il passe près de moi, je sens mon cœur battre la chamade tant il m'excite. Je brûle de l'intérieur et j'ai envie de me tortiller sur mon siège.

Et je rêve de lui la nuit. Des rêves sexy, des rêves sensuels, je rêve qu'il me tient la main, qu'il me touche le visage, qu'il m'embrasse. Nos corps se touchent, se frottent l'un contre l'autre. Nous enlevons nos vêtements.

J'essaie d'imaginer comment ça serait de faire l'amour avec Jake.

L'an dernier, quand je sortais avec Rob, on a failli aller jusqu'au bout, mais je me suis aperçue qu'il avait couché avec une autre fille à une fête après avoir trop bu. Il s'est répandu en excuses quand je lui ai demandé ce qu'il en était, mais je ne pouvais plus lui faire confiance et nous avons rompu. Et maintenant, je suis bien plus prudente avant de sortir avec quelqu'un, tout en sachant que tous les garçons ne sont pas comme Rob.

Mais Jake est peut-être comme lui. Il a tellement de succès, ce doit être un coureur. Quoi qu'il en soit, la première fois que je ferai l'amour je voudrais vraiment que ce soit avec Jake.

— On devrait sortir ce soir, dit Leah. Entre filles. On pourrait aller à Chicago pour fêter ton anniversaire.

— Mon anniversaire n'est que dans une semaine. Je le lui rappelle tout en sachant qu'elle a marqué la date sur son calendrier.

— Et alors ? On peut anticiper.

Je lui souris. Elle a toujours tellement envie de s'amuser.

— Je n'en suis pas sûre. Et s'ils nous mettent de nouveau à la porte ? Ces fausses cartes d'identité ne sont vraiment pas super…

— On ira ailleurs. On n'a pas besoin de retourner à Aristote.

Aristote était de très loin la boîte de nuit la plus cool de la ville. Mais Leah avait raison, il y en avait d'autres.

— D'accord, lui dis-je. Allons-y ! On va anticiper.

* * *

Leah vient me chercher à 21 heures.

Elle s'est habillée pour sortir en boîte, un jean noir moulant, un débardeur noir en lurex, des cuissardes à talon haut. Sa chevelure blonde éclaircie par un balayage est parfaitement lisse et lui tombe en cascade dans le dos.

Par contre, je porte encore mes baskets. J'ai caché mes escarpins dans le sac à dos que je laisserai dans la voiture de Leah. Un gros pull dissimule le petit haut sexy que j'ai mis. Je ne suis pas maquillée et j'ai une queue de cheval.

C'est pour n'éveiller aucun soupçon que je quitte la maison comme ça. Je dis à mes parents que je vais passer la soirée avec Leah chez une autre copine. Ma mère me sourit et me dit de bien m'amuser.

Maintenant que j'ai presque dix-huit ans, j'ai la permission de minuit. Enfin, c'est tout comme, il n'y a rien de précis. Du moment que je rentre chez moi avant que mes parents commencent à s'inquiéter ou que je leur dis où je suis, tout va bien.

Une fois dans la voiture de Leah je commence à me préparer.

J'enlève le gros pull, faisant apparaître le débardeur moulant que je porte dessous. J'ai mis un soutien-gorge à balconnet pour donner plus de volume à mes formes plutôt modestes. Les bretelles du soutien-gorge ont été conçues de telle manière qu'elles sont vraiment mignonnes, si bien que ce n'est pas gênant de les voir dépasser. Je n'ai pas de jolies bottes comme Leah, mais j'ai réussi à prendre en cachette ma plus jolie paire d'escarpins. Ils me grandissent d'environ dix centimètres. Comme chaque centimètre compte pour moi, j'enfile les escarpins.

Ensuite, je sors ma trousse de maquillage et j'abaisse le pare-soleil pour me voir dans la glace.

J'y retrouve ces traits que je connais bien : de grands yeux marron et des sourcils noirs bien dessinés dominent mon petit visage. Un jour, Rob m'a dit que j'avais un look exotique et ce n'est pas faux. Bien que je n'aie du sang latino que du côté de ma grand-mère, j'ai toujours l'air d'être un peu bronzée, et mes cils sont d'une longueur inhabituelle. Tes faux cils dit Leah, mais ils sont parfaitement à moi.

Je me trouve pas mal, même si j'aimerais être plus grande. Ce sont mes origines mexicaines qui sont responsables de ma petite taille. Ma grand-mère était toute petite et moi aussi, bien que mes parents soient tous les deux de taille moyenne. Ce qui me serait égal si Jake ne préférait pas les filles de grande taille. Je ne pense même pas qu'il puisse me voir quand on passe dans le couloir, je ne suis pas dans son champ de vision.

En soupirant, je mets du gloss et de l'ombre à paupières. Avec le maquillage, je n'en rajoute pas, je suis mieux en restant naturelle.

Leah augmente le volume de la radio et les dernières chansons pop envahissent la voiture. Je souris et je me mets à chanter avec Rihanna. Leah se joint à moi et bientôt nous entonnons à pleins poumons les paroles de S & M.

En un clin d'œil, nous arrivons à la boîte de nuit.

Nous y entrons avec l'air du propriétaire. Leah adresse un grand sourire au videur et nous sortons nos cartes d'identité.

On nous laisse rentrer sans problèmes.

Nous ne sommes jamais allées dans cette boîte, elle est dans un quartier assez ancien, un peu décrépi du centre-ville de Chicago.

— Comment as-tu trouvé cette boîte ? ai-je demandé à Leah en criant, il faut élever la voix à cause de la musique.

— C'est Ralph qui m'en a parlé, répond-elle, et je roule des yeux.

Ralph est l'ancien petit ami de Leah. Ils ont rompu quand il a commencé à se conduire d'une façon bizarre, mais quoi qu'il en soit ils continuent de se voir. J'ai l'impression qu'il se drogue. Je n'en suis pas sûre et Leah ne veut pas m'en dire davantage, elle a tort de faire preuve de loyauté envers lui. C'est le roi de l'embrouille et le fait que nous soyons venues ici sur ses recommandations n'est pas vraiment rassurant.

Mais peu importe. C'est vrai que le quartier n'est pas super, mais la musique est cool et la diversité des danseurs aussi.

Nous sommes venues faire la fête et c'est exactement ce que nous faisons dans l'heure qui suit. Grâce à Leah, deux garçons nous offrent un verre. Nous n'en buvons qu'un. Leah, parce que c'est elle qui conduit, et moi parce que l'alcool ne me réussit pas. Nous avons beau être jeunes, nous ne faisons pas n'importe quoi.

Après avoir bu, nous allons danser. Les deux garçons qui nous ont invitées dansent avec nous, mais petit à petit nous nous éloignons d'eux. Ils ne sont pas si mignons que ça. Leah trouve un groupe de garçons plus âgés que nous et super sexy et nous nous faufilons vers eux. Elle engage la conversation avec l'un d'eux et je souris en la regardant faire. Elle est vraiment douée pour flirter.

Entretemps, ma vessie m'avertit qu'il faut que j'aille aux toilettes. Alors je les laisse et j'y vais.

En revenant, je demande un verre d'eau au barman. J'ai soif à force de danser.

Il me le donne et je le bois d'un trait. Quand j'ai fini, je pose le verre et je lève les yeux.

Ils en croisent deux autres, deux yeux bleus perçants.

Il est assis à l'extrémité du bar, à trois mètres environ. Et il me regarde fixement.

Je le fixe des yeux à mon tour. Je ne peux pas m'en empêcher. C'est probablement le plus bel homme que j'aie jamais vu.

Ses cheveux sont bruns et légèrement bouclés. Son visage est dur et viril, chacun de ses traits parfaitement symétriques. Des sourcils droits et sombres surplombent ces yeux étonnamment pâles. Une bouche qui pourrait être celle d'un ange déchu.

En imaginant cette bouche toucher ma peau, mes lèvres, je me mets à brûler. Si j'avais tendance à rougir, je serais rouge comme une tomate.

Il se lève et se dirige vers moi sans me quitter des yeux. Il marche sans hâte. Tranquillement. Il est parfaitement sûr de lui. Et pourquoi en serait-il autrement ? Il est très beau, et il le sait.

À son approche, je me rends compte que c'est un homme imposant. Grand et costaud. Je ne sais pas quel âge il a, mais je devine qu'il est plus proche de trente ans que de vingt. C'est un homme, pas un garçon.

Il se tient près de moi et j'en oublierais presque de respirer.

— Comment t'appelles-tu ? demande-t-il d'une voix douce. Sa voix domine la musique, ses notes graves sont audibles malgré le bruit qu'il y a tout autour.

— Nora, dis-je à voix basse en levant les yeux vers lui. Il me fascine complètement et je suis sûre qu'il s'en rend compte.

Il sourit. Ses lèvres sensuelles s'entrouvrent et révèlent des dents régulières et très blanches.

— Nora. Ce nom me plait.

Il ne se nomme pas alors je prends mon courage à deux mains et lui demande :

— Comment vous appelez-vous ?

— Tu peux m'appeler Julian, dit-il et je regarde le mouvement de ses lèvres. Je n'ai jamais eu une telle fascination pour la bouche d'un homme.

— Quel âge as-tu, Nora ? demande-t-il ensuite.

Je cligne des yeux.

— Vingt-et-un ans.

Il s'assombrit.

— Dis-moi la vérité.

— Presque dix-huit ans, ai-je admis à regret. J'espère qu'il ne va pas le dire au barman et me faire jeter dehors.

Il hoche la tête comme si je venais de confirmer ses soupçons. Et puis il lève la main et me touche le visage. Doucement, légèrement. Son pouce se frotte contre ma lèvre inférieure comme s'il se demandait ce qu'on ressent en le faisant.

Je suis saisie d'un tel choc que je reste là, sans bouger. Personne ne m'a jamais fait une chose pareille, me toucher d'une manière si désinvolte, si possessive. J'ai chaud et froid en même temps, et la peur me serpente le long du dos. Il n'y a pas la moindre hésitation dans ses gestes. Il ne demande pas la permission, il n'attend pas de voir si je vais lui permettre de me toucher.

Il se contente de me toucher. Comme s'il avait le droit de le faire. Comme si je lui appartenais.

Je respire en tremblant et je recule d'un pas.

— Il faut que je parte, ai-je murmuré et de nouveau il hoche la tête en me regardant avec une expression insondable sur son beau visage.

Je comprends qu'il me laisse partir et je lui en suis misérablement reconnaissante, parce qu'au plus profond de moi-même quelque chose me dit qu'il aurait aisément pu aller plus loin et qu'il n'obéit pas aux règles habituelles.

Et je me dis que c'est sans doute l'être le plus dangereux que j'aie jamais rencontré.

Je me retourne et je me fraye un chemin dans la foule. Mes mains tremblent et mon cœur bat à tout rompre.

Il faut que je parte alors j'attrape la main de Leah et je l'oblige à me ramener à la maison.

En sortant de la boîte de nuit, je me retourne et je le vois de nouveau. Il n'a pas cessé de me fixer des yeux.

Il y a une sombre promesse dans ce regard, quelque chose qui me donne le frisson.

CHAPITRE DEUX

Les trois semaines suivantes passent à une vitesse fulgurante. Je fête mes dix-huit ans, je prépare le bac, je passe du temps avec Leah et Jennie, mon autre amie, je vais à des matchs de football pour voir jouer Jake et je me prépare pour la cérémonie de la remise des diplômes.

J'essaie de ne plus repenser à l'incident de la boîte de nuit. Parce que quand j'y pense j'ai l'impression d'être lâche. Pourquoi m'être enfuie ? Julian m'a à peine touchée.

Je ne m'explique pas cette étrange réaction. J'étais tout excitée et en même temps j'avais ridiculement peur.

Et maintenant, mes nuits sont très agitées. Au lieu de rêver de Jake, je me réveille souvent, j'ai trop chaud, je suis mal à l'aise, et j'ai des élancements entre les jambes. Mes rêves sont envahis d'images érotiques, des images sombres, des trucs auxquels je n'ai jamais pensé jusqu'ici. Souvent, j'y vois Julian me faire quelque chose et souvent je suis impuissante, figée sur place.

Quelquefois, j'ai l'impression de devenir folle.

Pour me débarrasser de cette idée inquiétante, je me concentre sur ce que je vais mettre.

Aujourd'hui, on va assister à la remise des diplômes et je suis vraiment fébrile. Leah, Jennie et moi nous avons prévu quelque chose de super après la cérémonie. Jake fait une fête chez lui pour célébrer les résultats du bac, ce sera l'occasion ou jamais de pouvoir enfin lui parler.

Sous ma toge bleue de cérémonie, je porte une robe noire. Elle est toute simple, mais elle me va bien et elle met en valeur mes petites rondeurs. Et je porte mes talons de dix centimètres. C'est un peu déplacé pour la cérémonie, mais j'ai besoin de me grandir.

Mes parents me conduisent au lycée. Cet été, j'espère économiser assez d'argent pour pouvoir avoir ma propre voiture quand j'irai à l'université. J'irai dans un IUT de Chicago parce que ça sera moins cher et je continuerai d'habiter chez mes parents.

Ce qui ne me dérange pas. Mes parents sont gentils et nous nous entendons bien. Ils me laissent vraiment libre, sans doute parce qu'ils pensent que je me conduis bien et que je ne fais jamais de bêtise. Et dans l'ensemble, ils ont raison. À part la fausse carte d'identité et des virées en boîte de temps en temps, je mène une vie assez calme. Je ne bois pas trop, je ne fume pas, je ne me drogue jamais même si une fois j'ai essayé de fumer un joint à une fête.

Nous arrivons et je tombe sur Leah. Nous faisons la queue pour la cérémonie en attendant patiemment notre tour. C'est une parfaite journée du début du mois de juin, ni trop chaude ni trop fraîche.

On appelle Leah en premier. Elle a de la chance, son nom de famille commence par un « A ». Le mien c'est Leston, alors je dois attendre encore une demi-heure. Heureusement, nous ne sommes qu'une centaine à avoir passé le bac. C'est l'un des avantages d'habiter une petite ville.

On m'appelle et je reçois mon diplôme. En regardant la foule, je souris et je fais signe à mes parents. Je suis contente qu'ils aient l'air aussi fier de moi.

Je serre la main du proviseur et je me retourne pour aller m'asseoir.

Et à ce moment-là, je le vois pour la deuxième fois.

Mon sang se fige dans mes veines.

Il est assis au fond de la salle, et il me regarde. Même à cette distance je sens le regard qu'il pose sur moi.

Malgré tout, je parviens à descendre de l'estrade sans tomber. Mes jambes flageolent et ma respiration s'est accélérée. Je m'assieds à côté de mes parents en espérant qu'ils ne remarqueront pas dans quel état je suis.

Qu'est-ce que Julian fait là ? Qu'est-ce qu'il me veut ? Je respire profondément et je me dis qu'il faut me calmer. Il est sûrement venu voir quelqu'un d'autre. Peut-être que son frère ou sa sœur viennent de passer le bac. Ou quelqu'un d'autre de sa famille.

Mais je sais que je me raconte des histoires.

Je me souviens de sa manière possessive de poser la main sur moi, et je sais qu'il n'en a pas fini avec moi.

Il veut que je lui appartienne.

À cette pensée, un frisson me descend le long du dos.

* * *

Je ne le revois pas après la cérémonie et je suis soulagée. Leah nous emmène en voiture chez Jake. Tout le long du chemin, elle bavarde avec Jennie, elles sont contentes d'avoir tourné la page du lycée et de commencer la prochaine partie de notre vie.

Normalement, je devrais prendre part à la conversation, mais je suis trop mal à l'aise pour le faire après avoir aperçu Julian et je garde le silence. Sans trop savoir pourquoi je n'ai pas parlé à Leah de cette rencontre à la boîte de nuit. Je lui ai seulement dit que j'avais mal à la tête et que je voulais rentrer à la maison.

Je ne sais pas pourquoi je ne peux pas parler de Julian à Leah. Je n'ai aucun scrupule quand il s'agit de tout lui dire sur Jake. C'est peut-être parce que c'est trop difficile pour moi de décrire les émotions que Julian provoque en moi. Elle ne comprendrait pas pourquoi il me fait peur.

Et moi non plus je ne le comprends pas.

Quand nous arrivons chez Jake la fête bat son plein. J'ai toujours l'intention de parler à Jake, mais je suis bouleversée après avoir vu Julian tout à l'heure. Je décide que j'ai besoin de boire un verre pour me redonner courage.

Je laisse les filles et je me dirige vers le bol de punch pour m'en servir un verre. Après l'avoir reniflé, je suis certaine qu'il contient vraiment de l'alcool et je bois le verre en entier. Et j'en ressens presque immédiatement les effets. Comme je m'en suis aperçue il y a quelques années je ne supporte vraiment pas l'alcool. Je ne peux pas boire plus d'un verre.

Je vois Jake se diriger vers la cuisine et je décide de le suivre.

— Tu veux un coup de main ? lui ai-je demandé.

Il sourit, ses yeux marron se plissent aux extrémités.

— Oh oui, ça serait sympa. Ses cheveux blondis par le soleil sont un peu trop longs et retombent sur son front ce qui lui va particulièrement bien.

Il me fait fondre. Il est si beau. Pas d'une beauté inquiétante comme Julian, mais d'une beauté agréable et douce. Jake est grand et musclé, mais pour un attaquant il n'est pas excessivement costaud. Cependant, il n'est pas assez costaud pour jouer au football américain à l'université, ou du moins c'est ce que m'a dit un jour Jennie.

Je l'aide à nettoyer, à épousseter des miettes sur le plan de travail et à essuyer le punch qui a été renversé sur le sol. Pendant tout ce temps, je suis tellement excitée que mon cœur bat plus vite.

— Tu t'appelles Nora, c'est ça ? dit Jake en me regardant.

Il sait comment je m'appelle !

Je lui adresse un grand sourire.

— Oui !

— C'est vraiment gentil de ta part de venir m'aider, Nora, dit-il d'une voix sincère. J'aime bien donner des fêtes, mais le lendemain c'est la galère de tout nettoyer. Alors j'essaie de le faire au fur et à mesure avant que ça devienne trop sale.

Je lui souris encore davantage.

— Avec plaisir !

Il a parfaitement raison. J'aime beaucoup le fait qu'il soit si gentil et si attentionné, qu'il soit tellement plus qu'un gros dur.

Nous commençons à bavarder. Il me parle de ses projets pour l'an prochain. Contrairement à moi, il part à l'université. Je lui dis que j'ai l'intention de rester sur place pendant deux ans pour que ça coûte moins cher. Après j'aimerais aller dans une véritable université.

Il hoche la tête d'un air approbateur et dit que c'est une bonne idée. Il y avait pensé aussi, mais il a eu la chance d'avoir une bourse qui paiera entièrement ses études à l'université du Michigan.

Je souris et le félicite. En mon for intérieur, je saute de joie.

Nous nous entendons bien. Nous nous entendons vraiment bien ! Je lui plais, je m'en aperçois. Mais pourquoi ne pas lui avoir parlé plus tôt ?

Nous bavardons pendant vingt minutes avant que quelqu'un ne vienne le chercher dans la cuisine.

— Dis, Nora, tu es libre demain ?

Je lui dis oui de la tête en retenant mon souffle.

— Et si on allait voir un film ensemble ? Suggère Jake. On pourrait manger quelque chose dans ce petit restaurant de fruits de mer ?

Je souris et je hoche la tête comme une idiote. J'ai tellement peur de dire quelque chose de stupide alors je me tais.

— Super, dit Jake en me rendant mon sourire. Alors je viendrai te chercher à six heures.

Il retourne s'occuper de ses invités et je retrouve les filles. Nous restons encore deux ou trois heures, mais je n'ai plus l'occasion de parler avec lui. Il est entouré par ses copains de l'équipe et je ne veux pas le déranger.

Mais de temps en temps, je le surprends en train de regarder dans ma direction et de sourire.

* * *

Pendant les vingt-quatre heures qui suivent, je suis sur un petit nuage. Je raconte tout ce qui s'est passé à Leah et à Jennie. Elles sont ravies pour moi.

Pour me préparer pour notre rendez-vous, je mets une jolie robe bleue et une paire de bottes marron à talon haut. C'est un compromis entre des bottes de cow-boy et quelque chose de plus élégant et je sais qu'elles me vont bien.

Jake vient me chercher à dix-huit heures sonnantes.

Nous allons au Poisson de mer, un restaurant du quartier à succès qui n'est pas trop loin du cinéma. C'est un endroit confortable, mais pas trop guindé.

Parfait pour un premier rendez-vous.

On s'amuse bien. Jake me parle de lui et de sa famille. Et quand il me pose des questions, nous nous apercevons que nous aimons le même genre de films. Je déteste les comédies romantiques et j'adore les films catastrophe d'un goût douteux avec beaucoup d'effets spéciaux. Et visiblement Jake aussi.

Après le dîner, nous allons au cinéma, malheureusement ce n'est pas une histoire d'apocalypse, mais c'est quand même un assez bon film d'action. Pendant le film, Jake met son bras sur mon épaule et j'ai du mal à rester calme. J'espère qu'il va m'embrasser ce soir.

Quand le film est fini, nous allons nous promener dans le parc. Il est tard, mais je me sens parfaitement en sécurité. Il n'y a pratiquement jamais d'incidents dans cette ville et les rues sont bien éclairées.

Nous nous promenons et nous nous tenons par la main. Nous parlons du film. Puis il s'arrête et il me regarde.

Je sais bien ce qu'il a envie de faire. Et moi aussi j'en ai envie.

Je le regarde et je souris. Il me sourit à son tour, met les mains sur mes épaules et se penche vers moi pour m'embrasser.

Ses lèvres sont douces et son haleine a gardé le goût de son chewing-gum à la menthe de tout à l'heure. Son baiser est doux et agréable, exactement comme je le souhaitais.

Et puis tout change en un clin d'œil.

Je ne sais même pas ce qui se passe ou comment ça se passe. J'embrasse Jake et une minute plus tard il est allongé sur le sol et il a perdu connaissance. Une grande silhouette est penchée au-dessus de lui.

J'ouvre la bouche pour hurler, mais j'ai à peine poussé un petit cri qu'une grande main se pose sur ma bouche et sur mon nez.

Je sens une vive piqûre au cou, sur le côté, et tout devient noir.

CHAPITRE TROIS

Je me réveille avec un terrible mal de tête et un estomac barbouillé. Il fait sombre et je ne peux rien voir.

Pendant une seconde, je ne me souviens plus de ce qui s'est passé. Est-ce que j'ai trop bu à la fête ?

Puis je retrouve mes esprits et les évènements de la veille au soir reviennent m'envahir. Je me souviens du baiser et puis… *Jake*, oh, doux Jésus, qu'est-ce qui est donc arrivé à Jake ?

Et qu'est-ce qui m'est donc arrivé ?

Je suis tellement terrorisée que je reste là, couchée et tremblante.

Je suis couchée dans un lit confortable. Avec un bon matelas vraisemblablement. Je suis sous une couverture, mais je ne sens aucun vêtement, seulement la douceur des draps de coton sur ma peau. Je me touche et il s'avère que j'ai raison : je suis complètement nue.

Je tremble de plus belle.

D'une main, je vérifie entre mes jambes. À mon immense soulagement, rien n'a changé. Je ne suis pas mouillée, je n'ai pas mal, rien n'indique que j'aie été violentée.

En tout cas pas encore.

Des larmes me brûlent les yeux, mais je les retiens. Pleurer n'aiderait en rien la situation en ce moment. Il faut que je comprenne ce qui se passe. Ont-ils l'intention de me tuer ? De me violer ? De me violer et ensuite de me tuer ? Si c'est une rançon qu'ils cherchent autant dire que je suis déjà morte. Depuis que mon père a été licencié pendant la récession, mes parents arrivent tout juste à payer l'emprunt de la maison.

J'ai du mal à me calmer. Je ne veux pas me mettre à hurler. Pour ne pas attirer leur attention.

Je reste donc allongée dans le noir en passant en revue toutes les horreurs que j'ai vues au journal télévisé. Je pense à Jake et à la tendresse de son sourire. Je pense à mes parents qui seront bouleversés quand la police leur dira que j'ai disparu. Je pense à tous les projets que j'avais, je n'aurai sans doute jamais l'occasion d'aller à l'université pour de bon.

Et puis je me mets en colère. Pourquoi ont-ils fait ça ? Et d'abord qui sont-ils ? Je pense qu'ils sont plusieurs parce que je me souviens d'avoir vu une grande silhouette se pencher sur le corps de Jake.

Quelqu'un d'autre a dû m'attraper par-derrière.

La colère m'aide à contrôler ma panique. J'arrive à réfléchir un peu. Je ne vois toujours rien dans le noir, mais ça ne m'empêche pas d'avoir des sensations.

En bougeant silencieusement je commence à explorer ce qu'il y a autour de moi.

D'abord pour confirmation je suis effectivement dans un lit. Un grand lit, probablement un lit de presque deux mètres de large. Il y a des oreillers et des couvertures et les draps sont agréables au toucher. Ils ont l'air cher.

Sans savoir pourquoi, ça me fait encore plus peur. Il s'agit de criminels qui ont de l'argent.

En glissant au bord du lit je m'assieds tout en tenant une couverture serrée autour de moi. Mes pieds nus touchent le sol. Il est lisse et froid comme un plancher.

Je m'enveloppe dans la couverture et je me lève, prête à poursuivre mon exploration.

À ce moment-là, j'entends s'ouvrir la porte.

Une douce lumière pénètre dans la pièce. Même si elle est faible, elle m'éblouit un instant. Je cligne plusieurs fois des yeux et mes yeux s'y habituent.

Alors je *le* vois.

Julian.

Il se tient dans l'embrasure de la porte comme un ange des ténèbres. Ses cheveux bouclent légèrement autour de son visage et adoucissent la dureté parfaite de ses traits. Il me parcourt le visage des yeux puis ses lèvres dessinent un léger sourire.

Il est superbe.

Et totalement terrifiant.

Mon instinct ne m'avait pas trompé, cet homme est capable de tout.

— Bonjour, Nora, dit-il d'une voix douce en entrant dans la pièce.

Je regarde désespérément autour de moi, rien qui puisse me servir d'arme.

J'ai soif à avaler ma langue. Je n'ai même pas assez de salive pour parler. Alors je me contente de le regarder s'avancer vers moi comme un tigre affamé se dirige vers sa proie.

S'il me touche, je vais me battre.

Il se rapproche et je recule d'un pas. Puis d'un second et d'un troisième jusqu'à ce que je sois plaquée contre le mur. Tout en me recroquevillant dans la couverture.

Il lève la main et je me raidis, prête à me défendre.

Mais c'est seulement pour m'offrir une bouteille.

— Tiens ! dit-il, j'ai pensé que tu devais avoir soif.

Je le fixe des yeux. Je meurs de soif, mais je ne veux pas qu'il me fasse de nouveau avaler un somnifère.

Il semble comprendre pourquoi j'hésite.

— Ne t'inquiète pas, mon petit chat. Ce n'est que de l'eau. Je veux que tu sois réveillée et consciente.

Je ne sais comment réagir à ces paroles. Mon cœur bat la chamade et la peur me donne la nausée.

Il reste là et regarde patiemment. Tout en maintenant la couverture d'une main, je succombe à ma soif et prends la bouteille d'eau qu'il me tend. Ma main tremble et mes doigts effleurent les siens. Une vague de chaleur m'envahit alors, une étrange sensation à laquelle je ne prête pas attention.

Et maintenant, il faudrait enlever le bouchon, ce qui veut dire qu'il faut lâcher la couverture. Il observe le dilemme dans lequel je suis avec intérêt et non sans un certain amusement. Heureusement, il ne me touche pas. Il est à environ cinquante centimètres de moi et se contente de me regarder.

Je garde les bras le plus près du corps possible pour tenir la couverture de cette manière et je débouche la bouteille. Puis je reprends la couverture d'une main et je porte la bouteille à mes lèvres pour boire.

L'eau fraîche est délicieuse sur mes lèvres desséchées et sur ma langue. Je vide entièrement la bouteille. Je ne me souviens pas avoir jamais trouvé l'eau aussi bonne. C'est le somnifère qu'il m'a donné pour m'amener ici qui a dû rendre ma bouche sèche à ce point.

Maintenant que je suis de nouveau capable de parler, je lui demande :

— Pourquoi ?

À mon immense surprise, ma voix semble presque normale.

Il lève la main et touche une nouvelle fois mon visage. Comme il l'avait fait à la boîte de nuit. Et de nouveau, je suis là, impuissante, et je le laisse faire. Ses doigts sont doux sur ma peau, sa caresse presque tendre. Ce geste contraste tellement avec la situation qu'il me désoriente un instant.

— Parce que ça m'a déplu de te voir avec lui, dit Julian et je peux entendre une rage à peine maîtrisée dans sa voix. Parce qu'il t'a touchée, parce qu'il a posé la main sur toi.

J'ai du mal à réfléchir.

— Qui ? ai-je murmuré en essayant de comprendre de qui il parle. Et puis j'y suis. Jake ?

— Oui, Nora, dit-il sombrement. Jake.

— Est-ce qu'il est… je ne sais même pas si je vais réussir à le dire. Est-ce qu'il est en vie ?

— Pour le moment, dit Julian dont les yeux brûlent comme des flammes. Il est à l'hôpital et il souffre d'une légère commotion cérébrale.

Je suis tellement soulagée que je m'affale le long du mur. C'est à ce moment-là que je réalise ce qu'il vient de me dire.

— Qu'est-ce que ça signifie, « pour le moment » ?

Julian hausse les épaules.

— Sa santé et son bien-être dépendent entièrement de toi.

J'avale ma salive pour m'humecter la gorge, elle est encore sèche.

— De moi ?

Il me caresse de nouveau le visage, replace une mèche de cheveux derrière mon oreille. J'ai si froid que j'ai l'impression qu'il me brûle en me caressant.

— Oui, mon petit chat, de toi. Si tu te conduis convenablement tout ira bien pour lui. Sinon…

J'ai grand-peine à respirer.

— Sinon ?

Julian sourit.

— Il n'a plus qu'une semaine à vivre.

Son sourire est ce que j'ai vu de plus beau et de plus effrayant au monde.

— Qui êtes-vous ? ai-je murmuré. Que voulez-vous de moi ?

Il se tait. Au lieu de me répondre, il me caresse les cheveux et approche une épaisse mèche brune de son visage. Il respire comme s'il voulait la sentir.

Je le regarde, pétrifiée. Je ne sais que faire. Me battre contre lui ? Et à quoi cela servirait-il ? Il ne m'a pas encore fait de mal et je ne veux pas le provoquer. Il est beaucoup plus grand que moi, et beaucoup plus fort. Sous le tee-shirt noir qu'il porte, je peux voir la taille de ses muscles. Sans talons hauts, je lui arrive à peine à l'épaule.

Alors que je me demande si ça vaut la peine de se battre contre quelqu'un qui pèse presque cinquante kilos de plus que moi il prend la décision à ma place. Il lâche mes cheveux et tire sur la couverture que je tiens de toutes mes forces.

Je ne la lâche pas. En fait, je m'y agrippe encore plus. Et je fais quelque chose d'humiliant.

Je le supplie.

— Je vous en prie, ai-je dit éperdument, je vous en prie, ne faites pas ça.

Il sourit une nouvelle fois.

— Pourquoi pas ?

Sa main continue de tirer sur la couverture, lentement et inexorablement. Je sais qu'il le fait ainsi pour prolonger la torture. Il pourrait facilement arracher la couverture d'un coup.

— Je ne le veux pas, lui ai-je dit. Ma poitrine est si serrée que j'ai du mal à respirer et le son de ma voix est étrangement voilé.

Il semble amusé, mais je vois une lueur sombre dans son regard.

— Ah bon ? Tu crois que je n'ai pas vu comment tu as réagi en me voyant dans la boîte de nuit.

Je secoue la tête.

— Je n'ai eu aucune réaction. Vous vous trompez… Je retiens mes larmes et on l'entend dans ma voix. C'est Jake que je désire…

En un éclair, il m'a mis la main autour de la gorge.

— Ce n'est pas ce garçon que tu désires, dit-il durement. Jamais il ne pourra te donner ce que moi je peux te donner. Tu m'as compris ?

Je hoche la tête, trop effrayée pour faire autrement.

Il me lâche la gorge.

— Bien, dit-il plus doucement. Et maintenant, lâche cette couverture. Je veux te revoir nue.

Te revoir nue ? C'est lui qui a dû me déshabiller.

J'essaie de me coller encore plus près du mur. Toujours sans lâcher la couverture.

Il soupire.

Deux secondes plus tard, la couverture est par terre. Comme je m'en doutais, je n'ai pas la moindre chance de lui résister quand il utilise toute sa force.

Je résiste donc de la seule manière possible. Au lieu de rester debout et de le laisser me regarder nue, je me laisse glisser le long du mur jusqu'à ce que je sois assise par terre, les genoux contre la poitrine. Je me tiens les jambes et je reste assise comme ça en tremblant de tous mes membres. Mes longs cheveux épais me descendent le long du dos et des bras et me cachent en partie à son regard.

Je m'enfouis le visage dans les genoux. Je suis terrifiée à l'idée de ce qu'il va faire maintenant et les larmes qui me brûlent les yeux s'en échappent finalement pour rouler sur mes joues.

— Nora, dit-il d'une voix inébranlable, lève-toi ! Lève-toi immédiatement.

Je secoue la tête sans mot dire et sans le regarder.

— Nora, tu peux y prendre du plaisir ou tu peux souffrir. C'est vraiment à toi de choisir.

Du plaisir ? Il est donc fou ? Les sanglots me secouent toute entière.

— Nora, répète-t-il, et j'entends son impatience dans sa voix, tu as exactement cinq secondes pour faire ce que je te dis.

Il attend et je pourrais presque l'entendre compter mentalement. Je compte aussi et à quatre je me lève, les larmes toujours ruisselantes sur mon visage.

J'ai honte d'être aussi lâche, mais j'ai tellement peur de souffrir. Je ne veux pas qu'il me fasse du mal.

En fait, je ne veux pas qu'il me touche, mais visiblement je n'ai pas le choix.

— C'est bien, dit-il doucement en me caressant de nouveau le visage et en me ramenant les cheveux derrière les épaules.

Je tremble sous ses doigts. Je ne peux pas le regarder, je garde donc les yeux baissés.

Visiblement, ça ne lui plait pas, alors il me remonte le menton pour me forcer à croiser son regard.

Dans cette lumière, ses yeux sont d'un bleu sombre. Il est si près de moi que je sens la chaleur qui émane de son corps. C'est réconfortant parce que j'ai froid. Je suis nue et j'ai froid.

Brusquement, il se penche et s'empare de moi. Avant que je n'aie le temps d'avoir vraiment peur, il glisse un bras sous mon dos et l'autre sous mes genoux.

Puis il me soulève comme une plume et me porte vers le lit.

* * *

Il m'y dépose presque doucement et je me mets en boule en tremblant. Il commence à se déshabiller et je ne peux m'empêcher de le regarder.

Il porte un jean et un tee-shirt et il enlève le tee-shirt en premier.

Son torse est une véritable œuvre d'art avec ses larges épaules, ses muscles durs et sa douce peau bronzée. Sa poitrine est légèrement velue. Dans d'autres circonstances, j'aurais été ravie d'avoir un aussi bel amant.

Mais étant donnée la situation je n'ai qu'une envie, hurler.

Ensuite, il enlève son jean. J'entends descendre la fermeture éclair et ça me donne des forces pour réagir.

En l'espace d'une seconde, je me lève du lit et je me précipite vers la porte qu'il a laissée ouverte.

J'ai beau être petite, je suis rapide. J'ai fait de l'athlétisme pendant dix ans et j'étais assez douée. Malheureusement, je me suis fait mal au genou pendant une course et maintenant je dois courir moins vite et faire d'autres sports.

J'atteins la porte, je descends l'escalier et je suis presque à la porte d'entrée quand il me rattrape.

Il est derrière moi et son bras se referme sur moi, il me serre si fort que j'ai d'abord du mal à respirer. Mes bras sont complètement emprisonnés si bien que je ne peux pas me débattre. Il me soulève et je lui donne des coups de pieds. Je réussis à l'atteindre avant qu'il ne me retourne pour que je sois face à lui.

Je suis certaine qu'il va me frapper et je me prépare à recevoir ses coups.

Mais il se contente de resserrer son étreinte et de me tenir encore plus près de lui. J'ai le visage enfoui contre son buste et mon corps nu est serré contre le sien. Je sens la fraîche odeur musquée de son corps et je sens quelque chose de dur et de chaud contre mon ventre.

Son sexe en érection.

Il est entièrement nu et tout excité.

Étant donnée la manière dont il me tient, je suis complètement impuissante. Je ne peux ni lui donner des coups ni le griffer.

Mais je peux le mordre.

Alors j'enfonce les dents dans son pectoral et j'entends ses jurons puis il me tire les cheveux pour me faire lâcher prise.

Il met un bras autour de ma taille et il me tient le bas du corps très serré contre lui. Son autre main agrippe mes cheveux et me tient la tête en arrière. Je le repousse des mains, faisant un effort inutile pour mettre un peu de distance entre nos deux corps.

Je le regarde droit dans les yeux, sans prêter attention aux larmes qui coulent le long de mon visage. Il ne me reste plus qu'à être courageuse. Si je dois mourir, au moins que ce soit avec un peu de dignité.

L'expression de son visage est sombre, pleine de colère, il plisse ses yeux bleus en me regardant.

Je respire fort et mon cœur bat à tout rompre.

Nous nous regardons, le prédateur et sa proie, le conquérant et sa conquête, et à cet instant je me sens étrangement liée à lui. C'est comme si une part de moi-même était altérée à jamais par ce qui est en train de se passer entre nous.

Tout à coup ? Son visage s'adoucit. Un sourire apparaît sur ses lèvres sensuelles.

Puis il se penche vers moi, baisse la tête et pose ses lèvres sur les miennes.

Je suis stupéfaite. Ses lèvres sont douces et tendres en s'attardant sur les miennes, même s'il me tient d'une poigne de fer.

Il embrasse bien. J'ai déjà embrassé un certain nombre de garçons, mais je n'ai jamais rien ressenti de pareil. Son haleine est chaude, parfumée de quelque chose de sucré, et sa langue me taquine les lèvres jusqu'à ce qu'elles s'ouvrent sans le vouloir et le laissent pénétrer dans ma bouche.

Je ne sais pas si c'est un effet secondaire de ce qu'il m'a fait prendre ou simplement le soulagement de ne pas souffrir, mais ce baiser me fait fondre. Une étrange langueur me parcourt le corps et dissipe ma détermination à me battre.

Il m'embrasse lentement, à loisir, en prenant tout son temps.

Sa langue caresse la mienne et il me suce légèrement la lèvre inférieure, me faisant brûler au plus profond de moi. Sa main relâche son emprise sur mes cheveux et entoure ma nuque. C'est presque comme s'il me faisait l'amour.

Je m'aperçois que j'ai mis une main sur son épaule. Sans savoir pourquoi je me raccroche à lui au lieu de le repousser. Je ne comprends pas mes propres réactions. Pourquoi est-ce que je ne me détourne pas de ses baisers avec dégoût ?

Sa merveilleuse bouche est si douce que j'ai l'impression d'embrasser un ange. J'en oublie un instant la situation dans laquelle je suis et ça me permet d'éloigner la terreur que je ressens.

Il se dégage et baisse les yeux vers moi. Ses lèvres sont humides et brillantes, un peu gonflées après notre baiser. Les miennes aussi, sans doute.

Il ne semble plus en colère. Plutôt avide et content à la fois. Sur son visage parfait, je vois le désir se mêler à la tendresse et je ne peux en détourner les yeux.

Je me lèche les lèvres et il les regarde un instant. Puis il m'embrasse de nouveau en effleurant légèrement mes lèvres des siennes.

Puis, il me soulève une nouvelle fois et me porte au deuxième étage où se trouve son lit.

CHAPITRE QUATRE

Quand je repense à cette journée, mon comportement me semble incompréhensible. Je ne comprends pas pourquoi je ne lui ai pas résisté davantage, pourquoi n'ai-je pas fait une nouvelle tentative de fuite ? Ce n'était pas une décision rationnelle de ma part ni un choix conscient de coopérer pour éviter de souffrir.

Non, je me laisse totalement guider par mon instinct.

Et mon instinct est de me soumettre à lui.

Il me pose sur le lit et je reste là. Je suis trop épuisée après m'être battue et ce qu'il m'a fait prendre continue de m'engourdir.

La situation est tellement irréelle que je ne parviens pas bien à la comprendre.

J'ai l'impression d'assister à une pièce de théâtre ou à un film. Il n'est pas possible que je sois dans une telle situation. Que ce soit à moi qu'on ait fait prendre un somnifère, que ce soit moi qu'on ait kidnappée et qui me laisse caresser des pieds à la tête par mon ravisseur.

Nous sommes couchés sur le côté, face à face. Je sens ses mains sur ma peau. Elles ne sont pas vraiment douces, mais légèrement calleuses. Mais elles sont chaudes sur mon corps frigorifié. Et elles sont fortes, bien qu'il n'ait pas recours à la force en ce moment. Il pourrait facilement me soumettre comme il l'a fait tout à l'heure, mais ce n'est pas nécessaire. Je ne lui résiste pas. Je flotte dans le vague, je m'abandonne au plaisir.

Il m'embrasse de nouveau et me caresse le bras, le dos, le cou, l'extérieur des cuisses. Ses caresses sont douces, mais fermes. C'est presque comme s'il me faisait un massage sauf que ses intentions vont clairement dans une autre direction.

Il m'embrasse le cou et mordille légèrement l'endroit où se rejoignent le cou et l'épaule, et j'en frissonne de plaisir.

Je ferme les yeux. Je suis désarmée par sa douceur, je ne m'y attendais pas. Je sais que je devrais me sentir violentée, et c'est le cas, mais je me sens aussi étrangement aimée.

Les yeux fermés, je fais comme si c'était un rêve. Un sombre fantasme comme ceux que j'ai quelquefois tard dans la nuit. Laisser cet inconnu me faire ça accroît mon plaisir.

Maintenant, une de ses mains est sur mes fesses et en pétrit la chair douce. Son autre main remonte sur mon ventre, sur ma cage thoracique. Il atteint mes seins et en prend un dans sa main, il le presse légèrement. Mes tétons sont déjà durcis et ses caresses sont agréables, presque réconfortantes. Rob m'a déjà caressée de la même manière, mais ce n'était pas pareil. Rien n'a jamais été comme ça.

Je continue de fermer les yeux quand il me fait rouler sur le dos. Il est en partie couché sur moi, mais l'essentiel de son poids repose sur le lit. Je comprends qu'il ne veut pas m'écraser et je lui en sais gré.

Il embrasse ma clavicule, mon épaule, mon ventre. Sa bouche est chaude et laisse une traînée humide sur ma peau.

Puis il serre les lèvres autour de mon téton droit et commence à le sucer. Mon corps se cambre et je sens une tension dans mon bas-ventre. Il en fait de même de l'autre côté et la tension que je ressens s'accroît et s'intensifie.

Il s'en aperçoit. Je le sais parce que sa main s'aventure entre mes cuisses et sent que je suis mouillée.

— C'est bien, murmure-t-il. Tu es si douce, si réceptive.

Quand ses lèvres continuent à descendre le long de mon corps et que ses cheveux me chatouillent la peau, je commence à gémir. J'ai compris ce qu'il a l'intention de faire et je cesse de penser quand il atteint sa destination.

Un instant, je tente de résister, mais il n'a aucun mal à m'ouvrir les jambes. Ses doigts me tapotent doucement puis il ouvre mes lèvres d'en bas.

Ensuite, il m'embrasse à cet endroit, ce qui inonde mon corps tout entier de chaleur. Sa bouche habile me lèche et me mordille le clitoris jusqu'à ce que je gémisse de plus belle puis il se met à le sucer légèrement.

Le plaisir est si intense, si inattendu que mes yeux s'ouvrent d'un coup.

Je ne comprends pas ce qui m'arrive et ça me fait peur. Je brûle, j'ai des élancements entre les jambes. Mon cœur bat si vite que j'ai du mal à reprendre mon souffle et je me mets à haleter.

Je commence à me débattre et il rit doucement. Je sens le souffle de sa respiration sur ma chair si sensible. Il me maintient sans mal et continue ce qu'il faisait.

La tension que je ressens commence à devenir insupportable. Je me tortille contre sa langue et chacun de mes mouvements semble me rapprocher d'un point de non-retour qui semble hors d'atteinte.

Et puis j'y parviens avec un petit cri. Tout mon corps se tend et je suis submergée d'un plaisir si intense que mes doigts de pieds se crispent. Je sens mes muscles intimes vibrer et je comprends que je viens d'avoir un orgasme.

Le premier orgasme de ma vie. Et c'était aux mains -ou plutôt dans la bouche- de mon ravisseur.

Je suis tellement bouleversée que je ne désire qu'une seule chose, me rouler en boule et pleurer. Je referme brusquement les yeux.

Mais il n'en a pas encore terminé avec moi. Il rampe le long de mon corps et m'embrasse de nouveau sur la bouche. Il a un autre goût maintenant, un goût salé avec une nuance légèrement musquée. Je réalise que c'est mon goût. Je retrouve mon propre goût sur ses lèvres. Je suis gênée et une vague de chaleur me parcourt le corps alors que mon désir s'intensifie.

Son baiser est plus charnel qu'avant, plus brutal. Sa langue me pénètre la bouche en imitant clairement l'acte sexuel et ses hanches s'alourdissent entre mes jambes. L'une de ses mains tient ma nuque et l'autre est entre mes jambes pour me caresser et me donner de nouveau du plaisir.

Je ne lui résiste pas vraiment, bien que mon corps se raidisse au retour de la peur. Je sens la chaleur et la dureté de son sexe en érection qui se heurte à l'intérieur de ma cuisse et je sais qu'il va me faire mal.

— S'il vous plait, ai-je murmuré en ouvrant les yeux pour le regarder. Je suis aveuglée de larmes. S'il vous plait… je ne l'ai encore jamais fait…

Il gonfle les narines et ses yeux brillent davantage.

— Tant mieux ! dit-il d'une voix douce.

Puis il bouge un peu les hanches et de la main il guide sa verge vers mon ouverture.

Quand il commence à me pénétrer, j'en perds le souffle. Je suis mouillée, mais mon corps résiste à cette étrange intrusion. Je ne connais pas sa taille, mais son gland me semble énorme quand il pénètre lentement dans mon corps.

Je commence à avoir mal, ça me brûle et je me mets à crier en repoussant ses épaules.

Ses pupilles se dilatent, ce qui assombrit ses yeux. Il a des gouttes de sueur sur le front et je comprends qu'en réalité il essaie de se maîtriser.

— Détends-toi, Nora ! murmure-t-il d'une voix rauque. Tu auras moins mal si tu te détends.

Je tremble. Je ne peux suivre son conseil, je suis trop nerveuse et j'ai trop mal même s'il n'a encore que peu pénétré en moi.

Il continue à avancer et ma chair se soumet petit à petit en s'étirant malgré elle pour le laisser entrer. Je me tortille maintenant, je sanglote, je lui griffe le dos, mais il reste implacable et sa verge continue sa lente pénétration centimètre par centimètre.

Alors il s'arrête un instant et je vois une veine battre près de sa tempe. Il a l'air de souffrir. Mais je sais que ce qui me fait tellement mal lui donne du plaisir.

Il baisse la tête et m'embrasse le front. Puis il traverse mon hymen et d'un seul coup déchire la fine membrane. Il ne s'interrompt que lorsqu'il s'est enfoui en moi jusqu'au bout et que son pubis s'appuie contre le mien.

Je m'évanouis presque de douleur. Mon ventre se tord tant j'ai la nausée et j'ai l'impression que je vais perdre connaissance. Je ne peux même pas crier ; je peux seulement respirer légèrement, par petites bouffées pour tenter de rester consciente. Je sens la dureté de sa verge en moi et c'est la pire impression d'intrusion que je connais.

— Détends-toi, me murmure-t-il à l'oreille, détends-toi donc, mon petit chat. Tu n'auras plus mal, ça va aller mieux…

Je ne le crois pas. J'ai l'impression qu'une tige chauffée à blanc m'a été enfoncée dans le corps pour me déchirer et m'ouvrir en deux. Et je ne peux rien faire pour y échapper, pour moins souffrir. Il est tellement plus grand que moi, tellement plus fort. Je ne peux que rester là, impuissante, clouée sous son poids.

Il ne bouge plus les hanches, il ne pousse plus, même si je sens la tension de ses muscles.

À la place, il m'embrasse encore doucement le front. Je ferme les yeux, des larmes amères coulent sur mes tempes et je sens ses lèvres effleurer mes paupières.

J'ignore combien de temps nous restons comme ça. Il couvre mon visage et mon cou de doux baisers. Sa main me caresse, c'est comme une parodie des gestes que font les amants. Et durant tout ce temps, sa verge est enfoncée au plus profond de moi, son implacable dureté me fait souffrir et me brûle de l'intérieur.

J'ignore à quel moment la douleur commence à s'atténuer. Mon corps a la traîtrise de s'adoucir lentement, de commencer à réagir à ses baisers, à la tendresse de ses caresses.

Ce salaud s'en aperçoit. Et il commence lentement à bouger, se retirant un peu et puis revenant en moi.

D'abord, ses mouvements me font souffrir encore plus et c'est pire. Et puis il place une main entre nos deux corps et d'un doigt il appuie sur mon clitoris, légèrement, mais sans s'interrompre. Ses mouvements font bouger mes hanches si bien que je me frotte contre son doigt de manière rythmée.

Je suis horrifiée de m'apercevoir que la tension renaît en moi. Je souffre encore, mais je ressens aussi du plaisir. Je me tortille dans ses bras, maintenant c'est aussi contre moi-même que je me débats. Il pousse de plus en plus fort, de plus en plus profondément, avec une intensité insupportable qui me fait hurler. La douleur et le plaisir se mêlent jusqu'à ne plus faire qu'un, jusqu'à ce que je ne sois plus que pure sensation et que cette sensation m'engouffre complètement. Et alors c'est une explosion, l'orgasme me traverse le corps avec une telle force que j'en perds la vue pendant quelques instants.

Tout à coup, je l'entends gronder tout près de mon oreille et je le sens devenir encore plus gros et encore plus long en moi. Sa verge vibre et ses profonds soubresauts me font comprendre que lui aussi il vient de jouir.

Ensuite, il se dégage, roule sur le lit puis me prend dans ses bras et me serre contre lui.

Et je pleure dans ses bras, cherchant la consolation auprès de celui qui a provoqué mes larmes.

* * *

Ensuite, mon esprit est confus, mes pensées étrangement en désordre. Il me porte quelque part et je me laisse aller dans ses bras, pantelante comme une poupée de chiffon.

Et maintenant il fait ma toilette. Je suis debout avec lui dans la douche. Je suis vaguement surprise que mes jambes arrivent à me porter.

Je me sens dépourvue d'émotion, comme détachée de tout.

J'ai du sang sur les cuisses. Je le vois se mêler avec l'eau, s'écouler avec elle. Et il y a aussi quelque chose de gluant entre mes jambes. Sans doute son sperme. Il n'avait pas mis de préservatif.

Je risque d'avoir une maladie vénérienne. Cette pensée devrait me faire horreur, mais je ne ressens rien. Au moins, je n'ai pas besoin de m'inquiéter sur d'éventuels risques de grossesse. Dès que c'est devenu sérieux avec Rob, ma mère a insisté pour m'emmener chez le médecin pour me faire poser un contraceptif sous forme d'implant dans le bras. Comme elle aide les infirmières dans un centre de Planning familial, elle a été témoin de tellement de grossesses chez les adolescentes qu'elle a voulu s'assurer que ça ne risquerait pas de m'arriver.

Je lui en suis tellement reconnaissante maintenant.

Tandis que je médite tout ça, Julian me lave des pieds à la tête, il me lave aussi les cheveux et me met du démêlant. Il me rase même les jambes et les aisselles.

Une fois que je suis propre comme un sou neuf, il arrête l'eau et m'aide à sortir de la douche.

Il me sèche d'abord avec une serviette puis c'est son tour. Puis, il m'enveloppe dans un peignoir de bain moelleux et me porte à la cuisine pour me donner quelque chose à manger.

Je mange ce qu'il met devant moi. Je ne sais même pas quel goût ça a. C'est un sandwich, mais je ne sais même pas ce qu'il y a dedans. Il me donne aussi un verre d'eau que je bois d'un trait.

— Vas-y, lave-toi les dents, dit-il, et je le fixe des yeux. Il se préoccupe de mon hygiène buccale ?

Mais j'ai envie de me laver les dents et je fais ce qu'il me dit. Et je vais aux toilettes faire pipi. Il a la délicatesse de m'y laisser seule.

Ensuite, il me ramène à la chambre. Comme par magie, les draps du lit ont été changés, il n'y a plus de traces de sang nulle part. Je lui en suis reconnaissante.

Il m'embrasse légèrement sur les lèvres puis il sort en fermant la porte à clé.

Je suis tellement épuisée que je vais vers le lit pour me coucher et que je m'endors immédiatement.

CHAPITRE CINQ

À mon réveil, j'ai l'esprit parfaitement clair. Je me souviens de tout, et j'ai envie de hurler.

En me levant d'un bond, je m'aperçois que je porte encore le peignoir d'hier soir. Et en faisant ce geste brusque je me rends compte que quelque chose me fait mal au plus profond de moi et mon bas-ventre se contracte au souvenir de ce qui a provoqué cette douleur. J'ai l'impression qu'il est encore en moi et ce souvenir me fait frissonner.

Je me dégoûte et je me répugne. Comment ai-je pu faire une chose pareille ? Comment ai-je pu rester là et laisser Julian me faire l'amour ? Comment ai-je pu trouver du plaisir dans ses étreintes ?

D'accord, il est beau, mais ça n'est pas une excuse. Il me veut du mal. Je le sais. Je l'ai senti depuis le début. Sa beauté apparente dissimule des forces obscures.

J'ai le sentiment qu'il commence tout juste à me révéler sa véritable nature.

Hier, j'avais trop peur, j'étais trop traumatisée pour prêter attention à l'endroit où je me trouvais.

Comme je me sens bien mieux aujourd'hui j'examine attentivement la chambre.

Elle a une fenêtre. Cette fenêtre est masquée par une épaisse persienne couleur ivoire, mais je peux quand même deviner la lumière du jour.

Je m'y précipite, j'ouvre la persienne et tout à coup une brillante lumière m'éblouit. Après quelques secondes nécessaires pour que mes yeux s'y habituent je regarde au-dehors.

Et je n'en crois pas mes yeux.

La fenêtre n'a aucune fermeture d'aucune sorte. En fait, j'ai l'impression de pouvoir l'ouvrir facilement et de sortir par là. La chambre est au deuxième étage, je pourrais peut-être même atteindre le sol sans rien me casser.

Non, ce n'est pas la fenêtre qui pose problème.

C'est la vue qu'on aperçoit au-dehors.

Des palmiers et une plage de sable blanc. Plus loin une vaste étendue d'eau, bleue et scintillante sous un soleil éclatant.

Un beau paysage tropical.

Aussi différent que possible de ma petite ville du Midwest des États-Unis.

* * *

De nouveau, j'ai froid. Si froid que je grelotte. Je sais que c'est à cause du stress parce qu'il doit faire plus de vingt-cinq degrés.

J'arpente la chambre en m'arrêtant de temps en temps pour regarder par la fenêtre.

À chaque fois, j'ai l'impression de recevoir un coup de pied dans le ventre.

Je ne sais pas ce que j'espérais. Franchement, je n'ai pas eu le temps de me demander où j'étais. En fait, je supposais qu'il me gardait prisonnière quelque part près de chez moi, peut-être à proximité de Chicago où nous nous étions rencontrés pour la première fois. Je pensais que pour m'échapper il suffirait de trouver un moyen de m'enfuir de chez lui.

Et maintenant, je m'aperçois que c'est beaucoup plus compliqué.

J'essaie une nouvelle fois d'ouvrir la porte. Elle est fermée à clé.

Il y a quelques minutes, j'ai découvert une petite salle de bain attenante à la chambre. J'y suis allée pour faire mes besoins et me laver les dents. Une agréable distraction.

Et depuis je fais les cent pas comme un animal en cage, et à chaque minute qui passe ma colère et ma terreur s'intensifient.

Finalement, la porte s'ouvre et une femme entre dans la chambre.

Je suis tellement stupéfaite que je me contente de la fixer des yeux. Elle est assez jeune, une trentaine d'années sans doute, et elle est jolie.

Elle porte un plateau avec de la nourriture et elle me sourit. Elle est rousse et bouclée, et ses yeux sont marron clair. Elle est plus grande que moi d'environ une dizaine de centimètres et bien bâtie. Elle a des vêtements de plage, un short en jean, un débardeur blanc et des tongs.

Je me demande si je pourrais me battre contre elle. C'est une femme et je pourrais avoir une petite chance d'avoir le dessus. Avec Julian, ce serait impossible.

Elle sourit de plus belle, comme si elle devinait ce que je pense.

— Il ne faut pas me sauter dessus, dit-elle d'une voix moqueuse. Je t'assure que ça ne servirait à rien. Je sais que tu veux t'enfuir, mais tu n'irais nulle part. Nous sommes sur une île déserte au milieu de l'océan Pacifique, une île privée.

Je suis atterrée.

— Elle appartient à qui, cette île ? ai-je demandé alors que je connais déjà la réponse.

— Eh bien à Julian évidemment.

— Mais qui est-il ? Et qui êtes-vous tous ?

Quand je lui parle, ma voix ne tremble pas trop. Elle ne m'intimide pas autant que Julian.

Elle pose le plateau.

— Tu en sauras davantage le moment venu. Je suis ici pour m'occuper de toi et de la maison. Au fait, je m'appelle Beth.

Je respire profondément.

— Pourquoi suis-je ici, Beth ?

— Tu es ici parce que Julian veut que tu sois à lui.

— Et ça ne te gêne pas ? J'entends une nuance d'hystérie dans ma voix. Je ne comprends pas comment cette femme peut accepter les ordres de ce fou, pourquoi elle fait comme si ça allait de soi.

Elle hausse les épaules.

— Julian fait ce qu'il veut. Je n'ai pas à juger.

— Pourquoi pas ?

— Parce qu'il m'a sauvé la vie, dit-elle sérieusement et elle sort de la pièce.

* * *

Je mange ce que Beth m'a apporté. C'est assez bon, même si ce n'est pas ce qu'on mange d'habitude au petit déjeuner. Il y a du poisson grillé avec une sauce aux champignons, des pommes de terre sautées et de la salade en garniture. Et pour le dessert, une mangue toute préparée. Sans doute un fruit d'ici.

Malgré mon très grand désarroi, je réussis à tout manger. Si j'étais moins lâche, je lui résisterais en refusant de manger ce qu'il me donne, mais j'ai aussi peur d'avoir faim que j'ai peur de souffrir.

Pour le moment, il ne m'a pas encore vraiment fait souffrir. C'est vrai qu'il m'a fait mal en me pénétrant, mais il n'a pas fait exprès d'être brutal. J'imagine que ça fait toujours mal la première fois, quelles que soient les circonstances.

La première fois. Tout à coup, je me rends compte que c'était ma première fois. Je ne suis donc plus vierge.

Bizarrement, je n'ai pas l'impression d'avoir perdu quelque chose. Cette fine membrane qui était en moi n'a jamais eu de signification particulière à mes yeux. Je n'ai jamais eu l'intention d'attendre de me marier pour perdre ma virginité ou ce genre d'idées. Je regrette de l'avoir perdue avec un monstre, mais ne plus être vierge ne me fait pas de peine. Si seulement l'occasion s'était présentée, j'aurais été heureuse que ce soit avec Jake.

Jake ! Encore un coup en plein ventre. Je n'arrive pas à croire que je n'ai plus repensé à lui depuis que Julian m'a dit qu'il était sain et sauf. Dans les bras de mon ravisseur, je n'ai jamais eu la moindre pensée pour celui dont je suis folle depuis des mois.

Je brûle de honte. N'aurais-je pas dû penser à Jake la nuit dernière ? N'aurais-je pas dû imaginer sa réaction quand Julian me caressait comme il l'a fait ? Si j'avais vraiment envie de Jake, n'est-ce pas à lui que j'aurais dû penser quand Julian m'a forcée à faire l'amour ?

Tout à coup, je suis pleine de haine et d'amertume envers celui qui m'a fait ça, envers cet homme qui a brisé mes illusions sur la vie et sur moi-même. Je n'ai jamais eu l'occasion de penser à ce que je ferais si j'étais enlevée ni de me demander comment je réagirais. Ce ne sont pas des choses auxquelles on pense. Mais il me semble avoir toujours imaginé que je serais courageuse et que je me battrais jusqu'au dernier souffle. N'en est-il pas toujours ainsi dans les livres et dans les films ? On se bat, même si ça ne sert à rien, même si l'on doit en souffrir. C'est ce que j'aurais dû faire aussi ? C'est vrai qu'il est plus fort que moi, mais je n'aurais pas dû m'avouer vaincue aussi facilement. Il ne m'a pas attachée ; il ne m'a menacée ni d'un couteau ni d'un fusil. Il s'est contenté de me poursuivre quand j'ai essayé de prendre la fuite.

Pour le moment, je ne lui ai résisté qu'en tentant de fuir.

J'ai du mal à reconnaître celle qui s'est résignée si facilement. Et pourtant je sais que c'est moi. Une part de moi que je ne connaissais pas. Une part de moi que je n'aurais jamais découverte, si Julian ne m'avait pas enlevée.

C'est tellement pénible d'y penser qu'à la place je pense à mon ravisseur. Qui est-ce ? Comment quelqu'un peut-il être assez riche pour posséder une île déserte ? Comment a-t-il sauvé la vie de Beth ? Et surtout qu'a-t-il l'intention de faire de moi ?

J'imagine des millions de scénarios possibles, et chacun d'entre eux est pire que le précédent. Je connais l'existence des trafics d'êtres humains. C'est quelque chose qui arrive tout le temps, surtout aux femmes des pays pauvres. Est-ce le sort qui m'attend ? Est-ce que je vais me retrouver dans un bordel, bourrée de drogue et livrée quotidiennement à des douzaines d'hommes ? Est-ce que Julian se contente de vérifier la marchandise avant de la faire parvenir à sa destination finale ?

Avant de m'abandonner à la panique, je respire profondément et j'essaie de réfléchir logiquement. L'hypothèse du trafic est possible, mais elle ne semble pas vraisemblable. D'abord, Julian semble très possessif avec moi, bien trop possessif pour quelqu'un qui se contenterait de vérifier la marchandise. Et d'ailleurs, pourquoi m'avoir amené ici, dans cette île déserte s'il a seulement l'intention de me vendre ?

Il m'a appelé *mon petit chat*. Est-ce que c'est seulement un petit nom sans signification particulière ou bien est-ce ainsi qu'il me considère ? Est-ce qu'il a un fantasme concernant les femmes en captivité ? J'y pense un moment et je décide que c'est sans doute le cas. Sinon, pourquoi un bel homme fortuné comme lui agirait-il de la sorte ? Il n'a évidemment aucun mal à faire des rencontres. Finalement, j'aurais pu sortir avec lui si je n'avais pas eu cette impression bizarre à la boîte de nuit.

S'il ne m'avait pas touchée comme si je lui appartenais.

C'est ça qui l'excite ? La domination ? Est-ce qu'il veut une esclave sexuelle ? Et si oui, pourquoi m'avoir choisie ? Est-ce à cause de ma réaction à son égard à la boîte de nuit ? Est-ce qu'il a deviné ma lâcheté, est-ce qu'il savait que je le laisserais faire tout ce qu'il voudrait ? Finalement, est-ce que c'est de ma faute ?

Cette idée me répugne tellement que je n'y pense plus et que je me lève décidee à poursuivre l'exploration de ma prison.

La porte a été refermée à clé ce qui ne m'étonne pas. Par contre, je peux ouvrir la fenêtre et un air chaud, un air marin emplit la chambre.

Mais je ne peux ouvrir la persienne. Il faudrait y parvenir pour sauter par la fenêtre. D'ailleurs, je ne m'acharne pas. À en croire Beth, m'enfuir de cette pièce ne servirait à rien.

Je cherche quelque chose qui pourrait me servir d'arme. Il n'y a pas de couteau, mais il y avait une fourchette avec mon repas. Si je la cache, Beth s'en apercevra sans doute. Mais je cours ce risque et je la cache derrière une pile de livres sur une grande bibliothèque qui est le long d'un mur.

Ensuite, je pars à l'exploration de la salle de bain dans l'espoir de trouver de la laque en vaporisateur ou quelque chose du même genre. Mais il n'y a que du savon, du shampoing et du démêlant, tous de bonnes marques, des produits de luxe. Visiblement, mon ravisseur ne regarde pas à la dépense.

Mais évidemment, le propriétaire d'une île déserte peut se permettre d'acheter du shampoing à cinquante dollars. Il pourrait même se permettre d'acheter du shampoing à mille dollars si ça existait.

Je n'en reviens pas de penser à ça. Est-ce que je ne devrais pas plutôt hurler et pleurer ?

Mais c'est ce que j'ai fait hier. Il y a une limite à la quantité de larmes qu'on peut verser. J'ai dû épuiser mes réserves, en tout cas pour le moment.

Après avoir exploré chaque recoin de ma chambre, je commence à m'ennuyer et je prends l'un des livres de la bibliothèque. C'est un roman de Sidney Sheldon, l'histoire d'une femme trahie qui essaye de se venger de ses ennemis.

C'est assez captivant pour me permettre d'oublier ma prison pendant deux ou trois heures.

* * *

Beth arrive et m'apporte à déjeuner. Elle m'apporte aussi des vêtements bien pliés.

Je suis contente. J'ai passé toute la matinée en peignoir et j'aimerais bien m'habiller normalement.

Quand elle pose ces vêtements sur la commode, je repense de nouveau à m'attaquer à elle et à essayer de m'enfuir. Peut-être en la blessant avec la fourchette que j'ai dissimulée.

— Nora, donne-moi la fourchette, dit-elle.

Je sursaute et je la regarde d'un air surpris. Est-ce qu'elle lit dans mes pensées ?

Et puis je m'aperçois qu'elle s'est contentée de regarder le plateau vide et constater que la fourchette avait disparu.

Je décide de faire l'idiote.

— Quelle fourchette ?

Elle pousse un soupir.

— Tu sais bien de quelle fourchette il s'agit. Celle que tu as cachée derrière les livres. Donne-la-moi.

Encore une de mes suppositions qui s'avère être fausse. Je ne sais pas pourquoi j'avais imaginé avoir la moindre intimité.

Je lève les yeux vers le plafond, je l'examine attentivement, mais je n'arrive pas à voir où sont les caméras.

— Nora… insiste Beth.

Je prends la fourchette et je la lui jette. Secrètement, j'espère sans doute lui crever un œil.

Mais Beth l'attrape au vol et hoche la tête comme si elle était déçue par mon comportement.

— J'espérais que tu ne te conduirais pas comme ça, dit-elle.

— Comment ? Comme la victime d'un enlèvement ? J'ai vraiment très très envie de la frapper en ce moment.

— Non, comme une enfant gâtée, précise-t-elle en mettant la fourchette dans sa poche. Tu penses que c'est vraiment affreux d'être ici sur cette belle île déserte ? Tu penses que tu es malheureuse parce que tu es dans le lit de Julian ?

Je la fixe des yeux comme si elle était folle. Est-ce qu'elle croit vraiment que je vais accepter cette situation ? Que je vais être douce comme un agneau, sans jamais laisser échapper la moindre plainte ?

À son tour, elle me regarde fixement, et pour la première fois je discerne quelques rides sur son visage.

— Tu ne sais pas ce que ça veut vraiment dire de souffrir, ma petite fille, dit-elle d'une voix douce. Et j'espère que tu n'auras jamais l'occasion de le découvrir. Sois gentille avec Julian et tu pourras peut-être continuer à mener la vie de château.

Elle sort de la pièce et j'avale ma salive parce que j'ai la gorge sèche.

Sans savoir pourquoi ce qu'elle vient de me dire me fait trembler.

CHAPITRE SIX

C'est le soir maintenant. Chaque minute qui passe augmente mon anxiété à la pensée de revoir mon ravisseur.

Le roman que je lis ne m'intéresse plus. Je l'ai posé et je tourne en rond dans la pièce.

Je porte les vêtements que Beth m'a donnés tout à l'heure. Ce n'est pas ce que j'aurais choisi de porter, mais c'est toujours mieux qu'un peignoir de bain. Un panty sexy en dentelle blanche et un soutien-gorge assorti, voilà mes sous-vêtements. Et une jolie robe d'été bleu qui se boutonne sur le devant. Étrangement, tout est exactement à ma taille. Est-ce qu'il m'a espionnée pendant un certain temps ? Et tout appris de moi, y compris la taille de mes vêtements ?

Cette pensée me rend malade.

J'essaie de ne pas penser à ce qui va arriver, mais c'est impossible. Je ne sais pas pourquoi je suis convaincue qu'il va venir me voir ce soir. Peut-être a-t-il tout un harem dissimulé dans cette île et qu'il rend visite à une femme différente chaque jour de la semaine comme le faisaient les sultans.

Et pourtant je sais qu'il va bientôt arriver. La nuit dernière n'a fait qu'aiguiser son appétit. Je sais qu'il n'en a pas fini avec moi. Loin de là.

Finalement, la porte s'ouvre.

Il entre en maître des lieux. Ce qui est précisément le cas.

De nouveau, je suis frappée par sa beauté virile. Avec un visage comme le sien, il aurait pu être modèle ou acteur de cinéma. S'il y avait un peu de justice dans ce monde, il aurait été petit ou il aurait d'autres imperfections en contrepartie de ce visage.

Mais non. Il est grand et musclé, parfaitement proportionné. En me souvenant de ce que j'ai ressenti quand il était en moi, mon excitation se réveille bien involontairement.

De nouveau, il porte un jean et un tee-shirt. Gris cette fois-ci. Il semble préférer s'habiller simplement et il a raison. Il n'a pas besoin que ses vêtements le mettent en valeur.

Il me sourit. Un sourire d'ange déchu, à la fois sombre et séducteur.

— Bonsoir, Nora.

Je ne sais que lui dire, alors je laisse échapper la première chose qui me vient à l'esprit.

— Combien de temps allez-vous me garder ici ?

Il penche légèrement la tête sur le côté.

— Ici, dans cette pièce ? Ou sur cette île ?

— Les deux.

— Beth te fera visiter demain, elle t'emmènera nager si tu veux, dit-il en s'approchant de moi. Tu ne seras pas enfermée, sauf si tu fais une bêtise.

— Quel genre de bêtise ? ai-je demandé, le cœur battant en le voyant s'arrêter près de moi et lever la main pour me caresser les cheveux.

— Essayer de faire du mal à Beth ou de te faire du mal. Sa voix est douce, son regard hypnotique quand il baisse les yeux sur moi. Étrangement, sa manière de me caresser les cheveux m'aide à me détendre.

Je cligne des yeux pour tenter de rompre le charme.

— Et sur cette île ? Combien de temps allez-vous m'y garder ?

Sa main caresse mon visage, se pose sur ma joue. En m'apercevant que je me frotte contre sa main comme un chat que l'on caresse, je me raidis immédiatement.

Ses lèvres dessinent un sourire entendu. Ce salaud sait l'effet qu'il a sur moi.

— Longtemps, j'espère, dit-il.

Sans savoir pourquoi, ça ne m'étonne pas. Il n'aurait pas pris la peine de m'amener jusqu'ici pour me baiser deux ou trois fois. Je suis terrifiée, mais pas surprise.

Je prends mon courage à deux mains et pose la question qui s'ensuit logiquement.

— Pourquoi m'avoir kidnappée ?

Il cesse de sourire. Il ne répond pas et se contente de me regarder, ses yeux bleus restent mystérieux.

Je commence à trembler.

— Vous allez me tuer ?

— Non, Nora, je ne vais pas te tuer.

Sa réponse me rassure, mais évidemment c'est peut-être un mensonge.

— Allez-vous me vendre ? J'ai du mal à le dire. Comme prostituée, ou quelque chose dans ce genre ?

— Non, dit-il d'une voix douce. Jamais de la vie. Tu es à moi et rien qu'à moi.

Je suis un peu plus calme, mais il reste encore quelque chose que j'ai besoin de savoir.

— Allez-vous me faire du mal ?

Il ne répond pas immédiatement. Une lueur obscure traverse son regard.

— Probablement, dit-il à voix basse.

Alors il s'est penché sur moi et m'a embrassée, ses lèvres sur les miennes étaient douces, douces et ardentes.

Pendant un instant, je suis restée figée, inerte. Je croyais ce qu'il disait. Je savais qu'il disait la vérité en disant qu'il allait me faire du mal. Il y a quelque chose chez lui qui me terrifie, qui m'a terrifiée depuis le début.

Il ne ressemble pas aux garçons avec lesquels je suis sortie. Il est capable de tout.

Et je suis entièrement à sa merci.

Je pense essayer de lui résister de nouveau. Ce serait normal dans ma situation. Ce serait courageux.

Et pourtant je ne le fais pas.

Je sens les ténèbres en lui. Il y a quelque chose de mauvais en lui. Sa beauté extérieure dissimule quelque chose de monstrueux.

Je ne peux pas lui permettre de donner libre cours au mal. Je ne sais pas ce qui arriverait si je le faisais.

Alors je m'immobilise dans ses bras et je le laisse m'embrasser.

Et quand il me soulève et me porte sur le lit, je n'essaie nullement de lui résister.

Au contraire, je ferme les yeux et m'abandonne à mes sensations.

* * *

Il continue à être doux avec moi. Il devrait me terrifier, et c'est le cas, mais mon corps semble jouir de ce mélange de peur et d'excitation. Je me demande ce que ça révèle à mon sujet.

Je reste allongée les yeux fermés pendant qu'il me déshabille en enlevant un à un mes vêtements. D'abord, il déboutonne le devant de ma robe comme s'il ouvrait un cadeau. Ses mains sont pleines de force et de détermination. Il n'a pas la moindre maladresse ou la moindre hésitation. Visiblement, il a l'habitude de déshabiller les femmes.

Après avoir déboutonné ma robe, il s'arrête un instant. Je sens son regard posé sur moi et je me demande comment il me voit. Je sais que je suis bien faite. Je suis mince et musclée même si j'aimerais bien avoir davantage de rondeurs.

Ses doigts descendent le long de mon ventre ce qui me fait frissonner.

— Tu es si jolie, dit-il d'une voix douce. Tu as une si belle peau. Tu devrais toujours mettre du blanc, ça te va bien.

Je ne réagis pas et je me contente de fermer les yeux encore plus fort. Je ne veux pas qu'il me regarde, je ne veux pas qu'il prenne plaisir à me voir porter la lingerie qu'il a choisie pour moi. Je préférerais qu'il me baise et qu'on en finisse, au lieu de cette parodie perverse de l'amour.

Mais il n'a aucune intention de me faciliter les choses.

Sa bouche suit le même chemin que ses doigts. J'en sens la chaleur et l'humidité sur mon ventre puis il descend plus bas, là où mes jambes se referment instinctivement. Et ça n'a pas l'air de lui plaire, ses mains sont brutales quand elles m'ouvrent les jambes, ses doigts s'enfoncent dans ma chair délicate.

À cette incursion de violence, je me mets à gémir et j'essaie de me détendre les jambes pour éviter d'augmenter sa colère.

Il relâche son emprise, ses mains se font plus douces.

— Ma douce, ma belle, murmure-t-il et je sens la chaleur de son haleine sur mes plis intimes. Tu sais que je vais te faire plaisir.

Alors ses lèvres sont sur moi, sa langue tourbillonne autour de mon clitoris, sa bouche me suce et me mordille. Ses cheveux effleurent l'intérieur de mes cuisses et me chatouillent et sa main maintient mes cuisses grandes ouvertes. Je me tortille et je me mets à crier, le plaisir est si vif que j'oublie tout sauf cette extraordinaire chaleur et cette tension en moi.

Il m'amène presque au point de non-retour, mais il ne me laisse pas jouir. Chaque fois que je crois atteindre l'orgasme, il s'arrête ou change de rythme, ce qui me rend folle de frustration. Je finis par l'implorer, le supplie, mon corps se cambre vers lui sans savoir ce qu'il fait. Quand il me laisse enfin jouir, c'est un tel soulagement que mon corps tout entier est secoué de spasmes, il tremble et se tord sous l'intensité de la délivrance.

Sans savoir pourquoi, je me mets à pleurer quand c'est fini. Des larmes partent du coin de mes yeux et me coulent le long des tempes, mouillent mes cheveux puis l'oreiller. Visiblement, ça lui plait parce qu'il remonte le long de mon corps et m'embrasse tout au long du chemin laissé par mes larmes puis le parcourt de sa langue.

Ses grandes mains me caressent, elles glissent sur ma peau et me parcourent des pieds à la tête. Ce serait apaisant si je ne sentais pas la dureté de sa verge pousser contre mon ouverture.

Je n'ai pas complètement cicatrisé à l'intérieur et ça me fait, donc mal quand il commence à pousser. Même si je suis mouillée après avoir joui, il n'arrive pas à glisser facilement en moi et risquerait de me déchirer. Si bien qu'il doit prendre son temps et y aller progressivement jusqu'à ce que je puisse m'habituer à cette intrusion.

Je me mords la lèvre inférieure en essayant de supporter cette brûlure et cette impression de trop-plein. Est-ce qu'un jour je pourrai l'accepter sans mal ? Est-ce que je pourrai faire l'expérience du plaisir entre ses bras sans souffrir en même temps ?

— Ouvre les yeux, m'ordonne-t-il en murmurant d'un ton brutal.

Je lui obéis même si j'ai du mal à le voir derrière un rideau de larmes.

Il me fixe du regard tout en commençant à bouger en moi et il y a quelque chose de triomphant dans ses yeux. La chaleur de son corps me cerne, son poids m'enfonce sur le lit. Il est en moi, sur moi, tout autour de moi. Je ne peux même pas me réfugier dans l'intimité de mes pensées.

À cet instant, je me sens possédée par lui, c'est comme s'il me prenait davantage que mon corps. Comme s'il prenait possession de quelque chose de profondément enfoui en moi et qu'il révèle une part de moi-même dont j'ignorais qu'elle existait.

Parce que dans ses bras je fais l'expérience d'une sensation que je n'ai encore jamais ressentie.

Une impression d'appartenance qui est primitive et totalement irrationnelle.

* * *

Il me reprend encore deux fois pendant la nuit. Le matin, ça me fait tellement mal que je suis à vif et pourtant j'ai eu tellement d'orgasmes que j'en ai perdu le compte.

Il me laisse peu avant le lever du jour, je ne sais pas quand. Je suis tellement épuisée que je ne me rends même pas compte de son départ. Je dors profondément, sans faire de rêve, et quand je me réveille il est plus de midi.

Je me lève, je me lave les dents et je prends une douche. Sur mes cuisses, il y a des traces de sperme. Cette nuit non plus, il n'a pas mis de préservatif.

De nouveau, je pense aux maladies vénériennes. Est-ce que Julian s'en moque ? Il n'a sans doute pas peur que je lui en donne une à cause de mon manque d'expérience, mais j'ai peur que lui me contamine. En levant mon bras gauche, je distingue la minuscule cicatrice à l'endroit où mon implant contraceptif a été inséré. Je suis tellement reconnaissante à ma mère d'être paranoïaque au sujet des grossesses non désirées. Si je n'avais pas cet implant… je frissonne rien que d'y penser.

Dès que je sors de la salle de bain, Beth entre dans ma chambre avec un autre plateau et d'autres vêtements. Cette fois-ci, cela ressemble davantage à un petit déjeuner : une omelette aux fines herbes et au fromage, des toasts et un fruit des tropiques.

De nouveau, elle me sourit, elle semble visiblement décidée à oublier l'incident de la fourchette.

— Bonjour, me dit-elle gaiement.

Je lève le sourcil.

— Bonjour à toi aussi, je réponds d'une voix lourde de sarcasme.

À cette évidente tentative pour lui être désagréable, Beth sourit de plus belle.

— Mais arrête de bouder ! Julian a dit que tu pourrais sortir de ta chambre aujourd'hui. C'est une bonne nouvelle, non ?

C'est *effectivement* une bonne nouvelle. Je vais avoir la possibilité d'explorer un peu ma prison, de voir si je suis vraiment sur une île. Peut-être y a-t-il ici d'autres gens à part Beth, des gens qui auront davantage de sympathie pour ma situation.

Ou bien je pourrai peut-être trouver un téléphone ou un ordinateur. Si seulement je pouvais envoyer ne serait-ce qu'un SMS ou un mail à mes parents, ils pourraient le transmettre à la police et alors j'aurais une chance d'être sauvée.

En pensant à ma famille, j'ai le cœur serré et mes yeux picotent. Mes parents doivent tellement s'inquiéter à mon sujet, se demander ce qui s'est passé, si je suis encore en vie. Je suis fille unique et ma mère dit toujours qu'elle en mourrait s'il m'arrivait quelque chose. J'espère qu'elle ne le pense pas vraiment.

Je le déteste.

Et je déteste cette femme qui est en train de me sourire.

— Absolument, Beth, je lui dis en ayant envie de labourer son visage de mes ongles jusqu'à ce que ce sourire se change en grimace, c'est toujours bien de passer d'une petite cage à une cage plus grande.

Elle roule des yeux et s'assied sur une chaise.

— Toujours les grands mots ! Mange ce que je t'ai apporté et ensuite je te ferai visiter.

J'ai envie de ne rien manger pour me venger, mais j'ai faim. Alors je mange et il n'en reste plus une miette.

— Où est Julian ? Je fais entre deux bouchées. Je me demande ce qu'il fait de ses journées. Jusqu'ici, je ne l'ai vu que le soir.

— Il travaille, explique Beth. Il doit s'occuper de ses affaires.

— Quel genre d'affaires ?

Elle hausse les épaules.

— Des affaires de toute sorte.

— C'est un gangster ? lui ai-je demandé sans détour.

Elle se met à rire.

— Qu'est-ce qui te fait dire ça ?

— Eh bien mon enlèvement par exemple…

Elle continue à rire en hochant la tête comme si je venais de dire quelque chose de drôle.

J'ai envie de la frapper, mais je me retiens. Il faut que j'en sache davantage sur l'endroit où je me trouve avant de faire la moindre tentative. Mes chances de m'évader seront plus grandes si j'ai plus de liberté.

Alors je me lève et je la regarde froidement.

— Je suis prête.

— Eh bien, mets un maillot de bain, dit-elle en désignant la pile de vêtements qu'elle a amenés, et ensuite on y va.

* * *

Avant de sortir, Beth me montre le reste de la maison. Elle est spacieuse et meublée avec goût, de style contemporain avec des soupçons d'influence tropicale et de subtils motifs asiatiques. Les couleurs claires dominent, mais ça et là on y trouve quelques couleurs vives, le rouge d'un vase ou le bleu vif d'une statue de dragon. Il y a quatre chambres, trois à l'étage et une en bas. La cuisine est au premier, elle est particulièrement belle avec des appareils ménagers haut de gamme et des plans de travail en granit étincelant.

Il y a encore une autre pièce, c'est le bureau de Julian. Il est au premier et Beth dit qu'il est seul à pouvoir y pénétrer. C'est là qu'il est censé s'occuper de ses affaires. Quand nous passons devant, la porte est fermée.

Après avoir fini de visiter la maison, Beth passe les deux heures suivantes à me faire faire le tour de l'île. Et c'est effectivement une île, elle ne m'a pas menti à cet égard.

C'est une île de trois kilomètres de long sur un kilomètre et demi de large. Selon Beth, nous sommes quelque part dans l'océan Pacifique, à environ huit cents kilomètres de la première terre habitée. Elle le répète deux ou trois fois comme si elle avait peur que je me mette dans la tête de tenter de m'enfuir à la nage.

Je n'en ai pas l'intention. Je ne suis pas une assez bonne nageuse et je n'ai pas l'intention de me suicider.

J'essaierais plutôt de voler un bateau.

Nous atteignons le point le plus élevé de l'île. C'est une petite montagne ou une grande colline, selon la manière dont on voit les choses. De là-haut la vue est extraordinaire, des flots bleus scintillants à perte de vue. D'un côté de l'île, l'eau est d'une couleur différente, plutôt turquoise, et Beth me dit que dans cette petite baie l'eau est peu profonde et que c'est un endroit idéal pour faire de la plongée sous-marine.

La maison de Julian est la seule maison de l'île. Elle est à flanc de montagne, un peu retirée de la plage et en hauteur, à l'endroit le plus protégé m'explique Beth. Elle est ainsi à l'abri des vents violents et de la mer. Elle a visiblement résisté à un certain nombre de typhons avec le minimum de dégâts.

Je hoche la tête comme si ça me concernait. Je n'ai pas l'intention d'être encore ici pour l'arrivée du prochain typhon. Mon désir d'évasion s'attise de plus belle. Je n'ai vu ni téléphone ni ordinateur quand Beth m'a fait visiter la maison, mais ça ne veut pas dire qu'il n'y en ait pas. Si Julian peut travailler quand il est ici, c'est que l'île est reliée à internet. Et s'ils sont assez bêtes pour me laisser aller et venir librement, je trouverai un moyen de communiquer avec le monde extérieur.

La visite se termine sur une plage proche de la maison.

— Tu veux te baigner ? me demande Beth en enlevant son short et son tee-shirt. En dessous, elle porte un bikini bleu. Elle est mince et musclée. Elle est si athlétique que je me demande quel âge elle peut avoir. Elle a une silhouette d'adolescente, mais son visage semble moins jeune.

— Tu as quel âge ? lui ai-je demandé sans détour. Dans des circonstances normales, je ne manquerais jamais autant de tact, mais ça m'est égal de la blesser. Quand on est prisonnière de deux fous, les conventions sociales ne comptent plus.

Elle sourit, l'impolitesse de ma question ne la gêne absolument pas.

— J'ai trente-sept ans, dit-elle

— Et Julian ?

— Il en a vingt-neuf.

— Et vous êtes amants ? Je ne sais pas pourquoi je lui pose cette question. Si elle éprouve la moindre jalousie envers moi parce que Julian m'utilise pour jouer avec moi au lit, elle n'en montre absolument rien.

Beth se met à rire.

— Non, pas du tout.

— Pourquoi pas ? J'ai du mal à croire que je peux être aussi directe. On m'a appris à être polie et bien élevée, mais c'est vraiment libérateur de se moquer de ce que pensent les autres. J'ai toujours essayé de faire plaisir, mais je ne veux en aucun cas faire plaisir à Beth.

Elle s'arrête de rire et me regarde d'un air sérieux.

— Parce que je ne suis ni ce que Julian désire ni ce dont il a besoin.

— Et qu'est-ce qu'il désire ? De quoi a-t-il besoin ?

— Tu verras bien, dit-elle mystérieusement avant d'entrer dans l'eau.

Je la suis des yeux, brûlant de curiosité, mais visiblement elle n'a plus envie de parler. Elle plonge et se met à nager, ses mouvements sont athlétiques et précis.

Il fait chaud dehors et le soleil tape. Le sable est blanc et semble doux au toucher, l'eau scintille et sa fraîcheur me tente. J'aimerais détester cet endroit, rejeter tout ce qui entoure ma captivité, mais je dois avouer que cette île est belle.

Je ne suis pas forcée d'aller nager si je n'en ai pas envie. Il ne semble pas que Beth ait l'intention de m'y obliger. Et ça ne semble pas normal de profiter de la plage pendant que ma famille se ronge les sangs à mon sujet et se désespère évidemment de ma disparition.

Mais la mer me tente. J'ai toujours aimé l'océan, même si je ne suis allée que deux ou trois fois en vacances sous les tropiques. Cette île correspond exactement à l'idée que je me fais du paradis, même si elle appartient à un monstre.

J'hésite une minute et j'enlève ma robe et mes sandales. Je pourrais me priver de ce petit plaisir, mais j'ai trop de bon sens. Je ne me fais pas d'illusion sur ma situation. À n'importe quel moment, Julian et Beth peuvent m'enfermer, me laisser mourir de faim, me battre. Ce n'est pas parce qu'on m'a relativement bien traitée jusqu'ici que ça va durer. Dans une situation aussi précaire que la mienne, chaque bon moment est précieux, parce que j'ignore ce que me réserve l'avenir et parce que je ne retrouverai peut-être jamais le bonheur.

Alors je rejoins mon ennemie dans la mer et je laisse les vagues emporter mes craintes et soulager la colère vaine qui me brûle le ventre.

Nous nageons puis nous nous allongeons dans le sable chaud et puis nous retournons dans l'eau. Je ne pose plus de questions et mon silence semble convenir à Beth.

Nous passons deux heures sur la plage puis nous rentrons finalement à la maison.

CHAPITRE SEPT

Cette fois, Julian est censé dîner avec moi. Beth met la table en bas et prépare un plat de poisson pêché sur place, avec du riz, des haricots et du plantain. C'est sa recette des Caraïbes me dit-elle avec fierté.

— Est-ce que tu vas dîner avec nous ? lui ai-je demandé en la regardant amener les assiettes sur la table.

J'ai pris une douche et j'ai mis les vêtements que Beth m'a apportés. C'est encore une parure assortie, un soutien-gorge et un panty en dentelle blanche, et une robe jaune à fleurs blanches. Et aux pieds, j'ai des sandales blanches à talons hauts. L'ensemble est mignon et très féminin, très différent des jeans et des pulls de couleur sombre que je porte d'habitude. J'ai l'air d'une jolie poupée.

Je n'arrive toujours pas à croire qu'on me laisse libre dans la maison. Il y a des couteaux dans la cuisine. À n'importe quel moment, je pourrais en voler un et m'en servir contre Beth. Et ça me tente, bien que l'idée du sang et de la violence me donne la nausée.

Je vais peut-être bientôt le faire, une fois que j'aurais eu le temps de mieux connaître les lieux.

J'ai appris quelque chose d'intéressant sur moi-même. Visiblement, je ne crois pas aux démonstrations de force inutiles. Une voix intérieure froide et rationnelle me dit qu'il me faut d'abord mettre au point un plan d'action pour essayer de m'enfuir de cette île. Il serait idiot de m'attaquer tout de suite à Beth. Et ça ne servirait qu'à me faire enfermer ou pire.

Non, il vaut bien mieux leur laisser croire que je suis inoffensive. J'aurais ainsi de bien meilleures chances de m'échapper.

Je viens de passer une heure assise dans la cuisine et je regarde Beth préparer le repas. C'est une bonne cuisinière et elle est très efficace. Être avec elle me distrait et m'évite de penser à Julian et à la nuit prochaine.

— Non, je ne mangerai pas avec vous, répond-elle. Je serai dans ma chambre. Julian veut être en tête-à-tête avec toi.

— Pourquoi ? Il pense qu'on a un rendez-vous galant, c'est ça ?

Elle sourit.

— Ce n'est pas dans les habitudes de Julian.

— Ah bon ? Effectivement, ce n'est pas la peine quand on peut enlever une femme et la violer.

— Ne sois pas ridicule, dit Beth d'un ton sec. Tu crois vraiment qu'il a besoin d'avoir recours à la force ? Même toi tu ne peux pas être aussi naïve.

Je la fixe des yeux.

— Tu veux dire que ce n'est pas dans ses habitudes d'enlever des femmes et de les amener ici ?

Beth secoue la tête.

— À part moi, tu es la première à avoir mis les pieds ici. Cette île est le sanctuaire personnel de Julian. Personne n'en connaît l'existence.

En entendant ces mots, j'en ai froid dans le dos.

— Et pourquoi ai-je cette chance ? lui ai-je demandé lentement alors que mon pouls s'accélère. À quoi dois-je ce grand honneur ?

Elle sourit.

— Tu le sauras un jour. Julian te le dira quand il voudra que tu le saches.

J'en ai assez de ce leitmotiv, mais je sais qu'elle est trop loyale envers mon ravisseur pour me dire quoi que ce soit. Alors j'essaie de découvrir autre chose.

— Qu'est-ce que tu as voulu dire quand tu m'as confié que tu lui devais la vie ?

Son sourire disparaît, des rides apparaissent sur son visage qui se durcit et prend une expression pleine d'amertume.

— Cela ne te regarde pas, ma petite fille.

Et elle reste silencieuse pendant qu'elle emploie les dix minutes suivantes à finir de mettre la table.

* * *

Une fois que tout est prêt, elle me laisse seule attendre Julian dans la salle à manger. Je suis à la fois nerveuse et impatiente. Pour la première, je vais avoir l'occasion d'être face à mon ravisseur ailleurs que dans une chambre.

Je dois avouer une sorte de fascination morbide à son égard. Il me fait peur et pourtant je suis terriblement curieuse à son sujet. Qui est-ce ? Que me veut-il ? Pourquoi m'a-t-il choisie comme victime ?

Une minute plus tard, il entre dans la pièce. Je suis à table et je regarde par la fenêtre. Mais avant même de le voir, je sens sa présence. L'atmosphère s'électrifie, l'attente est lourde.

Je tourne la tête et je le vois s'approcher de moi. Cette fois, il porte un polo gris qui semble doux et un pantalon de toile blanche. C'est comme si l'on dînait dans un country-club.

Les battements de mon cœur s'accélèrent et je sens mon sang couler plus vite dans mes veines. Tout à coup, je prends davantage conscience des réactions de mon corps. Mes seins sont plus sensibles, mes tétons se raidissent contre la dentelle de mon soutien-gorge. Le doux tissu de ma robe m'effleure les jambes et me rappelle tous les endroits où il m'a touchée. Et sa manière de me toucher.

À ce souvenir, je me sens mouillée et brûlante entre les cuisses.

Il vient vers moi et se penche pour me donner un bref baiser sur la bouche.

— Bonjour, Nora, dit-il en se redressant, et ses belles lèvres dessinent un sourire sensuel et inquiétant. Il est beau à en couper le souffle, si bien que pendant quelques instants je suis incapable de réfléchir, le sentir si près me fait perdre tous mes moyens.

Il sourit encore davantage et vient s'asseoir à table en face de moi.

— Comment s'est passée ta journée, mon petit chat ? demande-t-il en prenant du poisson. Ses gestes sont pleins d'assurance et étrangement gracieux.

Il est difficile de croire que l'incarnation du mal porte un aussi beau masque.

Je rassemble mes esprits.

— Pourquoi m'appelez-vous comme ça ?

— T'appeler comment ? Mon petit chat ?

Je hoche la tête.

— Parce que tu me fais penser à un chaton, dit-il, et une étrange émotion brille dans ses yeux. Petite, douce et agréable à caresser. J'ai envie de le faire rien que pour voir si tu vas ronronner dans mes bras.

Le sang me monte à la tête. Je rougis jusqu'à la racine de mes cheveux en espérant que mon teint l'empêche de s'en apercevoir.

— Mais je ne suis pas un animal…

— Bien sûr que non ! Et je ne suis pas zoophile.

— Alors qu'est-ce qui vous attire ? Je lui lance, juste avant de me le reprocher en mon for intérieur. Je ne veux pas le mettre en colère. Contrairement à Beth, il me fait peur.

Par chance, mon audace semble seulement l'amuser.

— En ce moment, c'est toi qui m'attires, dit-il d'une voix douce.

Je détourne le regard et je prends du ris, mais ma main tremble légèrement.

— Attends, laisse-moi te servir.

Quand il me prend l'assiette des mains, ses doigts effleurent les miens. Avant que je puisse dire quoi que ce soit, il m'a servi de tout, et en abondance. Il replace l'assiette devant moi et je la regarde d'un air désemparé. Je me sens trop nerveuse pour manger devant lui et j'ai l'estomac noué.

En levant les yeux, je vois qu'il en va autrement pour lui. Il mange avec appétit et il apprécie visiblement ce que Beth a préparé.

— Qu'est-ce qui se passe ? demande-t-il entre deux bouchées. Tu n'as pas faim ?

Je hoche la tête, et pourtant je mourrais de faim avant qu'il n'arrive.

Il fronce les sourcils et pose sa fourchette.

— Et pourquoi pas ? Beth m'a dit que vous aviez passé la journée à la plage et que tu avais nagé assez longtemps. Tu devrais avoir faim après avoir dépensé toute cette énergie ?

Je hausse les épaules.

— Non, ça va. Je ne vais pas lui dire que c'est lui qui me coupe l'appétit.

Il plisse les yeux dans ma direction.

— Qu'est-ce que c'est que ce petit jeu ? Mange, Nora. Tu es déjà mince, je ne veux pas que tu maigrisses.

J'avale ma salive avec nervosité et je commence à picorer. Il y a quelque chose en lui qui me donne à penser qu'il ne serait pas prudent de le contrarier à ce sujet.

Ni à aucun autre sujet d'ailleurs.

Instinctivement, je sens que cet homme est aussi dangereux que possible. Il ne s'est pas montré cruel avec moi, mais il y a de la cruauté chez lui, je le sens.

— C'est bien, dit-il d'un air approbateur après m'avoir vu avaler quelques bouchées.

Je continue de manger même si je n'y prends aucun plaisir et que chaque bouchée a du mal à passer. Je garde les yeux sur mon assiette, il m'est plus facile de manger si je ne vois pas ses yeux bleus perçants.

— Alors Beth m'a dit que tu étais contente de nager aujourd'hui ? dit-il une fois que j'ai réussi à avaler la moitié de ce qu'il y a dans mon assiette.

Je hoche la tête et je lève les yeux, il me fixe du regard.

— Qu'est-ce que tu penses de cette île ? me demande-t-il comme si mon opinion comptait vraiment pour lui.

Il m'examine d'un air pensif.

— Je la trouve belle, lui ai-je dit sincèrement. Et puis, après un instant, j'ajoute : mais je ne veux pas être là.

— Évidemment. Il a presque l'air compréhensif. Mais tu t'y habitueras. C'est ici que tu vas vivre, Nora. Mieux vaut t'y habituer le plus tôt possible.

J'ai la nausée et j'ai peur de vomir. Je me force à avaler en essayant de contrôler mon mal au cœur.

— Et ma famille ? Je murmure avec amertume. Comment mes parents sont-ils censés s'habituer à ma disparition ?

Pendant un instant, il semble éprouver de l'émotion.

— Et s'ils savaient que tu es en vie ? demande-t-il à voix basse et soutenant mon regard. Est-ce que ça te réconforterait, mon petit chat ?

— Évidemment ! J'ai du mal à croire ce que je viens d'entendre. Est-ce que ça serait possible ? Pouvez-vous leur faire savoir que je suis en vie ? Je pourrais peut-être les appeler et...

Il tend la main pour la poser sur la mienne et interrompt mon bavardage plein d'espoir.

— Non. Son ton est sans appel. C'est moi qui les contacterai.

Il faut ravaler ma déception.

— Qu'est-ce que vous allez leur dire ?

— Que tu es saine et sauve ! Il masse doucement la paume de ma main de son grand pouce, cette caresse me déconcentre et me fait fondre.

— Mais... Je suis sur le point de gémir quand il appuie à un endroit particulièrement sensible. Mais ils ne vous croiront pas...

— Mais si. Tu peux me faire confiance à ce sujet.

Lui faire confiance ? *Ben voyons...*

— Pourquoi m'infliger ça ? lui ai-je demandé tellement je me sens frustrée. Est-ce que c'est parce que je vous ai parlé à la boîte de nuit ?

Il secoue la tête.

— Non, Nora. C'est parce que c'est toi. Tu es exactement ce que je cherchais. Exactement ce que j'ai toujours désiré.

— Mais c'est de la folie, vous le savez ? Je suis tellement bouleversée que j'en oublie un moment la prudence. Vous ne me connaissez même pas !

— C'est vrai, dit-il d'une voix douce. Mais je n'ai pas besoin de te connaître. Il me suffit de savoir ce que je ressens.

— Vous voulez dire que vous êtes amoureux de moi ? Sans savoir pourquoi cette idée me fait encore plus peur que si je pensais que c'était un pervers.

Il se met à rire en rejetant la tête en arrière. Je le fixe des yeux, même si c'est irrationnel. Sa réaction me blesse.

— Bien sûr que non, dit-il une fois qu'il s'arrête finalement de rire. Mais il continue de sourire.

— Alors de quoi parlez-vous ? Je lui demande avec la même frustration.

Le sourire s'efface lentement de son visage.

— Peu importe, Nora. La seule chose que tu aies besoin de savoir c'est que tu comptes pour moi.

— Alors, pourquoi ne pas m'avoir invitée à sortir avec vous ? J'ai du mal à comprendre l'incompréhensible. Pourquoi fallait-il m'enlever ?

— Parce que tu sortais avec ce garçon. Tout à coup, la voix de Julian est pleine de rage et une terreur glacée se répand dans mes veines. Tu l'as embrassé alors que tu étais déjà à moi.

J'avale ma salive.

— Mais je ne savais même pas que vous aviez envie de moi. Ma voix tremble légèrement. Je vous avais seulement vu dans cette boîte de nuit…

— Et à ta cérémonie de remise des diplômes.

— Et à la cérémonie. Je l'admets, mais mon cœur bat à se rompre. Mais je croyais que vous étiez peut-être là à cause de quelqu'un d'autre. Par exemple un frère ou une sœur plus jeune…

Il respire profondément et je m'aperçois qu'il a retrouvé son calme.

— Peu importe désormais, Nora. Je voulais que tu sois ici, avec moi, pas là-bas. Tu es bien plus en sécurité, et ce garçon aussi.

— C'est plus sûr pour Jake ?

Julian acquiesce de la tête.

— Si tu étais de nouveau sortie avec lui, je l'aurais tué. Il vaut bien mieux pour tout le monde que tu sois ici, loin de lui et loin de ceux qui pourraient aussi avoir envie de sortir avec toi.

Quand il parle de tuer Jake, il est parfaitement sérieux. Ce n'est pas une menace en l'air. Je peux le voir à l'expression de son visage.

Mes lèvres sont sèches et je les humidifie. Il suit ma langue des yeux et je le vois respirer autrement. Ce simple geste a suffi pour l'exciter.

Tout à coup, une idée folle, une idée désespérée, me vient à l'esprit. Il est évident qu'il me désire. Il est même prêt à faire certaines choses pour me rendre heureuse, par exemple dire à mes parents que je suis saine et sauve. Et si j'utilisais cette situation à mon avantage ? Je suis sans expérience, mais je ne suis pas complètement naïve. Je sais flirter avec les garçons. Est-ce que je serais capable de séduire Julian et de le convaincre de me libérer ?

Il va falloir faire très attention. Je ne peux pas changer instantanément. Je ne peux pas avoir l'air de le mépriser et la minute suivante avoir l'air d'être amoureuse de lui. Il faut lui faire croire qu'il peut me faire quitter cette île et que je resterai avec lui aussi longtemps qu'il le voudra. Que j'oublierai Jake et tous les autres garçons.

Je vais devoir prendre tout mon temps pour réussir à convaincre Julian de mon attachement envers lui.

CHAPITRE HUIT

Pendant le reste du dîner, je continue à me comporter comme si j'étais intimidée et comme si j'avais peur. Je ne joue pas vraiment la comédie parce que c'est ce que je ressens. Je suis en présence d'un homme qui parle tranquillement de tuer des innocents. Comment pourrais-je réagir autrement ?

Mais j'essaie aussi de le séduire. Ce sont de petits détails, par exemple ma manière de rejeter mes cheveux en arrière tout en le regardant. La manière de mordre dans la papaye que Beth a préparée pour le dessert et de lécher le jus qui me coule sur les lèvres.

Je sais que j'ai de beaux yeux, si bien que je le regarde timidement, les paupières mi-closes. C'est une attitude que j'ai répétée devant la glace et je sais que mes cils semblent incroyablement longs quand je penche la tête d'une certaine manière.

Je n'en rajoute pas, parce que ce ne serait pas crédible. Je me contente de petits gestes qui pourraient lui plaire et l'exciter.

J'essaie aussi d'éviter des sujets de conversation qui risqueraient de le mettre en colère. À la place, je lui pose des questions sur cette île et sur la manière dont il en a fait l'acquisition.

— J'ai découvert cette île il y a cinq ans, m'explique Julian dont les lèvres dessinent un sourire charmeur. J'avais un problème mécanique avec mon Cessna et j'avais besoin d'atterrir quelque part. Par chance, il y a un terrain plat, un pré de l'autre côté de l'île, près de la plage. J'ai réussi à faire atterrir l'avion sans le détruire complètement et j'ai pu faire les réparations nécessaires. Comme ça m'a pris deux ou trois jours, j'ai pu en profiter pour partir à la découverte de l'île. Et quand j'ai pu repartir, je savais que cet endroit correspondait exactement à ce que je cherchais. Je l'ai donc achetée.

J'ouvre de grands yeux et j'ai l'air impressionnée.

— Et c'est tout ? Mais ça devait coûter une fortune ?

Il hausse les épaules.

— Je peux me le permettre.

— Vous venez d'une famille qui a de l'argent ? J'aimerais vraiment le savoir. Mon ravisseur est tellement mystérieux. J'aurais bien plus de chance de le manipuler si je le comprends un petit peu mieux.

Il se refroidit légèrement.

— Oui, on peut dire ça. Mon père avait une affaire qui marchait bien, je l'ai reprise après sa mort. J'en ai changé l'orientation et je l'ai agrandie.

— Quel genre d'affaires ?

Il fait une légère moue.

— C'est une société d'import-export.

— Dans quelle branche ?

— En électronique, etc. dit-il, et je comprends que pour le moment il ne va pas m'en dire plus. Je me doute bien que son « etc. » est une litote pour des trafics illégaux. Je n'y connais pas grand-chose en affaire, mais ça m'étonnerait qu'on puisse acquérir une telle fortune en vendant des télévisions et des baladeurs.

Je change le sujet de conversation en abordant un sujet moins risqué.

— Est-ce que le reste de votre famille vient également ici ?

Son regard devient morne et son visage se durcit.

— Non, ils sont tous morts.

— Oh, je suis navrée… Je ne sais vraiment pas quoi dire. Que peut-on dire de réconfortant dans une situation pareille ? Il a beau m'avoir enlevée, c'est quand même un être humain. Je ne peux même pas imaginer ce que l'on doit souffrir dans un cas comme celui-là.

— Ce n'est pas grave. Il prend un ton neutre, mais je sens la souffrance qui s'y cache. C'est arrivé il y a longtemps.

Je hoche la tête avec compassion. Je suis sincèrement désolée pour lui et je n'essaie pas de cacher les larmes qui brillent dans mes yeux. Je suis trop sensible (c'est ce que dit Leah chaque fois que je pleure pendant un film déprimant) et je ne peux m'empêcher d'être triste à cause des souffrances de Julian.

Et ça tourne en ma faveur parce que l'expression de son visage se radoucit un peu.

— Il ne faut pas avoir pitié de moi, mon chou, dit-il d'une voix douce. Je m'en suis remis. Pourquoi ne me parles-tu pas plutôt de toi ?

Je cligne lentement des yeux, je sais bien que ce geste va attirer son regard vers eux.

— Qu'est-ce que vous aimeriez savoir ? N'a-t-il pas déjà tout appris de moi en m'espionnant ?

Il sourit. Ce sourire le rend si beau que mon cœur se serre légèrement.

Arrête, Nora. C'est toi qui es censée le séduire, pas l'inverse.

— Qu'est-ce que tu aimes lire ? Quel genre de film aimes-tu regarder ?

Et pendant la demi-heure qui suit, je lui parle des romans à l'eau de rose et des romans policiers que j'aime bien, je lui raconte que je n'aime pas du tout les comédies romantiques, mais que j'adore les épopées remplies d'effets spéciaux. Ensuite, il me demande ce que je préfère manger, le genre de musique qui me plait, et il m'écoute attentivement quand je lui parle de mes préférences pour les groupes des années 80 et pour les pizzas à croûte épaisse.

Bizarrement, c'est presque flatteur cette manière qu'il a de se concentrer exclusivement sur moi, de boire chacune de mes paroles, de ne pas me quitter des yeux. C'est comme s'il voulait vraiment me connaître, comme si je comptais vraiment pour lui. Même avec Jake je n'avais pas l'impression d'être davantage qu'une jolie fille dont il appréciait la compagnie.

Avec Julian, j'ai l'impression d'être ce qui compte le plus au monde pour lui. J'ai l'impression qu'il tient vraiment à moi.

* * *

Après le dîner, il m'emmène en haut dans sa chambre. Mon cœur bat à tout rompre, un mélange de peur et d'impatience.

Comme les deux nuits précédentes je sais que je ne vais pas lui résister. En fait, ce soir et conformément au plan de séduction qui devrait me permettre de m'enfuir, j'irai plus loin.

Je vais feindre de faire l'amour avec lui de mon plein gré.

En entrant dans la chambre, je décide de m'aventurer sur un sujet qui me trotte par la tête depuis un bon moment.

— Julian… ai-je demandé en prenant une voix douce et hésitante. Et la contraception ? Et si j'allais être enceinte ?

Il s'arrête et se retourne avec un petit sourire aux lèvres.

— Mais non, mon chou. Tu as un implant, n'est-ce pas ?

Stupéfaite, j'ouvre de grands yeux.

— Comment le savez-vous ? Cet implant est une minuscule tige de plastique sous ma peau, il est complètement invisible à part une petite cicatrice qui reste à l'endroit où il a été inséré.

— J'ai consulté ton dossier médical avant de t'amener ici. Je voulais m'assurer que tu n'avais pas de maladie grave, du diabète par exemple.

Je le fixe des yeux. Cette invasion de mon intimité devrait me rendre furieuse, mais en fait je suis soulagée.

Visiblement, mon ravisseur peut se montrer attentionné et surtout il n'essaie pas de me féconder.

— Et tu n'as pas besoin de t'inquiéter pour ta santé, ajoute-t-il en devinant les soucis dont je ne lui ai pas parlé. J'ai fait des tests, il n'y a pas longtemps et jusqu'ici j'ai toujours mis un préservatif.

Je ne suis pas certaine de le croire.

— Et pourquoi pas avec moi, alors ? Est-ce que c'est parce que j'étais vierge ?

Il hoche la tête et ses yeux brillent d'un air possessif. Il lève la main et me caresse la moitié du visage, ce qui accélère encore les battements de mon cœur.

— Oui, exactement. Tu es toute à moi. Je suis le seul à avoir été dans ton joli petit minou.

Je m'étrangle en l'entendant, mais je sens un liquide chaud me gicler entre les cuisses.

Je n'arrive pas à croire l'intensité de cette réaction physique. Est-il normal d'être si excitée par quelqu'un que je redoute et que je méprise ? Est-ce la raison qui a attiré Julian quand il m'a vue dans la boîte de nuit ?

Est-ce parce qu'il s'en est aperçu ? Parce que d'une certaine manière il connaît mon point faible ?

Évidemment, étant donné mes plans, ce n'est pas nécessairement gênant de le désirer autant. Ce serait bien pire s'il me répugnait, si je ne pouvais supporter qu'il me touche.

Non, ça vaut mieux comme ça. Je peux être une parfaite petite captive, obéissante et complaisante, et qui tombe peu à peu amoureuse de son ravisseur.

Alors, au lieu de rester immobile et terrifiée, je m'abandonne à mon désir et je m'appuie légèrement sur sa main comme si je répondais sans le vouloir à ses caresses.

Ce qui ressemble à un éclair triomphant apparaît brièvement dans ses yeux puis il baisse la tête et ses lèvres touchent les miennes. Ses bras pleins de force m'étreignent et me serrent contre son corps puissant. Il est tout excité ; je sens la dureté de son sexe en érection contre la douceur de mon ventre. Il me caresse la bouche de ses lèvres, de sa langue. Il a encore le goût sucré de la papaye qu'il vient de manger.

Le feu me brûle dans les veines et je ferme les yeux, m'abandonnant au plaisir irrésistible de ses baisers. Mes mains glissent sur son buste et le touchent timidement. Je sens la chaleur de son corps, le parfum de sa peau, un parfum viril et musqué, étrangement séduisant. Ses muscles pectoraux se contractent sous mes doigts et je sens son cœur battre de plus en plus vite.

Il me fait reculer vers le lit et nous tombons dessus. Sans que je sache comment, mes mains se retrouvent dans ses épais cheveux soyeux et je lui rends ses baisers, passionnément, éperdument. Je ne pense plus à mon plan de séduction ; je ne pense plus à rien.

Il mord ma lèvre inférieure, se met à la sucer. Sa main prend mon sein droit, le pétrit, et pince mon téton à travers le double obstacle de mon soutien-gorge et de ma robe. Sa brutalité m'excite de manière perverse alors qu'elle devrait me faire peur.

Je gémis et il me retourne sur le ventre. Une de ses mains appuie sur moi et m'enfonce dans le matelas tandis que l'autre lève ma jupe et découvre ma culotte.

Alors il s'arrête un instant, me regarde les fesses et les caresse légèrement de sa grande main.

— De si jolies petites joues, murmure-t-il, et le blanc leur vont si bien.

Il me met le doigt entre les jambes, sent que je suis mouillée. Je ne peux m'empêcher de me tortiller sous ses caresses. Je suis dans un tel état d'excitation que je suis sur le point de jouir.

Il m'enlève ma culotte et la laisse à la hauteur de mes genoux. De nouveau, il me caresse les fesses, ce qui m'apaise et m'excite en même temps. Je tremble d'impatience.

Tout à coup, j'entends bruyamment claquer et je reçois une méchante fessée. Prise au dépourvu je me mets à crier, c'est davantage un cri de surprise que de souffrance.

Il s'arrête un instant, frotte l'endroit où il m'a frappée pour m'apaiser puis recommence et me frappe la fesse droite avec le plat de la main. Vingt fessées se succèdent rapidement, et chacune est plus violente que la précédente. Et ça me fait mal ; ce ne sont pas des petits coups légers, pour rire.

Il veut me faire mal.

Oubliant complètement mon intention de m'abandonner à lui, je commence à me débattre, j'ai peur. Il n'a aucun mal à me maintenir en place puis il se concentre sur ma fesse gauche et en fait de même avec la même violence.

Quand il s'arrête, je sanglote la tête sur le matelas en le suppliant de ne pas recommencer. J'ai les fesses en feu et je souffre vraiment.

Mais une absurde impression d'avoir été trahie est encore pire que cette souffrance. Je suis horrifiée de constater que je commençais à faire confiance à mon ravisseur, et que je croyais le connaître un peu mieux.

Il m'a déjà fait mal, mais je ne pensais pas que c'était volontaire. Il me semblait que c'était parce que j'étais vierge. J'espérais que mon corps s'y habituerait et qu'à l'avenir je n'aurais que du plaisir.

J'étais vraiment bête.

Je tremble de tout mon corps et je ne peux m'arrêter de pleurer. Il me maintient toujours dans la même position et je suis terrifiée à l'idée de ce qu'il va faire ensuite.

Alors il me surprend encore une fois.

Il me retourne et me prend dans ses bras. Puis il s'assied, me prend sur ses genoux et me berce d'avant en arrière. Doucement, tendrement, comme un enfant que l'on veut consoler.

Et malgré tout ce qui vient de se passer, j'enfouis le visage sur son épaule et je me mets à sangloter, j'ai désespérément besoin de cette illusion de tendresse et je cherche le réconfort auprès de celui qui vient de me faire mal.

* * *

Une fois que je suis un peu calmée, il se lève et me met debout. J'ai les jambes flageolantes et je vacille un peu quand il commence à me déshabiller soigneusement.

J'attends qu'il dise quelque chose. Peut-être va-t-il s'excuser ou m'expliquer pourquoi il m'a fait mal. Était-ce une punition ? Dans ce cas, je voudrais savoir pourquoi afin d'éviter de la refaire à l'avenir.

Mais il ne dit rien. Il se contente d'enlever mes vêtements. Et quand je suis nue, il se déshabille à son tour.

Je le regarde avec un étrange mélange de détresse et de curiosité. Son corps reste encore un mystère pour moi parce que j'ai gardé les yeux fermés ces deux dernières nuits. Je n'ai même pas encore vu son sexe même si je l'ai senti en moi.

Alors maintenant je le regarde.

Il est très beau. Tellement viril. Des épaules larges, une taille fine, des hanches minces. Il est très musclé, mais pas comme le sont les culturistes qui prennent des stéroïdes. Il a plutôt l'air d'un guerrier. Je n'ai aucun mal à l'imaginer brandissant une épée et lacérant ses ennemis. Je remarque une longue cicatrice sur sa cuisse et une autre sur son épaule. Elles ne font qu'accentuer son allure guerrière.

Il est entièrement bronzé avec ce qu'il faut de poils noirs sur le torse. Et il en a encore autour de son nombril et en descendant vers l'entrejambe. La couleur de sa peau me fait penser qu'il sort nu ou qu'il est comme ça naturellement, comme moi. Peut-être a-t-il aussi du sang latino.

Et il est en pleine érection. Je vois sa verge saillir vers moi. Elle est longue et épaisse comme celles que j'ai vues dans des films pornographiques. Ce n'est pas étonnant qu'il m'ait fait mal. Je ne sais même pas comment il peut tenir en moi.

Une fois que nous sommes nus tous les deux, il me guide vers le lit.

— Je veux que tu te mettes à quatre pattes me dit-il à voix basse en me poussant légèrement.

Je panique et mon cœur sursaute, je résiste un instant et me retourne pour le regarder.

— Est-ce que… j'avale ma salive d'un coup. Est-ce que vous allez encore me faire mal ?

— Je n'ai pas encore décidé, murmure-t-il en levant la main pour la poser sur mon sein. Son pouce frotte mon téton qui se durcit. Je pense que ça suffit sans doute pour le moment.

Ça suffit pour le moment ? J'ai envie de hurler.

— Êtes-vous sadique ? Cette question m'échappe avant que je n'aie le temps de réfléchir et je me fige sur place en attendant sa réponse.

Il me sourit. De son beau sourire satanique.

— Oui, mon chou, dit-il d'une voix douce. Quelquefois, ça m'arrive. Et maintenant sois sage et fais ce que je te demande. Sinon tu risques de ne pas aimer ce qui va arriver…

Avant même qu'il ait fini sa phrase, je m'empresse de lui obéir et je me mets à quatre pattes sur le lit. Malgré la chaleur qu'il fait dans la pièce, je frissonne et je tremble des pieds à la tête.

Des images insoutenables de violence m'emplissent l'esprit et me donnent la nausée. Je ne sais pas grand-chose sur le sadomasochisme. *Cinquante nuances de gris* et quelques livres du même acabit, voilà les limites de mon expérience dans ce domaine, mais aucune de ces histoires d'amour ne raconte une situation comparable à celle qui est la mienne en ce moment. Même mes fantasmes les plus sombres et les plus secrets ne m'ont jamais mise en scène ainsi, captive de quelqu'un qui avoue son propre sadisme.

Que va-t-il faire ? Me fouetter ? Me torturer ? M'enchaîner dans un donjon ? Y a-t-il d'ailleurs un donjon sur cette île ? J'imagine une salle aux murs de pierre pleine d'instruments de torture comme dans un film sur l'Inquisition et ça me donne envie de vomir. Je suis certaine que ça n'a rien à voir avec le BDSM habituel, mais rien n'est habituel avec Julian. Il peut littéralement faire ce qu'il veut de moi.

Il va sur le lit derrière moi et me caresse le dos. Ses mains sont douces, elles prennent leur temps. Elles pourraient m'apaiser, mais au contraire je me hérisse parce que je m'attends à chaque instant à être frappée.

Il s'en rend sans doute compte parce qu'il se penche vers moi et me chuchote à l'oreille :

— Détends-toi, Nora. Je ne vais rien te faire d'autre ce soir.

Le soulagement est tel que je m'évanouis presque sur le lit. De nouveau, des larmes coulent le long de mon visage. Mais cette fois-ci, ce sont des larmes de soulagement et de gratitude. C'est pitoyable, mais je lui suis reconnaissante de ne plus me faire de mal. En tout cas, pas ce soir.

Et puis je suis horrifiée. Horrifiée et dégoûtée, parce que quand il commence à m'embrasser dans le cou, mon corps réagit au sien comme s'il ne s'était rien passé. Comme s'il ne m'avait jamais fait souffrir.

Mon stupide corps se moque qu'il soit un salaud, un pervers. Qu'il me fasse souffrir encore et encore. Non, mon corps veut jouir et se moque de tout le reste.

La bouche chaude de Julian va de mon cou à mes épaules puis à mon dos. Ma respiration est haletante, irrégulière. Malgré ce qu'il m'a dit pour me rassurer, j'ai encore peur de lui et étrangement, la peur me rend encore plus mouillée.

Ses lèvres vont à mes fesses, il embrasse l'endroit qu'il a frappé seulement quelques minutes auparavant. Sa main appuie sur mes reins et je me cambre légèrement sous elle en comprenant l'ordre muet qu'il vient de me donner. Ses doigts glissent entre mes jambes et l'un d'eux se fraye un chemin dans mon conduit glissant pour y pénétrer profondément.

Une fois dedans, ce doigt se replie et j'en perds le souffle quand il appuie sur un point sensible profondément enfoui en moi. Je me raidis et me mets à trembler, mais cette fois ce n'est pas de peur.

Tandis qu'il avance et recule ce doigt replié, je sens la pression monter en moi. Mon cœur bat à tout rompre et soudain j'ai chaud, il me semble qu'un feu me dévore de l'intérieur. Alors un violent orgasme me déchire tout entière, venant des profondeurs et s'étendant vers l'extérieur. Il est si fort que j'en suis aveuglée un instant et que je m'effondre presque sur le lit.

Avant que les pulsations ne se terminent, il se met à genoux derrière moi et commence à pousser pour entrer en moi.

Je suis mouillée et sa pénétration est relativement facile bien qu'il me semble énorme. Mes tissus intimes sont encore meurtris et douloureux après les excès d'hier soir et je ne peux m'empêcher de pousser un léger soupir de douleur à cette invasion. Quand il est entré jusqu'au bout, son aine s'appuie sur mon derrière en feu ce qui me fait encore plus mal.

Il m'attrape par les hanches et commence à aller et venir à un rythme lent. Malgré la souffrance initiale, mon corps semble aimer cette sensation de plénitude et d'étirement, il réagit en se lubrifiant encore davantage. Alors qu'il accélère son rythme, ma respiration s'accélère aussi et des gémissements éperdus sortent de ma gorge chaque fois qu'il pousse profondément en moi.

Tout à coup, sans me prévenir, mes muscles se contractent et mes sens s'enfièvrent. La délivrance déferle en moi, c'est un plaisir d'une intensité foudroyante. Derrière moi, je peux l'entendre gronder, mon orgasme a provoqué le sien et je sens la chaleur de sa semence qui jaillit en moi.

Et puis nous nous effondrons tous les deux sur le lit, son corps lourd et humide de sueur recouvre le mien.

CHAPITRE NEUF

Je me réveille lentement, progressivement. D'abord, je sens mes cheveux me chatouiller le visage. Puis la chaleur du soleil sur mon bras dénudé. Pendant un instant, mon esprit flotte dans cet état intermédiaire et doux entre le sommeil et la veille, entre les rêves et la réalité.

Je garde les yeux fermés, refusant de me réveiller complètement parce que c'est tellement agréable.

Alors je sens l'odeur des crêpes qu'on prépare dans la cuisine.

Mes lèvres esquissent un sourire. C'est le week-end, ma mère a encore décidé de nous faire plaisir. Elle fait des crêpes les jours de fête et quelquefois sans raison particulière.

Mes cheveux me chatouillent de nouveau et je bouge le bras à regret pour me dégager le visage.

Maintenant, je suis presque tout à fait réveillée et l'agréable sensation que j'avais est remplacée par une peur implacable.

Non, pourvu que ce ne soit qu'un rêve. Pourvu que ce ne soit qu'un mauvais rêve.

J'ouvre les yeux.

Ce n'est pas un rêve. Je sens toujours l'odeur des crêpes, mais ça ne peut pas être ma mère qui les prépare.

Je suis sur une île au milieu de l'océan Pacifique, retenue en captivité par un homme qui prend plaisir à me faire souffrir.

Je m'étire consciencieusement pour vérifier l'état de mon corps. À part une légère irritation du derrière, ça m'a l'air d'aller assez bien. Il ne m'a prise qu'une fois la nuit dernière et je lui en suis reconnaissante.

Je me lève et je vais me voir toute nue dans la glace pour regarder mon dos. J'ai des petits bleus sur les fesses, mais rien de grave. C'est l'un des avantages d'avoir une peau dorée, elle résiste aux hématomes. Dès demain, tout sera guéri.

Finalement, je semble avoir survécu à une autre nuit dans le lit de mon ravisseur.

En me lavant les dents, je repense à hier soir. Le dîner, mon plan ridicule pour le séduire, mon impression d'avoir été trahie par ce qu'il m'a fait…

Je n'arrive pas à croire que j'ai pu commencer à lui faire confiance, ne serait-ce qu'un tout petit peu. Les hommes normaux n'enlèvent pas de jeunes filles dans les parcs. Ils ne leur donnent pas de somnifères pour les conduire sur des îles désertes. Les hommes qui aiment faire l'amour par consentement mutuel ne gardent pas les femmes en captivité.

Non, Julian n'est pas normal. C'est un sadique obsédé par la volonté de puissance et il ne faut jamais plus l'oublier. Peu importe qu'il ne m'ait encore pas vraiment fait mal. À n'importe quel moment, il risque de me faire subir quelque chose de terrible.

Il faut m'échapper avant et je ne peux pas prendre tout mon temps pour séduire Julian. Il est bien trop dangereux, bien trop imprévisible.

Il faut que je trouve un moyen de m'enfuir de cette île.

* * *

Après m'être lavée les dents et avoir pris une douche, je descends prendre le petit déjeuner. Beth a dû venir dans ma chambre parce qu'il y a des vêtements propres qui sont prêts. Un maillot de bain, des tongs et une autre robe de plage.

Elle entre d'ailleurs dans la cuisine en apportant les crêpes dont j'ai senti le parfum tout à l'heure.

Quand j'arrive, elle me sourit, elle semble avoir oublié les tensions d'hier.

— Bonjour, dit-elle gaiement. Comment te sens-tu ?

Je la regarde d'un air étonné. Elle sait ce que Julian m'a fait subir ?

— Oh, très bien, je réponds d'un ton sarcastique.

— C'est parfait. Elle feint de ne pas avoir remarqué le ton de ma voix. Julian avait peur que tu aies un peu mal ce matin, il m'a laissé une pommade spéciale au cas où.

Elle sait ce qui s'est passé.

— Comment peux-tu te regarder dans la glace ? lui ai-je demandé avec une vraie curiosité. Comment une femme peut-elle savoir qu'une autre femme a été battue et ne rien faire ?

Au lieu de me répondre, Beth pose une grande crêpe bien moelleuse sur une assiette et me l'apporte. Sur la table, il y a aussi une mangue en tranches et du sirop d'érable.

— Mange, Nora, me dit-elle avec bienveillance.

Je la regarde avec amertume et je commence à manger. La crêpe est délicieuse. Il me semble que Beth a dû mettre une banane écrasée dans la pâte qui est sucrée. Il n'y a même pas besoin d'ajouter du sirop d'érable même si je mange aussi quelques tranches de mangue pour plus de goût.

Beth sourit encore une fois et retourne s'affairer à la cuisine.

Après le petit déjeuner, je sors de la maison et je pars seule à l'exploration de l'île. Beth ne m'en empêche pas. Je suis toujours aussi étonnée qu'on me laisse partir comme ça à l'aventure. Ils doivent être vraiment certains qu'il est impossible de s'enfuir.

Et pourtant j'ai l'intention de trouver comment faire.

Je marche inlassablement pendant des heures sous un soleil brûlant jusqu'à ce que j'aie une ampoule à cause de mes tongs. Je reste près de la plage dans l'espoir de trouver un bateau amarré quelque part, peut-être dans une grotte ou dans un lagon.

Mais je n'en trouve pas.

Comment suis-je donc arrivée ici ? En avion ou en hélicoptère ? Hier, Julian m'a dit qu'il avait découvert cette île en y arrivant par avion. C'est peut-être comme ça qu'il m'y a amenée, à bord de son propre avion ?

Ce qui ne serait pas bon signe. Même si je retrouvais l'avion quelque part, comment pourrais-je le piloter ? J'imagine que ça doit être pour le moins compliqué.

Pourtant, avec suffisamment de motivation, je serais peut-être capable d'y parvenir. Je ne suis pas idiote et piloter un avion, ce n'est pas sorcier.

Mais je ne trouve pas non plus d'avions. Il y a bien un terrain plat, un pré, de l'autre côté de l'île, avec un bâtiment au bout, mais ce bâtiment est vide. Complètement vide.

Je suis fatiguée, j'ai soif, l'ampoule que j'ai au pied me gêne à chaque pas et je rentre à la maison.

* * *

— Julian est parti il y a deux ou trois heures, me dit Beth dès que j'arrive.

Stupéfaite, je la fixe des yeux.

— Comment ça, il est parti ?

— Il devait s'occuper d'une affaire urgente. Si tout se passe bien il devrait revenir dans une semaine.

Je hoche la tête en essayant de ne rien laisser transparaître de mes émotions et je monte dans ma chambre.

Il est parti ! Mon bourreau est parti !

Maintenant, il n'y a plus que Beth et moi ici. Personne d'autre.

La tête me tourne en pensant à tout ce qui va être possible. Je peux voler un couteau de cuisine et en menacer Beth jusqu'à ce qu'elle m'indique un moyen de m'enfuir. Il y a probablement l'internet ici et je vais pouvoir entrer en contact avec le monde extérieur.

Je suis tellement excitée que j'ai envie de crier.

Ils pensent vraiment que je suis inoffensive ? Est-ce que mon comportement docile leur a fait croire que j'allais continuer à être une gentille captive bien obéissante ?

Eh bien ! ils se sont vraiment trompés.

C'est de Julian dont j'ai peur, pas de Beth. Quand ils étaient ici tous les deux, il aurait été inutile et dangereux de m'attaquer à Beth.

Mais maintenant, elle est à ma merci.

* * *

Une heure plus tard, je me glisse discrètement dans la cuisine. Comme je m'y attendais, Beth n'y est pas. C'est trop tôt pour préparer le dîner et trop tard pour le déjeuner.

Je suis pieds nus pour faire le moins de bruit possible. Je regarde prudemment autour de moi, j'ouvre un des tiroirs et j'en sors un grand couteau de boucher. En l'essayant sur le doigt, je vérifie qu'il coupe bien.

Une arme. Parfait !

La robe de plage que je porte possède une petite ceinture à la taille, j'y fais un nœud pour m'attacher le couteau dans le dos. C'est très rudimentaire, mais ça maintient le couteau en place. J'espère ne pas me couper le derrière avec la lame nue, mais même si ça arrivait, le risque en vaut la peine.

Ensuite, je prends un grand vase en céramique. Il est si lourd que j'ai du mal à le soulever à bout de bras. Je ne pense pas qu'un crâne d'homme ou de femme puisse y résister.

Maintenant que j'ai ces deux choses, je pars à la recherche de Beth.

Je la trouve sur la véranda, installée confortablement sur une chaise longue avec un livre, elle profite du grand air et de la magnifique vue sur l'océan. Quand je passe la tête par la porte, elle ne lève pas les yeux et je rentre vite à l'intérieur pour essayer de décider de la suite des évènements.

Mon plan est simple. Il faut la prendre par surprise et l'assommer avec le vase. Peut-être la ligoter. Ensuite, avec le couteau, je pourrais la menacer pour la forcer à me laisser entrer en contact avec le monde extérieur. De cette manière, je pourrais être sauvée et attaquer Julian en justice avant son retour.

Il suffit de trouver l'endroit idéal pour me mettre en embuscade.

En regardant autour de moi, je remarque un petit recoin vers l'entrée de la cuisine. En venant de la véranda, comme le fera vraisemblablement Beth, on ne voit pas ce qu'il y a dans ce recoin. Ce n'est pas l'endroit rêvé pour se cacher, mais c'est mieux que de s'attaquer à elle en terrain découvert. J'y vais et je me plaque contre le mur après avoir posé le vase sur le sol à côté de moi pour pouvoir l'attraper facilement.

En respirant profondément, j'essaie d'empêcher mes mains de trembler. Je ne suis pas violente, et pourtant me voilà prête à le lui fracasser sur la tête. Je ne veux pas y penser, mais je ne peux m'empêcher d'imaginer son crâne béant avec du sang partout comme dans un film d'horreur. Cette image me donne la nausée. Je me dis que ça ne va pas se passer comme ça et qu'elle aura sans doute un gros bleu ou une légère commotion cérébrale.

L'attente me semble interminable. Elle n'en finit pas, chaque seconde semble durer une heure. Mon cœur bat à tout rompre et je suis en sueur même s'il fait beaucoup moins chaud dans la maison qu'au-dehors.

Finalement, après ce qui m'a semblé une éternité, j'entends les pas de Beth. J'attrape le vase, je le soulève soigneusement à bout de bras et je retiens mon souffle quand elle arrive par la porte d'entrée en venant de la terrasse.

Au moment où elle me passe devant je serre le vase de toutes mes forces et je l'abaisse vers sa tête.

Mais je manque mon but. Au dernier moment, Beth a dû m'entendre bouger parce qu'à la place le vase l'atteint à l'épaule.

Elle pousse un cri de douleur et se frotte l'épaule.

— Quelle salope !

J'en ai le souffle coupé, mais j'essaie de lever de nouveau le vase sur elle. C'est trop tard. Elle s'en saisit et il tombe par terre, se brisant en dizaine de morceaux à nos pieds.

Je bondis en arrière, ma main droite cherche désespérément le couteau. *Merde, merde, merde !* Je parviens à en saisir le manche et je le brandis, mais avant de pouvoir faire quoi que ce soit, elle me prend le bras, rapide comme l'éclair. Son emprise est comme un étau autour de mon poignet droit.

Elle est toute rouge et ses yeux brillent, elle me tord le bras en arrière et me fait mal.

— Jette ce couteau, Nora, m'ordonne-t-elle brutalement, elle est vraiment furieuse.

Je panique et j'essaie de la frapper de l'autre main, mais elle réussit aussi à l'attraper. Visiblement, elle sait se battre, et visiblement, elle est plus forte que moi.

Mon bras droit me fait terriblement mal, mais j'essaie de lui donner un coup de pied. Il faut que je reprenne le dessus. C'est l'occasion ou jamais de m'échapper.

Mon pied atteint ses jambes, mais je n'ai pas de chaussures et je me fais plus de mal qu'à elle.

— Jette ce couteau, Nora, ou je te casse le bras, siffle-t-elle, et je sais qu'elle a vraiment l'intention de le faire. J'ai l'impression que mon épaule va se disloquer et je suis aveuglée par une vague de douleur qui court le long de mon bras.

Je tiens bon encore une seconde de plus et mes doigts laissent échapper le couteau. Il tombe bruyamment sur le sol.

Beth me lâche immédiatement pour s'en emparer.

Je recule, j'ai du mal à respirer, des larmes de souffrance et de frustration me coulent des yeux. Je ne sais pas ce qu'elle a l'intention de me faire et je n'ai pas envie de le savoir.

Alors je m'enfuis.

* * *

Je cours vite, je suis vraiment en forme. J'entends Beth courir derrière moi et m'appeler, mais ça m'étonnerait qu'elle ait fait de l'athlétisme.

Je sors de la maison en courant et je descends vers la plage. Des cailloux, des brindilles et du gravier me rentrent dans le pied, mais je m'en rends à peine compte.

Je ne sais pas où je vais, mais il ne faut pas que Beth réussisse à me rattraper. Je ne veux pas être enfermée dans la chambre ou encore pire.

— Nora !

Merde, elle aussi elle court vite ! J'accélère encore, et tant pis si j'ai mal aux pieds.

— Nora, ne fais pas n'importe quoi ! Tu ne pourras pas t'enfuir !

Je sais que c'est vrai, mais je ne peux plus accepter d'être une victime et rester sans rien faire. Je ne peux plus rester docilement dans cette maison, manger ce que Beth me prépare et attendre le retour de Julian.

Je ne peux plus lui permettre de me faire souffrir et accepter que mon corps le désire.

Les muscles de mes jambes sont douloureux et j'ai du mal à respirer, mais je surmonte ces sensations pénibles en faisant comme si je participais à une compétition et que la ligne d'arrivée ne soit plus qu'à une centaine de mètres.

J'ai l'impression de courir depuis des heures. Quand je jette un coup d'œil en arrière je m'aperçois que Beth est de plus en plus loin derrière.

Alors je ralentis un peu. Impossible de continuer à ce rythme. Sans trop réfléchir, je me dirige vers la côte rocheuse de l'île, là où je pourrai grimper dans les rochers et disparaître dans l'épaisse forêt qui les surplombe.

Il me faut encore dix minutes pour y parvenir. À ce moment-là, je ne vois plus Beth derrière moi.

Je ralentis et je grimpe dans les rochers. Maintenant que j'ai échappé au danger le plus pressant, je sens les coupures et les bleus sur mes pieds nus.

L'ascension est longue et pénible. Mes jambes tremblent, je n'ai pas l'habitude de faire de tels efforts et maintenant que le flot d'adrénaline ne coule plus, la fatigue arrive. Malgré tout, j'arrive en haut des rochers et je pénètre dans la forêt.

La végétation tropicale, abondante et luxuriante me cache des regards. Je m'enfonce dans la forêt en cherchant un endroit propice pour m'effondrer d'épuisement. Ce ne sera pas facile de me trouver ici. D'après mes souvenirs, pendant mon exploration, cette forêt recouvre une grande partie de ce côté de l'île.

Pour le moment, je devrais être en sécurité ici.

Alors que la nuit tombe, je me réfugie sous un grand arbre sous lequel les taillis sont particulièrement impénétrables. J'en dégage un petit coin pour m'y mettre en m'assurant que je ne suis pas à proximité d'une fourmilière ou d'autres insectes qui pourraient me piquer. Puis je me couche en ne prêtant pas attention à mes pieds en sang qui me font vraiment mal.

Ce n'est pas la première fois de ma vie que je suis reconnaissante envers mon père qui m'emmenait faire du camping quand j'étais petite. Grâce à tout ce qu'il m'a appris, je suis à l'aise dans la nature à l'état sauvage. Les insectes, les serpents, les lézards, rien ne me fait peur. Je sais qu'il faut être prudent avec certaines espèces, mais en général je n'en ai pas peur.

J'ai bien plus peur des monstres qui m'ont emmené dans cette île.

Maintenant que je suis loin de Beth, je peux réfléchir avec un peu plus de lucidité.

Ce n'est pas en faisant un peu d'exercice à la salle de sport et du yoga qu'elle a obtenu un corps mince et musclé comme le sien.

Elle est forte, probablement aussi forte que certains hommes, et beaucoup plus forte que moi.

Et elle semble avoir appris certaines techniques de combat. Peut-être les arts martiaux ? Il est clair que j'ai commis une erreur en essayant de la faire prisonnière. J'aurais dû lui planter le couteau dans le dos quand elle ne me regardait pas.

Mais ce n'est pas trop tard. Je peux retourner en catimini à la maison et la prendre par surprise. J'ai besoin d'avoir accès à l'internet et j'en ai besoin tout de suite, avant le retour de Julian.

Je ne sais pas ce qu'il me fera pour m'être attaquée à Beth et je n'ai certainement pas envie de le découvrir.

CHAPITRE DIX

Une étrange sensation me réveille le lendemain matin. On dirait presque…

— Oh merde !

Je sursaute en essayant de faire partir une araignée aux longues pattes qui se promène tranquillement le long de mon bras.

Elle s'en va et je me frotte fébrilement le visage, les cheveux et le corps pour me débarrasser des autres insectes qui pourraient s'y trouver.

C'est vrai que je n'ai pas peur des araignées, mais je n'aime pas tellement qu'elles me viennent dessus.

Ce n'est pas vraiment la meilleure façon de se réveiller.

Les battements de mon cœur redeviennent normaux et je fais le point sur la situation. J'ai soif et je suis toute courbaturée après avoir dormi sur le sol dur. Je suis sale et j'ai mal aux pieds. En levant une jambe, je me regarde la plante du pied. Il me semble bien qu'il y a du sang séché à cet endroit.

J'ai tellement faim que mon ventre fait des gargouillis. Je n'ai rien mangé hier soir et je meurs de faim.

Par contre, Beth n'a pas encore réussi à me dénicher.

Je ne sais pas vraiment que faire maintenant. Peut-être retourner à la maison et essayer de tendre une nouvelle embuscade à Beth ?

Je réfléchis et je décide que c'est sans doute la meilleure solution. Sinon, tôt ou tard, Beth ou Julian vont me retrouver. L'île n'est pas très grande et je ne pourrais pas leur échapper longtemps. Et je ne peux pas prendre le risque de perdre du temps et d'hésiter, Julian pourrait revenir plus tôt que prévu. À deux contre un je n'aurais aucune chance.

D'ailleurs, j'ai de plus en plus faim et la tête me tourne quand je ne mange pas à heures fixes. Je pourrais sans doute trouver de l'eau douce pour boire, mais c'est plus compliqué de trouver à manger. Je ne sais pas où Beth cueille les mangues qu'elle m'a servies. Si j'essaie de me cacher encore deux ou trois jours je serai sans doute trop faible pour me battre, surtout contre cette satanée Princesse Guerrière.

Et de plus, elle ne s'attend peut-être pas à me voir revenir si vite, je pourrai peut-être la prendre par surprise.

Je respire donc profondément et je me mets en marche ou plutôt je me dirige vers la maison en boitant. Je sais que ça risque de mal se terminer, mais je n'ai pas le choix. Ou bien je me bats tout de suite, ou je resterai indéfiniment une victime.

Le trajet prend environ deux heures. Je suis forcée de m'arrêter à plusieurs reprises tellement j'ai mal aux pieds.

La situation ne manque pas d'ironie, je me suis échappée parce que j'avais peur de souffrir et le résultat c'est que je me suis faite vraiment très mal. Julian serait probablement ravi de me voir dans cet état. *Ce salaud, ce pervers !*

J'arrive finalement à la maison et je m'accroupis derrière de gros buissons qui sont près de la porte d'entrée. Je ne sais pas si elle est fermée à clé ou pas, mais ça ne semble pas possible de rentrer tranquillement comme si de rien n'était. Si ça se trouve, Beth est tout près, dans le salon.

Non, il faut d'abord trouver un plan.

Après quelques minutes, je me dirige avec précaution à l'arrière de la maison vers la grande véranda où je me suis attaquée à Beth hier.

Je suis soulagée de n'y trouver personne.

En faisant attention à ne pas faire de bruit j'ouvre la porte de la véranda et je me glisse à l'intérieur. Je tiens une grosse pierre dans la main. Je préférerais un couteau ou un fusil, mais je dois me contenter d'une pierre pour le moment.

Je marche en crabe vers l'une des fenêtres, je jette un coup d'œil à l'intérieur et j'ai la satisfaction de ne voir personne dans le salon.

Il n'y a pas un bruit dans la maison. Personne ne fait la cuisine ou ne met la table.

L'horloge digitale du salon indique 7 h 12. J'espère que Beth dort toujours.

Sans lâcher la pierre, je me glisse dans la cuisine et j'y trouve un autre couteau. Munie de la pierre et du couteau, je monte l'escalier avec précaution.

La chambre de Beth est la première sur la gauche. Je le sais parce qu'elle me l'a montrée en me faisant visiter la maison.

Je retiens mon souffle, j'ouvre doucement la porte… et je reste figée sur place.

Assis sur le lit, se trouve celui que je redoute le plus au monde.

Julian.

Il est rentré plus tôt que prévu.

* * *

— Bonjour Nora !

Sa voix a une douceur trompeuse, son visage parfait est entièrement dénué d'expression. Mais sous cette apparence, je sens brûler sa rage en silence.

Pendant un instant, je ne peux rien faire d'autre si ce n'est le regarder fixement, la terreur me paralyse. Je n'entends que le tumulte de mes propres battements de cœur. Et puis je commence à reculer, sans le quitter des yeux. J'ai levé les mains devant moi pour me protéger, mais je tiens toujours la pierre et le couteau.

Au même moment, des mains resserrent leur étau sur mes bras et me font très mal aux poignets. C'est Beth qui est arrivée par derrière, je crie et j'essaie de me débattre, mais elle est trop forte pour moi. Le couteau a pivoté dans ma main, il me touche presque l'épaule.

En un éclair, Julian m'a bondi dessus et m'a arraché le couteau et la pierre. Beth me relâche et Julian m'attrape, il me serre très fort tandis que je hurle et que je me tortille comme une folle dans ses bras.

Plus je me débats, plus il resserre les bras jusqu'à ce que je sois sur le point de perdre connaissance parce qu'il m'empêche de respirer.

Ensuite, il me porte en dehors de la chambre de Beth.

À ma plus grande surprise, il m'emmène au rez-de-chaussée et s'arrête devant la porte de son bureau. Un petit panneau latéral s'ouvre et je vois une lumière rouge passer devant le visage de Julian, elle ressemble aux lasers des caisses de supermarchés.

Alors la porte s'ouvre.

Je réprime une exclamation de surprise. La porte de son bureau est activée par un balayage rétinien, une invention que je n'ai vue que dans les films d'espionnage.

Je continue à me débattre quand il me porte à l'intérieur, mais c'est inutile. Rien ne peut desserrer ses bras, il me tient de telle manière que je ne peux lui échapper.

Me voici de nouveau impuissante entre ses bras.

Des larmes d'amertume et de frustration coulent le long de mon visage. C'est affreux d'être si faible, d'avoir été maîtrisée si facilement. Notre lutte ne lui a pas demandé le moindre effort.

À quoi m'attendre de sa part ? Je n'en sais rien. Peut-être va-t-il me battre ou me prendre brutalement.

Mais il se contente de me poser par terre une fois que nous sommes dans son bureau.

Dès qu'il me lâche, je recule de quelques pas pour mettre un peu de distance entre nous.

Il me sourit, et il y a quelque chose d'inquiétant dans la beauté de ce sourire.

— Détends-toi, mon chou. Je ne vais pas te faire de mal. En tout cas pas pour le moment.

Je le vois aller vers un grand bureau et ouvrir un tiroir où il prend une télécommande. Puis il la dirige vers le mur qui est derrière moi.

Je me retourne avec méfiance et je fixe des yeux deux grandes télévisions à écrans plats. Elles semblent très sophistiquées et ne ressemblent pas à celles dont j'ai l'habitude.

L'écran de gauche s'allume. L'image est tellement inattendue qu'elle me semble étrange.

On dirait une chambre banale chez quelqu'un. Le lit est défait, les draps sont en désordre sur le matelas. Les murs sont couverts de posters représentant différents joueurs de football américain et il y a un ordinateur portable sur le bureau.

— Tu reconnais cet endroit ? demande Julian.

Je secoue la tête.

— Bon, dit-il. J'en suis content.

— C'est la chambre de qui ? ai-je demandé. Je commence à avoir la nausée.

— Tu ne devines donc pas ?

Je le fixe des yeux, j'ai de plus en plus froid.

— La chambre de Jake ?

— Oui, Nora, c'est la chambre de Jake.

Je suis parcourue de frissons.

— Mais pourquoi apparaît-elle sur ton écran de télévision ?

— Tu te souviens, je t'ai dit que Jake était sain et sauf tant que tu te conduisais convenablement.

Je retiens un instant ma respiration.

— Oui… Mon murmure est à peine audible.

C'est vrai, j'étais tellement obnubilée par ma propre situation que j'ai oublié la menace qu'il avait proférée contre Jake tout au début de ma captivité. Et d'ailleurs, je crois ne pas l'avoir prise au sérieux, surtout quand je me suis rendu compte que nous étions sur une île située à des milliers de kilomètres de ma ville natale. Plus ou moins consciemment, j'étais convaincue que Julian ne pouvait pas vraiment nuire à Jake. Pas à distance en tout cas.

— Bon, dit Julian. Alors tu vas comprendre pourquoi j'agis ainsi. Je ne veux pas t'enfermer ni t'empêcher d'aller et venir. Tu vas habiter ici et je veux que tu y sois heureuse…

Être heureuse ici ? J'en suis de plus en plus certaine, il est fou.

— Mais je ne peux pas te laisser essayer de faire du mal à Beth et essayer vainement de t'échapper. Il faut que tu saches quelles conséquences ont tes actions…

J'ai de plus en plus mal au cœur.

— Je suis désolée ! Je ne recommencerai pas ! Non, c'est promis ! Je parle si vite que je bafouille. Je ne sais pas si je peux empêcher ce qui va se passer, mais je dois essayer. Je ne ferai plus de mal à Beth et je n'essaierai plus de m'enfuir. Je vous en prie, Julian, j'ai appris ma leçon…

Julian me regarde presque avec tristesse.

— Non, Nora, tu n'as pas appris ta leçon. À cause de toi, il a fallu que je revienne aujourd'hui et que j'abrège mon voyage d'affaires. Beth n'est pas ici pour te servir de geôlière. Ce n'est pas son rôle. Elle est ici pour s'occuper de toi, pour s'assurer que tu as tout ce dont tu as besoin et pour que tu sois bien. Je ne peux pas accepter que tu la remercies de sa gentillesse en essayant de la tuer…

— Je n'ai pas essayé de la tuer ! Je voulais seulement…

Je m'arrête ne voulant pas lui révéler mon plan.

— Tu croyais pouvoir la prendre en otage ? Maintenant, Julian a l'air amusé. Pour faire quoi ? L'obliger à te faire quitter l'île ? T'aider à entrer en contact avec le monde extérieur ?

Je le regarde sans dire ni oui ni non.

— Eh bien, Nora, laisse-moi t'expliquer quelque chose. Même si ton plan avait réussi, et ce n'était pas possible parce que Beth est parfaitement capable de maîtriser une petite gamine comme toi, elle n'aurait rien pu faire pour t'aider. Quand je pars, l'avion aussi. Il n'y a ni bateau ni aucun autre moyen de s'enfuir.

Ce qu'il vient de dire confirme ce que je soupçonnais après mon exploration de l'île. Mais j'espère toujours que…

— Et je suis le seul à avoir accès à ce bureau. Il n'y a aucun ordinateur et aucun autre moyen de communication dans le reste de la maison. La seule chose que Beth puisse faire c'est de m'envoyer un message direct sur une ligne spéciale que nous avons mise en place. Donc tu vois mon chou, elle ne t'aurait servi à rien si tu l'avais prise en otage.

Encore un espoir qui s'envole… Chacune de ses phrases est comme un clou planté dans mon cercueil. S'il dit la vérité, ma situation est infiniment plus grave que je ne le redoutais.

Je veux crier, hurler, lui jeter quelque chose à la figure, mais ce n'est pas le moment de perdre pied. Donc je hoche la tête et je feins d'être calme et raisonnable.

— Je comprends. Je suis désolée Julian. Je ne savais rien de tout cela. Je n'essaierai plus de m'enfuir et je ne ferai aucun mal à Beth. Je vous en prie, croyez-moi…

— J'aimerais bien, Nora. Il semble presque le regretter. Mais c'est impossible. Tu ne sais pas encore qui je suis, tu ne sais donc pas si tu me peux me croire. Il faut te montrer que je suis un homme de parole. Plus vite, tu accepteras l'inévitable, mieux ça vaudra pour toi.

Et sur ces mots, il prend quelque chose dans sa poche et en sort un objet qui ressemble à un téléphone. Il appuie sur un bouton, attend deux ou trois secondes et dit d'un ton sec :

— Vous pouvez y aller.

Puis il se concentre sur l'écran de télévision.

Et moi aussi, la peur au ventre.

La télévision continue de montrer une pièce vide, mais quelques secondes plus tard Jake y entre.

Il semble terrifié. L'un de ses yeux est poché et son nez est tordu, comme s'il était cassé. Derrière lui, il y a la silhouette de quelqu'un de grand qui brandit une arme.

Je suis horrifiée, mais je réussis à balbutier :

— Non, je vous en prie !

Je ne me rends même pas compte d'avoir bougé, mais en désespoir de cause j'ai agrippé le bras de Julian.

— Regarde bien, Nora ! Le visage de Julian est dénué de toute émotion quand il me prend dans ses bras et me maintient devant l'écran de télévision. Je veux que tu saches une fois pour toutes quelles sont les conséquences de tes actions.

Tout à coup sur l'écran son complice masqué s'approche de Jake…

— Non !

Et il le frappe violemment avec la crosse de son arme. Jake trébuche en reculant, du sang coule aux coins de ses lèvres.

— Non, je vous en prie ! Je sanglote et je me débats, mais l'emprise de Julian est un véritable étau. J'ai les yeux rivés sur cette scène de violence qui se déroule à des milliers de kilomètres.

L'agresseur de Jake est impitoyable, il le frappe sans relâche. Je hurle, c'est comme si chaque coup me frappait droit au cœur. Chaque fois que Jake est touché, c'est comme si quelque chose mourrait en moi, comme si disparaissait l'espoir en un avenir meilleur qui m'a permis de tenir le coup jusqu'à maintenant.

Quand Jake tombe à genoux, le type lui donne des coups de pieds dans les côtes et je l'entends gémir de douleur.

— Je vous en prie, Julian… ai-je murmuré en m'avouant vaincue. Je m'effondre dans ses bras. Je vous en prie, arrêtez… Je sais que j'implore la pitié de quelqu'un d'impitoyable. Il va tuer Jake sous mes yeux et je n'y peux absolument rien.

Mon ravisseur laisse encore Jake se faire tabasser pendant une minute avant de me lâcher et de sortir son téléphone. Je le fixe des yeux en tremblant des pieds à la tête. Je n'ose plus rien espérer.

Julian écrit rapidement un SMS. Sur l'écran, je vois l'agresseur de Jake s'arrêter et prendre quelque chose dans sa poche.

Puis il cesse ses coups et sort de la pièce.

Il laisse Jake allongé sur le sol, couvert de sang. Je reste rivée à l'écran, j'ai besoin de savoir s'il est encore en vie. Une minute plus tard, je l'entends gémir et je le vois se lever. Il boitille jusqu'au téléphone, ses mouvements sont ceux d'un vieillard et non plus d'un jeune homme plein de force.

Et puis je l'entends appeler les services de secours.

Je m'affaisse par terre et j'enfouis mon visage dans mes mains.

Julian a gagné.

Je sais que ma vie ne m'appartiendra plus jamais.

CHAPITRE ONZE

Quand je me réveille le lendemain matin Julian est reparti.

Je ne me souviens plus de ce qui s'est passé hier après m'être effondrée dans son bureau. Le reste de la journée est vague dans mon esprit. C'est comme si mon cerveau avait renoncé, incapable de soutenir la violence à laquelle j'avais assisté. Il me semble avoir vaguement l'impression que Julian m'a prise dans ses bras et portée vers la douche. Il a dû faire ma toilette et me bander les pieds parce qu'ils sont couverts de gaze ce matin et me font beaucoup moins mal quand je marche.

Je ne sais pas s'il a couché avec moi la nuit dernière. Mais s'il l'a fait, il a dû être plus attentionné que d'habitude parce que je n'ai pas mal ce matin. Par contre, je me souviens qu'il a dormi dans mon lit et que son grand corps enlaçait le mien.

D'une certaine manière, ce qui s'est passé simplifie la situation. Quand il n'y a plus aucun espoir, quand il n'y a plus de choix, tout devient particulièrement clair. La réalité, c'est que toutes les cartes sont entre les mains de Julian. Je lui appartiendrai aussi longtemps qu'il désirera me garder prisonnière. Je ne peux pas m'enfuir, je n'ai aucune solution.

Et maintenant que j'en ai pris mon parti, ma vie devient plus facile. Sans m'en apercevoir, cela fait déjà neuf jours que je suis ici.

C'est ce que me dit Beth au petit déjeuner.

Je me suis habituée à tolérer sa présence. Je n'ai pas le choix, en l'absence de Julian elle est la seule personne avec laquelle j'ai des contacts. Elle me fait à manger, s'occupe de mes vêtements, et fait le ménage. Elle est presque comme une nounou sauf qu'elle est jeune et pas toujours de bonne humeur. Je ne crois pas qu'elle m'ait complètement pardonné d'avoir essayé de l'assommer. Peut-être que sa fierté en a souffert.

J'essaie de ne pas trop l'agacer. Dans la journée, je sors et je passe le plus clair de mon temps à la plage ou à la découverte de la forêt. Je reviens à la maison pour les repas et pour prendre un nouveau livre à lire. Beth m'a dit que Julian m'en rapportera d'autres quand j'aurai fini de lire la centaine qui est actuellement dans ma chambre.

Je devrais être déprimée. Je le sais bien. Je devrais être amère, pleine de rage, je devrais détester Julian et détester cette île. Et quelquefois, c'est ce qui se passe. Mais ça prend tellement d'énergie de toujours être une victime. Quand je suis allongée sous le chaud soleil, absorbée par ce que je lis, je ne déteste plus rien. Je me laisse simplement emporter par l'imagination de tel ou tel auteur.

J'essaie de ne pas penser à Jake. Mon sentiment de culpabilité est presque insupportable. Rationnellement, je sais que c'est Julian le coupable, mais je ne peux pas m'empêcher de me sentir responsable. Si je n'étais jamais sortie avec Jake, il ne lui serait rien arrivé. Si je n'avais pas engagé la conversation avec lui à sa fête, il n'aurait pas été sauvagement tabassé.

Je ne sais toujours pas qui est Julian ni comment il peut avoir autant d'influence. Son mystère reste entier pour moi.

Peut-être appartient-il à la Mafia. Cela pourrait expliquer qu'il ait des gangsters à son service. Ou bien ce pourrait simplement être quelqu'un d'excentrique et de fortuné qui a des tendances de psychopathe. Je n'en sais vraiment rien.

Quelquefois le soir je pleure jusqu'à ce que le sommeil vienne. Ma famille et mes amis me manquent. Sortir en boîte et aller danser me manque. Être en contact avec les autres me manque aussi, que ce soit échanger sur Facebook, sur Twitter ou passer un moment avec mes amies. J'aime bien lire, mais ça ne me suffit pas. Il me faut autre chose.

Quand ça devient vraiment trop pénible, j'essaie d'en parler à Beth.

— Je m'ennuie, lui ai-je dit un soir pendant le dîner. Une fois de plus, on mange du poisson. Beth m'a dit que c'était elle qui le pêchait près de la crique qui est de l'autre côté de l'île. Cette fois, il est servi avec une salsa à la mangue. Heureusement que j'aime bien le poisson et les fruits de mer parce que j'en mange très souvent depuis que je suis ici.

— Ah bon ? Elle semble trouver ça drôle. Pourquoi ? Tu n'as pas assez de livres ?

Je roule des yeux.

— Si, il m'en reste encore à peu près soixante-dix à lire. Mais il n'y a rien d'autre à faire…

— Tu veux venir à la pêche avec moi demain ? me demande-t-elle d'un air moqueur. Elle sait que je ne l'aime pas beaucoup et elle est certaine que je vais tout de suite lui dire non. Mais elle ne se rend pas compte à quel point j'ai besoin d'être avec mes semblables.

— D'accord ! Je lui dis, et ma réponse l'a vraiment prise par surprise. Je ne suis jamais allée à la pêche et je ne suppose pas que ce soit particulièrement agréable, surtout si Beth doit passer son temps à être de mauvaise humeur. Mais au point où j'en suis, je ferai vraiment n'importe quoi pour échapper à la routine.

— Alors d'accord, dit-elle. Le meilleur moment d'attraper ces cons c'est juste au lever du soleil. Tu t'en sens capable ?

— Bien sûr, lui ai-je dit. Normalement, je déteste me lever de bonne heure, mais je passe tellement de temps à dormir ici que je suis certaine que ça ira. Je dois dormir près de dix heures par nuit et quelquefois je fais la sieste au soleil l'après-midi. C'est vraiment ridicule. C'est comme si mon corps imaginait que je suis en vacances dans une station balnéaire. Visiblement, ça peut être bénéfique d'être privée d'internet et d'autres distractions ; je ne crois pas, m'être jamais autant reposé de ma vie.

— Alors tu devrais bientôt aller te coucher parce que je viendrai te chercher de bonne heure, me prévient-elle.

Je hoche la tête en finissant mon repas. Puis, je monte dans ma chambre et une fois de plus je pleure jusqu'à ce que je réussisse à m'endormir.

* * *

— Quand est-ce que Julian va revenir ? Je demande en regardant Beth qui place avec précaution un appât au bout de l'hameçon. Ce qu'elle fait a l'air répugnant et je suis contente qu'elle ne me demande pas de l'aider.

— Je ne sais pas, dit-elle. Il reviendra quand il aura fini ce qu'il a à faire.

— De quelles sortes d'affaires s'agit-il ? Je le lui ai déjà demandé, mais j'espère qu'un de ces jours Beth me répondra.

Elle soupire.

— Nora, arrête de te mêler de ce qui ne te regarde pas.

— Mais qu'est-ce que ça peut faire que je le sache ou non ? Je la regarde d'un air contrarié. De toute façon, je suis bloquée ici. Je veux seulement savoir qui il est, c'est tout. Tu ne penses pas que c'est normal d'être curieuse dans la situation où je suis ?

Elle soupire une nouvelle fois et lance la ligne dans la mer d'un geste précis et expérimenté.

— Bien sûr que si. Mais Julian te dira tout quand il voudra que tu le saches.

Je respire profondément. Visiblement, je n'arriverai à rien avec ce genre d'interrogatoire.

— Ta loyauté est à toute épreuve, c'est ça ?

— Oui, dit simplement Beth. C'est ça.

Parce qu'il lui a sauvé la vie. J'aimerais aussi en savoir davantage à ce sujet, mais je sais qu'il ne faut pas lui en parler non plus. Donc je lui dis :

— Depuis combien de temps le connais-tu ?

— Environ dix ans, dit-elle.

— Depuis qu'il a dix-neuf ans ?

— Oui, exactement.

— Et comment vous êtes-vous rencontrés ?

Elle serre les mâchoires.

— Ça ne te regarde pas.

Et voilà… De nouveau, j'ai touché au sujet tabou. Mais je décide de continuer.

— C'était quand il t'a sauvé la vie ? C'est comme ça que tu l'as rencontré ?

Elle me regarde d'un œil mauvais.

— Nora, je t'ai demandé de ne pas te mêler de ce qui ne te regarde pas.

— Bon, d'accord… Son refus de me répondre me semble éloquent. Je passe à un autre sujet qui m'intéresse. Et pourquoi est-ce que Julian m'a amenée ici ? Je veux dire ici, sur cette île ? Il n'y est même pas.

— Il va bientôt revenir. Elle me regarde d'un air ironique. Pourquoi, il te manque ?

— Non ! bien sûr que non ! Je la regarde comme si cette question m'avait blessée. Elle lève les sourcils.

— Vraiment ? Même pas un tout petit peu ?

— Pourquoi est-ce qu'un tel monstre me manquerait ? ai-je dit entre mes dents, tout à coup je sens une colère folle me brûler le ventre. Après ce qu'il m'a fait ? Et après ce qu'il a fait à Jake ?

Elle a un petit rire.

— « Il me semble que la dame proteste trop pour être honnête… »

Je me relève d'un bond, son ton moqueur m'est devenu insupportable. Je la déteste tellement en ce moment. Si j'avais un couteau sous la main je la frapperais volontiers. Je ne me mets pas facilement en colère, mais il y a quelque chose chez Beth qui m'exaspère.

Heureusement, avant de partir comme une furie et de me ridiculiser complètement, je reprends le contrôle de moi -même. Je respire profondément et je fais comme si tout allait bien entre nous. Je vais vers la mer, j'y trempe un doigt de pied pour en tester la température et puis je reviens m'asseoir à côté de Beth.

— L'eau est vraiment chaude de ce côté de l'île, ai-je dit calmement comme si la colère qui bouillonne encore en moi s'était apaisée.

— Ouais, ça semble bien convenir aux poissons, répond-elle de la même voix calme. J'en attrape toujours des beaux dans ce coin.

Je hoche la tête et je regarde la mer. Le son des vagues est apaisant et m'aide à me maîtriser. Je ne comprends pas vraiment pourquoi j'ai réagi si violemment à ses taquineries. C'est évident, il fallait me contenter de la regarder d'un air méprisant et de réfuter froidement sa suggestion ridicule. Au lieu de ça, j'ai mordu à l'hameçon.

Pourrait-il y avoir une part de vérité dans ce qu'elle a dit ? Est-ce pour cela que ça m'a tellement agacée ? Se pourrait-il que Julian me manque ?

Cette pensée me répugne tant qu'elle me donne envie de vomir.

J'essaie d'y réfléchir d'une manière rationnelle pendant un moment pour essayer de mettre au clair les émotions confuses qui s'entremêlent dans mon cœur.

C'est vrai, une petite part de moi lui en veut de me laisser ici, sur cette île, seule avec Beth. Pour quelqu'un qui est censé me désirer au point de m'enlever, Julian ne se montre certainement pas très attentif.

Mais, je n'ai que faire de ses attentions. Je veux qu'il reste le plus loin possible de moi. Et pourtant, en même temps, je ressens son éloignement comme une insulte. C'est comme si je n'étais pas assez désirable pour lui donner envie de rester ici.

Dès que j'analyse tout cela d'une manière logique, je m'aperçois de l'absurdité et des contradictions de mes émotions. Tout ceci est tellement stupide que je m'en veux.

Je ne vais pas être une de ces filles qui tombent amoureuses de leur ravisseur. Je le refuse. Je sais que le fait d'être seule ici met mon bon sens en péril, mais je suis déterminée à l'empêcher.

Je ne peux sans doute pas échapper à Julian, mais je peux refuser de l'avoir dans la peau.

* * *

Il revient deux jours plus tard.

Je m'en aperçois quand il me réveille de la sieste que je faisais sur la plage.

Au départ, il me semble que c'est un rêve. Et dans ce rêve, je suis au chaud, en sécurité dans mon lit. Des mains douces et apaisantes commencent à me toucher et à me caresser. Je me cambre vers elles, leurs caresses me plaisent, je savoure le plaisir qu'elles me donnent.

Et puis je sens des lèvres chaudes sur mon visage, mon cou, ma clavicule. Je gémis doucement et les mains qui me caressent se font plus pressantes, elles tirent sur les bretelles de mon haut de bikini, elles descendent ma culotte de maillot de bain le long de mes jambes…

Julian est accroupi sur moi et il me regarde avec ce sourire d'ange des ténèbres qui est le sien. Je suis déjà nue, allongée sur la grande serviette de bain que Beth m'a donnée ce matin. Il est nu lui aussi, et en pleine érection.

Je le fixe des yeux, mon cœur bat à se rompre, l'excitation se mêle à l'appréhension.

— Vous êtes de retour, ai-je dit en constatant cette évidence.

— Oui, murmure-t-il en se penchant et en m'embrassant le cou. Avant de me donner le temps de rassembler mes idées éparses, il est déjà allongé sur moi, son genou m'écarte les jambes et son sexe en érection vient frotter ma délicate ouverture.

Quand il commence à pousser en moi, je ferme les yeux de toutes mes forces. Je suis excitée, mais il me fait quand même mal en m'étirant pour se glisser jusqu'au bout. Il s'arrête un instant, pour me laisser m'habituer à cette sensation, puis il commence à bouger, d'abord lentement puis sur un rythme de plus en plus soutenu.

Ses coups m'enfoncent dans la serviette, et je sens glisser le sable sous mon dos. J'attrape ses larges épaules, j'ai besoin de me retenir quelque part alors que la tension que je connais bien commence à se faire sentir dans mon bas-ventre. Son gland frotte un point sensible en moi et j'en perds le souffle, je me cambre pour qu'il aille encore plus profondément, j'ai besoin que cette sensation intense s'approfondisse encore, je veux qu'il me fasse jouir.

— Est-ce que je t'ai manqué ? me souffle-t-il à l'oreille tout en ralentissant pour retarder l'orgasme.

J'ai assez de présence d'esprit pour secouer la tête.

— Menteuse ! murmure-t-il et il devient plus violent et plus brutal. Il m'entraîne implacablement de plus en plus haut jusqu'à ce que je me mette à hurler, mes ongles lui labourent le dos tellement je suis frustrée de sentir chaque fois la délivrance m'échapper.

Mais finalement, j'y parviens, il me semble voler en éclats quand un puissant orgasme me traverse et me laisse pantelante et haletante dans son sillage.

Tout à coup, il me prend par surprise et me retourne sur le ventre.

Je me mets à crier, j'ai peur, mais il se contente de me pénétrer de nouveau et de continuer à me baiser par-derrière, son grand corps pèse lourdement sur le mien. Il m'entoure de toutes parts ; mon visage est enfoui dans la serviette de bain et je peux à peine respirer. Je ne sens que lui : le va-et-vient de sa grosse verge en moi, la chaleur de sa peau. Dans cette position, il va encore plus loin que d'habitude et je ne peux m'empêcher de soupirer de douleur quand son gland heurte le col de mon utérus à chacun des mouvements de ses hanches. Et pourtant cette sensation pénible ne semble pas empêcher la tension de renaître en moi et je jouis une nouvelle fois, mes muscles intimes ne peuvent s'empêcher de se contracter autour de sa verge.

Il gronde brutalement puis je le sens jouir, à son tour, sa verge se secoue et s'agite en moi, son pelvis me martèle. Mon plaisir en est redoublé et se prolonge encore. C'est comme si nous étions liés, mes contractions ne s'arrêtent qu'avec les siennes.

Quand tout est fini, il me roule sur le dos, me libère et je reprends mon souffle en tremblant. Mes bras et mes jambes sont en coton, mais j'arrive à me mettre à quatre pattes pour retrouver mon bikini et je l'enfile tandis qu'il me regarde avec un sourire paresseux sur sa belle bouche. C'est évident, je suis vulnérable. Je suis une femme aussi vulnérable que possible : complètement à la merci de quelqu'un de fou et d'impitoyable. Ce ne sont pas quatre petits bouts de tissu qui vont réussir à me protéger de lui.

D'ailleurs, rien ne pourra me protéger s'il décide de vraiment me faire du mal.

Je décide de ne pas y penser. À la place, je lui demande :

— Où étiez-vous ?

Il sourit de plus belle.

— Tu vois bien que je t'ai manqué !

Je lui jette un regard sardonique et j'essaie de faire comme s'il n'était pas nu et allongé à moins d'un mètre de moi.

— C'est ça, vous m'avez manqué.

Il se met à rire, ma mauvaise humeur ne semble nullement le déranger.

— Je le savais bien ! dit-il. Et il se lève pour mettre un slip de bain qui était dans le sable à côté de nous.

Il se retourne vers moi et m'offre la main.

— On va se baigner ?

Je le fixe des yeux. Il plaisante ? Il s'imagine que je vais aller me baigner avec lui comme si nous étions amis ?

— Non merci, ai-je dit en reculant d'un pas.

Il fronce légèrement des sourcils.

— Pourquoi pas, Nora ? Tu ne sais pas nager ?

— Bien sûr que si, ai-je dit avec indignation. Mais je ne veux pas nager avec vous.

Il hausse les sourcils.

— Pourquoi pas ?

— Eh bien… sans doute parce que je vous déteste ? Je ne sais pas pourquoi je suis aussi courageuse aujourd'hui, mais il me semble que son absence a atténué la peur qu'il m'inspire. Ou peut-être, c'est parce qu'il semble vraiment de bonne humeur et que ça rend la situation un tout petit peu moins effrayante.

Il sourit de nouveau.

— Tu ne sais pas ce que c'est que la haine, mon chat. Tu n'aimes peut-être pas ce que je fais, mais tu ne me détestes pas. Tu ne le peux pas, ce n'est pas dans ta nature.

— Qu'est-ce que vous en savez ? Sans trop savoir pourquoi, ce qu'il vient de dire me blesse. Comment peut-il oser dire que je ne peux pas haïr mon ravisseur ? Pour qui se prend-il, de me dire ce que je peux sentir ou pas ?

Il me regarde, ses lèvres dessinent toujours le même sourire.

— Je sais que tu as eu ce qu'on appelle une enfance normale, Nora, dit-il d'une voix douce. Je sais que tu as été élevée par des parents qui t'aiment, avec de bons amis, des petits amis sérieux. Comment pourrais-tu savoir ce qu'est vraiment la haine ?

Je le regarde fixement.

— Et vous, vous le savez ? Vous savez ce que c'est que la haine ?

L'expression de son visage se durcit.

— Oui, malheureusement, et au son de sa voix je sais qu'il dit vrai.

J'en ai la nausée.

— C'est moi que vous détestez ? Je murmure. C'est pour ça que vous me traitez de cette manière ?

À mon immense soulagement, il semble étonné.

— Te détester ? Non, pas du tout. Je ne te déteste pas mon chat.

— Mais alors pourquoi ? Je lui fais de nouveau, déterminée à obtenir une réponse de sa part. Pourquoi m'avoir enlevée et amenée ici ?

Il me regarde, le bleu extraordinaire de ses yeux contraste avec sa peau bronzée.

— Parce que j'avais envie de toi, Nora. Je te l'ai déjà dit. Et parce que je ne suis pas quelqu'un de bien. Mais tu t'en es déjà rendu compte, n'est-ce pas ?

J'avale ma salive et je regarde le sable. Il n'a absolument pas honte de ses actions. Il sait que ce qu'il fait est mal et ça lui est complètement égal.

— Vous êtes un psychopathe ? Je ne sais pas ce qui me pousse à lui demander ça. Je ne veux pas le mettre en colère, mais je ne peux pas m'en empêcher, je veux comprendre. En retenant mon souffle, je lève de nouveau les yeux vers lui.

Heureusement, il ne semble pas blessé par ma question. Au contraire, il a l'air pensif quand il s'assied sur la serviette de bain à côté de moi.

— Peut-être, dit-il après deux ou trois secondes. Un docteur pensait que j'étais limite psychopathe. Je ne corresponds pas à tous les critères, alors il n'y a pas de diagnostic définitif.

— Vous avez vu un docteur ? Je ne sais pas pourquoi je suis aussi stupéfaite. Peut-être parce qu'il ne semble pas le genre d'homme à aller voir un psy.

Il me sourit.

— Oui, j'en ai vu un pendant un certain temps.

— Pourquoi ?

Il hausse des épaules.

— Parce que j'ai pensé que ça pourrait m'aider.

— Vous aider à moins vous comporter en psychopathe ?

— Non, Nora. Il me regarde ironiquement. Si j'étais vraiment un psychopathe, rien ne pourrait m'en empêcher.

— Pourquoi alors ? Je sais que ce sont des questions très intimes, mais il semble qu'il me doit la vérité. Et d'ailleurs si on ne peut pas être intime avec un homme qui vient de vous baiser sur la plage, alors quand peut-on l'être ?

— Tu es un petit chaton très curieux, tu sais ? dit-il doucement en mettant la main sur ma cuisse. Tu es sûre que tu veux vraiment le savoir, mon chat ?

Je hoche la tête en essayant de faire comme si ses doigts n'étaient pas à quelques centimètres de la ligne de mon maillot. Les sentir là est à la fois excitant et gênant et met complètement mon équilibre en péril.

— Je suis allé chez un thérapeute après avoir tué ceux qui ont assassiné mes parents, dit-il à voix basse en me regardant. Je croyais que ça m'aiderait.

Je le regarde sans le voir.

— Vous aidez à accepter le fait de les avoir tués ?

— Non, dit-il. À accepter le fait que je voulais continuer à tuer.

J'ai la nausée et j'ai la chair de poule là où Julian me touche. Il vient d'admettre quelque chose de tellement affreux que je ne sais même pas comment réagir.

Comme si j'étais au loin, j'entends ma propre voix lui demander :

— Et ça vous a aidé ? Je donne l'impression d'être calme, comme si l'on parlait de la pluie et du beau temps et non pas de quelque chose de tragique.

Il se met à rire.

— Non, mon chat, ça ne m'a pas aidé. Les docteurs ne servent à rien.

— Et vous avez continué à tuer ? L'engourdissement dans lequel j'étais commence à se dissiper et je m'aperçois que je me suis mise à trembler.

— Oui, dit-il, et un sourire sombre apparait sur ses lèvres. Et maintenant, tu es contente de m'avoir posé ces questions ?

Mon sang se glace. Je sais que je devrais me taire maintenant, mais je n'y arrive pas.

— Et vous allez me tuer ?

— Non, Nora. Pendant un moment, il semble exaspéré. Je te l'ai déjà dit.

Je passe ma langue sur mes lèvres, elles sont sèches. C'est ça. Vous allez seulement me faire mal quand vous en aurez envie.

Il ne me détrompe pas. Il se lève et me regarde.

— Je vais me baigner. Tu peux venir avec moi si tu veux.

— Non merci, ai-je dit d'un ton morne. Je n'ai pas envie de nager pour le moment.

— Comme tu voudras, dit-il, et il s'en va puis, il plonge dans l'eau.

Toujours en état de choc je regarde sa silhouette aux larges épaules qui s'éloigne dans l'océan et ses cheveux noirs briller au soleil.

Si le diable est masqué, son masque est vraiment beau.

CHAPITRE DOUZE

Après les révélations de Julian sur la plage je n'ai plus envie de poser de questions pour le moment. Je savais déjà que j'étais captive d'un monstre et ce que j'ai appris aujourd'hui le confirme. Je ne sais pas pourquoi il a été si franc avec moi et ça me fait peur.

Je reste presque entièrement silencieuse pendant le dîner et je me contente de répondre aux questions qu'on me pose. Beth mange avec nous aujourd'hui, Julian et elle ont une conversation animée, ils parlent surtout de l'île et de la manière dont nous avons passé le temps toutes les deux.

— Alors comme ça tu t'ennuies ? me demande Julian, Beth lui a dit que j'en avais assez de lire tout le temps.

Je hausse les épaules pour ne pas en faire toute une histoire. Après ce que je viens d'apprendre aujourd'hui je préférerais vraiment m'ennuyer plutôt que d'être en compagnie de Julian.

Il sourit.

— D'accord, il faudra que j'y remédie. Je t'apporterai une télévision et une collection de films la prochaine fois que j'irai en voyage.

— Merci, ai-je dit de manière machinale en gardant les yeux baissés sur mon assiette. Je suis si malheureuse que j'ai envie de pleurer, mais je suis trop fière pour le faire en leur présence.

— Qu'est-ce que tu as ? demande Beth qui s'aperçoit finalement de ce que mon comportement a d'inhabituel. Est-ce que ça va ?

— Pas vraiment, ai-je dit en me raccrochant volontiers au prétexte qu'elle vient de me donner. Je crois que je suis restée trop longtemps au soleil.

Beth pousse un soupir.

— Je t'avais dit de ne pas t'endormir sur la plage en milieu de journée. Il y fait trente-cinq degrés dehors.

C'est vrai ; elle m'avait prévenue. Mais si je me sens aussi mal aujourd'hui ça n'a rien à voir avec la chaleur, c'est celui qui est assis à table en face de moi qui en est entièrement responsable. Je sais qu'après le dîner il va m'emmener dans la chambre et me baiser à nouveau. Et peut-être me faire mal.

Et comme d'habitude, ça ne me laissera pas indifférente.

C'est ça le pire. À cause de lui, Jake a été roué de coups sous mes yeux. Il a admis être un meurtrier et un psychopathe. Il devrait me répugner. Il ne devrait m'inspirer que de la peur et du mépris. Ressentir le moindre soupçon de désir pour lui est absolument écœurant.

C'est vraiment pervers.

Je suis donc là, j'essaie de manger, le cœur lourd. J'ai envie de me lever et d'aller dans ma chambre, mais j'ai peur que ça accélère l'inévitable.

Finalement, le dîner se termine. Julian me prend la main et m'emmène en haut. J'ai l'impression d'aller à l'échafaud, même si ça semble mélodramatique. Il a dit qu'il n'avait pas l'intention de me tuer.

Quand nous sommes dans la chambre, il s'assied sur le lit et m'attire entre ses jambes. Je voudrais résister, lui offrir au moins un semblant de résistance, mais entre mon cerveau et mon corps la communication ne passe plus. Je reste donc là en silence, tremblant des pieds à la tête pendant qu'il me regarde. Ses yeux passent les traits de mon visage en revue, s'attardent sur ma bouche puis descendent à mon décolleté où mes tétons sont visibles à travers le fin tissu de ma robe. Ils se dressent, non pas d'excitation, mais de froid, il me semble. Beth a dû allumer la climatisation pour la nuit.

— Très joli, dit-il finalement en levant la main et en me caressant la mâchoire. Ta peau dorée est si douce.

Je ferme les yeux pour ne pas voir ce monstre devant moi. *Je voulais continuer à tuer... Je voulais continuer à tuer...* Ces mots me reviennent sans cesse à l'esprit, comme une chanson sur un disque rayé. Je ne sais comment m'en débarrasser, comment revenir en arrière et effacer de ma mémoire le souvenir de cet après-midi. Pourquoi avoir insisté pour le savoir ? Pourquoi avoir fouillé et fouiné jusqu'à obtenir de telles réponses ? Le résultat c'est que je ne pense plus qu'à une seule chose, celui qui est en train de me caresser est un impitoyable meurtrier.

Il se penche pour se rapprocher encore de moi et je sens la chaleur de son haleine dans mon cou.

— Tu regrettes de m'avoir posé toutes ces questions, me murmure-t-il à l'oreille. Tu le regrettes, Nora ?

Il me fait tressaillir et j'ouvre les yeux. Est-ce qu'en plus il peut lire dans mes pensées ?

En me voyant réagir ainsi il recule et sourit. Il y a quelque chose d'encore plus glaçant dans ce sourire. Je ne sais pas ce qu'il a ce soir, mais ça me fait encore plus peur que tout ce qu'il a pu faire jusqu'à présent.

— Tu as peur de moi, n'est-ce pas, mon chat ? dit-il d'une voix douce tout en m'emprisonnant toujours entre ses jambes. Je te sens trembler comme une feuille.

J'aimerais le détromper, être courageuse, mais je n'y arrive pas. *C'est vrai*, je tremble, j'ai peur.

— Je vous en prie, je murmure, sans même savoir pourquoi je le supplie. Il ne m'a encore rien fait.

Alors il me repousse légèrement pour me libérer. Je recule de quelques pas, heureuse de mettre un peu de distance entre nous.

Il se lève et quitte la pièce.

Je le suis des yeux, j'ai du mal à croire qu'il vient de me laisser seule. Serait-il possible qu'il n'ait pas envie de coucher tout de suite avec moi ? C'est vrai qu'il m'a déjà prise tout à l'heure sur la plage.

Et juste au moment où je me sens soulagée, Julian revient avec un sac de sport noir à la main.

Mon visage blêmit. Des pensées terrifiantes me viennent à l'esprit. Qu'est-ce qu'il peut bien avoir là-dedans, des couteaux, des revolvers, des instruments de torture ?

Quand il en sort un bandeau et un petit godemiché, je lui en suis presque reconnaissante. *Des accessoires sexuels.* Ce ne sont que des accessoires sexuels. À choisir, je préfère le sexe à la torture.

Évidemment avec Julian l'un ne va pas forcément sans l'autre comme je vais m'en apercevoir cette nuit.

— Déshabille-toi, Nora, me dit-il en revenant s'asseoir sur le lit. Il y pose le bandeau et le godemiché. Enlève tes vêtements, lentement.

Je me fige. Il veut que je me déshabille sous ses yeux ? Un instant, je pense refuser puis je commence maladroitement à le faire. Il m'a déjà vue nue aujourd'hui. À quoi servirait-il d'être pudique maintenant ? Et d'ailleurs, je sens quelque chose d'étrange qui vient de lui. Ses yeux brillent d'une excitation qui va au-delà du désir.

Une excitation qui me glace le sang.

Il regarde tomber ma robe et me débarrasser de mes tongs. Mes gestes manquent de souplesse, je suis raide de peur. Un homme normal ne serait vraisemblablement pas allumé par un tel strip-tease, mais je vois l'excitation de Julian. Sous ma robe, je porte une culotte en dentelle de couleur crème. Le froid de l'air me passe sur la peau et raidit encore mes tétons.

— Et maintenant ta culotte, dit-il.

J'avale ma salive et je fais descendre ma culotte le long de mes jambes. Puis je l'enlève.

— C'est bien, dit-il d'un air approbateur. Et maintenant, viens ici.

Cette fois, je suis incapable de lui obéir. Mon instinct de conservation se déchaîne, il me dit de m'enfuir, mais pour aller où ? Si je prends la porte, Julian me rattrapera immédiatement, et de toute façon je ne peux pas m'enfuir de cette île.

Si bien que je reste sur place, pétrifiée, nue, et grelottante.

Julian se lève à son tour. Contrairement à ce que je croyais, il ne semble pas en colère. Au contraire, il semble presque… satisfait.

— Je constate que j'avais raison de commencer ton dressage ce soir, dit-il en se rapprochant de moi. J'ai été trop indulgent avec toi à cause de ton inexpérience. Je ne voulais pas te détruire, t'abîmer de manière irrémédiable…

Il tourne autour de moi comme un requin autour de sa proie et je tremble de plus belle.

— Mais je dois te conformer à mes désirs, Nora. Tu es déjà proche de la perfection, mais il y a encore ces petits écarts de temps en temps… Il laisse descendre ses doigts le long de mon corps en ne prêtant pas attention à mes réactions, je me hérisse sous ses caresses.

— Je vous en prie, je murmure, je vous en prie, Julian, je suis désolée. Je ne sais même pas de quoi je suis désolée, mais pour éviter ce « dressage » dont il parle, je suis prête à dire n'importe quoi.

Il me sourit.

— Il ne s'agit pas d'une punition, mon chat. Il se trouve seulement que j'ai certains besoins, voilà tout. Et je veux que tu puisses les satisfaire.

— De quels besoins parlez-vous ? Mes paroles sont à peine audibles. Je ne veux pas le savoir, vraiment pas, pourtant je n'ai pas pu m'empêcher de le demander.

— Tu verras bien, dit-il en me prenant l'avant-bras et en me menant vers le lit. Quand nous y sommes il prend le bandeau et me l'attache sur les yeux. J'ai le réflexe de porter les mains au visage, mais il les rabaisse et elles pendent le long de mon corps.

J'entends des bruits, des froissements, comme s'il cherchait quelque chose dans son sac. La terreur m'envahit de nouveau et je ne peux m'empêcher d'essayer d'arracher le bandeau, mais il m'attrape par les poignets. Ensuite, il me les attache derrière le dos.

Alors je commence à pleurer, sans un bruit. Mes larmes mouillent le bandeau qui me recouvre les yeux. Je sais bien que j'étais impuissante avant, même sans bandeau et sans être ligotée, mais mon sentiment de vulnérabilité est mille fois pire maintenant. Je sais aussi que certaines femmes aiment ça et jouent à ce genre de jeux avec leur partenaire, mais Julian n'est pas mon partenaire. J'ai lu assez de livres pour connaître les règles et je sais qu'il ne les respecte pas. Ce qui se passe ici va à l'encontre de la sécurité, du bon sens et du consentement mutuel.

Et pourtant, quand Julian met la main entre mes jambes pour m'y caresser, je m'aperçois avec horreur que je suis mouillée.

Ce qui lui fait plaisir. Il ne dit rien, mais je sens sa satisfaction quand il commence à jouer avec mon clitoris et à me mettre de temps en temps un doigt dedans pour évaluer mes réactions à ses stimulations. Il sait exactement ce qu'il fait, il n'y a aucune hésitation dans ses gestes. Il sait comment provoquer mon excitation, comment me toucher pour me faire jouir.

Je déteste qu'il s'y prenne si bien pour me donner du plaisir. À combien de femmes l'a-t-il fait avant moi ? Il est évident qu'il faut de l'expérience pour savoir si bien provoquer l'orgasme d'une femme malgré sa peur et sa réticence.

Évidemment, mon corps se moque de tout ça. À chaque caresse des doigts habiles de Julian, la tension monte et s'intensifie en moi et une pression insidieuse commence à naître dans mon bas-ventre. Je gémis et mes hanches se poussent involontairement vers lui tandis qu'il continue à jouer avec mon sexe. Il ne me touche nulle part ailleurs, juste là, mais ça semble suffire à me rendre folle.

— Oh oui, murmure-t-il en se penchant pour m'embrasser le cou. Jouis pour moi, mon chat.

Et comme pour obéir à ses ordres mes muscles intimes se contractent... et l'orgasme me traverse de toutes ses forces. J'en oublie d'avoir peur ; à ce moment-là, j'oublie tout sauf le plaisir qui explose dans mes terminaisons nerveuses.

Avant que je puisse m'en remettre, il me pousse sur le lit à plat ventre. Je l'entends bouger, il fait quelque chose, puis il me soulève et me place sur une montagne d'oreillers et me relève les hanches. Maintenant, je suis sur le ventre, les fesses en l'air et les mains ligotées derrière le dos, encore plus vulnérable et davantage à sa merci qu'avant. Je tourne la tête de côté pour ne pas m'étouffer dans le matelas.

Mes larmes qui s'étaient presque arrêtées reprennent de plus belle. Je soupçonne ce qu'il a l'intention de faire, et ce soupçon est terrible.

Il me couvre de lubrifiant pour me préparer à ce qui va suivre.

— Je vous en prie, ne faites pas ça ! C'est comme si l'on m'avait arraché ces mots. Je sais que ça ne sert à rien de le supplier. Je sais qu'il est sans pitié et que ça l'excite de me voir comme ça, mais je ne peux m'en empêcher. Je ne peux accepter cette violation supplémentaire. C'est plus fort que moi, je répète : je vous en prie...

— Chut, bébé ! murmure-t-il en caressant la courbe de mes fesses de sa grande paume. Je vais t'apprendre à jouir de ça aussi.

J'entends d'autres bruits et puis je sens qu'il a poussé quelque chose en moi, dans mon autre ouverture. Je me raidis et je contracte mes muscles de toutes mes forces, mais il m'est impossible de résister à une telle pression et la chose commence sa pénétration.

— Arrêtez ! je gémis alors que je sens la douleur commencer à me brûler, et cette fois Julian en tient compte et s'arrête un instant.

— Détends-toi, mon chat, dit-il d'une voix douce en me caressant la jambe. Si tu te détends, ça se passera beaucoup mieux.

— Enlevez-le, l'ai-je supplié, je vous en prie, enlevez-le.

— Nora, dit-il d'une voix qui est devenue dure tout à coup, je t'ai dit de te détendre. Ce n'est qu'un petit jouet. Si tu te détends, ça ne te fera pas mal.

— Mais la seule chose qui compte c'est de me faire mal, je lui dis avec amertume. C'est bien comme ça que vous prenez votre pied ?

— Tu veux que je te fasse mal ? Sa voix est douce, presque comme celle d'un hypnotiseur. C'est vrai que ça me ferait plaisir, tu as raison… C'est ça que tu veux, mon chat ? Que je te fasse mal ?

Non, ce n'est pas ce que je veux. Absolument pas. Je secoue presque imperceptiblement la tête et je fais de mon mieux pour me détendre. Mais je n'ai pas l'impression d'y arriver. Elle est trop insupportable, cette sensation d'avoir quelque chose d'extérieur qui me rentre dedans.

Et pourtant Julian est content de mes efforts.

— Bien, chantonne-t-il. C'est bien, et voilà… Il continue d'appuyer et la chose s'enfonce encore davantage, centimètre par centimètre, au-delà de la résistance de mon sphincter. Quand elle est jusqu'au bout, il s'arrête et me laisse m'habituer à cette nouvelle sensation.

L'impression de brûlure est toujours là et j'ai presque la nausée avec cette sensation d'être pleine à ras bord. Je m'efforce de respirer régulièrement, par petites bouffées et de ne pas bouger. Environ une minute plus tard la douleur commence à se dissiper et je n'ai plus que l'impression déconcertante d'avoir un objet étranger à l'intérieur du corps.

Julian laisse l'accessoire en place et commence à me caresser de la tête aux pieds, ses gestes sont étrangement tent doux. Il commence par mes pieds qu'il frotte et où il trouve tous les points où se noue la tension qu'il dissipe en les massant. Puis il remonte sur mes mollets et mes cuisses que la tension fait presque vibrer. Sur mon corps, ses mains sont habiles et pleines d'assurance. C'est plus efficace que n'importe quel massage.

Malgré toute ma résistance, je me sens fondre entre ses mains et mes muscles se détendent complètement sous ses doigts. Quand il arrive à mon cou et à mes épaules, je suis plus détendue que je ne l'ai jamais été depuis le jour où je me suis réveillée ici. Si je n'avais pas eu les yeux bandés, si je n'étais pas ligotée et si je n'avais pas été sodomisée j'aurais l'impression d'être dans un centre de bien-être.

Vingt minutes plus tard quand il enlève le godemiché il glisse sans me faire le moindre mal. Il le remet en place et cette fois je ne sens presque rien. En fait, c'est presque… intrigant comme sensation, surtout quand les doigts de Julian recommencent à me stimuler le clitoris.

Je ne résiste pas à ce plaisir. Et pourquoi le ferais-je ? Je préfère toujours le plaisir à la souffrance. Julian va faire ce qu'il voudra, autant en profiter quand c'est possible.

Alors je ne pense plus à ce que tout cela a d'affreux et je m'abandonne à mes sensations. Comme mes yeux sont bandés je ne vois rien, et comme mes mains sont ligotées derrière mon dos je ne peux pas vraiment me débattre. Je suis complètement impuissante, et d'une certaine manière c'est très libérateur. Inutile de s'inquiéter, inutile de réfléchir. Je me laisse aller dans le noir, et l'endorphine libérée par le massage me fait planer.

Il me baise avec le godemiché tout en me caressant le clitoris. Ses gestes sont rythmés et bien coordonnés, je me mets à gémir quand mon sexe commence à vibrer, à chaque coup la pression monte en moi. D'un coup, la tension est à son comble et brusquement une violente vague de plaisir m'irradie tout entière. Mes muscles se contractent autour du jouet et cette sensation inhabituelle ne fait qu'accroître l'intensité de mon orgasme. Incapable de me contrôler, je me mets à crier en me frottant contre les doigts de Julian. Je voudrais que cette extase se prolonge à jamais.

Mais bien trop vite, c'est fini et j'en reste toute pantelante et tremblante. Évidemment, Julian n'en a pas fini avec moi, loin de là. Alors que je commence tout juste à m'en remettre, il enlève le jouet et me pénètre autrement, avec quelque chose de beaucoup plus gros. Je m'aperçois que c'est sa verge et je me contracte de nouveau quand il commence à pousser.

— Nora… Il y a quelque chose dans sa voix qui est une mise en garde et je sais ce qu'il attend de moi, mais je ne sais pas si ça sera possible. Je ne sais pas si je peux me détendre suffisamment pour lui permettre d'entrer. C'est trop : il est trop gros et trop long. Je ne crois pas que quelque chose d'aussi gros puisse me pénétrer sans me mettre en lambeaux.

Mais il s'acharne et je sens mes muscles céder lentement, ils sont incapables de résister à la pression qu'il leur inflige. Son gland est maintenant au-delà de l'anneau étroit de mon sphincter et je me mets à crier tant ça me brûle et ça m'étire.

— Chut ! dit-il pour m'apaiser et il me caresse le dos tout en continuant d'avancer plus profondément.

Une fois qu'il est jusqu'au bout, je suis une vraie loque, je tremble et je suis en sueur. Oui, c'est parce que ça me fait mal, mais c'est aussi à cause de cette sensation nouvelle, sentir mon corps envahi de quelque chose d'aussi gros et d'une manière aussi étrange, aussi contraire à la nature. Je sais bien qu'il y a des gens qui le font, et même qui sont censés y trouver du plaisir, mais je ne peux pas imaginer le faire un jour volontairement.

Il s'arrête, me laisse le temps de m'habituer et je sanglote doucement sur le matelas, je ne souhaite qu'une chose, que ça se termine. Mais il est patient et il me caresse pour m'aider à me détendre jusqu'à ce que je cesse de pleurer et que je revienne à moi.

Dès que je me sens moins mal, il s'en aperçoit et recommence à bouger lentement en moi, en prenant des précautions. J'entends son souffle rauque et je sais qu'il fait un grand effort pour se contrôler, il voudrait sans doute me baiser plus fort, mais il essaie de ne pas « m'abîmer de manière irrémédiable ». Et pourtant ses mouvements me secouent dans tous les sens et je hurle à chaque coup.

Alors, quand j'ai vraiment l'impression d'être à bout, il glisse une main sous mes hanches et retrouve mon clitoris déjà enflé. Ses doigts sont doux, ses caresses légères et je reconnais une sensation familière dans mon ventre, mon corps réagit à son toucher malgré la violation qu'il m'inflige. Ce qu'il fait maintenant ne m'empêche pas de souffrir, mais me distrait de la souffrance en me permettant de me concentrer sur le plaisir. Je ne savais pas que le plaisir et la souffrance pouvaient cohabiter de cette manière, mais c'est une combinaison étrange, puissante comme une drogue, quelque chose de ténébreux et d'interdit qui trouve son écho dans une part de moi dont j'ignorais jusqu'ici l'existence.

Il accélère son rythme et d'une certaine manière ça me fait moins mal. Peut-être certaines de mes terminaisons nerveuses sont-elles devenues insensibles ou bien peut-être est-ce que je commence simplement à m'habituer à le sentir en moi, mais la souffrance se dissipe et disparait presque. Il ne reste alors qu'une foule d'autres sensations, des sensations étranges, inconnues, qui m'intriguent à leur manière. Sans parler du plaisir que me donnent ses doigts qui savent si bien jouer avec mon sexe et qui m'excitent jusqu'à ce que je me mette à crier pour une autre raison et que je supplie Julian de le faire tout de suite, de me faire jouir encore une fois.

Et il y arrive. Tout mon corps se contracte et c'est une véritable explosion, une délivrance dont la force me fait trembler tout entière. Il se met à gronder quand mes muscles se resserrent autour de sa verge et je sens le liquide chaud de sa semence me baigner au plus profond, elle est salée et brûle ma chair à vif.

— C'est bien, me murmure-t-il à l'oreille tandis que sa verge se ramollit en moi. Il embrasse le lobe de mon oreille et la tendresse de ce geste offre un tel contraste avec ce qu'il vient de faire que j'en suis désorientée. Est-ce une conduite normale de la part d'un ravisseur ? Quand il se retire je me sens vide et j'ai froid, c'est presque comme si la chaleur de son corps étreignant le mien me manquait.

Mais il ne me laisse pas seule longtemps. D'abord, il me détache les mains et les frictionne légèrement puis il ôte mon bandeau. Je cligne des yeux, ils s'habituent à la douce lumière de la pièce et je fais bouger mes bras en me relevant sur les coudes.

— Viens ! dit-il d'une voix douce et en me prenant par l'avant-bras. Je t'emmène prendre une douche.

Je le laisse m'aider à me mettre debout et m'emmener dans la salle de bain. Je ne sais pas si j'aurais eu la force d'y aller toute seule.

Il fait couler la douche, attend quelques secondes que l'eau soit assez chaude et nous conduit tous les deux dans la vaste cabine. Puis il me lave des pieds à la tête et rince toute trace de lubrifiant et de sperme. Il me lave même les cheveux, il dépose du démêlant, et quand il me masse le cuir chevelu il m'aide encore à me détendre. Quand il a terminé, je me sens propre et choyée.

— Et maintenant, à ton tour ! dit-il en me retournant la main et en y mettant du savon liquide.

— Vous voulez que je vous savonne ? je dis d'un ton incrédule et il hoche la tête avec un petit sourire. L'eau qui ruisselle sur son corps musclé le rend encore plus beau que d'habitude, beau comme un dieu marin.

Non, comme un monstre marin, je rectifie en mon for intérieur. Un beau monstre marin.

Il continue de me regarder et d'attendre, attendre de voir si je vais faire ce qu'il m'a demandé, et je hausse les épaules dans mon for intérieur. Et d'ailleurs pourquoi pas ? Cela ne me fera aucun mal. De plus, j'ai beau le détester, je ne peux nier que je suis curieuse de le voir nu, et que ça m'excite de le toucher.

Alors je me frotte les mains et je les promène sur son torse pour savonner sa peau bronzée. Il lève les bras et je lui lave les flancs, les aisselles et le dos.

Sa peau est lisse presque partout, sauf là où il a des poils noirs et virils. Je sens ses muscles puissants se contracter sous mes doigts et je m'aperçois que l'expérience me plaît. À cet instant, je pourrais presque faire comme si j'étais ici de mon plein gré et que cet homme superbe soit mon amant et non pas mon ravisseur.

Je le lave aussi minutieusement qu'il m'a lavée, mes mains savonneuses glissent sur ses jambes, sur ses pieds. Quand j'arrive à son sexe, sa verge commence à se durcir de nouveau et je me fige en m'apercevant que sans le vouloir mes bons soins l'ont excité.

À juste titre, il interprète ma réaction comme de la peur.

— Détends-toi mon chat, murmure-t-il d'une voix très amusée. Je ne suis qu'un homme, tu sais. Aussi délicieuse sois-tu, j'ai besoin de plus de temps que ça pour reprendre des forces.

J'avale ma salive et je me retourne pour me rincer les mains sous la douche. Que diable ai-je donc fait ? Il ne m'a pas forcée à le toucher. Je l'ai fait de mon propre chef. Il me l'a demandé, mais je suis presque certaine que j'aurais pu refuser et qu'il aurait laissé tomber. L'humeur ténébreuse que j'ai sentie en lui plus tôt dans la soirée a disparu. En fait, Julian semble gai maintenant, presque taquin.

Je veux alors sortir de la douche et je fais mine de lui passer devant. Il m'arrête en me barrant le chemin du bras.

— Attends ! dit-il d'une voix douce et en me relevant le menton. Puis il baisse la tête et m'embrasse, ses lèvres sont douces et tendres sur les miennes. Mon corps réagit comme d'habitude, ma température grimpe et j'ai envie de me frotter contre lui comme une chatte en chaleur. Mais il s'arrête vite, relève la tête et me sourit, ses yeux bleus brillant de satisfaction.

— Et maintenant, tu peux y aller.

Totalement déroutée, je sors de la douche, je me sèche et je m'enfuis dans ma chambre à toute vitesse.

CHAPITRE TREIZE

Cette nuit, je me suis aperçue que Julian faisait des cauchemars.

Après la douche, il me rejoint au lit, son corps musclé m'étreint par-derrière, il a posé son bras lourd sur mon torse. D'abord, je me raidis en me demandant ce qui va se passer, mais il se contente de s'endormir en me tenant près de lui. J'entends le rythme de sa respiration tout en gardant les yeux ouverts dans l'obscurité puis petit à petit je m'endors à mon tour.

C'est un bruit étrange qui m'a réveillée. Ce bruit me sort brusquement d'un profond sommeil et quand j'ouvre les yeux d'un coup, une giclée d'adrénaline accélère les battements de mon cœur.

Qu'est-ce qui s'est passé ? Pendant un instant, je n'ose respirer puis je m'aperçois que ça vient de l'autre côté du lit, de celui qui dort près de moi.

Je m'assieds dans le lit et je le scrute des yeux. Il a dû rouler et s'écarter de moi pendant la nuit en prenant toutes les couvertures. Je suis complètement nue et j'ai même un peu froid, la climatisation est à fond.

Les sons qui s'échappent de sa poitrine sont étouffés, mais ils ont quelque chose de violent qui me donne la chair de poule. On a l'impression d'un animal qui souffre. Il a du mal à respirer comme s'il luttait pour reprendre haleine.

— Julian ? ai-je dit avec inquiétude. Je ne sais vraiment pas que faire dans cette situation. Est-ce que je devrais le réveiller ? Visiblement, il fait un mauvais rêve. Je me souviens de ce qu'il m'a dit à propos de sa famille, ils ont tous été assassinés, et je ne peux m'empêcher d'avoir pitié de ce bel homme pervers.

Il se met à crier, sa voix est grave et rauque, puis il se retourne sur le dos avec un bras sur l'oreiller, il n'est qu'à quelques centimètres de moi.

— Hum, Julian ? Je tends la main avec précaution et touche la sienne.

Il marmonne quelque chose et tourne la tête sans se réveiller. Si nous n'étions pas ici, ce serait l'occasion idéale de s'enfuir. Mais dans les circonstances actuelles, il ne servirait vraiment à rien d'aller où que ce soit si bien que je continue à regarder Julian avec prudence en me demandant s'il va se réveiller de lui-même ou si je devrais essayer plus énergiquement de le faire.

Ensuite, j'ai l'impression qu'il est moins agité et que sa respiration commence à se calmer un peu. Puis tout d'un coup, il se met à crier.

C'est fois-ci, je reconnais un prénom.

— Maria, crie-t-il d'une voix rauque, Maria…

Pendant un instant, je suis choquée de ma propre réaction, j'ai senti une vague brûlante de jalousie déferler sur moi. *Maria…* Il rêve d'une autre femme.

Puis mon côté rationnel reprend le dessus. Maria pourrait parfaitement être sa mère ou sa sœur, et même si ce n'est pas le cas, qu'est-ce que ça peut me faire s'il rêve d'elle ? Après tout, Julian n'est pas mon petit ami.

J'avale donc ma salive et je tends de nouveau la main vers lui en réprimant les pointes de jalousie qui me restent.

— Julian ?

Dès que mes doigts touchent son bras, il m'attrape d'un geste si brusque qu'il me prend au dépourvu, je n'ai que le temps de laisser échapper un petit cri quand il m'attire vers lui. L'étau de ses bras se resserre, son étreinte me fait presque suffoquer et je le sens trembler quand il me serre tout contre lui, mon visage appuyé contre son épaule. Il a froid, il est couvert de sueur et j'entends son cœur battre à tout rompre dans sa poitrine.

— Maria, marmonne-t-il encore, la bouche dans mes cheveux. Il s'agrippe si fort à mon dos que j'en suis certaine, demain j'aurai des bleus. Et pourtant ça m'est égal parce que je sais qu'il ne le fait pas exprès. Il est en plein cauchemar, il a besoin de réconfort, et je suis seule à pouvoir l'aider en ce moment.

Après quelques instants, je l'entends respirer plus paisiblement. Ses bras se détendent un peu et ses battements de cœur commencent à retrouver un rythme plus normal.

— Maria, murmure-t-il encore, mais sa voix est moins triste cette fois comme s'il revivait des moments plus heureux avec elle.

Je reste dans ses bras, sans bouger pour ne pas le réveiller maintenant que son sommeil est paisible. Ce n'est pas seulement pour le réconforter. Malgré tout ce qu'il m'a fait subir, je dois avouer qu'une part de moi veut recevoir de lui cette sensation d'intimité et de sécurité. Il représente tout ce dont je dois avoir peur, d'un point de vue rationnel je le sais bien ; mais ça n'a pas d'importance parce que pour le moment il me semble que c'est aussi lui qui me protège des ténèbres et qui me protège d'autres monstres qui pourraient rôder au-dehors.

Tout comme je le protège de ses cauchemars.

* * *

Quand je me réveille le lendemain matin, Julian est parti.

— Où est-il ? ai-je demandé à Beth au petit déjeuner en la regardant me préparer une mangue. Je sens encore quelque chose de désagréable quand je marche, un souvenir des tendances sexuelles peu orthodoxes de mon ravisseur.

— C'est son travail, quelque chose d'urgent, dit-elle. Les mouvements de ses mains ont une grâce et une efficacité que je ne peux m'empêcher d'admirer. Mais il devrait être de retour dans deux ou trois jours.

— Quelle sorte d'urgence ?

Beth hausse les épaules.

— Je ne sais pas. Tu pourras le demander à Julian quand il reviendra.

Je la regarde pour essayer de comprendre quelles sont ses motivations… et celles de Julian.

— Tu as dit que je suis la première qu'il ait amenée ici, dans cette île, ai-je dit en m'efforçant de parler d'un ton neutre. Alors qu'a-t-il fait des autres ?

— Il n'y en a pas eu d'autres. Elle a fini de préparer la mangue et l'a placée sur une assiette devant moi avant de s'asseoir pour prendre son petit déjeuner.

— Alors, pourquoi me faire ça à moi ? Je sais qu'il a des goûts spéciaux, mais il y a évidemment des femmes à qui ça plait aussi…

Beth me sourit et montre des dents blanches très régulières.

— Bien sûr. Mais c'est de toi dont il a envie.

— Pourquoi ? Qu'est-ce que j'ai de si particulier ?

— C'est à Julian qu'il faudra le demander.

Toujours cette réponse qui n'en est pas une. Sa manière de se dérober à mes questions me donne envie de hurler. Je pique un morceau de mangue avec ma fourchette et je la mâche lentement en réfléchissant.

— C'est à cause de Maria ? Je ne suis pas certaine de savoir ce qui me pousse à le lui demander, mais je n'arrive pas à m'ôter ce nom de la tête.

Visiblement, c'est exactement la question qu'il fallait poser parce que Beth s'arrête tout net.

— Julian t'a parlé de Maria ? Elle semble stupéfaite.

— Il m'a dit son nom. Ce n'est pas vraiment un mensonge. J'ai entendu ce nom, même si Julian l'ignore. Pourquoi cela te surprend-il ?

Elle hausse de nouveau les épaules et semble moins surprise.

— Non, en y réfléchissant ça ne m'étonne pas tant que ça. S'il en parle à quelqu'un, ce sera sans doute à toi.

Moi ? Pourquoi ? Je brûle de curiosité, mais j'essaie de rester impassible comme si je le savais déjà.

— Évidemment, ai-je dit calmement en continuant de manger.

— Alors tu comprends de quoi il s'agit, Nora. En tout cas, tu en comprends une partie. Tu lui ressembles tellement. Je l'ai vue en photo, elle aurait pu être ta petite sœur.

— À ce point-là ? Mon cœur bat la chamade. Je ne me serais jamais attendue à ça, Beth vient de me donner ces renseignements sur un plateau.

Elle fronce les sourcils.

— Il ne te l'avait pas dit ?

— Non, ai-je répondu. Il ne m'a pas dit grand-chose. Juste quelques mots.

Juste son nom qu'il a crié quand il faisait un cauchemar.

Beth ouvre grands les yeux en s'apercevant qu'elle vient de m'en dire trop. Elle semble d'abord mal à l'aise puis elle retrouve sa sérénité.

— Tant pis, dit-elle. Eh bien, maintenant tu le sais. Évidemment, il faudra que je le dise à Julian.

J'avale ce que j'ai dans la bouche et ça ne passe pas. Je ne veux pas qu'elle dise quoi que ce soit à Julian. Je ne sais pas ce qu'il va me faire quand il saura que j'ai entendu parler de Maria, que je l'ai vu être aussi vulnérable.

Toujours ma stupide curiosité.

— Pourquoi ? ai-je dit. C'est à toi qu'il va en vouloir, pas à moi.

— Je n'en suis pas certaine, Nora, dit Beth avec un sourire légèrement malicieux. Et d'ailleurs, je ne cache jamais rien à Julian. Il a un don pour obliger les gens à dire leurs secrets.

Et elle se lève pour faire la vaisselle.

* * *

Je passe les deux jours qui suivent tantôt à me poser des questions sur Maria tantôt à m'inquiéter à propos du retour de Julian.

Qui est donc Maria ? Visiblement quelqu'un qui me ressemble. Qui me ressemble tellement qu'elle pourrait être ma petite sœur, a dit Beth. Alors quel âge a-t-elle ? Et quel est son lien avec Julian ? Ces questions m'obsèdent tellement qu'elles m'empêchent de dormir. Il m'a enlevée à cause de cette ressemblance, voilà au moins quelque chose d'évident. Mais pourquoi ? Que lui est-il arrivé ? Pourquoi apparait-elle dans ses cauchemars ?

Je veux savoir, je veux comprendre, et pourtant je redoute les réactions de Julian quand il reviendra et qu'il s'apercevra que j'ai essayé d'en savoir plus. Je pourrais toujours essayer de lui expliquer que je l'ai appris par hasard, sans avoir l'intention de m'immiscer dans son intimité, mais je suis vraiment convaincue que mon ravisseur ne sera pas particulièrement compréhensif.

Beth ne m'en dit pas davantage au sujet de Maria. En fait, elle me parle très peu. Elle fait partie de ces rares personnes qui semblent contentes d'être seules. À sa place, je deviendrais folle, coincée ici sur cette île à se contenter de faire la cuisine, le ménage et de s'occuper du petit jouet sexuel de Julian, mais elle semble parfaitement satisfaite de son sort.

Mais *moi* par contre je suis tout sauf satisfaite. Je pense sans cesse à ma vie d'avant, ma famille et mes amis me manquent. Ils pensent sans doute que je suis morte maintenant. J'imagine qu'on a dû lancer d'importantes recherches pour me retrouver, mais sans doute sans le moindre résultat.

Je pense aussi à Jake, je me demande s'il s'est remis de son agression. Le complice de Julian l'a tabassé avec une telle brutalité... Est-ce que Jake sait que c'est de ma faute ? Est-ce qu'il sait que c'est à cause de moi qu'il a été agressé chez lui ?

Je respire profondément en me disant que ça n'a pas d'importance qu'il le sache ou pas. Ce qui a pu se passer entre Jake et moi est terminé. Maintenant, j'appartiens à Julian et ça ne sert à rien de penser à quelqu'un d'autre.

D'une certaine manière, j'ai de la chance. Je le sais. Je suis certaine qu'il y a beaucoup de filles qui sont moins bien loties que moi. Un jour, j'ai vu un documentaire sur l'esclavage sexuel et les images de ces femmes aux yeux caves m'ont hantée des jours durant. Elles semblaient brisées, totalement détruites par ce qu'on leur avait infligé, et même le fait d'avoir été sauvées ne semblait pas effacer la souffrance de leur visage.

Ma captivité est différente. Elle est plus agréable et plus confortable. Julian n'essaie pas de me détruire et je lui en suis reconnaissante. J'ai beau être son esclave sexuelle, au moins il est mon seul maître. La situation pourrait être bien pire.

Ou du moins, c'est ce que je me dis en attendant son retour et en espérant éperdument que ses réactions quand il apprendra mon indiscrétion ne seront pas aussi terribles que je le crains.

CHAPITRE QUATORZE

Julian revient au milieu de la nuit. Mon sommeil devait être léger parce que je me suis réveillée dès que j'ai entendu le petit murmure d'une conversation au rez-de-chaussée. La voix grave de mon ravisseur alterne avec les intonations plus féminines de Beth et je me doute bien de quoi ils parlent.

Je m'assieds dans le lit, mon cœur bat à tout rompre. Je me lève, j'enfile rapidement les vêtements que j'ai portés hier et je cours me rafraîchir à la salle de bain. Je ne sais pas pourquoi j'ai envie de me laver les dents maintenant, mais c'est comme ça. Je veux être aussi réveillée et aussi prête que possible pour affronter ce que Julian décidera de me faire.

Et puis je me rassieds sur le lit et j'attends.

Finalement, la porte de ma chambre s'ouvre et Julian entre. Il a l'air plus fatigué que d'habitude, avec des cernes sombres sous les yeux et une barbe de deux ou trois jours alors qu'il est toujours rasé de frais. Ces imperfections devraient le rendre moins beau, mais elles ne font que l'humaniser un peu et d'une certaine manière ça le rend encore plus séduisant.

— Tu es réveillée. Il paraît surpris.

— J'ai entendu parler, lui ai-je expliqué en le regardant avec méfiance.

— Et tu as décidé de m'accueillir. Comme c'est gentil de ta part, mon chat.

Je sais qu'il est ironique, je ne dis donc rien et je continue de le regarder. Mes mains sont moites, mais je fais de mon mieux pour lui donner une impression de calme.

Il s'assied sur le lit à côté de moi et lève une main pour me toucher les cheveux.

— Quel mignon petit chat, murmure-t-il en soulevant une mèche épaisse et en me chatouillant la joue avec de manière taquine. Ce petit chaton trop curieux…

J'avale ma salive, ma respiration est courte et haletante. Que va-t-il me faire ?

Il se lève et commence à se déshabiller pendant que je continue à le regarder, pétrifiée par un mélange de peur et d'étrange impatience. Une fois ses vêtements enlevés, je vois son puissant corps viril et je sens une vague de désir déferler sur moi et me brûler de l'intérieur.

Je le désire. Malgré tout ce qui s'est passé, je le désire, et c'est la sensation la plus perverse qui soit. Il va sans doute me faire quelque chose de terrible, mais je le désire quand même plus que je n'ai jamais désiré qui que ce soit.

Au point où j'en suis…

— C'était pareil avec Maria ? lui ai-je demandé à voix basse. Vous la gardiez aussi comme un petit animal de compagnie ?

Il me regarde, ses yeux sont aussi bleus et aussi profonds que l'océan.

— Tu es sûre que tu veux en parler, Nora ? Sa voix est douce et donne une fausse impression de calme.

Je le fixe, contrairement à mon habitude je me sens pleine de témérité.

— Mais oui Julian, j'en suis sûre. Je lui parle d'un ton amer et sarcastique et je m'aperçois qu'une partie de mon audace vient de ma jalousie, parce que je déteste l'idée que cette Maria compte pour Julian. Mais il ne suffit pas de m'en apercevoir pour me taire.

— Qui est-ce ? Une autre fille dont vous avez abusé ?

Son visage s'assombrit et je retiens mon souffle pour voir ce qu'il va faire. D'une certaine manière, j'ai envie de le provoquer. Je veux qu'il me punisse, qu'il me fasse mal. Je le veux parce que j'ai besoin qu'il ne soit qu'un monstre et parce que j'ai besoin de le haïr pour ne pas devenir folle.

Il se dirige vers le lit et s'assied à côté de moi. J'évite de broncher quand il tend la main vers moi et me serre le cou. Il m'attrape la gorge, se penche sur moi, m'effleure la joue à plusieurs reprises comme s'il savourait la douceur de ma peau contre sa mâchoire hérissée de poils durs. Ses doigts ne me font pas mal, mais le geste est menaçant et je me mets d'avance à trembler et à respirer plus vite tellement je suis terrifiée.

Il a un petit rire et je sens son souffle sur mon oreille. Malgré son apparence négligée, son haleine est fraîche et douce comme s'il venait de mâcher un chewing-gum. Je ferme les yeux et j'essaie de me convaincre que Julian ne risque pas de me tuer, qu'il se contente de jouer avec moi.

Il m'embrasse l'oreille en me mordillant légèrement le lobe. En me touchant à cet endroit très sensible il m'envoie des frissons de plaisir dans le dos, ma respiration change encore, elle ralentit et s'intensifie au fur et à mesure que s'accroît mon désir. Je sens le parfum chaud et musqué de sa peau et mes tétons se raidissent à le sentir si près. J'ai de plus en plus mal entre les cuisses et je me tortille un petit peu pour essayer de soulager la tension que je sens monter en moi.

— Tu me désires, n'est-ce pas ? me murmure-t-il à l'oreille en glissant la main sous ma robe et en me caressant doucement le sexe. Je sais qu'il sent que je suis mouillée et je réprime un gémissement quand il introduit son long doigt à l'intérieur et se met à le frotter et à le faire glisser contre mes parois intimes.

— N'est-ce pas, Nora ?

— Oui. Quand il touche un endroit particulièrement sensible, j'en perds le souffle.

— Comment ça, oui ? Sa voix est dure, exigeante. Il veut ma reddition complète.

— Oui, je vous désire, j'admets en balbutiant. Je ne peux le nier plus longtemps. Je désire Julian. Je désire celui qui m'a enlevée, qui me fait souffrir. Je le désire, et à cause de ça, je me déteste.

Alors il retire son doigt et me lâche la gorge. Stupéfaite, j'ouvre les yeux et je croise son regard. Il lève la main vers mon visage et m'appuie le doigt contre les lèvres. C'est celui avec lequel il vient de me pénétrer.

— Suce-le ! ordonne-t-il et j'ouvre la bouche pour lui obéir et pour lui sucer le doigt.

Quand il est satisfait et que son doigt est propre, il le sort de ma bouche et m'attrape le menton en me forçant à le regarder dans les yeux. Je le regarde fixement, fascinée par les stries bleu foncé de ses iris. Mon corps vibre de désir. Je meurs d'envie qu'il me prenne, je le veux, je veux qu'il vienne combler le vide douloureux qui est en moi.

Mais il se contente de me regarder avec un demi-sourire moqueur sur ses belles lèvres.

— Tu crois que je vais te punir ce soir, Nora ? demande-t-il d'une voix douce. C'est ça que tu attends de moi ?

Je cligne des yeux, déroutée par sa question. Bien sûr, c'est à ça que je m'attends. J'ai fait quelque chose qui lui a déplu et il n'hésite pas à me punir même quand je me conduis bien.

Visiblement, il lit la réponse sur mon visage et il a un grand sourire.

— Eh bien, désolé de te décevoir, mais je suis bien trop épuisé ce soir pour te punir comme il le faudrait. La seule chose dont j'ai envie en ce moment c'est de ta bouche.

Et sur ces paroles, il agrippe mes cheveux et m'oblige à me mettre à genoux entre ses jambes si bien que son sexe en érection est à la hauteur de mes yeux.

— Suce-le ! murmure-t-il en baissant les yeux vers moi. Comme tu m'as sucé le doigt.

Ce n'est pas la première fois que je ferai une pipe, j'en ai souvent fait à mon ex, je sais ce qu'il faut faire. Je ferme les lèvres sur toute la largeur de sa verge et je tortille la langue sur son gland. Il est un peu salé, un peu musqué et je relève les yeux vers lui tout en prenant ses bourses dans la main et les caressant doucement. Il gronde, ferme les yeux et sa main se resserre dans mes cheveux alors je continue en laissant monter et descendre ma bouche le long de sa verge et en le prenant plus profondément chaque fois.

Sans trop savoir pourquoi, ça ne me gêne pas de lui donner ce genre de plaisir. En fait, bizarrement, ça me plait. Même si c'est une illusion, j'ai l'impression que c'est lui qui est à *ma* merci en ce moment, que c'est moi qui détiens le pouvoir. J'aime les grondements éperdus qui s'échappent de sa gorge alors que mes mains, mes lèvres et ma langue l'amènent tout près de jouir avant de ralentir encore. J'aime l'expression de souffrance sur son visage quand je prends ses bourses dans ma bouche et que je les suce jusqu'à les sentir se contracter. J'aime sa manière de frissonner quand je passe légèrement mes ongles sous celles-ci et quand finalement il explose j'aime sa manière de prendre ma tête et de me maintenir en place quand il jouit et que sa verge se secoue et vibre dans la bouche.

Quand il me relâche, je me lèche les lèvres pour en enlever les traces de sperme sans le quitter des yeux.

Il baisse les yeux vers moi, sa respiration est toujours haletante.

— C'était bon, Nora. Sa voix est grave et rauque. Très bon. Qui t'a appris à faire ça ?

Je hausse les épaules.

— Je n'étais pas une sainte nitouche avant de vous rencontrer, ai-je dit sans réfléchir.

Il plisse les yeux et je m'aperçois que je viens de commettre une erreur. Voilà un homme qui semble savourer le fait d'avoir pris ma virginité, qui aime le fait que je lui appartienne et que je n'appartienne qu'à lui. Mieux vaut garder pour moi toute allusion à mes ex.

Je suis soulagée de voir qu'il n'a pas l'air de vouloir me punir de cette transgression non plus. En fait, il me relève et me met sur le lit. Puis il me déshabille, éteint la lumière, met son bras autour de moi et me garde près de lui tout en s'endormant

* * *

Ma punition ne m'est infligée que le lendemain soir. De nouveau, Julian passe la journée dans son bureau et je ne le revois qu'au dîner.

Quelle qu'en soit la raison, je n'ai plus aussi peur de lui. Le petit interlude de la nuit dernière et le fait d'avoir dormi entre ses bras ont calmé mon anxiété et me font croire que cette punition ne sera pas aussi terrible que je l'ai d'abord cru. Il ne semble pas particulièrement furieux de savoir que j'ai découvert l'existence de Maria, ce qui est un grand soulagement. J'espère qu'il va même m'épargner, surtout si je me conduis de mon mieux aujourd'hui.

Nous dînons encore tous les trois et j'écoute Julian et Beth parler des dernières nouvelles du Moyen-Orient. Je suis étonnée de voir à quel point ils connaissent bien le sujet. Avant mon enlèvement, je suivais d'assez près l'actualité, mais la plupart des noms d'hommes politiques dont ils parlent me sont inconnus. Mais si Julian dirige vraiment une compagnie d'import-export à l'international, il est logique qu'il se tienne au courant des évènements politiques dans le monde.

Une fois de plus, ma curiosité prend le dessus et je demande à Julian si sa compagnie travaille beaucoup avec le Moyen-Orient.

Il me sourit en piquant un morceau de crevette de sa fourchette.

— Oui, mon chat, on travaille beaucoup avec eux.

— Et c'était là-bas que vous étiez cette fois-ci ?

— Non, dit-il en mordant dans la savoureuse crevette, cette fois-ci j'étais à Hong-Kong.

J'enregistre cette information. Hong-Kong doit être suffisamment près d'ici pour pouvoir y aller en avion, faire ce qu'il a à faire et revenir, le tout en deux jours. J'imagine une carte de l'océan Pacifique. Elle est assez floue, je ne suis pas très forte en géographie, mais il me semble que nous devons être assez près des Philippines.

Beth me propose des pommes de terre au curry pour aller avec les crevettes et je me sers en la remerciant d'un sourire. J'ai remarqué que chaque fois que Julian revient de voyage notre nourriture est plus variée. Je devine qu'à chacun de ses déplacements il rapporte des provisions.

Beth me sourit à son tour et je me rends compte qu'elle est de bonne humeur. En général, elle semble plus heureuse quand Julian est là, plus gaie. Je sais bien que ce ne doit pas être drôle pour elle de devoir toujours supporter mon attitude. On pourrait presque avoir de la sympathie pour elle, mais il faudrait vraiment insister sur le mot « presque ».

— Je ne suis jamais allée en Asie, je dis à Julian. Est-ce que Hong-Kong ressemble à ce que l'on en voit au cinéma ?

Julian me sourit.

— Mais oui, c'est un endroit extraordinaire, sans doute l'une des villes que je préfère. L'architecture est fascinante, et la cuisine… Il feint de se pourlécher. La cuisine est à tomber. Il se frotte le ventre et je me mets à rire, séduite malgré moi.

Le reste du repas se passe tout aussi agréablement. Julian me raconte des histoires drôles sur les différents endroits d'Asie où il est allé et je l'écoute, fascinée ; les histoires les plus incroyables me font rire et m'exclamer. De temps en temps, on entend aussi le rire de Beth, mais c'est surtout comme si c'était Julian et moi qui nous amusions bien ensemble, comme deux amoureux.

Comme la fois où nous avons dîné en tête à tête je m'aperçois que je tombe sous le charme de Julian. D'ailleurs, il ne s'agit pas seulement de charme, il m'hypnotise complètement. Son pouvoir de séduction ne se limite pas à son apparence physique, bien que je ne puisse nier l'attirance physique entre nous deux. Quand il rit ou quand il me sourit sincèrement, je sens une douce chaleur, comme s'il était mon soleil et que je me prélasse sous ses rayons. Chez lui, tout m'attire, sa manière de parler, les gestes qu'il fait pour insister sur quelque chose, les petits plis qu'il a aux coins des yeux quand il me sourit. Et comme c'est aussi un excellent conteur, trois heures entières passent en un éclair quand il me raconte ses aventures au Japon où il a vécu un an pendant son adolescence.

Je ne voudrais pas que ce dîner se termine alors j'essaie de le prolonger autant que possible en reprenant deux, trois, quatre fois de la salade de fruits que Beth a préparée pour le dessert. Je suis certaine que Julian se rend compte de mes tactiques dilatoires, mais ça n'a pas l'air de le déranger.

Finalement, il ne reste plus rien à manger et Beth se lève pour faire la vaisselle. Julian me sourit, et pour la première fois de la soirée je sens un peu revenir ma peur. De nouveau, je devine la nuance ténébreuse de son sourire et je m'aperçois qu'elle n'a jamais cessé d'être là, qu'elle est toujours là chez Julian. L'homme charmeur avec lequel je viens de passer les trois dernières heures n'est pas plus réel que les chimères de mon imagination.

Toujours avec le sourire aux lèvres il me prend la main. C'est un geste de courtoisie, mais je ne peux m'empêcher d'avoir froid dans le dos en voyant une lueur familière dans ses yeux bleus. De nouveau, il ressemble à un ange des ténèbres, sa beauté sublime se colore d'une ombre légèrement maléfique.

J'avale ma salive pour m'éclaircir la gorge, je mets ma main dans la sienne et je le laisse me conduire dans l'escalier. C'est mieux comme ça, c'est plus civilisé. Et ça me permet de faire semblant encore quelques instants, de garder encore un peu l'illusion d'avoir le choix.

Quand nous entrons dans ma chambre, il me demande de me déshabiller et de me coucher sur le lit à plat ventre. Puis il me ligote à nouveau, il m'attache les poignets derrière le dos. Il me met un bandeau sur les yeux et un oreiller sous les hanches. C'est exactement dans cette position qu'il m'a prise la dernière fois et je ne peux m'empêcher de me raidir en pensant à ce que j'ai souffert… et au plaisir qu'il m'a donné.

Va-t-il refaire la même chose ? Va-t-il de nouveau me sodomiser ? Si c'était le cas, ça ne serait pas dramatique. Je n'en suis pas morte la dernière fois et je suis sûre qu'aujourd'hui ça ira aussi.

Si bien qu'en sentant le froid du lubrifiant entre mes fesses j'essaie de me détendre et de lui laisser faire ce qu'il voudra. Il me glisse un godemiché dont la pénétration me prend de cours, mais ne me fait pas particulièrement mal. Comme la dernière fois il laisse l'accessoire à l'intérieur pendant qu'il me fait un massage qui me détend et m'excite. Il m'embrasse dans la nuque, mordille l'endroit si sensible de ma clavicule puis ses lèvres descendent le long de mon dos et embrassent chaque vertèbre. En même temps, un de ses doigts glisse à l'entrée de mon vagin ce qui accroît la tension naissante dans mon bas-ventre.

Quand ma délivrance arrive, elle est si puissante que je me cabre contre le matelas, mon corps est secoué de frissons convulsifs. Et quand je me remets des ondes de choc, Julian retire son doigt et je sens la fraîcheur de l'air sur mon dos quand il s'écarte une seconde.

La langue de feu qui me brûle les fesses est aussi vive qu'elle est inattendue. Stupéfaite, je me mets à crier, j'essaie de me débattre, mais je ne vais pas loin et alors un second coup me frappe, il me fait plus mal que le premier et m'atteint aux cuisses. J'ai compris qu'il me fouettait. Je ne sais pas avec quoi, mais j'entends un sifflement dans l'air chaque fois qu'il frappe mon derrière sans défense tandis que je sanglote et que j'essaie de lui échapper en roulant sur le lit.

Comme il en a assez de me poursuivre, il me détache les mains et les rattache au-dessus de ma tête en accrochant mes poignets à la tête de lit en bois.

— Julian, je vous en prie, je suis désolée ! l'ai-je supplié tellement je désire qu'il s'arrête. Je vous en prie, je suis désolée de m'être mêlée de ce qui ne me regarde pas. Je vous en prie, je ne recommencerai pas, c'est promis…

— Mais si, tu recommenceras, mon chat, me murmure-t-il à l'oreille. Je sens son souffle chaud dans mon cou. Tu es aussi curieuse qu'un petit chat. Mais parfois, tu devrais laisser tomber, c'est pour ton bien, tu comprends ?

— Oui ! Oui, je comprends. Je vous en prie, Julian…

— Chut ! dit-il pour me calmer en m'embrassant de nouveau le cou. Tu dois bien sagement accepter de te faire punir. Et sur ses mots, il se relève encore, laissant mon dos et mes fesses sans défense.

J'essaie de me relever pour lui échapper, mais il m'attrape les jambes en me retenant d'une main par les chevilles. Il est fort, beaucoup plus fort que je n'aurais pu l'imaginer, parce qu'il est capable de maintenir d'une main mes jambes qui se débattent et de me fouetter de l'autre.

J'entends les sifflements de ce qui lui sert de fouet et je ne peux réprimer mes hurlements chaque fois qu'il me frappe. J'ai les fesses et les cuisses en feu et le bandeau qu'il m'a mis sur les yeux est trempé de larmes. Je veux qu'il arrête, je le supplie d'arrêter, mais il reste sourd à mes prières.

J'ai l'impression que ça n'en finira jamais et finalement je suis trop enrouée pour crier et trop épuisée pour me débattre. Je ne peux même plus mobiliser assez d'énergie pour contracter mes muscles et en fait cela atténue un peu la douleur. Je me détends encore, je me relâche davantage et la douleur devient plus supportable, désormais chaque coup de fouet ressemble moins à une morsure et davantage à une caresse.

Tandis que Julian continue de me fouetter, l'univers qui est le mien se réduit tellement qu'il n'y a plus que l'instant présent. Je ne réfléchis plus. Je me contente de sentir et d'exister. C'est une expérience irréelle et pourtant incroyablement hypnotique. Chaque coup de fouet amène avec lui une vive sensation qui m'entraîne encore plus loin dans cet état second où j'ai l'impression de flotter. La souffrance est devenue supportable, elle est même réconfortante, ce qui ne manque pas de perversité. Elle me ramène sur terre et me donne ce dont j'ai besoin en ce moment. Quand une chaleur douce et lumineuse m'envahit, tous mes soucis, toutes mes peurs disparaissent avec elle. C'est une impression d'euphorie comme je n'en ai jamais connu de ma vie.

Quand Julian arrête enfin et me détache, je me raccroche à lui en tremblant de tout le corps. Sans le bandeau et les liens, je me sens perdue, dépassée. Comme s'il savait ce dont j'ai besoin, il me prend sur ses genoux et me berce doucement dans ses bras en me laissant pleurer sur son épaule jusqu'à ce que je me reprenne un peu.

Petit à petit, je me rends compte que son sexe en érection appuie sur mes fesses qui sont endolories par les coups de fouet. J'ai toujours le petit godemiché bien en sécurité au fond de moi et je m'aperçois que la douce chaleur que je ressens commence à changer et à prendre une teneur sexuelle.

Julian remarque visiblement mon changement d'humeur et me soulève avec précaution pour me mettre face à lui tout en restant sur ses genoux. J'ai les mains sur ses épaules et sous sa peau je sens jouer ses muscles puissants. Avec mes cuisses grandes ouvertes, son gland me frotte le sexe. Il glisse aisément entre mes replis et me frotte le clitoris, ce qui accroît mon excitation. Je me mets à gémir et je renverse la tête en arrière, alors il me pénètre lentement en avançant centimètre par centimètre. Avec la présence du godemiché, il me semble encore plus volumineux que d'habitude et je perds le souffle quand il va plus loin et m'emplit de toute sa largeur.

C'est bon, incroyablement bon et je gémis encore en resserrant mes muscles intimes autour de sa verge. Il gronde, ferme les yeux et je recommence pour éprouver à nouveau la même sensation.

Il ouvre les yeux et me regarde fixement, le visage tendu par le désir et les yeux brillants. Je soutiens son regard, fascinée par la force du désir que j'y vois. En ce moment il est autant en mon pouvoir que je suis sous le sien, m'en apercevoir accroît mon propre désir et attise le feu qui brûle en moi.

Il lève la main, la pose sur ma joue pour effacer du pouce des restes de larmes. Puis il penche la tête et m'embrasse, c'est le baiser le plus tendre que j'aie jamais reçu, un baiser que je savoure ; à cet instant, l'affection de Julian me fait l'effet d'une drogue, sans tout à fait comprendre pourquoi j'en ai éperdument besoin.

Je ferme les yeux et ma main remonte sur son épaule et arrive dans ses cheveux. Ils sont épais et doux sous mes caresses, comme du satin. En me serrant tout contre lui je frotte mes seins nus contre son torse puissamment musclé, j'adore sentir sa peau velue contre mes tétons si sensibles. Ses lèvres sont fermes et chaudes sur les miennes et sa verge en moi est incroyablement dure, elle m'étire et me comble.

Sans cesse de m'embrasser, il commence à se balancer d'avant en arrière ce qui fait très légèrement bouger sa verge et m'envoie des ondes brûlantes dans tout le corps. Mais chacun de ses mouvements me rappelle aussi le moment où il me fouettait et un gémissement de douleur s'échappe de ma gorge quand la dureté de ses cuisses se frotte contre mon fessier endolori. Il avale mes plaintes, sa bouche dévore maintenant la mienne avec une avidité sans borne.

Ses mains glissent dans mes cheveux, il me tient fermement tout en me dévorant de baisers, ses hanches vont et viennent de plus en plus vite, amplifiant la pression que je sens monter en moi. Son autre main descend le long de mon corps et il appuie sur le godemiché pour me l'enfoncer encore plus profondément.

J'explose de plaisir. Mon orgasme est d'une telle intensité que je ne fais pas un bruit. Pendant quelques secondes exquises, je suis complètement submergée par le plaisir, par une telle extase qu'elle en est presque douloureuse. Je frissonne et je frémis tout contre Julian et ces mouvements provoquent sa propre délivrance.

Ensuite, il me tient dans ses bras et caresse mes cheveux trempés de sueur. Je sens sa verge se ramollir en moi puis il met la main entre mes fesses et en retire doucement le godemiché.

Finalement, il m'aide à me lever et m'emmène prendre une douche.

CHAPITRE QUINZE

Dans la douche il prend de nouveau soin de moi, il me lave et me réconforte de ses caresses. Il fait particulièrement attention là où j'ai mal, aux cuisses et au derrière, pour ne pas faire empirer les choses. Je suis soulagée de constater que je ne suis écorchée nulle part. Mon derrière est rose avec des traînées rougeâtres et je suis sûre que j'aurai des bleus, mais je ne saigne pas.

Quand je suis lavée et séchée, il me ramène vers le lit. Il ne dit rien et moi non plus. Je n'ai pas encore tout à fait émergé de l'état second dans lequel j'étais tout à l'heure. C'est comme si mon esprit était en partie détaché de mon corps. Seul Julian maintient un lien entre les deux avec ses caresses étrangement douces.

Nous sommes tous les deux couchés et Julian éteint la lumière ; nous sommes enveloppés par l'obscurité. Je suis couchée sur le ventre, toute autre position me ferait trop mal. Il m'attire près de lui si bien que ma tête repose sur sa poitrine et qu'il a le bras replié sur ma cage thoracique et je ferme les yeux, ne voulant rien de plus que l'oubli que donne le sommeil.

— Mon père était l'un des plus puissants barons de la drogue en Colombie. La voix de Julian est à peine audible, son souffle joue avec les petits cheveux de mon front. Je m'étais déjà endormie, mais maintenant je suis tout à fait réveillée, mon cœur bat à se rompre dans ma poitrine.

Il a commencé à me préparer pour lui succéder quand j'avais quatre ans. J'ai tenu mon premier revolver quand j'en avais six. Julian s'interrompt, il me caresse légèrement les cheveux. J'ai tué pour la première fois à l'âge de huit ans.

Je suis tellement horrifiée que je reste sans bouger, pétrifiée par le choc que je viens de recevoir.

Maria était la fille de l'un des hommes appartenant à l'organisation de mon père, continue Julian d'une voix basse et dépourvue d'émotion. Je l'ai rencontrée quand j'avais treize ans et qu'elle en avait douze. Elle était tout le contraire de moi. Jolie, gentille… innocente. Tu vois, contrairement à mon père, ses parents l'avaient protégée de la réalité de leur vie. Ils voulaient qu'elle vive comme une enfant, sans rien savoir de la laideur de notre monde.

Mais elle était intelligente, comme toi. Et curieuse. Tellement, tellement curieuse… Il se tait un instant, comme perdu dans ses souvenirs. Puis il les repousse et reprend son histoire. Un jour, elle a suivi son père pour voir ce qu'il faisait. Elle s'était cachée à l'arrière de sa voiture. Je l'ai dénichée parce que c'était mon boulot de monter la garde au lieu de rendez-vous.

J'ai du mal à respirer, je n'arrive pas à croire que Julian me raconte tout ça. Pourquoi maintenant ? Pourquoi ce soir ?

J'aurais pu le dire à son père, elle aurait passé un mauvais quart d'heure, mais elle m'a supplié avec tant de grâce, elle m'a regardé si gentiment avec ses grands yeux marron que je n'ai pas pu. À la place j'ai demandé à l'un des gardes de mon père de la ramener chez elle.

Après, elle venait exprès pour me voir. Elle disait qu'elle avait envie de mieux me connaître. Pour que nous soyons amis. Il y a une note d'incrédulité dans les souvenirs de Julian, comme si quelqu'un de censé ne pouvait avoir un tel souhait.

J'avale ma salive, bêtement mon cœur saigne pour le jeune garçon qu'il a été. A-t-il pu avoir des amis ou son père l'en a-t-il aussi empêché, tout comme il a détruit son enfance ?

J'ai essayé de lui dire que ce n'était pas une bonne idée, qu'elle ne devrait pas fréquenter quelqu'un comme moi, mais elle ne m'écoutait pas. Presque chaque semaine, elle réussissait à me retrouver, si bien que je n'ai plus eu le choix, j'ai cédé et j'ai commencé à la voir. Nous allions pêcher ensemble et elle m'a appris à dessiner. Il s'arrête une seconde tout en continuant à me caresser les cheveux. Elle dessinait très bien.

— Et que lui est-il arrivé ? ai-je demandé. Depuis une minute, il ne parlait plus. Ma voix est étrangement rauque. Je m'éclaircis la gorge et je répète ma question. Qu'est-il arrivé à Maria ?

— L'un des rivaux de mon père a appris qu'elle me fréquentait. Nous venions de dévaliser son entrepôt et il en a eu assez. Alors il a décidé de donner une leçon à mon père… par mon intermédiaire.

Tout le duvet de mon corps se hérisse et j'ai la chair de poule. Je devine déjà la direction que va prendre son récit et je veux dire à Julian d'arrêter, mais j'ai la gorge tellement serrée que je n'arrive pas à prononcer un mot.

On a retrouvé son corps dans une allée près d'un bâtiment appartenant à mon père. Sa voix ne tremble pas, mais je peux sentir sa peine bien qu'elle soit profondément enfouie en lui. Maria avait été violée puis mutilée. C'était un message qui m'était adressé ainsi qu'à mon père. *Foutez-nous la paix*, disait-il.

Je referme les paupières pour empêcher les larmes qui me brûlent les yeux de couler, mais ça ne sert à rien. Je sais que Julian sent probablement que sa poitrine est mouillée.

— Un message adressé à un garçon de treize ans ?

— J'en avais déjà quatorze quand c'est arrivé. Je ne vois pas le sourire amer de Julian, mais je le sens. Et mon âge n'avait pas d'importance. Ni pour mon père… ni pour son rival.

— Je suis navrée. Je ne sais que dire d'autre. J'ai envie de pleurer, pour lui, pour Maria, pour ce jeune garçon qui a perdu son amie dans des circonstances aussi brutales. Et j'ai aussi envie de pleurer pour moi ; maintenant que je comprends mieux mon ravisseur, je m'aperçois que la noirceur de son âme est pire que tout ce que j'aurais pu imaginer.

Je sens bouger Julian sous moi et je me rends compte que ma main est maintenant sur son épaule et que je le griffe. Je me force à arrêter et je respire profondément. Il faut me reprendre, sinon je vais éclater en sanglots.

— Ces hommes, je les ai tués. Désormais, son ton est dégagé, c'est presque celui de la conversation, bien que je peux sentir la tension de son corps. Ceux qui l'avaient violée. Je les ai poursuivis et je les ai tués, l'un après l'autre. Ils étaient sept. Ensuite, mon père m'a éloigné, il m'a d'abord envoyé aux États-Unis puis en Asie et enfin en Europe. Il redoutait que tous ces meurtres nuisent à ses affaires. Je ne suis revenu que des années plus tard, quand ma mère et lui furent assassinés par un autre rival.

Je me concentre pour contrôler le rythme de ma respiration et éviter de vomir.

— C'est la raison pour laquelle vous n'avez pas un accent espagnol ? Ma question semble complètement incongrue. Je ne sais même pas pourquoi je lui demande quelque chose d'aussi banal à un moment pareil.

Mais visiblement, c'était ce qu'il fallait faire parce que Julian se détend un peu, ses muscles semblent moins contractés.

— Oui, mon chat, en partie. Mais aussi parce que ma mère était américaine et m'a appris l'anglais quand j'étais petit.

— Elle était américaine ?

— Oui, elle était modèle quand elle était jeune, elle était belle, grande et blonde. Mes parents s'étaient rencontrés à New York quand mon père y faisait un voyage d'affaires. Elle a eu le coup de foudre pour lui et ils se sont mariés avant qu'il ne lui révèle la nature de ses affaires.

— Et qu'a-t-elle fait quand elle l'a découvert ? Je ne m'intéresse peut-être pas à ce qu'il faudrait, mais j'ai besoin d'oublier les images sanglantes qui ont envahi mon esprit, des images représentant une jeune morte qui me ressemble comme une petite sœur…

— Elle n'a rien pu faire, dit Julian. Elle l'avait déjà épousé et elle habitait la Colombie.

Il n'en dit pas davantage, mais ça serait inutile. Je comprends que sa mère était prisonnière comme moi, sauf qu'au début en tous cas elle avait choisi de devenir captive.

Nous nous taisons pendant quelques minutes, nous sommes couchés sans rien dire. Je n'ai plus sommeil. Je ne sais pas si je pourrai dormir cette nuit. Les douleurs de mon corps ne sont rien en comparaison avec le désespoir qui m'emplit le cœur.

— Et maintenant qu'est-ce que vous faites ? Vous êtes trafiquant de drogue ? ai-je demandé quand je romps finalement le silence. Ce n'est pas très différent de ce que j'avais d'abord supposé quand je pensais qu'il appartenait à la Mafia ou à une autre organisation criminelle du même genre.

— Non, dit-il, ce qui me surprend. Cette partie de ma vie a pris fin quand mes parents furent assassinés. J'ai orienté les affaires de la famille dans une autre direction.

— Laquelle ? Je me souviens qu'il m'a parlé d'import-export, mais je n'imagine pas Julian s'occuper de quelque chose d'inoffensif comme de vendre des appareils électroniques. En tout cas, pas après avoir appris comment il a été élevé.

Il se met à rire comme si mon insistance l'amusait.

— L'armement, dit-il, je suis trafiquant d'armes, Nora.

Surprise, je cligne des yeux. Je connais un peu -ou du moins, je crois connaître- le monde des trafiquants de drogue grâce à des feuilletons télévisés. Mais celui des trafiquants d'armes m'est totalement inconnu. Dans le cas de Julian, je soupçonne fortement qu'il ne s'agit pas de vendre quelques revolvers ici ou là. Il y a un million de questions que j'aimerais lui poser sur sa profession, mais d'abord il y a quelque chose que j'ai besoin de savoir pendant que Julian est d'humeur à s'épancher.

— Pourquoi m'avez-vous enlevée ? Est-ce parce que je vous rappelle Maria ?

— Oui, dit-il d'une voix douce qui m'enrobe comme une écharpe en cachemire. La première fois que je t'ai vue à la boîte de nuit, tu lui ressemblais tellement, c'était troublant. Sauf que tu avais quelques années de plus et que tu étais encore plus belle. Et je voulais que tu sois à moi. J'avais *besoin* de toi. C'était la première fois depuis des années que je ressentais vraiment quelque chose. Évidemment les émotions que tu as provoquées chez moi n'avaient rien à voir avec ce que j'éprouvais pour elle. C'était mon amie, mais toi… Il respire profondément, je sens sa poitrine se soulever sous ma tête. Il fallait tout simplement que tu sois à moi, Nora. Quand je t'ai touchée ce jour-là, quand j'ai senti ta peau soyeuse, j'ai tellement eu envie de te prendre, de t'arracher ces vêtements moulants que tu portais et de te baiser comme un fou sans plus attendre, par terre dans cette boîte de nuit. Et je voulais te faire mal… comme j'aime quelquefois faire mal aux femmes, comme elles me demandent de leur faire mal… je voulais t'entendre crier de douleur et de plaisir.

Sa main continue de jouer avec mes cheveux et ses caresses me rendent assez de calme pour me permettre de l'écouter. Dans l'obscurité, rien de ce qu'il me dit ne semble réel. Il n'y a que Julian et sa voix qui me dit des choses qui feraient peur à quelqu'un de normal, des choses qui trouvent cependant le moyen de m'exciter.

Je t'ai amenée ici, dans mon île, pour que tu sois en sécurité. Mes associés passent leur temps à chercher des signes de faiblesse, et toi, mon chat, tu es une de mes faiblesses. Je n'ai jamais rien senti de tel pour une autre femme. Je n'ai jamais été aussi... Il s'interrompt un instant pour trouver le mot juste. Putain, je n'ai jamais été aussi obsédé par quelqu'un. Imaginer qu'un autre homme puisse te toucher ou t'embrasser m'a rendu fou. J'ai essayé de ne plus te voir, de t'oublier, mais je n'ai pas pu résister à la tentation de te revoir encore une fois à la remise des diplômes. Et quand je t'y ai vue, j'ai su que toi aussi tu le sentais, ce lien entre nous, et alors j'ai compris que c'était inévitable... que je devais t'enlever et que tu serais à moi pour toujours.

Ses paroles déferlent sur moi comme les vagues de l'océan, elles apportent avec elles une trépidation et une sorte d'excitation malsaine. Quelque chose de pervers chez moi savoure le fait d'être unique pour Julian, de m'apercevoir qu'il est aussi désespérément attiré par moi que je le suis par lui.

Sans trop savoir pourquoi, je me sens obligée de faire preuve de la même sincérité.

— J'avais peur de vous, lui ai-je dit à voix basse. Quand je vous ai vu à la boîte de nuit puis à la remise des diplômes, j'avais peur.

— Seulement peur ? Il semble amusé et légèrement sceptique.

— Il y avait à la fois de la peur et de l'attirance, ai-je admis. J'ai l'impression que cette nuit est propice aux confidences. Et d'ailleurs, il sait déjà la vérité. Malgré ma peur, je le désire. J'ai eu envie de lui dès la première minute, et aucune de ses actions n'y a rien changé.

— Bien. Il me caresse légèrement le dos. C'est très bien, mon chou, ça nous facilitera la vie à tous les deux.

Nous faciliter la vie ? Je réfléchis à ce qu'il vient de dire. Sans doute pour lui. Mais pour moi ? Je n'en suis pas certaine.

— Avez-vous pris contact avec ma famille comme vous l'aviez promis ? je lui demande en pensant à la promesse qu'il m'a faite il y a déjà longtemps. Mes parents savent que je suis en vie ?

— Oui. Sa main s'arrête en haut de mes reins. Ils le savent.

Je me demande ce qu'il leur a dit, et comment ils ont réagi. Je me demande si ça valait mieux pour eux ou pas.

— Me laisserez-vous partir un jour ? Je connais déjà la réponse, mais j'ai quand même besoin de l'entendre le dire.

— Non, Nora, répond-il, et je sais qu'il sourit dans l'obscurité. Jamais.

Alors il m'attire plus près de lui et me garde dans ses bras jusqu'à ce que nous nous endormions tous les deux.

CHAPITRE SEIZE

Pendant les quelques mois qui suivent, ma vie sur l'île s'installe dans une sorte de routine. Quand Julian est là, ma vie gravite autour de lui. Ses sautes d'humeur, ses besoins et ses désirs déterminent le déroulement de mes jours et de mes nuits.

C'est un amant imprévisible, plein de douceur un jour et cruel le lendemain. Et parfois les deux à la fois, une combinaison que je trouve particulièrement ravageuse. Je comprends ce qu'il me fait, mais le comprendre ne le rend pas moins efficace. Il m'apprend à associer la douleur et le plaisir, à jouir de tout ce qu'il m'inflige, quel que soit son degré de perversité. Et ensuite, il y a toujours cette tendresse désarmante. Il me met dans tous mes états, me fait voler en éclats puis me reconstruit, et cela en l'espace d'une nuit.

Et cette éducation est un succès. Désormais, je vais dans ses bras de mon propre gré parce que je désire l'état second que me donne une séance particulièrement brutale avec lui. Julian me dit que ma nature est de me soumettre et que j'ai des tendances cachées au masochisme. Je ne sais pas si je le crois, je sais que je n'ai pas vraiment *envie* de le croire, mais je ne peux nier que sa manière particulière de faire l'amour trouve quelque part un écho chez moi. Les accessoires sexuels, les fouets, les cannes, il a tout utilisé, et je trouve toujours du plaisir dans une certaine part de ce qu'il m'inflige.

Évidemment il n'est pas toujours sadique. Quelquefois, il est presque tendre, il me masse des pieds à la tête, il m'embrasse jusqu'à ce que je fonde puis il me fait l'amour jusqu'à ce que je devienne presque folle de désir. Ces jours-là, je n'ai pas envie de partir. Je ne désire qu'une chose, que Julian me garde dans ses bras, qu'il me caresse… qu'il m'aime, quelle que soit la manière dont il en est capable.

C'est peut-être ce qu'il y a de plus troublant, le désir que j'ai maintenant d'être aimée de mon ravisseur. J'ignore même s'il est capable d'une telle émotion, mais ça ne m'empêche pas d'en avoir besoin. Je sais qu'il me désire, mais ça ne me suffit pas. À un moment donné, j'ai cessé de le haïr et je ne sais même pas quand ni comment. Ma captivité continue à me peser, mais désormais c'est un sentiment distinct de ceux que je ressens pour Julian.

Au lieu de redouter sa présence sur l'île, je l'attends désormais avec impatience. Ses affaires l'éloignent plus souvent que je ne le voudrais et je commence à comprendre ce que sentent les animaux de compagnie qui attendent que leur maître revienne de son travail.

— Pourquoi ne pouvez-vous pas davantage travailler en restant ici ? lui ai-je demandé un matin quand nous nous sommes réveillés ensemble. Maintenant, il dort toujours avec moi. Il aime me tenir dans ses bras pendant la nuit, ça le protège de ses cauchemars.

— J'en fais le plus possible en ligne. Pourquoi ? Tu préfères que je sois ici, mon chat ? Il tourne la tête pour me regarder et ses yeux sont froids et moqueurs. Il n'aime pas que je lui pose des questions sur ses affaires. C'est une part de sa vie qu'il semble vouloir garder distincte du reste. En général, j'ai l'impression qu'il souhaite nous protéger Beth et moi de ce qu'il y a de plus laid dans son univers. Évidemment, Beth sait exactement ce qu'il fait, mais je me demande si elle est plus renseignée que moi sur le trafic d'armes.

— Oui, lui ai-je sincèrement répondu. Je veux que vous soyez ici. Il serait inutile de prétendre le contraire; Julian sait exactement ce que je ressens. Il est doué pour lire mes émotions, et pour me manipuler. Je n'en ai aucun doute, il est content de me voir m'attacher à lui et il fait vraisemblablement de son mieux pour le faciliter.

Comme je m'y attendais, ce que je viens d'admettre le fait sourire, un sourire sensuel sur ses lèvres.

— Entendu, bébé, dit-il d'une voix douce, j'essaierai d'être plus souvent ici. Puis il me tend les bras et m'attire vers lui pour m'étreindre et me donner un baiser qui me fait fondre.

* * *

Chaque jour qui passe éloigne encore davantage ma vie d'avant, elle disparait dans ce temps nébuleux qu'on appelle le passé. En l'absence de Julian, je m'occupe en lisant, en nageant, en partant en randonnée tout autour de l'île et quelquefois en allant pêcher avec Beth. Julian nous a rapporté un grand écran de télévision, un DVD et des centaines de films pour que Beth et moi puissions aussi nous distraire quand il pleut.

Beth et moi ne sommes pas vraiment devenues des amies, mais incontestablement nous devenons plus proches l'une de l'autre. C'est en partie parce qu'elle apprécie le fait que je ne cherche plus à m'échapper. Depuis ma tentative ratée pour l'assommer et ce qui est arrivé d'horrible à Jake à cause de ça, je suis devenue une prisonnière exemplaire.

D'ailleurs, il serait stupide d'agir autrement. Même quand Julian est là et son avion aussi, il est enfermé dans le hangar que j'ai trouvé de l'autre côté de l'île. Je suis convaincue qu'il garde les clés du hangar dans son bureau, et lui seul y a accès. Et même si je réussissais à mettre la main dessus, ça m'étonnerait beaucoup que les instructions de pilotage se trouvent justement dans l'avion pour me permettre d'en prendre les commandes.

C'est clair, mon ravisseur savait exactement ce qu'il faisait en m'amenant dans son île. C'est une prison à sécurité maximale.

Au fil du temps, j'essaie de trouver de nouvelles activités pour occuper mes moments de loisir et pour que Julian ne me manque pas trop quand il n'est pas là.

D'abord, je me remets à courir.

Je commence par de petites distances pour ne pas me fatiguer le genou et puis petit à petit j'augmente la vitesse et la distance. Je vais courir le matin ou le soir quand il fait moins chaud, et bien vite je retrouve la forme que j'avais quand je faisais de l'athlétisme. Je cours cinq kilomètres en moins de dix-sept minutes, et cette réussite me fait incroyablement plaisir.

Et puis je me suis mise à la peinture. Ce n'est pas parce que je me souviens que Julian m'a dit que Maria dessinait bien, mais parce que ça me plait et que ça me distrait. Au lycée, j'aimais les cours de dessin, mais j'ai toujours été trop occupée avec mes amis et mes autres activités pour faire sérieusement de la peinture. Maintenant que j'ai beaucoup de temps libre, je peux apprendre sérieusement à dessiner et à peindre. Julian me rapporte des tonnes de matériel et plusieurs vidéos éducatives et bientôt je me retrouve absorbée à essayer de rendre sur la toile la beauté de cette île.

— Tu sais, tu es vraiment douée, me dit un jour Beth d'un ton pensif. Elle était venue me rejoindre sur la véranda pendant que je finissais de peindre un coucher de soleil sur l'océan.

Je me retourne vers elle avec un grand sourire.

— Tu le penses vraiment ?

— Absolument, dit-elle sérieusement. Tu te débrouilles vraiment bien, Nora.

J'ai l'impression qu'elle ne parle pas seulement de ce que je peins.

— Merci, ai-je dit d'un ton sec.

Est-ce que je devrais ajouter à la liste de mes réussites ma capacité à m'épanouir en captivité ?

Elle me sourit en guise de réponse, et pour la première fois j'ai l'impression que nous nous comprenons vraiment.

— Je t'en prie.

Elle se dirige vers la chaise longue, s'y allonge et prend son livre. Je la regarde quelques instants, puis je retourne peindre en essayant de reproduire toutes les profondeurs scintillantes de l'eau et en réfléchissant à l'énigme que Beth représente pour moi.

Elle ne m'a pas encore dit grand-chose de son passé, mais elle me donne l'impression que pour elle cette île est une sorte de retraite, un sanctuaire. Elle considère Julian comme son sauveur et le monde extérieur comme un lieu désagréable et hostile.

— Ça ne te manque pas d'aller faire des courses ? lui ai-je demandé un jour. De dîner avec des amis ? D'aller danser ? Tu n'es pas prisonnière ici, tu pourrais partir quand tu voudrais. Pourquoi ne demandes-tu pas à Julian de t'emmener pendant un de ses voyages ? D'aller t'amuser quelque part avant de revenir ici ?

Elle s'est mise à rire en entendant ces questions.

— Danser ? S'amuser ? Laisser des hommes me tripoter, c'est censé me distraire ? Sa voix devient moqueuse. Et je devrais aussi mettre des vêtements sexy, me maquiller et me faire belle pour eux ? Et la pollution, la violence urbaine et la délinquance, ça aussi ça devrait me manquer ? Elle continue de rire en secouant la tête. Non merci. Je suis parfaitement heureuse ici.

Et elle n'a pas dit un mot de plus à ce sujet.

Je ne sais pas ce qui lui est arrivé pour la rendre aussi amère, mais je me doute vraiment qu'elle n'a pas dû avoir une vie facile. Quand nous regardions le film *Pretty woman* elle n'a pas arrêté de faire des commentaires insidieux pour comparer la réalité de la prostitution au conte de fées qu'on montrait à l'écran. Sur le moment, je ne lui ai pas posé de questions, mais depuis je me demande ce qu'il en est. Se pourrait-il qu'elle se soit prostituée quand elle était plus jeune ?

Je pose mon pinceau, je me retourne et je la regarde.

— Est-ce que je pourrais faire ton portrait ?

Elle lève les yeux de son livre, prise au dépourvu.

— Tu voudrais faire mon portrait ?

— Oui, j'aimerais bien.

Ça me changerait de tous ces paysages que j'ai faits depuis un certain temps, et ça pourrait aussi me donner l'occasion de mieux la connaître.

Elle me fixe des yeux quelques instants puis hausse les épaules.

— Alors pourquoi pas ?

Elle semble encore hésiter et je l'encourage d'un sourire.

— Tu n'auras rien besoin de faire, il suffit que tu restes assise comme ça, avec ton livre ; ça rend très bien.

Et c'est vrai. Les rayons du soleil couchant embrasent sa chevelure et avec ses jambes repliées sous le corps elle semble plus jeune et plus vulnérable. Beaucoup plus accessible que d'habitude.

Je mets de côté le tableau sur lequel je travaillais et je prends une nouvelle toile. Puis je commence une esquisse en essayant de capter les angles symétriques de son visage, les lignes minces et les courbes de son corps. C'est une tâche absorbante et je ne m'arrête que quand il fait trop sombre pour y voir.

— Tu as fini pour aujourd'hui ? demande Beth, et je m'aperçois qu'elle est restée assise dans la même position depuis une heure.

— Oh, oui, absolument, merci d'avoir aussi bien posé.

— Aucun problème. Elle m'offre un vrai sourire en se levant. Tu es prête pour le dîner ?

* * *

Pendant les trois jours qui suivent, je travaille au portrait de Beth. Elle pose patiemment pour moi et je suis si occupée que je pense à peine à Julian. Il ne me manque que la nuit quand je sens le froid et le vide du grand lit où je couche et où je désire violemment ses étreintes. Je suis devenue tellement accro qu'une semaine sans lui me semble une cruelle punition, une punition infiniment pire aux tortures sexuelles que mon ravisseur m'a infligées jusqu'ici.

— Est-ce que Julian a dit quand il reviendrait ? ai-je demandé à Beth en mettant les dernières touches au portrait. Il est déjà parti depuis une semaine.

Elle secoue la tête.

— Non, mais il sera là dès que possible. Il ne peut rester loin de toi, Nora, tu le sais bien.

— Vraiment ? Il te l'a dit ? J'entends l'empressement de ma voix et je m'en veux. C'est pitoyable, jusqu'où vais-je aller ? Autant me mettre une étiquette sur le front : *encore une idiote qui est tombée amoureuse de son ravisseur.* Évidemment, ça m'étonnerait que tous les ravisseurs aient le charme dévastateur de Julian, mais je pourrais quand même être moins dépendante.

Heureusement, Beth ne me taquine pas au sujet de mon entichement.

— Il n'a pas besoin de le dire, répond-elle à la place. C'est parfaitement clair.

Je pose un instant mon pinceau.

— Comment ça, parfaitement clair ? Cette conversation comble un vide dont je n'avais pas pris conscience, un besoin de se confier entre filles, de parler des hommes et de leurs émotions mystérieuses.

— Oh, je t'en prie ! Beth commence à avoir l'air exaspéré. Tu sais bien que Julian est raide dingue de toi. Chaque fois que je parle avec lui au téléphone, c'est Nora par ci, Nora par là… Est-ce que Nora a besoin de quoi que ce soit ? Est-ce que Nora mange comme il faut ? Elle s'amuse à prendre une voix plus grave et à imiter les intonations de Julian.

Je lui souris.

— Vraiment ? Je ne savais pas. Et c'est vrai. Je savais que Julian adore me baiser, et il m'a clairement avoué que je l'obsédais à cause de ma ressemblance avec Maria, mais je ne savais pas qu'il pensait à moi autrement qu'au lit.

Beth roule des yeux.

— C'est ça ! Tu es loin d'être aussi naïve que tu veux en donner l'impression. Je t'ai vu faire battre tes longs cils à son intention pendant le dîner pour essayer de l'embobiner.

Je la regarde de l'air le plus innocent possible.

— Comment ? Non !

— Mais si ! Beth n'est absolument pas dupe.

Évidemment, elle a raison. C'est vrai que je flirte avec Julian. Maintenant que mon ravisseur me fait moins peur, je fais de nouveau de mon mieux pour être dans ses petits papiers. Inconsciemment, je n'ai pas cessé d'espérer que si un jour il me fait suffisamment confiance, et que si je compte assez pour lui, il me fera peut-être quitter cette île.

Quand j'ai eu l'idée de ce plan pour la première fois, pendant les premiers jours terrifiants de ma captivité, je jouais la comédie. Dès que je me suis retrouvée ici, j'aurais fait tout ce qui était en mon pouvoir afin de m'enfuir, malgré mes promesses. Mais maintenant, je ne sais pas ce que je ferais si Julian m'emmenait avec lui. Est-ce que j'essaierais de le quitter ? Et d'ailleurs, est-ce que je *veux* le quitter ? Franchement, je n'en sais rien.

— Est-ce que tu as déjà été amoureuse ? Je demande à Beth en reprenant mon pinceau.

À ma surprise, un nuage sombre lui passe sur le visage.

— Non, dit-elle sèchement. Jamais.

— Mais il t'est arrivé d'aimer quelqu'un… non ? Je ne sais pas ce qui me pousse à lui poser une telle question, mais j'ai visiblement touché un point névralgique parce que Beth se raidit tout entière comme si je venais de lui porter un coup.

Cependant, à ma surprise, au lieu de m'envoyer promener elle fait juste un signe de tête.

— Oui, dit-elle à voix basse. Oui, Nora, j'ai aimé quelqu'un. Ses yeux brillent d'une manière inhabituelle comme si des larmes les faisaient scintiller.

Et c'est alors que je m'aperçois qu'elle souffre, que ce qui lui est arrivé a laissé des cicatrices définitives dans son âme. Son apparence bourrue n'est qu'un masque, une manière de se protéger d'autres souffrances. Et maintenant, quelle qu'en soit la raison, ce masque a glissé et laisse voir la véritable personne qui est derrière.

— Que lui est-il arrivé ? Je demande d'une voix douce et affectueuse. Qu'est-il arrivé à la personne que tu aimais ?

— Elle est morte. Beth parle sur un ton neutre, mais je sens la peine immense qui s'exprime dans cette simple phrase. Ma fille est morte quand elle avait deux ans.

Je respire d'un coup.

— Je suis navrée, Beth. Oh, mon Dieu, je suis vraiment navrée… Je repose mon pinceau, je vais vers sa chaise longue et je la prends dans mes bras.

D'abord, elle reste figée, toute raide, comme si elle n'avait pas l'habitude que quelqu'un d'autre la touche, mais elle ne me repousse pas. Elle a besoin de réconfort en ce moment ; mieux que personne, je sais à quel point on peut être réconforté par une étreinte chaleureuse quand on est submergé d'émotion. Julian adore me bouleverser pour pouvoir me venir en aide et me reconstruire.

— Je suis navrée, je répète d'une voix douce en lui frottant lentement le dos d'un geste circulaire. Je suis tellement navrée.

Petit à petit, Beth se détend un peu. Elle se laisse apaiser par mes gestes. Après un moment, elle semble retrouver son équilibre et je m'écarte, ne voulant pas qu'elle soit gênée de se retrouver dans mes bras.

Elle recule légèrement et m'adresse un petit sourire gêné ;

— Je suis désolée, Nora, je ne voulais pas…

— Mais non, je t'en prie, l'ai-je interrompu. C'est moi qui suis désolée de t'avoir posé cette question. Je ne savais pas…

Alors nous nous sommes regardées toutes les deux en comprenant que nous pourrions nous excuser indéfiniment et que ça ne changerait absolument rien.

Beth ferme un instant les yeux et quand elle les ouvre de nouveau elle a repris son masque. Elle est redevenue ma geôlière, aussi indépendante et aussi réservée que d'habitude.

— On va dîner ? demande-t-elle en se levant.

— On pourrait manger le poisson qu'on a pris ce matin, ai-je dit simplement en allant ranger mes affaires de peinture.

Et nous continuons comme si de rien n'était.

CHAPITRE DIX-SEPT

À partir de ce jour, ma relation avec Beth s'est transformée de manière subtile, mais sensible. Elle ne cherche plus autant à me repousser et progressivement je commence à mieux connaître celle qui se cache derrière cette muraille infranchissable.

— Je le sais, tu penses ne pas avoir de chance, dit-elle un jour que nous sommes allées ensemble à la pêche. Mais crois-moi, Nora, Julian tient vraiment à toi. Et tu as beaucoup de chance d'avoir quelqu'un comme lui.

— De la chance, pourquoi ?

— Parce que quoi qu'il ait fait, Julian n'est pas vraiment un monstre, dit sérieusement Beth. Il ne se comporte pas toujours selon les règles admises par la société, mais il n'est pas cruel.

— Ah bon ? Alors comment définirais-tu la cruauté ? Je suis sincèrement curieuse de savoir ce qu'en pense Beth. Pour moi, Julian agit exactement comme quelqu'un de cruel, et peu importe ce que j'ai la bêtise de ressentir à son égard.

— La cruauté, c'est d'assassiner un enfant, dit Beth en fixant le bleu de la mer. La cruauté, c'est de vendre sa fille de treize ans à un bordel au Mexique… Elle s'interrompt un instant puis ajoute : Julian n'est *pas* cruel. Tu peux me faire confiance là-dessus.

Je ne sais que dire et je me contente de regarder les vagues venir s'écraser sur la plage. Il me semble que ma poitrine est prise dans un étau.

— Est-ce que Julian t'a sauvée de cette cruauté ? ai-je demandé après un moment quand j'ai la certitude de pouvoir suffisamment contrôler le tremblement de ma voix.

Elle tourne la tête pour me regarder.

— Oui, dit-elle à voix basse. Il m'a sauvée. Et il a détruit le mal qui était en moi. Il m'a donné une arme et il m'a laissé m'en servir contre ces hommes, ceux qui avaient tué mon bébé. Tu vois, Nora, il a pris une putain qui n'avait plus rien et il lui a rendu la vie.

Je regarde Beth droit dans les yeux, j'ai l'impression de me désintégrer complètement. J'ai envie de vomir. Elle a raison : je ne sais pas ce que c'est que de souffrir. Ce qu'elle a vécu est inimaginable pour moi.

Elle me sourit, visiblement le choc que je ressens et mon silence lui font plaisir.

— La vie n'est rien d'autre qu'un jeu de roulette détraqué, dit-elle doucement, la roue ne s'arrête pas de tourner et ce sont toujours les mauvais numéros qui sortent. On a beau pleurer, il n'y a aucune chance de tirer le bon numéro.

J'ai la gorge nouée et j'avale ma salive.

— Ce n'est pas vrai, ai-je dit d'une voix un peu rauque. Ce n'est pas toujours comme ça. Il existe un autre monde, un monde où vivent des gens normaux, où personne n'essaye de faire de mal aux autres…

— Non, dit durement Beth. Tu rêves. Ce monde est aussi réel qu'un conte de fées de Walt Disney. Tu as peut-être vécu comme une princesse, mais ce n'est pas le cas de la plupart des gens. Les gens normaux souffrent. Ils ont mal, ils meurent et ils perdent ceux qu'ils aiment. Et ils se font mal les uns aux autres. Ils se déchirent comme des prédateurs sauvages et c'est ce qu'ils sont. Il n'y a pas de lumière sans ténèbres, Nora. Et finalement, la nuit s'empare de nous tous.

— Non. Je ne crois pas ce qu'elle dit. Je ne veux pas le croire. Cette île, Beth, Julian, ce sont des anomalies, les choses ne sont pas comme ça d'habitude. Non, ce n'est pas…

— Si, c'est vrai, dit Beth. Tu ne t'en rends peut-être pas encore compte, mais c'est vrai. Tu as besoin de Julian autant qu'il a besoin de toi. Il peut te protéger, Nora. Il peut veiller sur ta sécurité.

Elle en semble profondément convaincue.

* * *

— Bonjour, mon chat. Une voix familière me murmure à l'oreille et me réveille ; quand j'ouvre les yeux, je vois Julian assis sur le lit, penché sur moi. Il doit être venu directement d'un rendez-vous d'affaires parce qu'il est encore en costume au lieu des vêtements sport qu'il porte d'habitude. Je suis comme embrasée de bonheur. En souriant, je lève les bras et je le prends par le cou pour l'attirer plus près de moi.

Il m'embrasse le cou, le poids de son corps lourd et chaud m'enfonce dans le matelas et je me cambre vers lui en ressentant les signes coutumiers du désir. Mes tétons se raidissent et au plus profond de moi je me sens fondre de désir, tout mon corps n'est plus que désir en le sentant si près.

— Tu m'as manqué, me murmure-t-il à l'oreille et je frissonne de plaisir en réprimant à peine un gémissement quand sa bouche talentueuse me descend dans le cou et mordille le point sensible que j'ai à la clavicule. J'aime bien quand tu es comme ça, murmure-t-il en me couvrant la poitrine et les épaules de baisers, toute chaude, toute douce, encore endormie… et toute à moi…

Maintenant que sa bouche se referme sur mon téton droit et le suce avec avidité, juste comme il faut, je me mets à gémir. Il glisse la main sous la couverture, arrive entre les jambes et je gémis de plus belle quand il commence à caresser mes plis et que son doigt se met à tourner autour de mon clitoris pour me taquiner.

— Jouis pour moi, Nora, m'ordonne-t-il doucement en appuyant sur mon clitoris et je vole en éclats, mon corps se raidit et se met à jouir comme pour lui obéir.

— C'est bien, murmure-t-il en continuant à jouer avec mon sexe pour m'amener à l'orgasme. C'est bien, tu es tellement douce…

Quand les ondes de choc se sont dissipées, il se dégage et commence à se déshabiller. Je le regarde avec avidité, incapable de détourner les yeux de lui. Il est si beau et j'ai tellement envie de lui. Il enlève d'abord sa chemise et révèle ses larges épaules et ses abdominaux musclés et je n'en peux plus. Alors je m'assieds et j'ouvre la fermeture éclair de son pantalon, la main tremblant d'impatience.

Il respire profondément quand ma main effleure sa verge engorgée. Dès que je réussis à la libérer, je la prends dans la main, je penche la tête et je la mets dans ma bouche.

— Putain, Nora ! gronde-t-il en m'attrapant la tête et en faisant aller et venir ses hanches. Putain, bébé, c'est si bon… Ses doigts glissent dans mes cheveux, ils emmêlent encore plus mes mèches en désordre et lentement je le prends encore plus profondément, aussi loin au fond de ma gorge que possible.

— Oh putain… Ses gémissements rauques me ravissent et j'appuie légèrement sur ses bourses dont je savoure le poids dans ma main. Sa verge se raidit encore plus et je sais qu'il est sur le point de jouir, mais à ma surprise il se dégage et recule d'un pas.

Il a du mal à respirer, ses yeux brillent comme deux diamants bleus, mais il parvient à se contrôler suffisamment pour se déshabiller complètement avant de me grimper dessus. Ses mains pleines de force attrapent mes poignets qu'il relève au-dessus de ma tête, ses hanches tombent entre mes cuisses et son gros gland se frotte comme mon ouverture sans défense. Je le fixe des yeux avec un mélange d'appréhension et d'excitation. Il est superbe comme une bête sauvage avec ses cheveux noirs en désordre et son beau visage tendu de désir. Il ne va pas faire vraiment preuve de douceur aujourd'hui, je le devine déjà.

Et j'ai raison. Il me pénètre d'un seul coup, glissant si profondément en moi que j'en perds le souffle, j'ai l'impression d'avoir été coupée en deux. Et pourtant mon corps répond au sien, se lubrifie davantage pour lui faciliter l'accès. Il me baise brutalement, implacablement, mais quand je crie ce sont des cris de plaisir que je pousse et la tension monte en spirale en moi de plus en plus violemment jusqu'à ce qu'il se mette à jouir.

* * *

Au petit déjeuner, j'ai un peu mal, mais je suis heureuse. Julian est là et tout va bien. En plus, il semble de bonne humeur, il me taquine pour avoir regardé une saison entière du feuilleton *Friends* en une semaine et il me demande quel est mon dernier temps à la course. Il est content que je fasse autant d'exercice depuis quelque temps, ou du moins il est content des résultats.

Physiquement, je n'ai jamais été aussi en forme, et ça se voit. Je suis mince et musclée et je suis la preuve vivante des bienfaits d'un régime sain, avec du grand air et du sport tous les jours. Mes épais cheveux bruns n'ont pas la moindre fourche, ma peau est lisse et bronzée. Je ne me souviens même pas de la dernière fois que j'ai eu un bouton.

— La dernière fois, j'ai couru cinq kilomètres en 16 minutes et vingt secondes, je dis à Julian sans fausse modestie. Je parie qu'il n'y a pas beaucoup de gars qui pourraient faire mieux.

— C'est vrai, en convient-il, et ses yeux bleus sont pleins de gaieté. Je n'y arriverais peut-être pas.

— Vraiment ? L'emporter sur Julian dans un domaine ou dans un autre me plairait. Vous voulez essayer ? J'aimerais bien faire la course avec vous.

— Je te le déconseille, Julian, dit Beth en riant. Elle court vite. Elle était déjà rapide, mais maintenant c'est une vraie fusée.

— Ah ouais ? Une vraie fusée, hein ?

— C'est vrai ! Je le regarde en lui lançant un défi. Vous voulez faire la course avec moi ou vous avez trop peur de perdre ?

Beth commence à glousser et Julian sourit en lui lançant des petits morceaux de pain.

— Ferme-la, tu devrais être de mon côté.

En riant de leurs gamineries, je jette un morceau de pain à Julian et Beth nous réprimande tous les deux.

— C'est moi qui devrai nettoyer vos saletés, grommelle-t-elle, et quand Julian promet de l'aider à balayer, il lui rend sa bonne humeur en lui adressant un de ses sourires éblouissants.

Quand il est comme ça, son charme agit sur moi et me séduit pour me faire oublier la réalité de ma situation. Au fond, je sais que tout ceci est une illusion, que cette impression de connivence, cette camaraderie, n'est rien qu'un mirage, mais au fil des jours ça commence à avoir de moins en moins d'importance. Bizarrement, j'ai l'impression de me dédoubler : je suis à la fois celle qui tombe amoureuse du bel assassin impitoyable assis à la table du petit déjeuner et celle qui observe tout cela avec un sentiment d'horreur et d'incrédulité.

Après le petit déjeuner, je me change pour aller courir (je mets un short et un soutien-gorge de sport) et je vais lire dans la véranda pour digérer avant. Comme d'habitude, Julian va dans son bureau. Ce n'est pas parce qu'il est ici que ses affaires peuvent attendre ; être trafiquant d'armes à l'échelle internationale exige une attention de tous les instants.

Bien qu'il parle rarement de son travail, au fil des mois j'ai réussi à glaner quelques informations. D'après ce que je comprends, mon ravisseur est à la tête d'une organisation mondiale spécialisée dans la production et la distribution d'armes de pointe et de certains types d'appareils électroniques. Il a pour clients les organismes et les individus qui ne peuvent pas acheter des armes légalement.

— Il traite avec des salauds vraiment dangereux m'a dit Beth. Il y a beaucoup de psychopathes parmi eux. On ne peut leur accorder aucune confiance.

— Alors pourquoi le fait-il ? ai-je demandé. Je suis sûre que ce n'est pas par besoin d'argent…

— Non, m'a expliqué Beth, ce n'est pas une question d'argent, c'est pour le plaisir, pour vaincre les difficultés. Les hommes comme Julian ont besoin de défis.

Je me demande parfois si c'est ce que Julian aime avec moi, la difficulté de me plier à ses volontés, de me modeler pour que je devienne ce dont il croit avoir besoin. Est-ce qu'il a du plaisir à savoir que je suis sa prisonnière et qu'il peut faire de moi ce qui lui plait ? Et est-ce que ça l'excite encore plus parce que c'est criminel ?

— Tu es prête ? On y va ? La voix de Julian interrompt mes pensées et quand je lève les yeux de mon livre il est debout devant moi. Il ne porte qu'un short noir et des baskets. Tout son corps semble une invitation à le caresser, son torse nu est extraordinairement musclé et sa peau dorée semble satinée à la lumière du soleil.

— Hum, ouais, allons-y ! Je me lève, je pose mon livre et je commence à faire des mouvements d'élongation tout en regardant du coin de l'œil Julian en faire autant. Il a vraiment un corps superbe et je me demande ce qu'il fait pour se maintenir dans une telle forme. Je ne l'ai jamais vu faire d'exercice quand il est ici.

— Vous faites de l'exercice quand vous êtes en voyage ? lui ai-je demandé en le regardant sans vergogne se pencher et atteindre ses doigts de pied avec une souplesse étonnante. Comment faites-vous pour vous maintenir dans une telle forme ?

Il se redresse et me sourit.

— Je m'entraîne avec mes hommes quand j'en ai la possibilité. J'imagine qu'on peut appeler ça faire de l'exercice.

— Vos hommes ? Je pense immédiatement au truand qui a tabassé Jake. C'est un souvenir qui me rend malade et je l'écarte de mon esprit, ne voulant pas avoir des pensées aussi noires en ce moment. Quelquefois, je dois faire ainsi, répartir cette nouvelle vie qui est la mienne en différents compartiments et séparer les bons moments des mauvais. C'est ma propre manière de résister et je devrais la breveter.

— Mes gardes du corps et certains autres de mes employés, explique Julian tandis que nous nous dirigeons vers la plage en marchant à vive allure pour nous échauffer. Certains sont d'anciens commandos de la Navy, s'entraîner avec eux n'est pas de tout repos, je t'assure.

— Vous vous entraînez avec des commandos de la Navy ? Je m'arrête en regardant sérieusement Julian. Alors ce n'était pas une plaisanterie tout à l'heure ? Quand vous demandiez si vous pourriez me battre à la course ?

Un sourire légèrement malicieux apparait sur ses lèvres, il le rend tellement séduisant.

— Je ne sais pas, mon chat, dit-il d'une voix douce. Tu crois Pourquoi ne pas essayer, on verra bien.

— D'accord, ai-je dit avec l'intention de tout faire pour gagner, allons-y.

* * *

Nous commençons la course près d'un arbre que j'ai identifié exprès. De l'autre côté de l'île, il y a un autre arbre pour délimiter la ligne d'arrivée. En courant sur le sable le long de l'océan il y a exactement cinq kilomètres d'un point à l'autre.

Julian compte jusqu'à cinq, je déclenche mon chronomètre, et c'est parti, chacun court relativement vite, mais pas au maximum de ses forces. En courant, je sens mes muscles s'accoutumer au rythme et au mouvement et petit à petit j'accélère en allant plus vite que d'habitude à ce moment du parcours. Julian court à mes côtés, ses enjambées plus longues que les miennes lui permettent de garder facilement le rythme.

Nous courons en silence, sans parler, et je jette sans cesse de petits coups d'œil de côté à Julian. Nous sommes à mi-parcours, je suis en sueur et ma respiration est haletante, mais mon beau ravisseur ne semble pas vraiment faire d'effort. Il est en très grande forme, ses muscles lisses qui se contractent et se relâchent à chaque enjambée brillent de petites gouttes de sueur. Sa course est légère, sur la plante des pieds, et j'envie l'aisance de ses mouvements, j'aimerais bien avoir un quart de la force et de l'endurance dont il fait preuve.

En arrivant dans la dernière ligne droite j'accélère au maximum, je veux le battre bien que ce soit manifestement impossible. Il respire toujours aussi facilement et j'ai déjà le souffle court. Lui aussi il accélère, et malgré tous mes efforts je ne parviens pas à le devancer. Il me serre de très près.

Quand nous sommes à une centaine de mètres de l'arbre, je ruisselle de sueur et je suis à la limite de l'asphyxie. Je risque de m'effondrer et je le sais, mais je fais encore un effort héroïque pour sprinter jusqu'à la ligne d'arrivée.

Et juste au moment où je vais toucher l'arbre de la main pour gagner, Julian frappe l'écorce, il a exactement une seconde d'avance sur moi.

Je suis tellement déçue que je me retourne d'un coup, le dos appuyé à l'arbre. Julian se penche sur moi.

— Je t'ai bien eue ! dit-il, les yeux brillants et je m'aperçois qu'il respire presque normalement.

En peinant à reprendre mon souffle je le repousse, mais il ne recule pas. Au contraire, il se rapproche et pousse un genou entre mes cuisses. En même temps, sa main m'attrape derrière les genoux et il me soulève contre lui tout en m'ouvrant les cuisses, et il frotte son sexe en érection contre mon pelvis.

Visiblement, notre petite course l'a rempli de désir.

Tout en haletant, je le regarde fixement et je lui attrape l'épaule. J'ai du mal à me tenir debout et il veut baiser ?

Oui, visiblement, parce qu'il me redresse une seconde, m'enlève mon short et ma culotte et se déshabille à son tour. Je titube, les jambes pantelantes après l'effort que je viens de faire. Je n'arrive pas à y croire. Baiser juste après avoir couru ? Alors que je n'ai qu'une envie, m'allonger et boire un litre d'eau.

Mais Julian ne voit pas les choses de la même façon.

— Mets-toi à genou, m'ordonne-t-il d'une voix rauque en me poussant au sol avant même que je puisse lui obéir.

Je tombe lourdement à genou et je me retiens des mains. C'est une position qui me permet de reprendre un peu mon souffle et je suis contente de mieux respirer. Il fait si chaud et la course m'a mise à rude épreuve, si bien que la tête me tourne et j'ai peur de m'évanouir.

Un bras dur et bien musclé me passe sous les hanches et me maintient en place et je sens alors la verge de Julian s'appuyer sur mes fesses. Je suis à la limite de l'évanouissement, je tremble et j'attends la poussée qui va nous unir, mon sexe qui me trahit est déjà mouillé et vibrant d'impatience. Ma manière de réagir avec Julian est absurde et ridicule étant donné mon état physique.

Il écarte mes cheveux trempés de sueur de mon dos et se penche en avant pour m'embrasser le cou en me recouvrant du poids de son corps.

— Tu sais, murmure-t-il, tu es belle quand tu cours. J'ai envie de faire ça depuis le premier kilomètre. Et sur ces mots, il me pénètre d'un coup, l'épaisseur de sa verge m'étire et m'emplit toute entière.

Je pousse un cri, mes mains s'agrippent à la terre quand il commence à pousser, il me tient maintenant les hanches des deux mains pour mieux m'assaillir. Mes sens se limitent à une seule chose, le mouvement rythmique de ses hanches, la douleur exquise de sa possession brutale… Je me sens brûler de l'intérieur, la combinaison violente de la chaleur et du désir me consume. La pression qui monte en moi est vraiment insupportable et je rejette la tête en arrière en hurlant alors que mon corps tout entier explose, la délivrance qui me traverse à la vitesse de l'éclair possède une intensité telle que je m'évanouis.

Quand je reprends connaissance, Julian me berce sur ses genoux. Il s'est adossé à l'arbre qui marquait la ligne d'arrivée et il me fait boire des petites gorgées d'eau en veillant à ce que je ne m'étrangle pas.

— Tout va bien, bébé ? demande-t-il en me regardant avec ce qui semble une inquiétude sincère sur son beau visage.

— Hum… ouais. Ma gorge est encore sèche, mais je me sens vraiment mieux et je suis très gênée de m'être évanouie.

— Je ne m'étais pas rendu compte que tu étais déshydratée à ce point, dit-il en fronçant légèrement les sourcils. Pourquoi as-tu fait un tel effort ?

— Parce que je voulais gagner, ai-je admis en fermant les yeux et en respirant le parfum de sa peau. Il sent le sexe et la sueur, une alliance d'odeurs étrangement enivrante.

— Tiens, bois encore un peu d'eau, dit-il, je rouvre les yeux pour lui obéir et boire quand il met la bouteille entre mes lèvres. La bouteille vient de la glacière que je garde de ce côté de l'île pour boire quand j'ai fini de courir.

Après quelques minutes, et après avoir bu toute une bouteille d'eau, je me sens assez bien pour prendre le chemin du retour. Mais Julian ne me laisse pas marcher. Dès que je suis debout, il se penche et me prend dans ses bras aussi aisément que si j'étais une poupée.

— Tiens-moi par le cou, m'ordonne-t-il et je lui mets les bras autour du cou en le laissant me porter jusqu'à la maison.

CHAPITRE DIX-HUIT

Le lendemain matin, c'est une sensation somptueuse qui me réveille, un massage de pieds. Cette sensation est si extraordinaire que pendant quelques secondes j'ai l'impression de rêver et j'essaie de rester endormie. Mais le massage vigoureux qui est prodigué à mes pieds est bien réel et je gémis de plaisir tandis que chacun de mes orteils est frotté et caressé avec juste ce qu'il faut d'intensité.

En ouvrant les yeux, je vois Julian assis sur le lit, magnifiquement nu et tenant un flacon d'huile de massage. Il en verse quelques gouttes dans la paume de sa main, se penche sur moi et commence ensuite à me masser les chevilles et les mollets.

— Bonjour, dit-il en ronronnant et en me regardant. Je le regarde fixement, muette de surprise. Julian m'a déjà fait des massages, mais d'habitude c'est seulement pour m'aider à me détendre avant de me faire hurler. Il ne m'a encore jamais réveillée d'une manière aussi agréable.

Il y a un demi-sourire sur ses lèvres sensuelles et je ne peux m'empêcher de m'inquiéter.

— Hum, Julian, dis-je en hésitant, qu'est-ce... qu'est-ce que vous faites ?

— Je te fais un massage, dit-il, et ses yeux brillent d'amusement. Pourquoi ne pas te détendre et en profiter ?

Je cligne des yeux en regardant ses mains remonter lentement le long de mes mollets. Il a de grandes mains, puissantes et masculines. Mes jambes semblent incroyablement fines et féminines sous son emprise bien que je sois bien musclée grâce à la pratique de l'athlétisme. Je sens les durillons de ses mains me frotter la peau et j'avale ma salive, sans le vouloir je viens de penser que ses mains sont celles d'un meurtrier.

— Tourne-toi ! dit-il en me tirant par les jambes et je me mets à plat ventre sans cesser d'être inquiète. Qu'est-ce qu'il a l'intention de faire ? Avec Julian, je n'aime pas les surprises.

Il commence à me masser l'arrière des jambes en trouvant infailliblement les endroits les plus douloureux après la course d'hier et je laisse échapper un petit grognement quand mes muscles contractés commencent à se détendre sous ses doigts habiles. Mais je n'arrive toujours pas à lâcher prise ; Julian est bien trop imprévisible pour que je puisse être sereine.

Il sent visiblement mon malaise et se penche vers moi pour me murmurer à l'oreille :

— Ce n'est qu'un massage, mon chat, inutile de t'inquiéter à ce point.

Un peu rassurée, je m'autorise à me détendre et je me laisse aller sur ce matelas confortable. Les mains de Julian sont magiques ; j'ai déjà été massée par des professionnels qui n'étaient pas aussi doués. Il est totalement à l'écoute, prêtant attention au moindre changement de ma respiration, au plus infime tressaillement de l'un de mes muscles… Après quelques minutes, l'étrangeté de son comportement ne me gêne plus, je me contente de savourer les délices d'une telle expérience.

Quand il a massé mon corps tout entier et que je suis pantelante et comblée, Julian s'arrête et m'emmène prendre une douche. Puis il s'allonge sur moi et me donne du plaisir avec ses lèvres jusqu'à ce que j'explose dans une jouissance inimaginable.

Au petit déjeuner, je fredonne presque de satisfaction. C'est la meilleure matinée que j'ai connue depuis des mois, peut-être même depuis des années. Par une étrange coïncidence, Beth a préparé mon plat préféré, des œufs Bénédicte et des croquettes au crabe. Je n'ai rien goûté d'aussi luxueux depuis mon arrivée ici. Ce que prépare Beth est bon, mais en général c'est une cuisine diététique. Les fruits, les légumes et le poisson semblent composer l'essentiel de notre régime. Je ne me souviens pas de la dernière fois que j'ai mangé quelque chose d'aussi savoureux et d'aussi délicieux que la sauce hollandaise que Beth a faite aujourd'hui.

— Mmm, c'est tellement bon, je murmure la bouche pleine. Beth, c'est vraiment extraordinaire. Ce sont probablement les meilleurs œufs Bénédicte que je n'ai jamais mangés.

Elle m'adresse un sourire.

— C'est réussi, n'est-ce pas ? Je n'étais pas certaine d'avoir réussi la recette, mais finalement c'est un succès.

— Oh oui, c'est parfait, je lui dis pour la rassurer avant de me resservir. C'est absolument parfait.

Julian sourit, ses yeux brillent d'amusement et d'affection.

— Tu as faim, mon chat ? Il a déjà beaucoup mangé, mais je suis en train de le rattraper.

— Je meurs de faim, lui ai-je dit en prenant une nouvelle bouchée. C'est que j'ai brûlé pas mal de calories hier.

— C'est certain, dit-il, et il sourit de plus belle avant de raconter à Beth comment j'ai presque failli gagner la course, sans lui dire qu'ensuite nous avons baisé et que je me suis évanouie.

Quand le petit déjeuner est terminé, je suis complètement rassasiée et je serais incapable d'avaler une bouchée de plus. En remerciant Beth pour ce repas je me lève et je m'apprête à aller chercher un livre pour aller me détendre en lisant dans la véranda quand Julian m'attrape le poignet par surprise.

— Attends, Nora, dit-il d'une voix douce et en m'obligeant à me rasseoir. Beth a préparé autre chose aujourd'hui. Et quand il jette un coup d'œil mystérieux à Beth elle se lève immédiatement et va dans la cuisine.

— Bon, d'accord ! Je n'y comprends rien. Elle a préparé autre chose, mais elle ne l'a pas servi pendant le repas ?

À ce moment-là, Beth revient vers la table en portant un plateau sur lequel il y a un gros gâteau au chocolat, un gâteau garni de bougies allumées.

— Joyeux anniversaire, Nora ! dit Julian en souriant quand Beth pose le gâteau devant moi. Et maintenant, fais un vœu avant de souffler tes bougies !

* * *

Je souffle machinalement sur les bougies en m'apercevant à peine que je dois m'y reprendre à trois fois. Beth pousse des petits cris de joie et applaudit, mais j'entends tout cela comme si ça se passait très loin de moi. J'ai le tournis et pourtant je suis étrangement dépourvue de sensation comme si rien ne pouvait m'atteindre en ce moment. Je ne pense qu'à une seule chose, je ne peux me concentrer que sur cette réalité, c'est le jour de mon anniversaire.

Mon anniversaire. C'est mon anniversaire. Aujourd'hui, je viens d'avoir dix-neuf ans.

M'en rendre compte me donne envie de hurler.

J'ai rencontré Julian peu avant mon dernier anniversaire, et il m'a amenée ici quelques jours plus tard. Puisqu'aujourd'hui c'est mon anniversaire, cela veut dire que presque un an s'est écoulé depuis mon enlèvement, depuis que je suis ici, à la merci de Julian et entièrement coupée du reste du monde.

Un an de ma vie vient de passer en captivité.

J'ai l'impression de suffoquer comme s'il n'y avait plus d'air dans la pièce, mais je sais bien que ce n'est pas vrai ; c'est tout simplement que je n'arrive pas à respirer.

— Nora ? La voix de Beth réussit à traverser le vacarme qui emplit mes oreilles. Nora, ça va ?

Finalement, je réussis quand même à respirer, il était temps, et je lève les yeux. Beth me regarde d'un air perplexe et Julian a cessé de sourire. Il a de nouveau l'air d'un inconnu et de quelqu'un de dangereux, son regard est sombre et inquiétant.

En faisant un effort surhumain pour me maîtriser je réussis à esquisser un sourire.

— Bien sûr. Merci pour le gâteau, Beth.

— Nous voulions te faire une surprise, dit-elle un peu rassérénée, elle m'a crue sur parole. J'espère que tu as encore un peu de place pour le dessert. C'est bien ton préféré, le gâteau au chocolat ?

Le bourdonnement s'intensifie dans mes oreilles.

— Hum… oui. Malgré tous mes efforts, ma voix s'étrangle. Et pour une surprise, c'est une surprise.

— Laisse-nous, Beth, dit sèchement Julian en lui jetant un coup d'œil. Nous avons besoin d'être seuls maintenant, Nora et moi.

Beth cligne des yeux, elle est visiblement déconcertée par le ton de Julian. Je ne l'ai jamais entendu lui parler comme ça. Mais elle lui obéit immédiatement et monte presque en courant dans sa chambre.

Il y avait longtemps que je n'ai pas vu Julian dans une telle colère et je sais que je devrais avoir peur, mais en ce moment je n'arrive pas à me préoccuper de ce qui va se passer. Chaque muscle de mon corps est mobilisé pour essayer d'empêcher la terrible tempête que je sens monter en moi de se déchaîner et c'est un soulagement que Beth n'est plus là. *Un an. Putain, ça fait un an…* Je n'ai jamais éprouvé une rage pareille ; c'est comme si un barrage avait été détruit et que rien ne puisse plus résister. Un voile rouge me descend sur les yeux et m'aveugle, et le bourdonnement dans mes oreilles s'amplifie encore tandis que mes émotions se déchaînent.

Dès que Beth a disparu, ma colère explose. Je deviens complètement folle, je suis l'incarnation même de la furie. J'attrape la première chose qui se trouve à portée de main, le gâteau au chocolat, et je le jette à l'autre bout de la pièce, il y a du fondant au chocolat partout. Ensuite, c'est au tour de mon assiette et de mon verre, je les jette contre le mur où ils se fracassent en mille morceaux ; et pendant tout ce temps, j'entends des hurlements venus de loin. La partie de mon cerveau qui réussit encore à fonctionner s'aperçoit que c'est moi qui crie, j'entends mes propres hurlements et mes imprécations, mais je ne peux pas m'en empêcher, pas davantage que je ne pourrais arrêter un typhon. Toute la colère, la terreur et la frustration de l'année qui vient de s'écouler sont remontées à la surface et se déversent comme la lave d'un volcan, ma rage est incontrôlable.

Je ne sais pas combien de temps je reste dans cet état second, avant que des bras referment leur étau sur moi par derrière et m'emprisonnent dans une étreinte qui m'est si familière. Je me débats et je continue à hurler jusqu'à ce que ma voix devienne enrouée, mais mes efforts sont vains. Julian est bien plus fort que moi et en ce moment il utilise sa force pour me maîtriser, pour m'immobiliser jusqu'à ce que je m'épuise complètement et que je m'effondre contre lui, vaincue et en pleurs.

— Tu as fini ? me murmure-t-il à l'oreille et je reconnais les nuances ténébreuses de son intonation. Comme d'habitude, elles me font peur tout en m'excitant, mon corps est désormais conditionné à désirer la douleur qui va lui être infligée et l'extase insensée qui l'accompagne inévitablement.

Je secoue la tête en guise de réponse, mais je sais que *j'ai fini*, que ce qui vient de me submerger s'est éloigné et m'a laissée dans un état d'épuisement et de vide.

Julian me retourne dans ses bras pour que je sois face à lui. Je le fixe du regard, mes yeux embués de larmes ne peuvent s'empêcher de contempler la symétrie parfaite de ses traits. Ses pommettes saillantes ont légèrement rougi et il y a quelque chose d'inquiétant dans sa manière de me regarder, comme s'il voulait me dévorer, arracher mon âme et l'avaler tout entière. Nous nous regardons droit dans les yeux et je sais que je suis au bord du précipice, le sol se dérobe sous mes pieds.

Et à ce moment-là, je retrouve toute ma lucidité.

Ma colère ne vient pas du fait que j'ai été emprisonnée toute une année ici. Non, ma rage va bien plus loin. Ce qui me consume de l'intérieur, ce n'est pas que j'ai été en captivité pendant tout ce temps, c'est que je me suis mise à aimer ma captivité.

Pendant ces derniers mois, je me suis en quelque sorte accoutumée à ma nouvelle vie. Je me suis mise à apprécier le calme, le rythme apaisant de la vie sur cette île. L'océan, le sable, le soleil, ce lieu ressemble autant au paradis qu'il m'est possible de l'imaginer. Désormais, la liberté et tout ce qu'elle implique ne sont plus qu'un rêve vague et inaccessible. J'ai du mal à me souvenir du visage de ceux que j'ai laissés au loin ; leurs traits sont flous, ils ne sont plus que des silhouettes indécises dans mon esprit. Seul compte désormais pour moi celui qui me serre si fort dans ses bras.

Julian, mon ravisseur, mon amant.

— Pourquoi, Nora ? demande-t-il d'une voix à peine audible. Son bras se resserre encore autour de moi, ses doigts s'enfoncent dans la peau douce de mon dos. Comme je ne réponds pas, il s'assombrit encore davantage. Pourquoi ?

Je garde le silence, refusant de faire ce dernier pas qui serait irrévocable. Je ne peux me dévoiler ainsi devant Julian. Il m'a déjà bien trop pris ; je ne peux lui donner aussi cela.

— Dis-le-moi, ordonne-t-il, en glissant une main dans mes cheveux pour les tordre et me renverser la tête en arrière. Dis-le-moi immédiatement.

— Je vous déteste, je dis d'une voix rauque en rassemblant le peu qu'il reste de ma capacité à lui résister. Ma voix est cassée, j'ai tellement hurlé que je suis enrouée. Je vous déteste…

Une flamme bleue s'allume dans ses yeux.

— Vraiment ? murmure-t-il en se penchant sur moi tout en me maintenant renversée en arrière et incapable de bouger. Tu me détestes mon chat ?

Je soutiens son regard et je refuse de battre des paupières. Au point où j'en suis…

— Oui, je siffle, je vous déteste ! Je dois le convaincre de ma haine à son égard parce que le contraire est inconcevable. Il ne faut pas qu'il sache la vérité. C'est impossible qu'il le sache.

Le visage de Julian se durcit et devient glacial. D'un seul geste, en un éclair, il jette par terre ce qui restait sur la table et m'y pousse en me forçant à me pencher, mon visage glisse sur le bois lisse. J'essaie de donner des coups de pied, mais c'est inutile. Il me tient par la nuque d'une main ferme et c'est alors que j'entends le bruit menaçant d'une boucle de ceinture qui s'ouvre.

Je me débats encore plus et je réussis même à lui donner un coup de pied. Mais c'est inutile. Je ne peux pas échapper à Julian. Je ne pourrais jamais échapper à Julian.

Il se penche sur moi et m'appuie sur la table, ses doigts se resserrent violemment sur ma nuque.

— Tu es à moi, Nora, dit-il durement, et son grand corps me domine tout en me remplissant de désir. Je sens son sexe en érection contre mes fesses, sa dureté sans équivoque est à la fois une menace et une promesse.

Il se recule sans me lâcher le cou et j'entends le léger glissement d'une ceinture que l'on enlève de ses passants. Un instant plus tard, ma robe est soulevée, le bas de mon corps est dénudé. Je ferme les yeux de toutes mes forces en me préparant à ce qui va se passer.

Et vlan ! Et vlan ! La ceinture me frappe les fesses sans s'arrêter, chaque coup est une langue de feu qui me lèche les cuisses et les fesses. J'entends mes propres cris, je sens mon corps se raidir à chaque coup puis la douleur m'entraîne dans cet état second où tout s'inverse, où la douleur se mêle au plaisir, où ils ne font plus qu'un, et où mon bourreau devient mon seul réconfort.

Mon corps se détend, je me mets à fondre, chaque coup de ceinture commence à ressembler davantage à une caresse et je sais que d'une certaine manière c'est exactement ce dont j'ai besoin maintenant, Julian a atteint cette ténébreuse part secrète de moi-même qui est le reflet même de ses propres désirs pervers. Cette part de moi qui veut s'abandonner, se perdre totalement et n'être plus *qu'à lui*.

Quand Julian s'arrête et me retourne, toute résistance a disparu de mon corps. Ma tête reçoit la plus puissante giclée d'endorphine que j'aie jamais reçue et je m'agrippe à lui, désirant désespérément être réconfortée, être baisée, recevoir tout ce qui pourrait ressembler à de l'amour et à de l'affection.

Mon bras entoure le cou de Julian et je l'attire avec moi sur la table, je savoure le goût qu'il a dans les baisers profonds et avides dont il me dévore la bouche. Mon derrière est en feu, mais ça ne diminue en rien mon désir, au contraire, ça l'intensifie. Julian a bien réussi mon éducation. Mon corps est conditionné à désirer le plaisir qui va venir.

Il se débat avec la fermeture éclair de son jean et puis il me pénètre en force, d'un seul coup. Je frissonne de soulagement, mon extase est voisine de la souffrance ; j'entoure sa taille de mes jambes pour qu'il me prenne encore plus profondément, j'ai besoin qu'il me baise, qu'il me fasse sienne de la manière la plus primitive qui soit.

— Dis-le-moi, bébé, me murmure-t-il à l'oreille, ses lèvres effleurent mes tempes. Sa main droite se glisse dans mes cheveux pour me maintenir immobile. Dis-moi à quel point tu me détestes. Son autre main trouve l'endroit où nous sommes unis, le frotte, puis va un peu plus loin vers mon autre ouverture. Dis-le-moi...

Quand son doigt me rentre dans l'anus j'en perds le souffle, mes sens sont submergés par toutes ces sensations contradictoires. Tout étourdie, j'ouvre les yeux et je regarde fixement Julian en reconnaissant les ténèbres de mes propres désirs sur son visage. Il veut me posséder, me briser pour me reconstruire et je ne peux plus l'en empêcher.

— Je ne te déteste pas. Je murmure ces paroles d'une voix rauque et j'avale ma salive parce que ma gorge est sèche. Je ne te déteste pas, Julian.

Quelque chose de triomphal apparait sur son visage. Il avance ses hanches et quand sa verge s'enfonce encore plus loin en moi je réprime un gémissement sans cesser de le fixer des yeux.

— Dis-le-moi, m'ordonne-t-il encore, sa voix est plus grave. Il me brûle les yeux des siens et je ne peux plus résister à ce qu'il exige de moi. Il me veut tout entière, et je n'ai pas le choix si bien que je me rends.

— Je t'aime. Ma voix est à peine audible, chaque mot semble avoir été arraché à mon âme. Je ne te déteste pas Julian… ce ne serait pas possible… ce ne serait pas possible parce que je t'aime.

Je vois ses pupilles se dilater, ses yeux devenir plus sombres. Sa verge enfle en moi, elle est encore plus grosse et plus dure qu'avant et puis il se retire et revient de plus belle, la violence de sa possession me fait perdre le souffle.

— Dis-le-moi encore, gronde-t-il, et je répète ce que je viens de dire, cette fois les mots sortent avec moins de peine. Il est inutile de lui cacher plus longtemps la vérité, il n'y a pas de raison de lui mentir. Je me suis follement éprise de mon ravisseur sadique et rien au monde ne pourrait le changer.

— Je t'aime, je murmure tandis que ma main remonte pour se poser sur sa joue. Je t'aime, Julian.

Ses yeux s'assombrissent encore plus puis il penche la tête et me prend la bouche dans un profond baiser, un baiser d'une intensité dévorante.

Désormais, je lui appartiens tout entière, et il le sait.

CHAPITRE DIX-NEUF

Les trois mois suivants passent en un éclair.

Après ce jour mémorable que j'appelle le Jour Anniversaire, ma relation avec Julian se transforme de manière sensible et devient plus… *romantique*, faute d'un terme plus approprié.

C'est une histoire d'amour perverse, je le sais. J'ai beau être accro à Julian, je ne le suis pas au point de ne pas me rendre compte à quel point c'est malsain. Je suis amoureuse de celui qui m'a enlevée, de celui qui continue à me garder prisonnière.

Celui qui semble avoir besoin de mon amour autant que de mon corps.

J'ignore s'il m'aime en retour. J'ignore même s'il est capable d'un tel sentiment. Comment peut-on aimer quelqu'un que l'on prive de sa liberté sans en avoir le moindre remords ? Et pourtant je ne peux m'empêcher de penser qu'il tient à moi, que son obsession à mon égard n'est pas seulement d'ordre sexuel. Je le vois dans la manière dont je surprends certains de ses regards, dans sa manière d'anticiper chacun de mes désirs.

Il m'apporte sans cesse ce que je préfère manger, les livres que j'ai envie de lire, la musique que j'ai envie d'écouter. Il suffit que je dise un mot d'une crème pour les mains et il me l'achète lors de son prochain voyage. Je suis la jeune fille la plus choyée qui soit. Il s'enorgueillit même de mes réussites, il me félicite pour ma peinture et il est même allé jusqu'à emporter plusieurs de mes tableaux pour les accrocher aux murs de son bureau de Hong-Kong.

Et je lui manque quand nous ne sommes pas ensemble. Je le sais parce qu'il me le dit et aussi parce qu'à chacun de ses retours il se jette sur moi avec l'avidité d'un homme qui sort de prison. C'est surtout ça qui me fait espérer que ses sentiments pour moi vont au-delà de ceux d'un propriétaire pour ce qu'il possède.

— Tu vois d'autres femmes ? Là-bas, dans le monde réel ? lui ai-je demandé un jour au petit déjeuner après une nuit où il m'avait prise trois fois de suite. Cette question me ronge depuis des mois et je ne peux tout simplement m'empêcher de la lui poser. Mon ravisseur est tellement beau ; il a un attrait inquiétant, un charme qui doivent séduire tant de femmes. Je l'imagine aisément coucher chaque nuit avec une nouvelle beauté, et cette pensée me donne envie de cogner. Même avec ses goûts sadiques je sais qu'il n'aurait aucun mal à trouver des partenaires pour la nuit; il y a sans doute beaucoup de femmes qui comme moi aiment souffrir en faisant l'amour.

Il me sourit d'un air amusé, mais sombre, mon apparente bouffée de jalousie ne semble en rien le gêner.

— Non, mon chat, dit-il doucement. Il tend la main et prend la mienne pour me caresser le poignet de son pouce. Pourquoi aurais-je envie de baiser une autre femme puisque je t'ai ? Je n'ai pas été avec une autre femme depuis que nous nous sommes rencontrés.

— C'est vrai ? Je ne peux lui cacher ma surprise. Pendant tout ce temps, Julian m'est resté fidèle ?

Il me regarde, ses lèvres dessinent un sourire scandaleusement délicieux.

— Oui bébé, c'est vrai, dit-il, et à cet instant je suis la femme la plus heureuse du monde.

J'adore quand il m'appelle « bébé ». Je sais bien que c'est un petit nom banal, mais quand c'est Julian qui le dit, ça sonne autrement, comme une caresse. J'aime bien mieux qu'il m'appelle « bébé » que « mon chat ».

D'ailleurs, je sais bien que c'est ce que je suis pour lui, un petit animal de compagnie dont il est le propriétaire. Il aime savoir que je lui appartiens, qu'il est le seul homme à me toucher, à me voir. Il aime m'habiller des vêtements qu'il choisit pour moi, me nourrir des aliments qu'il rapporte. Je dépends totalement de lui, je suis entièrement à sa merci et je pense que ça lui plait et que cela apaise les démons que je sens souvent rôder sous le vernis des apparences.

Franchement, ça ne me gêne pas. En prendre conscience n'est pas facile, mais une part de moi semble aimer ce rapport de force. Je me sens choyée et je me sens en sécurité, même si logiquement il est évident que ma sécurité est compromise en vivant avec un trafiquant d'armes qui m'a confessé ses meurtres sans exprimer le moindre regret. Les mains qui me caressent la nuit sont des mains de criminel, mais cela donne du piquant à ma vie. Elle y gagne en plénitude, il me semble vivre plus intensément.

Et d'ailleurs, malgré son besoin de me faire mal, Julian ne m'a jamais vraiment fait souffrir, en tout cas pas physiquement. Quand il est d'humeur sadique, je m'en tire avec des traces de coups et des bleus, mais j'en guéris vite. Il fait attention à ne jamais me laisser de cicatrices même si je sais que le sang et les larmes, mes larmes, excitent son désir.

Quand je me confie à Beth, elle ne semble nullement surprise.

— Dès que je vous ai vus ensemble j'ai su que vous étiez faits l'un pour l'autre tous les deux, dit-elle en me regardant d'un air malicieux. Quand vous êtes dans la même pièce, Julian et toi, l'air devient presque incandescent. Je n'avais encore jamais senti le courant passer entre deux personnes comme entre vous deux. Ce qui se passe entre vous est rare et précieux. Il ne faut pas y résister, Nora. Il t'est destiné comme tu lui es destinée.

Elle en semble profondément convaincue.

* * *

Le soir où ma vie a changé pour toujours tout avait commencé normalement.

Julian est ici et nous partageons un dîner exquis avant qu'il ne m'emmène dans la chambre pour faire l'amour à satiété. Il fait preuve de douceur aujourd'hui, ses caresses sont comme le culte qu'il rendrait à une déesse et je m'endors entre ses bras serrés autour de moi, détendue et comblée.

Quand je me réveille au milieu de la nuit pour aller aux toilettes je m'aperçois d'une douleur sourde près de mon nombril. Je vais aux toilettes, je me lave les mains et je retourne me coucher ; je m'allonge le long de Julian qui est toujours endormi. J'ai également une légère nausée et je me demande si j'ai une indigestion. Est-ce que j'ai mangé quelque chose qui ne passe pas ?

J'essaie de me rendormir, mais de minute en minute la douleur s'intensifie. Elle descend vers le bas de mon ventre, sur la droite, et maintenant c'est une douleur vive qui devient insupportable. Je ne veux pas réveiller Julian, mais je ne peux pas faire autrement, j'ai besoin d'un analgésique, n'importe lequel.

— Julian, je murmure en le touchant, Julian, je ne me sens pas bien.

Il se réveille instantanément et s'assied dans le lit avant d'allumer la lampe de chevet. Il est parfaitement réveillé, aussi lucide à trois heures du matin qu'en plein jour.

— Qu'est-ce qui ne va pas ?

Je me recroqueville, la douleur a encore empiré. Je ne sais pas, ai-je dit, j'ai mal au ventre.

Il fronce les sourcils.

— Où as-tu mal, bébé ? dit-il doucement en me recouchant sur le dos.

— C'est… sur le côté. J'en perds le souffle et des larmes commencent à me ruisseler sur le visage.

— Ici ? demande-t-il en appuyant sur le côté, je secoue la tête en signe de dénégation.

— Ici ?

— Oui ! En fait, il a infailliblement trouvé l'endroit exact où ça me fait si mal.

Il se lève et s'habille immédiatement.

— Beth ! hurle-t-il. Beth, j'ai besoin de toi ! Tout de suite !

Trente secondes plus tard, elle arrive en courant dans la chambre en mettant un peignoir sur son pyjama.

— Qu'est-ce qui se passe ?

Elle semble avoir peur et moi je suis terrifiée. Je n'ai jamais vu Julian dans cet état. Il semble presque… anxieux.

— Prépare-toi, dit-il laconiquement, je l'emmène à la clinique et tu viens avec nous ; ça pourrait être une appendicite.

L'appendicite ! Maintenant qu'il vient de le dire, je m'aperçois que c'est l'explication la plus probable, mais c'est vraiment terrifiant. Je ne suis pas médecin, mais je sais que si mon appendice éclate avant qu'on puisse l'opérer, je suis fichue. Même à une heure d'un centre de soins ça serait inquiétant, mais je suis sur une île au beau milieu du Pacifique. Et si l'on n'arrive pas à l'hôpital à temps ?

Julian doit penser la même chose parce qu'il a l'air sombre quand il m'enveloppe dans un peignoir et me porte dans ses bras pour sortir de la chambre.

— Je peux marcher, ai-je faiblement protesté, et la douleur se déchaîne dans mon ventre tandis que Julian descend l'escalier à toute vitesse.

— Bien sûr que non. Il n'a pas besoin de me parler aussi durement, mais je ne m'en formalise pas. Je sais qu'il s'inquiète pour moi, et malgré mes souffrances, cette pensée me fait plaisir.

Quand nous arrivons au hangar, Beth a déjà ouvert le portail et nous attend à l'arrière de l'avion. Quand Julian m'assied sur le siège du passager et boucle ma ceinture, je m'aperçois que mon rêve le plus cher va être réalisé.

Je quitte cette île.

J'ai un haut-le-cœur et j'attrape le sac en papier qui est justement devant moi. Tout à coup, la nausée me brûle la gorge et je vomis dans le sac, je suis toute en sueur et je frissonne des pieds à la tête.

J'entends les jurons de Julian quand l'appareil décolle et je suis tellement gênée que j'aimerais mieux mourir.

— Je suis désolée… ai-je murmuré ; les yeux me brûlent, jamais je ne me suis sentie aussi mal.

— Ça va, dit sèchement Julian. Ne t'inquiète pas.

— Tiens, dit Beth qui me tend un kleenex par-derrière. Ça devrait t'aider à te sentir un peu mieux.

Mais non. Au contraire, alors que l'appareil prend de la hauteur j'ai de nouveau envie de vomir. En gémissant, je me tiens le ventre, ma douleur au côté droit s'intensifie de plus belle.

— Merde ! marmonne Julian. Merde, merde, et merde ! Quand il saisit le manche, sa main est exsangue.

Je vomis encore une fois.

— Ça va prendre combien de temps ? La voix de Beth est inhabituellement suraigüe.

— Deux heures, dit sombrement Julian. Si les vents sont avec nous.

Ces deux heures compteront parmi les plus longues de ma vie. Quand l'appareil a amorcé sa descente, j'ai vomi cinq fois de suite et il n'était plus question d'être gênée. La douleur que j'ai dans le ventre est une véritable torture et la seule chose dont je me rende compte c'est d'avoir mal jusque dans la moelle de mes os.

On m'attrape fermement et l'on me sort de l'avion et j'ai vaguement l'impression que Julian m'emporte quelque part, il me tient serrée contre son large buste. Il y a un brouhaha de voix en anglais et dans une langue étrangère puis on me place dans une civière sur un charriot qui m'emmène dans un couloir puis dans une pièce blanche qui semble aseptisée.

Plusieurs personnes en blouse blanche s'affairent autour de moi, un homme jette bizarrement des ordres dans plusieurs langues à la fois et je sens une piqûre au bras quand on me pose une intraveineuse au poignet. La tête me tourne, je vois Julian debout dans un coin, le visage étrangement pâle et les yeux brillants… puis je plonge de nouveau dans le noir.

CHAPITRE VINGT

Quand je reprends connaissance, mon état ne s'est que partiellement amélioré. J'ai le cerveau très congestionné et ma douleur lancinante au côté est toujours là, bien qu'elle soit différente maintenant, moins vive et plus supportable. Pendant un instant, je pense que je me suis endormie en ne me sentant pas bien et que tout le reste n'était qu'un mauvais rêve, mais une odeur me détrompe. C'est l'odeur de l'antiseptique, on la reconnaîtrait entre mille, elle ne se trouve que dans le cabinet des médecins et dans les hôpitaux.

Cette odeur signifie que je suis en vie… et que je ne suis plus sur l'île de Julian.

À cette pensée, mon cœur se met à battre la chamade.

— Elle a repris connaissance, dit une voix que je ne reconnais pas en anglais, mais avec un fort accent étranger, visiblement elle s'adresse à une troisième personne qui doit se trouver dans la pièce.

J'entends des bruits de pas et quelqu'un s'assied près de moi sur le lit. Des doigts viennent me caresser la joue, je sens leur chaleur.

— Comment te sens-tu, bébé ?

Après avoir fait des efforts pour ouvrir les yeux, je contemple le beau visage de Julian.

— Comme quelqu'un dont on a ouvert le ventre et qu'on a recousu, je réussis à répondre d'une voix rauque. Ma gorge est tellement sèche et tellement sensible que ça me fait mal de parler et je sens une douleur sourde et lancinante au côté droit.

— Tiens ! Julian me tend un gobelet avec une paille repliée. Tu dois avoir soif.

Il me le rapproche des lèvres et je prends docilement la paille pour boire un peu d'eau. Je n'ai pas encore repris tous mes esprits, et pendant un instant les bons et les mauvais souvenirs se confondent. Je me souviens de mon arrivée sur l'île quand Julian m'a offert une bouteille d'eau, et involontairement j'en ai froid dans le dos. À cet instant précis, Julian n'est plus l'homme que j'aime. Il est redevenu mon ennemi, celui qui m'a enlevée, celui qui m'a prise contre mon gré.

— Tu as froid ? me demande-t-il en reprenant le gobelet et en remontant la couverture pour me recouvrir les épaules.

— Hum, oui, un petit peu. *Je ne suis plus sur l'île. Oh, mon Dieu, je ne suis plus sur l'île.* La tête me tourne. Je suis déchirée, comme écartelée entre la jeune fille terrifiée qui sait bien qu'elle a enfin l'occasion de s'enfuir et la femme qui désire les caresses de Julian.

— On t'a enlevé l'appendicite, dit Julian en remettant en arrière une mèche de mes cheveux qui me chatouillait le front. L'opération s'est bien passée et il ne devrait pas y avoir de complications. N'est-ce pas, Angela ? Il se tourne vers la gauche.

— Oui, Mr Esguerra.

Esguerra ? C'est le nom de famille de Julian ? En reconnaissant la voix que j'ai déjà entendue, je tourne la tête et je vois une jeune femme de petite taille en blouse blanche. Sa peau lisse est café au lait, ses yeux et ses cheveux sombres, presque noirs. J'ai l'impression qu'elle doit être des Philippines ou peut-être de Thaïlande, encore que je ne m'y connaisse pas tellement sur ces deux pays.

Mais ce que je sais, c'est que depuis quinze mois elle est la première personne que je vois en dehors de Julian et de Beth.

Je ne suis plus sur l'île. Oh, mon Dieu, je ne suis plus sur l'île. Pour la première fois depuis mon enlèvement j'ai vraiment la possibilité de m'enfuir.

— Où suis-je ? Je demande en regardant fixement la jeune infirmière. Je n'arrive pas à croire que Julian laisse quelqu'un d'autre s'approcher de moi. Moi, la jeune fille qu'il a enlevée.

— Tu es dans une clinique privée aux Philippines, répond Julian et la jeune femme se contente de me sourire. Angela est l'aide-soignante qui va s'occuper de toi.

À ce moment-là, la porte s'ouvre et Beth entre dans la chambre.

— Alors tu es réveillée ! s'exclame-t-elle en venant à mon chevet. Comment te sens-tu ?

— Bien, il me semble, lui ai-je dit prudemment. *Bon Dieu, je ne suis plus sur leur putain d'île.*

— Les médecins ont dit que Julian t'a amenée ici juste à temps, dit Beth en amenant une chaise et en s'asseyant à côté de mon lit. C'était limite pour ton appendice. On te l'a enlevé et l'on t'a recousue, tu es comme neuve !

Je me mets à rire nerveusement… et immédiatement après je pousse un cri de douleur, en bougeant j'ai tiré sur les points de suture.

— Tu as mal ? Julian me regarde d'un air inquiet. Puis se tournant vers Angela il lui ordonne :

Donnez-lui quelque chose de plus contre la douleur.

— Non, ça va, ça me fait juste un peu mal. J'essaie de la rassurer. Sérieusement, je n'en ai pas besoin.

Je veux absolument rester lucide. Je ne suis plus sur l'île et j'ai besoin de réfléchir à ce que je vais faire. Je fais de mon mieux pour rester calme, mais j'ai besoin de toute ma volonté pour ne pas crier de joie ou faire quelque chose d'idiot. La liberté est tout près, j'en savoure déjà le goût.

— Bien sûr, Mr Esguerra. Angela ne tient aucun compte de mes protestations et vient vers le lit pour ajouter quelque chose dans mon intraveineuse.

Julian se penche sur le lit et m'embrasse légèrement sur les lèvres.

— Tu as besoin de te reposer, dit-il. Je veux que tu sois en bonne santé. Tu m'as compris ?

Je hoche la tête, mes paupières s'alourdissent et je sens agir le médicament. Pendant un instant, j'ai l'impression de flotter sur un petit nuage, je ne souffre plus, et ensuite je ne me rends plus compte de rien.

* * *

Quand je me réveille de nouveau je suis seule dans la pièce. La lumière entre à flots par de grandes baies vitrées et le rebord de la fenêtre est égayé de plantes fleuries. C'est bien confortable : s'il n'y avait pas cette odeur d'hôpital et les différents systèmes de surveillance, j'aurais pu croire que j'étais chez quelqu'un, dans sa chambre. Je ne sais pas ce qu'il en est de cette clinique privée, mais elle est assez luxueuse et je commence seulement à m'en apercevoir.

La porte s'ouvre et Angela entre dans la pièce. Elle me fait un grand sourire et me dit gaiement :

— Comment vous sentez-vous, Nora ?

— Bien, ai-je répondu avec une certaine méfiance. Où est Julian ? Il y a quelque chose chez elle qui ne me revient pas, mais je ne sais pas ce que c'est. Je sais que c'est sans doute grâce à elle que je pourrais m'enfuir, mais je ne sais pas si je peux lui faire confiance. Elle pourrait très bien être au service de Julian, comme Beth.

— Mr Esguerra a dû s'absenter pendant deux ou trois heures, dit-elle en me souriant. Mais Beth est là, elle est juste aux toilettes.

— Bon, merci. Je la fixe des yeux en essayant de prendre mon courage à deux mains. Il faut lui dire que j'ai été enlevée. Je n'ai pas le choix. C'est le moment de m'enfuir. Elle est peut-être loyale à l'égard de Julian, mais il faut quand même essayer, une pareille occasion ne se représentera peut-être pas.

Angela s'approche du lit et m'apporte le gobelet avec la paille recourbée.

— Tenez ! dit-elle de la même voix enjouée. Je vais bientôt vous apporter à manger.

Je lève le bras et prends le gobelet en faisant une petite grimace, en bougeant j'ai de nouveau tiré sur les points de suture.

— Merci, dis-je en buvant goulûment. Il faut absolument lui dire d'appeler la police, ou les forces de l'ordre, peu importe comment on les appelle ici, mais sans savoir pourquoi je ne le fais pas. À la place, je me contente de boire et de la regarder sortir de la pièce pour me laisser de nouveau seule.

Je grommelle dans mon for intérieur. Qu'est-ce qui m'arrive ? Pour la première fois depuis plus d'un an je pourrais être libre et me voilà à dire n'importe quoi et à perdre du temps. Je me dis que c'est par prudence, parce que je ne veux pas mettre quelqu'un soit en danger, ni Angela ni encore moins quelqu'un de ma famille, mais au plus profond de moi-même je sais la vérité.

La liberté a beau m'attirer, elle me fait peur aussi. Il y a si longtemps que je suis en captivité que j'ai envie de me retrouver dans le confort de ma prison ; être ici, dans cet endroit que je ne connais pas, me stresse et m'angoisse et il y a quelque chose en moi qui n'a qu'un désir, retourner dans l'île et y retrouver mes habitudes. Et surtout, la liberté, ce serait quitter Julian et j'en suis incapable.

Je ne veux pas quitter celui qui m'a enlevée.

Au lieu de me réjouir à l'idée que la police vienne l'arrêter, j'en suis horrifiée. Je ne veux pas qu'il se retrouve en prison. Je ne veux pas être séparée de lui, ne serait-ce qu'une minute.

En fermant les yeux, je me dis que je suis idiote, qu'il m'a lavé le cerveau et que je suis idiote, mais ça n'a pas d'importance.

Allongée sur ce lit d'hôpital, j'accepte la réalité, je ne suis plus captive contre mon gré. Au contraire, je suis simplement une femme qui appartient à Julian, exactement comme il m'appartient.

* * *

La semaine suivante, je suis en convalescence à la clinique. Julian vient me voir tous les jours et passe plusieurs heures à mon chevet et Beth en fait autant. C'est surtout Angela qui s'occupe de moi bien que deux ou trois médecins soient passés pour examiner mes feuilles de température et modifier mon traitement contre la douleur.

Je n'ai encore dit à personne que j'ai été victime d'un enlèvement et je n'ai pas l'intention d'en parler. D'ailleurs, j'ai l'impression que le silence des employés de la clinique a été acheté. Personne ne semble se demander ce qu'une jeune Américaine fait aux Philippines et personne ne me pose la moindre question. Les seules choses qu'Angela veut savoir c'est si je souffre, si j'ai faim ou soif, ou si j'ai besoin d'aller aux toilettes. Je suis pratiquement certaine que si je lui demandais d'appeler la police de ma part elle se contenterait de sourire et d'augmenter mes analgésiques.

J'ai aussi vu un certain nombre de gardes du corps stationnés dans le couloir à la porte de ma chambre. Je les aperçois quand la porte s'ouvre. Ils sont armés jusqu'aux dents et ils ont l'air de sacrés salauds, ils me rappellent le truand qui a tabassé Jake.

Quand je demande à Julian qui ils sont, il admet volontiers que ce sont ses employés.

— Ils sont ici pour te protéger, explique-t-il en s'asseyant sur le bord de mon lit. Je t'ai dit que j'ai des ennemis, non ?

Effectivement, il me l'a dit, mais je n'avais pas vraiment pris conscience du danger jusqu'ici. À en croire Beth, il y a une petite armée de gardes du corps à la clinique et tout autour, ils nous protègent de ce que redoute Julian.

— Quels ennemis ? ai-je demandé avec curiosité en le regardant. Qui te menace ?

Il me sourit.

— Tu n'as pas besoin de t'en préoccuper, mon chat, dit-il gentiment, mais il y a quelque chose de froid et de sinistre derrière la chaleur de son sourire. Je vais bientôt leur régler leur compte.

J'ai un petit frisson et j'espère que Julian ne l'a pas remarqué. Quelquefois, mon amant peut devenir vraiment terrifiant.

— Nous rentrons demain à la maison, dit-il en changeant de sujet. Les médecins disent que tu devras te reposer quelques semaines, mais que tu n'as plus besoin de rester ici. Tu peux tout aussi bien continuer ta convalescence à la maison.

Je hoche la tête, mon cœur se serre dans un mélange d'appréhension et d'impatience. Rentrer à la maison… À la maison, sur l'île. Cet étrange interlude à la clinique, avec la liberté toute proche, est presque terminé.

Demain, ma vraie vie va recommencer.

CHAPITRE VINGT-ET-UN

Pan ! *Pan !* Je suis réveillée en sursaut par le bruit d'explosion d'une voiture qui pétarade. Le cœur battant, je m'assieds instantanément puis ma main se serre sur le côté, mes points de suture me font mal.

Pan ! Pan ! Pan ! Comme le bruit continue, je m'immobilise sur le lit. Les voitures ne pétaradent pas comme ça.

Ce sont des coups de feu que j'entends. Des coups de feu, et par intermittence des hurlements.

Il fait sombre, la seule lumière vient des systèmes de surveillance auxquels je suis reliée. Je suis sur le lit au milieu de la pièce, on me verrait immédiatement en entrant dans la pièce. Je me dis que je constitue la cible idéale.

En essayant de contrôler ma respiration haletante, j'arrache l'intraveineuse de mon bras et je me lève. J'ai encore mal en marchant, mais ça n'a pas d'importance. Je suis sûre qu'une blessure par balle serait bien pire.

À pas feutrés et sans mettre de chaussures, je me dirige vers la porte que j'entrouvre pour jeter un coup d'œil dans le couloir. J'ai un haut-le-cœur en m'apercevant que tous les gardes du corps ont disparu ; devant moi, le couloir est entièrement vide.

Merde, merde, merde !

Je regarde désespérément tout autour pour trouver une cachette, mais le seul placard de la chambre est trop petit. Il n'y a aucun autre endroit où je pourrais me dissimuler. Il serait suicidaire de rester ici. Il faut partir, et partir tout de suite.

En refermant ma chemise d'hôpital, je sors prudemment dans le couloir. Sous mes pieds nus, le sol est froid et il accentue encore les frissons qui me parcourent de la tête aux pieds. À l'extérieur de la chambre, je me sens encore plus à découvert, encore plus vulnérable, et mon désir de me cacher est encore plus grand. Quand j'aperçois des portes à l'autre bout du couloir, j'en choisis une au hasard et je l'ouvre doucement. Je suis soulagée de constater qu'il n'y a personne dans la pièce où je suis entrée, puis je referme silencieusement la porte derrière moi.

Les coups de feu se poursuivent à intervalles irréguliers, ils se rapprochent sans cesse. Je me plaque contre le mur dans l'embrasure de la porte en essayant de contrôler la panique qui m'envahit. J'ignore qui tire ces coups de feu, mais ce que j'imagine n'est pas fait pour me rassurer.

Julian a des ennemis. Et si c'était eux ? Et s'il se battait contre eux, avec l'aide de ses gardes du corps ? Je l'imagine blessé ou mort et cette pensée me glace le sang. *Mon Dieu, je vous en prie, non. Tout, sauf ça.* Je préférerais mourir plutôt que de le perdre.

Je tremble comme une feuille, une sueur froide me coule dans le dos. Les coups de feu ont cessé, et le silence est encore plus inquiétant que n'était le bruit. Je sens le goût de la peur dans ma bouche, un goût âcre et métallique, et je me rends compte que je me suis mordu l'intérieur de la bouche jusqu'au sang.

Le temps semble s'être arrêté. Chaque minute semble durer une heure, chaque seconde une éternité. Finalement, j'entends parler près de moi, il y a de lourds bruits de pas dans le couloir. Il me semble qu'ils sont plusieurs et qu'ils parlent une langue que je ne connais pas, une langue qui sonne d'une manière dure et gutturale à mes oreilles.

J'entends des portes s'ouvrir et je comprends qu'ils cherchent quelque chose… ou quelqu'un. N'osant à peine respirer, j'essaie de disparaître dans le mur, de me faire si petite que les tireurs rôdant dans le couloir ne pourront pas me voir.

— Où est-elle ? Cette question impérieuse est posée brutalement par une voix d'homme qui parle anglais avec un fort accent étranger. Elle est censée être ici, à cet étage.

— Non, elle n'y est pas. C'est Beth qui lui répond et je réprime un cri de terreur en réalisant qu'ils ont réussi à la capturer. Elle a l'air de résister, mais sa voix trahit la peur qu'elle ressent. Je vous l'ai dit, Julian l'a déjà prise avec lui.

— Arrête de me dire des conneries, hurle l'individu dont l'accent s'accentue encore. Puis j'entends une gifle suivie des cris de douleur de Beth. Putain, tu vas me dire où elle est?

— Je ne sais pas. Beth sanglote sans pouvoir se contrôler. Elle est partie, je vous dis partie…

L'individu braille quelque chose dans sa propre langue et j'entends s'ouvrir d'autres portes. Ils se rapprochent de la pièce où je me cache et je sais que ce n'est plus qu'une question de minutes avant qu'ils me trouvent. Je ne sais pas pourquoi ils me cherchent, mais je sais bien que c'est moi qu'ils cherchent. Ils veulent me trouver, et ils n'hésiteront pas à faire du mal à Beth pour y parvenir.

Je n'hésite qu'un instant avant de sortir de la pièce. De l'autre côté du couloir je vois Beth affaissée sur le sol, un homme vêtu de noir lui agrippe le bras. Ils sont entourés d'une douzaine d'hommes qui tiennent des fusils d'assaut et des mitraillettes qu'ils dirigent sur moi dès que je sors.

— C'est moi que vous cherchez ? Je dis calmement. Je n'ai jamais eu aussi peur de ma vie, mais ma voix semble assurée, presque amusée. Je ne savais pas que la peur pouvait paralyser, mais c'est ce qui m'arrive en ce moment, je suis tellement terrifiée qu'en fait je ne sens plus ma peur.

Et je suis étrangement lucide si bien que je remarque plusieurs choses en même temps. Ces hommes ont l'air de venir du Moyen-Orient, ils ont le teint olivâtre et les cheveux noirs. Deux ou trois d'entre eux sont glabres, mais la plupart ont d'épaisses barbes noires. Au moins deux d'entre eux sont blessés et saignent. Et bien qu'ils soient lourdement armés, ils semblent assez anxieux, comme s'ils s'attendaient à une attaque d'une minute à l'autre.

Celui qui tient Beth par le bras hurle un autre ordre dans une langue qui me semble être de l'arabe et je reconnais sa voix, c'est lui qui parlait anglais tout à l'heure. Il a l'air d'être leur chef. À ses ordres, deux des hommes viennent vers moi et me prennent le bras puis me traînent vers lui. Je réussis à ne pas trébucher même si mes points de suture me font plus mal que jamais.

— C'est elle ? siffle-t-il à Beth en la secouant brutalement. C'est la petite pute de Julian ?

— Ce doit être moi, lui ai-je dit avant que Beth ne puisse lui répondre. Ma voix n'a pas perdu son calme étrange. Je ne pense pas avoir encore pleinement pris conscience du danger que je cours. La seule chose que je souhaite c'est de l'empêcher de faire souffrir Beth plus longtemps. Dans le même temps, je m'aperçois inconsciemment que s'ils veulent me capturer parce que je suis la maîtresse de Julian, cela ne peut signifier qu'une chose : Julian est en vie et ils ont l'intention de se servir de moi contre lui. Je réprime un frisson de soulagement à cette pensée.

Le chef de la bande me fixe des yeux, il est visiblement aussi surpris par mon courage inattendu que je le suis moi-même. Après avoir lâché Beth, il vient vers moi et m'attrape brutalement la mâchoire, ses doigts me font mal. Il se penche sur moi et m'examine, ses yeux noirs brillent d'un éclat glacial. Il est petit pour un homme, il ne mesure pas plus d'un mètre cinquante, et je reçois son haleine en plein visage, une odeur nauséabonde où se mêlent l'ail et le tabac froid. Je réprime un haut-le-cœur et je réussis à soutenir son regard sans baisser les yeux.

Après quelques instants, il me lâche et dit quelque chose en arabe à ses hommes. Deux d'entre eux se précipitent vers Beth et s'emparent de nouveau d'elle. Elle se met à crier et à se débattre et l'un d'eux la gifle, ce qui la réduit au silence. Au même moment, la main du chef se referme sur mon avant-bras en le serrant brutalement.

— Allons-y, dit-il sèchement, et je me laisse entraîner vers la porte qui se trouve au bout du couloir.

La porte s'ouvre sur un escalier et je m'aperçois que nous sommes au deuxième étage. Les hommes armés m'entourent et nous descendons tous puis nous sortons pour arriver au-dehors dans une cour au sol nu. Il y avait un cadavre dans l'escalier et d'autres gisent dans la cour. Je détourne les yeux en avalant sans cesse ma salive pour ne pas vomir. Le soleil brille, l'air est chaud et humide, mais j'ai si froid que je me rends à peine compte de la température extérieure. Je commence tout juste à prendre conscience de la réalité de ma situation et je me mets à frissonner, de petits frissons de terreur me parcourent le corps.

Plusieurs SUV noirs nous attendent et les hommes nous y traînent, Beth et moi, puis nous obligent à monter sur le siège arrière. Deux d'entre eux nous y accompagnent, nous sommes serrés les uns contre les autres. Je sens Beth trembler et je tends la main pour serrer la sienne, elle est toute froide, mais la toucher me réconforte un peu. Elle me regarde, et la terreur que je lis dans ses yeux me glace le sang. Son visage parsemé de taches de rousseur est pâle, sa joue droite est enflée et un énorme bleu commence à y apparaître. Sa lèvre inférieure est coupée en deux endroits et elle a du sang sur le menton. Je ne sais pas qui sont ces hommes, mais ils n'hésitent pas à s'attaquer à des femmes.

Je brûle d'envie de lui demander ce qu'elle sait, mais je garde le silence. Je ne veux pas attirer inutilement l'attention sur nous deux. Je repense aux cadavres que nous venons de voir et j'ai du mal à me retenir de vomir. Je ne sais pas quel sort nous préparent ces hommes, mais je me doute bien que nos chances de nous en sortir vivantes sont infimes. Chaque minute de vie supplémentaire, chaque minute pendant laquelle ils nous laissent tranquilles est précieuse et nous devons faire en sorte de gagner le plus de temps possible.

La voiture démarre et s'en va. Sans lâcher la main de Beth, je regarde par la vitre et je vois disparaître le bâtiment blanc de la clinique derrière nous. Nous sommes secoués sur une route qui n'est pas goudronnée et dans la voiture la tension est palpable. Les deux hommes qui sont avec nous à l'arrière s'agrippent à leurs armes et de nouveau j'ai l'impression qu'ils ont peur de quelque chose… ou de quelqu'un.

Je me demande si c'est de Julian qu'ils ont peur. Sait-il ce qui s'est passé ? Peut-être est-il même sur le chemin de la clinique ? Je regarde fixement par la vitre, mes yeux sont secs, mais ils me brûlent. Rien ne s'est déroulé comme prévu. Aujourd'hui, je devais retourner dans l'île et reprendre la vie paisible que je mène depuis plus d'un an. Une vie que je désire désormais plus que tout. Je veux être couchée entre les bras de Julian, sentir ses caresses, sa chaleur et le frais parfum de sa peau. Je veux lui appartenir pour qu'il me garde bien en sécurité, qu'il me protège de tout et de tous sauf de lui-même.

Mais il n'est pas là. Et la voiture avance tant bien que mal sur la route, nous entraînant de plus en plus vers le danger. Il y fait chaud et je sens l'odeur aigre et la sueur des corps d'hommes crasseux ; elle envahit la voiture et me donne l'impression de suffoquer. Beth semble sous le choc, son visage est dépourvu de toute expression, elle s'est renfermée sur elle-même. J'ai envie de la prendre dans mes bras, mais nous sommes trop serrés les uns contre les autres si bien que je me contente de lui serrer doucement la main. Dans ma main, ses doigts sont amorphes et moites.

Le trajet semble durer une éternité, mais en fait il n'a dû prendre qu'une heure parce que le soleil n'est pas encore au zénith quand nous arrivons à notre destination. C'est une piste d'atterrissage en rase campagne et un avion de taille moyenne nous y attend. On dirait vaguement un appareil de l'armée. Les hommes nous forcent à descendre de voiture et nous traînent vers l'avion. Je fais de mon mieux pour marcher là où ils nous emmènent pour éviter d'ouvrir mes points de suture. Beth ne se débat pas non plus, mais elle semble trop sonnée pour marcher droit et ils sont presque forcés de la porter.

L'intérieur de l'avion est spartiate. Comme je m'en doutais, c'est un appareil militaire avec des sièges le long des parois au lieu d'être disposés en rangs. J'ai vu ce genre d'avion au cinéma, avec des commandos de la Marine qui en sautent en parachute. Les hommes nous attachent toutes les deux sur des sièges et nous mettent des menottes avant de s'asseoir à leur tour.

Les moteurs montent en régime, l'avion commence à rouler puis décolle, j'ai le soleil en plein dans les yeux.

CHAPITRE VINGT-DEUX

Quand nous atterrissons deux ou trois heures plus tard je meurs de soif et j'ai terriblement envie d'uriner. En jetant un coup d'œil à Beth je m'aperçois qu'elle se sent encore moins bien que moi, ses yeux sont vitreux et fiévreux. Son visage enflé a maintenant un vilain bleu et elle a du sang séché sur les lèvres. Maintenant que j'ai des menottes, je ne peux même plus la réconforter en lui tapotant le bras.

Dès que l'avion touche le sol, les hommes ouvrent nos ceintures de sécurité et nous traînent au-dehors sans nous enlever les menottes. Le chef vient vers nous, il nous examine rapidement avant de désigner un SUV noir garé à quelques mètres. Il jette un ordre à ses hommes et je comprends que notre voyage n'est pas encore fini. Mais avant qu'ils nous poussent dans la voiture, je prends la parole.

— Attendez ! Il faut que j'aille aux toilettes, je dis sans élever la voix.

Beth me jette un regard complètement paniqué, mais je n'en tiens pas compte, ne me concentrant que sur le chef. Je préférerais sans doute mourir au lieu d'uriner dans ma culotte ou dans ma chemise d'hôpital, peu importe. Il hésite un instant, puis il fait un signe du pouce en direction des buissons.

— Vas-y, sale pute, dit-il brutalement. Tu as une minute.

Je me traîne vers les buissons sans tenir compte de l'homme armé d'une mitraillette qui m'y accompagne. Heureusement, il détourne les yeux quand je relève ma chemise et que je m'accroupis pour me soulager, le visage rouge de honte. Du coin de l'œil, je vois Beth en faire autant quelques mètres plus loin.

Quand nous avons fini toutes les deux, nous entrons dans une autre voiture, où il fait trop chaud et où l'on étouffe. Cette fois-ci, le trajet est encore plus long, la route serpente dans une sorte de jungle. Quand nous arrivons finalement dans un bâtiment quelconque qui ressemble à une sorte de hangar, notre destination finale, je suis trempée de sueur et terriblement déshydratée. Et j'ai faim, mais c'est secondaire en comparaison avec la soif qui me consume en ce moment.

En entrant dans ce bâtiment, on nous conduit à deux chaises en fer qui sont dans un coin. On m'enlève les menottes, mais avant que j'aie le temps de m'en réjouir l'homme qui nous a accompagnées derrière les buissons attache mes poignets derrière le dos. Ensuite, il me lie les chevilles à la chaise, une à chaque pied, avant de me ligoter sur la chaise. Quand il me touche, c'est avec une totale indifférence, pour lui je suis une chose, pas une femme. En tournant la tête de côté, je m'aperçois qu'on en fait autant à Beth, sauf que celui qui s'occupe d'elle semble prendre plaisir à la faire souffrir, il lui écarte brutalement les jambes pour les attacher à la chaise. Elle ne fait pas un bruit, mais son visage est encore plus pâle et ses lèvres meurtries tremblent légèrement.

J'assiste à tout cela, impuissante et furieuse, puis quand il la laisse tranquille je me retourne pour examiner l'endroit où nous nous trouvons.

Il semble que ma première impression était juste. Nous sommes dans une sorte de hangar avec de grandes caisses et des étagères en métal entassées dans un incroyable fatras au centre de la pièce. Maintenant que nous sommes bien attachées sur les chaises, les hommes nous laissent tranquilles et se regroupent autour d'une longue table dans un autre coin.

Beth et moi avons enfin la possibilité de nous parler seule à seule.

— Ça va aller ? lui ai-je demandé en prenant garde à ne pas élever la voix. Ils t'ont malmenée ? Avant que je sorte, je veux dire ?

Elle secoue la tête et serre les dents.

— Juste quelques gifles, dit-elle à voix basse. Ce n'est rien. Tu n'aurais pas dû sortir, Nora. C'était idiot.

— De toute façon, ils m'auraient trouvée, ce n'était qu'une question de temps.

J'en suis persuadée.

Est-ce que tu sais qui ils sont ou ce qu'ils nous veulent ?

— Je n'en suis pas sûre, mais je le devine, dit-elle en serrant le poing sur ses genoux. Je pense qu'ils font partie d'un groupe de djihadistes, des terroristes dont Julian m'a parlé il y a deux ou trois mois. Apparemment, ils lui en veulent d'avoir refusé de leur vendre des armes qu'il a mises au point récemment.

— Pourquoi a-t-il refusé ? ai-je demandé avec curiosité. Pourquoi ne pas les leur vendre ?

Elle hausse les épaules.

— Je n'en sais rien. Julian choisit ses clients avec beaucoup de soin et peut-être qu'il ne leur faisait pas suffisamment confiance.

— Alors ils nous ont enlevées pour faire pression sur lui ?

— Oui, je crois, dit-elle doucement. En tout cas, c'est pour cette raison que nous sommes ici. Il devait y avoir quelqu'un à leur service à la clinique parce qu'ils savaient qui tu étais et ce que tu représentes pour Julian. Quand ils m'ont trouvée, je dormais dans une des chambres du rez-de-chaussée, et ils sont immédiatement allés au deuxième étage, dans ta chambre. Je crois qu'ils ont l'intention de se servir de toi pour forcer la main de Julian à leur vendre ces armes.

Je respire avec difficulté.

— Je vois.

Il n'est pas difficile d'imaginer comment des hommes assez fous pour tuer des civils innocents « forceraient la main de Julian ». Des images atroces de corps démembrés me passent par l'esprit et je les repousse avec difficulté, il ne s'agit pas de s'abandonner à la panique qui menace de m'engloutir toute entière.

— Heureusement que Julian n'était pas à la clinique quand ils sont arrivés, dit Beth en interrompant mes sombres pensées. Ils ont tué tout le monde, chacun des seize gardes du corps que Julian avait mis en place pour nous protéger.

J'ai du mal à avaler ma salive.

— Ils en ont tué seize ?

Beth hoche la tête.

— Ils étaient armés jusqu'aux dents et ils étaient une trentaine ou une quarantaine. Tu n'as pas vu le pire parce qu'ils sont entrés par l'arrière. Les cadavres étaient empilés sur presque deux mètres de hauteur dans l'autre escalier, et ils ont perdu beaucoup d'hommes.

Je la regarde fixement en essayant de contrôler ma respiration. Merde, merde, merde. Pour qu'ils acceptent de sacrifier un si grand nombre de leurs camarades, les armes qu'ils veulent acheter à Julian doivent vraiment avoir quelque chose d'exceptionnel. Est-ce qu'il les leur livrera pour nous sauver la vie ? Est-ce que Beth et moi comptons suffisamment pour lui ? Je sais qu'il me désire et que dans une certaine mesure il se préoccupe de mon bien-être, mais j'ignore s'il me fera passer avant ses intérêts commerciaux.

D'ailleurs, même s'il leur donne ce qu'ils veulent, rien ne garantit qu'ils nous laissent la vie sauve. Je me souviens de ce que Julian m'a dit au sujet de la mort de Maria… la manière dont elle a été assassinée pour lui faire payer le cambriolage d'un entrepôt. Dans le monde de Julian, on paye pour ses actions. Et on le paye très cher.

— Crois-tu qu'il va venir à notre secours ? Je demande à Beth à voix basse. J'ai bien perçu l'ironie de la situation. Dorénavant, c'est Julian qui pourrait me sauver, c'est lui qui serait mon vaillant chevalier. Ce n'est plus de lui que j'ai besoin d'être libérée.

Elle me regarde de ses yeux noirs dans son visage blême.

— Bien sûr, répond-elle doucement. Bien sûr qu'il viendra. Mais peut-être que ce sera trop tard pour nous.

* * *

Les deux ou trois heures qui suivent sont interminables. Les hommes ne se préoccupent plus de nous, même si j'en ai vu un ou deux qui regardaient mes jambes nues quand leur chef ne faisait pas attention à eux. Heureusement, la chemise d'hôpital est assez large, son tissu épais, c'est le vêtement le moins attirant qu'on puisse imaginer. La pensée que l'un de ces hommes, ou plusieurs puissent me toucher me donne la chair de poule.

Par ailleurs, ils ne nous donnent ni à manger ni à boire, ce qui n'est pas bon signe : peu leur importe que nous vivions ou que nous mourions.

J'ai tellement soif que je ne pense qu'à une seule chose, boire, et mon ventre commence à crier famine. Mais le pire, c'est la peur qui vient m'assaillir en vagues glaciales et les sombres images qui me passent par la tête comme dans un mauvais film d'horreur.

J'essaie de parler à Beth pour ne pas perdre la tête, mais après notre conversation initiale elle est redevenue silencieuse, elle s'est renfermée sur elle-même, et dans le meilleur des cas elle ne me répond que par monosyllabes. C'est comme si mentalement elle n'était plus là. Je l'envie. J'aimerais avoir sa capacité à m'abstraire de la situation, mais ça ne m'est pas possible. Pour ne plus penser à rien, j'ai besoin de Julian et de sa conception particulière de l'érotisme et du sadisme.

Au moment où je suis tellement frustrée que j'ai envie de hurler, deux autres hommes entrent dans le hangar. À ma surprise, l'un d'eux a l'air d'un homme d'affaires ; il a un costume à fines rayures qui est chic et bien coupé et porte un élégant sac en bandoulière. Il est relativement jeune, seulement une trentaine d'années, et semble athlétique. Rasé de près, avec son teint olivâtre et ses cheveux noirs lustrés il pourrait faire la couverture d'un magazine de mode s'il n'était pas un terroriste comme je le suppose.

Je le regarde fixement, mon cœur bat à tout rompre dans ma poitrine. On pourrait objectivement le trouver beau, mais il ne m'attire pas le moins du monde. Je ne ressens qu'une chose, de la peur. En fait, j'en suis soulagée ; je me suis toujours demandé si je fonctionnais différemment des autres, si j'étais destinée à désirer les hommes qui me font peur. Maintenant, je m'aperçois que le phénomène se limite à Julian. Le criminel qui se tient en ce moment devant moi m'effraie et me dégoûte, et cette réaction parfaitement normale me fait plaisir.

— Depuis combien de temps connais-tu Esguerra ? me demande cet homme. Il a un accent anglais avec une petite pointe exotique d'un autre pays. Beth sursaute au son de sa voix et relève les yeux, je constate qu'elle est de nouveau parmi nous.

J'hésite un instant avant de répondre.

— Environ quinze mois, ai-je dit enfin. Je ne vois pas d'inconvénient à lui révéler ça.

Il hausse les sourcils.

— Et il t'a gardée au secret pendant tout ce temps ? C'est impressionnant…

Tout à coup, j'ai envie de ricaner, mais je m'en empêche. Julian m'a pratiquement gardée au secret dans son île si bien que sans le savoir ce type a vu juste. Malgré moi, mes lèvres se mettent à trembloter et je vois un soupçon de surprise sur le visage de cet homme.

— Eh bien, tu es une petite pute très courageuse, non ? dit-il lentement en me regardant de ses yeux noirs. À moins que tu ne prennes tout ça pour une plaisanterie ?

Je ne lui réponds pas. Que pourrais-je dire ? *Non, je ne pense pas que ce soit une plaisanterie. Je sais que vous allez me torturer et probablement me tuer pour vous venger de Julian.* Mais bizarrement, ça ne sonne pas juste.

Il plisse les yeux et je comprends que sans le vouloir j'ai réussi à provoquer sa colère. Il ressemble à un cobra sur le point d'attaquer. Mon cœur s'emballe et je me raidis, prête à recevoir ses coups, mais il se contente de prendre son iPad dans son sac. Les yeux baissés il y tape un message puis relève les yeux vers moi.

— Nous allons voir si Esguerra prend ça pour une plaisanterie, dit-il à voix basse en refermant son sac. J'espère pour toi que ce n'est pas le cas, ma louloute.

Puis il se retourne et s'en va pour rejoindre le coin où sont regroupés les autres hommes.

* * *

J'ai beau être terrifiée et très mal à l'aise, je réussis quand même à m'endormir sur la chaise. Je suis toujours en convalescence depuis mon opération et je suis épuisée à la fois physiquement et mentalement par ce qui vient de se passer aujourd'hui.

Ce sont des voix qui m'ont réveillée. Le type en costume et le petit homme qui m'a semblé être le chef se tiennent devant moi et installent ce qui ressemble à une grosse caméra sur un grand trépied.

J'avale ma salive et je les fixe des yeux. Ma bouche est sèche comme du parchemin et malgré tout le temps qui s'est écoulé je n'ai pas la moindre envie de faire pipi. C'est sans doute que je suis terriblement déshydratée.

En voyant que je suis réveillée, le Patron (c'est comme ça que je décide mentalement de l'appeler) m'adresse un mauvais sourire.

— C'est le moment ou jamais. Voyons quel prix Esguerra est prêt à payer pour revoir sa petite pute.

Mon ventre est vide, mais j'ai la nausée et je tourne la tête pour voir Beth. Elle regarde droit devant elle, le visage blafard et le regard vide. Je ne sais pas si elle a réussi à dormir, mais elle a l'air encore plus sonné qu'avant.

Ils braquent la caméra sur nous, ajustent plusieurs fois son angle, puis le Patron vient se mettre à côté de moi. Dès que la lampe témoin de la caméra est allumée, il me pose la main sur la tête et fourrage brutalement dans mes cheveux.

— Tu sais ce que je veux, Esguerra, dit-il d'une voix calme en regardant dans la direction de la caméra. Tu as jusqu'à demain minuit pour me le donner. Si tu le fais, ta petite pute en sortira indemne. Et même je te la rendrai. Sinon, eh bien… tu la récupéreras aussi. Il marque une pause et sourit cruellement. En petits morceaux.

Je regarde fixement la caméra, sur le point de vomir. Ils ne m'ont pas fait de mal, en tout cas pas encore, mais la violence de ces hommes est tangible. Le mal qui entache l'âme de Julian est aussi en eux. De tels hommes sont différents des autres. Ils n'ont aucun respect pour le contrat social. Ils ne respectent pas les mêmes règles que nous.

La main du patron laisse mes cheveux et fait un pas vers Beth.

— Il est possible que tu ne me prennes pas au sérieux, Esguerra, que tu penses que je n'irai pas jusqu'au bout, dit-il en continuant à parler dans la direction de la caméra. Eh bien, laisse-moi te montrer ce que je ferai à ta petite pute si je n'obtiens pas ce que je veux. Nous allons commencer avec la rousse et nous nous occuperons de celle-là (il me désigne de la tête) demain après minuit.

— Non ! ai-je hurlé en comprenant ce qu'il a l'intention de faire. Je me débats pour essayer de me libérer, mais les cordes sont trop serrées. Je ne peux rien faire si ce n'est le regarder en spectatrice impuissante mettre la main sur la gorge de Beth et commencer à l'étrangler.

— Ne la touchez pas, putain ! Julian vous tuera si vous faites ça ! Putain, il va vous assassiner…

Sans tenir compte de mes hurlements, le Patron braille un ordre en arabe et un homme s'avance pour couper les cordes qui ligotent Beth avec un couteau bien aiguisé. J'entrevois ses yeux terrifiés puis ils la jettent sur le sol la tête la première. Le Patron lui appuie sur le dos du genou et lui tire les cheveux pour l'obliger à se cambrer. Je vois ses jambes marteler le sol en vain et je redouble mes cris quand le Patron sort un petit couteau fin et commence à dépecer la joue de Beth.

Elle hurle et se débat, je vois jaillir du sang partout quand il continue à lui ouvrir le visage, laissant une plaie béante sanglante. J'ai un haut-le-cœur et je suis sur le point de vomir, mais il n'en reste pas là. Il exécute le même geste sur l'autre joue de Beth, puis il passe le couteau sur son avant-bras et découpe un lambeau de chair. Ses cris de douleur résonnent dans tout le hangar, rejoints par mes propres hurlements hystériques. Je ressens sa souffrance comme si c'était moi qu'on attaquait, c'est insupportable.

— Laissez-la tranquille ! ai-je hurlé. Salaud ! Fils de pute ! Laissez-la tranquille !

Évidemment, il n'en fait rien. Il continue de la dépecer, ses yeux noirs brillent d'excitation. Je m'aperçois avec horreur et avec dégoût qu'il y prend du plaisir ; il ne le fait pas uniquement pour la caméra. Beth se débat de plus en plus faiblement, ses cris deviennent des gémissements et des sanglots. Il y a du sang partout. Beth s'y noie presque. Je ne sais pas comment elle réussit à ne pas perdre connaissance. Des points noirs me flottent devant les yeux et il me semble que les murs se referment sur moi, ma cage thoracique se resserre sur mes poumons et m'empêche de respirer.

Tout à coup, le corps de Beth a un soubresaut et elle laisse échapper un étrange gargouillement avant de rester silencieuse. Je n'entends plus que mes halètements et mes sanglots. Beth est allongée, immobile, une flaque de sang s'écoule autour de son cou. Le Patron se relève, essuie son couteau sur son pantalon et fait face à la caméra.

— J'ai accéléré les choses pour toi, Esguerra, dit-il avec un grand sourire. Je ne voulais pas que ça traîne en longueur, je sais que tu as besoin de temps pour me procurer ce que je t'ai demandé. Évidemment si je ne l'obtiens pas, le prochain spectacle durera beaucoup beaucoup plus longtemps. Il fait un pas vers moi et passe un doigt ensanglanté sur ma joue. Ta petite pute est si jolie, je laisserai peut-être mes hommes s'amuser avec elle avant de commencer…

Cette fois-ci, je n'arrive plus à me contrôler. J'ai la gorge pleine de vomi et j'arrive juste à tourner la tête à temps avant de rendre tout ce que j'avais dans le ventre sur le sol en une succession de violentes secousses.

CHAPITRE VINGT-TROIS

Une fois la caméra éteinte ils me laissent de nouveau tranquille. Ils emportent le cadavre de Beth et ils nettoient assez mal le sol où ils laissent des traînées rougeâtres. Je les fixe des yeux, mes pensées sont laborieuses et engourdies comme si j'étais dans un état second. Je ne tremble plus bien que de temps en temps un frisson me secoue encore. J'ai une douleur sourde là où sont mes points de suture et je me demande si je n'en ai pas rouvert un, en me débattant tout à l'heure. Mais je ne vois pas de sang sur ma chemise d'hôpital, ils sont donc peut-être intacts.

Un peu plus tard, ils m'apportent de l'eau. Je bois le verre d'un trait ce qui fait rire certains des hommes, ils disent quelque chose en arabe en se frottant l'entre-jambe d'une manière suggestive. Je ne suis pas loin de penser qu'ils espèrent que Julian ne leur donnera pas satisfaction et qu'ils pourront « s'amuser » avec moi avant que le Patron ne se mette au travail.

Mais heureusement, ils me laissent tranquille pour le moment. J'ai même le droit de sortir une minute pour aller aux toilettes et le même type que tout à l'heure, celui qui reste impassible, monte la garde quand je vais dans les buissons. Je le considère maintenant comme mon accompagnateur officiel et en mon for intérieur je commence à le surnommer « le type des toilettes ».

Je donne aussi des noms aux autres. Celui dont la barbe noire descend jusqu'au milieu du buste s'appelle « Barbe Noire ». Celui dont le front est dégarni c'est « le Chauve ». Le petit gars qui a dirigé l'attaque contre la clinique c'est « Mauvaise Haleine ».

J'essaie de ne pas penser à Beth. Il ne faut pas penser à elle pour le moment, sinon je vais perdre la tête. Si je m'en sors, je pourrai pleurer celle qui était devenue mon amie. Si je survis à cette épreuve, je me laisserai aller, je pleurerai, je m'affligerai et je laisserai libre cours à la rage que j'éprouve à cause de la violence insensée de sa mort. Mais pour le moment, je ne peux exister que dans l'instant, en me concentrant sur les choses les plus insignifiantes et les plus ridicules pour éviter de ne pas être anéantie par la brutalité de la situation.

Le temps s'écoule lentement. Quand le jour tombe, je regarde fixement le sol, les murs, le plafond. Il me semble que je m'assoupis même une ou deux fois, mais je me réveille en sursaut au moindre son, le cœur battant. Ils ne m'ont toujours rien donné à manger et la faim tenaille douloureusement mon ventre. Mais ça n'a pas d'importance. J'ai déjà bien de la chance d'être en vie, ce qui ne va pas durer longtemps, je le sais, sauf si Julian leur livre les armes.

En fermant les yeux, je fais comme si j'étais chez moi, dans l'île, et que je lise un livre sur la plage. J'essaie d'imaginer qu'à n'importe quel moment je peux retourner à la maison et que Beth y est, elle nous prépare le dîner. J'essaie de me convaincre que Julian est simplement parti comme d'habitude en voyage d'affaires et que je vais bientôt le revoir. J'imagine son sourire, la manière dont ses cheveux noirs bouclent autour de son visage, encadrant la perfection virile et dure de son visage, la chaleur et la sensation de sécurité que mes donnaient ses étreintes pleines de vigueur me manquent, même si petit à petit je réussis tant bien que mal à m'endormir.

* * *

Une grande main se referme sur ma bouche et me réveille en sursaut. J'ouvre les yeux brusquement, l'adrénaline coule à flots dans mes veines. Terrifiée, j'essaie de me débattre… mais j'entends une voix familière chuchoter à mon oreille.

— Chut, Nora. C'est moi. Il ne faut pas faire de bruit, d'accord ? Je hoche légèrement la tête tout en tremblant de soulagement et la main se retire. En tournant les yeux vers lui j'ai du mal à croire que Julian est bien là.

Il est accroupi à côté de moi, habillé de noir de la tête aux pieds. Son torse est recouvert d'un gilet pare-balles et son visage est camouflé de bandes noires peintes en diagonales. Il a une mitraillette à l'épaule et un véritable arsenal à la ceinture. Il est si menaçant que je peine à le reconnaître. Seuls ses yeux me sont familiers, ils illuminent son visage peint de noir.

Pendant un instant, je suis persuadée qu'il s'agit d'un rêve. Ce n'est pas possible que ce soit lui, qu'il soit dans ce hangar en rase campagne et qu'il me parle. Alors que ses ennemis ne sont qu'à une vingtaine de mètres de nous. Le cœur battant, je jette un coup d'œil éperdu autour du hangar.

Dans le coin opposé, les hommes ont l'air de dormir, allongés par terre sur des couvertures. J'en compte huit, ce qui veut dire que d'autres sont sans doute dehors et montent la garde devant le bâtiment. Je ne vois pas le Patron ; il doit être dehors lui aussi.

Revenant à Julian, je vois qu'il coupe les cordes qui m'attachent les chevilles avec un redoutable couteau.

— Comment as-tu réussi à entrer ? ai-je murmuré en le fixant des yeux, abasourdie et stupéfaite. Il s'arrête un instant et lève les yeux vers moi.

— Tais-toi, dit-il d'une voix à peine audible. Il faut que je te sorte de là avant qu'ils se réveillent.

Je hoche la tête et je me tais tandis qu'il finit de couper les cordes. Malgré la gravité de notre situation, je suis presque ivre de joie. Julian est là, avec moi. Il est venu à ma rescousse. Mon élan de gratitude et d'amour envers lui est si fort que j'ai du mal à le contenir. Je voudrais lui sauter dans les bras, mais je reste immobile pendant qu'il enlève les dernières cordes.

Dès que je suis libre, il m'aide à me lever et me prend dans ses bras en me serrant très fort. Je sens un léger tremblement dans son corps vigoureux puis il me relâche et recule d'un demi-pas. Il prend mon visage dans sa main et me regarde, ses yeux bleus sont durs et farouchement possessifs. Nous réussissons à communiquer sans parler et je comprends. Je comprends ce qu'il voudrait me dire en ce moment.

Je comprends qu'il viendra toujours à ma rescousse.

Je comprends qu'il est prêt à tuer pour moi.

Je comprends qu'il est prêt à mourir pour moi.

Il baisse le bras et me prend la main.

— Allons-y, dit-il à voix basse sans cesser de me regarder. Nous n'avons pas de temps à perdre.

Je serre fort sa main et je le laisse me guider vers la zone d'ombre proche du mur opposé à l'endroit où dorment les hommes. Bientôt, le fatras d'étagères et de caisses qui sont au milieu du hangar nous dissimule et Julian s'arrête à cet endroit, il s'accroupit de nouveau et me lâche la main. J'entends un bruit de tâtonnement comme s'il cherchait quelque chose sur le sol, puis il y a un léger craquement quand il soulève une lame du plancher et la pose de côté.

Sur le sol devant nous se trouve une vaste ouverture de forme carrée.

Je m'agenouille au bord et je baisse les yeux pour scruter l'obscurité.

— Descend ! me murmure Julian à l'oreille en posant sa main sur mon genou et en le serrant légèrement. Le sentir me toucher me calme un peu. Il y a une échelle.

J'avale ma salive en tendant la main pour chercher l'échelle en question. Comment sait-il qu'il y en a une ?

— J'ai piraté leur ordinateur et j'ai retrouvé les plans du bâtiment, m'explique-t-il à voix basse comme s'il lisait dans mes pensées. Au sous-sol, il y a un entrepôt avec un conduit de vidange qui ressort à l'extérieur. Trouve-le et sors par là en rampant. Il retire sa main et maintenant que je ne sens plus son contact et que je me sens abandonnée, je ne peux plus échapper à la gravité de notre situation.

Mes doigts trouvent l'échelle de métal, je l'attrape et je la rapproche de moi. Julian me tient le bras tandis que je cherche le barreau du pied et je commence à descendre avec précaution. On n'y voit absolument rien et d'habitude j'hésiterais à descendre dans une cave où je ne suis jamais allée, mais pour le moment rien ne peut m'effrayer davantage que les hommes que nous essayons de fuir.

Je continue de descendre quelques barreaux puis je relève la tête pour voir que Julian est encore en haut. Il semble concentré et attentif comme quelqu'un qui est à l'affut d'un bruit.

Alors je l'entends aussi, d'abord des murmures puis des cris en arabe.

Ils se sont aperçus que j'avais disparu.

Julian se lève d'un bond et baisse les yeux vers moi, la main serrée sur la mitraillette.

— Vas-y ! m'ordonne-t-il en chuchotant d'une voix dure. Vas-y, Nora. Va vers le conduit et sors de là. Je vais te couvrir.

— Quoi ? Non ! Je le fixe des yeux, horrifiée et bouleversée. Viens avec moi…

Il me jette un regard furieux.

— Vas-y, siffle-t-il. Vas-y maintenant sinon nous mourrons tous les deux. Je ne peux pas à la fois m'inquiéter pour toi et me battre contre eux.

J'hésite un instant, déchirée. Je ne veux pas le laisser derrière moi, mais je ne veux pas non plus le gêner.

— Je t'aime, je murmure en le regardant et je vois briller ses dents blanches en guise de réponse.

— Vas-y, bébé, dit-il d'une voix beaucoup plus douce cette fois. Je vais bientôt te rejoindre.

Le cœur serré, je fais ce qu'il me dit et je descends l'échelle aussi vite que possible. Les cris sont de plus en plus forts et je sais que les hommes fouillent le hangar, en commençant par le fatras entreposé au centre. Ce n'est qu'une question de temps, ils vont bientôt arriver à la zone d'ombre qui se trouve le long du mur.

Tout mon corps tremble, c'est la peur mêlée à l'adrénaline, et je me concentre pour ne pas tomber en descendant plus profondément dans l'obscurité.

Ra-ta-ta-ta ! Je sursaute en entendant les coups de feu au-dessus de moi et je descends encore plus vite en ayant du mal à respirer, le souffle entrecoupé. Dès que mes pieds touchent le sol, je tends les mains devant moi et je cherche à tâtons dans le noir pour trouver le mur et le conduit.

Encore des coups de feu. Des cris, des hurlements. Mon cœur bat si fort que j'ai l'impression qu'on bat le tambour dans mes oreilles.

Quelque chose couine sous mes pieds et de toutes petites pattes courent sur mes orteils nus. Je n'y prête pas attention, je continue éperdument à chercher le conduit. Peu importe les rats pour le moment. Là-haut, Julian risque sa vie. Je ne sais pas s'il est seul ou s'il a amené des renforts, mais la pensée qu'il puisse être blessé ou mourir est si insupportable que je dois l'écarter. C'est une question de vie ou de mort.

Mes mains touchent le mur, mais je ne trouve pas d'ouverture. Il fait trop sombre. En haletant, je me glisse le long du mur et j'en parcours la surface lisse de haut en bas. Mes points de suture me font mal, mais je m'en aperçois à peine. Il faut trouver le moyen de sortir. S'ils me rattrapent je ne donne pas cher de ma peau.

Une nouvelle salve de coups de feu est suivie par de nouveaux hurlements.

Je continue à chercher, de plus en plus tourmentée et de plus en plus terrorisée. *Julian. Julian est là-haut.* J'essaie de ne pas y penser, mais c'est impossible. Je ne peux rien faire pour l'aider ; c'est logique, je le sais bien. Je suis pieds nus, en chemise d'hôpital et complètement désarmée. Alors qu'il est armé jusqu'aux dents et qu'il porte un gilet pare-balles.

Mais évidemment, la peur terrible que je ressens à l'idée de le perdre n'a rien à voir avec la logique.

Je me dis qu'il va s'en tirer et je continue à chercher le conduit. Julian sait ce qu'il fait. Il est dans son domaine, sa spécialité. C'est de cette partie de sa vie qu'il me protégeait en me gardant sur l'île.

Mes mains touchent quelque chose de dur sur le mur près de mes genoux et entrent dans une ouverture.

C'est le conduit, je l'ai trouvé !

Il y a encore un couinement aigu et quelque chose sort à toute vitesse du conduit en se dirigeant vers moi. Apeurée, je recule d'un saut, mais je me mets à quatre pattes et je commence à ramper sans hésiter en me préparant à rencontrer d'autres rongeurs.

Le conduit est assez large pour s'y glisser à quatre pattes et je rampe aussi vite que possible sans prêter attention à l'odeur fétide d'égout et de rouille. Heureusement, ce n'est pas trop mouillé à l'intérieur et j'essaie de ne pas penser à ce qui s'y écoule.

Finalement, j'arrive à l'autre bout. En me mettant en boule, je réussis à me retourner et j'en sors par les pieds.

Je fais quelques pas et j'examine l'endroit où je me trouve. Au-dessus de moi, le ciel est rempli d'étoiles et l'air est saturé par une odeur de terre chaude et de végétation tropicale. Je vois le hangar sur une petite colline, il est à moins de cinquante mètres.

Je le fixe des yeux, malade de peur en pensant à Julian. Il y a une nouvelle salve accompagnée de brillants éclats de lumière. L'échange de coups de feu se poursuit, ce qui est bon signe, me semble-t-il : si Julian était mort, si les terroristes l'avaient emporté, il n'y aurait plus de combat.

Il a donc dû venir avec des renforts.

Je me recroqueville et je m'appuie contre un arbre, mes jambes tremblent toujours de ce mélange de peur et d'adrénaline.

À ce moment-là, le ciel s'embrase, le bâtiment explose… et une rafale d'air incandescent me projette dans les buissons à plusieurs mètres de là.

CHAPITRE VINGT-QUATRE

Les vingt-quatre heures qui suivent sont floues dans ma mémoire.

Après m'être relevée, j'ai le tournis et je ne sais plus où je suis, j'ai des élancements dans la tête et mon corps n'est plus qu'un énorme hématome. Mes oreilles bourdonnent et tout ce que je perçois me semble lointain.

L'explosion a dû me faire perdre connaissance, mais je n'en suis pas sûre. Quand je suis de nouveau capable de marcher, l'incendie qui a consumé le bâtiment est presque éteint.

Tout hébétée, je vais tant bien que mal sur la colline et je commence à fouiller dans les ruines fumantes du hangar. De temps en temps, je trouve quelque chose qui ressemble à un bras ou une jambe carbonisée et deux ou trois fois je vois un cadavre presque intact dont il ne manque que la tête ou un bras. D'une certaine manière, je prends conscience de ces découvertes, mais sans en tirer pleinement les conséquences. Je me sens étrangement détachée de ce qui se passe, comme absente. Rien ne me touche. Rien ne préoccupe. Même mes sensations physiques sont émoussées par le choc.

Je le cherche pendant des heures. Quand je m'arrête, le soleil est au zénith et je dégouline de sueur.

Je n'ai plus le choix maintenant, il faut accepter la vérité.

Il n'y a aucun survivant. C'est aussi simple que ça.

Je devrais pleurer. Je devrais hurler. Je devrais ressentir quelque chose. Et pourtant rien.

À la place, je suis dépourvue de toute émotion.

Je quitte le hangar et je commence à marcher. Je ne sais pas où je vais, et ça m'est égal.

La seule chose que je suis capable de faire c'est de mettre un pied devant l'autre.

Quand la nuit commence à tomber, je tombe sur un groupe de petites maisons faites avec des piquets de bois et des cartons. Un ruisseau peu profond traverse le hameau et j'y vois deux ou trois femmes y laver du linge.

Le choc sur leur visage est la dernière chose dont je me souvienne avant de m'évanouir à quelques mètres d'elles.

* * *

— Miss Leston, vous sentez-vous en mesure de répondre à quelques-unes de mes questions ? Je suis l'agent du FBI Wilson et voici l'agent Bosovsky.

Je lève les yeux vers l'homme assez corpulent d'âge moyen qui est debout à côté de mon lit. Il ne ressemble pas à l'image que j'ai des agents du FBI. Son visage est rond, presque angélique, avec des joues roses et des yeux bleus très mobiles. Si l'agent Wilson avait une capuche rouge et une barbe blanche, il serait un Père Noël idéal. Par contre, son partenaire, l'agent Bosovsky, est terriblement maigre et son visage long est profondément ridé.

Depuis deux jours, je me remets dans un hôpital de Bangkok. Visiblement, l'une des lavandières a prévenu les autorités locales de la présence d'une jeune fille errant dans son village. Je me souviens vaguement qu'on m'a interrogée, mais je ne pense pas avoir fait preuve de la moindre cohérence. En tout cas, on en savait assez pour prendre contact avec l'ambassade des États-Unis et les autorités américaines se sont chargées du reste.

— Vos parents vont bientôt arriver, dit l'agent Bosovsky alors que je continue à regarder fixement sans dire un mot. Leur avion atterrira dans quelques heures.

Je cligne des yeux, ses paroles ont réussi à pénétrer la couche de glace qui me sépare de tout et de tous depuis l'explosion.

— Mes parents ? Je demande d'une voix cassée, ma gorge me semble étrangement enflée.

Bosovsky hoche la tête.

— Oui, Miss Leston. On les a prévenus hier et ils ont pris le premier vol pour Bangkok. Ils auraient voulu vous parler, mais on vous avait donné un calmant.

Je comprends ce qu'il me dit. Les médecins m'ont déjà expliqué que je souffre d'une légère commotion cérébrale ainsi que de brûlures au premier degré et d'écorchures aux pieds. À part ça, ils sont impressionnés par mon bon état général, si l'on ne tient pas compte de la déshydratation, des hématomes et de ma récente opération. Malgré tout, ils ont dû m'administrer des calmants pour me permettre de me reposer.

— Pensez-vous pouvoir répondre à mes questions avant l'arrivée de vos parents ? me demande doucement l'agent Wilson alors que je continue à me taire.

Je hoche légèrement la tête, c'est un mouvement à peine visible, et il rapproche une chaise de mon lit. L'agent Bosovsky en fait autant.

— Miss Leston, vous avez été enlevée en juin de l'année dernière, dit l'agent Wilson, son visage rond a une expression chaleureuse et compréhensive. Pourriez-vous nous parler de votre enlèvement ?

J'hésite un instant. Devrais-je leur dire quoi que ce soit au sujet de Julian ? Et puis je me souviens qu'il est mort et que tout cela n'a plus d'importance. Pendant une seconde, je souffre tellement que j'en ai le souffle coupé, puis le mur de glace me recouvre de nouveau et m'engourdit.

— Bien sûr, ai-je dit d'un ton calme. Que voulez-vous savoir ?

— Connaissez-vous le nom de votre ravisseur ?

— Julian Esguerra. C'est… (j'ai du mal à avaler ma salive), *c'était* un trafiquant d'armes.

Les agents du FBI ouvrent grands les yeux.

— Un trafiquant d'armes ?

Je fais un signe de tête et je leur dis ce que je sais des activités de Julian. L'agent Bosovsky griffonne des notes à toute vitesse tandis que l'agent Wilson continue de me poser des questions sur ce que faisait

Julian et sur les terroristes qui m'ont enlevée à lui. Ils semblent déçus qu'il soit mort -et que j'en sache si peu- et je leur explique que depuis mon enlèvement je n'ai pas quitté l'île.

— Il vous y a maintenue en captivité pendant toute la durée de ces quinze mois ? Demande l'agent Bosovsky, et les rides de son visage maigre se creusent. Il n'y avait que cette femme, Beth, et vous ?

— Oui.

Les agents se regardent et je continue à les fixer des yeux, je sais bien ce qu'ils pensent. *La pauvre, on l'a gardée comme un animal en cage pour servir de distraction à un criminel.* C'est effectivement ce que j'ai ressenti au début, mais ce n'est plus le cas. Maintenant, je ferais tout au monde pour revenir en arrière et redevenir la captive de Julian.

L'agent Wilson se tourne vers moi et s'éclaircit la gorge.

— Miss Leston, nous demanderons à une psychologue spécialiste des violences sexuelles de venir vous voir cet après-midi. Elle est très compétente…

— Ce n'est pas la peine, l'ai-je interrompu. Je vais bien.

Et c'est vrai. Je ne suis pas une victime et l'on n'a pas abusé de moi. Je suis seulement incapable de ressentir quoi que ce soit.

Ils me laissent tranquille après m'avoir posé quelques questions supplémentaires. Je ne leur donne aucun détail concernant ma relation avec Julian, mais il me semble qu'ils ont compris de quoi il retournait.

Le dessinateur du FBI leur succède et je lui décris Julian. Il n'arrête pas de me jeter des regards bizarres quand je corrige sa manière d'interpréter mes descriptions.

— Non, ses sourcils sont un petit peu plus épais, un peu plus droits… Ses cheveux sont un peu plus bouclés, comme ça…

C'est la bouche de Julian qui lui donne le plus de mal. Il n'est pas facile de décrire la beauté sombre de son sourire angélique.

— Dessinez la lèvre supérieure plus charnue… non pas tant que ça, elle doit être plus sensuelle, presque gracieuse…

Finalement, on y arrive et sur la feuille de papier le visage de Julian me regarde. Un éclair de souffrance revient me transpercer, mais comme avant l'insensibilité revient immédiatement à mon secours.

— Il est beau, ce type, dit le dessinateur en examinant ce qu'il a fait. Ce n'est pas tous les jours qu'on voit des hommes comme ça.

Je serre légèrement les poings, mes ongles s'enfoncent dans ma chair.

— Non, ce n'est pas tous les jours.

La personne qui vient ensuite dans ma chambre est la psychologue spécialiste des violences sexuelles dont on m'a parlé. C'est une petite brune bien en chair qui semble avoir presque cinquante ans, il y a quelque chose dans son regard qui me fait penser à Beth.

— Je m'appelle Diane, dit-elle pour se présenter en rapprochant une chaise de mon lit. Puis-je vous appeler Nora ?

— Si vous voulez, je dis sans enthousiasme. Je n'ai pas particulièrement envie de lui parler, mais la détermination que je lis sur son visage m'indique qu'elle ne partira pas avant que je ne le fasse.

— Nora, pouvez-vous me parler de la période que vous avez passée sur cette île ?

— Que voulez-vous savoir ?

— Tout ce que vous aurez envie de me dire.

Je réfléchis un moment. En fait, j'ai envie de ne rien lui dire. Comment puis-je décrire ce que je ressens à l'égard de Julian ? Comment puis-je expliquer les hauts et les bas de notre étrange relation ? Je sais ce qu'elle va penser, que je suis folle de l'aimer. Que mes sentiments ne sont pas réels, qu'ils ont été provoqués par ma captivité.

Et elle aurait sans doute raison, mais cela n'a plus d'importance. Il y a le bien et le mal, et il y a ce qui se passait entre Julian et moi. Rien ni personne ne pourra combler le vide laissé en moi. Aucune aide psychologique ne pourra faire disparaître la douleur de l'avoir perdu.

Je souris poliment à Diane.

— Je suis désolée, ai-je dit à voix basse. Je préférerais ne pas vous parler pour le moment.

Elle hoche la tête sans montrer la moindre surprise.

— Je comprends. Nous, les victimes, nous nous tenons souvent pour responsables de ce qui s'est passé. Nous pensons avoir fait quelque chose pour le provoquer.

— Je ne crois pas, je dis en fronçant les sourcils. D'accord, j'ai peut-être eu cette impression lors de mon enlèvement, mais ça n'a pas duré, et en connaissant mieux Julian j'ai changé d'avis. C'était simplement un homme qui prenait ce qu'il voulait, et c'était moi qu'il voulait.

— Je vois, dit-elle d'un air légèrement déconcerté. Puis son visage s'éclaire quand elle semble avoir résolu ce mystère.

— Il était très beau, n'est-ce pas ? devine-t-elle en me fixant des yeux.

Je ne détourne pas le regard et je garde le silence, ne voulant rien dévoiler. Il m'est impossible de parler de ce que je ressens en ce moment, sinon je risque de compromettre cette distance glacée qui me permet de ne pas perdre la tête.

Elle me regarde quelques instants puis se lève en me tendant sa carte.

— Si vous vous sentez capable de parler, Nora, je vous en prie, appelez-moi, dit-elle d'une voix douce. Vous ne pouvez pas tout garder en vous sans rien dire, ça va finir par vous tuer…

— D'accord, je vous appellerai, je réponds en lui coupant la parole et en posant sa carte sur ma table de nuit. Je mens comme un arracheur de dents et je suis certaine qu'elle s'en rend compte.

Un léger sourire se dessine sur ses lèvres puis elle sort de la pièce me laissant enfin seule avec mes pensées.

* * *

Pour accueillir mes parents, j'insiste pour me lever et pour m'habiller normalement. Je ne veux pas qu'ils me voient dans un lit d'hôpital. Je suis sûre qu'ils ont déjà passé beaucoup de temps à s'inquiéter pour moi et je ne veux surtout pas accroître leur anxiété.

L'une des infirmières me donne un jean et un tee-shirt et je les mets avec gratitude. Ils me vont bien. Cette nurse est une petite thaïlandaise et nous faisons à peu près la même taille. C'est bizarre de porter à nouveau ce genre de vêtements. J'étais tellement habituée à mettre des robes d'été légères que le jean me semble rêche et inconfortable. Mais je ne mets pas de chaussures, mes pieds ne sont pas encore guéris des brûlures que je me suis faites en errant dans les ruines du hangar.

Quand mes parents entrent enfin dans la pièce, je suis assise sur une chaise pour les attendre. C'est ma mère qui entre en premier. Dès qu'elle me voit, son visage se décompose et elle se précipite en courant, le visage ruisselant de larmes. Mon père est juste derrière elle et bientôt ils me serrent dans leurs bras, parlent à toute vitesse, et sanglotent de joie.

Je leur fais de grands sourires en les serrant dans mes bras à mon tour et je fais de mon mieux pour les rassurer en leur disant que je vais bien, que mes blessures sont superficielles et qu'ils n'ont pas besoin de s'inquiéter. Mais je ne pleure pas. Je ne peux pas. Tout me semble vide et distant et même mes parents ressemblent davantage à des souvenirs chéris qu'à des êtres en chair et en os. Pourtant je fais un effort pour me comporter normalement ; je leur ai déjà causé tant de stress et d'angoisse.

Après un petit moment, ils retrouvent leur calme et s'assoient pour bavarder.

— Il a bien pris contact avec vous, non ? Je demande en me souvenant de la promesse de Julian. Il vous a dit que j'étais en vie ?

Mon père hoche la tête, son visage se ferme.

— Une quinzaine de jours après ta disparition, nous avons reçu un virement sur notre compte bancaire, dit-il à voix basse. Un virement d'un million de dollars venu d'un compte étranger impossible à localiser. Nous étions censés l'avoir gagné au loto.

J'en reste bouche bée.

— Comment ?

Julian avait donné de l'argent à mes parents ?

— Au même moment, nous avons reçu un mail, continue mon père dont la voix tremble. L'objet était : « De la part de votre fille qui vous aime ». C'était une photo de toi. Tu étais allongée sur la plage et tu lisais. Tu étais si belle, tu semblais si sereine… Il avale sa salive avec peine. Le message disait que tu allais bien et que tu étais avec quelqu'un qui prenait soin de toi, et que nous devrions utiliser cet argent pour rembourser l'emprunt de la maison. Il disait aussi que nous te mettrions en danger si nous communiquions cette information à la police.

Je suis tellement interloquée que je le fixe des yeux en essayant d'imaginer ce qu'ils ont dû penser à ce moment-là. *Un million de dollars…*

— Nous ne savions pas quoi faire, dit ma mère qui se tord les mains tant elle est anxieuse. Nous pensions que ça pourrait aider à faire avancer l'enquête, mais en même temps nous ne voulions pas te mettre en danger, où que tu sois…

— Alors qu'est-ce que vous avez fait ? Je leur demande, médusée. Le FBI n'a pas mentionné le million de dollars, mes parents n'ont donc pas dû leur en parler. En même temps, je ne peux pas imaginer mes parents se contenter d'empocher cet argent et de ne rien faire d'autre.

— Nous avons utilisé l'argent pour engager une équipe de détectives privés, explique mon père. La meilleure possible. Ils ont pu remonter à une société fictive aux îles Cayman, mais la piste s'arrêtait là. Il se tait et me regarde. Et depuis, nous avons utilisé cette somme pour essayer de te retrouver.

— Que s'est-il passé, ma chérie ? demande ma mère en se penchant en avant. Qui t'a enlevée ? D'où venait cet argent ? Où étais-tu pendant tout ce temps ?

Je souris et je commence à répondre à leurs questions. Au même moment, je les regarde, savourant leurs traits familiers. Mes parents font un beau couple, ils sont tous les deux en bonne santé et en bonne forme. Je suis née quand ils n'avaient qu'une petite vingtaine d'années et ils sont encore relativement jeunes. Mon père n'a que quelques cheveux gris dans sa chevelure noire, mais ils sont plus nombreux qu'avant.

— C'était donc vrai, tu nageais dans l'océan et tu lisais au bord de la plage ? Ma mère me fixe des yeux avec incrédulité tandis que je lui décris mes journées sur l'île.

— Oui ! Je lui fais un grand sourire. D'une certaine manière, c'était comme de grandes vacances qui se prolongeaient. Et il prenait bien soin de moi, comme il vous l'avait dit.

— Mais pourquoi t'avait-il enlevée, demande mon père avec un air frustré. Pourquoi t'avoir kidnappée ?

Je hausse les épaules, je ne veux pas entrer dans les détails au sujet de Maria et de l'instinct de possession exacerbé de Julian.

— Tout simplement parce qu'il était comme ça, j'imagine, je dis d'un air détaché. Parce qu'étant donnée sa profession il ne pouvait pas vraiment sortir avec moi comme n'importe qui.

— Est-ce qu'il t'a fait du mal, ma chérie, demande ma mère dont les yeux noirs sont remplis de compassion. Était-il cruel envers toi ?

— Non, ai-je dit d'une voix douce. Il n'a jamais été cruel.

Comme il m'est impossible d'expliquer la complexité de ma relation avec Julian à mes parents, je n'essaie même pas de le faire. À la place, j'embellis bien des aspects de ma captivité en me concentrant sur ses bons côtés. Je leur parle de mes expéditions matinales pour aller pêcher avec Beth et de ma découverte de la peinture. Je décris la beauté de l'île et je leur dis que j'ai recommencé à courir. Quand je m'interromps pour reprendre haleine ils me regardent tous les deux d'une manière étrange.

— Nora, ma chérie, me demande ma mère d'un ton hésitant, es-tu amoureuse de ce Julian ?

Je me mets à rire, mais mon rire sonne faux.

— Amoureuse ? Non, bien sûr que non !

Je me demande ce qui a pu leur donner cette impression, j'ai évité de dire le moindre mot sur Julian. Plus je pense à lui, plus je redoute que le mur de glace se mette à craquer et que la douleur m'engloutisse.

— Bien sûr que non, répète mon père en me regardant attentivement, et je m'aperçois qu'il ne me croit pas.

D'une manière ou d'une autre, mes parents devinent la vérité, je suis bien plus traumatisée par mon sauvetage que par mon enlèvement.

CHAPITRE VINGT-CINQ

Pendant les quatre mois qui suivent, j'essaie de reprendre le cours normal de ma vie.

Après un jour de plus à l'hôpital de Bangkok on considère que je vais assez bien pour prendre l'avion et je rentre chez moi dans l'Illinois avec mes parents. Deux agents du FBI nous escortent pendant le voyage de retour, les agents Wilson et Bosovsky, et ils profitent du voyage pour continuer à m'interroger. Ils restent tous les deux sur leur faim parce que leurs banques de données ne contiennent aucun Julian Esguerra.

— Vous ne l'avez jamais entendu utiliser un autre nom ? me demande l'agent Bosovsky pour la troisième fois quand la demande qu'ils ont faite à Interpol reste sans réponse.

— Non, je réponds patiemment. Je ne le connaissais que sous le nom de Julian. Ce sont les terroristes qui l'appelaient Esguerra.

Beth avait raison quand elle avait deviné l'identité des hommes qui nous ont enlevées à Julian à la clinique. Ils faisaient effectivement partie d'un groupe de djihadistes particulièrement dangereux qui s'appelle Al-Quadar, c'est ce que le FBI a réussi à déterminer.

— Mais c'est absurde, dit l'agent Wilson dont les joues rondes tremblotent d'agacement. Quelqu'un de cette stature aurait dû être signalé chez nous. S'il était à la tête d'une organisation produisant et distribuant des armes de pointe, comment se fait-il qu'aucun organisme officiel ne soit au courant de son existence ?

Je ne sais que lui dire, si bien que je me contente de hausser les épaules en guise de réponse. Les détectives privés que mes parents avaient engagés n'avaient rien trouvé non plus sur lui.

Mes parents et moi avons discuté pour savoir si nous parlions de l'argent de Julian au FBI et finalement nous avons décidé de ne rien leur dire. Révéler cette information à ce stade de l'histoire ne risquerait que de faire du tort à mes parents et pourrait faire croire au FBI que j'étais complice de Julian. Après tout, un ravisseur n'envoie pas d'argent à la famille de sa victime !

Quand nous arrivons à la maison, je suis épuisée. J'en ai assez d'être couvée par mes parents et je ne supporte plus que le FBI me pose des milliers de questions auxquelles je ne peux pas répondre. Et surtout, la présence de tant de gens me fatigue. Après avoir passé plus d'un an sans voir personne, la foule des aéroports me donne le tournis.

Chez mes parents, ma chambre d'autrefois n'a pratiquement pas changé.

— Nous avons toujours gardé l'espoir que tu reviendrais, dit ma mère dont le visage s'illumine de bonheur. Je lui souris et je la serre dans mes bras avant de la faire sortir gentiment de la pièce. Plus que tout au monde, ce dont j'ai besoin en ce moment, c'est d'être seule parce que je ne sais pas combien de temps encore je vais pouvoir sauver les apparences.

Ce soir-là, en prenant une douche dans la vieille salle de bain de mon enfance, je laisse enfin cours à mon chagrin et je pleure.

* * *

Quinze jours après mon arrivée aux États-Unis je quitte la maison de mes parents. Ils essaient de m'en dissuader, mais je les persuade que j'en ai besoin, que j'ai besoin d'être seule et indépendante. En vérité, j'ai beau aimer mes parents, je ne peux pas être avec eux continuellement. Je ne suis plus la jeune fille insouciante dont ils se souviennent et ça m'épuise trop de leur donner cette impression.

C'est beaucoup plus simple d'être seule dans le minuscule studio que je loue à côté.

Mes parents, essaient en vain de me donner le reste de l'argent que Julian leur a envoyé, un demi- million de dollars et des poussières, mais je refuse. Je considère que cet argent est destiné à payer l'emprunt de leur maison et je veux qu'il soit utilisé de cette manière. Après de nombreuses disputes, nous parvenons à un accord : ils rembourseront l'essentiel de l'emprunt et échelonneront le reste et la différence servira à payer mes études.

Bien que techniquement je n'ai pas besoin de travailler pendant un certain temps, je prends quand même un emploi de serveuse. C'est une distraction et ce n'est pas particulièrement exigeant, ce qui est exactement ce dont j'ai besoin en ce moment. Il y a des nuits où je ne dors pas et des jours où c'est une torture de me lever le matin. Le vide qui est en moi me dévore, le chagrin m'étouffe presque et j'ai besoin de toutes mes forces pour fonctionner à peu près normalement.

Et quand je dors, j'ai des cauchemars. Je me repasse sans cesse la mort de Beth dans ma tête ainsi que l'explosion du hangar, jusqu'à ce que je me réveille trempée de sueur froide. Après ces cauchemars, je reste éveillée, la chaleur et la sécurité des étreintes de Julian me manquent terriblement. Sans lui, je me sens perdue, comme un navire sans gouvernail dans l'océan. Son absence est une plaie infectée qui refuse de se fermer.

Et Beth me manque aussi. Son bon sens, son détachement à l'égard de la vie me manquent. Si elle était là, elle serait la première à me dire que la vie n'est pas un long fleuve tranquille et qu'il faut m'y faire. Elle voudrait que je tourne la page.

Et j'essaie de le faire… mais la violence insensée de sa mort me ronge. Julian avait raison, avant j'ignorais ce que c'était la haine. J'ignorais ce que l'on ressentait quand on avait envie de faire du mal à quelqu'un, quand on désirait sa mort. Mais maintenant, je le sais. Si je pouvais revenir en arrière et tuer le terroriste qui a assassiné Beth avec une telle brutalité, je le ferais sans hésiter une seconde. Je ne me contente pas de savoir qu'il est mort dans l'explosion du hangar. J'aurais aimé être celle qui met fin à sa vie.

Mes parents insistent pour que je voie un thérapeute. Pour leur faire plaisir, je vais à quelques séances. Elles ne servent à rien. Je ne suis pas prête à dévoiler mon cœur et mon âme à un inconnu, et ces séances s'avèrent être une perte de temps et d'argent. Je ne suis pas dans un état d'esprit propice à me soigner, ma perte est trop récente, mes émotions trop vives.

Je recommence à peindre, mais je ne peux plus faire de paysages ensoleillés comme avant. Maintenant, mes tableaux sont plus sombres, plus chaotiques. Je peins sans cesse la scène de l'explosion pour essayer de ne plus y penser, et chaque fois elle apparaît sous une forme un peu différente, de plus en plus abstraite. Je fais aussi le portrait de Julian. Je le fais de mémoire, et je souffre de ne pas parvenir à rendre la perfection ravageuse de ses traits. J'ai beau essayer, je n'y arrive pas.

Toutes mes amies sont parties à l'université et pendant les deux premières semaines je n'ai de contact avec elles qu'au téléphone et par Skype. Elles ne savent pas trop comment se comporter avec moi, et ça se comprend. J'essaie de parler de choses sans importance avec elles, et surtout me concentrer sur ce qui leur est arrivé depuis la remise des diplômes, mais je sais qu'elles ont du mal à parler des ennuis qu'elles ont avec leur petit ami et de leurs examens avec quelqu'un qu'elles considèrent comme la victime d'un crime horrible. Elles me considèrent avec pitié et je lis une curiosité gênante dans leurs yeux si bien que je n'arrive pas à leur parler de ce qui s'est passé sur l'île.

Pourtant, quand Leah revient de l'Université du Michigan, nous nous retrouvons pour passer un moment ensemble. Après nous être embrassées il ne reste presque plus rien de la gêne initiale et je retrouve celle qui fut ma meilleure amie depuis l'école primaire.

— C'est bien chez toi, dit-elle en faisant le tour de mon studio et en regardant mes tableaux. Ils sont vraiment superbes ces tableaux, où les as-tu trouvés ?

— C'est moi qui les ai faits, je lui dis en mettant mes bottes. Nous allons dîner dans un restaurant italien du quartier. Je porte un jean moulant et un haut noir et j'ai l'impression d'être au bon vieux temps.

— C'est toi ? Leah me regarde avec surprise. Depuis quand peins-tu ?

— Pas depuis longtemps, je fais en prenant mon imperméable. C'est déjà l'automne et il commence à faire froid. Je m'étais habituée au climat tropical de l'île et même 15° me paraît frais.

— Merde alors, Nora, c'est vraiment très beau ! dit-elle en s'approchant de l'une des scènes d'explosion pour la regarder de plus près. Ce sont les seuls tableaux que j'ai accrochés, mes portraits de Julian ne sont que pour moi. Je ne t'en aurais pas cru capable !

— Merci ! Je lui souris. Tu es prête, on y va ?

* * *

Le dîner se passe vraiment bien. Leah me parle de ses études à l'Université du Michigan et de Jason, son nouveau petit ami. Je l'écoute attentivement et nous nous moquons des garçons et de leur prédilection incompréhensible pour les beuveries.

— Quand vas-tu t'inscrire à la fac ? demande-t-elle au milieu du dessert. Tu devais rester sur place au début. C'est toujours ton intention ?

Je hoche la tête.

— Oui, je crois que je vais m'inscrire au deuxième semestre. Bien que maintenant je puisse me permettre de m'inscrire dans n'importe quelle faculté, je n'ai pas l'intention de modifier mes projets. L'argent qui dort sur mon compte en banque ne me semble pas vraiment réel et j'ai une réticence étrange à le dépenser.

— C'est génial, dit Leah en souriant. Elle me semble un peu survoltée, comme si elle était surexcitée pour une raison que j'ignore.

Je vais bientôt la découvrir.

— Salut, Nora, dit une voix que je reconnais derrière moi au moment où nous allons régler l'addition.

Je sursaute de surprise. En me retournant, je découvre Jake, le garçon avec qui j'avais rendez-vous le soir fatidique où Julian m'a enlevée.

Le garçon que Julian a fait tabasser pour me faire filer doux.

Il n'a pratiquement pas changé : une tignasse de cheveux blondis par le soleil, des yeux marron affectueux, une belle carrure. Mais l'expression de son visage n'est pas la même. Elle est tendue, il a les traits tirés, et la méfiance que je lis dans son regard m'assène un coup de pied dans le ventre.

208

— Jake… J'ai l'impression d'être en face d'un fantôme. Je ne savais pas que tu étais ici. Je croyais que tu étais au Michigan…

Alors je comprends ce qui se passe. Je me retourne et regarde Leah d'un air accusateur auquel elle répond par un grand sourire.

— J'espère que tu ne m'en veux pas, Nora, dit-elle gaiement. J'ai dit à Jake que je venais te voir ce week-end et il m'a demandé de se joindre à moi. Je n'étais pas sûre de ce que tu en penserais, étant donnée la situation… Elle rougit légèrement. Alors je lui ai seulement dit que nous serions ici ce soir.

Je cligne des yeux, mes mains sont moites. Leah ne sait pas que Jake a été tabassé à cause de moi. Je n'ai dévoilé ce détail qu'au FBI. Elle a peut-être peur que revoir Jake ne réveille chez moi des souvenirs pénibles de mon enlèvement, mais elle ne peut absolument pas deviner la culpabilité et l'anxiété qui me donnent la nausée en ce moment.

Par contre, Jake sait que je suis responsable de son agression. Je peux le voir dans la manière dont il me regarde.

Je me force à sourire.

— Bien sûr que non, je ne t'en veux pas. Je mens sans la moindre difficulté. Je t'en prie, assieds-toi. On va demander du café. Je vais vers le siège d'en face et je m'assieds. Qu'est-ce que tu deviens ?

Il me rend mon sourire, le coin de ses yeux marron se plisse de cette manière qui me plaisait tant autrefois. Il est toujours un des garçons les plus mignons que je connais, mais il ne m'attire plus du tout. Le béguin que j'ai eu pour lui est insignifiant par rapport à l'obsession de Julian, une obsession dévorante, un désir funeste et désespéré qui m'empêche de dormir la nuit.

Quand je n'arrive pas à dormir, je pense souvent à ce que Julian et moi faisions ensemble, à ce qu'il me faisait faire… à ce qu'il m'a appris à faire. Dans l'obscurité de la nuit, je me masturbe en pensant à ces fantasmes interdits. Des fantasmes d'une douleur exquise et d'un plaisir forcé, des fantasmes de violence et de désir. Le besoin d'être prise, d'être utilisée, d'être mise à mal et d'être possédée me tenaille. Julian me manque, c'est lui qui a éveillé cet aspect de ma personnalité.

Et maintenant, il est mort.

En mettant de côté cette pensée insoutenable, je me concentre sur ce que me dit Jake.

— Pendant des mois, il m'a été impossible d'aller dans ce parc, dit-il, et je réalise qu'il me parle de ce qui lui est arrivé après mon enlèvement. Chaque fois que j'y allais, je pensais à toi et je me demandais où tu étais… La police disait que c'était comme si tu avais disparu de la surface du globe…

Je l'écoute, la honte et la haine envers moi-même se recroquevillent au plus profond de moi. Comment puis-je avoir de tels sentiments pour quelqu'un qui a commis de tels actes et a fait tant de mal en les commettant ? À quel degré de perversité suis-je parvenue pour aimer quelqu'un capable de telles atrocités ? Julian n'était pas un héros torturé et incompris contraint par les circonstances de commettre des méfaits contre son gré. C'était purement et simplement un monstre.

Un monstre qui me manque de toutes les fibres de mon corps.

— Je suis vraiment navré, Nora, dit Jake qui m'arrache à cette autoflagellation. Je suis navré de ne pas avoir pu te protéger ce soir-là…

— Attends… Qu'est-ce que tu racontes ? J'ai du mal à le croire. Tu es fou ? Est-ce que tu sais qui était en face de toi ? Tu ne pouvais strictement rien faire…

— J'aurais quand même dû essayer. La voix de Jake est pleine de culpabilité. J'aurais dû faire quelque chose, n'importe quoi…

Je tends la main au-dessus de la table et sans réfléchir je prends la sienne.

— Non, lui ai-je dit fermement. Ce n'est absolument pas de ta faute.

Du coin de l'œil, je vois Leah tripoter son téléphone et faire comme si elle n'était pas là. Je ne m'occupe pas d'elle. Il faut convaincre Jake que ce n'est pas de sa faute et l'aider à surmonter ce qui s'est passé.

Sous mes doigts, je sens la chaleur de sa peau et la tension qui le raidit.

— Jake, je lui dis d'une voix douce en le regardant droit dans les yeux, personne n'aurait pu empêcher ce qui s'est passé. Personne. Julian a -ou plutôt avait- à sa disposition des ressources que les forces de l'ordre lui auraient enviées. Si quelqu'un est coupable, c'est moi. C'est à cause de moi que tu t'es retrouvé dans cette histoire et j'en suis vraiment navrée. Ce n'est pas seulement pour la nuit dans le parc que je m'excuse et il le sait bien.

— Non, Nora, dit-il à voix basse, et ses yeux marron s'assombrissent. Tu as raison, c'est de *sa* faute et pas de la nôtre. Et je m'aperçois qu'il me pardonne aussi, que lui aussi veut me libérer de ma culpabilité.

Je lui souris et presse sa main pour accepter son pardon en silence.

Si seulement il m'était aussi facile de me pardonner à moi-même, mais je n'y arrive pas.

Parce que même maintenant, alors que je suis là et que je tiens la main de Jake dans la mienne, je ne peux m'empêcher d'aimer Julian.

Quoi qu'il ait fait.

CHAPITRE VINGT-SIX

— Tu sais, je pense qu'il est encore vraiment amoureux de toi, dit Leah en me raccompagnant en voiture à la maison. Je suis étonnée qu'il ne t'ait pas donné rendez-vous tout de suite.

— Me donner rendez-vous ? Jake ? Je la regarde avec incrédulité. Il sortira avec n'importe qui sauf moi.

— Oh, je n'en suis pas aussi sûre, dit-elle d'un ton pensif. Vous n'êtes sortis qu'une seule fois ensemble tous les deux, mais il a été profondément déprimé après ta disparition. Et sa manière de te regarder ce soir…

Je laisse échapper un rire nerveux.

— Je t'en prie, Leah, c'est ridicule. C'est compliqué ce qui s'est passé entre Jake et moi. Ce soir, il voulait seulement arriver à une conclusion, c'est tout.

L'idée de sortir avec Jake, de sortir avec qui que ce soit me semble étrange et incongrue. Dans mon esprit je continue d'appartenir à Julian et la pensée de laisser un autre me toucher provoque en moi une anxiété inexplicable.

— Une conclusion, mon œil ! La voix de Leah est très sarcastique. Il a passé la soirée à te regarder comme s'il n'avait jamais vu de fille aussi sexy. Ce n'est pas une conclusion qu'il cherche, je t'assure.

— Oh, arrête…

— Non, sérieusement, dit Leah en me jetant un coup d'œil quand elle s'arrête à un feu rouge. Tu devrais sortir avec lui. Il est adorable et je sais qu'avant il te plaisait…

Je la regarde et je suis partagée entre le désir de lui faire comprendre ce que je ressens et un profond besoin de me protéger.

— Leah, c'était avant, ai-je dit lentement en décidant de lui révéler une partie de la vérité. Je ne suis plus la même maintenant. Je ne peux pas sortir avec quelqu'un comme Jake. Pas après avoir rencontré Julian.

Elle se tait et se concentre sur la route quand le feu devient vert.

Quand elle s'arrête devant mon immeuble elle se tourne vers moi.

— Je suis navrée, dit-elle. J'ai fait une bêtise, j'ai manqué de tact. Tu me semblais aller si bien que pendant un moment j'ai oublié… Elle avale sa salive, des larmes brillent dans ses yeux. Si jamais tu veux en parler, tu sais que je suis là, tu le sais, d'accord ?

Je hoche la tête en lui souriant. J'ai de la chance d'avoir une amie comme elle et peut-être que je pourrai bientôt répondre à son invitation. Mais pas encore, pas tant que mon cœur est aussi à vif et déchiré.

* * *

Les semaines suivantes sont interminables. Je vis, heure après heure, prenant chaque jour comme il vient. Chaque matin, je fais une liste des choses que je veux accomplir ce jour-là et je m'y tiens scrupuleusement, même si je n'ai envie que de rester sous la couette et ne jamais en sortir.

La plupart du temps, ma liste comprend des choses banales comme manger, courir, aller travailler, acheter des provisions et appeler mes parents. Parfois, j'ajoute une tâche plus ambitieuse comme de m'inscrire à l'université pour le deuxième semestre comme je l'avais dit à Leah.

Je m'inscris aussi pour suivre des cours de tir. À ma surprise, je me révèle très bonne dans le maniement d'une arme. Mon instructeur dit que je suis douée et je commence à chercher ce qu'il faut faire pour acquérir un port d'armes dans l'Illinois. Je prends aussi des cours d'autodéfense et je commence à apprendre quelques prises de base pour savoir me défendre. Je ne pourrai jamais l'emporter contre quelqu'un comme Julian ou contre les hommes qui nous ont enlevées Beth et moi, mais savoir tirer et me battre m'aide à me sentir mieux et de mieux maîtriser ma vie.

Avec toutes ces nouvelles activités, sans parler de mon travail et de ma peinture, je n'ai pas le temps de sortir, ce qui ne me gêne pas. Je ne suis pas d'humeur à me faire de nouveaux amis et les autres sont loin.

Jake et Leah sont retournés à Michigan. Il m'envoie des messages sur Facebook et nous nous parlons de temps en temps. Mais il ne m'invite pas à sortir avec lui.

J'en suis contente. Même s'il n'était pas dans une université qui se trouve à trois heures et demie de route, ça ne pourrait jamais marcher entre nous. Jake est assez intelligent pour comprendre que rien de bon ne pourrait arriver s'il sortait avec quelqu'un comme moi, quelqu'un qui est de toute façon toujours la captive de Julian.

Je rêve de mon ancien ravisseur presque chaque nuit. Comme un vampire, Julian ne m'apparaît qu'à la nuit tombée, quand je suis le plus vulnérable. Il s'empare de mon esprit aussi impitoyablement qu'il s'emparait de mon corps. Quand ce n'est pas sa mort que je revis, mes rêves sont d'une nature sexuelle inquiétante. Je rêve de sa bouche, de sa verge, de ses mains. Ils sont partout, tout autour de moi, à l'intérieur de moi. Je rêve de son beau sourire terrifiant, de sa manière de m'étreindre et de me caresser.

De sa manière de me torturer jusqu'à ce que j'oublie tout le reste et que je me perde en lui.

Je rêve de lui… et je me réveille mouillée et tout excitée, le corps béant, et désirant qu'il me possède. Comme une droguée en manque, je ferais n'importe quoi pour me shooter, pour atténuer l'intensité de mon désir.

Je ne suis pas prête pour sortir avec quelqu'un, mais mon corps s'en moque et finalement je décide de céder.

Je me pomponne, je prends mon ancienne fausse carte d'identité et je vais dans un bar du quartier.

* * *

Les hommes bourdonnent autour de moi comme des mouches. Putain, c'est facile, tellement facile… Une fille toute seule dans un bar, ils n'ont pas besoin d'encouragement supplémentaire. Comme des loups qui reniflent leur proie, ils sentent que je suis à bout, que cette nuit je désire autre chose qu'un lit froid et solitaire.

Je laisse l'un d'entre eux m'offrir à boire. Un verre de vodka, puis un verre de téquila… Quand il me demande si je veux partir, j'ai le tournis. Je hoche la tête et je le laisse me conduire à sa voiture.

C'est un bel homme d'une trentaine d'années aux cheveux blonds vénitien et aux yeux bleus-gris. Il n'est pas particulièrement grand, mais assez costaud. Il est avocat, me dit-il en conduisant dans la direction d'un motel du quartier.

Je ferme les yeux alors qu'il continue de parler. Peu m'importe qui il est ou ce qu'il fait. Je veux seulement qu'il me baise, qu'il comble le vide qui est en moi. Qu'il me débarrasse du froid glacial qui a pénétré jusque dans la moelle de mes os.

Il retient une chambre à l'accueil et nous montons. Quand nous arrivons dans la chambre, il m'enlève mon manteau et commence à m'embrasser. Je sens la bière et un soupçon d'épices mexicaines dans son haleine. Il me serre contre lui, ses mains chaudes et impatientes partent à la découverte de mon corps et tout à coup je n'en peux plus.

— Arrêtez ! Je le repousse de toutes mes forces. Pris de surprise, il recule de quelques pas en trébuchant.

— Qu'est-ce qui t'arrive, putain ? Il me dévisage et reste bouche bée de stupeur.

— Je suis désolée, je dis à toute vitesse en attrapant mon manteau. Ce n'est pas de votre faute, je vous assure.

Et avant qu'il n'ait le temps de répondre, je m'enfuis de la chambre.

Je prends un taxi et je rentre chez moi avec la gueule de bois et terriblement malheureuse. Rien ne peut combler mon manque, rien ne peut étancher ma soif.

Même après avoir trop bu je ne peux supporter qu'un autre homme me touche.

CHAPITRE VINGT-SEPT

Ça a commencé comme un rêve érotique de plus.

Des mains fortes et dures glissent le long de mon corps nu, des paumes calleuses se frottent contre ma peau tandis qu'il me presse les seins et que ses pouces caressent mes tétons raidis et délicats. Je me cambre contre lui, je sens la chaleur de sa peau, le poids de son corps puissant qui m'appuie sur le matelas. Ses jambes musclées obligent mes cuisses à s'ouvrir et son sexe en érection se frotte contre le mien, son gros gland avance entre la douceur de mes plis et il pousse légèrement contre mon clitoris.

Je gémis et je me frotte contre lui, mes muscles intimes se contractent pour le prendre plus profondément en moi. Je suis toute mouillée, haletante, et ma main s'agrippe à son derrière bien musclé pour essayer de le forcer à me pénétrer, pour l'obliger à me baiser.

Il rit, un rire grave et séduisant qui vient de sa poitrine, et ses grandes mains me prennent les poignets pour les plaquer au-dessus de ma tête.

— Je t'ai manqué, mon chat ? me murmure-t-il à l'oreille, son haleine chaude me faisant frissonner de plaisir des pieds à la tête.

Mon chat ? D'habitude, Julian ne parle jamais dans mes rêves.

J'en ai le souffle coupé et j'ouvre les yeux d'un coup. Alors, dans la faible lueur du petit matin, je *le* vois.

Julian.

Nu et en pleine érection, il est allongé sur moi et me maintient sur le lit. Ses cheveux noirs sont coupés plus courts qu'avant et son visage splendide est plein de désir, ses yeux brillent comme des joyaux bleus.

Je me fige, le fixe et mon cœur bat à tout rompre dans ma cage thoracique. Pendant quelques secondes, je crois que c'est encore un rêve et que mon esprit me joue un mauvais tour. Ma vision s'obscurcit et devient floue, je m'aperçois que je me suis même arrêtée un instant de respirer, que le choc a vidé mes poumons.

Je respire d'un coup, toujours immobile, et il baisse la tête, sa bouche rejoint la mienne.

Sa langue glisse entre mes lèvres entrouvertes, elle m'envahit et son goût familier qui m'a hantée si longtemps me fait tourner la tête.

Cette fois, il n'y a plus le moindre doute.

C'est vraiment Julian, il est vivant et aussi énergique qu'avant.

Une colère furieuse, vive et soudaine, se déchaîne en moi. Il est vivant, il est vivant depuis tout ce temps ! Pendant que je le pleurais, pendant que j'essayais de retrouver mon âme, il était sain et sauf, et mes efforts lamentables pour continuer à vivre devaient sans doute le faire rire.

Je lui mords violemment la lèvre, animée d'un intense désir de lui faire mal, de le faire saigner dans sa chair comme il m'a fait saigner le cœur. Le goût âcre du sang m'emplit la bouche et il se dégage d'un bond avec un juron, les yeux noirs de colère.

Mais je n'ai pas peur. Je n'ai plus peur.

— Lâche-moi ! Je crie en sifflant de colère, me débattant pour me libérer. Salaud ! Fils de pute ! Tu n'étais pas mort ! Putain, tu n'étais pas mort… Cette dernière phrase m'échappe entre deux sanglots étouffés, ma voix se brise au dernier mot et mon humiliation est complète.

Il serre la mâchoire en me fixant, la perfection sensuelle de ses lèvres est compromise par la marque sanglante que mes dents y ont laissée. Il n'a aucun mal à me maintenir en place, son sexe en érection se dresse insolemment à l'ouverture de mon corps. Au comble de la rage, je me tords de côté pour essayer de le mordre encore et il prend mes poignets dans sa main gauche, me maîtrisant d'une main et m'attrapant les cheveux de l'autre. Maintenant ? Il m'est complètement impossible de bouger : la seule chose que je puisse faire c'est le regarder, et des larmes de rage, d'amertume et de frustration me brûlent les yeux.

Étrangement, l'expression de son visage se radoucit.

— J'ai l'impression que les griffes de mon petit chaton ont bien poussé, murmure-t-il d'une voix pleine d'un sombre amusement. Et ça a l'air de me plaire !

Alors je vois rouge.

— Va te faire foutre ! Je hurle en me cabrant contre lui sans prêter attention à nos corps nus qui se frottent l'un contre l'autre. Va te faire foutre, toi et ce qui te plait…

Sa bouche fond sur la mienne et avale mes paroles furieuses, je lui donne un coup de dents pour essayer de le mordre de nouveau. Mais il m'échappe in extremis avec un petit rire.

— Chut ! murmure-t-il à l'oreille sans tenir compte de mes cris assourdis par ses baisers, nous ne voudrions pas que tes voisins nous entendent, n'est-ce pas ?

En ce moment précis, le monde entier pourrait bien nous entendre, ça me serait égal. Je suis prise d'un besoin instinctif de l'attaquer, de lui faire autant de mal qu'il m'en a fait. Si j'avais une arme, j'aurais plaisir à lui tirer dessus pour me venger des souffrances qu'il m'a fait endurer.

Mais je n'ai pas d'arme. Je n'ai rien, et il avance plus profondément en moi et sa grosse verge m'étire, me pénètre de son ardeur et de sa dureté. Je suis encore humide du « rêve » que je viens de faire, mais la colère me crispe et mon corps proteste contre cette intrusion et tous mes muscles se contractent pour l'empêcher d'aller plus loin. C'est comme notre première fois, sauf que les émotions qui font rage dans mon cœur en ce moment sont infiniment plus complexes que la peur que j'avais ressentie à l'époque. Finalement, je me débats de moins en moins et je le contemple en silence, sonnée par le choc provoqué par son retour.

Quand il m'a pénétrée jusqu'au bout, il s'arrête et enlève lentement la main qu'il m'avait mise sur la bouche.

Je garde le silence, les larmes coulent au coin de mes yeux.

Il baisse la tête et m'embrasse doucement comme pour s'excuser de me prendre aussi brutalement. Je n'arrive plus à respirer ; comme toujours, cet étrange mélange de cruauté et de tendresse me bouleverse et plonge mon esprit déjà écartelé dans le chaos.

— Je suis désolé, bébé, murmure-t-il en effleurant des lèvres ma joue mouillée de larmes. Ça n'était pas censé se passer comme ça. Je devais te protéger et j'ai merdé. Putain, j'ai merdé grave… Il soupire doucement. Je ne voulais pas te laisser, je ne voulais pas te laisser partir…

— Mais c'est ce qui est arrivé. Je parle d'une petite voix malheureuse comme un enfant blessé. Tu m'as laissé croire que tu étais mort.

— Non ! Il me lâche les poignets et s'appuie sur les coudes en me prenant le visage dans ses grandes mains. Son regard brûlant me fixe avec une intensité telle que j'ai l'impression d'être consumée par son regard. Ce n'est pas ce qui s'est passé. Ce n'est pas du tout ce qui s'est passé.

Mes mains descendent lentement le long de ses épaules.

— Alors qu'est-ce qui s'est passé ? lui ai-je demandé avec amertume. Comment a-t-il pu me faire ça ? Comment a-t-il pu m'enlever, tout me prendre, pour m'abandonner ensuite avec une telle cruauté ?

— Je t'expliquerai tout, promet-il d'une voix grave pleine de désir. La sueur perle sur son front et je sens vibrer sa verge en moi. Il ne se contrôle que par un fil. Mais pour le moment, Nora, j'ai besoin de toi, j'ai besoin de ça… Il avance les hanches et je gémis quand il atteint mon point G en m'envoyant une rafale de sensations dans les terminaisons nerveuses.

— C'est ça, murmure-t-il d'une voix rauque en faisant le même mouvement. Je veux te baiser, putain, je veux te dévorer. J'ai besoin de ça. Je veux sentir ton petit minou bien serré m'épouser comme un gant. Je veux te baiser, putain, je veux te dévorer. Chaque centimètre de ton corps est à moi, Nora, à moi seul… De nouveau, il baisse la tête et prend ma bouche dans un baiser profond et dévorant tout en continuant à se mouvoir en moi à un rythme impitoyablement lent.

Ma respiration s'est accélérée, une vague de chaleur m'a envahi le corps. Mes doigts s'agrippent à ses épaules et mes jambes se replient autour de ses cuisses musclées pour le prendre encore plus profondément en moi. Après des mois d'abstinence, c'est presque trop, mais la légère brûlure est la bienvenue, ainsi que la douleur délicieuse du plaisir d'être possédée par lui. Je sens la tension monter en moi, le chatouillement exquis du ravissement qui précède l'orgasme, et puis j'explose avec un cri étranglé et mes muscles intimes se resserrent autour de sa grosse verge.

— Oui, bébé, tu y es, gronde-t-il d'une voix enrouée en accélérant son rythme, puis avec un dernier coup puissant il atteint son propre plaisir et sa verge vibre au plus profond de moi. Je sens la chaleur de sa semence se libérer en moi et je m'agrippe à lui quand il retombe sur moi de tout son poids, son grand corps est baigné de sueur.

* * *

— Préfères-tu du café ou du thé ? Je lui demande en jetant un coup d'œil à Julian tout en m'affairant dans la minuscule cuisine qui se trouve dans un coin de mon studio. Il s'est attablé vers le mur, il porte un jean, la seule chose qu'il ait daigné mettre après avoir pris une douche. Son torse bronzé et musclé m'attire le regard et ma main tremble légèrement quand je la tends pour prendre une tasse. Avec ses cheveux coupés courts, ses pommettes sont plus saillantes, ses traits encore plus accusés qu'avant. En fronçant les sourcils, je le regarde plus attentivement. Il semble aussi plus mince qu'avant, comme s'il avait maigri.

Sans prendre garde à mes regards insistants, Julian s'adosse à la chaise peu solide que j'ai achetée chez IKEA et allonge les jambes. Il a les pieds nus, des pieds remarquablement virils.

— Du café, ça serait parfait, dit-il d'une voix paresseuse en me regardant sous de lourdes paupières.

Il me fait penser à une panthère épiant patiemment sa proie.

J'avale ma salive, je pose la tasse sur le plan de travail et j'attrape la cafetière. Contrairement à lui, j'ai mis un jean, de grosses chaussettes et un sweat-shirt en polaire. M'habiller complètement me donne l'impression d'être moins vulnérable, de mieux pouvoir contrôler la situation.

Une situation qui ne me semble pas pouvoir être réelle. Seule la légère gêne que je sens entre les jambes m'empêche de croire que c'est une hallucination. Mais non, mon ravisseur, celui qui a été si longtemps au centre de mon existence, est bien ici, dans mon minuscule appartement qu'il domine de sa présence impérieuse.

Quand le café est prêt, je nous sers une tasse chacun et je m'assieds avec lui. J'ai perdu mon équilibre, j'ai l'impression d'être sur la corde raide. J'ai envie de crier ma joie de le savoir en vie, et la seconde suivante, j'ai envie de le tuer de m'avoir fait subir une telle torture. Et pendant tout ce temps, inconsciemment je sais qu'aucune de ces deux réactions ne convient à la situation. Il est évident que je devrais essayer de m'enfuir et d'appeler la police.

Julian ne semble absolument pas redouter cette éventualité. Il est aussi à l'aise et aussi sûr de lui dans mon studio qu'il l'était sur l'île. Il prend sa tasse et boit une gorgée de café, tout en me regardant, un demi-sourire irrésistible apparaît sur ses belles lèvres.

Je prends ma tasse dans la main, sa chaleur sur mes paumes me fait du bien.

— Comment as-tu réussi à survivre à l'explosion ? Je demande à voix basse en soutenant son regard.

Il fait une légère grimace.

— J'ai bien failli ne pas en réchapper. Quand ils se sont aperçus qu'ils ne pouvaient pas l'emporter, un de ces salauds suicidaires a fait exploser une bombe. Avec deux de mes hommes, je me trouvais près de l'échelle qui conduisait au sous-sol et à la dernière minute nous avons plongé dans le trou. Une partie du sol s'est effondrée sur moi, je me suis évanoui et l'un de mes hommes a été tué. Heureusement pour moi, l'autre, Lucas, avait survécu et était resté conscient. Il a réussi à me traîner avec lui dans le conduit de vidange où il y avait assez d'air venant de l'extérieur pour que nous ne soyons pas asphyxiés par la fumée.

Je respire en tremblant. Le conduit… C'était le seul endroit où je n'avais pas regardé pendant cette horrible journée où j'avais passé des heures à passer au peigne fin les ruines du bâtiment en feu. J'étais tellement hébétée, tellement traumatisée, qu'il ne m'était même pas venu à l'esprit de chercher des survivants à cet endroit.

— Quand Lucas m'a conduit à l'hôpital, j'étais très mal en point, continue Julian en me regardant. J'avais une fracture du crâne et d'autres fractures. Les médecins ont provoqué un coma artificiel pour soigner mon œdème cérébral et je n'ai repris connaissance qu'il y a quelques semaines. Il lève la main, touche ses cheveux courts et je comprends pourquoi il a cette nouvelle coupe. Les médecins ont dû lui raser la tête quand il était à l'hôpital.

Quand je prends ma tasse pour boire une gorgée de café j'ai la main qui tremble. Après tout, il a failli mourir, même si ça ne rend pas plus pardonnable son absence pendant ces dernières semaines.

— Pourquoi ne pas m'avoir contactée à ce moment-là ? Pourquoi ne pas m'avoir fait savoir que tu étais en vie ? Comment as-tu pu me torturer un jour de plus ?

Il penche la tête de côté.

— Et qu'est-ce qui se serait passé ? demande-t-il d'une voix dangereusement mélodieuse. Et qu'aurais-tu fait mon chat ? Tu te serais précipitée en Thaïlande pour être à mon chevet ? Tu aurais dit à tes amis du FBI où me retrouver pour qu'ils puissent m'arrêter quand j'étais sans défense et à leur merci ?

Je respire d'un coup.

— Je ne leur aurais rien dit…

— Ah bon ? Il me jette un regard sardonique. Tu crois que je ne sais pas que tu leur as parlé ? Que maintenant ils connaissent mon nom et qu'ils ont un portrait-robot ?

— La seule raison pour laquelle je leur ai parlé c'est que je croyais que tu étais mort ! Je me lève d'un bond en renversant presque ma tasse de café. Tout à coup, ma colère a repris le dessus. Je m'agrippe au bord de la table et je le regarde d'un air furieux.

— Je ne t'ai jamais trahi et pourtant j'aurais dû…

Il se lève aussi, son grand corps musclé est plein d'une grâce athlétique.

— C'est vrai, tu aurais sans doute dû le faire, en convient-il doucement, et son regard s'assombrit alors que nous nous fixons des yeux. C'est à la clinique des Philippines que tu aurais dû me trahir et t'enfuir aussi vite que possible, mon chat.

Je passe la langue sur mes lèvres sèches.

— À quoi ça aurait servi ?

— À rien, où que tu sois je t'aurais retrouvée.

Un mélange d'excitation et de peur me donne la nausée. Il ne plaisante pas. Je le vois sur son visage. Il m'aurait retrouvée et rien n'aurait pu l'en empêcher.

— Mais qui es-tu ? Je respire en le regardant avec incrédulité. Pourquoi n'a-t-on pas retrouvé tes traces dans aucune des banques de données du gouvernement ? Si tu es un trafiquant d'armes de grande envergure, comment se fait-il que le FBI n'ait jamais entendu parler de toi ?

Il me regarde, ses yeux sont remarquablement bleus dans son visage très bronzé.

— Parce que mon réseau de relations est très étendu, Nora, dit-il à voix basse. Et parce qu'en traitant avec mes clients il m'arrive de tomber sur des informations utiles pour le gouvernement des États-Unis, des informations concernant la sécurité du peuple américain.

J'en reste bouche bée.

— Tu es un espion ?

— Mais non ! Il se met à rire. En tout cas, pas au sens habituel du terme. Je ne reçois d'argent de personne, c'est seulement un échange de bons procédés. J'aide ton gouvernement, et en échange il me rend invisible aux yeux de tous. Seuls les plus hauts responsables de la CIA connaissent mon existence. Il s'arrête, puis ajoute doucement : ou du moins il en était ainsi jusqu'à ce que le FBI s'empare de toi, mon chat. Maintenant, c'est un petit peu plus compliqué et j'ai dû demander qu'on efface certaines informations pour me rendre service.

— Je vois, ai-je dit calmement. La tête me tourne. L'homme qui m'a enlevée travaille avec le gouvernement de mon pays. Une telle révélation me dépasse presque pour le moment.

Il sourit, visiblement ma confusion lui fait plaisir.

— Ce n'est pas la peine de t'appesantir sur le sujet, mon chat, me conseille-t-il, les yeux brillants d'amusement. Ce n'est pas parce qu'il m'est arrivé de temps en temps d'empêcher une attaque terroriste que je suis un gentil.

— Non, en ai-je convenu, c'est vrai. En me retournant, je vais vers la petite fenêtre et je regarde au-dehors. Le soleil commence à se lever et il y a une fine pellicule de neige sur le sol.

La première neige de l'année, elle a dû tomber pendant la nuit.

Je n'entends pas bouger Julian, mais tout à coup il est derrière moi, ses grandes mains m'enveloppent et me serrent contre lui. Je peux sentir la fraîche odeur virile de sa peau, et une partie de la tension que je ressens encore s'évanouit. *Julian est vivant.*

— Et maintenant, qu'est-ce qu'on fait ? Tu me ramènes dans l'île ?

Il reste un instant silencieux.

— Non, dit-il finalement. Je ne peux pas. Sans Beth, ce n'est pas possible. Sa voix est légèrement tendue et je me rends compte qu'elle lui manque à lui aussi, qu'il ressent sa perte aussi douloureusement que moi.

Je me retourne entre ses bras et je lève les yeux vers lui en mettant les mains sur sa poitrine.

— Je suis contente que tous ces salauds soient morts. Ces mots ont été prononcés à voix basse, dans un sifflement farouche. Je suis contente que tu les aies tous tués.

— Oui, dit-il et je vois ma rage et ma douleur se refléter dans la lueur sombre de ses yeux. Les hommes qui l'ont fait souffrir sont morts et je vais faire en sorte d'anéantir toute leur organisation. Quand j'en aurai terminé, Al-Quadar ne sera plus qu'un dossier dans les archives du gouvernement.

Je soutiens son regard sans broncher.

— Bien.

Je veux qu'ils disparaissent tous. Je veux que Julian les mette en pièces et qu'ils souffrent comme ils ont fait souffrir Beth.

À cet instant, nous nous comprenons parfaitement. C'est un tueur et c'est ce dont j'ai besoin. Je ne veux pas d'un homme doux et gentil avec une conscience morale, je veux un monstre qui nous vengera brutalement de la mort de Beth.

Un léger sourire apparaît sur ses lèvres. Il se penche et m'effleure le front des lèvres puis me lâche pour retourner vers le lit où sont ses autres vêtements.

En fronçant les sourcils, je le regarde mettre un tee-shirt à manches longues, des chaussettes et des boots.

— Tu pars ? Je demande, mon cœur est comme pris dans un étau à cette pensée.

— Non, répond-il en mettant un blouson de cuir et en s'approchant de mon armoire. *Nous* partons. Il ouvre la porte de l'armoire, prend mon manteau d'hiver et des bottes fourrées et me les lance.

Sans réfléchir, j'attrape mon manteau et je l'enfile.

— Tu m'enlèves une deuxième fois ? Je demande en mettant mes bottes.

— Je ne sais pas. Il s'approche de moi, prend mon visage dans ses mains, son pouce frotte doucement ma lèvre inférieure. Qu'est-ce que tu en penses ?

Je ne le sais pas non plus. Pour la première fois depuis des mois je me sens vivre. Je retrouve des émotions intenses et claires. La peur, l'excitation, la joie.

L'amour.

Ce n'est pas un amour doux et tendre comme j'en ai toujours rêvé, mais c'est l'amour. Un amour sombre, pervers, obsessionnel, qui est à la fois compulsif et addictif. Je sais que tout le monde condamnera mon choix, mais j'ai besoin de Julian autant qu'il a besoin de moi.

— Et si je refuse de venir avec toi ? Je ne sais pas pourquoi j'ai besoin de poser cette question. J'en connais déjà la réponse.

Il sourit. Il me lâche le visage, met la main dans la poche de son blouson et en ressort une petite seringue qu'il me montre.

— Je vois, je fais calmement. Il est donc prêt à toute éventualité.

Il remet la seringue dans sa poche et me tend la main. J'hésite un instant puis je mets la main dans sa grande paume. Il referme les doigts et à cet instant ses yeux sont d'un bleu extraordinaire, presque radieux.

Nous sortons ensemble du studio en nous tenant par la main comme deux amoureux. Il me mène vers une voiture qui nous attendait, une voiture noire dont les vitres semblent particulièrement épaisses. Comme si elles étaient blindées.

Il m'ouvre la portière, et je monte à l'intérieur.

Quand la voiture démarre, il m'attire vers lui et j'enfouis le visage dans le creux de son épaule en respirant son parfum habituel.

Pour la première fois depuis des mois je me sens chez moi.

Keep Me
Garde-Moi

L'Enlèvement : Volume 2

PREMIERE PARTIE : L'ARRIVEE

CHAPITRE UN

❖ JULIAN ❖

Il y a des jours où l'envie de nuire, de tuer est la plus forte. Des jours où le vernis de la civilisation menace de craquer à la moindre provocation pour révéler le monstre qui est dessous.

Mais aujourd'hui n'est pas un de ces jours.

Aujourd'hui, elle est avec moi.

Nous sommes dans la voiture qui nous emmène à l'aéroport. Elle est blottie contre moi, ses bras fins autour de moi, et la tête enfouie dans le creux de mon épaule.

En l'étreignant d'une main, de l'autre je caresse ses cheveux noirs et je savoure leur texture soyeuse. Ils sont longs maintenant et lui descendent jusqu'à la taille, sa taille si fine. Elle ne s'est pas coupé les cheveux depuis presque deux ans.

Depuis son premier enlèvement.

En respirant, je sens son parfum, léger et fleuri, délicieusement féminin. Il s'y mêle une odeur de shampoing et sa propre odeur, et il me donne l'eau à la bouche. J'ai envie de la déshabiller entièrement et de suivre ce parfum partout sur son corps, d'explorer chaque rondeur et chaque creux.

Ma verge tressaute et je me souviens que je viens juste de la baiser. Mais peu importe. J'ai sans cesse envie d'elle. Ce désir obsédant me gênait, mais maintenant j'y suis habitué. J'ai accepté ma propre folie.

Elle semble calme, satisfaite même. J'en suis content. J'aime la sentir blottie contre moi, elle est la douceur et la confiance même. Elle connait ma véritable nature, et pourtant elle est en sécurité avec moi. Je le lui ai appris.

J'ai réussi à me faire aimer d'elle.

Après deux ou trois minutes, elle se met à bouger tout en restant entre mes bras, elle relève la tête et me regarde.

— Où allons-nous ? demande-t-elle en clignant des yeux, ses longs cils battant comme un éventail. Elle a des yeux à tomber par terre, des yeux doux, sombres, qui me font penser à un lit défait et à son corps nu.

Mais il faut que je me concentre. Rien n'altère ma concentration comme ses yeux.

— Nous allons chez moi, en Colombie, ai-je dit en guise de réponse. Là où j'ai grandi.

Cela fait des années que je n'y suis pas retourné. Pas depuis l'assassinat de mes parents. Mais le domaine de mon père est une véritable forteresse et c'est exactement ce dont nous avons besoin en ce moment. Ces dernières semaines, j'y ai ajouté de nouvelles mesures de sécurité pour la rendre pratiquement imprenable. J'ai fait en sorte que personne ne puisse plus m'enlever Nora.

— Seras-tu avec moi ? J'entends une note d'espoir dans sa voix et je hoche la tête en souriant.

— Oui, mon chat, je serai là. Maintenant que je l'ai retrouvée, le besoin impérieux de la garder près de moi est le plus fort. Autrefois, elle était à l'abri dans l'île, mais plus maintenant. Maintenant qu'ils connaissent son existence et qu'ils savent qu'elle est mon talon d'Achille. Il faut qu'elle soit avec moi, que je la protège.

Elle passe sa langue sur ses lèvres et mes yeux suivent son geste. Je voudrais empoigner ses cheveux et lui mettre la tête entre mes jambes, mais je résiste à mon envie. On aura le temps plus tard, quand nous serons plus en sécurité, et dans un endroit plus intime.

— Vas-tu encore envoyer un million de dollars à mes parents ? Elle me regarde de ses grands yeux candides, mais j'entends une subtile nuance de défi dans sa voix. Elle me met à l'épreuve, elle met à l'épreuve les limites de cette nouvelle étape dans notre relation.

Je lui fais un grand sourire et je tends la main pour lui remettre une boucle de cheveux derrière l'oreille.

— Tu voudrais que je le fasse, mon chat ?

Elle me regarde sans broncher.

— Pas vraiment, dit-elle doucement. J'aimerais bien mieux les appeler à la place.

Je soutiens son regard.

— Entendu. Tu pourras les appeler quand nous serons arrivés là-bas.

Elle écarquille les yeux et je m'aperçois que je viens de la surprendre. Elle s'attendait à ce que je la maintienne de nouveau en captivité, coupée du monde extérieur. Ce qu'elle ne réalise pas, c'est que ce n'est plus nécessaire.

J'ai atteint le but que je m'étais fixé.

Elle m'appartient complètement.

— D'accord, dit-elle lentement, je les appellerai.

Elle me regarde comme si elle n'arrivait pas à me comprendre, comme si j'étais une sorte d'animal exotique qu'elle voit pour la première fois. C'est souvent qu'elle me regarde comme ça, avec un mélange de méfiance et de fascination. Je l'attire, je l'attire depuis le début, mais d'une certaine manière elle continue à avoir peur de moi.

Le prédateur que je suis aime ça. Sa peur et sa réticence ajoutent un certain piment à toute notre histoire. Il n'en est que plus doux de la posséder, de la sentir blottie entre mes bras toutes les nuits.

— Parle-moi de ce que tu as fait chez toi, ai-je murmuré en l'aidant à se mettre plus à son aise sur mon épaule. En rejetant de la main ses cheveux en arrière je baisse les yeux vers son visage tourné vers moi. Qu'est-ce que tu as fait pendant tout ce temps ?

Ses lèvres douces dessinent un sourire, elle se moque d'elle-même.

— Tu veux dire, qu'ai-je fait, à part souffrir de ton absence ?

Une douce chaleur se répand dans ma poitrine. Mais je ne veux pas l'admettre. Je ne veux pas y attacher d'importance. Je veux qu'elle m'aime parce qu'une perversité compulsive me force à la posséder entièrement et non pas parce que je ressens quelque chose pour elle en retour.

— Oui, à part ça, ai-je dit à voix basse en pensant à toutes les manières de la baiser quand je serai seul avec elle.

— Eh bien, j'ai vu certains de mes amis, commence-t-elle, et je l'écoute me résumer ce qu'elle a fait pendant les quatre derniers mois. J'en sais déjà l'essentiel parce que Lucas a pris l'initiative de faire discrètement surveiller Nora pendant que j'étais dans le coma. Dès que j'ai repris connaissance, il m'a fait un rapport détaillé sur tout ce qui s'était passé, y compris les activités quotidiennes de Nora.

J'ai une dette envers lui à cause de ça, et aussi parce qu'il m'a sauvé la vie. Depuis quelques années, Lucas Kent est devenu un membre précieux de mon organisation. Il n'y en a pas beaucoup qui auraient eu le cran d'intervenir comme il l'a fait. Même sans savoir toute la vérité sur Nora, il a eu l'intelligence de supposer qu'elle comptait pour moi et de prendre les mesures nécessaires pour assurer sa sécurité.

Mais il ne l'a pas empêchée de faire ce qu'elle voulait.

— Alors l'as-tu vu ? ai-je demandé avec nonchalance en levant la main pour jouer avec le lobe de son oreille. Je veux parler de Jake.

Elle reste dans mes bras, mais je la sens se pétrifier et raidir chaque muscle de son corps.

— Je l'ai croisé rapidement après un dîner avec Leah, mon amie, dit-elle calmement en levant les yeux vers moi. Nous avons pris un café ensemble, tous les trois, et c'est la seule fois que je l'ai vu.

Je soutiens son regard un instant puis je hoche la tête avec satisfaction. Elle ne m'a pas menti. Le rapport de Lucas en parlait. Et quand je l'ai lu, j'ai eu envie d'étrangler ce garçon de mes propres mains.

D'ailleurs, je risque encore de le faire si jamais il reprend contact avec Nora.

En pensant à un autre homme, une rage incandescente m'envahit. Selon le rapport, elle n'est sortie avec personne pendant notre séparation, sauf une fois.

— Et l'avocat ? ai-je dit d'une voix douce, faisant de mon mieux pour contrôler la rage qui bouillonne en moi. Vous vous êtes bien amusés, tous les deux ?

Elle pâlit sous son hâle.

— Je n'ai rien fait avec lui, dit-elle, et j'entends son appréhension dans sa voix. Cette nuit-là ? Je suis sortie avec lui parce que tu me manquais, parce que j'en avais assez d'être seule, mais il ne s'est rien passé. J'ai bu deux ou trois verres, mais je n'ai quand même pas pu m'y résoudre.

— Ah bon ? La colère me quitte presque entièrement. Je la connais suffisamment bien pour savoir quand elle ment, et en ce moment elle dit la vérité. Mais je me promets d'en savoir davantage. Si jamais l'avocat a mis la main sur elle, il le paiera.

Elle me regarde, et je sens qu'elle commence à se détendre. Personne ne devine aussi bien mon humeur qu'elle. C'est comme si nous étions exactement sur la même longueur d'onde. Avec elle, c'est comme ça depuis le début. Contrairement à la plupart des femmes, elle sait vraiment qui je suis.

— Non, dit-elle en faisant la grimace. Je n'ai pas pu le laisser me toucher. Je suis foutue maintenant, impossible d'être avec un homme normal.

Je lève les sourcils, amusé malgré moi. Elle n'est plus cette jeune fille effrayée que j'avais amenée dans l'île. Chemin faisant, les griffes de mon petit chat ont poussé et elle a commencé à apprendre à s'en servir.

— C'est bien. Je lui chatouille la joue puis je penche la tête pour sentir son doux parfum. Personne n'a le droit de te toucher, bébé, personne sauf moi.

Elle ne réagit pas, mais continue à me regarder. Elle n'a pas besoin de dire quoi que soit. Nous nous comprenons parfaitement. Je sais que je tuerai quiconque la touchera, et elle le sait aussi.

C'est étrange, mais je n'ai encore jamais été aussi possessif avec une femme. C'est nouveau pour moi. Avant de rencontrer Nora, toutes les femmes étaient interchangeables pour moi, elles n'étaient que des êtres doux et mignons qui traversaient ma vie. Elles venaient de leur plein gré, elles voulaient être baisées, elles voulaient souffrir, et je leur donnais ce plaisir en satisfaisant mes propres besoins en même temps.

J'ai baisé une femme pour la première fois quand j'avais quatorze ans, peu après la mort de Maria. C'était une des putains de mon père ; il me l'avait envoyée après que je me suis débarrassé de deux des hommes qui avaient assassiné Maria en les châtrant dans leur propre maison. Il me semble que mon père espérait me détourner de ma quête de vengeance grâce à l'attrait du sexe.

Inutile de dire que son plan a échoué.

Elle était venue dans ma chambre vêtue d'une robe noire moulante, parfaitement fardée, sa bouche charnue et sensuelle mise en valeur par un rouge à lèvres rouge brillant. Quand elle a commencé à se déshabiller devant moi, j'ai réagi comme n'importe quel adolescent, un désir immédiat et violent m'a pris. Mais à ce moment-là, je n'étais pas n'importe quel adolescent. J'étais un tueur ; je l'étais depuis l'âge de huit ans.

Cette nuit-là, j'ai été brutal en prenant cette putain, en partie parce que j'étais trop inexpérimenté pour me contrôler, et en partie parce que je voulais la faire souffrir, faire souffrir mon père, faire souffrir le monde entier. Mes frustrations ont laissé leurs marques dans sa chair, avec des bleus et des morsures, et elle est revenue en redemander la nuit suivante, cette fois sans que mon père le sache. On a baisé comme ça pendant un mois, elle venait en cachette dans ma chambre chaque fois qu'elle le pouvait, et elle m'apprenait ce qui lui faisait plaisir… en prétendant que ça faisait plaisir à beaucoup d'autres femmes. Elle ne voulait pas que je sois doux et tendre au lit, elle voulait souffrir et subir ma force. Elle voulait quelqu'un qui lui donne l'impression d'être en vie.

Et je me suis aperçu que ça me plaisait aussi. Je l'entendais hurler et me supplier quand je la faisais souffrir et quand je la faisais jouir. La violence que j'avais dans la peau avait trouvé un nouveau champ d'action, et j'y avais recours dès que l'occasion s'en présentait.

Mais évidemment, ça ne me suffisait pas. La rage qui m'animait si profondément ne pouvait s'apaiser aussi facilement. La mort de Maria avait changé quelque chose chez moi. Elle était la seule source de pureté et de beauté dans ma vie et elle avait disparu. Bien mieux que l'apprentissage que m'avait donné mon père, sa mort réussit à tuer le peu qu'il me restait de conscience morale. Je n'étais plus un garçon qui suit malgré lui les traces de son père. J'étais un prédateur qui avait soif de sang et de vengeance. Sans tenir compte des ordres de mon père qui voulait que je laisse tomber, j'ai pourchassé les assassins de Maria l'un après l'autre et je les ai fait payer, en savourant leurs cris de douleur, leurs appels à la pitié et leurs implorations à en finir.

Après il y eut des représailles et des contre-représailles. Des morts. Les hommes de mon père. Les hommes de ses rivaux. La violence continua de monter jusqu'à ce que mon père décide d'apaiser ses associés en m'excluant de ses affaires. Il m'envoya à l'étranger, en Europe et en Asie... et là j'ai trouvé des douzaines d'autres femmes comme celle qui m'avait initié au sexe. De belles femmes consentantes dont les goûts rejoignaient les miens. Je satisfaisais leurs fantasmes pervers et elles me donnaient un plaisir momentané, un arrangement qui convenait parfaitement à mon style de vie, surtout quand je suis revenu diriger l'organisation de mon père.

Et il y a dix-neuf mois, pendant un voyage d'affaires à Chicago, je l'ai enfin trouvée.

Nora.

La réincarnation de Maria.

La jeune fille que j'ai l'intention de garder pour toujours.

CHAPITRE DEUX

❖ NORA ❖

Assise ici entre les bras de Julian, je retrouve la sensation d'excitation mêlée à l'appréhension. Notre séparation n'a rien changé chez lui. Il est toujours celui qui a failli tuer Jake et qui n'a pas hésité à enlever la fille qu'il voulait.

Et celui qui a presque perdu la vie en venant à ma rescousse.

Maintenant que je sais ce qui lui est arrivé, je vois les marques que lui a laissées son épreuve. Il est plus mince qu'avant, sa peau bronzée est plus tendue sur ses pommettes saillantes. Il a une cicatrice rose irrégulière à l'oreille droite et ses cheveux noirs sont presque ras. À la gauche de son crâne, ses cheveux poussent de manière un peu irrégulière, comme s'ils cachaient une autre cicatrice à cet endroit.

Malgré ces minuscules imperfections, il est toujours le plus bel homme que je connaisse. Je ne peux détourner les yeux de lui.

Il est vivant. Julian est vivant et je suis de nouveau avec lui.

Mais ça ne parait toujours pas réel. Jusqu'à ce matin, je le croyais mort. J'étais persuadée qu'il avait trouvé la mort dans l'explosion. Pendant quatre longs mois épouvantables, je me suis obligée à être forte, à continuer à vivre et à essayer d'oublier celui qui est assis à côté de moi en ce moment.

Celui qui a volé ma liberté.

Celui que j'aime.

Levant la main gauche je suis doucement le dessin de ses lèvres de l'index. Il a la bouche la plus extraordinaire que je connaisse, une bouche faite pour le péché. Sous mon doigt, ses belles lèvres s'ouvrent et il m'attrape avec ses dents blanches coupantes, me mordille légèrement, puis me suce.

Je tremble d'excitation en sentant sa langue chaude et humide m'humecter le doigt. Mes muscles intimes se contractent et je sens ma culotte se mouiller. Mon Dieu, impossible de lui résister. Il lui suffit de me regarder, de me toucher, et je le désire. Mon sexe est un peu enflé et douloureux après la manière dont il m'a baisée tout à l'heure, mais mon corps a de nouveau envie de lui.

Julian est vivant et il m'emmène de nouveau avec lui.

Tout en commençant à réaliser ce qui se passe je sors mon doigt de sa bouche, tout à coup un frisson me parcourt et refroidit mon désir. Impossible de revenir en arrière et de changer d'avis. Julian contrôle ma vie, et cette fois c'est moi qui me suis précipitée dans le piège et qui me suis mise à sa merci.

Évidemment je me souviens que ça n'aurait servi à rien de résister. Je me souviens de la seringue qui était dans la poche de Julian et je sais que de toute façon le résultat aurait été le même. Consciente ou pas, je serais avec lui maintenant. C'est idiot, mais ça me réconforte et je repose la tête sur l'épaule de Julian en me laissant aller et en me détendant entre ses bras.

Il est inutile de lutter contre son destin, je commence à l'accepter.

* * *

Comme il y a de la circulation, le trajet pour se rendre à l'aéroport prend un peu plus d'une heure. Mais je suis surprise de m'apercevoir que nous n'allons pas à O'Hare, l'aéroport de Chicago. À la place, nous arrivons sur une petite piste d'atterrissage où un assez gros appareil nous attend. Sur sa queue, je lis l'inscription « G650 ».

— Il est à toi ? ai-je demandé à Julian quand il m'ouvre la portière de la voiture.

— Oui ! Mais il ne me regarde pas et n'en dit pas davantage. Il inspecte les alentours du regard comme s'il y cherchait un traquenard. Contrairement à autrefois, il est sur le qui-vive, et pour la première fois je comprends que pour lui aussi l'île était un sanctuaire, un endroit où il pouvait se détendre et ne plus être sur ses gardes.

Dès que je descends de voiture, Julian me prend par le coude et m'entraîne vers l'avion. Le chauffeur nous suit. Je le découvre, un panneau séparait le siège arrière de l'avant de la voiture, et je lui jette un coup d'œil en me dirigeant vers l'appareil.

Ce type doit être un des commandos de Julian. Ses cheveux blonds sont coupés court, ses yeux pâles sont glacés et il a de fortes mâchoires. Il est encore plus grand que Julian et il se déplace avec la même grâce athlétique, une allure guerrière dont chaque mouvement est parfaitement maîtrisé. Il tient un énorme fusil d'assaut et je suis sûre qu'il sait exactement comment s'en servir. Encore un homme dangereux… et un homme que bien des femmes trouveraient séduisant, avec ses traits réguliers et son corps musclé. Il ne m'attire pas, mais je suis trop gâtée. Il n'y a pas beaucoup d'hommes qui peuvent rivaliser avec l'apparence d'ange déchu de Julian.

— C'est quelle sorte d'avion ? ai-je demandé à Julian en montant les marches de la passerelle et en entrant dans une cabine luxueuse. Je ne suis jamais allée dans un jet privé, mais celui-ci me semble particulièrement somptueux. Je fais de mon mieux pour ne pas être béate d'admiration, sans le moindre succès. Il y a d'immenses sièges en cuir couleur crème et un sofa derrière une table basse. Et derrière une porte ouverte à l'arrière de l'appareil j'entrevois un grand lit.

J'en reste bouche bée. *Il y a une chambre dans cet avion !*

— C'est l'un des Gulf Stream les plus haut de gamme, répond-il en me faisant pivoter pour m'aider à enlever mon manteau. Ses mains chaudes m'effleurent le cou et me font frissonner de plaisir. Un jet d'affaires long-courrier. Il peut nous emmener directement à destination sans avoir besoin de faire halte pour se ravitailler en fioul.

— C'est très joli, ai-je dit en regardant Julian mettre mon manteau dans la penderie qui se trouve près de la porte avant d'enlever son blouson. Je ne peux le quitter des yeux et je m'aperçois qu'une partie de moi redoute encore que tout ça ne soit pas réel, que je vais me réveiller et découvrir que ce n'était qu'un rêve… que Julian est vraiment mort dans l'explosion.

Cette pensée me fait frissonner des pieds à la tête et Julian s'aperçoit de ce mouvement involontaire.

— As-tu froid ? demande-t-il en s'approchant de moi. Je peux faire modifier la température.

— Non, ça va. Mais la chaleur de Julian qui m'attire vers lui et me frotte les bras quelques instants me fait du bien. Je sens la chaleur de son corps traverser mes vêtements et chasser le souvenir de ces mois affreux où je pensais l'avoir perdu.

Je lui entoure la taille et je le serre farouchement dans mes bras. Il est vivant et je l'ai à mes côtés. Désormais, c'est la seule chose qui compte.

— Nous sommes prêts à décoller. Une voix masculine que je ne connais pas me fait sursauter et je lâche Julian ; je me retourne et je vois le chauffeur blond à côté de nous, il nous regarde avec une expression indéfinissable sur son visage dur.

— Bien. Julian ne me lâche pas et me serre plus près de lui quand j'essaie de me dégager. Nora, voici Lucas. C'est lui qui m'a traîné à l'extérieur du hangar.

— Oh, je vois. Je lui adresse sincèrement un grand sourire radieux. Cet homme a sauvé la vie de Julian. Je suis très heureuse de faire votre connaissance, Lucas. Je ne sais comment vous remercier pour ce que vous avez fait…

Il hausse légèrement les sourcils comme s'il était surpris par mes paroles.

— Je n'ai fait que mon travail, dit-il d'une voix grave et légèrement amusée.

Les lèvres de Julian dessinent un léger sourire, mais il ne réagit pas. À la place, il demande :

— Est-ce que tout est prêt pour nous accueillir au domaine ?

Lucas hoche la tête.

— Tout est prêt. Puis il se tourne vers moi, le visage aussi impassible qu'avant. Moi aussi je suis heureux de faire votre connaissance, Nora. Et il se retourne pour disparaitre sans la cabine de pilotage à l'avant de l'appareil.

— C'est ton chauffeur *et* ton pilote ? Je demande à Julian quand Lucas a disparu.

— Il est très versatile, dit Julian en me conduisant vers les sièges bien rembourrés. C'est le cas de la plupart de mes hommes.

Dès que nous sommes assis, une brune exceptionnellement jolie arrive dans la cabine, elle vient de l'avant de l'appareil. Sa robe blanche semble avoir été cousue sur ses rondeurs et avec son maquillage élaboré elle est aussi glamour qu'une star de cinéma, sauf qu'elle porte un plateau avec une bouteille de champagne et deux coupes.

Elle me jette un bref regard avant de dire à Julian :

— Aimeriez-vous autre chose, M.Esguerra ? Et elle se penche pour poser le plateau sur la table qui se trouve entre nos sièges.

Sa voix est douce et mélodieuse et le regard avide qu'elle jette sur Julian me fait grincer des dents.

— Non, ça devrait suffire pour le moment. Merci, Isabella, dit-il en lui adressant un rapide sourire qui provoque immédiatement ma jalousie. Un jour, Julian m'a dit qu'il n'avait baisé personne depuis qu'il m'avait rencontré et pourtant je ne peux m'empêcher de me demander s'il a couché avec cette femme à un moment ou à un autre. Elle est incroyablement séduisante et son comportement indique clairement qu'elle serait ravie de donner à Julian tout ce qu'il veut, elle-même comprise, nue et sur un plateau d'argent.

Avant de laisser mes pensées se poursuivre dans cette direction je respire profondément et je m'oblige à regarder par le hublot, la neige tombe doucement. Je sais en partie que c'est de la folie, qu'il n'est pas logique d'être si possessive avec Julian. N'importe quelle femme douée de raison serait ravie de voir l'attention de son ravisseur se détourner d'elle, mais quand il s'agit de lui, je n'ai plus ma raison.

Le syndrome de Stockholm. L'attachement de la captive. L'attachement provoqué par un traumatisme. Ma thérapeute a utilisé tous ces termes pendant les brèves séances que j'ai passées avec elle. Elle a essayé de me faire parler des sentiments que j'éprouve pour Julian, mais c'était trop douloureux pour moi de parler de lui alors que je croyais l'avoir perdu, et je ne suis plus retournée la voir. Mais plus tard, j'ai cherché la définition de ces termes et je vois comment ils s'appliquent à ma situation. Mais je ne sais pas si c'est aussi simple que cela ni si cela a la moindre importance désormais. Et ce n'est pas en nommant quelque chose qu'on le fait disparaitre. Quelle que soit la cause de mon attachement pour Julian et des sentiments qu'il m'inspire, je ne peux la faire disparaitre. Je ne peux pas me forcer à l'aimer moins.

Quand je me retourne vers lui l'hôtesse est partie. J'entends gronder les moteurs de l'appareil et j'attache machinalement ma ceinture de sécurité comme on m'a toujours appris à le faire.

— Du champagne ? demande-t-il en prenant la bouteille sur la table.

— Oui, pourquoi pas ? Et je m'installe confortablement dans le vaste siège en savourant lentement les bulles tandis que l'avion commence à rouler.

Ma nouvelle vie avec Julian vient de commencer.

CHAPITRE TROIS

❖ JULIAN ❖

En savourant mon champagne, j'examine Nora qui regarde par le hublot, la terre disparait rapidement sous ses yeux. Elle est en jean et en sweat-shirt polaire bleu et ses petits pieds sont chaussés de bottines noires épaisses en laine de mouton, je crois qu'on appelle ça des Uggs. Malgré ces vilaines chaussures, elle est quand même sexy, mais je préfère nettement la voir en robe d'été quand sa peau douce resplendit au soleil.

En voyant son calme, je me demande ce qu'elle pense, si elle a des regrets.

Ce serait inutile. De toute façon, je l'aurais prise avec moi.

Comme si elle sentait que je la regarde, elle se tourne vers moi.

— Comment ont-ils pu me découvrir ? demande-t-elle à voix basse. Les hommes qui m'ont kidnappée, je veux dire. Comment ont-ils appris que j'existais ?

En entendant sa question, je me raidis. Je me souviens de ces heures insupportables qui ont suivi l'attaque de la clinique et pendant un instant je suis la proie de ce mélange explosif de rage intense et d'une peur qui me paralyse.

Elle aurait pu perdre la vie. Elle serait morte si je ne l'avais pas retrouvée à temps. Même si je leur avais donné ce qu'ils voulaient, ils auraient quand même pu la tuer pour me punir de ne pas avoir satisfait leur demande. Je l'aurais perdue, exactement comme j'ai perdu Maria.

Et comme nous venons de perdre Beth.

— C'était l'aide-infirmière à la clinique. Ma voix semble froide et distante et je pose ma coupe de champagne sur le plateau. Angela. Depuis le début, elle était payée par Al-Quadar.

Les yeux de Nora se mettent à briller de tous leurs feux.

— Cette pute, murmure-t-elle. J'entends la douleur se mêler à la colère dans sa voix. Quand elle replace sa propre coupe sur la table, sa main tremble. Cette sale pute !

Je hoche la tête en essayant de contrôler ma propre rage quand je me repasse mentalement les images de la vidéo que Majid m'a envoyée. Ils ont torturé Beth avant de la tuer. Ils l'ont fait souffrir. Beth dont la vie n'avait été que souffrance depuis que son salaud de père l'avait vendue à un bordel de l'autre côté de la frontière mexicaine à l'âge de treize ans. Qui fut l'une des rares personnes dont je n'ai jamais remis la loyauté en cause.

Ils l'ont fait souffrir… et maintenant je vais les faire souffrir encore bien plus.

— Où est-elle maintenant ? La question de Nora me fait sortir d'une agréable rêverie où chaque membre d'Al-Quadar est misérablement à ma merci. Quand je la regarde sans comprendre elle précise :

— Angela.

La naïveté de sa question me fait sourire.

— Tu n'as pas besoin de t'en préoccuper, mon chat. Il ne reste d'Angela que des cendres dispersées sur la pelouse de la clinique des Philippines. Le mode interrogatoire de Peter est brutal, mais efficace, et il se débarrasse ensuite toujours des preuves. Elle a payé pour sa trahison.

Nora avale sa salive et je sais qu'elle comprend exactement ce que je veux dire. Elle n'est plus la jeune fille que j'ai rencontrée dans une boîte de nuit de Chicago. Je vois des ombres dans ses yeux et je sais que j'en suis responsable. Malgré tous mes efforts pour la protéger sur l'île, la laideur de mon univers l'a touchée et a souillé son innocence.

Al-Quadar devra aussi m'en rendre compte.

Ma cicatrice à la tête commence à me faire mal et je l'effleure de la main gauche. J'ai encore mal à la tête de temps en temps, mais à part ça j'ai presque entièrement retrouvé la santé. Si l'on considère que j'ai passé les quatre derniers mois dans un état végétatif, je suis assez satisfait de la situation.

— Est-ce que ça va ? Nora montre son inquiétude et tend la main pour la poser au-dessus de mon oreille gauche. Ses doigts fins sont d'une grande douceur sur mon cuir chevelu. Souffres-tu encore ?

Ses caresses me font frissonner de plaisir. C'est ce que j'attends d'elle, qu'elle s'occupe de mon bien-être. Je veux qu'elle m'aime, bien que je lui ai volé sa liberté et qu'elle serait parfaitement justifiée de me haïr.

Je n'ai plus d'illusions sur moi-même. Je suis un de ces hommes qu'on montre au journal télévisé, ces hommes dont tout le monde a peur et que tout le monde méprise. J'ai enlevé une jeune femme parce que je la désirais et sans aucun autre motif.

Je l'ai prise, elle est devenue mienne.

Je ne cherche pas à justifier ce que j'ai fait. Et je ne ressens aucune culpabilité. Je désirais Nora et maintenant elle est avec moi et me regarde comme si j'étais la personne la plus importante de sa vie.

Et je le suis. Je suis exactement celui dont elle a besoin maintenant… celui qu'elle désire. Je lui donnerai tout et je lui prendrai tout en échange. Son corps, son esprit, sa loyauté, je veux tout cela. Je veux sa souffrance et son plaisir, ses craintes et sa joie.

Je veux être toute sa vie.

— Oui, ça va, ai-je dit en réponse à la question qu'elle m'a posée. C'est presque guéri.

Elle enlève ses doigts et je lui attrape la main, ne voulant pas renoncer au plaisir de ses caresses. Sa main dans la mienne est fine et délicate, sa peau douce et chaude. Elle essaie de me la retirer machinalement, mais je ne la laisse pas faire et mes doigts se resserrent autour des siens. Comparée à moi, elle n'a aucune force ; elle ne peut m'obliger à la lâcher que si je le veux bien.

Et d'ailleurs, elle ne veut pas que je la lâche. Je sens monter l'excitation en elle et mon propre corps se raidit, une sombre avidité se réveille de nouveau chez moi. Je tends l'autre main par-dessus la table et lentement, résolument, j'ouvre sa ceinture de sécurité.

Puis je me lève sans lui lâcher la main et je l'emmène à la chambre qui se trouve à l'arrière de l'appareil.

* * *

Elle garde le silence quand nous entrons dans la chambre et que je ferme la porte derrière nous. La pièce n'est pas insonorisée, mais Isabella et Lucas sont à l'avant de l'appareil, nous devrions être tranquilles. D'habitude, ça m'est égal si quelqu'un me voit ou m'entend quand je fais l'amour, mais c'est différent avec Nora. Elle est à moi et je ne veux rien partager. En aucune manière.

Je lui lâche la main, je vais vers le lit et je m'assieds, je me penche en arrière et je croise les jambes. Une posture nonchalante, alors que je suis tout sauf nonchalant quand je la regarde.

Mon désir de la posséder est violent, il me consume tout entier. C'est une obsession qui va au-delà d'un simple besoin sexuel, bien que mon corps la désire ardemment. Ce n'est pas seulement que je veuille la baiser ; je veux laisser mon empreinte sur elle, laisser mes marques sur elle et en elle afin qu'elle n'appartienne jamais à personne d'autre que moi.

Je veux qu'elle m'appartienne entièrement.

— Déshabille-toi ! lui ai-je ordonné en soutenant son regard. Ma verge est si dure qu'elle me donne l'impression qu'il y a des mois que je ne l'ai pas prise et pas seulement quelques heures. J'ai besoin de tout mon sang-froid pour ne pas lui arracher ses vêtements, la faire se pencher en avant sur le lit et la marteler jusqu'à ce que j'explose.

Je me contrôle parce que je ne veux pas baiser en vitesse. J'ai d'autres projets en tête aujourd'hui.

En respirant profondément, je me force à rester immobile et je la regarde se déshabiller lentement.

Son visage est congestionné, sa respiration plus rapide, et je sais qu'elle me désire déjà, que son intimité est chaude et glissante, prête à m'accueillir. En même temps, je sens son hésitation dans ses gestes, je vois la méfiance dans ses yeux. Il y a encore une part d'elle qui a peur de moi, qui sait de quoi je suis capable.

Elle a raison d'avoir peur : il y a quelque chose chez moi qui se délecte de la souffrance des autres et qui veux leur faire mal.

Qui veut *lui* faire mal.

Elle enlève d'abord son sweat-shirt en polaire, révélant le haut noir qu'elle a dessous. La bretelle rose de son soutien-gorge apparait, cette couleur qui symbolise l'innocence m'excite encore plus et m'envoie une nouvelle giclée de sang directement dans la verge. Après, c'est le tour du haut noir et quand elle a enlevé ses bottines et son jean, je suis prêt à exploser.

Avec son soutien-gorge rose et sa culotte assortie, elle est l'être le plus délicieux que je connaisse. Son corps délicat est athlétique et musclé, les muscles de ses bras et de ses jambes sont subtilement définis. Malgré sa minceur, elle est très féminine, avec son petit derrière rebondi et ses petits seins ronds quand même. Ses longs cheveux qui lui flottent dans le dos lui donnent l'air d'un mannequin du catalogue de lingerie Victoria's Secret en miniature. Son seul défaut est la petite cicatrice à droite de son ventre plat, en souvenir de son opération de l'appendicite.

Il faut que je la touche.

— Viens ici ! ai-je dit d'une voix rauque. Ma verge se frotte douloureusement contre la fermeture éclair de mon jean.

Elle me fixe de ses grands yeux noirs et s'approche avec précaution et avec hésitation, comme si j'allais l'attaquer d'un instant à l'autre.

Je respire encore profondément pour m'en empêcher. À la place, quand elle est à ma portée, je me penche pour l'attraper fermement par la taille et l'attirer vers moi et la mettre entre mes jambes. Sa peau est douce et fraîche, sa cage thoracique si étroite que je peux presque en faire le tour de mes mains. Il serait si facile de l'abîmer, de la briser. Sa vulnérabilité m'excite presque autant que sa beauté.

En levant le bras, je trouve l'attache de son soutien-gorge et je libère ses seins de leur emprisonnement.

Quand son soutien-gorge glisse le long de ses bras ma bouche devient sèche et tout mon corps se contracte. Même si je l'ai vue nue des centaines de fois, chaque nouvelle occasion est une révélation. Elle a des petits tétons d'un brun rose et ses seins sont légèrement dorés comme le reste de son corps. Incapable de résister, je prends ces petits monticules ronds et doux dans les mains, je les presse et je les pétris. Sa chair est lisse et ferme, ses tétons se raidissent dans mes mains. Je l'entends reprendre son souffle quand mes pouces se frottent contre leur rigidité et ma faim de la posséder s'accentue encore.

Je lui lâche les seins, je mets le doigt sous l'élastique de sa culotte et la lui fais descendre le long des jambes puis je mets la main droite sur son sexe. Mon majeur pénètre sa petite ouverture, et ma verge tressaute de la sentir mouillée. Quand mon pouce calleux lui appuie sur le clitoris, elle en perd le souffle, sa main m'agrippe l'épaule et ses petits ongles acérés me griffent la peau.

Je ne peux plus attendre une seconde de plus. Il faut que je la possède.

— Va sur le lit ! Ma voix est pleine de désir quand je retire la main de son sexe. Je veux que tu te mettes sur le ventre.

Elle obéit à toute vitesse pendant que je me lève et que je me déshabille à mon tour.

C'est une bonne élève. Quand j'ai enlevé mes vêtements, elle est déjà couchée sur le ventre, toute nue, un oreiller soulève son petit derrière rebondi. Elle me regarde sous ses longs cils et je sens son impatience mêlée de nervosité. En ce moment, elle me désire tout en me craignant.

Son regard exacerbe mon excitation et réveille une autre faim chez moi. Un besoin plus sombre, plus pervers. Du coin de l'œil, j'aperçois la ceinture de mon jean qui est par terre. Je la ramasse, je me l'enroule autour de la main et je m'approche du lit.

Nora ne bouge pas, bien que son corps se raidisse sous mes yeux. Mes lèvres murmurent :

— *Comme tu es sage...*

Elle sait que si elle résistait ça serait pire pour elle. Évidemment elle a aussi appris que sa douleur sera adoucie par son plaisir et qu'elle aussi en profitera.

Je m'arrête au bord du lit, je tends ma main restée libre et je laisse glisser les doigts le long de sa colonne vertébrale. Elle tremble sous mes caresses et sa réaction provoque une sombre excitation chez moi. C'est exactement ce que je veux, ce dont j'ai besoin, ce lien profond et pervers qui existe entre nous. Je veux me désaltérer à sa peur, à sa souffrance. Je veux l'entendre crier, la sentir se débattre inutilement, puis la sentir fondre dans mes bras quand je la fais jouir sans relâche.

Cette jeune fille provoque ce qu'il y a de pire chez moi et me fait oublier le peu de sens moral que je possède. Elle est la seule femme que j'ai forcée à venir dans mon lit, celle que j'ai désiré plus que toute autre... et d'une manière aussi mauvaise. L'avoir ici, à ma merci est plus qu'enivrant, c'est la drogue la plus puissante que j'aie jamais goûtée. Aucun autre être humain ne m'a jamais fait ressentir une chose comparable et savoir qu'elle est à moi, que je peux en faire ce que je veux me donne une ivresse inégalable. Avec toutes les autres femmes que j'ai connues on jouait un jeu, on se grattait là où ça démangeait, mais avec Nora c'est différent. Avec elle, c'est tellement plus

— Comme tu es belle… ai-je murmuré en caressant la douce peau de ses cuisses et de ses fesses. Une peau qui va bientôt être écorchée, mais dont je savoure la perfection provisoire. Tellement belle… Je me penche sur elle pour embrasser légèrement le bas de son dos et sentir son chaud parfum de femme en laissant monter notre impatience. Elle est parcourue d'un frisson et je souris, l'adrénaline coule à flots dans mes veines.

Je me relève et fais cingler la ceinture.

Je n'y suis pas allé fort, mais elle sursaute quand même quand la ceinture touche les globes ronds de son derrière et un léger gémissement échappe de ses lèvres. Elle n'essaie ni de bouger ni de se dérober ; au contraire, elle s'agrippe aux draps et ferme les yeux. Je frappe plus fort la deuxième fois, et puis encore et encore, mes mouvements prennent un rythme hypnotique, comme dans une transe. À chaque coup de ceinture je m'enfonce de plus en plus profondément dans les ténèbres, les frontières de mon univers se rapprochent jusqu'à ne plus voir qu'elle, ne plus entendre qu'elle, ne plus sentir qu'elle. Sa tendre chair rougie, ses soupirs de douleur, les sanglots qui viennent de sa gorge, sa manière de frissonner et de trembler sous chacun de mes coups, je m'en abreuve, ma dépendance s'en nourrit, la faim éperdue qui ronge mes entrailles s'apaise.

Le temps n'existe plus et s'éternise. Je ne sais pas si cela a duré des minutes ou des heures. Quand je finis par m'arrêter, elle est allongée, inerte et immobile, les fesses et les cuisses couvertes de marques roses. Son visage couvert de larmes est hébété, presque extasié, et son corps mince tremble, elle a la chair de poule.

Je jette la ceinture par terre et je prends doucement Nora dans mes bras, je m'assieds sur le lit et je la prends sur mes genoux. Mon cœur bat à se rompre, mon esprit se ressent encore de l'extraordinaire plaisir que je viens d'éprouver. Elle frissonne, se cache le visage contre mon épaule et recommence à pleurer. Lentement, je lui caresse les cheveux pour la réconforter, l'aider à revenir à elle-même après cette poussée d'endorphine tout comme je reviens à moi-même.

Voilà ce dont j'ai besoin maintenant, la réconforter, la sentir dans mes bras. Je veux être tout pour elle : son protecteur, son bourreau, sa joie et sa peine. Je veux me l'attacher physiquement et émotionnellement, m'imprimer si profondément dans son esprit et dans son corps qu'elle ne pense jamais à me quitter.

Quand ses sanglots s'apaisent, mon désir revient. Mes caresses pour la réconforter se font plus pressantes, mes mains se promènent sur son corps avec l'intention d'éveiller son excitation, et non plus seulement de la calmer. Ma main droite glisse entre ses cuisses, mes doigts appuient sur son clitoris et en même temps mon autre main lui agrippe les cheveux, les tire pour l'obliger à me regarder dans les yeux. Elle semble toujours dans un état second, ses lèvres douces sont entrouvertes quand elle me regarde, et je me penche pour lui prendre la bouche dans un long baiser profond. Elle gémit dans ma bouche, ses mains m'attrapent les épaules et je sens la chaleur monter entre nous. Mes bourses me remontent le long du corps en se contractant, ma verge désire sa chair glissante et chaude.

Je me lève sans la lâcher et je la mets sur le lit. Elle fait une grimace et je m'aperçois que les draps frottent sur ses écorchures et lui font mal.

— Tourne-toi bébé, ai-je murmuré, maintenant je ne cherche que son plaisir. Elle m'obéit en roulant sur le ventre, dans la même position qu'avant, et je la mets à quatre pattes, les coudes pliés.

Quand elle est dans cette position, avec le derrière relevé et le dos légèrement cambré, personne ne pourrait être plus sexy. Je vois tout, les plis de son sexe délicat, le petit trou de son anus, les courbes délicieuses de ses fesses marquées de rose par les coups de ceinture. Mon cœur bat à se rompre dans ma poitrine et ma verge vibre douloureusement quand je prends Nora par les hanches, place mon gland en face de son ouverture et m'enfonce en elle

Je suis entouré de sa chair chaude et mouillée, elle me va comme un gant. Elle gémit, se cambre vers moi pour me prendre plus profondément, je le fais avec plaisir en me retirant un peu avant de revenir d'un coup. Un cri vient de sa gorge et je recommence, le dos hérissé de plaisir en la sentant si étroite quand elle se resserre sur moi.

Des vagues de chaleur déferlent en moi et je commence à pousser sans me contrôler, me rendant à peine compte que mes doigts s'enfoncent dans la chair douce de ses hanches. Ses gémissements et ses cris augmentent en volume, et je la sens jouir, ses muscles intimes se contractent autour de ma verge pour en aspirer le contenu. Incapable de me retenir plus longtemps, j'explose, et la force avec laquelle ma semence se projette dans les profondeurs chaudes de son corps est telle qu'elle m'aveugle.

En haletant, je m'effondre sur le côté en l'entraînant avec moi. Nous sommes trempés de sueur qui nous colle l'un à l'autre et mon cœur s'emballe. Elle aussi respire péniblement, et je sens son vagin se contracter encore le long de ma verge qui perd sa raideur. Ce sont les derniers soubresauts de l'orgasme qui se propagent en elle.

Nous sommes couchés l'un contre l'autre, notre respiration commence à s'apaiser. Je tiens Nora tout contre moi, les rondeurs douces de son derrière appuyées contre mon entrejambe, et une sensation de paix, de satisfaction commencent lentement à m'envahir. Il y a quelque chose chez elle qui calme mes démons intérieurs, qui me permet de redevenir presque normal. Presque… heureux. Je ne peux ni l'expliquer ni le rationaliser ; mais c'est là. C'est la raison pour laquelle le besoin que j'ai d'elle est si éperdument intense.

Si dangereusement pervers.

— Dis-moi que tu m'aimes, ai-je murmuré en lui caressant l'extérieur de la cuisse. Dis-moi que je t'ai manqué, bébé. Elle se retourne dans mes bras pour être devant moi. Quand son regard croise le mien, ses yeux sont empreints de solennité.

— Je t'aime, Julian, dit-elle doucement en posant sa main délicate sur ma mâchoire. Tu m'as manqué plus que la vie. Tu le sais bien.

Je le sais, mais j'ai quand même besoin de l'entendre. Depuis quelques mois, les sentiments me sont devenus aussi nécessaires que le sexe. Cette étrange fantaisie m'amuse chez moi. Je veux que ma petite captive m'aime, je veux compter pour elle. Je veux être davantage que le monstre qui hante ses cauchemars.

En fermant les yeux, je resserre mon étreinte autour d'elle et je me permets de me détendre.

Dans quelques heures, elle sera à moi dans tous les sens du mot.

CHAPITRE QUATRE

❖ NORA ❖

Je dois m'être endormie dans les bras de Julian, car je me réveille quand l'avion commence sa descente. En ouvrant les yeux, je fixe des yeux l'endroit peu familier où je me trouve, et mon corps est vraiment douloureux après avoir fait l'amour.

J'avais oublié comment c'était avec Julian. À quel point ces montagnes russes de douleur et d'extase sont destructrices et cathartiques. Je me sens à la fois vide et exaltée, lessivée et pourtant revivifiée par cette avalanche d'émotions.

En m'asseyant avec précaution, je fais la grimace quand mon derrière couvert de bleus touche les draps. Les coups de ceinture étaient particulièrement forts tout à l'heure, je ne serais pas étonnée que les bleus mettent du temps à guérir. En jetant un coup d'œil autour de la pièce, je vois une porte et je suppose qu'elle mène à la salle de bain. Julian n'est pas dans la chambre si bien que je me lève pour y aller, j'ai besoin de faire ma toilette.

À ma surprise, la salle de bain a un petit bac à douche ainsi qu'un vrai lavabo et des toilettes. Avec tout cet équipement, le jet de Julian ressemble davantage à un hôtel volant qu'à aucun des avions de ligne dans lesquels j'ai déjà voyagé. Il y a même une brosse à dents enveloppée dans du plastique, du dentifrice et du rince-bouche posés sur une petite étagère le long du mur. Je me sers des trois et ensuite je prends une douche en vitesse. Alors je me sens vraiment mieux et je retourne dans la chambre pour m'habiller.

Quand j'entre dans la cabine centrale, je vois Julian assis sur le sofa avec son ordinateur portable ouvert devant lui. Il a relevé les manches de sa chemise, dénudant ses avant-bras bronzés et musclés, la concentration lui fait froncer les sourcils. Il a l'air sérieux, et sa beauté est tellement dévastatrice que j'en ai le souffle coupé.

Comme s'il avait senti ma présence, il relève les yeux, ses yeux bleus brillent.

— Comment ça va, mon chat ? demande-t-il d'une voix grave et tendre, en guise de réaction tout mon corps reçoit une vague de chaleur.

— Ça va bien. Je ne sais que dire d'autre. *J'ai mal au derrière parce que tu m'as fouetté, mais ça va parce que tu m'y as habituée ?* Ben voyons…

Lentement, ses lèvres se mettent à dessiner un sourire.

— Bon. Je suis content de l'entendre. J'allais justement venir te chercher. Tu devrais t'asseoir, on va bientôt atterrir.

— Entendu. Je fais ce qu'il me dit en essayant de ne pas broncher, le simple fait de m'asseoir me fait mal. Il est clair que je vais avoir des bleus pendant quelques jours.

J'attache ma ceinture et je regarde par le hublot, curieuse de savoir où nous sommes. Quand l'appareil traverse la couche de nuages, je vois s'étaler une grande ville à nos pieds, elle est bordée de montagnes.

— Où sommes-nous ? ai-je demandé en me tournant vers Julian.

— À Bogota, répond-il en refermant son ordinateur portable. Il le prend et vient s'asseoir à côté de moi. Nous n'y resterons que quelques heures.

— Pour affaires ?

— En quelque sorte. Il semble vaguement amusé. Je veux y faire quelque chose avant d'arriver au domaine.

— Quoi ? ai-je demandé avec méfiance. Quand Julian a l'air amusé, c'est rarement bon signe.

— Tu verras. Et en rouvrant son ordinateur, il se concentre de nouveau sur ce qu'il faisait.

* * *

Une voiture noire semblable à celle qui nous a conduits à l'aéroport nous attend à notre descente d'avion. De nouveau, c'est Lucas qui conduit tandis que Julian continue de travailler sur son ordinateur. Il semble absorbé par ce qu'il fait.

Ça ne me dérange pas. Je suis trop occupée à regarder les rues pleines de monde. Il y a une atmosphère désuète à Bogota que je trouve fascinante. J'y trouve partout des vestiges de l'héritage espagnol mêlés avec ce qu'il y a d'unique en Amérique latine. Ça me donne envie de manger des arepas, ces galettes de maïs que j'achetais dans la rue chez un Colombien à Chicago.

— Où allons-nous ? ai-je demandé à Julian quand la voiture s'arrête devant une imposante vieille église dans un quartier résidentiel. Étrangement, je n'avais pas l'impression que mon ravisseur était pratiquant.

Au lieu de répondre, il descend de voiture et me tend la main.

— Vient Nora, dit-il, nous n'avons pas beaucoup de temps.

Du temps pour quoi ? Je veux lui poser d'autres questions, mais je sais que c'est inutile. Il ne me répondra que s'il en a envie. En mettant la main dans la grande main de Julian je descends de voiture et je le laisse me conduire vers l'église. Peut-être y va-t-il pour rencontrer ses associés, mais je me demande pour quelles raisons il veut que je sois là.

Nous entrons par une petite porte latérale et nous nous retrouvons dans une petite pièce très jolie. Des bancs de bois anciens en bordent les côtés et il y a une chaire ornée d'une croix aux motifs sophistiqués.

Sans savoir pourquoi cette vue me rend nerveuse. Une pensée absurde et folle me traverse la pensée et mes mains deviennent moites.

— Hum, Julian… Je lève les yeux vers lui, il me regarde avec un étrange sourire. Pourquoi sommes-nous ici ?

— Tu n'as pas deviné, mon chat ? dit-il doucement en se retournant vers moi. Nous sommes ici pour nous marier.

D'abord, je me contente de le fixer des yeux en silence tellement le choc est grand. Puis un rire nerveux m'échappe.

— Tu plaisantes, n'est-ce pas ?

Il hausse les sourcils.

— Je plaisante ? Non absolument pas. Il me reprend la main et je sens qu'il glisse quelque chose à mon annulaire gauche.

Le cœur battant à se rompre, je regarde ma main gauche sans en croire mes yeux. Cette bague ressemble à ce que pourrait porter une star de Hollywood, c'est un fin anneau de diamants surmonté d'une grosse pierre brillant de tous ses feux. Un bijou à la fois délicat et ostentatoire, et elle me va parfaitement, comme si elle avait été faite spécialement pour moi.

La pièce disparaît, des éclats de lumière me dansent devant les yeux et je m'aperçois que pendant quelques secondes je me suis arrêtée de respirer. En inspirant éperdument je lève les yeux vers Julian, tremblant de tous mes membres.

— Tu... Tu veux m'épouser ? Ma voix ressemble à un murmure horrifié.

— Bien sûr que oui. Il plisse légèrement les yeux. Sinon pourquoi t'aurais-je amenée ici ?

Je ne sais pas quoi répondre ; je me contente de rester là et de le regarder fixement avec l'impression d'être en hyperventilation.

Me marier. Me marier avec Julian.

C'est simple, ce n'est pas compatible. Me marier et Julian sont tellement distants l'un de l'autre dans mon esprit que rien ne semble pouvoir les réunir. Quand je pense au mariage, c'est dans le contexte d'un avenir agréable, mais lointain, un avenir qui implique un mari attentionné et deux enfants turbulents. Dans cette image, il y a un chien, une maison de banlieue, on joue au football et l'on organise des pique-niques. Mais pas de tueur au visage d'ange déchu ; pas de beau monstre qui me fait crier dans ses bras.

— Je ne peux pas t'épouser. Ces paroles ont été prononcées avant d'y réfléchir. Je suis navrée, Julian, mais je ne peux pas.

Il voit rouge. En un éclair, il bondit sur moi, me prend la taille d'une main, me serre contre lui et m'agrippe la mâchoire de l'autre main.

— Tu as dit que tu m'aimais. Sa voix est douce et calme, mais j'y entends la rage sous-jacente. As-tu menti ?

— Non ! En tremblant, je soutiens son regard furieux et je tente vainement de le repousser. Je sens le poids de la bague à mon doigt, ce qui accentue ma panique. Je ne sais comment lui expliquer, comment lui faire comprendre quelque chose que j'ai moi-même du mal à comprendre. Je veux être avec lui. Je ne peux vivre sans lui, mais le mariage, c'est une tout autre histoire, quelque chose qui n'a pas sa place dans la perversité de notre relation.

— Je t'aime ! Tu le sais bien…

— Alors pourquoi refuserais-tu ? demande-t-il, les yeux noirs de colère. Il me serre la mâchoire de plus belle, ses doigts me font mal.

Mes yeux commencent à picoter. Comment puis-je expliquer ma réticence ? Comment puis-je dire qu'il n'est pas celui que je me suis imaginé comme mari ? Qu'il représente une part de ma vie que je n'aurais jamais pu imaginer, jamais voulu, que l'épouser voudrait dire que je renoncerais au vague et lointain rêve d'un avenir normal ?

— Pourquoi veux-tu m'épouser ? ai-je demandé avec désespoir. Pourquoi veux-tu faire quelque chose d'aussi conventionnel ? Je t'appartiens déjà…

— Oui, tu m'appartiens. Il se penche sur moi et n'est plus qu'à quelques centimètres. Et je veux qu'un document officiel le confirme. Tu seras ma femme, et personne ne pourra te prendre à moi.

Je fixe Julian des yeux, mon cœur se serre en commençant à comprendre. Il ne s'agit pas d'un geste tendre et romantique de sa part. Il ne veut pas m'épouser parce qu'il m'aime et parce qu'il veut avoir des enfants avec moi. Ce n'est pas son style. Mais le mariage légitimerait ses droits sur moi, c'est aussi simple que ça. Ce serait une autre forme de propriété, plus permanente… et quelque chose en moi se met à frissonner à cette pensée.

— Je suis navrée, ai-je dis calmement en prenant mon courage à deux mains. Je ne suis pas prête. Ne pourrions-nous pas en reparler plus tard, dans un certain temps ?

L'expression de son visage se durcit, ses yeux bleus sont glacés. Il me lâche brusquement et recule d'un pas.

— D'accord. Sa voix est aussi froide que son regard. Si c'est comme ça que tu l'entends, mon chat, nous ferons à ta guise.

Il met sa main dans sa poche, en sort son smartphone et commence à composer un message.

Son geste me donne la nausée.

— Qu'est-ce que tu fais ? Comme il ne répond pas, je répète ma question en essayant de ne pas montrer à quel point je suis paniquée.

— Quelque chose que j'aurais dû faire depuis longtemps, répond-il enfin en levant les yeux vers moi après avoir remis son téléphone dans sa poche. Tu rêves encore de lui, n'est-ce pas ? Ce garçon dont tu avais envie autrefois ?

Mon cœur s'arrête un instant de battre.

— Quoi ? Non, je ne pense jamais à lui ! Julian ! Je te le promets, ça n'a aucun rapport avec Jake…

Il me coupe la parole d'un geste dédaigneux.

— Il y a longtemps que j'aurais dû le faire disparaitre de ta vie. Je vais désormais rectifier cette erreur. Et alors tu comprendras peut-être que tu es avec moi et non pas avec lui.

— Mais je suis avec toi ! Je ne sais que dire, comment convaincre Julian de changer d'avis. Je m'avance vers lui, je lui prends les mains, leur chaleur brûle mes doigts glacés. Écoute-moi, je t'aime. Je n'aime que *toi*… Il ne représente plus rien pour moi, depuis longtemps !

— Bien. Mais il ne s'adoucit pas bien que ses doigts se referment sur les miens et les gardent prisonniers. Alors peu t'importe ce qui lui arrive.

— Non, ça ne marche pas comme ça ! Je m'en préoccupe parce que c'est un être humain, un comparse innocent dans toute cette histoire, et c'est tout ! Je tremble tellement maintenant que je claque des dents. Il ne mérite pas de mourir à cause de mes péchés…

— Peu importe ce qu'il mérite ou pas. La voix de Julian est cinglante et il me rapproche de lui de force. Je veux qu'il disparaisse de ton esprit et de ta vie, tu m'as compris ?

Mes yeux me brûlent encore plus et les larmes m'aveuglent. Dans la panique qui m'obscurcit l'esprit, je comprends qu'une seule chose peut l'en empêcher, il n'y a qu'une seule manière d'éviter la mort de Jake.

— D'accord, ai-je murmuré en regardant fixement le monstre dont je suis tombée amoureuse. Je vais le faire. Je vais t'épouser.

* * *

Les heures suivantes me semblent irréelles. Après avoir rappelé ses hommes de main, Julian me présente à un vieil homme tout ratatiné qui porte une soutane. Il ne parle pas anglais, si bien que je fais des signes de tête et feins de suivre ses bavardages, il parle à toute vitesse en espagnol. J'ai honte de l'admettre, mais le peu d'espagnol que je sais, je l'ai appris au lycée. Dans mon enfance, mes parents parlaient anglais à la maison et je n'ai pas passé assez de temps avec ma grand-mère pour apprendre autre chose que quelques expressions de base.

Après m'avoir présentée à ce prêtre, Julian m'emmène dans une autre pièce, c'est un petit bureau où se trouvent aussi deux chaises. Dès notre arrivée, deux jeunes femmes y font leur entrée. L'une d'elles tient une longue robe blanche à la main, l'autre des chaussures et des accessoires. Elles sont gentilles, tout excitées et bavardent avec moi dans un mélange d'espagnol et d'anglais en commençant à me coiffer et j'essaie de leur répondre de la même manière. Mais, mes réponses sont embarrassées et contraintes, j'ai le cœur trop serré pour me comporter comme la jeune mariée qu'elles s'attendent à voir. Julian remarque mon manque d'enthousiasme, me jette un regard noir puis disparait pour laisser ces femmes s'occuper de moi.

Quand elles ont fini de me faire belle, je suis épuisée, à la fois physiquement et mentalement. Bien que Chicago et Bogota soient sur le même fuseau horaire, j'ai l'impression que non et je suis complètement épuisée. Un engourdissement étrange s'empare de moi qui aide à dissiper ma nausée.

C'est pour de bon, ça va vraiment arriver. Julian et moi nous allons nous marier.

La panique qui m'a saisie tout à l'heure a disparu, elle s'est adoucie en une sorte de résignation et de lassitude. Je ne sais pas à quoi je m'attendais d'un homme qui m'a gardée quinze mois en captivité. Parler ensemble et de manière raisonnable des avantages et des inconvénients du mariage à ce stade de notre relation. En mon for intérieur, je ris jaune. *Ben voyons !* Rétrospectivement, il est clair que notre séparation de quatre mois a atténué le souvenir de ces premières semaines terrifiantes sur l'île, que j'ai réussi mentalement à idéaliser mon ravisseur. J'avais bêtement commencé à penser que ça pourrait être différent entre nous et à croire que j'aurais mon mot à dire.

— Et voilà ! Les femmes qui m'ont coiffée me font un sourire radieux et m'interrompent dans mes réflexions. Ravissant, señorita, absolument ravissant. Maintenant, s'il vous plait, la robe, ensuite nous nous occuperons du maquillage.

Elles me donnent des sous-vêtements de soie pour mettre sous la robe, et elles ont le tact de se retourner pour me laisser les mettre. Pour ne pas faire traîner les choses en longueur, je me change rapidement et je mets la robe qui me va à merveille, comme la bague.

Maintenant, il n'y a plus que le maquillage et les accessoires et les deux femmes s'en occupent sans tarder. Dix minutes plus tard, je suis prête à me marier.

— Venez voir ! dit l'une d'elle en m'emmenant dans un coin de la pièce. Il y a un grand miroir que je n'avais pas encore remarqué et je reste bouche bée en m'y regardant, j'ai du mal à reconnaître ce que j'y vois.

La jeune fille dans le miroir est belle, sophistiquée, elle a un ravissant chignon et elle a été maquillée avec goût. La robe sirène convient parfaitement à sa silhouette fine et le bustier décolleté en cœur révèle la ligne gracieuse de son cou et de ses épaules. Des boucles d'oreille en diamant en forme de larme ornent le petit lobe de ses oreilles et un collier assorti brille autour de son cou. C'est une mariée parfaite, surtout si l'on ne voit pas la tristesse dans ses yeux.

Mes parents auraient été si fiers de moi.

Cette pensée surgit sans crier gare et je réalise pour la première fois que je vais me marier en l'absence de ma famille, que mes parents ne verront pas leur fille unique lors de ce grand jour. À cette pensée, mon cœur se serre. Pas de shopping avec ma mère pour choisir ma robe de mariée, pas de sélection du gâteau de mariage avec mon père.

Pas d'enterrement de ma vie de jeune fille avec mes amies au club de strip-tease des Chippendales.

J'essaie d'imaginer les réactions de Julian si c'était arrivé, et de nouveau je ris jaune. Je me doute bien que les pauvres stripteasers auraient quitté le club sur une civière si j'avais osé m'approcher d'eux.

On frappe à la porte, ce qui interrompt mes réflexions à demi hystériques. Les femmes se précipitent pour aller ouvrir et j'entends Julian leur parler en espagnol. Elles se tournent vers moi, me disent au revoir et partent rapidement.

Dès qu'elles sont parties, Julian entre dans la pièce.

Malgré la situation, je ne peux m'empêcher de le contempler. Il porte un magnifique smoking noir qui met parfaitement en valeur sa grande silhouette athlétique ; mon futur mari est à couper le souffle. Je repense au moment où nous avons fait l'amour dans l'avion et je sens une chaleur humide entre mes cuisses et pourtant mes bleus me font mal à ce souvenir. Julian m'examine aussi, il a un regard brûlant de propriétaire qui me dévisage de haut en bas.

— Je croyais que ça portait malheur quand le futur marié voyait la future mariée avant la cérémonie ? Ma voix est aussi sarcastique que possible et j'essaie de ne pas faire attention à l'effet qu'il me fait physiquement. À cet instant précis, je le déteste presque autant que je l'aime et je suis particulièrement déconcertée par le désir qu'il m'inspire. Je devrais y être habituée depuis le temps, mais la dissociation entre mon cerveau et mon corps en sa présence continue à me mettre mal à l'aise.

Sa bouche sensuelle esquisse un sourire.

— Peu importe mon chat. Il me semble que nous sommes au-dessus de ça, toi et moi. Es-tu prête ?

Je hoche la tête et vais vers lui. Inutile de retarder l'inévitable ; d'une manière ou d'une autre, nous allons nous marier aujourd'hui. Julian m'offre son bras, je mets la main au creux de son coude et le laisse me ramener dans la jolie salle où se trouve une chaire.

Le prêtre nous y attend déjà, ainsi que Lucas. Il y a aussi une assez grosse caméra sur un petit trépied.

— C'est pour les photos de mariage ? ai-je demandé avec surprise en m'arrêtant sur le pas de la porte.

— Bien sûr ! Julian me regarde avec les yeux brillants. Pour avoir de beaux souvenirs.

Mais oui... Je me demande pourquoi Julian veut tout ça, la robe, le smoking, l'église. C'est incompréhensible pour moi. Il ne s'agit pas d'un mariage d'amour ; c'est simplement une forme plus contraignante et plus officielle d'affirmer les droits qu'il a sur moi. Toute cette mascarade est absurde, surtout étant donné que Lucas est le seul témoin de l'évènement.

De nouveau, cette pensée me serre le cœur.

— Julian, ai-je dit à voix basse, est-ce que je pourrais tout de suite appeler mes parents ? Je veux le leur dire. Je veux leur dire que je vais me marier. Je suis presque sûre qu'il va refuser ma demande, mais je suis quand même poussée à la faire.

À ma surprise, il me sourit.

— Si tu veux mon chat. En fait, après votre conversation ils pourront voir la cérémonie en direct par lien vidéo. Lucas peut s'en occuper.

Je suis tellement stupéfaite que j'en reste bouche bée. Il veut que mes parents voient le mariage ! Et qu'ils *le* voient, l'homme qui a enlevé leur fille ? Pendant un instant, j'ai l'impression d'être dans un autre monde puis le trait de génie qui lui a inspiré ce plan m'apparait.

— Tu veux que je te les présente, c'est ça ? ai-je murmuré en le fixant dans les yeux. Tu veux que je leur dise que je suis venue avec toi de mon propre gré et leur montrer ainsi à quel point nous sommes heureux ensemble. Si bien que tu n'auras pas besoin de t'inquiéter qu'ils avertissent la police ni que qui que ce soit ne se mette à ta poursuite. Je ne serai qu'une jeune fille de plus qui est tombée amoureuse d'un bel homme riche et qui s'est enfuie avec lui. Ces photos… cette vidéo… ce n'est qu'une mise en scène…

Il sourit de plus belle.

— À toi de choisir ce que tu vas faire et ce que tu vas dire, mon chat, dit-il avec un suave sourire. Ils peuvent soit assister à un heureux évènement, soit découvrir que tu as été de nouveau enlevée. À toi de choisir, Nora. Tu peux faire comme tu veux.

CHAPITRE CINQ

❖ JULIAN ❖

Elle écarquille ses yeux noirs et me fixe sans broncher, et je sais exactement quelle sera sa décision. Pour rassurer ses parents, elle sera la plus heureuse des mariées.

Elle va jouer la comédie comme elle ne l'a encore jamais fait.

À cette pensée, je sens de la colère et un autre sentiment que je ne prends pas la peine d'examiner de près me soulever le cœur. D'un point de vue rationnel, je comprends son hésitation. Je sais qui je suis, ce que je lui ai fait. Une femme intelligente s'enfuirait à toute vitesse, et Nora a toujours été plus intelligente, plus perspicace que la plupart des femmes.

Mais elle est jeune. Je l'oublie parfois. Dans le monde confortable de la bourgeoisie américaine, peu de femmes se marient à cet âge. Il est même possible qu'elle n'ait encore jamais pensé à se marier ; en fait, c'est même vraisemblable étant donné que je l'ai rencontrée quand elle était encore au lycée.

D'un point de vue rationnel je comprends tout cela… mais la raison n'a rien à voir avec les émotions violentes qui s'agitent en moi. Putain, je veux la ligoter, la fouetter puis la baiser jusqu'à ce qu'elle ait si mal qu'elle implore ma pitié, jusqu'à ce qu'elle admette qu'elle m'appartient et qu'elle ne peut vivre sans moi.

Mais je ne fais rien de tout cela. À la place, je lui souris froidement en attendant sa décision.

Elle incline légèrement la tête.

— Entendu. Sa voix est à peine audible. Je vais le faire. Je vais leur parler de notre histoire d'amour.

Je cache ma satisfaction.

— Comme tu voudras mon chat. Je vais demander à Lucas d'établir une connexion sécurisée avec eux.

Et je la laisse là pour aller vers Lucas et parler avec lui de la manière de l'organiser.

* * *

Je demande au Père Diaz de nous laisser une heure avant le début de la cérémonie et je m'assieds sur l'un des bancs pour laisser Nora parler tranquillement avec ses parents. Évidemment, je surveille ce qu'elle leur dit avec un petit écouteur, mais elle n'a pas besoin de le savoir.

En m'adossant au mur, je m'installe confortablement et je me prépare à bien m'amuser.

Sa mère décroche à la première sonnerie.

— Salut maman… c'est moi. La voix de Nora est enjouée et gaie, presque débordante d'excitation. Je réprime un sourire. Elle va se surpasser.

— Nora, ma chérie ! La voix de Gabriela Leston exprime le soulagement. Je suis si contente que tu m'appelles. J'ai déjà essayé de t'appeler cinq fois aujourd'hui, mais à chaque fois je suis tombée sur ton répondeur. J'allais passer chez toi… mais de quel numéro m'appelles-tu ?

— Maman, ne t'inquiète pas, je ne suis pas chez moi, comprends-tu ? Nora a pris un ton réconfortant, mais en mon for intérieur je fais la grimace. Je n'ai pas beaucoup l'expérience de parents normaux, mais il me semble que la phrase « Ne t'inquiète pas » les amène immédiatement à s'inquiéter.

— Qu'est-ce que ça veut dire ? La voix de sa mère se durcit immédiatement. Où es-tu ?

Nora s'éclaircit la gorge.

— Hum, en fait je suis en Colombie.

— QUOI ? Elle a crié si fort que j'en suis assourdi. Comment ça, tu es en Colombie ?

— Maman, tu ne comprends pas, j'ai une grande nouvelle à vous annoncer… Et Nora se lance dans des explications, nous sommes tombés amoureux l'un de l'autre dans l'île, elle était désespérée quand elle m'a cru mort, et elle est au septième ciel de me savoir sain et sauf.

Quand elle a terminé, il y a un long silence à l'autre bout du fil.

— Ne me dis pas que tu es avec lui maintenant ? demande finalement sa mère dont la voix est rauque et tendue. Il est revenu te chercher ?

— Oui, exactement. La voix de Nora est jubilante. Tu ne comprends donc pas, maman ? Je n'ai pas pu vous en parler jusqu'à maintenant parce que c'était trop difficile, parce que je croyais l'avoir perdu. Mais maintenant, nous sommes à nouveau ensemble et j'ai quelque chose… quelque chose d'*extraordinaire* à vous annoncer.

— Qu'est-ce que c'est ? Comme on peut s'y attendre, sa mère semble méfiante.

— Nous allons nous marier !

De nouveau, il y a un long silence à l'autre bout du fil, puis :

— Tu vas te marier… avec *lui* ?

Je réprime un autre sourire en écoutant Nora tenter de convaincre sa mère que je ne suis pas aussi méchant qu'ils le pensent, que c'est une suite de circonstances regrettables qui ont abouti à son enlèvement et que maintenant la situation est très différente entre nous. Je ne suis pas sûr que Gabriela Leston est convaincue, mais ça n'a pas d'importance. L'enregistrement de cette conversation sera envoyé aux responsables de certaines organisations officielles et contribuera à les apaiser. Ils comptent trop sur moi pour me baiser, mais il n'est pas inutile de jouer le jeu avec eux. Tout est affaire de perception et le fait que Nora soit ma femme leur convient bien mieux que de penser qu'elle est ma captive.

J'aurais pu l'épouser plus tôt, mais j'essayais de la cacher, de la garder en sécurité. C'est la raison pour laquelle je l'avais enlevée et amenée dans mon île, pour que personne ne découvre son existence et ne sache ce qu'elle représentait pour moi. Mais maintenant que ce secret a été découvert, je veux que le monde entier sache qu'elle est à moi et que ceux qui oseraient toucher à elle le paieront. Les nouvelles de ma vengeance contre Al-Quadar commencent à filtrer dans les bas-fonds de la pègre et j'ai fait en sorte que les rumeurs dépassent encore la réalité.

Ce sont ces rumeurs ainsi que le dispositif que j'ai mis en place pour la protéger qui garantiront la sécurité de la famille de Nora. Il est peu vraisemblable que quelqu'un essaye de m'atteindre à travers ma belle-famille — je n'ai pas vraiment la réputation de quelqu'un de dévoué à sa famille-, mais je ne veux prendre aucun risque. Je ne veux surtout pas que Nora perde ses parents alors qu'elle vient juste de perdre Beth.

Tandis que Nora termine sa conversation avec eux, le Père Diaz commence à s'impatienter. Je lui jette un regard menaçant et il arrête immédiatement de faire les cent pas, son visage retrouve sa sérénité. Le bon Père me connait depuis l'enfance et il sait quand il faut faire preuve de prudence.

Quand je jette de nouveau un coup d'œil à Nora, elle me fait signe et me demande de venir. Je me lève et je vais vers elle tout en éteignant mon oreillette. En m'approchant, je l'entends dire :

— Écoute, maman, laisse-moi te le présenter, d'accord ? Je vais lui demander de passer en vidéoconférence, ce sera presque comme si l'on était tous réunis pour de bon... ouais, je vais te rappeler dans deux ou trois minutes. Elle raccroche et attend en me regardant.

— Lucas ! J'ai à peine eu besoin d'élever la voix et il est déjà là avec un ordinateur portable et une connexion sécurisée. Il le pose sur un rebord de fenêtre et l'oriente de telle manière que la petite caméra soit dirigée vers nous. Une minute plus tard, le lien vidéo est établi et le visage de Gabriela Leston apparait sur l'écran. Tony Leston, le père de Nora, est derrière elle. Leurs deux paires d'yeux se tournent immédiatement vers moi et m'examinent avec un étrange mélange d'hostilité et de curiosité.

— Maman, papa, voici Julian, dit doucement Nora et j'incline la tête avec un léger sourire. Lucas va au fond de la pièce pour nous laisser seuls.

— Je suis très heureux de faire votre connaissance. À dessein je parle très calmement. Je suis certain que Nora vous a déjà tout expliqué. Je vous présente mes excuses pour la rapidité des évènements, mais je serais très heureux que vous assistiez à notre mariage. Je sais que Nora aimerait beaucoup que ses parents soient présents, même à distance.

Je ne peux rien dire aux Leston pour justifier mes actes ou pour qu'ils me trouvent sympathique, je n'essaie donc même pas. Nora est à moi maintenant, il faudra qu'ils apprennent à accepter cette réalité.

Le père de Nora ouvre la bouche pour dire quelque chose, mais sa femme lui donne un coup de coude.

— Entendu Julian, dit-elle lentement en me regardant fixement. Ses yeux sont extraordinairement semblables à ceux de sa fille. Vous allez donc épouser Nora. Puis-je vous demander où vous allez habiter ensuite et si nous la reverrons ?

Je lui souris. Encore une femme intelligente et pleine d'intuition.

— Pendant les premiers mois, nous serons sans doute ici, en Colombie, j'explique en gardant un ton détaché et amical. Je dois m'occuper de certaines affaires. Après ça, nous serons très heureux de vous rendre visite ou que vous veniez.

Gabriela hoche la tête.

— Je vois. Son visage reste tendu même si un soupçon de soulagement apparait brièvement dans son regard. Et les projets de Nora ? Et l'université ?

— Je ferai en sorte qu'elle poursuive ses études et qu'elle ait la possibilité de se consacrer à la peinture. Je regarde calmement les Leston. Évidemment je suis sûr que vous comprenez que Nora n'aura plus de soucis d'argent. Et vous non plus. Financièrement, je suis très à l'aise et je prends toujours soin de mes proches.

Tony Leston plisse les yeux de colère.

— Vous ne pouvez pas acheter notre fille… commence-t-il à dire, mais de nouveau sa femme lui donne un coup de coude pour le faire taire. Visiblement, la mère de Nora a mieux pris la mesure de la situation ; elle comprend que cette conversation aurait très bien pu ne pas avoir lieu.

Je me penche vers la caméra.

— Tony, Gabriela, ai-je dit à voix basse, je comprends votre inquiétude. Mais dans une demi-heure, Nora sera ma femme, ma responsabilité. Je peux vous assurer que je prendrai soin d'elle et que je ferai de mon mieux pour assurer son bonheur. Vous n'avez aucune raison de vous inquiéter.

Tony serre la mâchoire, mais cette fois il garde le silence. C'est Gabriela qui prend de nouveau la parole.

— Nous aimerions pouvoir lui parler régulièrement, dit-elle calmement. Pour être sûrs qu'elle est aussi heureuse qu'elle semble l'être aujourd'hui.

— Bien sûr. Je n'ai aucun problème à faire cette concession. Et maintenant, la cérémonie va commencer dans quelques minutes, nous allons vous installer une meilleure connexion vidéo. Je suis heureux d'avoir fait votre connaissance, ai-je dit poliment avant de refermer l'ordinateur portable.

En me retournant, je vois que Nora me regarde d'un air déconcerté. Dans sa longue robe blanche, avec son chignon, elle a l'air d'une princesse, et je suppose que je suis le méchant dragon qui l'a enlevée.

Cette pensée m'amuse sans savoir pourquoi. Je lève la main et effleure du doigt sa joue qui est douce comme celle d'un bébé.

— Es-tu prête mon chat ?

— Oui, je crois, murmure-t-elle en levant les yeux vers moi. Ces femmes que j'ai engagées ont maquillé ses yeux de manière à les rendre encore plus grands et plus mystérieux. Et sa bouche semble plus douce et plus brillante que d'habitude, ça donne envie de la baiser. Une violente bouffée de désir me prend par surprise et je m'oblige à reculer d'un pas avant de faire un acte sacrilège à mon propre mariage.

— La vidéo est prête, m'informe Lucas en revenant vers nous.

— Merci, Lucas, ai-je dit. Puis, me tournant vers Nora, je lui prends la main et je la conduis vers le Père Diaz.

CHAPITRE SIX

❖ NORA ❖

La cérémonie proprement dite ne prend qu'une vingtaine de minutes. Consciente que la caméra est braquée sur nous, je fais un grand sourire et je m'efforce d'avoir l'air d'une jeune mariée heureuse et resplendissante.

Je ne comprends toujours pas mes propres réticences. Après tout, j'épouse l'homme que j'aime. Quand je le croyais mort je voulais mourir à mon tour et j'avais besoin de toutes mes forces pour survivre d'un jour à l'autre. Je ne veux être avec personne d'autre que Julian… et pourtant je n'arrive pas à me débarrasser de ce qui me glace le sang.

Je dois reconnaître qu'il s'est très bien débrouillé avec mes parents. Je ne sais pas trop à quoi je m'attendais, mais ce n'était pas cette conversation calme, presque courtoise. Il a tout maîtrisé d'un bout à l'autre, son pragmatisme permettant d'éviter les accusations, les larmes et les récriminations. Il a présenté ses excuses pour ce mariage précipité, mais pas pour mon enlèvement, et je sais que c'est parce qu'il ne ressent aucune culpabilité à ce sujet. De son point de vue, il a des droits sur moi. C'est aussi simple que ça.

Après une longue oraison en espagnol le Père Diaz commence à parler à Julian. Je comprends quelques mots, comme époux, amour, protection, puis j'entends Julian répondre de sa voix grave « Si, quiero ».

Ensuite, c'est à mon tour. Je lève les yeux vers Julian et je croise son regard. Ses lèvres dessinent un tendre sourire, mais ses yeux expriment toute autre chose, le désir, et derrière, une possessivité absolue.

« Si, quiero » ai-je répondu à voix basse en répétant ce qu'a dit Julian. « *Oui, oui, je le veux.* » Au moins, le peu d'espagnol que je connais me permet de comprendre ça.

Julian sourit encore davantage. Il met la main dans sa poche et prend une autre bague, un mince anneau serti de diamants assorti à ma bague de fiançailles, et il la glisse sur mon doigt inerte. Puis il me met un anneau de platine dans la main et me tend sa main gauche.

Elle est deux fois plus grande que la mienne, ses doigts sont longs et virils. Ce sont des mains d'homme, fortes et calleuses. Des mains qui peuvent aussi bien donner du plaisir que de la souffrance.

Je respire profondément et je passe cet anneau à l'annulaire gauche de Julian, puis je lève de nouveau les yeux vers lui, n'écoutant qu'à moitié ce que dit le Père Diaz pour conclure la cérémonie. En regardant fixement les beaux traits de Julian, je n'arrive à penser qu'une chose, c'est fait.

L'homme qui m'a enlevée est désormais mon mari.

* * *

Après la cérémonie, je dis au revoir à mes parents en leur promettant de bientôt les rappeler. Ma mère pleure et mon père reste de marbre, ce qui veut dire d'habitude qu'il est très malheureux.

— Maman, papa, je vous promets de vous appeler, leur ai-je dit en essayant de ravaler mes propres larmes. Je ne vais pas disparaitre une nouvelle fois. Tout va bien se passer. Vous n'avez aucune raison de vous inquiéter…

— Je vous promets qu'elle vous rappellera bientôt, ajoute Julian et après d'autres au revoir émus Lucas arrête la connexion vidéo.

Pendant la demi-heure qui suit, on prend des photos dans la belle église. Puis nous remettons nos vêtements habituels et nous reprenons le chemin de l'aéroport.

Maintenant, c'est le soir, et je suis complètement épuisée. Le stress des deux dernières heures ainsi que le voyage m'ont presque anéantie et je ferme les yeux en m'adossant sur le siège recouvert de cuir noir tandis que la voiture suit un chemin sinueux dans les rues obscures de Bogota. Je ne veux plus penser à rien ; je veux seulement me vider la tête et me détendre. Je change de position pour m'asseoir autrement et ne pas mettre trop de poids sur mon derrière encore endolori.

— Tu es fatiguée, bébé ? Murmure Julian en mettant une main sur ma jambe. Ses doigts appuient légèrement, il me masse la cuisse et il m'oblige à ouvrir mes lourdes paupières.

— Un peu, j'admets en me tournant vers lui. Je ne suis pas tellement habituée à prendre l'avion ni à me marier.

Il me sourit, ses dents blanches brillent dans l'obscurité.

— Et bien espérons que nous n'ayons pas besoin de recommencer, je parle du mariage. Par contre, en ce qui concerne les voyages en avion, je ne te promets rien. C'est sans doute l'excès de fatigue, mais ça me parait ridiculement drôle. Je me mets à rire puis c'est un véritable fou rire qui me prend sur le siège arrière de la voiture.

Julian me regarde calmement et quand mes éclats de rire se sont calmés il me prend sur ses genoux et m'embrasse, il s'empare de ma bouche en un long baiser farouche qui me met littéralement à bout de souffle. Quand il me laisse respirer de nouveau je sais à peine comment je m'appelle et encore moins ce qui m'a fait autant rire.

Nous sommes haletants tous les deux et notre respiration se mêle tandis que nous nous regardons droit dans les yeux. Il y a du désir dans son regard, mais quelque chose de plus aussi, une ardeur violente qui n'est pas seulement charnelle. Mon cœur se serre étrangement et il me semble poursuivre ma chute libre, perdre encore plus de moi-même.

— Que veux-tu de moi Julian ? ai-je murmuré en levant la main pour la poser sur les durs contours de sa mâchoire. De quoi as-tu besoin ?

Il ne répond pas, mais sa grande main couvre la mienne et l'appuie quelques instants sur son visage. Il ferme les yeux comme pour mieux la sentir et quand il les ouvre de nouveau, c'est fini.

Il m'aide à me rasseoir, pose lourdement le bras sur mon épaule et m'installe confortablement à côté de lui.

— Repose-toi, mon chat, murmure-t-il, la bouche dans mes cheveux. Nous avons encore beaucoup de route avant d'arriver à la maison.

* * *

Dans l'avion, je m'endors à nouveau, si bien que je ne sais pas combien de temps dure le vol. Julian me secoue pour me réveiller après l'atterrissage et je sors avec lui de l'avion sans être encore tout à fait réveillée.

Un air chaud et humide m'enveloppe dès que nous descendons, j'ai l'impression d'être sous une couverture mouillée. Il faisait beaucoup plus chaud à Bogota qu'à Chicago, environ vingt degrés, mais là… il me semble être entrée dans un sauna. Avec mes bottes d'hiver et ma polaire, j'ai l'impression de cuire à petit feu.

— Bogota est à une altitude beaucoup plus élevée, dit Julian comme s'il lisait dans mes pensées. Ici c'est la tierra caliente, une zone chaude de basse altitude.

— Où sommes-nous ? ai-je dit en commençant à me réveiller. J'entends frémir les insectes et je sens la végétation luxuriante des tropiques. Je veux dire, dans quelle partie du pays ?

— Au sud-est, répond Julian en me conduisant vers un SUV qui se trouve au bout de la piste d'atterrissage. En fait, nous sommes en bordure de la forêt amazonienne.

Je lève la main pour me frotter le coin de l'œil. Je ne connais pas bien la géographie de la Colombie, mais j'ai l'impression d'être loin de tout.

— Y a-t-il des villages ou des villes à proximité ?

— Non, dit Julian. C'est l'avantage d'être ici, mon chat. Nous sommes complètement isolés et en sécurité. Personne ne viendra nous déranger ici.

Nous atteignons la voiture et il m'aide à y monter. Lucas nous rejoint quelques minutes plus tard et nous partons sur une route non goudronnée en pleine forêt.

Il fait nuit noire dehors, les phares de la voiture sont la seule source de lumière et je regarde avec curiosité dans l'obscurité en essayant de voir où nous sommes. Mais je ne vois que des arbres et encore des arbres.

Renonçant à cette vaine tentative, je décide de m'asseoir plus à mon aise. Comme la climatisation est à fond dans la voiture, il y fait plus frais, mais j'ai toujours trop chaud et j'enlève mon sweat-shirt. Heureusement, j'ai un tee-shirt dessous. En sentant l'air froid souffler sur ma peau brûlante, je pousse un soupir de soulagement et je m'évente pour me rafraîchir plus vite.

— Je t'ai apporté des vêtements plus appropriés, me dit Julian en me regardant faire avec un demi-sourire. J'aurais sans doute dû penser les apporter avec moi chez toi, mais j'étais bien trop impatient quand je suis venu te chercher.

— Ah bon ? Je lui jette un coup d'œil, même si c'est absurde, son aveu me fait plaisir.

— Je suis venu te chercher dès que j'ai pu, murmure-t-il, ses yeux brillent dans l'obscurité de la voiture. Tu ne penses tout de même pas que je t'aurais laissée seule plus longtemps ?

— Non, c'est vrai, ai-je dit doucement. Et c'est la vérité. S'il y a une chose dont j'ai toujours été sûre, c'est que Julian veut de moi. Je ne suis pas certaine qu'il m'aime, s'il est capable d'aimer qui que ce soit, mais je n'ai jamais mis en doute l'intensité de son désir pour moi. Dans le hangar, il a risqué sa vie pour moi et je sais qu'il pourrait recommencer. J'ai cette certitude dans la moelle de mes os et elle me réconforte.

En fermant les yeux, je m'adosse au siège et je pousse un nouveau soupir. À force d'être écartelée entre des émotions contradictoires, j'ai mal à la tête. Comment puis-je être bouleversée parce que Julian m'oblige à l'épouser tout en étant heureuse de savoir qu'il avait hâte de m'enlever à nouveau ? Comment peut-on avoir de tels sentiments si l'on est sain d'esprit ?

— Nous sommes arrivés, dit Julian en interrompant ma rêverie, et quand j'ouvre les yeux je m'aperçois que la voiture s'est arrêtée.

Devant nous se dresse une demeure de deux étages entourée d'autres bâtiments plus petits. Tous les alentours sont illuminés et je vois de vastes pelouses et un parc luxuriant et soigneusement entretenu. Julian avait dit vrai quand il parlait de sa maison comme d'un domaine.

Je vois aussi une partie du dispositif de sécurité et je regarde avec curiosité autour de moi tandis que Julian m'aide à sortir de voiture et me conduit vers le bâtiment principal. En bordure de la propriété se trouvent des miradors placés à quelques mètres les uns des autres et l'on y voit des hommes armés au sommet de chacun d'eux.

C'est presque comme si l'on était en prison sauf que ces gardes sont là pour empêcher les méchants d'entrer, pas de sortir.

— C'est là que tu as grandi ? ai-je demandé à Julian en m'approchant de la maison. C'est une belle demeure blanche avec une colonnade. Elle me fait un peu penser à la plantation de Scarlett O'Hara dans « Autant en emporte le vent ».

— Oui. Il me regarde de côté. J'y suis resté presque tout le temps jusqu'à l'âge de sept ou huit ans. Après, j'étais en ville avec mon père pour l'aider dans ses affaires.

Après avoir monté les marches du perron, Julian s'arrête à la porte et se penche pour me soulever de terre. Avant que je puisse dire quoi que ce soit, il me fait franchir le seuil dans ses bras et me repose sur le sol qu'une fois à l'intérieur.

— Il n'y a pas de raison de ne pas respecter cette petite tradition, murmure-t-il avec un sourire espiègle sans me lâcher la taille tandis qu'il baisse les yeux vers moi.

En guise de réponse, je lui souris. Quand Julian s'amuse ainsi il est irrésistible.

— Ah, oui, j'avais oublié qu'aujourd'hui tu étais M. Tradition, lui dis-je pour le taquiner, en m'efforçant d'oublier que j'ai été contrainte à l'épouser. Pour ne pas perdre la raison, il faut que je puisse séparer les bons moments des mauvais et que je vive autant que possible dans l'instant. Alors que je croyais seulement que tu me prenais dans tes bras.

— C'était le cas, a-t-il admis en souriant de plus belle. Mais c'est la première fois que mon inclination coïncide avec la tradition alors, disons que « j'observais la tradition ».

— Je n'y vois aucun inconvénient, ai-je dit doucement en levant les yeux vers lui. En ce moment, je donne la préférence aux « bons moments » et je serai d'accord avec tout ce qu'il voudra, je ferai tout ce qu'il voudra.

— Señor Esguerra ? Une voix féminine hésitante vient nous interrompre et je me retourne vers une femme d'âge moyen. Elle porte une robe noire à manches courtes et un tablier blanc noué autour de sa taille enrobée. Tout est prêt, exactement comme vous l'avez demandé, dit-elle en anglais avec un accent espagnol ; elle nous dévisage sans cacher sa curiosité. Dois-je servir le dîner ?

— Non, merci, Ana, répond Julian qui me tient toujours par la hanche, en propriétaire. Apporte seulement des sandwiches dans notre chambre s'il te plait. Nora est fatiguée du voyage. Puis il baisse les yeux vers moi. Nora, voici Ana, notre gouvernante. Ana, voici Nora, mon épouse.

Ana écarquille ses yeux marron. Visiblement, le mot « épouse » lui fait le même choc qu'à moi. Mais elle reprend vite ses esprits. Très heureuse de faire votre connaissance, Señora, dit-elle avec un grand sourire. Bienvenue !

— Merci, Ana. Moi aussi je suis heureuse de faire votre connaissance. Je lui souris sans tenir compte du douloureux pincement que j'ai au cœur. Cette gouvernante ne ressemble pas du tout à Beth, mais je ne peux m'empêcher de penser à celle qui était devenue mon amie et à sa mort cruelle et absurde.

Non, n'y pense pas, Nora. Je n'ai vraiment pas envie de me réveiller en hurlant parce que j'ai fait un cauchemar.

— Fais en sorte que nous ne soyons pas dérangés cette nuit s'il te plait, ordonne Julian, à moins qu'il s'agisse de quelque chose d'urgent.

— Oui, Señor, murmure-t-elle. Puis, elle disparait par la grande double porte du vestibule.

— Ana fait partie du personnel, explique Julian qui me mène à un grand escalier incurvé. Elle a passé toute sa vie au service de ma famille dans un rôle ou dans un autre.

— Elle a l'air très gentil, ai-je dit en examinant ma nouvelle demeure tout en montant les escaliers. Je n'ai jamais été dans un endroit aussi somptueux et j'ai du mal à imaginer que je vais habiter ici. L'ameublement mêle avec goût un charme désuet et une élégance moderne, il y a des parquets miroitants et des œuvres d'art abstraites aux murs. J'imagine que les dorures des cadres à elles seules ont davantage de valeur que tout ce qu'il y avait dans mon studio de Chicago. Combien y a-t-il de personnes à ton service ?

— Il y a deux personnes chargées exclusivement de la maison, répond Julian. Ana, dont tu viens de faire la connaissance, et Rosa, qui est la bonne. Tu la verras sans doute demain. Il y a aussi plusieurs jardiniers, des hommes à tout faire, et d'autres qui sont chargés de la propriété. Il s'arrête devant l'une des portes du palier et l'ouvre devant moi. Et voilà notre chambre.

Notre chambre. C'est vraiment une expression de la vie conjugale. Dans l'île, j'avais ma propre chambre même si Julian y couchait avec moi presque toutes les nuits, mais j'avais l'impression d'avoir un endroit à moi, ce que visiblement je n'aurai pas ici.

J'y entre et je l'examine prudemment.

Comme le reste de la maison, elle est somptueuse et désuète malgré plusieurs détails modernes. Le sol est recouvert d'un épais tapis bleu et un grand lit à baldaquin se trouve au centre de la pièce. Tout est dans des tons de bleu et de crème avec un soupçon d'or et de bronze ça et là. Les tentures des fenêtres sont épaisses et lourdes comme dans un hôtel de luxe et il y a d'autres tableaux abstraits aux murs.

Cette chambre est belle et intimidante, tout comme celui qui est désormais mon époux.

— Pourquoi ne pas prendre un bain ? dit doucement Julian en s'approchant de moi par-derrière. Il referme les bras sur moi et pose la main sur la boule de ma ceinture. Il me semble que ça nous ferait du bien.

— D'accord, c'est une bonne idée, ai-je murmuré en le laissant me déshabiller. J'ai l'impression d'être une poupée, ou plutôt une princesse étant donné l'endroit où nous sommes. Quand Julian m'enlève mon tee-shirt et fait descendre mon jean, sa main effleure ma peau nue et me fait frissonner tout en me brûlant jusqu'à la moelle.

Notre nuit de noces. Cette nuit est notre nuit de noces. Dans un mélange de nervosité et d'excitation, ma respiration s'accélère. Je ne connais pas les intentions exactes de Julian, mais la bosse dure que je sens contre mon dos ne me laisse aucun doute, il va encore me baiser.

Quand je suis complètement nue, je me retourne pour être face à lui et je le regarde se déshabiller, ses muscles saillants brillent sous la douce lumière encastrée dans le plafond. Il est légèrement plus mince qu'avant et il a une nouvelle cicatrice près de la cage thoracique. Et pourtant c'est le plus bel homme que je connaisse. Il est déjà en pleine érection, sa longue verge épaisse est tendue vers moi et j'avale ma salive en sentant mon propre sexe se contracter à cette vue. En même temps, je sens une légère douleur au fond de moi et mon derrière couvert de bleus me fait encore mal.

J'ai envie de lui, mais je ne sais pas si je pourrai supporter de souffrir davantage aujourd'hui.

— Julian… J'hésite, ne sachant pas la meilleure façon de le dire. Serait-il possible… Pourrions-nous… ?

Il fait un pas vers moi et me prend le visage dans ses grandes mains. En les baissant sur moi, ses yeux brillent.

— Oui, murmure-t-il en comprenant la question que je n'ai pas réussi à formuler. Oui, bébé, c'est possible. Je vais te donner une nuit de noces de rêve.

CHAPITRE SEPT

❖ JULIAN ❖

Me penchant en avant je passe le bras sous ses genoux et je la soulève.

Elle est légère comme une plume, je la sens à peine quand je la porte vers la salle de bain où Ana nous a préparé le jacuzzi.

Ma femme. Désormais, Nora est ma femme. La farouche satisfaction que cette pensée m'inspire est absurde, mais je n'ai pas l'intention de m'appesantir là-dessus. Je vais la baiser et la dorloter, elle remplira tous mes besoins, aussi ténébreux et aussi pervers soient-ils. Elle se donnera tout entière à moi et je la prendrai.

Je prendrai tout, et ensuite j'exigerai encore plus.

Mais ce soir, je vais lui donner ce qu'elle désire. Je serai tendre et doux, aussi tendre que n'importe quel mari avec sa jeune mariée. Le sadique qui est en moi est calmé, satisfait. J'aurai le temps plus tard pour la punir pour ses réticences à l'église. En ce moment, je n'ai pas le désir de la faire souffrir, je veux seulement l'étreindre, caresser sa peau soyeuse et la sentir frissonner de plaisir entre mes bras. Ma verge est dure et vibre de désir, mais d'un désir différent, mieux contrôlé.

Quand nous arrivons au bord du grand jacuzzi rond je l'enjambe et nous nous baissons tous les deux dans l'eau bouillonnante, je prends Nora sur mes genoux. Elle pousse un soupir de plaisir et se détend contre moi en fermant les yeux et en mettant la tête sur mon épaule. Ses cheveux luisants me chatouillent la peau, leur extrémité flotte dans l'eau. Je bouge légèrement pour laisser le puissant jet me masser le dos et je sens ma tension commencer à s'apaiser bien que je sois toujours en érection.

Pendant quelques minutes, je me contente de rester assis en la tenant dans mes bras assise sur mes genoux. Malgré la chaleur écrasante au-dehors, dans la maison il fait frais et l'eau chaude sur ma peau me fait du bien. Elle me calme. J'imagine qu'elle fait aussi du bien à Nora et adoucit la douleur des bleus que je lui ai faits.

Je lève la main et je lui caresse paresseusement le dos en m'émerveillant devant la douceur de sa peau dorée. Ma verge tressaute, demandant plus, mais cette fois je ne suis pas pressé. Je veux prolonger ce moment, intensifier notre impatience à tous les deux.

— Comme c'est agréable, murmure-t-elle après un moment en penchant la tête pour me regarder. La chaleur de l'eau a fait rougir ses joues et ses paupières sont à demi baissées, donnant l'impression qu'elle vient déjà d'être longuement baisée. J'aimerais bien prendre un bain comme ça tous les jours.

— Tu pourras le faire, lui dis-je doucement en la retournant sur mes genoux pour qu'elle soit devant moi et en mettant la main dans l'eau pour attraper son pied droit. Tu peux faire tout ce que tu veux ici, tu es chez toi maintenant.

En appuyant légèrement sur la plante de son pied, je commence à la masser comme ça lui plait et le petit gémissement qui s'échappe de ses lèvres sous mes caresses me fait plaisir. Elle a de jolis petits pieds, comme le reste de sa personne. Ils sont même sexy avec son vernis rose. Obéissant à un désir soudain je lève son pied vers ma bouche et je commence à le sucer en faisant tourner ma langue autour de chaque doigt de pied. Elle en perd le souffle et me fixe des yeux, j'entends sa respiration s'accélérer et je vois ses yeux s'assombrir de désir. Je m'aperçois qu'elle est tout excitée et le fait de le savoir me raidit encore la verge.

Je soutiens le regard de Nora et j'attrape son autre pied pour en faire autant. Sous ma langue, ses doigts de pieds se recroquevillent et sa respiration se fait haletante puis elle passe la langue sur ses lèvres sèches. Ma tension à l'entre-jambe s'accroit, je lui lâche le pied et je glisse lentement la main le long de sa jambe, je sens les muscles de sa cuisse trembler de tension au fur et à mesure que je m'approche de son sexe. Mes doigts effleurent son sexe et séparent ses plis très doux. Puis j'enfonce le bout de mon index dans sa petite ouverture tout en appuyant du pouce sur son clitoris.

Elle est extraordinaire, chaude et glissante à l'intérieur, ses parois intimes se referment si fort sur mon doigt que ma verge tressaute de nouveau. Elle laisse échapper un doux gémissement, elle hausse une hanche vers moi et mon doigt glisse encore plus loin ce qui lui fait pousser un cri qui reste étouffé dans sa gorge. Machinalement, elle recule comme si elle voulait se dégager, mais ma main restée libre lui prend le bras et je l'attire vers moi, la gardant tout près.

— Ne résiste pas, bébé, ai-je murmuré en l'immobilisant tout en commençant à la baiser avec mon doigt tandis que mon pouce caresse son clitoris avec le même rythme régulier. Laisse-toi aller… oui, tu y es…

Elle jette la tête en arrière et ferme les yeux, une expression d'extase parfaite apparait sur son visage et elle gémit une fois de plus.

Comme elle est belle, putain, comme elle est belle ! Je ne peux la quitter des yeux, je savoure ce moment où elle jouit entre mes bras. Son corps mince se cambre et se raidit puis elle se met à crier et sa chair ondoie de plaisir autour de mon doigt en se resserrant encore ce qui fait douloureusement vibrer ma verge de désir.

Je n'en peux plus. Je retire le doigt, passe la main sous elle et la soulève en me relevant. Elle ouvre les yeux et me prend par le cou tout en me regardant attentivement, je sors du jacuzzi et je la porte vers la chambre. Nous sommes tous les deux dégoulinants, mais je ne peux pas m'arrêter, ne serait-ce qu'un instant. Je me fous éperdument de mouiller les draps, putain, il n'y a qu'elle qui compte en ce moment.

J'arrive sur le lit et je la pose dessus, mes mains tremblent sous un désir violent. Si c'était n'importe quelle autre nuit, je serais déjà en elle et je la martèlerai jusqu'à en exploser, mais pas cette nuit. Cette nuit est à elle. Cette nuit, je vais lui donner ce qu'elle a demandé, une nuit de noces avec son amoureux, et non pas avec un monstre.

Elle continue à me regarder, ses yeux sombres sont lourds de désir quand j'arrive sur le lit et que je suis entre ses jambes, penché sur sa douce et tendre chair. Sans prêter attention à ma verge qui me fait de plus en plus mal je commence à embrasser l'intérieur de ses cuisses et puis je remonte jusqu'à atteindre mon but, sa fente mouillée, toute rose et un peu enflée après l'orgasme qu'elle vient d'avoir.

Du doigt, j'ouvre ses plis, je la lèche tout autour du clitoris en goûtant son essence puis j'enfonce la langue à l'intérieur pour la pénétrer aussi loin que possible. Elle frissonne, ses mains descendent jusqu'à ma tête et je sens ses ongles s'enfoncer dans mon cuir chevelu. L'un de ses doigts effleure ma cicatrice et il me fait très mal, mais je n'y prête pas attention non plus, je ne veux que lui donner du plaisir et la faire jouir. Chaque goutte venue de son corps me ravit, chacun des soupirs et des gémissements qui viennent de sa gorge aussi, et ma langue joue sur les nerfs qui se rencontrent en haut de son sexe. Elle commence à trembler, ses cuisses vibrent sous la tension et quand elle jouit avec un cri éperdu je sens un liquide à la fois salé et sucré, alors ses hanches se soulèvent du lit et son sexe se frotte sur ma langue.

Quand elle s'affaisse enfin en haletant après avoir joui je rampe vers elle et j'embrasse la délicate conque de son oreille. Je n'en ai pas encore fini, loin de là.

— Tu es si douce, ai-je murmuré en la sentant frissonner quand elle sent la chaleur de mon haleine. Ma verge vibre encore plus fort en la sentant réagir comme ça, mes bourses sont prêtes à exploser et mes paroles suivantes sont prononcées d'une voix grave et brutale, presque gutturale. Putain, tu es si douce… J'ai tellement envie de te baiser, mais je ne le ferai que… Je lui lèche le dessous du lobe de l'oreille, la poussant à m'attraper convulsivement les hanches, que lorsque tu auras joui encore une fois. Tu crois que tu peux encore jouir pour moi, bébé ?

— Je… je ne crois pas… Elle en perd le souffle, elle se tord dans mes bras et ma bouche descend le long de sa gorge en laissant une trace chaude et humide sur sa peau.

— Oh si ! Je crois que tu peux, ai-je murmuré et ma main droite glisse le long de son corps pour atteindre son intimité humide. Quand mes lèvres arrivent à ses épaules et en haut de sa poitrine, elle recommence à haleter et sa respiration devient de plus en plus irrégulière au fur et à mesure que je me rapproche de ses seins. Ses tétons roses sont tout raides, ils me supplient presque de les caresser, alors je ferme la bouche sur l'un des boutons de rose qui se dresse et je me mets à le sucer sans ménagement. Elle laisse échapper un son entre un gémissement et un geignement. Puis, je m'occupe de l'autre téton en le suçant jusqu'à la sentir trembler sous mon poids, et que son sexe m'inonde entièrement la main. Mais avant qu'elle ne jouisse je me glisse de nouveau le long de son corps et je la pénètre de nouveau de la langue au moment où son corps recommence à se contracter.

Je la lèche jusqu'à l'ultime fin de son orgasme puis je remonte sur elle et je m'appuie sur le coude droit. De la main gauche, je lui attrape la mâchoire pour la forcer à me regarder droit dans les yeux. Mais ses yeux restent vagues, elle est encore à l'effet du plaisir et je baisse la tête pour m'emparer de sa bouche et l'embrasser profondément, longuement. Je sais qu'elle peut sentir son propre goût sur mes lèvres, une pensée qui m'excite encore plus, et ma verge sursaute. Dans le même temps ses bras se nouent autour de mon cou pour m'étreindre et je sens ses seins contre ma poitrine, ses tétons sont durs comme de petits galets.

Putain ! Il faut que je la baise ! Maintenant !

Le contrôle que j'exerce sur moi-même commence à faiblir, mais je continue à l'embrasser en lui ouvrant les cuisses du genou. En appuyant ma verge sur son ouverture je glisse la main gauche dans ses cheveux pour lui maintenir l'arrière du crâne.

Alors je commence à pousser en elle.

Et c'est petit aussi à l'intérieur, son vagin est plus serré que jamais. Je sens sa chair mouillée m'engloutir progressivement, s'étirer pour moi, mon dos se met à frissonner, mes bourses remontent le long de mon corps. Je ne suis pas encore en elle jusqu'au bout et je vais déjà exploser de ce plaisir fou. *Ralentis,* me suis-je rappelé sans ménagement. *Ralentis.*

Elle arrache sa bouche à la mienne, ses petits halètements me soufflent sur l'oreille.

— Je te veux, murmure-t-elle. Elle lève les jambes pour m'emprisonner les hanches. Ce mouvement m'aide à la pénétrer plus profondément et à me faire gronder éperdument de désir.

Je t'en prie, Julian…

L'entendre me dire ça m'ôte le peu de retenue qu'il me restait. *Ce n'est plus le moment de ralentir, putain…* Du plus profond de ma poitrine sort un grondement sourd, et mes mains lui agrippent les cheveux quand je commence à la marteler sauvagement, implacablement. Elle se met à hurler et me prend par le cou, son corps vient accueillir mes assauts sans merci.

Ma tête explose sous les sensations, c'est une extase indicible. Voici exactement ce que je veux, ce dont j'ai besoin. La raison pour laquelle je ne la laisserai jamais partir. Nos corps luttent sur le lit, les draps mouillés s'entortillent autour de nous et je me perds en elle, dans les sons et les odeurs du sexe brûlant où tous les coups sont permis. Nora est comme de la lave en fusion dans mes bras, son corps mince se cambre encore contre le mien, ses jambes entourent mes cuisses. Chaque coup m'enfonce encore plus profondément en elle jusqu'à ce que nous ne fassions plus qu'un, que nous soyons soudés l'un à l'autre.

C'est elle qui jouit la première et son intérieur me serre encore plus fort. J'entends son cri étranglé quand elle me mord l'épaule en proie à l'orgasme, et puis c'est mon tour et je tremble sur elle quand ma semence jaillit en jets brûlants continus.

Peinant à respirer, je m'écroule sur elle, mes bras ne peuvent plus supporter mon poids. Chaque muscle de mon corps tremble de la violence de mon plaisir et je suis couvert d'un fin voile de sueur. Quelques instants plus tard, j'arrive à rouler sur le dos et je la prends au-dessus de moi.

Ce ne devrait pas être encore aussi intense, pas après avoir baisé comme tout à l'heure et pourtant si. C'est toujours comme ça. Je la désire sans cesse, je ne pense qu'à elle. Si jamais je la perdais…

Non. Je refuse de penser à ça ; ça n'arrivera pas. Je ne le permettrai pas.

Je ferai ce qu'il faudra pour la protéger.

La protéger de tous, sauf de moi.

CHAPITRE HUIT

❖ NORA ❖

Quand je me réveille le lendemain matin Julian est déjà levé.

Je me lève à mon tour et je vais immédiatement prendre une douche, j'en ai bien besoin après la nuit dernière. Nous nous sommes endormis tous les deux après avoir fait l'amour, trop épuisés pour aller nous laver et changer les draps encore humides. Et puis, juste avant l'aurore, Julian m'a réveillée en se glissant près de moi et ses caresses adroites m'ont fait jouir une nouvelle fois avant que je ne sois complètement consciente. C'est comme si après notre longue séparation il n'arrivait pas à se rassasier de moi et que sa libido qui est déjà intense se déchaîne.

D'ailleurs moi non plus je n'arrive pas à me rassasier de lui.

Je me mets à sourire en pensant à notre nuit torride et passionnée. Julian m'avait promis une nuit de noces parfaite et c'est exactement ce qu'il m'a donné. Je ne sais même pas combien de fois j'ai joui depuis vingt-quatre heures. Évidemment maintenant c'est encore plus douloureux, ma chair est à vif après avoir autant baisé.

Et pourtant je me sens infiniment mieux aujourd'hui, que ce soit physiquement ou mentalement. Les bleus de mes cuisses me font moins mal quand je les touche et je ne suis plus aussi bouleversée. Même l'idée d'avoir épousé Julian ne me semble pas aussi effrayante à la lumière du matin. Rien n'a vraiment changé, si ce n'est que maintenant il y a un document qui nous unit et qui informe tout le monde que j'appartiens à Julian. Ravisseur, amant ou époux, ça revient au même ; l'étiquette ne change pas la réalité de notre relation dysfonctionnelle.

J'arrive sous la douche et je renverse la tête en arrière pour laisser couler l'eau chaude sur mon visage. La douche est aussi luxueuse que le reste de la maison, c'est une cabine ronde assez vaste pour accueillir une dizaine de personnes. Je me lave méticuleusement pour retrouver visage humain. Puis je retourne m'habiller dans la chambre.

Je trouve une immense armoire au fond de la pièce, elle est essentiellement remplie de vêtements d'été légers. En me souvenant de la chaleur étouffante qu'il fait dehors je choisis une simple robe bleue puis j'enfile des tongs marron. Ce n'est pas ce qu'il y a de plus sophistiqué, mais ça ira.

Je suis prête pour partir à la découverte de ma nouvelle demeure.

* * *

Le domaine est immense, bien plus grand qu'il me semblait hier soir. En plus du bâtiment central, il y a aussi des casernes pour les deux cents et quelques gardes qui patrouillent le périmètre et un certain nombre de maisons occupées par d'autres employés et leur famille. C'est presque comme une petite ville, ou une sorte d'enceinte militaire.

C'est Ana qui m'a appris tout ça pendant le petit déjeuner. Visiblement, Julian avait laissé des instructions pour que je puisse manger et faire la visite une fois que je serai réveillée. Comme d'habitude, Julian est pris par son travail.

— Le Señor Esguerra a une réunion importante m'explique Ana en me servant un plat qui s'appelle *Migas de Arepa*, des œufs brouillés avec des galettes de maïs, de la sauce tomate et des oignons. Il m'a demandé de prendre soin de vous aujourd'hui, vous me direz si vous avez besoin de quoi que ce soit, s'il vous plait. Après le petit déjeuner, je peux demander à Rosa de vous faire visiter si vous voulez.

— Merci, Ana, ai-je dit en commençant à manger. C'est incroyablement délicieux, le goût sucré des arepas met en valeur celui des œufs. J'aimerais bien faire la visite.

Nous bavardons un peu pendant que je finis de manger. Non seulement elle me donne des renseignements sur le domaine, mais Ana m'apprend qu'elle a vécu presque toute sa vie ici, elle a commencé dans sa jeunesse comme bonne au service du père de Julian.

— C'est comme ça que j'ai appris l'anglais, dit-elle en me versant une tasse de chocolat chaud mousseux. La Señora Esguerra était américaine, comme vous, et elle ne savait pas l'espagnol.

Je hoche la tête en me souvenant de ce que Julian m'a dit au sujet de sa mère. Avant d'épouser son père, elle était mannequin à New York.

— Alors vous avez connu Julian quand il était petit ? ai-je demandé en buvant le délicieux chocolat chaud. Comme les œufs, il a des arômes inhabituels, avec un soupçon de clou de girofle, de cannelle et de vanille.

— Oui. Ana s'arrête là, comme si elle avait peur d'en dire trop. Je lui adresse un sourire encourageant, espérant qu'elle va m'en dire davantage, mais à la place elle commence à débarrasser la table ce qui indique que la conversation est terminée.

En soupirant, je finis mon chocolat chaud et je me lève. J'aimerais bien en savoir plus sur mon mari, mais j'ai l'impression qu'Ana sera aussi muette sur ce sujet que Beth.

Beth. La peine habituelle revient, accompagnée d'une rage dévorante. Le souvenir de sa mort violente n'est jamais loin de mon esprit et menace de me noyer dans la haine si je le laisse faire. La première fois que Julian m'a parlé de ce qu'il a fait aux agresseurs de Maria, j'étais horrifiée… mais maintenant je le comprends. Si seulement je pouvais mettre la main sur le terroriste qui a tué Beth et le faire payer pour ce qu'il lui a fait. Même le fait de le savoir mort ne suffit pas à m'apaiser ; c'est toujours là, ça me ronge et ça m'empoisonne de l'intérieur.

— Señora, voici Rosa, dit Ana, et je me tourne vers l'entrée de la salle à manger pour voir une jeune femme brune. Elle a l'air d'avoir environ mon âge, le visage rond et un grand sourire. Comme Ana, elle porte une robe noire à manches courtes et un tablier blanc. Rosa, voici la nouvelle épouse du Señor Esguerra, Nora.

Rosa sourit encore plus.

— Oh, bonjour, Señora Esguerra, je suis heureuse de faire votre connaissance. Son anglais est encore meilleur que celui d'Ana, on devine à peine son accent.

— Merci, Rosa, ai-je répondu. Elle me plait tout de suite. Moi aussi je suis très heureuse de faire votre connaissance. Et s'il vous plait, appelez-moi Nora. Je me tourne vers la gouvernante. Vous aussi Ana, s'il vous plait. Je n'ai pas l'habitude qu'on m'appelle « Señora ». Et c'est vrai. C'est particulièrement étrange de m'entendre appeler « Señora Esguerra ». Est-ce que ça veut dire que désormais je porte le nom de famille de Julian ? Nous n'en avons pas encore parlé, mais j'imagine que là aussi Julian voudra suivre la tradition.

Nora Esguerra. À cette pensée, mon cœur s'accélère, et certaines des peurs irrationnelles d'hier reviennent. Pendant dix-neuf ans et demi, je me suis appelée Nora Leston. Je suis habituée à ce nom, il me convient bien. L'idée d'en changer me met très mal à l'aise, comme si je perdais encore une part de moi-même. Comme si Julian me dépouillait de tout ce que j'étais et me transformait en une personne que je reconnais à peine.

— Bien sûr ! dit Ana en interrompant ma rêverie inquiète. Nous serons heureuses de vous appeler comme vous le voudrez. Rosa hoche vigoureusement la tête pour exprimer son approbation en me faisant un grand sourire et je respire profondément plusieurs fois de suite pour calmer mon cœur qui bat à se rompre.

— Merci. Je parviens à leur adresser un sourire. C'est gentil.

— Aimeriez-vous visiter la maison avant que nous allions dehors ? demande Rosa en tapotant son tablier. Ou préférez-vous aller dehors en premier ?

— Nous pouvons commencer par la maison si vous le voulez bien, lui ai-je dit. Ensuite, je remercie Ana pour le petit déjeuner et nous commençons la visite.

Rosa me montre d'abord le rez-de-chaussée. Il y a plus d'une douzaine de pièces, parmi lesquelles une grande bibliothèque avec un grand choix de livres. Il y a aussi un cinéma privé avec une télévision murale et une assez grande salle de gym avec des équipements haut de gamme. Je suis aussi contente de découvrir que Julian n'a pas oublié mon goût pour la peinture ; l'une des pièces a été convertie en atelier avec des toiles blanches posées le long d'une immense fenêtre orientée au sud.

— Le Señor Esguerra a fait installer tout ça une quinzaine de jours avant votre arrivée, me dit Rosa en me menant de pièce en pièce. Si bien que tout est neuf.

Je cligne des yeux, ce qu'elle vient de me dire me surprend. J'avais deviné que l'atelier venait d'être installé puisque Julian ne peint pas, mais je n'avais pas réalisé qu'il avait fait refaire toute la maison.

— Mais il n'a pas aussi fait installer une piscine, si ? Je demande pour plaisanter tandis que nous passons dans le couloir.

— Non, la piscine existait déjà, dit Rosa qui reste imperturbable. Mais il l'a fait rénover. Et me conduisant vers une porte de derrière qui est fermée, elle me montre une piscine olympique entourée de plantes tropicales. Il y a également des chaises longues qui ont l'air incroyablement confortables, de grands parasols pour faire de l'ombre et plusieurs tables dehors avec des chaises.

— Comme c'est agréable, ai-je murmuré en sentant l'air chaud et humide sur ma peau. Avec ce climat, j'ai l'impression que ça sera vraiment bien d'avoir une piscine.

Nous rentrons dans la maison et nous allons au premier étage. En plus de la chambre principale, il y en a d'autres et chacune d'elle est plus grande que mon studio de Chicago.

— Pourquoi la maison est-elle aussi grande ? ai-je demandé à Rosa après notre visite de toutes ces pièces somptueuses. Il n'y a pas beaucoup de gens qui vivent ici, n'est-ce pas ?

— Non, c'est vrai, me confirme Rosa. Mais cette maison a été construite par le précédent Señor Esguerra et d'après ce que j'ai compris, il organisait souvent des fêtes et invitait souvent ses associés chez lui.

— Comment êtes-vous venue travailler ici ? Je regarde Rosa avec curiosité tandis que nous montons l'escalier incurvé. Et comment avez-vous appris à parler aussi bien anglais ?

— Oh, je suis née dans le domaine Esguerra, dit-elle comme si ça allait de soi. Mon père était l'un des gardes du vieux Señor, ma mère et mon grand frère travaillaient également pour lui. C'est la femme du Señor, elle était américaine, vous savez, qui m'a appris l'anglais quand j'étais petite. Je pense qu'elle s'ennuyait un peu ici, si bien qu'elle donnait des leçons d'anglais à tout le personnel et à tous ceux qui avaient envie de l'apprendre. Ensuite elle a insisté pour que nous parlions tous anglais dans le domaine, même entre nous, pour le pratiquer.

— Je vois. Rosa semble plus loquace qu'Ana, je lui pose donc la question que j'ai déjà posée à la gouvernante. Si vous avez grandi ici, vous connaissiez Julian à l'époque ?

— Non, pas vraiment. Elle me jette un coup d'œil quand nous sortons de la maison par la porte principale. Quand votre mari a quitté le pays, j'étais très jeune, je devais avoir quatre ans, je ne me souviens donc pas de lui quand il était petit. À part cette dernière quinzaine, je ne l'ai vu que quelques jours après…

— Après la mort de ses parents ? ai-dit à voix basse. Je me souviens que Julian m'a dit que ses parents avaient été assassinés, mais il ne m'a jamais raconté comment c'était arrivé. Il m'a juste dit que c'était un rival de son père qui avait voulu se débarrasser de lui.

— Oui, dit tristement Rosa, son grand sourire a complètement disparu. Quelques années après le départ de Julian l'un des cartels de la côte nord a tenté de prendre le contrôle des opérations Esguerra. Ils ont frappé le nerf sensible de l'organisation et ils sont même venus ici, dans le domaine. Beaucoup de gens sont morts ce jour-là. Mon père et mon frère aussi.

Je m'arrête de marcher et je la fixe des yeux.

— Oh, mon Dieu, Rosa, je suis navrée… Je suis bouleversée d'avoir évoqué un souvenir aussi pénible. Sans savoir pourquoi, je ne pensais pas que les gens qui vivent ici avaient subi les conséquences des évènements qui ont traumatisé Julian. Je suis tellement navrée…

— Ce n'est pas grave, dit-elle. Mais son visage est encore tendu, c'est arrivé il y a presque douze ans maintenant.

— Vous deviez être très jeune à l'époque ? ai-je dit doucement. Quel âge avez-vous ?

— Vingt-et-un ans, répond-elle tandis que nous descendons du perron. Puis elle me jette un regard plein de curiosité et sa tristesse commence à s'estomper. Et vous, Nora ? Si vous permettez cette question, vous aussi vous avez l'air très jeune.

Je lui souris.

— J'ai dix-neuf ans. J'en aurai vingt dans quelques mois. Je suis heureuse qu'elle soit suffisamment à l'aise pour me poser des questions personnelles. Je ne veux pas être la Señora ici et être traitée comme une châtelaine.

Elle me sourit à son tour, elle a visiblement retrouvé son entrain.

— C'est ce que je croyais, dit-elle avec une évidente satisfaction. Quand elle vous a vue hier soir Ana pensait que vous étiez encore plus jeune, mais elle a presque cinquante ans et elle prend tous les gens de notre âge pour des bébés. Ce matin, j'ai pensé que vous aviez vingt ans et j'avais raison.

Je me mets à rire, ravie par sa franchise.

— Absolument, vous aviez raison !

Pendant le reste de la visite, Rosa multiplie les questions, elle m'interroge sur moi-même et sur ma vie quand j'étais aux États-Unis. Elle est visiblement fascinée par l'Amérique, elle a vu un certain nombre de films américains pour améliorer son anglais.

— J'aimerais bien y aller un jour, dit-elle d'un air rêveur. Voir New York, marcher sur Times Square avec toutes ses illuminations…

— Vous devriez vraiment y aller, lui ai-je dit. Je ne suis allée qu'une seule fois à New York et c'était super. Il y a tellement de choses à voir.

Tout en bavardant, elle me fait visiter le domaine, elle me montre les casernes dont Rosa m'a déjà parlé et les hommes qui s'entraînent au fond de l'enceinte. Pour s'entraîner, ils ont une salle de boxe, un stand de tir et ce qui ressemble à une course d'obstacles dans une vaste prairie.

— Les gardes aiment se maintenir au mieux de leur forme, m'explique Rosa alors que nous croisons un groupe d'hommes au visage dur qui pratiquent une forme d'art martial. La plupart d'entre eux sont d'anciens soldats et ils sont tous très compétents.

— Julian s'entraîne avec eux, non ? ai-je demandé tout en regardant avec fascination l'un des hommes abattre son adversaire d'un seul coup de poing à la tête. J'ai appris un peu d'autodéfense en prenant des leçons à Chicago, mais comparé à ce qu'on fait ici c'est de l'enfantillage.

— Oh, oui ! Le ton de Rosa est plein de déférence. J'ai vu le Señor Esguerra s'entraîner et il est aussi fort que n'importe lequel de ses hommes.

— Oui, j'en suis sûre, ai-je dit en me souvenant de la manière dont Julian est venu à ma rescousse dans le hangar. Il était totalement dans son élément, arrivant dans la nuit comme un ange de la mort. Pendant un instant, ces souvenirs funèbres menacent de m'envahir de nouveau, mais je les repousse, déterminée à ne pas m'appesantir sur le passé. En me détournant des combattants, je demande à Rosa :

— Est-ce que par hasard vous sauriez où il est aujourd'hui ? Ana m'a dit qu'il avait une réunion.

En guise de réponse, elle hausse des épaules.

— Il est sans doute dans son bureau, c'est dans ce bâtiment, là-bas. Elle me montre un petit bâtiment moderne qui se trouve près de la maison. Il l'a rénové aussi et il y passe beaucoup de temps depuis son retour. J'ai vu Lucas, Peter et quelques autres y entrer ce matin, donc je suppose que Julian les y a réunis.

— Qui est Peter ? ai-je demandé. Je connais déjà Lucas, mais c'est la première fois que j'entends parler de Peter.

— C'est l'un des employés du Señor Esguerra, répond Rosa tandis que nous revenons vers la maison. Il est venu ici il y a quelques semaines pour superviser certaines des mesures de sécurité.

— Ah, je vois.

Quand nous rejoignons la maison, mes vêtements me collent à la peau tellement il fait humide. C'est un soulagement d'être à l'intérieur où la climatisation rafraîchit agréablement la température.

— C'est typique de l'Amazonie, dit Rosa en souriant quand je bois d'un trait un verre d'eau fraîche à la cuisine. Nous sommes juste à côté de la forêt tropicale et dehors on a toujours l'impression d'être dans une étuve.

— Ouais, sans blague ! ai-je marmonné, j'ai vraiment besoin d'aller reprendre une douche. Sur l'île aussi il faisait chaud, mais la brise venant de l'océan rendait le climat tolérable et même agréable. Mais ici, la chaleur est presque étouffante, il n'y a pas de vent et l'air est saturé d'humidité.

En reposant le verre vide sur la table je me tourne vers Rosa.

— Je crois que je vais faire bon usage de la piscine que vous m'avez montrée, lui ai-je dit en décidant d'y aller. Aimeriez-vous venir avec moi ?

Rosa ouvre grands les yeux. Visiblement, mon invitation l'étonne.

— J'aimerais bien, dit-elle sincèrement, mais il faut que j'aide Ana à préparer le déjeuner et ensuite faire les chambres au premier étage…

— Bien sûr. Je suis un peu gênée parce que l'espace d'un instant j'ai oublié que Rosa n'est pas seulement là pour me tenir compagnie, qu'en fait elle a du travail et des responsabilités dans la maison. Eh bien, dans ce cas, merci pour la visite, c'était vraiment gentil de votre part.

Elle me sourit.

— Avec plaisir, c'est quand vous voulez.

Et tandis qu'elle s'affaire dans la cuisine, je vais en haut mettre mon maillot de bain.

CHAPITRE NEUF

❖ JULIAN ❖

Je retrouve Nora au bord de la piscine, elle lit sous l'un des parasols. Elle a les jambes croisées et elle porte un bikini blanc sans bretelles, des gouttes d'eau brillent sur sa peau dorée. Elle vient sans doute de se baigner.

En entendant mes pas, elle s'assied et pose le livre sur une petite table.

— Salut ! dit-elle doucement quand je m'approche de sa chaise longue. Ses lunettes de soleil sont un peu trop grandes pour son petit visage et lui donnent un peu l'air d'une libellule et je me dis qu'il faudra lui en acheter d'autres la prochaine fois que j'irai à Bogota.

— Salut ! mon chat, ai-je murmuré en m'asseyant à côté d'elle. Je lève la main et je lui enlève ses lunettes puis je me penche pour lui donner un petit baiser. Elle a un goût de soleil, ses lèvres sont douces et accueillantes, immédiatement ma verge se raidit en réagissant à la proximité de son corps presque nu. Ce soir, me suis-je promis en relevant la tête à regret, ce soir elle sera de nouveau à moi.

— C'était quoi ta réunion ce matin ? demande-t-elle un peu essoufflée après notre baiser. Dans ses yeux noirs, je lis sa curiosité mêlée à un soupçon de prudence quand elle me regarde. De nouveau, elle me met à l'épreuve, elle veut savoir ce que je suis désormais prêt à partager avec elle.

J'y réfléchis un instant. Ce serait tentant de la laisser dans l'ignorance. Malgré tout, Nora est encore tellement naïve, tellement ignorante du monde tel qu'il est. Elle en a eu un petit aperçu dans le hangar, mais ce n'était rien en comparaison de ce que je rencontre quotidiennement. Je veux continuer à la protéger de la brutalité de mon univers, mais son ignorance ne se confond plus avec sa sécurité maintenant que mes ennemis connaissent son existence. D'ailleurs, j'ai l'impression que ma jeune épouse est moins fragile que son apparence délicate le donnerait à penser.

C'est indispensable pour qu'elle puisse vivre avec moi.

Parvenu à prendre une décision, je lui souris froidement.

— Nous venons juste de recevoir des renseignements au sujet de deux cellules d'Al-Quadar, ai-je dit en examinant sa réaction. Maintenant, nous cherchons comment les éliminer et capturer certains de leurs membres par la même occasion. Notre réunion visait à coordonner les détails concrets de cette opération.

Elle ouvre plus légèrement les yeux, mais elle arrive bien à contrôler le choc que lui donnent mes révélations.

— Il y a combien de cellules ? demande-t-elle en s'avançant sur sa chaise longue. Je la vois serrer le poing près de sa jambe bien que sa voix soit restée calme. Quelle est la taille de leur organisation ?

— Personne ne le sait, sauf les principaux chefs. C'est la raison pour laquelle il est si difficile de les anéantir, ils sont disséminés dans le monde entier, comme une vraie vermine. Mais ils ont commis une erreur quand ils ont essayé de jouer au plus fort avec moi. Je suis très doué pour me débarrasser de la vermine.

Nora avale machinalement sa salive, mais continue à soutenir mon regard. *Qu'elle est courageuse !*

— Qu'est-ce qu'ils te voulaient ? demande-t-elle. Pourquoi ont-ils décidé de jouer au plus fort ?

J'hésite une seconde puis je décide de tout lui dire. Autant qu'elle le sache maintenant.

— Ma compagnie a mis au point un nouveau type d'arme, un explosif qu'il est presque impossible de détecter, j'explique. Avec deux ou trois kilos, on peut faire sauter un aéroport de taille moyenne et avec douze kilos une petite ville. Elle a la force explosive d'une bombe nucléaire sans être radioactive, la substance dans laquelle elle est faite ressemble à du plastique si bien qu'on peut lui donner n'importe quelle forme, même celle d'un jouet.

Elle me regarde fixement et se met à pâlir. Elle commence à en comprendre les implications.

— C'est la raison pour laquelle tu n'as pas voulu la leur donner ? demande-t-elle. Parce que tu ne voulais pas placer une arme aussi dangereuse dans la main de terroristes ?

— Non, pas vraiment. Je la regarde d'un air amusé. C'est gentil de sa part de m'attribuer de nobles intentions, mais elle devrait désormais mieux me connaitre. C'est simplement que cet explosif est difficile à produire en grandes quantités et que j'ai déjà une longue liste d'attente de clients. Al-Quadar était en dernier sur cette liste si bien qu'il leur aurait fallu attendre des années si ce n'est des décennies avant de pouvoir l'acheter.

Il faut rendre justice à Nora, l'expression de son visage reste le même.

— Alors qui est en tête de ta liste ? demande-t-elle d'un ton calme. Un autre groupe terroriste ?

— Non ! Je ris doucement. Tu es loin d'avoir deviné. C'est le gouvernement de ton pays, mon chat. Leur commande est si importante qu'elle suffira à faire travailler mes usines pendant des années.

— Ah, je vois. Elle parait d'abord soulagée puis son front lisse se plisse, elle est interloquée. Alors il y a aussi des gouvernements légitimes qui t'achètent des armes ? Je croyais que l'armée américaine avait mis au point son propre armement…

— C'est vrai. Je souris de sa naïveté. Mais ils ne peuvent pas laisser passer une telle occasion. Et plus ils m'en achètent, moins j'en vends aux autres. C'est un arrangement où tout le monde y trouve son compte.

— Mais pourquoi ne pas te les prendre de force ? Ou simplement fermer tes usines ? Elle a du mal à comprendre et me fixe des yeux. D'ailleurs, puisqu'ils savent que tu existes, pourquoi t'autoriser à fabriquer illégalement des armes ?

— Parce que si ça n'était pas moi ça serait quelqu'un d'autre, et que cette personne ne serait peut-être pas aussi rationnelle et aussi pragmatique que moi. Je lis l'incrédulité sur son visage et je souris encore plus. Oui, mon chat, crois-moi si tu veux, le gouvernement américain préfère traiter avec moi qui ne nourris aucune hostilité particulière à son égard plutôt qu'avec quelqu'un comme Majid.

— Majid ?

— Le fils de pute qui a tué Beth. Ma voix se durcit, ce n'est plus le moment de rire. Celui qui t'a fait enlever à la clinique.

Quand je parle de Beth, Nora se raidit et je la vois de nouveau serrer les poings.

— Le Patron, c'est comme ça que je l'avais surnommé en mon for intérieur, murmure-t-elle, et elle regarde un instant au loin. Parce qu'il portait un costume, tu sais… Elle cligne des yeux et revient vers moi. C'était Majid ?

Je hoche la tête en restant impassible malgré la rage qui me dévore.

— Oui, c'était lui.

— J'aurais aimé qu'il ne trouve pas la mort dans l'explosion, dit-elle en me surprenant un instant. Ses yeux ont une lueur sombre au soleil. Il ne méritait pas une mort aussi douce.

— Non, c'est vrai, ai-je confirmé, comprenant maintenant ce qu'elle veut dire. Elle est comme moi, elle aurait voulu que Majid souffre davantage. Elle a soif de vengeance ; je l'entends dans sa voix, je le vois sur son visage. Je me demande ce qui se passerait si Majid se retrouvait à sa merci. Serait-elle vraiment capable de lui faire du mal ? De le faire tellement souffrir qu'il l'implorerait de le tuer ?

C'est une idée qui me donne à réfléchir.

— Est-ce que tu as amené Beth ici ? demande-t-elle en interrompant mes rêveries. Je veux dire, dans ton domaine ?

— Non. Je secoue la tête. Avant de venir sur l'île, Beth voyageait avec moi et ça fait longtemps que je n'étais pas revenu ici.

— Pourquoi ?

Je hausse les épaules.

— Sans doute parce que je ne m'y plaisais pas, ai-je dit tranquillement en ne voulant pas penser aux sombres souvenirs qui m'envahissent l'esprit à la question qu'elle m'a posée en toute innocence. C'est dans ce domaine que j'ai passé l'essentiel de mon enfance, fouetté et roué de coups par mon père jusqu'à ce que je puisse me défendre. C'est là que j'ai tué pour la première fois et que je suis venu chercher le cadavre ensanglanté de ma mère il y a douze ans. Ce n'est qu'après avoir complètement rénové la maison que j'ai pu envisager la possibilité de venir y habiter de nouveau et même alors, seule la présence de Nora me permet d'y être.

Elle me pose la main sur le genou et me ramène au présent.

— Julian… Elle s'arrête un instant comme si elle ne savait comment s'y prendre. Puis elle se décide à se jeter à l'eau. Il y a quelque chose que je voudrais te demander, dit-elle à voix basse, mais avec fermeté.

Je hausse le sourcil.

— Qu'est-ce que c'est, mon chat ?

— À Chicago j'ai pris des leçons, dit-elle sans se rendre compte qu'elle me serre le genou. Des leçons d'autodéfense et de tir, ce genre de choses… et j'aimerais continuer ici si c'est possible.

— Je vois. Je me mets à sourire. Il me semble que je ne m'étais pas trompé. Elle n'est plus cette jeune fille effrayée et sans défense que j'avais amenée dans l'île. Maintenant, Nora est plus forte, plus déterminée… et encore plus attirante. Je me souviens que le rapport de Lucas parlait de ces leçons, et je m'attendais un peu à sa demande.

— Tu aimerais que je t'entraîne pour que tu saches te battre et te servir d'une arme ?

Elle hoche la tête.

— Oui. Ou bien peut-être quelqu'un d'autre, si tu n'as pas le temps.

— Non ! L'idée qu'un de mes hommes puisse poser la main sur elle, même en tant qu'instructeur, me fait voir rouge. C'est moi qui t'apprendrai.

⁎ ⁎ ⁎

Je décide de commencer l'entraînement de Nora dès cet après-midi après m'être occupé de quelques mails. En fait, ça me plait de lui apprendre à se défendre. Il ne faudrait pas qu'elle se retrouve un jour en danger, mais si besoin, je veux qu'elle soit capable de se protéger.

Je suis conscient de l'ironie de la situation. La plupart des gens diraient que c'est de moi dont elle a besoin d'être protégée, et ils auraient sans doute raison. Mais je m'en fous. Nora est à moi désormais et je ferai tout ce qu'il faudra pour qu'elle soit en sécurité, même si ça implique qu'elle sache tuer quelqu'un comme moi.

Quand j'ai fini avec mes mails je pars à sa recherche dans la maison. Cette fois-ci, je la retrouve dans la salle de sport, elle court à toute vitesse sur le tapis roulant. À en juger par la sueur qui coule sur son dos mince ça doit faire un certain temps qu'elle va à cette vitesse.

Pour ne pas la faire sursauter, j'arrive par le côté.

En me voyant, elle ralentit la vitesse du tapis roulant et se met à jogger.

— Salut ! dit-elle hors d'haleine en attrapant une petite serviette de toilette pour s'essuyer le visage. C'est le moment d'aller s'entraîner ?

— Oui, j'ai deux heures devant moi. Ma voix est grave et rauque, comme d'habitude ma verge s'est raidie en la voyant. J'adore la voir comme ça, hors d'haleine, la peau trempée de sueur et rayonnante, ça me fait penser à son apparence après avoir fait l'amour sans retenue. Bien sûr, le fait qu'elle ne porte qu'un short et un soutien-gorge de sport n'arrange pas les choses. J'ai envie de lécher les gouttes de sueur qui perlent sur son ventre plat et la jeter sur le tapis de gym le plus proche pour la baiser en vitesse.

— Parfait. Elle m'adresse un grand sourire et appuie sur le bouton d'arrêt de la machine. Puis elle descend du tapis roulant et prend sa bouteille d'eau. Je suis prête.

Elle a l'air si enthousiaste que je renonce à la baiser sur le tapis pour le moment. Quelquefois, c'est agréable de retarder ses plaisirs et après tout je lui avais réservé ce moment exprès pour l'entraîner.

— Entendu, je dis, allons-y. Et en lui prenant la main, je la conduis au-dehors.

Nous allons sur le terrain où je m'entraîne d'habitude avec mes hommes. À ce moment de la journée, il fait trop chaud pour s'entraîner sérieusement et l'endroit est pratiquement désert. Mais sur son passage, je vois plusieurs gardes jeter un coup d'œil en douce à Nora. J'ai envie de leur arracher les yeux. Je crois qu'ils s'en aperçoivent parce que dès qu'ils me voient ils regardent tout de suite ailleurs. Je sais que c'est déraisonnable d'être aussi possessif avec elle, mais ça m'est égal. Elle m'appartient et il faut qu'ils le sachent tous.

— Par quoi commence-t-on ? demande-t-elle quand on arrive à une remise qui se trouve à un coin du terrain d'entraînement.

— Par le tir. Je la regarde de côté. Je veux voir comment tu te débrouilles avec un fusil.

Elle sourit, les yeux pleins d'impatience.

— Pas mal, dit-elle, la confiance que j'entends dans sa voix me fait sourire. J'ai l'impression que ma chérie a appris pas mal de choses en mon absence. J'ai hâte de la voir me montrer ses nouveaux talents.

Dans la remise, il y a des armes et des équipements pour s'entraîner. Je choisis les armes les plus souvent utilisées, ça va d'un pistolet 9mm à une arme d'assaut M16. J'attrape même un AK-47 bien que Nora soit peut-être trop petite pour pouvoir l'utiliser facilement.

Puis nous sortons pour aller au stand de tir.

Un certain nombre de cibles sont installées à intervalles différents. Je lui demande de commencer par la cible la plus proche : une douzaine de cannettes de bière vides empilées sur une table en bois à une quinzaine de mètres. Je lui tends le 9 mm, lui explique comment s'en servir et lui demande de viser les cannettes.

Je n'en reviens pas. Du premier coup ? elle en touche 10 sur 12.

— Merde ! marmonne-t-elle en abaissant son arme, je n'arrive pas à croire que j'ai pu rater ces deux-là.

Elle me surprend et m'impressionne et je lui fais essayer d'autres armes. Elle est à l'aise avec la plupart des pistolets et des fusils, elle atteint de nouveau presque toutes les cibles, mais quand elle essaye de viser avec le AK-47 son bras se met à trembler.

— Il faudra que tu prennes des forces pour utiliser celui-là, lui dis-je, en lui reprenant le fusil d'assaut.

Elle hoche la tête en guise d'acquiescement et tend la main vers sa bouteille d'eau.

— C'est vrai, dit-elle entre deux gorgées. Je veux devenir plus forte. Je veux devenir capable d'utiliser toutes ces armes, exactement comme toi.

Je ne peux m'empêcher de rire en l'entendant. Nora a beau être facile à vivre, elle est aussi très compétitive. Je m'en étais déjà aperçu quand on avait fait la course de cinq kilomètres dans l'île.

— D'accord, ai-je dit en continuant de rire. Je lui prends la bouteille, je bois à mon tour et je la lui rends. Je peux aussi t'entraîner à devenir plus forte.

Après avoir tiré encore un peu nous avons rapporté les armes à la remise. Puis je la ramène à la salle de gym pour lui montrer des gestes de base de combat.

Lucas y est aussi, il s'entraîne en boxant avec trois autres gardes. En nous voyant entrer dans la pièce, il s'arrête, salue respectueusement Nora dont il ne regarde que le visage. Maintenant qu'il sait à quoi s'en tenir sur les sentiments que je lui porte, il est assez intelligent pour ne pas montrer le moindre intérêt pour sa silhouette mince et à demi nue. Mais ses partenaires ne sont pas aussi avisés et j'ai besoin de leur jeter un coup d'œil incendiaire pour qu'ils arrêtent de la regarder des pieds à la tête.

— Salut, Lucas ! dit Nora sans tenir compte de ce petit échange. Je suis contente de vous revoir.

Lucas lui adresse un sourire d'une prudente neutralité.

— Vous aussi madame Esguerra.

Cette façon de l'appeler fait tiquer Nora ce qui m'agace, et ma légère irritation provoquée par l'attitude des gardes se transforme brusquement en colère dirigée contre elle. Sa réticence à m'épouser continue de me blesser et il n'en faut pas beaucoup pour que je retrouve les sentiments que j'ai éprouvés quand nous étions à l'église.

Car malgré tout l'amour qu'elle est censée avoir pour moi, elle continue de refuser notre mariage et je n'ai plus l'intention de me montrer raisonnable et de le lui pardonner.

— Dehors ! ai-je hurlé à Lucas et aux gardes en désignant la porte du pouce. Nous avons besoin de la salle.

Ils sortent en l'espace de quelques secondes et me laissent seul avec Nora.

Elle recule d'un pas, elle se méfie tout à coup. Elle me connait bien et elle sent que quelque chose ne va pas.

Comme d'habitude, elle devine de quoi il s'agit.

— Julian, dit-elle avec précaution, je n'aurais pas dû réagir comme ça. C'est juste que je n'ai pas encore l'habitude qu'on m'appelle ainsi…

— Vraiment, mon chat ? Ma voix est soyeuse et ne laisse rien paraitre de la rage qui bouillonne en moi. Je m'avance vers elle, je lève la main et je passe lentement le doigt sur sa mâchoire. Tu préférerais qu'on t'appelle autrement ? Tu préférerais peut-être que je ne sois pas revenu te chercher ?

Ses grands yeux s'écarquillent.

— Non, bien sûr que non ! Je te l'ai dit, je veux être avec toi…

— Ne me mens pas. Mes paroles sont froides et dures, et je baisse la main. Je suis furieux de réagir comme ça, de laisser quelque chose d'aussi insignifiant que les sentiments de Nora m'affecter de cette manière. Peu importe qu'elle m'aime ou pas. Ce n'est pas ce que je devrais vouloir d'elle ou attendre d'elle. Et pourtant c'est le cas, ça fait partie de mon obsession perverse la concernant.

— Je ne mens pas, dit-elle avec véhémence en reculant d'un pas. Son visage a pâli dans la faible lumière de la pièce, mais elle me regarde sans détour et sans flancher. Il serait logique que je ne veuille pas être avec toi, mais je le veux. Tu crois que je ne réalise pas à quel point c'est mal ? Et même pervers ? Tu m'as enlevée, Julian… tu m'as forcée.

Cette accusation est toujours entre nous, c'est un vrai fardeau. Si j'étais différent, si j'étais meilleur, je détournerais le regard. J'éprouverais des remords.

Mais je ne le fais pas.

Il ne s'agit pas de me faire des illusions sur moi-même. Je ne m'en suis jamais fait. Quand j'ai enlevé Nora, je savais que je franchissais une ligne rouge, que j'avais atteint un nouveau degré d'iniquité. Je l'ai fait en sachant pertinemment ce que cela faisait de moi : une bête féroce, quelqu'un d'irrécupérable, qui avait détruit l'innocence de cette jeune fille. Mais je suis prêt à l'assumer pour vivre avec elle.

Je ferais n'importe quoi pour qu'elle m'appartienne.

Donc au lieu de détourner le regard, je l'ai regardé droit dans les yeux.

— Oui, c'est vrai, ai-je dit à voix basse. Ma colère a disparu, elle a été remplacée par une émotion que je n'ai pas très envie d'examiner de près. Je recule à mon tour, je lève la main et je caresse du pouce la douceur merveilleuse de sa lèvre inférieure. Sous mon doigt, ses lèvres s'ouvrent et le désir que j'ai réprimé toute la journée revient de toutes ses forces me ronger.

Je la désire.

Je la désire et je vais la prendre.

Après ça, elle saura parfaitement qu'elle m'appartient.

CHAPITRE DIX

❖ NORA ❖

Tout en fixant mon mari des yeux, je résiste à mon envie de reculer. Je n'aurais pas dû laisser voir à Julian ma réaction en entendant mon nouveau nom, mais la séance de tir m'avait tellement fait plaisir, sans parler de la présence de Julian, que j'avais oublié la réalité de ma nouvelle situation. Entendre « Madame Esguerra » dans la bouche de Lucas m'a fait sursauter et a fait revenir le sentiment déconcertant d'avoir perdu mon identité, et pendant un instant je n'ai pas pu cacher mon désarroi.

Il a suffi de cet instant pour que Julian qui riait et plaisantait avec moi se métamorphose et redevienne l'homme terrifiant et imprévisible qui m'avait emmenée dans l'île.

Je sens mon pouls s'accélérer quand son pouce me caresse la lèvre, il fait preuve de douceur malgré les ténèbres qui lui brillent dans les yeux. Il ne semble pas contrarié par mes accusations imprudentes ; en fait, il semble plus calme désormais, presque amusé. Je ne sais pas trop à quoi je pensais en lui disant ça, mais je ne m'attendais pas à ce qu'il admette si facilement ses crimes, sans le moindre soupçon de remords ou de regret. La plupart des gens tentent de justifier leurs actions à leurs propres yeux ou devant autrui et manipulent la réalité dans leur intérêt, mais Julian est différent. Il voit les choses telles qu'elles sont ; le fait d'avoir commis des actes qui sont désapprouvés par la majorité des gens ne le gêne pas. Mon nouvel époux n'est pas fou, il n'est pas inconscient, c'est simplement quelqu'un qui ne sait pas ce que c'est que la morale.

Un homme que j'aime, et un homme qui me fait peur en ce moment.

Sans prononcer un mot de plus Julian baisse la main, me prend par l'avant-bras et m'entraîne vers l'un des tapis de lutte qui se trouvent vers le mur. En chemin, je vois une grosse bosse dans son short et ma respiration s'accélère dans un mélange d'anxiété et de désir involontaire.

Julian a l'intention de me baiser, ici et maintenant, alors que n'importe qui peut entrer dans la pièce.

Un mélange désagréable de désir et de gêne me brûle la peau. La logique me dit que ça ne va pas se passer en douceur, mais mon corps ne connait plus la différence entre être baisée pour être punie et faire l'amour tendrement. Il ne connait que Julian et il est conditionné à désirer ses caresses et ses coups.

À ma surprise, Julian ne se jette pas tout de suite sur moi. À la place il me lâche le bras et me regarde, sa bouche sensuelle est tordue dans un sourire froid et légèrement cruel.

— Pourquoi ne pas me montrer ce que tu as appris dans un de tes cours d'autodéfense, mon chat ? dit-il doucement. Voyons les parades qu'on t'a apprises.

Je le fixe des yeux, j'ai le cœur gros en réalisant ce que m'ordonne Julian. Il veut que je me batte contre lui, que je lui résiste, même si le résultat doit être le même.

Même si en perdant je me sentais humiliée et sans défense.

— Pourquoi ? ai-je demandé avec désespoir, en essayant de retarder l'inévitable. Je sais que Julian se joue de moi, mais je n'ai pas envie de jouer à ce jeu, pas après tout ce qui s'est passé entre nous. Je veux oublier les premiers jours sur l'île, pas les revivre de cette manière perverse.

— Pourquoi pas ? Il commence à tourner autour de moi, ce qui accroit encore mon anxiété. N'est-ce pas la raison pour laquelle tu as suivi ces cours, pour te protéger d'hommes tels que moi ? D'hommes qui veulent te prendre, abuser de toi ?

Ma respiration s'emballe encore plus, l'adrénaline coule à flots dans mon corps, et un réflexe involontaire me dit qu'il faut se battre ou s'enfuir. Instinctivement, je me retourne en essayant de ne pas le quitter des yeux, comme s'il était un dangereux prédateur, et c'est effectivement ce qu'il est en ce moment.

Un beau prédateur capable de tuer et qui a l'intention de faire de moi sa proie.

— Vas-y, Nora ! murmure-t-il en me plaquant le dos au mur. Bats-toi !

— Non. J'essaie de ne pas broncher quand il tend la main vers moi et la referme sur mon poignet. Je ne le ferai pas, Julian. Pas comme ça.

Ses narines se soulèvent. Il n'a pas l'habitude que je lui refuse quoi que ce soit et je retiens mon souffle en attendant de voir ce qu'il va faire. Mon cœur bat à se rompre dans ma poitrine et la sueur me coule dans le dos, mais je ne détourne pas les yeux. Je sais désormais que Julian ne me fera pas vraiment de mal, mais ça ne veut pas dire qu'il ne va pas me punir de lui désobéir.

— Entendu, dit-il doucement. Si c'est ça que tu veux. Et sans lâcher son emprise sur mon poignet, il me tord le bras vers le haut pour me forcer à me mettre à genou. De sa main restée libre, il ouvre son short et sa verge en érection en jaillit. Puis il m'agrippe les cheveux et me pousse la bouche vers son gland.

— Suce-le, dit-il brutalement en baissant les yeux vers moi.

Je suis si soulagée qu'il ne demande que ça, que je lui obéis avec joie et je ferme les lèvres autour de son gros sexe. Il a un goût de sel et un goût d'homme, l'extrémité de son gland est mouillée de liquide pré-éjaculatoire et une partie de mon anxiété disparait tandis que mon désir s'accroit. J'adore lui donner du plaisir de cette manière et tandis qu'il relâche son emprise sur mon poignet, je lui prends les bourses des deux mains, je les pétris et je les masse fermement.

Il gronde, ferme les yeux et je commence à bouger la bouche d'avant en arrière en le suçant de telle manière qu'à chaque fois je le prends plus profondément dans ma gorge. Sa manière de me tenir par les cheveux me fait mal au cuir chevelu, mais ça ne fait que m'exciter davantage. Julian avait raison de dire que j'ai des tendances masochistes. Que ce soit par nature ou parce qu'il me l'a appris, la souffrance me fait jouir maintenant, mon corps a soif de l'intensité de ces sortes de sensations.

En levant les yeux vers lui je savoure l'expression torturée de son visage, le petit goût de pouvoir qu'il m'accorde me fait plaisir.

Mais aujourd'hui, il ne me laisse pas longtemps choisir le rythme. Au contraire, il avance les hanches pour enfoncer de force sa verge dans ma bouche et je m'étrangle en avalant de la salive. Ce qui a l'air de lui plaire parce qu'il marmonne d'une voix étranglée :

— Oui, vas-y, bébé, en ouvrant les yeux et en commençant à me baiser d'un rythme brutal et implacable. Je m'étrangle de plus belle, ma salive coule davantage, j'en ai sur le menton et son gland est couvert de cette humidité visqueuse.

Alors il me relâche, mais avant que je puisse reprendre mon souffle il me fait tomber sur le tapis tête la première, les mains en avant. Puis il se met derrière moi et je le sens qui descend mon short et ma culotte jusqu'aux genoux. Mon sexe se contracte d'impatience… mais ce n'est pas là qu'il va aujourd'hui. C'est mon autre ouverture qui l'intéresse, et instinctivement je me tends en le sentant appuyer sa verge contre mes fesses.

— Détends-toi, mon chat, murmure-t-il, en m'attrapant par les hanches pour me mettre en place quand il commence à me pénétrer. Il suffit de te détendre… oui, voilà, c'est mieux…

Je respire avec de petites bouffées pour essayer de suivre le conseil de Julian et je résiste au désir de me contracter quand il commence lentement à me baiser par derrière. Je sais d'expérience que ça me fera beaucoup moins mal si je réussis à me détendre, mais mon corps semble décider à résister à son intrusion. Après des mois d'abstinence, c'est presque comme s'il le faisait pour la première fois et je sens une pression douloureuse et brûlante quand mon sphincter s'étire de force.

— Julian, s'il te plait… ces mots sortent dans un murmure d'imploration presque inaudible ; la salive autour de sa verge sert de lubrifiant. Mes entrailles se tordent de douleur et je suis couverte de sueur quand le muscle rond cède finalement et laisse entrer jusqu'au bout son énorme verge. Maintenant, il vibre à l'intérieur et me remplit jusqu'au bout, je suis envahie et submergée par lui.

— S'il te plait, quoi ? souffle-t-il en me mettant un de ses bras musclés sous les hanches pour me maintenir en place. Au même moment, son autre main m'attrape de nouveau les cheveux pour me forcer à me cambrer en arrière. Ce nouvel angle approfondit encore sa pénétration et je me mets à crier et à trembler. C'en est trop, je n'en peux plus, mais

Julian ne me donne pas le choix. Voilà ma punition, être baisée comme une bête sur un tapis sale, sans le moindre soin ni le moindre égard ; ça devrait me rendre malade, tuer tout soupçon de désir, et pourtant je suis excitée, mon corps a envie des sensations que Julian choisit de lui infliger.

— S'il te plait, quoi ? répète-t-il brutalement à voix basse. S'il te plait, baise-moi ? S'il te plait encore plus ?

— Je… je ne sais pas… Je peux à peine parler tant mes sens sont submergés. Alors il s'arrête de bouger et je lui sais gré de ce bref répit qui me permet de m'habituer à ce sexe si dur qu'il m'a enfoncé dedans. J'essaie de calmer ma respiration, de me détendre et la douleur commence à s'atténuer, se transformant en une autre sensation, une chaleur dévorante qui arrive à mes terminaisons nerveuses.

Il recommence à bouger, avec de lents coups profonds, la chaleur s'intensifie et se précise à l'intérieur de moi. Mes tétons se raidissent et mon sexe est inondé. Malgré tous les désagréments, il y a quelque chose d'érotiquement pervers à être prise comme ça, d'une manière si sale et si interdite. En fermant les yeux, je commence à imiter le rythme primitif de ses mouvements, les coups qui bouleversent mes entrailles de douleur et de plaisir. Mon clitoris se gonfle, il devient plus sensible et je sais qu'il lui suffirait de quelques caresses pour me faire jouir et me délivrer de la tension qui monte en moi.

Mais il ne le touche pas. À la place, sa main me lâche les cheveux et me glisse le long du cou. Puis il me prend par la gorge, me force à me relever, si bien que je suis maintenant à genou, le dos légèrement cambré. J'ouvre les yeux d'un coup et ma main se lève machinalement pour attraper ses doigts qui m'étranglent, mais il m'est impossible de lui faire relâcher son emprise. Dans cette position il est encore plus profondément enfoui et je peux à peine respirer, mon cœur se met à battre avec une nouvelle peur que je n'ai encore jamais éprouvée.

Alors il se penche en avant et je sens ses lèvres m'effleurer l'oreille.

— Tu es à moi pour le restant de tes jours, murmure-t-il brutalement. Son haleine chaude me donne la chair de poule. Me comprends-tu Nora ? Tout m'appartient, ton sexe, ton cul, tes putains de pensées… Tout est à moi, pour en user et en abuser. Tu m'appartiens entièrement, de toutes les manières possibles… Ses dents coupantes s'enfoncent dans le lobe de mon oreille en me coupant le souffle tellement ça me fait mal. Me comprends-tu ? Il y a quelque chose de ténébreux dans sa voix qui me fait peur. C'est nouveau, il ne m'a encore jamais rien fait de pareil et mon pouls s'emballe quand ses doigts se resserrent autour de ma gorge, m'empêchant lentement, mais inexorablement de respirer.

La panique qui m'envahit injecte de l'adrénaline dans mes veines.

— Oui… ai-je réussi à crier d'une voix rauque tandis que mes mains s'agrippent maintenant aux siennes pour essayer de les enlever. À ma grande horreur, je commence à voir trouble, la pièce devient floue et tout devient noir. *Il n'a quand même pas l'intention de me tuer… Il n'a quand même pas l'intention de me tuer…* Je suis terrifiée et pourtant mon sexe continue de vibrer et des frissons m'électrisent tandis que mon excitation poursuit inexorablement sa spirale.

— Bien. Et maintenant, dis-moi… de qui tu es la femme? Sa main se resserre encore plus et je vois toutes les étoiles du firmament tandis que mon cerveau lutte pour avoir de l'oxygène. Je suis sur le point de suffoquer et pourtant je n'ai jamais vécu avec une telle intensité, chacune de mes sensations est poussée à son paroxysme. La grosseur brûlante de sa verge dans mon anus, la chaleur de son souffle sur mes tempes, mon clitoris engorgé qui vibre, c'est à la fois trop et pas assez. Je veux hurler et me débattre, mais je ne peux pas bouger, je ne peux plus respirer… et comme à distance j'entends Julian me demander : De qui ?

Juste avant de m'évanouir je le sens relâcher son emprise sur ma gorge et je me mets à éructer :

— La tienne… et au même moment, mon corps a des convulsions d'extase et de souffrance, un orgasme si soudain et si extraordinairement intense quand l'oxygène dont j'ai tant besoin m'arrive dans les poumons.

En respirant désespérément je m'effondre contre lui, je tremble comme une feuille. Je n'arrive pas à croire que j'ai pu jouir comme ça sans que Julian ne m'ait jamais touché le sexe.

Je n'arrive pas à croire que j'ai pu jouir comme ça tout en ayant peur de mourir.

Un instant plus tard, je me rends compte que ses lèvres effleurent ma joue trempée de sueur.

— Oui, murmure-t-il tout en me caressant doucement la gorge, c'est bien, bébé… Il est encore profondément en moi, sa grosse verge me coupe en deux et m'envahit. Et comment t'appelles-tu ?

— Nora, ai-je réussi à prononcer d'une voix rauque en tremblant, ses doigts descendent de mon cou à mes seins. J'ai toujours mon soutien-gorge de sport et sa main s'enfouit sous l'épais tissu pour prendre mon sein.

— Nora comment ? insiste-t-il, en me pinçant le téton. Il est dressé et sensibilisé par l'orgasme et le doigt de Julian me lance une nouvelle vague de chaleur au plus profond de mon organisme. Nora comment ?

— Nora Esguerra, ai-je murmuré en fermant les yeux. Je ne pourrai plus jamais l'oublier, et tandis que Julian finit de me baiser, je sais que Nora Leston a disparu pour toujours.

Elle a disparu pour de bon.

DEUXIÈME PARTIE: LA DEMEURE

CHAPITRE ONZE

❖ NORA ❖

Pendant les deux ou trois semaines qui suivent, je commence à m'acclimater à ma nouvelle demeure. Le domaine est un endroit fascinant, et je passe le plus clair de mon temps à partir à sa découverte et à celle de ses habitants.

En plus des gardes, il y a quelques douzaines de gens qui vivent ici, certains seuls, d'autres en famille. Tous travaillent pour Julian d'une manière ou d'une autre, quel que soit leur âge. Certains, comme Ana et Rosa, s'occupent de la maison et du parc, pendant que d'autres sont impliqués dans les affaires de Julian. Il a beau être revenu depuis peu, la plupart de ses employés vivaient dans le domaine à l'époque où Juan Esguerra, le père de Julian, était l'un des barons de la drogue les plus puissants du pays. Pour une Américaine comme moi, une telle loyauté envers son employeur est incompréhensible.

— Ils sont bien payés, logés gratuitement et il y a quelques années votre mari a même engagé une institutrice pour leurs enfants, m'a expliqué Rosa quand je l'ai interrogée sur cet étrange phénomène. Même s'il n'était pas souvent là, il s'est toujours bien occupé de ses gens. Ils sont tous libres de partir s'ils le souhaitent, mais ils savent qu'ils ne trouveront sans doute rien de mieux. En plus, ici ils sont protégés, alors qu'à l'extérieur ils seraient la proie de policiers indiscrets ou de n'importe qui cherchant des renseignements sur l'organisation Esguerra. En m'adressant un sourire narquois, elle a ajouté : Ma mère disait que quand on arrivait sur le domaine on restait sur le domaine. Sans jamais plus en sortir.

— Alors pourquoi ont-ils choisi cette vie ? ai-je demandé parce que j'essayais de comprendre pourquoi s'installer dans l'enceinte d'un trafiquant d'armes en lisière de la forêt amazonienne. Je ne connais pas beaucoup de gens sains d'esprit qui le feraient de leur propre gré, surtout s'il était difficile d'en partir.

Rosa hausse les épaules.

— Eh bien, chacun a ses raisons. Certains sont recherchés par la police ; d'autres ont pour ennemis des gens dangereux. Mes parents sont venus ici pour échapper à la pauvreté et offrir une vie meilleure à leurs enfants. Ils savaient qu'ils prenaient un risque, mais ils pensaient n'avoir pas d'autre choix. Encore maintenant ma mère est persuadée qu'ils ont pris la bonne décision pour eux-mêmes et pour leurs enfants.

— Même après… ? ai-je commencé avant de me taire en réalisant que j'allais de nouveau évoquer des souvenirs douloureux pour Rosa.

— Oui, même après, dit-elle en comprenant ma question à moitié formulée. Il n'y a aucune garantie dans la vie. De toute façon, ils auraient pu mourir autrement. Mon père et Eduardo, mon frère aîné, sont morts en faisant leur travail, mais au moins ils avaient un travail. Dans le village de mes parents, il n'y en avait pas, et en ville c'était encore pire. Mes parents faisaient de leur mieux pour nous nourrir, mais ça ne suffisait pas. Quand ma mère était enceinte de moi, Eduardo, qui avait douze ans à l'époque, est allé à Medellin pour essayer de devenir passeur de drogue pour empêcher notre famille de mourir de faim. Mon père l'a suivi pour l'en empêcher et c'est comme ça qu'ils ont rencontré Juan Esguerra qui était dans la ville pour négocier avec le Cartel de Medellin. Il leur a offert à tous les deux un emploi dans son organisation et voilà l'histoire. Elle s'arrête et me sourit avant de poursuivre. Vous voyez, Nora, travailler pour le Señor Esguerra était la meilleure solution pour ma famille. Comme le dit ma mère, au moins elle n'avait plus besoin de se vendre pour manger comme elle le faisait dans sa jeunesse.

Rosa dit cette dernière phrase sans la moindre amertume ni sans s'apitoyer sur elle-même. Elle présente seulement la réalité. Elle pense sincèrement qu'elle a de la chance d'être née dans le domaine Esguerra. Elle est reconnaissante envers Julian et son père de donner un bon niveau de vie à sa famille, et malgré son désir d'aller en Amérique, ça ne lui pèse pas de vivre au bout du monde. Elle est chez elle dans ce domaine.

J'apprends tout ça en me promenant avec elle. Rosa n'aime pas le jogging, mais elle aime bien marcher avec moi le matin avant qu'il ne fasse trop chaud et trop humide. C'est une habitude que nous avons prise trois jours après mon arrivée. J'aime bien passer du temps en compagnie de Rosa ; elle est intelligente et gentille et me fait un peu penser à Leah, mon amie. Et Rosa semble également se plaire avec moi, bien que je sois sûre qu'elle serait aimable de toute façon, étant donnée ma position. Dans le domaine, tout le monde me traite avec respect et politesse.

Après tout, je suis la femme du Señor.

Après l'incident de la salle de gym, j'ai fait de mon mieux pour accepter le fait que je suis mariée avec Julian, que ce bel homme immoral qui m'a enlevée est désormais mon mari. L'idée me dérange encore quelque part, mais de jour en jour je m'y habitue. Ma vie a changé une fois pour toutes quand Julian m'a enlevée et j'aurais dû renoncer depuis longtemps au rêve éloigné d'avoir une vie « normale ». M'y accrocher tout en tombant amoureuse de mon ravisseur était tout aussi illogique que mes sentiments pour lui.

Au lieu d'une maison en banlieue avec 2,5 enfants mon futur se résume désormais à une enceinte étroitement gardée près de la jungle amazonienne et un homme qui m'inspire à la fois du désir et de la terreur. Il m'est impossible d'imaginer avoir des enfants avec Julian et je pense avec effroi au fait que dans quelques mois trop courts l'implant contraceptif que j'ai depuis l'âge de dix-sept ans cessera d'être efficace. Il va falloir en parler avec Julian à un moment ou un autre, mais pour le moment j'essaie de ne pas y penser. Je ne suis pas plus prête à devenir mère que je ne l'étais à me marier et la possibilité de m'y voir contrainte me donne des sueurs froides. J'aime Julian, mais élever des enfants avec un homme capable de kidnapping et de meurtre ? C'est une tout autre histoire.

À Chicago, mes parents et mes amies ne font rien pour m'aider. J'ai eu Leah une fois au téléphone, je lui annonçais mon mariage précipité et elle a été choquée, c'est le moins qu'on puisse dire.

— Tu as épousé le trafiquant d'armes ? s'exclame-t-elle avec incrédulité. Après tout ce qu'il vous a fait, à Jake et à toi ? Es-tu devenue folle ? Tu n'as que dix-neuf ans, et lui, il devrait être en prison ! Et malgré tout ce que j'ai essayé de lui raconter pour enjoliver la situation, je sais qu'elle a raccroché en pensant que depuis mon enlèvement j'ai un grain.

Mes parents sont encore pires. Chaque fois que je parle avec eux, je dois me dérober à leurs questions insistantes sur mon mariage imprévu et sur les projets d'avenir de Julian. Je ne leur en veux pas d'aggraver mon anxiété ; je sais qu'ils se font beaucoup de soucis pour moi. La dernière fois que nous nous sommes joints par vidéo les yeux de ma mère étaient rouges et gonflés, comme si elle avait pleuré. Il est évident que l'histoire que j'ai inventée à la hâte le jour de mon mariage n'a pas réussi à minimiser leurs inquiétudes. Mes parents savent comment a débuté ma relation avec Julian et ils ont du mal à croire que je peux être heureuse avec un homme qu'ils considèrent comme l'incarnation du mal.

Et pourtant je *suis* heureuse, malgré mon anxiété concernant l'avenir. Je n'ai plus ce vide glacé en moi, il a été remplacé par une abondance étourdissante d'émotions et de sensations. C'est comme si le film en noir et blanc de ma vie passait maintenant en technicolor.

Quand je suis avec Julian, je suis comblée, d'une manière que je ne comprends pas tout à fait et que je n'arrive pas vraiment à admettre. Je n'étais pourtant pas malheureuse avant de le rencontrer. J'avais des amies formidables, des parents qui m'aiment, et la perspective d'une vie agréable, même si elle semblait devoir être ordinaire. J'avais même le béguin pour Jake et toutes les émotions qui vont avec. Il semble absurde d'avoir eu besoin de quelque chose d'aussi pervers que ma relation avec Julian pour enrichir ma vie et me donner ce qui me manquait.

Évidemment je ne suis pas psychologue. Peut-être pourrait-on expliquer mes sentiments par un traumatisme d'enfance que j'aurais réprimé, ou par un déséquilibre chimique dans mon cerveau. Ou peut-être que c'est seulement Julian et sa façon délibérée de conditionner mes réactions physiques et mes émotions depuis mes premiers jours dans l'île. Je connais ses méthodes, mais le fait de les connaitre ne les empêche pas d'être efficaces. C'est étrange de savoir qu'on est manipulée tout en trouvant du plaisir dans les résultats de cette manipulation.

Et j'y trouve du plaisir. C'est exaltant d'être avec Julian, à la fois effrayant et excitant, comme chevaucher un tigre sauvage. Je ne sais jamais quel visage de lui il va me montrer : l'amant plein de charme ou le maître cruel. Et ça a beau être pervers, je veux les deux, je suis droguée aux deux, la lumière et les ténèbres, la violence et la tendresse. Cela fonctionne ensemble, et a pour résultat un cocktail explosif et enivrant qui met en péril mon équilibre et qui accroît encore l'emprise qu'il possède sur moi.

Bien sûr, le fait de le voir désormais quotidiennement n'arrange rien. Dans l'île, les fréquentes absences de Julian me donnaient le temps de me remettre de l'effet considérable qu'il avait sur mon corps et sur mon esprit et me permettaient de garder une certaine forme d'équilibre. Mais ici, il n'y a pas de répit, son magnétisme s'exerce sans cesse sur moi et rien ne me protège de son pouvoir de séduction. Avec chaque jour qui passe, je perds encore davantage mon âme pour la lui donner, mon désir pour lui augmente avec le temps au lieu de diminuer.

La seule chose qui m'empêche de devenir folle, c'est de savoir que Julian ressent la même attirance pour moi. Je ne sais pas si c'est à cause de ma ressemblance avec Maria ou seulement parce que nous sommes inexplicablement sur la même longueur d'onde, mais je sais que l'addiction est réciproque.

L'appétit de Julian pour moi ne connait pas de limites. Il me prend deux ou trois fois par nuit, et souvent aussi pendant la journée, et pourtant j'ai l'impression qu'il en veut toujours plus. Je le vois dans l'intensité de son regard, sa manière de me toucher, de me prendre dans ses bras. Il a toujours besoin d'un contact physique entre nous, et ça me rassure sur l'attirance irrésistible qu'il m'inspire.

Il semble aussi aimer passer du temps avec moi en dehors de notre chambre. Il a tenu sa promesse et il a commencé à m'entraîner, il m'apprend à me battre et à me servir de différentes sortes d'armes. Après un début difficile, il s'est révélé être un excellent instructeur, compétent, patient et étonnamment motivé. Nous nous entraînons ensemble presque quotidiennement et j'ai plus appris en quinze jours que pendant les trois mois de mon cours d'autodéfense. Bien sûr, il serait inexact de dire que

Julian m'apprend l'autodéfense ; ses leçons ressemblent davantage à ce qu'on pourrait apprendre dans un camp d'entraînement destiné aux meurtriers.

— À chaque fois, ton but doit être de tuer, m'explique-t-il un après-midi en m'apprenant à lancer le couteau sur une petite cible fixée au mur. Tu n'as ni la taille ni la force pour toi, donc tes atouts sont la rapidité, les réflexes et l'absence de pitié. Tu dois prendre tes adversaires par surprise et les éliminer avant qu'ils ne réalisent à quel point tu es adroite. Chaque coup doit être mortel ; chaque geste compte.

— Et si je ne veux pas les tuer ? ai-je demandé en levant les yeux vers lui. Et si je préfère seulement les blesser et m'enfuir ?

— Un blessé peut toujours te faire mal. On n'a pas besoin de beaucoup de force pour appuyer sur la gâchette ou pour te poignarder. À moins d'avoir une bonne raison de laisser la vie à ton ennemi, tu vises pour tuer Nora. Me comprends-tu ?

Je hoche la tête et je jette un petit couteau bien affuté vers le mur. Il cogne la cible avec un bruit sourd puis tombe sans avoir vraiment entaillé le bois. Ce n'est pas une réussite, mais c'est mieux que mes cinq tentatives précédentes.

Je ne sais pas si je pourrais suivre les instructions de Julian, mais ce que je sais c'est que je ne veux plus jamais être sans défense. Si ça veut dire qu'il faut savoir tuer, alors d'accord ; ça ne veut pas dire que j'utiliserai ces compétences, mais savoir que je suis capable de me protéger me rend plus forte, augmente ma confiance en moi, et m'aide à surmonter les cauchemars que j'ai encore où je revis l'épisode des terroristes.

Le premier cauchemar, c'était trois jours après mon arrivée au domaine. De nouveau, j'ai rêvé de la mort de Beth, de l'océan de sang dans lequel je me noie, mais cette fois des bras puissants m'attrapent et me sauvent de ce courant infernal. Mais cette fois, quand j'ouvre les yeux, je ne suis pas seule dans le noir. Julian a allumé sa lampe de chevet et il me secoue pour me réveiller, son beau visage est plein d'inquiétude.

— Je suis là maintenant, dit-il pour me réconforter en me prenant sur ses genoux alors que je n'arrive pas à m'arrêter de trembler et que des larmes coulent sur mon visage en me souvenant de ces horreurs. Tout va bien, je te le promets… Il me caresse les cheveux jusqu'à ce que mes sanglots se calment et puis me demande doucement : qu'est-ce qui t'arrive, bébé ? Tu as fait un mauvais rêve ? Tu hurlais mon nom…

Je hoche la tête et je me serre de toutes mes forces contre lui. Je sens la chaleur de sa peau, j'entends le rythme régulier de son cœur, et mon cauchemar commence lentement à s'évanouir, mon esprit retrouve la réalité présente.

— C'était Beth, ai-je murmuré ; si je parlais, ma voix se briserait. Il la torturait… il la tuait.

Julian me serre plus fort contre lui. Il ne dit rien, mais je sens sa rage incandescente, il est furieux. Beth n'était pas seulement sa gouvernante, bien que la nature précise de leur relation soit toujours restée un mystère pour moi.

Désirant éperdument oublier les images sanglantes qui m'emplissent encore l'esprit je décide de satisfaire la curiosité qui m'a rongée pendant tout le temps que j'ai passé dans l'île.

— Comment vous êtes-vous rencontrés, Beth et toi ? Je demande en me dégageant pour regarder le visage de Julian. Comment se fait-il qu'elle se trouvât sur l'île avec moi ?

— J'étais à Tijuana il y a sept ans pour rencontrer l'un des cartels, commence-t-il à dire après une pause. Après avoir conclu mes affaires, je suis allé m'amuser dans le quartier de Zona Norte, le quartier des prostitués. Je passais dans l'une des allées quand j'ai vu… une femme qui hurlait et qui pleurait prostrée sur une petite silhouette au sol.

— Beth, ai-je murmuré en me souvenant de ce qu'elle m'avait dit de sa fille.

— Oui, Beth, confirme-t-il. Pourtant cela ne me regardait pas, j'avais un peu bu et j'étais curieux de savoir ce qui se passait. Alors je me suis rapproché… et c'est là que j'ai vu que cette petite silhouette était celle d'un enfant. Une jolie petite fille rousse et bouclée, une minuscule réplique de la femme qui la pleurait. Une lueur sauvage et rageuse lui traversait le regard. L'enfant était allongée dans une mare de sang, elle avait été abattue d'une balle dans la poitrine. Elle avait visiblement été tuée pour punir sa mère qui ne voulait pas que son maquereau la propose à des clients ayant des goûts *particuliers*.

Une nausée violente et intense me monte dans la gorge. Malgré toutes les épreuves que j'ai traversées, je continue à être horrifiée qu'il puisse exister de tels monstres. Des monstres bien pires que l'homme dont je suis tombée amoureuse.

Pas étonnant que Beth ait vu la vie en noir ; sa vie avait été submergée par les ténèbres.

— Quand j'ai entendu toute l'histoire, j'ai pris Beth et sa fille avec moi, continue Julian d'une voix basse et dure ; ça ne me regardait toujours pas, mais je ne pouvais pas laisser arriver une chose pareille, surtout après avoir vu le corps de l'enfant. Nous avons enterré sa fille dans un cimetière à l'extérieur de Tijuana. Puis j'ai pris deux ou trois de mes hommes et Beth et moi sommes partis à la recherche du maquereau.

Un petit sourire cruel lui vient aux lèvres et il dit doucement :

— Beth l'a tué elle-même. Lui et ses deux acolytes, ceux qui avaient assassiné sa fille.

Je respire lentement pour éviter de me remettre à pleurer.

— Et ensuite, elle est venue travailler pour toi ? C'est comme ça que tu l'as aidée ?

Julian hoche la tête.

— Oui. Elle n'était plus en sécurité à Tijuana, alors je lui ai proposé de devenir ma cuisinière et ma bonne. Elle a évidemment accepté, c'était mieux que de faire le trottoir à Mexico, et après elle m'a suivi dans tous mes voyages. Ce n'est qu'après t'avoir « acquise » que je lui aie offert la possibilité de s'installer dans l'île et puis tu sais le reste de l'histoire.

— Oui, je le sais, ai-je murmuré en le repoussant pour me dégager de son étreinte qui tout à coup m'étouffe au lieu de me réconforter. Dans son histoire, « t'avoir acquise » me rappelle la manière déplaisante dont je suis arrivée ici… et le fait que celui qui est à mes côtés avait préparé et mené à bien mon enlèvement sans la moindre pitié. Dans les différents degrés du mal Julian n'est pas le pire, mais pas loin.

Et pourtant au fil des jours mes cauchemars disparaissent lentement. Cela a beau être pervers, maintenant que je suis à nouveau avec mon ravisseur je commence à me remettre de l'épreuve que j'ai subie quand on m'a enlevée à lui. Même ma peinture est devenue plus paisible. Je suis toujours poussée à peindre les flammes de l'explosion, mais je m'intéresse de nouveau aux paysages et je fixe sur la toile la beauté sauvage de la forêt amazonienne qui empiète sur les limites du domaine.

Comme il l'avait déjà fait, Julian encourage ce passe-temps. En plus de m'avoir installé un atelier, il a engagé un professeur de dessin pour moi, un vieux monsieur très mince du midi de la France qui parle anglais avec un fort accent de sa région. Monsieur Bernard a enseigné dans les meilleures écoles d'Europe avant de prendre sa retraite à près de quatre-vingts ans. J'ignore comment Julian a pu le persuader de venir au domaine, mais je lui en sais gré. Les techniques qu'il m'apprend sont bien plus sophistiquées que ce que j'ai appris avant par vidéo et je commence à voir les résultats dans ma peinture, tout comme M. Bernard.

— Vous avez du talent, Señora, dit-il avec un fort accent français en examinant ma dernière tentative pour peindre un coucher de soleil dans la jungle. Les arbres paraissent sombres en contraste avec l'orangé et le rose resplendissants du soleil couchant, et les bords du tableau sont flous. Ce tableau possède... comment dites-vous ? Il a presque quelque chose de *sinistre*. Il me jette un coup d'œil, son regard délavé est brusquement ravivé par sa curiosité. Oui, poursuit-il doucement après m'avoir examinée un instant. Vous avez du talent et quelque chose de plus, quelque chose qui vient de l'intérieur et s'exprime dans votre peinture. Quelque chose de sombre que l'on rencontre rarement chez quelqu'un d'aussi jeune que vous.

Je ne sais que lui répondre et je me contente de lui sourire. Je ne sais pas si Monsieur Bernard connait la profession de mon mari, mais je suis presque certaine qu'il ignore comment a commencé ma relation avec Julian.

Désormais pour les autres je suis la jeune femme gâtée d'un bel homme riche et voilà tout.

* * *

— Je t'ai inscrite pour le trimestre d'hiver à Stanford, dit Julian comme si de rien n'était un soir au dîner. Leur nouveau programme en ligne est bon. Il en est encore au stade expérimental, mais les premiers retours sont assez positifs. Les professeurs sont les mêmes que dans les autres cours ; c'est seulement qu'on écoute des cours enregistrés au lieu d'y assister en personne.

J'en suis restée bouche bée. Je suis inscrite à *Stanford* ? Je ne pensais pas qu'une université soit à l'ordre du jour, et encore moins l'une des dix meilleures.

— Pardon ? ai-je demandé avec incrédulité en reposant ma fourchette.

Ana nous avait préparé un délicieux diner, mais ce qu'il y avait dans mon assiette ne m'intéressait plus, toute mon attention se concentrait sur Julian.

Il m'a souri calmement.

— J'ai promis à tes parents que tu ferais de bonnes études, et je tiens cette promesse. Stanford ne te plait-il pas ?

Stupéfaite, je l'ai fixé du regard. Je n'ai aucune opinion sur Stanford parce qu'il ne m'est jamais venu à l'esprit de pouvoir y aller. J'avais de bonnes notes au lycée, mais mes résultats au bac n'étaient pas extraordinaires et de toute façon mes parents ne pouvaient pas se permettre de m'envoyer dans une université aussi chère. Un IUT suivi d'un transfert dans l'une des universités de ma région était le moyen que j'avais envisagé pour avoir une licence, je n'avais donc jamais pensé à Stanford ou à aucune faculté de ce niveau.

— Comment as-tu pu m'y faire entrer ? ai-je finalement demandé. N'ont-ils pas une politique d'admission extrêmement sélective ? À moins que ce ne soit différent pour les programmes en ligne ?

— Non, je pense que c'est encore plus difficile, dit Julian en reprenant du poulet. Il me semble que cette année ils ne prennent qu'une centaine d'étudiants, et il y avait dix mille candidats.

— Alors, comment as-tu… je commence à dire avant de me rendre compte qu'étant données la fortune et les relations de Julian c'est un jeu d'enfant de me faire entrer dans une des meilleures universités des États-Unis. Alors je vais commencer en janvier ? Je demande à la place, enthousiasmée maintenant que ma stupeur commençait à s'estomper. *Stanford. Oh, mon Dieu, je vais aller à Stanford.* Je devrais probablement me sentir coupable de ne pas y avoir réussi grâce à mes propres qualités, ou du moins être outrée de l'autoritarisme de Julian, mais je ne pense qu'à la réaction de mes parents quand je leur annoncerai la nouvelle. *Putain, je vais aller à Stanford !*

Julian hoche la tête et reprend du riz.

— Oui, c'est à ce moment-là que commence le trimestre d'hiver. Dans deux ou trois jours, ils devraient t'envoyer un mail avec le dossier d'orientation pour que tu puisses commander tes livres une fois que tu auras vu les bibliographies. Je ferai en sorte que tu les reçoives à temps.

— Oh la la… d'accord ! Je sais que je n'ai pas une réaction appropriée à un tel évènement, mais je ne peux trouver quelque chose de plus astucieux à dire. Dans moins de quinze jours, je ferai mes études dans l'une des universités les plus prestigieuses du monde, la dernière chose à laquelle je m'attendais quand Julian est venu me retrouver. D'accord, ce sera un programme en ligne, mais c'est quand même mieux que tout ce dont j'aurais pu rêver.

Un certain nombre de questions me viennent à l'esprit.

— Quelle sera ma matière principale ? Qu'est-ce que je vais étudier ? Je demande en pensant que Julian a peut-être également pris cette décision à ma place. Le fait qu'il se soit chargé de mes études universitaires ne m'étonne pas ; après tout, c'est un homme qui m'a enlevée et forcée à l'épouser. Me laisser choisir n'est pas son fort.

Julian me sourit avec indulgence.

— Ce que tu voudras, mon chat. Je pense qu'il y a un tronc commun de matières obligatoires, tu ne seras obligée de te spécialiser que dans un an ou deux. As-tu une idée de ce que tu aimerais étudier ?

— Non, pas vraiment. J'avais l'intention de suivre des cours dans différents domaines pour me décider ensuite et je suis contente que Julian m'ait laissé cette possibilité. Au lycée, j'étais bonne dans pratiquement toutes les matières ce qui ne facilitait pas mon choix d'une future carrière.

— Eh bien, tu as encore le temps de choisir, dit Julian comme s'il était conseiller d'orientation. Rien ne presse.

— D'accord, d'accord. Quelque chose en moi n'arrive toujours pas à croire que nous ayons cette conversation. Il y a moins de deux heures, Julian m'avait dénichée vers la piscine et m'avait baisée comme un fou sur l'une des chaises longues. Il y a moins de cinq heures, il m'a appris comment neutraliser un adversaire en lui enfonçant le doigt dans l'œil. Il y a deux nuits, il m'a attachée au lit et fouettée. Et maintenant, nous parlons de ma matière principale à l'université ? Tout en essayant de m'adapter à un évènement aussi inattendu, je demande machinalement à Julian :

— Et toi, qu'est-ce que tu as étudié à l'université ?

Dès que j'ai prononcé cette phrase, je me rends compte que je ne sais même pas si Julian a fait des études, que je sais encore peu de choses sur l'homme avec lequel je passe mes nuits. En fronçant des sourcils, je fais un peu de calcul mental. Selon Rosa, les parents de Julian ont été tués il y a douze ans, c'est l'époque à laquelle il a repris les affaires de son père. Étant donné qu'il y a vingt mois depuis que Beth m'a dit que Julian avait vingt-neuf ans, il doit avoir environ trente-et-un ans maintenant ce qui veut dire qu'il en avait dix-neuf quand il a pris la tête des affaires de son père.

Pour la première fois, je m'aperçois que Julian avait exactement mon âge quand il a remplacé son père à la tête d'un réseau de trafic de drogue et qu'il l'a transformé en un empire tout aussi illégal de trafic d'armes de pointe.

À ma surprise, Julian répond :

— J'ai fait des études d'ingénieur.

— Comment ? Je ne peux cacher ma surprise. Mais je croyais que tu étais très jeune quand tu as repris les affaires de ton père…

— C'est vrai. Julian me regarde d'un air amusé. J'ai quitté Caltech après un an et demi. Mais quand j'y étais, j'ai étudié pour devenir ingénieur, c'était un programme accéléré.

Caltech ? Je fixe Julian des yeux avec un tout nouveau respect. J'ai toujours su qu'il était intelligent, mais des études d'ingénieur à Caltech ça n'a rien à voir, c'est vraiment brillant.

— C'est la raison pour laquelle tu as choisi le trafic d'armes ? Parce que tu avais fait des études d'ingénieur ?

— Oui, en partie. Et en partie parce que j'y voyais plus de débouchés que dans le trafic de drogue.

— Plus de débouchés ? Je reprends ma fourchette et je la tourne entre mes doigts tout en examinant Julian pour essayer de comprendre pourquoi on quitterait une entreprise illégale pour une autre. Il me semble qu'avec son degré d'intelligence et de motivation il aurait pu choisir quelque chose de mieux, quelque chose de moins dangereux et de plus moral. Pourquoi n'as-tu pas fini tes études à Caltech et fait un travail normal une fois que tu aurais eu tes diplômes ? lui ai-je demandé après quelques instants. Je suis certaine que tu aurais pu avoir le poste que tu aurais voulu ou peut-être fondé une compagnie si tu n'avais pas envie de travailler pour une grande entreprise.

Il me regarde, son expression est impénétrable.

— J'y ai pensé, dit-il, en me stupéfiant une fois de plus.

— Quand j'ai quitté la Colombie après la mort de Maria, je voulais rompre avec le milieu du crime. Pendant le reste de mon adolescence, j'ai fait de mon mieux pour oublier les leçons que mon père m'avait données et pour maîtriser ma violence. C'est la raison pour laquelle je me suis inscrit à Caltech, parce que je voulais prendre une autre voie... devenir quelqu'un d'autre que celui que j'étais destiné à devenir.

Je le fixe des yeux, mon pouls s'accélère. C'est la première fois que j'entends Julian admettre qu'il aurait voulu mener une vie différente de la sienne.

— Et pourquoi ne l'as-tu pas fait ? Rien ne t'attachait plus à ce milieu après la mort de ton père...

— Tu as raison. Julian me fait un sourire forcé. J'aurais pu ne pas tenir compte de la mort de mon père et laisser l'autre cartel s'emparer de son organisation. Ce n'aurait pas été difficile. Ils ignoraient où j'étais et quel nom j'avais pris à cette époque si bien que j'aurais pu recommencer à zéro, terminer mes études et me mettre à travailler dans l'une des start-ups de la Silicon Valley. Et c'est vraisemblablement ce que j'aurais fait s'ils n'avaient pas aussi tué ma mère.

— Ta mère ?

— Oui. Ses beaux traits se sont tordus de haine. Ils l'ont abattue ici, dans ce domaine, avec des douzaines d'autres. Et ça, j'étais forcé d'en tenir compte.

Évidemment, il y était forcé. Surtout pour quelqu'un comme Julian qui avait déjà tué par vengeance. En me souvenant de l'histoire qu'il m'avait racontée au sujet des hommes qui avaient assassiné Maria, je commence à frissonner.

— Alors tu es revenu et tu les as tués ?

— Oui. J'ai rassemblé ceux qui restaient des hommes de mon père et j'en ai engagé de nouveaux. Nous avons attaqué au milieu de la nuit et frappé les chefs du cartel chez eux. Ils ne s'attendaient pas à une riposte aussi rapide et nous les avons pris par surprise. Sur ses lèvres se dessine un sombre sourire. Quand le jour s'est levé, il n'y avait aucun survivant, et je savais qu'il serait absurde de refuser ma véritable nature… d'imaginer être quelqu'un d'autre que le tueur que j'étais destiné à devenir.

Mes frissons se transforment en chair de poule. Cet aspect de Julian me terrifie et je serre les mains sous la table pour les empêcher de trembler.

— Tu m'as dit que tu avais vu un thérapeute après la mort de tes parents. Parce que tu voulais continuer à tuer.

— Oui, mon chat. Il y a une lueur sauvage dans ses yeux bleus. J'ai tué les chefs du cartel et leurs familles, et quand cela a été fait j'avais encore soif de sang… et de mort. Cette soif n'avait fait que s'intensifier pendant mes années à l'étranger ; vivre « normalement » l'avait aggravée au lieu de la calmer. Il s'arrête, et les ombres que je vois dans ses yeux me font trembler. Voir un thérapeute était une ultime tentative pour lutter contre ma propre nature et ça ne m'a pas pris longtemps pour comprendre que ça ne servait à rien, et que la seule manière d'avancer, c'était de l'accepter et d'accepter mon destin.

— Et c'est ce que tu as fait en te lançant dans le trafic d'armes. J'essaie d'empêcher ma voix de trembler. En devenant un criminel.

À ce moment-là, Ana entre dans la salle à manger et commence à débarrasser la table. Tout en la regardant, je me frictionne lentement les bras pour essayer de me réchauffer. D'une certaine manière, le fait que Julian ait eu le choix et qu'il ait consciemment choisi la part la plus ténébreuse de lui-même empire encore la situation. Cela m'indique qu'il n'y a pas d'espoir de rédemption, pas d'espoir de lui faire voir ses erreurs. Ce n'est pas comme s'il ignorait l'existence d'une vie en dehors du crime ; au contraire, il en a fait l'expérience et a décidé de la rejeter.

— Désirez-vous autre chose ? demande Ana. Je secoue la tête en silence, trop bouleversée pour penser au dessert. Par contre, Julian demande un chocolat chaud, il semble aussi imperturbable que d'habitude.

Quand Ana sort de la pièce, Julian me sourit comme s'il sentait la direction que prenaient mes pensées.

— J'ai toujours été un criminel, Nora, dit-il doucement. J'ai tué pour la première fois quand j'avais huit ans, et je savais qu'il n'y avait pas d'autre vie pour moi. J'ai essayé de l'ignorer un moment, mais c'était toujours là, attendant que je revienne à la raison. Il s'adosse à son siège, sa posture est indolente, mais c'est celle d'un prédateur, il ressemble à un félin de la jungle paresseusement vautré. La vérité c'est que j'ai besoin de ce genre de vie, mon chat. Le danger, la violence, et le pouvoir qui les accompagne, tout cela me convient bien mieux qu'un travail normal. Il s'interrompt puis ajoute, les yeux brillants : Cela me donne l'impression de vivre vraiment.

* * *

Quand nous allons dans notre chambre ce soir-là je vais prendre une douche en vitesse tandis que Julian répond sur son iPad à deux ou trois messages urgents concernant son travail. Quand je sors de la salle de bain encore mouillée et enveloppée dans une serviette de toilette, il a reposé sa tablette et commencé de se déshabiller. Quand il enlève sa chemise, je sens une excitation inhabituelle chez lui, il y a une énergie contenue dans ses gestes qui n'y était pas tout à l'heure.

— Qu'est-il arrivé ? ai-je demandé avec prudence, notre récente conversation est encore présente à ma mémoire. Le plus souvent, ce qui excite Julian me fait trembler. En m'arrêtant près du lit, je rattache la serviette, étrangement réticente à me dénuder tout de suite devant lui.

Il me fait un grand sourire et s'assied sur le lit pour enlever ses chaussettes.

— Tu te souviens quand je t'ai dit que nous avions des renseignements sur deux cellules Al-Quadar ? Quand je hoche la tête, il poursuit : Eh bien? Nous sommes parvenus à les détruire et nous avons même fait prisonniers trois terroristes dans cette opération. Lucas va les amener ici pour les interroger et ils arriveront demain matin.

— Oh ! Je le fixe des yeux, un mélange d'émotions contradictoires me perturbe et me donne la nausée. Je comprends ce qu'« interroger » signifie dans l'univers de Julian. Je devrais être horrifiée et dégoûtée de savoir que mon mari va vraisemblablement torturer ces hommes, et c'est le cas, mais en mon for intérieur je ressens aussi une joie perverse à l'idée de la vengeance. Et cela me trouble beaucoup plus que de savoir que Julian va les torturer demain. Je sais que ces hommes ne sont pas ceux qui ont assassiné Beth, mais ça ne change pas ce que je ressens à leur égard. Une partie de moi veut qu'ils paient pour la mort de Beth… qu'ils souffrent pour ce qu'a fait Majid.

Se trompant visiblement sur ma réaction Julian se lève et me dit doucement :

— Ne t'inquiète pas, mon chat, ils ne te feront aucun mal, je te le promets. Et avant que je puisse répondre il enlève son jean et révèle sa verge en érection.

À la vue de son corps nu, une vague de désir déferle sur moi et me brûle de l'intérieur malgré mon désarroi. Depuis deux ou trois semaines, Julian a repris les muscles qu'il avait perdus quand il était dans le coma et il est encore plus beau qu'avant avec ses épaules incroyablement larges et sa peau bronzée par le grand soleil. En levant les yeux vers lui, je me demande pour la centième fois comment quelqu'un d'aussi beau peut avoir tant de mal en lui et si une partie de ce mal est en train de me contaminer.

— Je sais qu'ils ne me feront aucun mal ici, ai-je dit à voix basse tandis qu'il s'approche de moi. Je n'ai pas peur d'eux.

Il a un demi-sourire sardonique et il tire sur la serviette de toilette qui tombe par terre.

— C'est de *moi* que tu as peur, murmure-t-il en se rapprochant encore. Il lève les mains, prend mes seins et les presse, ses pouces jouent avec mes tétons. Quand il baisse les yeux vers moi je remarque un certain amusement et une légère lueur de cruauté dans ses yeux bleus.

— Je devrais avoir peur de toi ? Les battements de mon cœur s'accélèrent, je me contracte au plus profond de moi en sentant sa verge dure m'effleurer le ventre. Ses mains sont chaudes et sans douceur sur la peau fine de mes seins et je respire profondément en sentant mes tétons se raidir sous ses caresses. Vas-tu me faire mal ce soir ?

— Est-ce que tu en as envie, mon chat ? Il me pince les tétons sans ménagement puis le roule entre ses doigts, me poussant à réprimer un gémissement de plaisir mêlé à de la souffrance. Sa voix devient plus grave, pleine de séduction et de noirceur. Voudrais-tu que je te fasse mal… que je t'écorche la peau et que je te fasse hurler ?

Je me lèche les lèvres, mon corps brûlant frissonne de désir et d'anxiété. Je devrais avoir peur, spécialement après notre conversation de ce soir, mais à la place je suis terriblement excitée. Même si c'est pervers, c'est aussi ça que je veux, je veux la férocité de son désir, la cruauté de son affection. Je veux me perdre dans les délices pervers de ses étreintes, oublier le bien et le mal et sentir, tout simplement.

— Oui ! ai-je murmuré, admettant pour la première fois ce que mes propres besoins ont de ténébreux ainsi que les désirs aberrants qu'il m'a instillés. Oui, je le veux…

Ses yeux sont attisés, ils deviennent sauvages comme un volcan en éruption et nous roulons sur le lit, chair et membres mêlés dans un geste primitif. La douceur de l'amant a disparu désormais, le sadique sophistiqué qui me manipule corps et esprit tous les soirs aussi. Maintenant, Julian n'est que désir viril à l'état sauvage, totalement incontrôlé.

Sa main me court sur tout le corps, sa bouche est sur moi, il me lèche, me suce et me mord des pieds à la tête. Sa main gauche arrive entre mes cuisses, il me pénètre d'un doigt et j'en perds le souffle, il entre et sort de mon sexe mouillé et vibrant. Julian est brutal, mais cela ne fait qu'intensifier la chaleur qui m'a envahie et je lui griffe éperdument le dos pour en avoir encore plus quand nous roulons sur le dos en nous affrontant comme deux animaux.

Je me retrouve sur le dos, immobilisée par son corps musclé, les bras étendus au-dessus de la tête et les poignets serrés par l'étau de sa main droite. C'est la position de la prisonnière et pourtant mon cœur bat d'impatience au lieu de peur en voyant l'expression de prédateur sur son visage.

— Je vais te baiser, dit-il brutalement tandis que ses genoux m'arrivent entre les cuisses pour les écarter. Sa voix n'est plus une voix de séducteur, je n'y entends que l'agressivité crue de son désir. Je vais te baiser jusqu'à ce que tu implores ma pitié, et puis je vais te baiser de plus belle. Me comprends-tu ?

Je réussis à hocher imperceptiblement la tête en haletant et en le fixant des yeux. Je respire de plus en plus vite et de plus en plus mal et là où il me touche la peau me brûle. Un instant, je sens la vibration de sa longue verge en érection m'effleurer l'intérieur de la cuisse, son gros gland est doux comme du velours, puis il le prend de sa main restée libre et le guide vers mon ouverture.

Je suis mouillée, mais absolument pas prête pour l'assaut brutal par lequel il unit nos deux corps, la souffrance s'abat par surprise sur mes terminaisons nerveuses quand il se jette sur moi et me coupe presque en deux. Un cri de douleur m'échappe de la gorge tandis que mes muscles intimes se contractent pour résister à cette brutale pénétration, mais il ne me donne pas le temps de m'habituer. Au contraire, il m'impose un rythme brutal qui me fait mal et il s'empare de moi avec une violence qui me fait trembler et me coupe le souffle, je ne peux qu'accepter son martèlement impitoyable.

Je ne sais pas combien de temps il m'a baisée comme ça ni combien de fois il m'a fait jouir sous ses coups puissants. Tout ce que je sais, c'est que lorsqu' il a atteint l'orgasme en tremblant au-dessus de moi, je suis enrouée à force de hurler et j'ai tellement mal que je souffre encore plus quand il se retire, son sperme brûle ma chair meurtrie.

Je suis également trop épuisée pour bouger, alors il se lève, va à la salle de bain et en rapporte une serviette mouillée d'eau fraîche. Il l'appuie sur mon sexe gonflé et il me nettoie doucement, puis il descend sur moi, ses lèvres et sa langue obligent mon corps épuisé à jouir encore une fois.

Et puis nous nous endormons enlacés dans les bras l'un de l'autre.

CHAPITRE DOUZE

❖ JULIAN ❖

Le lendemain matin, je me réveille quand la lumière du soleil m'arrive sur le visage. Hier soir, j'ai fait exprès de laisser les rideaux ouverts, je voulais me lever de bonne heure. Je préfère la lumière à un réveil et ça dérange bien moins Nora qui dort allongée sur ma poitrine.

Pendant quelques minutes, je reste couché, en savourant la chaleur de sa peau contre la mienne, les doux soupirs de sa respiration, et les noires arabesques de ses longs cils sur ses joues. Avant elle, je ne voulais pas dormir avec une femme, je ne comprenais pas l'attrait d'avoir une femme dans son lit, si ce n'était pour la baiser. Ce n'est qu'en faisant l'acquisition de ma captive que j'ai appris le plaisir simple de s'endormir en tenant son joli petit corps… et de la sentir à mes côtés pendant toute la nuit.

Je respire profondément et je fais doucement glisser Nora. Il faut que je me lève, bien que la tentation de rester là et de ne rien faire soit forte. Elle ne se réveille pas quand je m'assieds, elle se contente de rouler sur le côté et de continuer à dormir, la couverture dénude son corps et offre presque tout son dos à mes regards. Incapable d'y résister, je me penche pour embrasser une de ses fines épaules et je remarque quelques égratignures et quelques bleus sur sa peau fine, des marques que j'ai dû lui faire hier soir.

Les voir sur elle, ça m'excite. J'aime l'idée de la marquer de cette manière, de laisser les signes du propriétaire dans sa chair délicate. Elle porte déjà mon anneau de mariage, mais ça ne me suffit pas. Je veux plus encore. Chaque jour qui passe voit grandir mon désir pour elle, mon obsession à son égard s'intensifie au lieu de diminuer avec le temps.

Ce changement me gêne. J'espérais qu'en voyant Nora tous les jours et en faisant d'elle ma femme la faim éperdue que j'ai d'elle pourrait se rassasier, mais c'est exactement le contraire qui semble se produire. Chaque minute que je passe loin d'elle, chaque moment où je ne la touche pas me coûtent. Comme pour n'importe quelle forme d'addiction j'ai besoin de doses de plus en plus grandes de la drogue que j'ai choisie, et ma dépendance augmente à tel point que j'ai sans cesse envie de mon prochain shoot.

Je ne sais pas ce que je ferais si jamais je la perdais. Cette peur me réveille la nuit, couvert d'une sueur glacée, et elle vient m'attaquer à différents moments de la journée. Je sais qu'elle est en sécurité ici sur le domaine, à part l'attaque directe d'une véritable armée rien ne peut atteindre mon service de sécurité, mais je ne peux m'empêcher de m'inquiéter, je ne peux m'empêcher d'avoir peur qu'on me la prenne. C'est de la folie, mais je suis tenté de l'avoir enchaînée à mes côtés à tout moment pour être sûr qu'il ne lui arrive rien.

Je jette un dernier coup d'œil à sa silhouette endormie puis je me lève aussi silencieusement que possible et je vais prendre une douche pour m'obliger à ne plus penser à mes obsessions. Je reverrai Nora ce soir, mais d'abord la livraison de cette nuit exige mon attention. Tandis que mon esprit se tourne vers la tâche qui m'attend, je souris d'impatience, une impatience sinistre.

Mes prisonniers d'Al-Quadar attendent.

* * *

Lucas les a conduits dans un hangar à l'extrémité de la propriété. La première chose que je remarque en marchant, c'est la puanteur. C'est un mélange âcre de sueur, de sang, d'urine, et de désespoir. Cette odeur m'indique que Peter a déjà commencé sa tâche ce matin.

Alors que mes yeux s'habituent à la faible lueur à l'intérieur du hangar, je vois deux hommes attachés à des chaises en métal tandis que le troisième pend à un crochet au plafond, il est attaché par les poignets qui sont dressés au-dessus de sa tête. Tous les trois sont couverts de saleté et de sang, ce qui rend la tâche difficile pour savoir leur âge ou leur nationalité.

Je m'approche d'abord de l'un de ceux qui sont assis. Son œil gauche est fermé et boursouflé, ses lèvres sont tuméfiées et couvertes de sang séché. Mais son œil droit me regarde d'un air furieux, plein de défi. C'est un homme jeune, je pense en l'examinant de plus près. À la fin de l'adolescence ou ayant une petite vingtaine d'années, il a essayé de laisser pousser une barbe parsemée et ses cheveux noirs sont coupés très court. Je ne crois pas qu'il s'agisse d'un élément important, mais j'ai quand même l'intention de l'interroger. Même le menu fretin peut quelquefois avaler des renseignements utiles et les recracher si l'on sait s'y prendre.

— Il s'appelle Ahmed, dit une voix grave au léger accent derrière moi. En me retournant, je vois Peter, impassible comme toujours. Je ne suis pas surpris de ne pas l'avoir remarqué avant ; Peter a l'art de se cacher dans le noir. On l'a recruté il y a six mois au Pakistan.

Donc encore moins important que je ne le croyais. Je suis déçu, mais pas surpris.

— Et celui-ci ? ai-je demandé en allant vers l'autre qui est sur une chaise. Il semble un peu plus âgé, proche de la trentaine, son visage maigre est rasé. Comme Ahmed, il a été un peu malmené, mais il n'y a pas de rage dans ses yeux quand il me regarde. Seulement une haine glaciale.

— John, également connu sous le nom de Yusuf. Né aux États-Unis de parents venus de Palestine et recruté il y a cinq ans par Al-Quadar. C'est tout ce que j'ai pu tirer de celui-là jusqu'à présent, dit Peter en montrant l'homme pendu au crochet. Quant à John, pour le moment il ne m'a rien dit.

— Évidemment. Je fixe John des yeux, cette information me fait secrètement plaisir. S'il a été formé pour résister à une certaine quantité de souffrance sous la torture, c'est donc un exécutant de moyenne importance. Si nous réussissons à le faire parler, je suis certain que nous obtiendrons des informations utiles.

— Et celui-là, c'est Abdul. John désigne l'homme au crochet. C'est le cousin d'Ahmed. Il est censé avoir rejoint Al-Quadar la semaine dernière.

La semaine dernière ? Si c'est vrai, cet homme ne nous sera d'aucune utilité. En fronçant les sourcils, je m'approche de lui pour l'examiner de plus près. Il se raidit à mon approche et je vois que son visage est entièrement tuméfié. Et il pue l'urine. Quand je m'arrête devant lui il se met à baragouiner en arabe, la voix empreinte de peur et de désespoir.

— Il dit qu'il nous a dit tout ce qu'il savait. Peter s'approche de moi. Il prétend qu'il est seulement venu rejoindre son cousin parce qu'ils avaient promis de donner deux chèvres à sa famille. Il jure qu'il n'est pas un terroriste, qu'il n'a jamais voulu faire de mal à personne, qu'il n'a rien contre les USA, etc., etc…

Je hoche la tête, j'avais compris tout ça de moi-même. Je ne parle pas arabe, mais je le comprends un peu.

Avec un sourire froid aux lèvres, je prends un couteau suisse dans ma poche arrière et j'en sors une petite lame. En voyant le couteau, Abdul tire frénétiquement sur les cordes qui le retiennent et ses supplications sont plus bruyantes. C'est visiblement un bleu, ce qui m'amène à croire qu'il dit la vérité et qu'il ne sait rien.

Mais ça n'a pas d'importance. La seule chose qu'il puisse me donner ce sont des renseignements, et s'il ne peut pas le faire, il est foutu.

— Tu es sûr de ne rien savoir d'autre ? lui ai-je demandé en faisant lentement tourner le couteau entre mes doigts. Peut-être quelque chose que tu as vu, entendu, trouvé ? Des noms, des visages ? Rien de tout ça ?

Peter traduit ma question et Abdul secoue la tête, des larmes et de la morve coulent sur son visage en bouillie et couvert de sang. Il bafouille encore quelque chose, il ne connait qu'Ahmed, John et ceux qui ont été tués hier pendant l'opération. D'un coin de l'œil je vois Ahmed le regarder d'un sale œil, il est évident qu'il voudrait que son cousin se taise, mais John ne semble pas s'inquiéter de la diarrhée verbale d'Abdul. L'indifférence de John ne fait que confirmer ce que j'ai deviné instinctivement : Abdul dit la vérité, il ne sait rien d'autre.

Comme s'il lisait dans mes pensées, Peter fait un pas vers moi.

— À vous l'honneur ou voulez-vous que je commence ? Il me pose la question banalement, comme s'il me proposait un café.

— Je vais le faire, lui ai-je répondu sur le même ton. Dans mon travail, ni l'apitoiement ni la sentimentalité n'ont de place. Peu importe l'innocence ou la culpabilité d'Abdul ; il s'est allié avec mes ennemis et ce faisant il a signé son arrêt de mort. Mon seul geste de pitié envers lui sera d'en finir rapidement avec sa misérable existence.

Sans entendre ses implorations de terreur, je lui coupe la gorge puis je recule et je le vois se vider de son sang. Quand c'est fini, j'essuie mon couteau sur la chemise du mort et je me tourne vers les deux prisonniers restants.

— Bien, je dis en leur souriant calmement. À qui le tour ?

* * *

Je suis agacé de devoir passer presque toute la matinée pour venir à bout d'Ahmed. Il est étonnamment résistant pour une nouvelle recrue. Évidemment, il cède (ils finissent tous par céder) et j'apprends le nom de celui qui sert d'intermédiaire entre leur cellule et une autre qui est dirigée par un chef plus important. J'apprends aussi qu'il y a un projet pour faire exploser un autobus à Tel-Aviv, une information qui sera très utile à mes contacts dans le gouvernement israélien.

Je laisse John assister à tout cela jusqu'au moment où Ahmed pousse son dernier soupir. Même si John a appris à résister à la torture, ça m'étonnerait qu'il soit psychologiquement prêt à voir dépecer son camarade, tout en sachant qu'il sera le suivant. Rares sont les hommes capables de garder leur sang-froid dans de telles situations et je comprends que John n'en fait pas partie quand je le surprends à regarder par terre pendant un moment particulièrement atroce. Et pourtant je sais aussi que ça va nous prendre au moins plusieurs heures pour en tirer quelque chose et j'ai du travail à faire aujourd'hui. John devra attendre l'après-midi, après mon déjeuner et une fois que j'aurais eu le temps de travailler.

— Je peux commencer si vous voulez, dit Peter quand je le lui explique. Vous savez que je peux le faire tout seul.

Je le sais. Depuis un an qu'il travaille pour moi, Peter s'est montré particulièrement compétent dans ce domaine. Mais quand c'est possible, je préfère être sur le terrain ; dans mon genre d'activité, le micromanagement est souvent payant.

— Non, ça va, ai-je dit. Pourquoi ne prends-tu pas aussi une pause pour le déjeuner ? Nous reprendrons à trois heures.

Peter hoche la tête puis sort du hangar sans même laver le sang qu'il a sur les mains. Je suis plus soigneux de ce point de vue et je vais vers un seau d'eau à côté du mur pour me rincer les mains et le visage et enlever le plus gros. Au moins, je n'ai pas besoin de m'inquiéter si j'ai du sang sur mes vêtements ; j'ai fait exprès de mettre un tee-shirt et un short noirs aujourd'hui pour qu'on ne voie pas les taches. Comme ça, si je croise Nora avant d'avoir eu le temps de me changer, je ne lui ferai pas faire de cauchemars. Ma petite femme est encore innocente dans certains domaines et autant que possible j'aimerais préserver cette innocence.

Je ne la vois pas sur le chemin de la maison ce qui vaut sans doute mieux. Après avoir tué je me sens toujours plus sauvage, à la fois nerveux et excité. Le plaisir que me donne ce qui horrifie la plupart des gens m'inquiétait autrefois, mais plus maintenant. Je suis, qui je suis, je suis le résultat de l'éducation que j'ai reçue. Douter de soi mène à la culpabilité et aux regrets, et je refuse de me complaire dans des émotions aussi inutiles.

Une fois à la maison je me douche longuement et je mets des vêtements propres. Maintenant que je suis propre et calmé, je descends à la cuisine pour manger un morceau en vitesse.

Ana n'y est pas quand j'y arrive si bien que je me prépare un sandwich et je m'assieds à la table de la cuisine pour le manger. J'ai mon iPad avec moi, et pendant la demi-heure qui suit je règle des problèmes de production dans mon usine de Malaisie, je me mets au courant avec mon fournisseur de Hong-Kong et j'envoie un mail à mon contact en Israël au sujet de l'explosion qui est programmée.

Quand j'ai fini de déjeuner, il me reste encore quelques coups de téléphone à passer et je me dirige vers mon bureau où j'ai fait installer des lignes de communication sûres.

En sortant de la maison, je rencontre Nora sur le perron.

Elle monte les marches en bavardant et en riant avec Rosa. Elle porte une robe imprimée jaune, ses cheveux sont dénoués et lui tombent dans le dos, c'est un véritable rayon de soleil avec son grand sourire radieux.

En me voyant, elle s'arrête au milieu du perron et son sourire se fait un peu timide. Je me demande si elle pense à la nuit dernière ; en tout cas, j'y ai pensé dès que je l'ai vue.

— Salut ! dit-elle doucement en me regardant. Rosa s'arrête aussi et incline respectueusement la tête. Je lui fais un rapide petit signe de tête en retour avant de me concentrer sur Nora.

— Salut, mon chat. Sans le vouloir, ma voix est rauque. Rosa se rend visiblement compte qu'elle est de trop et elle marmonne quelque chose au sujet de ce qu'elle doit aller faire dans la cuisine avant de s'échapper vers la maison, et de me laisser seul avec Nora sur le perron.

Nora sourit en voyant vite partir son amie puis monte les autres marches pour s'approcher de moi.

— J'ai reçu le dossier d'orientation de Stanford et je me suis déjà inscrite pour tous les cours, dit-elle avec un enthousiasme à peine contenu. Je dois reconnaître qu'ils ne perdent pas de temps.

Je lui souris, content de la voir si heureuse.

— Oui, c'est vrai. C'est normal d'ailleurs, étant donnée la généreuse donation d'une de mes sociétés-écrans à leur fond d'anciens étudiants. Pour trois millions de dollars, je m'attends à ce que le bureau des inscriptions de Stanford se plie en quatre pour rendre service à ma femme.

— Je vais appeler mes parents ce soir. Ses yeux brillent. Oh, ils vont être tellement surpris…

— Oui, j'en suis certain, ai-je dit sèchement en m'imaginant les réactions de Tony et de Gabriela à cette nouvelle. J'ai écouté d'autres conversations de Nora avec eux, et je sais qu'ils ne m'ont pas cru quand je leur ai dit que Nora ferait de bonnes études. Il serait utile que mes nouveaux beaux-parents comprennent que je tiens mes promesses, et que je prends au sérieux tout ce qui concerne leur fille. Évidemment, ça ne changera pas l'opinion qu'ils ont de moi, mais au moins ils seront un peu rassurés sur son avenir.

Nora sourit à nouveau, elle pense sans doute à la même chose que moi, puis sans que je m'y attende, son expression s'assombrit.

— Alors sont-ils déjà arrivés ? demande-t-elle. J'entends un soupçon d'hésitation dans sa voix. Les hommes d'Al-Quadar que tu as faits prisonniers ?

— Oui. Je n'essaie pas de dorer la pilule. Je ne veux pas la traumatiser en lui laissant voir cet aspect de mes activités, mais je ne veux pas non plus lui en cacher l'existence. J'ai commencé leur interrogatoire.

Elle me fixe des yeux, son enthousiasme de tout à l'heure a complètement disparu.

— Ah, je vois. Elle me regarde de la tête aux pieds et ses yeux s'attardent sur mes vêtements propres, je suis content d'avoir pris la précaution de prendre une douche et de me changer tout à l'heure.

Quand elle relève les yeux pour croiser mon regard, elle a une expression étrange.

— Et tu as appris quelque chose d'utile ? demande-t-elle doucement. Pendant l'interrogatoire, je veux dire.

— Oui, ai-je répondu lentement. Je suis surpris qu'elle veuille en savoir plus, qu'elle ne soit pas aussi horrifiée que je m'y attendais. Je sais qu'elle déteste Al-Quadar à cause de ce qu'ils ont fait à Beth, mais j'aurais pensé qu'elle aurait été rebutée par l'idée de la torture. Un sourire apparait sur mes lèvres quand je pense à quel point ma petite chérie est prête à s'aventurer vers le mal désormais.

— Veux-tu que je t'en parle ?

De nouveau, elle me surprend en acquiesçant.

— Oui, dit-elle à voix basse en soutenant mon regard. Dis-moi, Julian, je veux savoir.

CHAPITRE TREIZE

❖ NORA ❖

Je ne sais pas quel démon m'a poussée à dire ça et j'ai retenu mon souffle en attendant que Julian se moque de moi et refuse de me répondre. Il n'a jamais eu envie de beaucoup me parler de ses activités et bien qu'il se soit ouvert davantage à moi depuis son retour j'ai l'impression qu'il essaie toujours de me protéger de ce qu'il y a de pire dans son univers.

À ma stupéfaction, il ne se moque pas de moi et ne se dérobe nullement. À la place, il me donne la main.

— D'accord, mon chat, dit-il avec un sourire énigmatique sur les lèvres. Si tu veux en savoir plus, viens avec moi. J'ai des coups de fil à passer.

Le cœur battant, je mets la main dans la sienne en hésitant et je le laisse me conduire en bas des marches. Tout en marchant vers le petit bâtiment qui sert de bureau à Julian, je ne peux m'empêcher de me demander si je fais une erreur. Suis-je prête à renoncer au confort discutable de l'ignorance et à plonger la tête la première dans le cloaque glauque de l'empire de Julian ? En vérité, je n'en sais rien.

Mais je ne m'arrête pas en chemin, je ne dis pas à Julian que j'ai changé d'avis… parce que ce n'est pas le cas. Parce que en mon for intérieur je sais qu'enfouir la tête dans le sable ne change rien. Mon mari est un criminel dangereux et puissant et mon ignorance de ses activités ne change pas le fait que je suis coupable de complicité. En allant volontairement dans ses bras tous les soirs, en l'aimant malgré tout ce qu'il a fait, j'approuve implicitement ses actions et je n'ai pas la naïveté de penser autrement. J'ai eu beau commencer par être la victime de Julian, je ne sais pas si je peux encore prétendre à cette distinction douteuse. Avec ou sans seringue, je l'ai suivi en sachant pertinemment qui il était et dans quelle direction je m'embarquais.

D'ailleurs, je suis poussée par une sombre curiosité. Je veux savoir ce qu'il a appris ce matin, quel genre d'informations il a obtenues avec ses méthodes brutales. Je veux savoir quels coups de fil il a l'intention de passer et à qui il a l'intention de parler. Je veux savoir tout ce qu'il faut savoir sur Julian, même si la réalité de sa vie doit m'horrifier.

Quand nous arrivons au bâtiment où se trouve son bureau, je vois qu'il a une porte métallique. Comme sur l'île, Julian l'ouvre avec son empreinte rétinienne, une mesure de sécurité qui ne m'étonne plus. Étant donné ce que je sais des types d'armes que produit la compagnie de Julian, sa paranoïa semble parfaitement compréhensible.

Nous entrons et je découvre une vaste pièce avec une grande table ovale près de l'entrée et un large bureau au fond où se trouve un certain nombre d'ordinateurs. Les murs sont couverts d'écrans plats et il y a des fauteuils de cuir confortables autour de la table. À mes yeux, le bureau de Julian ressemble à la fois à la salle de conférence d'un PDG et la salle de réunion où j'imagine que la CIA prend ses décisions stratégiques.

Alors que je suis sur le seuil et que j'examine tout en détail, Julian qui est derrière moi met sa main sur mon épaule.

— Bienvenue dans mon antre, murmure-t-il, en serrant brièvement les doigts. Puis il me lâche et va s'asseoir derrière le bureau.

Je le suis, poussée par une curiosité dévorante.

Il y a six ordinateurs posés sur la table. Trois d'entre eux montrent ce qui me semble être des enregistrements en direct pris par des caméras de surveillance, et les deux autres ont des graphiques et des chiffres qui clignotent.

— Tu suis l'évolution de tes investissements ? ai-je demandé en jetant un coup d'œil aux deux derniers. Je suis loin d'être une spécialiste de la bourse, mais j'ai vu deux ou trois films sur Wall Street et l'installation de Julian me rappelle les bureaux des traders qu'on y voyait.

— Tu pourrais dire ça. Quand je me retourne pour le regarder, Julian s'est adossé dans son fauteuil et me sourit. L'une de mes filiales est une sorte de fonds d'investissement. Elle s'occupe d'une multiplicité de choses qui vont des fonds monétaires au pétrole et se concentre sur certaines situations et certains évènements géopolitiques. Mes managers y sont hautement qualifiés, mais ça m'intéresse beaucoup et à l'occasion j'aime bien m'en mêler.

— Ah, je vois… Je le fixe des yeux avec fascination. Voilà encore un autre aspect de Julian que j'ignorais. Si bien que je demande encore combien de strates je vais découvrir avec le temps.

— Alors qui vas-tu appeler ? ai-je demandé en me souvenant des coups de fil dont il a parlé tout à l'heure.

Julian me sourit de plus belle.

— Viens ici, bébé, assieds-toi, dit-il en me prenant par le poignet. Avant que je n'aie eu le temps de m'en rendre compte, il m'a assise sur ses genoux, m'emprisonnant entre son buste et le bord du bureau. Assieds-toi là et tais-toi, me murmure-t-il à l'oreille. Il tapote rapidement quelque chose sur son clavier tandis que je suis assise là en respirant son chaud parfum et en sentant les muscles durs de son corps.

J'entends une sonnerie puis une voix masculine qui vient de l'ordinateur.

— Esguerra. Je me demandais quand vous alliez prendre contact. Son interlocuteur a un accent américain et semble avoir fait de longues études, il semble un peu guindé. Je m'imagine tout de suite un homme d'âge moyen, en costume. Une sorte de bureaucrate, mais qui a un poste de responsabilité à en juger par l'autorité de sa voix. Peut-être l'un des contacts que Julian a au gouvernement ? J'imagine que vos amis israéliens vous ont déjà mis au courant, dit Julian.

En retenant mon souffle, j'écoute attentivement pour ne pas perdre un mot. Je ne sais pas pourquoi Julian a décidé de me renseigner de cette manière, mais peu importe.

— Je n'ai pas grand-chose à ajouter, poursuit Julian. Comme vous le savez déjà, l'opération a été un succès et j'ai maintenant deux ou trois prisonniers dont je vais soutirer des informations.

— Oui, c'est ce qu'on nous a dit. Il y a un silence pendant une seconde, puis l'homme ajoute : La prochaine fois, nous aimerions être les premiers à apprendre ce genre de nouvelle. Il aurait mieux valu que les Israéliens l'apprennent par nous que le contraire.

— Oh, Frank… soupire Julian en mettant le bras autour de ma taille et en me poussant légèrement à gauche. Un peu déséquilibrée je me raccroche à son bras en essayant de ne pas faire de bruit tandis qu'il m'installe plus confortablement sur ses genoux. Vous savez comment ça se passe. Si vous voulez informer directement les Israéliens, j'ai besoin d'un petit encouragement.

— Nous avons déjà effacé toute trace de votre mésaventure avec la fille, dit calmement Franck, et je me raidis en réalisant qu'il veut parler de mon enlèvement.

Une mésaventure ? Vraiment ? Pendant une seconde, je suis folle de rage, mais je respire pour me calmer et me souvenir que je ne veux pas que Julian soit puni pour ce qu'il m'a fait, en tout cas pas si cela implique d'être de nouveau séparée de lui. Mais ça serait quand même bien s'ils reconnaissaient qu'il s'agit d'un crime au lieu de parler d'une foutue « mésaventure ». C'est idiot, mais je trouve que c'est un manque de respect d'une certaine manière, comme si je n'avais même pas la moindre importance.

Sans se rendre compte de la rage qu'il a provoquée avec le choix de son vocabulaire, Franck poursuit :

— Nous ne pouvons rien faire de plus pour vous pour le moment…

— Si, en fait, l'interrompt Julian. Sans me lâcher, il me caresse le bras en propriétaire pour me calmer. Comme toujours, la chaleur de ses caresses me réchauffe de l'intérieur et dissipe une partie de ma tension. Il a sans doute compris pourquoi je suis contrariée ; quoique l'on en pense, c'est insultant d'entendre parler d'une manière si désinvolte de son propre enlèvement. Que diriez-vous d'un échange de bons procédés ? continue doucement Julian en s'adressant à Franck. La prochaine fois, je vous laisse le beau rôle et vous, vous m'informez de ce qui se passe en coulisse en Syrie. Je suis sûr que vous aimeriez divulguer quelques informations… et j'aimerais bien vous y aider.

Il y a encore un moment de silence, puis Franck dit brusquement :

— Entendu, vous pouvez y compter.

— Excellent. À la prochaine fois alors, dit Julian qui se penche en avant pour cliquer sur le coin de l'écran et terminer la communication.

Dès que c'est fait, je me retourne dans ses bras pour le regarder.

— Qui était-ce ?

— Franck est un de mes contacts à la CIA, répond Julian en confirmant ce que j'avais supposé. C'est un bureaucrate, mais il sait ce qu'il fait.

— Ah, c'est ce que je pensais. Je commence à avoir des fourmis dans les jambes et je repousse Julian pour me lever. Il me lâche et me regarde avec un léger sourire tandis que je recule de quelques pas puis je m'appuie sur le bureau et le regarde d'un air interrogateur. C'est quoi cette histoire d'Israéliens et d'autobus ? Et la Syrie ?

— À en croire un de mes invités d'Al-Quadar, un attentat se prépare contre un autobus à Tel-Aviv, explique Julian en s'adossant à son fauteuil. Tout à l'heure, j'en ai informé le Mossad, les Services secrets israéliens.

— Oh ! J'ai froncé les sourcils. Et pourquoi Franck a-t-il fait une objection ?

— Parce que les américains ont le complexe du Sauveur, ou bien ils aimeraient que les Israéliens le pensent. Ils voudraient que l'information vienne d'eux et pas de moi, pour que le Mossad *leur* doive un service.

— Ah, je vois. Et c'est vrai. Je commence à comprendre les règles de ce jeu. Dans le monde mystérieux des services secrets et des coulisses de la politique, les services rendus servent de monnaie d'échange, et mon mari en est largement pourvu. Assez largement pour être sûr de ne pas être poursuivi pour des vétilles comme l'enlèvement ou le trafic d'armes. Et tu voudrais que Franck te fournisse des informations que tu pourras divulguer à la Syrie pour qu'elle *te* doive un service à son tour, c'est ça ?

Julian me sourit, ses dents blanches étincèlent.

— Oui, exactement. Tu apprends vite mon chat.

— Pourquoi as-tu décidé de me laisser écouter tes conversations aujourd'hui ? ai-je demandé, en le regardant avec curiosité. Pourquoi justement aujourd'hui ?

Au lieu de répondre, il se lève et vient vers moi. Il s'arrête tout près, pose les deux mains sur le bureau de part et d'autre, je suis de nouveau prise au piège.

— Qu'en penses-tu, Nora ? murmure-t-il en se penchant vers moi. Je sens la chaleur de son souffle sur ma joue, et ses bras sont comme deux poutrelles d'acier autour de moi. J'ai l'impression d'être un petit animal pris au piège par un chasseur, une sensation déconcertante qui m'excite pourtant.

— Parce que nous sommes mariés ? ai-je répondu d'une voix hésitante. Son visage n'est qu'à quelques centimètres du mien, et mon bas-ventre se contracte violemment de désir quand il avance une hanche et me laisse sentir sa verge en érection.

— Oui, bébé, parce que nous sommes mariés, dit-il d'une voix rauque, les yeux assombris d'excitation quand mes tétons frôlent sa poitrine. Et parce que tu n'es plus aussi vulnérable que tu en as l'air…

Alors il baisse la tête et s'empare de ma bouche dans un baiser avide et possessif tandis que ses mains glissent le long de mes cuisses avec une intention que je connais bien.

* * *

Pendant les quelques jours qui suivent, j'en apprends davantage sur l'empire ténébreux de Julian et je commence à comprendre à quel point la plupart des gens ignorent ce qui se passe en coulisse. Ce que j'entends dans le bureau de Julian n'apparait jamais au journal télévisé… parce que sinon des têtes tomberaient et que des gens très importants se retrouveraient en prison.

Amusé de voir que je continue à m'y intéresser, Julian me permet d'assister à d'autres conversations. Un jour, j'ai même la possibilité de regarder une conférence vidéo du fond de la salle, là où la caméra ne me voit pas. Je suis stupéfaite de reconnaître l'un des hommes sur la vidéo. C'est un général américain de premier rang que j'ai vu deux ou trois fois dans des débats télévisés de grande audience. Il veut que Julian délocalise ses usines de Thaïlande de peur que l'instabilité politique dans ce pays compromette la prochaine livraison d'explosifs, celle qui est destinée au gouvernement américain.

Mon ancien ravisseur n'a pas menti quand il disait qu'il avait des relations ; en fait, il a plutôt minimisé leur importance.

Évidemment, les hommes politiques, les chefs militaires et les autres dirigeants ne constituent qu'une petite partie des gens avec lesquels Julian traite quotidiennement. Il communique surtout avec des clients, des fournisseurs et divers intermédiaires, des individus louches et souvent effrayants du monde entier. Ses relations vont de la mafia russe aux rebelles libyens en passant par les dictateurs d'obscurs pays d'Afrique. Quand il s'agit de vendre des armes, mon mari croit à l'égalité. Les terroristes, les barons de la drogue, les gouvernements légitimes, il fait affaire avec tous.

J'en ai la nausée, mais je ne peux me résoudre à quitter le bureau de Julian. Chaque jour, j'y vais avec lui, conduite par une curiosité morbide. C'est comme regarder une émission consacrée à l'espionnage ; les choses que j'apprends me fascinent tout en m'inquiétant.

Cela prend trois jours à Julian pour venir à bout du dernier prisonnier d'Al-Quadar. Il ne me dit pas comment, et je ne le lui demande pas. Je sais que c'est par la torture, mais j'ignore les détails. Je sais seulement que les informations qu'il en a soutirées permettent à Julian de localiser deux autres cellules d'Al-Quadar et que la CIA a une nouvelle dette envers lui.

Maintenant que Julian a décidé de me laisser pénétrer dans cette partie de sa vie, nous passons encore plus de temps ensemble. Il aime que je sois dans son bureau. Non seulement c'est pratique quand il veut faire l'amour — et c'est au moins une fois par jour —, mais il semble aussi apprécier la vitesse avec laquelle j'apprends. Il dit que je suis astucieuse. Que j'ai de l'intuition. Que je vois les choses telles qu'elles sont au lieu de les voir telles que je voudrais qu'elles soient, une qualité rare selon Julian.

— La plupart des gens ont des œillères, me dit-il un jour pendant le déjeuner, mais pas toi mon chat. Tu ne te voiles pas la face devant la réalité… et ça te permet de voir en profondeur.

Je le remercie de ce compliment, mais intérieurement je me demande si c'est nécessairement positif, voir comme ça en profondeur. Si je pouvais me convaincre qu'au fond Julian est bon, qu'il est seulement incompris et qu'il pourra changer, ce serait tellement plus facile pour moi. Si je ne voyais pas la véritable nature de mon mari, je n'éprouverais pas des sentiments aussi contradictoires envers lui.

Je n'aurais pas peur d'être amoureuse du diable.

Mais je le vois tel qu'il est, un démon sous les apparences d'un bel homme, un monstre au beau masque. Et je me demande si ça veut dire que moi aussi je suis un monstre… si c'est mal de l'aimer.

Si seulement je pouvais en parler avec Beth. Je sais que ce n'était pas vraiment une spécialiste des gens normaux, mais ses idées audacieuses, sa manière de renverser les choses et de leur donner un sens imprévu me manque tout de même. Elle me dirait que j'ai de la chance d'avoir quelqu'un comme Julian, que nous sommes destinés à être ensemble et que tout le reste, ce sont des conneries.

Et elle aurait sans doute raison. Quand je repense à ces mois vides et solitaires qui ont précédé son retour, quand j'étais libre et que je vivais normalement, mais *sans lui*, tous mes doutes s'évanouissent. Peu importe qui il est ou ce qu'il fait, je préférerais mourir plutôt que de revivre cette souffrance dévastatrice pour mon âme.

Pour le meilleur ou pour le pire, je suis comme amputée sans Julian, et aucune autoflagellation ne peut rien y changer.

* * *

Une semaine après la conversation de Julian avec Frank je frappe à la lourde porte métallique et j'attends qu'il me fasse entrer. J'ai passé la matinée avec Rosa et je me suis aussi préparée aux cours qui vont bientôt commencer tandis que Julian est allé sans moi dans son bureau pour remplir des papiers concernant ses comptes offshore. Visiblement, même les barons du crime doivent payer des impôts et s'occuper de problèmes juridiques ; ça a l'air d'être un mal universel auquel personne ne peut échapper.

Quand la porte s'ouvre, je suis surprise de voir un grand homme brun assis à la table ovale en face de Julian. Il a l'air d'avoir une trentaine d'années, juste un peu plus âgé que mon mari. Je l'ai déjà vu marcher dans le domaine, mais je n'ai jamais eu l'occasion de lui parler. De loin, on dirait un prédateur, une panthère noire, cette impression ne fait qu'être accentuée par sa manière de me regarder, ses yeux gris suivent chacun de mes gestes avec un mélange d'attention et d'indifférence.

— Entre, Nora, dit Julian en me faisant signe de me joindre à eux. Voici Peter Solokov, notre spécialiste de la sécurité.

— Oh, salut. Je suis très heureuse de faire votre connaissance. Je me dirige vers la table et souris prudemment à Peter avant de m'asseoir à côté de Julian. Peter est un bel homme à la forte mâchoire, aux pommettes saillantes qui lui donnent un style exotique, mais sans savoir pourquoi, le voir me fait dresser les cheveux sur la tête. Ce n'est ni ce qu'il dit ni ce qu'il fait, il me fait un signe poli et reste assis d'un air détendu, avec un calme trompeur, c'est ce que je lis dans ses yeux couleur d'acier.

De la rage. Une rage pure, sans mélange. Je la sens chez Peter, elle émane de tous les pores de sa peau. Ce n'est ni de la colère ni un accès momentané de mauvaise humeur. Non, cette émotion va plus loin que ça. Elle fait partie intégrante de lui, comme les muscles durs de son corps ou la cicatrice pâle qui lui traverse le sourcil gauche.

Malgré toute la froideur bien contrôlée de son attitude, cet homme est un dangereux volcan prêt à entrer en éruption.

— Nous étions juste en train de finir, dit Julian, et je remarque une note de contrariété dans sa voix. En détournant les yeux de Peter, je vois se contracter un petit muscle dans la mâchoire de Julian. J'ai dû regarder trop longtemps Peter sans m'en rendre compte et mon mari a pris ma fascination involontaire pour de l'intérêt.

Merde ! Ce n'est jamais bon signe quand Julian est jaloux.

Alors que je me torture l'esprit pour essayer de calmer le jeu, Peter se lève.

— Nous pouvons reprendre ça demain si vous voulez, dit-il calmement en s'adressant à Julian. Je ne peux m'empêcher de remarquer que contrairement à la plupart des employés du domaine Peter ne fait pas preuve de déférence envers mon mari. Au contraire, il parle à Julian d'égal à égal, avec respect, mais avec une parfaite assurance. Je détecte un léger accent de l'Est dans ses paroles et je me demande d'où il vient. Pologne ? Russie ? Ukraine ?

— Oui, dit Julian en se levant aussi. Il est toujours sombre, mais sa voix est redevenue parfaitement calme. À demain.

Peter disparait en nous laissant seuls et je me lève lentement, mes mains sont déjà moites. Je n'ai rien fait de mal, mais en convaincre Julian ne va pas être facile. Sa possessivité tourne à l'obsession ; quelquefois, je m'étonne qu'il ne m'enferme pas à clé dans sa chambre pour éviter que d'autres hommes ne me voient.

Effectivement, dès que la porte se referme sur Peter, Julian s'avance vers moi.

— Est-ce que Peter te plait, mon chat ? dit-il doucement en mordant sur mon espace jusqu'à ce que je sois obligée de reculer contre la table. Tu as un faible pour les russes ?

— Non. Je secoue la tête en soutenant le regard de Julian. J'espère qu'il peut voir que je dis vrai. Peter est peut-être beau, mais il me fait peur, et le seul homme qui me fasse peur et dont je veux est juste en face de moi et me jette un regard mauvais. Pas du tout. Ce n'est pas la raison pour laquelle je le regardais.

— Non ? Julian plisse les yeux tout en me prenant par le menton. Alors pourquoi ?

— Il m'a fait peur, ai-je admis en décidant que l'honnêteté était la meilleure conduite à tenir dans cette situation. Il y a quelque chose chez lui qui m'a semblé inquiétant.

Julian m'examine attentivement une seconde puis me lâche le menton et recule, ce qui me fait pousser un soupir de soulagement. *La tempête a été évitée.*

— Aussi perspicace que d'habitude, murmure-t-il avec une note d'amusement et de tristesse dans la voix. Oui, tu as raison, Nora. Il y a effectivement quelque chose d'inquiétant chez Peter.

— C'est quoi son problème ? Je demande, ma curiosité s'est réveillée maintenant que Julian n'est plus en colère contre moi. Je sais que Julian n'emploie pas des enfants de chœur, mais ce que j'ai décelé chez Peter est différent, plus explosif. Qui est-ce ?

Julian me fait un petit sourire sombre et va s'asseoir à son bureau.

— Il est de Spetnaz, les Forces spéciales russes. C'était l'un des meilleurs jusqu'à ce que sa femme et son fils soient tués. Maintenant, il veut se venger, et il est venu à moi en espérant que je pourrai l'aider.

Je sens un éclair de pitié pour lui. Alors ce n'est pas seulement de la rage. Peter aussi est consumé de douleur et de souffrance.

— L'aider comment ? Je demande en m'appuyant à la table. Le spécialiste de la sécurité de Julian ne m'a pas donné l'impression qu'il avait vraiment besoin d'aide.

— En utilisant mes relations pour lui obtenir une liste de noms. Apparemment, des soldats de l'OTAN étaient impliqués et l'affaire a été remarquablement bien étouffée.

— Oh ! Je fixe Julian des yeux, mal à l'aise. Il est facile d'imaginer ce que Peter fera de ces soldats. Et tu lui as donné cette liste ?

— Pas encore. Je travaille encore dessus. Il semble que beaucoup d'informations soient confidentielles, ce n'est donc pas facile.

— Tu ne peux pas demander à ton contact de la CIA de t'aider ?

— Je le lui ai demandé. Frank se fait prier parce qu'il y a des Américains sur cette liste. Julian semble agacé pendant quelques instants. Mais il finira par s'exécuter. C'est toujours comme ça. Il suffit que j'aie quelque chose dont la CIA a vraiment envie.

— Évidemment, je murmure. Un service en échange d'un autre… C'est pour ça que Peter travaille avec toi ? Parce que tu lui as promis cette liste ?

— Oui, c'est le marché que nous avons conclu. Julian a un sourire dur. Trois ans de bons et loyaux services en échange de cette liste en fin de compte. Je le paie aussi, bien sûr, mais Peter se moque de l'argent.

— Et Lucas ? ai-je demandé en pensant au bras droit de Julian. A-t-il aussi une histoire ?

— Tout le monde a une histoire, dit Julian, mais il semble penser à autre chose maintenant et son attention se tourne vers l'écran de l'ordinateur. Même toi mon chat.

Et avant que je puisse lui poser d'autres questions il s'occupe de ses mails et met un point final à notre conversation pour aujourd'hui.

CHAPITRE QUATORZE

❖ JULIAN ❖

Les quelques semaines suivantes sont ce que j'ai connu qui ressemble le plus au bonheur domestique. À part un voyage d'un jour à Mexico pour une négociation avec le cartel Juárez je suis resté dans le domaine avec Nora.

Maintenant que ses cours ont commencé, ses journées sont consacrées à ses livres, ses dissertations et ses examens. Elle est tellement occupée qu'elle étudie souvent tard le soir, une habitude qui me déplait, mais je la laisse faire. Elle semble tellement déterminée à prouver qu'elle est du même niveau que les étudiants qui sont entrés à Stanford grâce à leurs notes, et je ne veux pas la décourager. Je sais qu'elle le fait en partie pour ses parents, qui continuent à s'inquiéter sur son avenir avec moi, et en partie parce que c'est un défi qui lui plait. Malgré ce stress supplémentaire, ma chérie semble s'épanouir en ce moment, ses yeux brillent d'enthousiasme et ses gestes sont pleins d'énergie et de résolution.

Cette nouvelle situation me fait plaisir. J'aime la voir heureuse et sûre d'elle, satisfaite de sa vie avec moi. Bien que le monstre qui est en moi continue de jouir de sa souffrance et de sa peur, sa force croissante et sa résilience me plaisent. Je n'ai jamais voulu la briser, seulement me l'approprier, et ça me plait de la voir m'égaler dans de nombreux domaines.

Bien que ses études lui prennent beaucoup de temps, Nora continue à travailler sous la direction de M. Bernard, elle dit qu'elle se détend en dessinant et en peignant. Elle insiste également pour que je continue à lui donner des leçons d'autodéfense et de tir deux fois par semaine, une demande que je suis ravi de satisfaire puisque ça nous permet de passer davantage de temps ensemble. Au fil de l'entraînement, je m'aperçois qu'elle est plus douée avec les armes à feu qu'au couteau, bien qu'à ma surprise elle soit vraiment bonne dans les deux cas. Elle commence aussi à bien maîtriser certains mouvements de lutte, lentement mais sûrement son petit corps devient une arme redoutable. Un jour, elle a même réussi à me faire saigner du nez en me donnant un bon coup de coude avant que je n'aie le temps de l'arrêter tant elle a été rapide.

Elle devrait être fière d'un tel succès, mais bien sûr, étant donnée sa gentillesse, elle en est toute de suite horrifiée et pleine de remords.

— Oh, mon Dieu, je suis vraiment navrée ! Elle se précipite vers moi et attrape une serviette pour arrêter le saignement. Elle semble si bouleversée que j'éclate de rire, bien que mon putain de nez me fasse vraiment mal. Voilà ce que je récolte en me laissant distraire pendant l'entraînement. Elle a réussi à me prendre par surprise à un moment où je regardais ses seins et où je fantasmais que je lui soulevais son soutien-gorge de sport.

— Julian, pourquoi ris-tu ? La voix de Nora monte d'une octave en appuyant la serviette sur mon visage. Il faut que tu voies un docteur ! Ton nez est peut-être cassé…

— Ce n'est rien, bébé, l'ai-je rassurée entre deux éclats de rire et en prenant la serviette de ses mains tremblantes. Je t'assure que j'ai connu pire. S'il était cassé, je le saurais. Ma voix semble nasale à cause de la serviette que j'appuie sur le nez, mais je sens le cartilage du doigt et il est intact. J'aurai un œil au beurre noir, et voilà tout. Mais si je n'avais pas esquivé sur la droite au dernier moment elle aurait pu complètement me casser le nez, des fragments d'os auraient pénétré dans mon cerveau et elle m'aurait tué sur le coup.

— Si, c'est grave ! Nora recule, toujours très contrariée. J'aurais vraiment pu te faire très mal !

— Mais je l'aurais mérité, non ? ai-je dit en ne plaisantant qu'à moitié. Je sais qu'il y a encore quelque chose en elle qui m'en veut de son enlèvement, qui m'en voudra toujours. À sa place, je ne m'excuserais pas de me faire souffrir. Je chercherais toutes les occasions de m'en faire voir de toutes les couleurs.

Elle continue de me regarder, mais je m'aperçois qu'elle commence à se calmer maintenant qu'elle a surmonté le premier choc.

— Probablement, dit-elle d'une voix plus sereine, mais cela ne veut pas dire que je veuille te faire souffrir. Tu vois, je suis comme ça, bête et illogique.

Je lui souris en enlevant la serviette ; ça ne saigne presque plus. Comme je m'y attendais, c'était seulement un petit coup.

— Tu n'es pas bête, ai-je dit doucement en m'approchant d'elle. Mon nez continue à me faire mal, mais je sens autre chose de plus en plus gros beaucoup plus bas. Tu es exactement comme je veux que tu sois.

— Amoureuse de mon ravisseur après un lavage de cerveau ? demande-t-elle sèchement en laissant tomber la serviette ensanglantée par terre.

— Oui, exactement, ai-je murmuré en enlevant son soutien-gorge de sport pour dénuder ses deux petits seins parfaits. Et très, très baisable…

En l'entraînant sur le tapis de sol, ma blessure est le dernier de mes soucis.

* * *

Tandis que Nora avance dans son semestre nos habitudes se précisent : en général, je me lève avant elle et je vais m'entraîner avec mes hommes ; à mon retour, elle est réveillée et nous prenons notre petit déjeuner, puis je vais au bureau tandis que Nora va se promener avec Rosa et suit ses cours en ligne. Après quelques heures, je reviens à la maison et nous déjeunons ensemble. Ensuite, je retourne au bureau et Nora suit un cours de dessin avec M. Bernard ou me rejoint au bureau où elle travaille tranquillement tandis que je travaille aussi ou que j'ai des réunions. Même si elle n'a pas l'air de suivre ce qui se passe pendant ce temps-là je sais qu'elle le fait parce qu'elle me pose ensuite des questions sur mes activités pendant le dîner.

Sa curiosité ne me gêne pas, même si je sais qu'elle condamne tacitement ce que je fais.

Savoir que je fournis des armes à des criminels et que j'utilise souvent des méthodes brutales pour contrôler mes affaires est insupportable pour Nora. Elle ne comprend pas que si ce n'était pas moi quelqu'un d'autre le ferait et que le monde ne serait pas nécessairement moins dangereux ou meilleur. La seule question est de savoir qui en profiterait, et je préfère que ce soit moi.

Je sais que Nora n'est pas d'accord avec ce raisonnement, mais peu importe. Je n'ai pas besoin de son approbation, je n'ai besoin que d'elle.

Et elle est à moi. Elle est tellement souvent avec moi que je commence à oublier ce que je ressentais quand elle n'était pas à mes côtés. Nous sommes rarement séparés l'un de l'autre plusieurs heures de suite, et alors elle me manque tellement que c'est comme si j'avais du mal à respirer. Je ne comprends pas comment je pouvais la laisser seule dans l'île plusieurs jours ou même plusieurs semaines de suite. Maintenant, je n'aime même pas la voir partir courir sans moi et je fais de mon mieux pour l'accompagner quand elle fait le tour du domaine à toute vitesse à la fin de l'après-midi.

C'est parce que je veux être avec ma femme, mais aussi pour être sûr qu'elle soit en sécurité. Bien qu'ici mes ennemis ne puissent l'enlever, il y a des serpents, des araignées et des crapauds venimeux. Et dans la forêt amazonienne, il y a des jaguars et d'autres prédateurs de la jungle. Le risque qu'elle soit mordue ou sérieusement blessée par un animal sauvage est faible, mais je ne veux pas le prendre. Je ne peux pas supporter l'idée qu'il lui arrive quoi que ce soit. Quand Nora a eu sa crise d'appendicite, j'ai failli devenir fou de panique, et c'était avant que mon addiction envers elle ait atteint son degré actuel, qui est insensé.

Ma peur de la perdre commence à devenir pathologique. Je l'admets, mais je ne sais comment la contrôler. C'est un mal qui ne semble pas avoir de remède. Je m'inquiète sans cesse pour Nora, de manière obsessive. Je veux savoir où elle est à chaque instant de chaque journée. Elle est rarement hors de ma vue, mais quand elle l'est je ne peux me concentrer, j'imagine des accidents qui pourraient lui arriver et d'autres scénarios effrayants.

— Je veux que tu places deux gardes responsables de Nora, ai-je dit un matin à Lucas. Je veux qu'ils la suivent quand elle se promène dans le domaine pour s'assurer qu'il ne lui arrive rien.

— D'accord. Lucas ne bronche pas quand je lui donne cet ordre inattendu. Je vais me concerter avec Peter pour libérer deux de nos meilleurs hommes.

— Bien. Et je veux qu'ils m'envoient un rapport par SMS toutes les heures, sans faute.

— C'est comme si c'était fait.

Pendant une quinzaine de jours, les rapports que je reçois toutes les heures me rassurent jusqu'à ce que je reçoive un mail qui bouleverse ma vie.

* * *

— Majid est en vie, ai-je annoncé à Nora un soir au dîner, en examinant attentivement sa réaction. Je viens juste de l'entendre d'un contact de Peter à Moscou. Il a été aperçu au Tadjikistan.

Le choc et la consternation lui font ouvrir grands les yeux.

— Comment ? Mais il est mort dans l'explosion !

— Non, malheureusement. Je fais de mon mieux pour maîtriser ma rage. Le fait que le meurtrier de Beth soit en vie me rend fou. On a découvert qu'avec quatre autres il avait quitté le hangar deux heures avant mon arrivée. Tu ne l'as pas vu quand je suis venu te chercher, n'est-ce pas ?

— Non, c'est vrai. Nora fronce les sourcils. Je pensais qu'il était dehors, pour garder le bâtiment ou bien…

— Moi aussi, c'est ce que j'ai pensé. Mais non. Il était loin du hangar quand l'explosion a eu lieu.

— Comment le sais-tu ?

— Les Russes ont capturé un des quatre hommes qui étaient partis avec Majid ce soir-là. Ils l'ont arrêté à Moscou, il allait faire un attentat dans le métro. Malgré tous mes efforts, la fureur s'entend dans ma voix et je sens la même tension chez Nora. S'il y a bien un sujet qui peut mettre ma chérie en colère, c'est le meurtre de Beth. Ils l'ont interrogé et ils ont appris qu'il s'était caché en Europe de l'est et en Asie Centrale ces derniers mois, avec Majid et les trois autres.

Avant que Nora ne puisse réagir, Ana entre dans la pièce.

— Aimeriez-vous un dessert ? nous demande la gouvernante. Nora secoue la tête, les lèvres serrées.

— Non pas pour moi, merci, ai-je répondu sèchement, et Ana disparait pour nous laisser de nouveau seuls.

— Et maintenant ? demande Nora. Vas-tu partir à sa recherche ?

— Oui. Et quand je l'aurai trouvé, je vais le tailler en pièces, le démembrer, mais je n'en parle pas à Nora. Par contre, je lui explique mes plans. Son acolyte a admis que la dernière fois qu'il a vu Majid c'était au Tadjikistan, donc on va commencer par-là. Apparemment, il est parvenu à rassembler un groupe assez important de nouvelles recrues et à renouveler les effectifs d'Al-Quadar.

Ce dernier élément m'inquiète vraiment. Bien que nous ayons infligé de sérieuses pertes aux terroristes depuis deux ou trois mois, l'organisation d'Al-Quadar est tellement dispersée qu'il pourrait y avoir encore une douzaine de cellules en activité à travers le monde. Combinées avec les nouvelles recrues, ces cellules pourraient être assez puissantes pour être dangereuses et selon les informations que Peter a obtenues de ses contacts, Majid prépare une opération d'envergure… en Amérique latine.

Il prépare sa vengeance contre moi.

Évidemment, il ne pourra pas pénétrer le dispositif de sécurité du domaine, mais la possibilité que ces salauds soient à une centaine de kilomètres de Nora me rend vert de rage et réveille la crainte que je ne parviens pas à surmonter.

Une crainte folle, irrationnelle, la crainte de la perdre.

Il y a plus de deux cents hommes d'élite qui gardent l'enceinte du domaine et des douzaines de drones militaires balaient la zone. Ici, personne ne peut l'atteindre, mais ça ne change rien à ce que je ressens, ça ne soulage pas la peur panique qui me ronge de l'intérieur. Je ne veux qu'une chose, prendre Nora et l'emmener aussi loin que possible d'ici, là où ils ne pourront jamais la trouver… où elle sera à moi et à moi seul.

Mais cet endroit n'existe plus. Mes ennemis connaissent l'existence de Nora, et ils savent qu'elle compte pour moi. Je le leur ai prouvé en venant à sa rescousse. S'ils veulent toujours mon système d'explosion, et je suis convaincu que c'est le cas, ils essaieront de s'emparer d'elle et ne s'arrêteront que lorsqu'ils seront complètement décimés.

Que ma réaction soit excessive ou pas, étant données ces nouvelles informations il faut que je prenne de nouvelles dispositions pour assurer la sécurité de Nora.

Je dois m'assurer de pouvoir la joindre à tout moment.

— À quoi penses-tu ? demande Nora avec inquiétude, et je m'aperçois que ça fait deux ou trois minutes que je la fixe des yeux en silence.

Je m'oblige à sourire.

— Rien de spécial, mon chat. Je veux juste être certain que tu es en sécurité, c'est tout.

— Pourquoi ne serais-je pas en sécurité ? Elle semble plus interloquée qu'inquiète.

— Parce qu'il y a une rumeur selon laquelle Majid préparerait quelque chose en Amérique latine, j'explique aussi calmement que possible. Je ne veux pas l'effrayer, mais je veux qu'elle comprenne pourquoi je dois prendre ces précautions.

Et pourquoi je dois faire ce que je vais lui faire.

— Tu crois qu'ils vont venir ici ? Elle pâlit légèrement, mais sa voix reste ferme. Tu crois qu'ils vont essayer d'attaquer le domaine ?

— C'est possible ; ça ne veut pas dire qu'ils réussiront, mais il est très vraisemblable qu'ils essaieront. En tendant la main au-dessus de la table je prends sa petite main dans la mienne, je veux la rassurer à mon contact. Sa peau est glacée et trahit son agitation et je lui masse légèrement la paume de la main pour la réchauffer.

— C'est la raison pour laquelle je veux être sûr de toujours savoir où te trouver, bébé, de toujours savoir où tu es.

Elle fronce les sourcils et je sens sa main devenir encore plus froide quand elle la retire de mon emprise.

— Qu'est-ce que tu veux dire ? Sa voix ne tremble pas, mais je vois son pouls battre plus vite à la naissance de sa gorge. Comme je m'y attendais, cette idée ne la remplit pas de joie.

— Je veux te mettre des localisateurs, je le lui explique en soutenant son regard. Ils seront greffés à deux ou trois endroits de ton corps si bien que si l'on t'enlève je pourrais immédiatement te localiser.

— Des localisateurs ? Tu veux dire quelque chose comme une puce de GPS ? Comme ce qu'on utilise pour marquer le bétail ?

Je serre les lèvres. Je sais déjà qu'elle va faire des difficultés.

— Non pas comme ça, ai-je répondu calmement. Actuellement, ces localisateurs font partie du Secret-Défense et sont conçus exclusivement pour être utilisés sur des êtres humains. C'est vrai qu'ils auront des puces GPS, mais ils auront aussi des détecteurs pour mesurer tes battements de cœur et ta température. Comme cela, je pourrai toujours savoir si tu es en vie.

— Et tu pourras toujours savoir où je suis, dit-elle à voix basse, ses yeux s'assombrissent dans la pâleur de son visage.

— Oui, je saurai toujours où tu es. Cette pensée m'emplit d'un immense soulagement et d'une immense satisfaction.

Il y a des semaines que j'aurais dû le faire, quand je suis venu la chercher dans l'Illinois.

— C'est pour ta propre sécurité, Nora, ai-je ajouté en souhaitant insister sur ce point. Si tu avais eu ces localisateurs quand Beth et toi avez été enlevées je vous aurais tout de suite retrouvées.

Et Beth serait encore en vie. Je ne l'ajoute pas, mais je n'en ai pas besoin. À ces mots Nora accuse le coup, comme si je venais de la gifler, et la douleur lui traverse le visage.

Mais une seconde plus tard, elle a retrouvé son calme.

— Pour être sûre de bien comprendre… Elle se penche en avant, pose les avant-bras sur la table et je vois ses doigts si serrés que les articulations sont blanches de tension.

— Tu veux me greffer des implants *dans le corps* pour savoir où je suis *en permanence* pour que je sois en sécurité dans une enceinte qui est mieux protégée que la Maison-Blanche.

Son ton est plein de sarcasme et je sens que je vais me mettre en colère. Je lui passe beaucoup de choses, mais je ne prendrai aucun risque avec sa sécurité. Il aurait été plus simple qu'elle accepte de coopérer, mais je ne vais pas laisser ses réticences m'empêcher de faire ce qu'il faut.

— Absolument, mon chat, ai-je dit avec la plus grande douceur en me levant de ma chaise. C'est exactement ce que je veux. On va te les greffer aujourd'hui. C'est-à-dire maintenant.

CHAPITRE QUINZE

❖ NORA ❖

Stupéfaite, je fixe Julian des yeux, mes battements de cœur grondent dans mes oreilles. Une part de moi n'arrive pas à croire qu'il va faire ça contre mon gré, me marquer comme un pauvre animal, me priver de la moindre intimité et de la moindre liberté, et le reste hurle que je suis une idiote, que j'aurais dû savoir qu'il serait toujours le même.

C'est seulement que ces dernières semaines ont été si différentes de ce que nous avons vécu ensemble auparavant. J'avais commencé à imaginer que Julian s'ouvrait à moi, qu'il me faisait vraiment entrer dans sa vie. Malgré sa domination au lit et le contrôle qu'il exerce sur tous les aspects de ma vie j'avais commencé à moins me sentir comme son jouet sexuel et davantage comme sa partenaire. Je m'étais laissée aller à croire que nous devenions davantage comme un couple normal, que je commençais vraiment à compter pour lui… qu'il commençait à me respecter.

Comme une imbécile, j'ai souscrit à l'illusion d'une vie heureuse avec mon ravisseur, avec un homme totalement dénué de conscience ou de sens moral.

Comme c'est bête, comme c'est naïf de ma part. J'ai envie de me donner des coups tout en ayant envie de pleurer en même temps. J'ai toujours su quel type d'homme est Julian, mais je me laisse encore prendre par son charme, par la manière dont il semble me désirer, avoir besoin de moi.

Je m'étais autorisée à croire que je pourrais être davantage que sa chose.

En m'apercevant que j'étais toujours assise là, bouleversée par cette douloureuse désillusion, j'ai poussé ma chaise et je me suis levée pour confronter Julian qui était de l'autre côté de la table. J'ai toujours la sensation d'avoir reçu un coup de poing dans le ventre, mais maintenant la colère s'y ajoute. Pure et violente, elle se répand dans mon corps et élimine ce qui me reste de choc et de souffrance.

Ces localisateurs n'ont aucun rapport avec ma sécurité. Je connais l'étendue des dispositifs de sécurité sur le domaine et je sais que le risque de me faire enlever est infime. Non, le retour du risque terroriste n'est qu'un prétexte, une excuse commode pour que Julian puisse faire ce qu'il avait l'intention de faire de toute façon ; ça lui donne une excuse d'accroître le contrôle qu'il a sur moi, de m'attacher à lui si étroitement que je ne pourrai même pas respirer sans qu'il le sache.

Ces localisateurs vont faire de moi sa captive jusqu'à la fin de mes jours… et j'ai beau aimer Julian, ce n'est pas un destin que je suis prête à accepter.

— Non, ai-je dit, et le calme parfait de ma voix me surprend. Je n'accepte pas d'avoir ces implants.

Julian hausse les sourcils.

— Ah bon, ses yeux brillent, sa colère se mêle à un léger amusement. Et comment pourrais-tu m'en empêcher, mon chat ?

Je lève le menton, les battements de mon cœur s'accélèrent encore. Malgré toutes les heures d'entraînement à la gym je ne suis pas encore de taille à affronter Julian. Il peut m'anéantir en moins de trente secondes, sans parler de tous ces gardes du corps qui sont sous ses ordres. S'il a décidé de m'implanter ces localisateurs, je ne pourrai pas l'en empêcher.

Mais ça ne veut pas dire que je vais renoncer.

— Va te faire foutre ! ai-je dit en articulant chaque syllabe. Va te faire foutre avec tes implants. Et ne suivant que mon instinct et ma poussée d'adrénaline je lui jette les assiettes à la tête avant de me précipiter vers la porte.

Les assiettes se fracassent bruyamment sur le sol et j'entends Julian pousser un juron quand il s'écarte d'un saut pour ne pas être taché par la nourriture. Ce qui détourne un instant son attention, me permettant de me précipiter vers la porte et d'arriver dans l'entrée. Je ne sais où je vais, et je n'ai pas l'ombre d'un plan. Tout ce que je sais c'est que je ne vais pas rester là et subir passivement cette nouvelle violation de ma personne.

Je ne peux plus être la petite victime soumise de Julian.

Je l'entends me poursuivre tandis que je cours dans la maison et ça me rappelle mon premier jour dans l'île. Ce jour-là aussi j'ai couru pour essayer d'échapper à celui qui allait tout devenir pour moi. Je me souviens à quel point j'étais terrifiée, assommée par les médicaments qu'il m'avait fait prendre. C'était aussi le jour où Julian m'avait fait découvrir le plaisir et la douleur dévastatrice de ses caresses, le jour où j'ai compris que ma vie ne m'appartenait plus.

Je ne sais pas pourquoi je me suis laissée surprendre par cette histoire d'implants. Julian n'a jamais exprimé le moindre regret de tout décider à ma place, il ne s'est jamais excusé de m'avoir enlevée ou de m'avoir forcée à l'épouser. Il me traite bien parce qu'il le veut bien, et non parce que ça serait dangereux pour lui de faire autrement. Personne ne peut l'empêcher de faire ce qu'il veut de moi, il n'existe pas un mot que je peux dire pour mettre des limites à ce qu'il fait de moi.

J'ai beau être sa femme, je reste sa captive dans tous les sens du terme.

Maintenant, je suis arrivée à la porte d'entrée et j'attrape la poignée pour l'ouvrir. Du coin de l'œil, j'aperçois Ana près du mur, elle reste bouche bée en me voyant me précipiter dehors avec Julian sur les talons. Je cours si vite que j'ai à peine le temps d'être gênée qu'elle nous voie dans une telle situation. Il me semble que notre gouvernante se doute de la nature sadomasochiste de notre relation, mes vêtements d'été ne cachent pas toujours les marques que Julian me laisse sur la peau, et j'espère qu'elle croit que nous jouons, un jeu pervers.

Je n'ai pas la moindre idée de l'endroit où je vais en me précipitant en bas des marches, mais peu importe. Je veux seulement échapper quelques instants à Julian, gagner un peu de temps. Je ne sais pas ce que j'y gagnerai, mais je sais que c'est nécessaire, que j'ai besoin de sentir que j'ai fait *quelque chose* pour le défier, que je ne me suis pas soumise à l'inévitable sans me battre.

J'ai traversé la grande pelouse quand je sens Julian me rattraper. J'entends sa respiration rauque, lui aussi doit courir aussi vite que possible, et puis ses mains se resserrent sur mon avant-bras gauche, me retournent comme une toupie et m'attirent contre son corps musclé.

Sur le coup, je suis stupéfaite, j'en perds le souffle, mais mon corps réagit par réflexe et mes habitudes d'autodéfense se mettent en place. Au lieu d'essayer de me dégager, je me laisse tomber comme une pierre pour tenter de déséquilibrer Julian. Dans le même temps, je relève les genoux dans la direction de ses testicules et mon poing droit se jette contre son menton.

Comme il a anticipé mes gestes, il se détourne au dernier moment si bien que mon poing le manque et que mon genou ne l'atteint qu'à la cuisse. Avant de pouvoir faire quoi que ce soit d'autre, il me lâche et me laisse tomber sur le dos dans l'herbe, puis m'immobilise immédiatement de tout son poids en se servant de ses jambes pour contrôler les miennes et m'attrapant par les poignets pour me relever les bras au-dessus de la tête.

Je ne peux plus rien faire, je suis plus impuissante que jamais, et Julian le sait bien.

Un petit rire de gorge lui échappe quand il croise mon regard furieux.

— Mais tu es une petite femme dangereuse, non ? murmure-t-il en s'asseyant plus confortablement sur moi. Je suis agacée de constater que sa respiration est déjà redevenue normale et que ses yeux bleus brillent, il ne cache ni son amusement ni son ravissement. Tu sais, mon chat, si ce n'était pas moi qui t'avais appris ce geste, ça aurait pu marcher.

En haletant, je continue à le regarder, je brûle d'envie de lui faire mal. Le voir se réjouir de la situation ne fait qu'intensifier ma rage et je me jette en avant de toutes mes forces pour essayer de le déloger. Évidemment, ça ne sert à rien. Il est deux fois plus lourd que moi, son corps puissant n'est qu'un amas de muscles d'acier. Je n'arrive qu'à le faire rire encore plus.

Et en plus, ça l'excite comme le prouve la bosse qui se raidit contre ma jambe.

— Lâche-moi ! Je siffle entre les dents, je suis parfaitement consciente de la réaction automatique de mon corps à son érection, en le sentant se presser comme ça contre moi. Être maintenue dans cette position c'est quelque chose que j'associe désormais avec le sexe et je suis furieuse de le désirer aussi. Malgré ma colère et mon ressentiment, je me sens brûler et vibrer de désir. Voilà encore une chose sur laquelle je n'ai aucun contrôle ; quoiqu'il arrive, mon corps est conditionné pour obéir à la domination de Julian.

Ses lèvres sensuelles dessinent un demi-sourire satisfait.

— Et sinon, mon chat ? souffle-t-il en me fixant des yeux tout en ouvrant mes jambes raidies de son genou. Que vas-tu faire ?

Je le défie du regard en faisant de mon mieux pour ignorer la menace de sa verge en érection dure comme la pierre qui se presse contre mon ouverture. Seuls son jean et ma petite culotte légère nous séparent maintenant, et je sais que Julian peut se débarrasser de ces obstacles en un clin d'œil. La seule chose qui l'empêche de me baiser sur-le-champ – et je compte là-dessus – c'est le fait que nous sommes parfaitement visibles des gardes et de quiconque pourrait passer vers la maison en ce moment. Julian n'est pas exhibitionniste, il est bien trop possessif, et je suis quasi certaine qu'il ne me prendra pas en plein air comme ça.

Il risque de me faire d'autres choses, mais je devrais être à l'abri de punitions sexuelles pour l'instant.

C'est cette raison, ainsi que ma colère, qui me pousse à lui répondre avec imprudence.

— En fait la vraie question, c'est, que vas-*tu* faire, Julian ? ai-je dis à voix basse avec amertume. Vas-tu me traîner alors que je vais me débattre et te résister pour me mettre ces implants ? Parce que si c'est ça que tu vas faire, tu sais, je ne vais pas me laisser faire comme une bonne petite captive. Je ne vais pas jouer ce rôle.

Son sourire disparait, remplacé par une expression impitoyable, pleine de détermination.

— Je ferai ce qu'il faudra pour que tu sois en sécurité, Nora, dit-il durement, et il se lève en me portant avec lui.

Je me débats, mais c'est inutile. En une seconde, il m'a prise dans ses bras, l'une de ses mains me tient les poignets et l'autre est passée sous mes genoux pour m'immobiliser les jambes. Scandalisée, je cambre la colonne vertébrale pour essayer de desserrer son emprise, mais il me tient trop fort pour que je puisse y parvenir. Je n'arrive qu'à me fatiguer pour rien et après deux ou trois minutes je m'arrête en haletant, épuisée et pleine de frustration tandis que Julian se dirige vers la maison en me portant comme un enfant sans défense.

— Tu peux crier autant que tu veux, me dit-il quand nous arrivons vers le perron. Sa voix est calme et détachée et son visage impassible quand il jette les yeux sur moi. Ça ne changera rien, mais tu peux toujours essayer.

Je sais qu'il fait de la psychologie inversée avec moi et je me tais quand il ouvre la porte d'entrée en la poussant du dos et qu'il entre dans la maison. Ma colère initiale se dissipe, une sorte de résignation et de lassitude la remplace. J'ai toujours su qu'il était inutile d'affronter Julian et ce qui vient de se passer aujourd'hui le confirme. Je peux résister autant que je veux, ça ne sert à rien.

Quand Julian me porte dans l'entrée je vois Ana au beau milieu, elle nous fixe des yeux, choquée et fascinée. Elle a dû rester là pour regarder par la fenêtre et voir comment se terminerait la poursuite et je la sens nous suivre des yeux quand Julian passe devant elle sans dire un mot.

Maintenant que l'effet immédiat de l'adrénaline s'est dissipé, je me rends compte que je rougis de honte. C'est une chose de savoir qu'Ana a remarqué de légers bleus sur mes cuisses, c'en est une autre de nous voir comme ça. Je suis persuadée qu'elle a vu pire, après tout elle travaille pour un baron du crime, mais je ne peux m'empêcher de me sentir mal à l'aise et vulnérable. Je ne veux pas que les gens du domaine sachent la vérité sur ma relation avec Julian ; je ne veux pas qu'ils me regardent avec de la pitié dans les yeux ; ça m'est suffisamment arrivé chez moi à Oak Lawn et je n'ai nulle envie de recommencer cette expérience.

— Tu vas juste me fourrer les implants comme ça ? ai-je demandé à Julian quand il m'emmène dans notre chambre. Sans anesthésie ni quoi que ce soit ? Ma voix est pleine de sarcasme, mais je me demande sincèrement ce qu'il en est. Je sais que mon mari aime quelquefois me faire mal, il n'est donc pas entièrement impossible qu'il en fasse une sorte de jeu sexuel.

Les mâchoires de Julian se contractent quand il me pose par terre.

— Non, dit-il sèchement, en me lâchant et en reculant. Mes yeux vont immédiatement vers la porte, mais Julian s'est interposé entre elle et moi en allant chercher quelque chose dans les tiroirs d'une petite commode.

Je vais faire en sorte que tu ne sentes rien. Et sous mes yeux, il en tire la petite seringue que je connais déjà trop bien.

J'en ai froid dans le dos. Je reconnais cette seringue, c'est celle qu'il avait dans la poche quand il est venu me chercher, celle dont il se serait servi pour me piquer si je n'étais pas allée avec lui de mon propre gré.

— C'est ça que tu m'as injecté quand tu m'as enlevée dans le parc ? Ma voix est calme, trahissant à peine le fait que je suis effondrée. C'est quel type de calmant ?

Julian soupire, il semble étrangement las en s'approchant de moi.

— Il a un nom long et compliqué dont je ne me souviens pas sur l'instant, et effectivement c'est ce que j'ai utilisé pour t'amener sur l'île. C'est l'un des meilleurs de ce genre, avec très peu d'effets secondaires.

— Peu d'effets secondaires ? C'est charmant. En reculant, je regarde éperdument tout autour de moi pour chercher quelque chose qui me permettrait de me défendre. Mais il n'y a rien. À part un pot de crème pour les mains et des kleenex sur la table de chevet, la pièce est parfaitement bien rangée, rien n'y traîne. Je continue à reculer jusqu'à ce que mes genoux heurtent le lit et je sais alors que je ne peux aller nulle part.

Je suis prise au piège.

— Nora… Maintenant, Julian est à moins d'un mètre de moi, avec la seringue dans la main droite. Ne me complique pas les choses.

Ne me complique pas les choses ? Putain, il plaisante ? Un nouvel accès de rage me donne un regain d'énergie. Je me jette sur le lit et y roule en espérant arriver de l'autre côté et me précipiter vers la porte. Mais avant que je puisse arriver au bord du lit, Julian est sur moi et son corps musclé m'enfonce dans le matelas. Le visage enfoui dans la couverture moelleuse, je peux à peine respirer, mais avant que je ne me mette à paniquer Julian se soulève et me permet de tourner la tête sur le côté. En inspirant de l'air, je le sens bouger, je comprends avec un frisson glacé qu'il vient d'ouvrir la seringue et je sais qu'il ne me reste plus que quelques secondes avant qu'il ne me drogue une fois de plus.

— Ne fais pas ça, Julian. Ces paroles ressemblent à une prière désespérée, éperdue. Je sais qu'il est inutile de le supplier, mais je ne peux rien faire d'autre au point où j'en suis. En jouant ma dernière carte, mon cœur bat à se rompre dans ma poitrine. Je t'en prie, si je compte tant soit peu pour toi, *si tu m'aimes*, je t'en prie, ne fait pas ça…

Je l'entends un instant retenir son souffle et j'ai un peu d'espoir, comme une étincelle qui s'éteint tout de suite après quand il enlève doucement mes cheveux emmêlés de mon cou pour dégager ma peau.

— Ça ne va vraiment pas te faire mal, bébé, murmure-t-il, puis je sens une vive piqure sur le côté de mon cou.

Immédiatement après mes membres s'engourdissent, ma vision baisse, et le calmant fait son effet.

— Je te déteste, ai-je réussi à murmurer, puis les ténèbres se referment autour de moi.

CHAPITRE SEIZE

❖ JULIAN ❖

Je te déteste… Si tu m'aimes, ne fais pas ça…

Quand je soulève le corps inanimé de Nora, ses paroles résonnent sans cesse dans mon esprit, comme un disque rayé. Je sais qu'elles ne devraient pas me faire autant souffrir, mais elles le font. Avec seulement deux phrases, Nora a réussi à briser ma carapace, celle qui me protégeait depuis la mort de Maria, celle qui m'a permis de garder mes distances à l'égard de tous et de tout, sauf elle.

Ce n'est pas vrai qu'elle me déteste. Je le sais. Elle me désire. Elle m'aime, ou du moins elle croit m'aimer. Quand tout ceci sera terminé, nous reprendrons la vie que nous avons menée pendant les deux ou trois derniers mois, sauf que je me sentirai mieux, davantage en sécurité.

J'aurai moins peur de la perdre.

Si tu m'aimes, ne fais pas ça…

Putain… Je ne sais pas pourquoi ça me préoccupe qu'elle ait dit ça. Il est évident que je ne l'aime pas. Je ne peux pas. L'amour c'est pour ceux qui sont nobles et pleins d'abnégation, pour ceux qui ont un semblant de cœur.

Pas pour moi. Jamais pour moi. Ce que je ressens pour Nora ne ressemble en rien à la douce émotion sentimentale décrite dans les livres et dans les films. C'est plus profond, bien plus viscéral que ça. J'ai besoin d'elle avec une violence qui me tord les boyaux, avec un désir qui me détruit et me donne du courage.

J'ai besoin d'elle comme de l'air que je respire et je ferai ce qu'il faudra pour la garder avec moi.

Je pourrais mourir pour elle, mais je ne la laisserai jamais partir.

En tenant son petit corps inerte dans mes bras, je l'emmène de la chambre au salon. David Goldberg, notre médecin en résidence, est déjà là, il m'attend avec sa trousse et ce dont il a besoin sur le canapé. Plus tôt dans la journée je lui ai demandé de passer pour qu'il puisse faire cette procédure dès que possible après le dîner et je suis content qu'il soit à l'heure. Je n'ai injecté à Nora qu'un quart de la seringue et je veux être sûr que tout sera terminé quand elle se réveillera.

— Elle est déjà endormie ? demande Goldberg en se levant pour nous saluer. C'est un petit homme chauve d'une quarantaine d'années et l'un des plus talentueux chirurgiens que je connais. Je le paie une fortune pour soigner des blessures sans gravité, mais je considère que ça en vaut la peine. Dans mon métier, on ne sait jamais quand on aura besoin d'un bon docteur.

— Oui. Je pose délicatement Nora sur le canapé. Son bras gauche pend sur le côté si bien que je l'installe doucement d'une manière plus confortable en m'assurant que sa robe recouvre ses cuisses fines. Goldberg s'en moque, je risque bien plus de le faire bander que ma femme, mais je ne veux pas exposer inutilement Nora à ses regards même s'il est ouvertement gay.

— Vous savez, j'aurais pu faire seulement une anesthésie locale, dit-il en prenant les instruments dont il a besoin. C'est une simple procédure, elle ne nécessite pas que la patiente ait perdu connaissance.

— C'est mieux comme ça. Je ne lui donne pas plus d'explications, mais je pense que Goldberg a compris parce qu'il n'ajoute rien. À la place, il enfile ses gants, prend une grosse seringue avec une grosse aiguille hypodermique et s'approche de Nora.

Je recule pour lui laisser de la place.

— Combien voulez-vous d'implants ? Un seul ou davantage ? demande-t-il en jetant un coup d'œil dans ma direction.

— Trois. J'y ai déjà réfléchi et c'est ce qui me semble le plus logique. Si jamais on l'enlève, mes ennemis penseront à en chercher un sur elle, mais pas trois.

— D'accord. J'en mettrai un dans son avant-bras, un dans sa hanche et un à l'intérieur de sa cuisse.

— Ça devrait marcher. Les implants sont minuscules, de la taille d'un grain de riz, donc Nora ne les sentira plus après quelques jours. J'ai aussi l'intention de lui faire porter un bracelet spécial qui servira d'appât ; un quatrième localisateur s'y trouvera. De cette manière, si ses ravisseurs le trouvent ils risquent d'être assez bêtes pour s'en débarrasser et de ne rien chercher sur elle.

— Alors c'est ce que je vais faire, dit Goldberg, et après avoir désinfecté l'avant-bras de Nora il appuie la seringue sur sa peau. Une gouttelette de sang apparait quand l'aiguille pénètre sous la peau pour déposer l'implant ; puis il désinfecte de nouveau l'endroit et y met un petit pansement.

Ensuite, c'est l'implant dans la hanche, suivi par celui qui sera à l'intérieur de la cuisse. En tout et pour tout, la procédure ne prend que six minutes et Nora dort paisiblement d'un bout à l'autre.

— C'est fini, dit Goldberg en enlevant ses gants et en prenant sa trousse. Vous pourrez enlever les pansements dans une heure quand ça s'arrêta de saigner et lui mettre des sparadraps ordinaires. Elle aura un petit peu mal à ces trois endroits pendant deux ou trois jours, mais il ne devrait pas y avoir de cicatrices, surtout si vous veillez à ce que l'endroit de la piqure reste bien propre. Appelez-moi au cas où, mais il ne devrait pas y avoir de problème.

— Parfait, merci.

— Je vous en prie. Et sur ces mots, Goldberg range ses affaires et sort de la pièce.

* * *

Nora reprend connaissance vers trois heures du matin.

Mon sommeil est léger si bien que je me réveille dès que je l'entends bouger. Je sais qu'elle aura mal à la tête et que le calmant lui aura donné la nausée et j'ai préparé une bouteille d'eau si elle a soif. Je m'attends à ce que les effets secondaires soient limités puisque je lui ai donné une faible dose. Quand je l'ai enlevée dans le parc, j'ai dû lui donner une dose bien plus importante pour qu'elle reste inconsciente pendant les vingt-quatre heures du voyage pour aller dans l'île, elle devrait donc se remettre bien plus vite aujourd'hui.

Je te déteste.

Putain, ça ne va pas recommencer ! J'avais rejeté le souvenir de ce qu'elle m'avait murmuré en guise d'accusation pour me concentrer sur le présent. Je la sens remuer à côté de moi, une petite plainte lui échappe de la gorge, c'est le matelas qui lui fait mal en frottant l'endroit sensible de son avant-bras. Cette plainte me touche, elle me blesse. Je ne veux pas que Nora souffre, en tout cas pas pour ça, alors je tends la main vers elle pour la rapprocher de moi et l'étreindre par derrière.

Elle se raidit en sentant que je la touche, la tension envahit tout son corps et je sais que maintenant elle est réveillée et qu'elle se souvient de ce qui s'est passé.

— Comment te sens-tu ? lui ai-je demandé en prenant garde de parler à voix basse, de manière réconfortante. Je lui caresse l'extérieur de la cuisse. Veux-tu de l'eau ou autre chose ?

Elle ne dit rien, mais je l'entends bouger un petit peu et j'en conclus qu'elle en veut bien.

— Entendu. Je tends la main derrière moi pour attraper la bouteille d'eau en tâtonnant un peu dans le noir. En me mettant sur le coude, j'allume la lampe de chevet pour y voir clair et je tends la bouteille à Nora.

Elle cligne plusieurs fois des yeux à cause de la lumière et me prend la bouteille des mains en s'asseyant. En bougeant, elle fait glisser la couverture et le haut de son corps est dénudé. Je l'ai déshabillée avant de la mettre au lit et maintenant elle est nue, seuls ses épais cheveux dissimulent ses jolis seins aux petites pointes roses. Comme d'habitude, je suis assailli de désir, mais j'y résiste, je veux d'abord m'assurer qu'elle se sent bien.

Je la laisse boire quelques gorgées d'eau avant de lui demander de nouveau :

— Comment te sens-tu ?

Elle hausse les épaules et ses yeux se dérobent.

— J'imagine que ça va.

Elle lève la main vers son avant-bras, touche le sparadrap qui s'y trouve et je la vois légèrement frissonner comme si elle avait froid.

— Il faut que j'aille aux toilettes, dit-elle tout à coup, et elle se lève sans attendre ma réaction. Avant qu'elle ne disparaisse par la porte de la salle de bain, j'aperçois son petit derrière rond et ma queue sursaute sans obéir à l'ordre que je lui ai donné de rester tranquille pour une fois.

Je me recouche sur l'oreiller en soupirant et je l'attends. Mais je ne me fais pas d'illusions ; ma chérie a toujours le même effet sur moi. Avoir envie d'elle quand je la vois toute nue m'est aussi naturel que de respirer. Presque sans le vouloir, je glisse la main sous la couverture, ma main se replie sur ma verge dure et je ferme les yeux en imaginant ses parois intimes, si chaudes, si veloutées se resserrer autour de moi, et ses plis intimes si délicieusement étroits…

Je te déteste.

Putain ! Mes yeux s'ouvrent, mon ardeur se refroidit un peu. Je continue à bander, mais mon désir est maintenant mitigé par un étrange poids que j'ai dans sur cœur. Je ne sais d'où ça vient. Je devrais être plus heureux maintenant que les implants ont été mis, mais c'est le contraire. J'ai l'impression d'avoir perdu quelque chose… quelque chose dont je ne m'étais pas aperçu.

Je suis agacé et je referme les yeux pour me concentrer exprès sur la tension croissante que je sens dans mes testicules en me masturbant et en laissant monter mon désir. Même si elle me déteste maintenant, que m'importe ? Il *serait* logique qu'elle me déteste, étant donné ce que je lui ai fait. Je n'ai jamais laissé de telles préoccupations m'empêcher de faire ce que je voulais et ce n'est pas maintenant que je vais commencer. Nora s'habituera aux implants comme elle s'est habituée à m'appartenir, et si la sécurité de l'enceinte est en défaut elle remerciera sa bonne étoile de mes précautions.

En entendant s'ouvrir la porte, j'ouvre de nouveau les yeux et je la vois sortir de la salle de bain. Elle ne me regarde toujours pas. À la place, elle garde les yeux fixés au sol en venant vite se recoucher, elle se glisse sous les couvertures qu'elle remonte jusqu'à son menton. Puis elle regarde le plafond sans le voir, comme si je n'existais même pas.

Son indifférence est comme une gifle.

Mon désir s'aiguise, devient méchant. Je n'accepterai pas ce genre de comportement de sa part et elle le sait. J'ai très envie de la punir, une envie presque irrésistible, et la seule chose qui m'empêche de l'attacher et de laisser libre cours à mon instinct sadique, c'est de savoir qu'elle a déjà mal.

Mais elle ne va pas s'en tirer comme ça, ni ce soir ni n'importe quel autre.

En rejetant ma couverture, je m'assieds et lui ordonne :

— Viens ici !

D'abord, elle ne bouge pas puis elle lève les yeux vers moi. Dans son regard, il n'y a ni peur ni émotion d'aucune sorte. Ses immenses yeux noirs sont vides, comme ceux d'une belle poupée.

Mon cœur est de plus en plus lourd.

— Viens ici ! ai-je répété, et la dureté de mon ton cache le désarroi croissant que je ressens. Tout de suite !

Elle m'obéit, retrouvant finalement ses habitudes. Elle pousse la couverture et vient à quatre pattes sur le lit, le dos cambré et les fesses légèrement en l'air. C'est exactement comme ça que je veux qu'elle se déplace dans la chambre et ma respiration s'accélère, ma verge enfle au point de me faire mal. J'ai bien éduqué Nora ; même quand elle est malheureuse, ma chérie sait comment me faire plaisir.

— C'est bien, ai-je murmuré en l'attrapant dès qu'elle est à portée de main. En glissant la main gauche dans ses cheveux, je mets le bras droit autour de sa taille et je la prends sur mes genoux en la rapprochant encore de moi. Puis je pose mes lèvres sur les siennes et je l'embrasse avec une ardeur qui semble venir du plus profond de mon être.

Elle a à la fois un goût de dentifrice à la menthe et son propre goût, ses lèvres sont douces et accueillantes quand je m'acharne dans les profondeurs soyeuses de sa bouche. Pendant notre baiser, elle ferme les yeux et ses mains viennent timidement se poser sur mes hanches. Je sens les petits galets de ses tétons sur ma poitrine et quand je réalise qu'elle réagit comme à l'accoutumée une vague de soulagement m'envahit, et mon étrange malaise se dissipe presque entièrement.

Peu importe son humeur bizarre, elle est encore à moi de la seule manière qui compte. Tout en continuant de l'embrasser, je me penche en avant et nous sommes maintenant tous les deux couchés sur le lit, moi sur elle. Je fais attention à la toucher doucement pour ne pas appuyer sur les endroits recouverts de sparadraps. Le monstre qui est en moi a beau désirer lui faire mal et la faire pleurer, ce désir est négligeable par rapport à mon besoin dévorant de la réconforter, de la débarrasser de ce regard vide.

Tout en contrôlant mon propre désir, je commence à m'occuper d'elle de la seule manière que je connais. Je l'embrasse partout en savourant sa peau chaude et douce tandis que je vais de la courbe délicate de son oreille à ses petits doigts de pieds. Je lui masse les mains, les pieds et les jambes et je recommence, trouvant plaisir à ses petits gémissements de jouissance quand je dissipe toute la raideur de ses muscles. Puis je la fais jouir avec ma bouche et avec mes doigts en retardant mon propre orgasme jusqu'à ce que mes bourses deviennent presque bleues.

Quand je la pénètre enfin j'ai l'impression d'être chez moi. Je suis accueilli par son fourreau chaud et glissant qui me serre si fort que j'explose presque immédiatement. Quand je commence à bouger, ses bras se referment sur mon dos pour m'étreindre et me tenir près d'elle avant de jouir ensemble, c'est une violente détonation où nos corps atteignent ensemble une extase folle.

CHAPITRE DIX-SEPT

❖ NORA ❖

Je me réveille plus tard que d'habitude, avec l'impression d'avoir la tête et la bouche pleines de coton. Pendant un moment, je fais un effort pour me souvenir de ce qui s'est passé, *aurais-je trop bu ?* Puis les souvenirs de la nuit dernière me reviennent, me donnent la nausée et m'envahissent de désarroi et de désespoir.

Julian m'a fait l'amour la nuit dernière. Il m'a fait l'amour après avoir violé mon intégrité, après m'avoir injecté un calmant et fait mettre les implants contre mon gré, et je l'ai laissé faire. Non, je ne me suis pas contentée de le laisser faire, j'ai savouré ses caresses, j'ai laissé leur chaleur ardente consumer le froid que la douleur avait provoqué en moi, pour me faire oublier, ne serait-ce que pour un moment, la blessure et la déchirure qu'il m'avait faites au cœur.

Je ne sais pas pourquoi, mais de toutes les horreurs que Julian a commises celle-ci m'affecte si violemment. Relativement parlant, me faire mettre ces implants sous la peau soi-disant pour assurer ma sécurité n'est rien par rapport à mon enlèvement, au passage à tabac de Jake ou au chantage pour m'épouser. Ces implants ne sont pas forcément définitifs. Théoriquement, si j'échappe un jour au domaine je peux aller voir un médecin et lui demander de me les enlever, si bien que je ne suis même pas forcée de les garder toute ma vie. Mais il y a un élément irrationnel dans ma peur d'hier ; j'ai réagi instinctivement et sans réfléchir.

Pourtant j'ai eu l'impression qu'une part de moi est morte hier, c'est comme si la piqure de cette seringue avait tué quelque chose chez moi. C'est peut-être parce que je commençais à sentir que Julian et moi étions plus proches, que nous devenions davantage comme un couple normal. Ou bien mon syndrome de Stockholm, ou mes problèmes psychologiques, quels qu'ils soient, m'ont fait imaginer que tout serait rose. Quelles qu'en soient les raisons, ce qu'a fait Julian m'a semblé être la pire des trahisons. Quand j'ai repris connaissance hier soir je me suis sentie tellement accablée que je n'ai eu qu'une envie, disparaitre de la surface de la Terre.

Mais Julian ne m'a pas laissé faire. Il m'a fait l'amour. Il m'a fait l'amour quand j'ai cru qu'il allait me fouetter, quand je m'attendais à ce qu'il me punisse de ne pas être son petit animal de compagnie docile. Il a été tendre quand j'ai cru qu'il serait cruel ; au lieu de me mettre en pièces, il m'a aidé à me reconstruire même si ce n'est que pour quelques heures.

Et maintenant… maintenant, il me manque. En son absence, le froid m'envahit de nouveau, la souffrance revient m'étouffer de l'intérieur. Le fait que Julian ait fait ça malgré mes objections, *qu'il l'ait fait alors que je l'ai supplié de ne pas le faire*, est presque au-dessus de mes forces. Parce que ça me dit qu'il ne m'aime pas, qu'il risque de ne jamais m'aimer.

Parce que ça me dit que celui auquel je suis mariée risque de ne jamais être rien d'autre que mon ravisseur.

* * *

Julian n'est pas là au petit déjeuner, ce qui accroît mon sentiment de dépression. Je me suis tellement habituée à prendre presque tous mes repas avec lui que son absence me donne l'impression d'être rejetée, même si je n'arrive pas à comprendre comment je peux encore avoir autant envie d'être avec lui après tout ce qui s'est passé.

— Le Señor Esguerra a déjà mangé en vitesse, m'explique Ana en me servant des œufs avec des haricots sautés et de l'avocat. Il a reçu des nouvelles dont il a dû s'occuper tout de suite et il ne pourra pas se joindre à vous ce matin. Il s'en excuse et m'a dit que vous pouvez aller au bureau quand vous aurez fini de manger. Sa voix est plus chaleureuse et plus gentille que d'habitude et il y a une expression de sympathie sur son visage quand elle me regarde. J'ignore si elle sait en détail ce qui s'est passé hier soir, mais j'ai l'impression qu'elle en a surpris l'essentiel.

Comme je suis gênée, je baisse les yeux vers mon assiette.

— D'accord, merci, Ana, ai-je murmuré en fixant mon petit déjeuner. Comme d'habitude, ça a l'air délicieux, mais ce matin je n'ai pas faim. Je sais que je ne suis pas malade, mais je n'ai pas d'appétit, j'ai la nausée et le cœur gros. Les implants qu'on vient de me mettre dans la cuisse, la hanche et l'avant-bras me font mal et m'élancent. La seule chose dont j'ai envie, c'est de retourner sous la couette et de passer la journée à dormir, mais malheureusement ce ne sera pas possible. J'ai une dissertation à faire pour mon cours de littérature anglaise et je suis en retard de deux cours en calcul. Mais j'ai annulé ma promenade du matin avec Rosa ; je n'ai pas envie de voir mon amie quand je suis dans cet état.

— Aimeriez-vous un chocolat chaud ou quelque chose d'autre ? Peut-être du café ou du thé ? demande Ana qui continue à tourner autour de la table. D'habitude, quand Julian et moi mangeons ensemble, elle disparait, mais elle semble ne pas vouloir me laisser seule ce matin.

Je lève les yeux de mon assiette et je me force à lui sourire.

— Non, ça va, merci, Ana. Je prends ma fourchette et j'essaie d'avaler une bouchée, il faut manger pour calmer l'inquiétude que je vois sur le visage rond de la gouvernante.

Tout en mâchant, je vois Ana hésiter un moment comme si elle voulait me dire quelque chose, mais elle disparait dans la cuisine et me laisse déjeuner. Pendant les quelques minutes qui suivent, je fais un réel effort pour manger, mais rien n'a de goût et finalement je laisse tomber.

Je me lève et je me dirige vers le perron, j'ai envie de sentir le soleil sur ma peau. Le froid que je sens en moi semble sans cesse gagner du terrain, mon sentiment de dépression s'aggrave de plus en plus ce matin.

Je sors par la porte principale et je vais au bout du perron pour me pencher sur la balustrade en respirant l'air humide et chaud. En regardant la grande pelouse verte et les gardes au loin je sens ma vision se brouiller, je pleure à chaudes larmes, elles coulent le long de mes joues.

Je ne sais pas pourquoi je pleure. Personne n'est mort. Il ne s'est rien passé de terrible et il m'est arrivé bien pire depuis deux ans. Et j'y ai pourtant fait face, je m'y suis habituée et j'y ai survécu. Cet incident relativement minime ne devrait pas me donner l'impression que mon cœur est en lambeaux.

Le fait que je sois de plus en plus convaincue que Julian est incapable d'amour ne devrait pas me faire autant de mal.

Une main me touche doucement l'épaule et me fait sursauter dans ma détresse. En m'essuyant vite les joues du dos de la main, je me retourne et j'ai la surprise de voir Ana à côté de moi, l'air hésitant.

— Señora Esguerra… je veux dire, Nora… Elle bute sur mon nom, son accent est plus fort que d'habitude. Je suis désolée de vous déranger, mais je me demandais si je pourrais vous parler une minute ?

Prise de cours par cette demande inhabituelle, je hoche la tête.

— Bien sûr, qu'est-ce qu'il y a ? Ana et moi ne sommes pas particulièrement proches ; elle s'est toujours montrée assez réservée avec moi, polie, mais pas excessivement amicale. Rosa m'a dit qu'Ana est comme ça parce que c'est ce que le père de Julian exigeait de son personnel et qu'elle a du mal à rompre cette habitude.

Ana semble soulagée de ma réaction, elle me sourit et vient me rejoindre vers la balustrade ; elle pose les avant-bras sur le bois peint en blanc. Je la regarde d'un air interrogateur en me demandant de quoi elle veut parler, mais elle semble d'abord se satisfaire de rester là, à regarder la jungle au loin.

Quand elle tourne finalement la tête pour me regarder et se met à parler, ce qu'elle me dit me prend au dépourvu.

— Je ne sais pas si vous le savez, Nora, mais votre mari a perdu tous ceux qu'il a jamais aimés, dit-elle doucement, ayant abandonné toute trace de sa réserve habituelle. Maria et ses parents… Sans parler de tous ceux qu'il a connus ici sur le domaine et ailleurs en ville.

— Oui, il m'en a parlé, ai-je dit lentement en la regardant prudemment. J'ignore pourquoi elle a brusquement décidé de me parler de Julian, mais je suis particulièrement contente de l'écouter. Peut-être qu'en connaissant mieux mon mari il me sera plus facile de maintenir une distance vis-à-vis de lui sur le plan émotionnel.

Peut-être que s'il cesse d'être aussi énigmatique je serais moins attirée par lui.

— Bien… dit Ana à voix basse. Alors j'espère que vous comprenez que Julian n'avait pas l'intention de vous faire du mal hier soir… qu'il a fait ce qu'il a fait parce que vous comptez pour lui.

— Je compte pour lui ? Le rire qui s'échappe de ma gorge est violent et amer. Je ne sais pas pourquoi je parle de ça avec Ana, mais maintenant que les vannes ont été ouvertes je ne semble plus pouvoir les refermer. La seule personne qui compte pour Julian c'est lui-même.

— Non. Elle secoue la tête. Vous vous trompez, Nora. Vous comptez pour lui. Vous comptez beaucoup. Je le vois. Il n'est pas le même avec vous. Pas du tout le même.

Je la fixe des yeux.

— Que voulez-vous dire ?

Elle soupire, puis se tourne pour être complètement face à moi.

— Votre mari était un enfant très sombre, me dit-elle, et je vois une profonde tristesse dans son regard. Un bel enfant avec les yeux de sa mère et ses traits, mais il avait le cœur si dur… Je crois que c'était de la faute de son père. L'ancien Señor ne l'a jamais traité comme un enfant. Dès que Julian a su marcher, son père l'a poussé jusqu'à ses dernières limites, il lui a fait faire des choses qu'aucun enfant ne devrait faire…

Je l'écoute très attentivement, osant à peine respirer tandis qu'elle poursuit.

— Quand Julian était petit, il avait peur des araignées. Il y en a de grosses ici, elles font vraiment peur. Certaines sont venimeuses. Quand Juan Esguerra s'en est aperçu, il a emmené son fils de cinq ans dans la forêt et il l'a obligé à attraper une douzaine de grosses araignées à mains nues. Puis il a obligé le petit garçon à les tuer entre les doigts pour que Julian voie ce que c'est que de surmonter ses peurs et faire souffrir ses ennemis. Elle s'arrête, et serre les dents de colère. Après ça, Julian n'a pas pu dormir pendant deux nuits de suite. Quand sa mère l'a découvert, elle a pleuré, mais elle ne pouvait rien faire. Ici, c'est le Señor qui faisait la loi, et tout le monde devait obéir.

J'avale la bile qui me monte dans la gorge et je détourne les yeux. Ce que je viens d'apprendre ne fait qu'ajouter à mon désespoir. Comment pourrais-je m'attendre à ce que Julian puisse aimer quelqu'un après avoir été élevé comme ça ? Ce n'est pas surprenant que mon mari soit un tueur au cœur de pierre avec des tendances sadiques ; la seule chose qui soit étonnante c'est qu'il ne soit pas pire.

C'est sans espoir. Absolument sans espoir.

En sentant ma détresse, Ana me met une main sur le bras, elle me réconforte en me touchant, comme ma mère.

— Pendant très longtemps j'ai cru que Julian deviendrait exactement comme son père, dit-elle quand je me tourne pour la regarder. Cruel et froid, incapable de sentiments. Je l'ai pensé jusqu'au jour où je l'ai vu avec un chaton quand il avait douze ans. C'était un tout petit chat blanc tout ébouriffé avec de grands yeux, à peine sevré. Quelque chose était arrivé à sa mère, Julian avait trouvé le chaton dehors et l'avait ramené à la maison. Quand je l'ai vu, il essayait de lui faire boire du lait et l'expression de son visage… Elle cligne des yeux, je me demande si elle pleure. Il semblait… si tendre. Il fut si patient avec le chaton, si doux. Et alors j'ai compris que son père n'avait pas complètement réussi à briser Julian, qu'il était encore capable de sentir.

— Et qu'est-ce qui est arrivé au chaton ? Je demande en me préparant à entendre une autre histoire horrible, mais Ana se contente de hausser les épaules en guise de réponse.

— Il a grandi dans la maison, dit-elle en me pressant doucement le bras avant de retirer la main. Julian l'a gardé comme petit animal de compagnie et l'a appelé Lola. Il s'est disputé avec son père à ce sujet, l'ancien Señor détestait les animaux, mais à cette époque Julian était assez grand et assez fort pour affronter son père. Tant que le petit chat fut sous la protection de Julian, personne n'osa y toucher. Et quand il est parti aux États-Unis, il l'a pris avec lui. Autant que je sache, il a vécu longtemps, il a eu une belle vie, et il est mort de vieillesse.

— Ah bon ! Une partie de la tension que je ressens se dissipe. C'est bien. Ce n'est pas bien que Julian ait perdu son petit animal, mais je veux dire que c'est bien qu'il ait pu vivre longtemps.

— Oui, effectivement c'est bien. Et vous savez, Nora, sa manière de regarder ce chaton… Sa voix se perd, elle me regarde avec un sourire étrange.

— Quoi ? ai-je demandé avec lassitude.

— C'est comme ça qu'il vous regarde parfois. Avec la même sorte de tendresse. Il ne le montre peut-être pas toujours, mais il vous chérit, Nora. À sa manière, il vous aime. J'en suis persuadée.

Je serre les lèvres pour essayer de retenir les larmes qui menacent de nouveau d'envahir mes yeux.

— Pourquoi vous me dites tout ça, Ana ? ai-je demandé quand je suis sûre de pouvoir parler sans me mettre à sangloter.

— Parce que Julian est presque comme mon fils, dit-elle doucement. Et parce que je veux qu'il soit heureux. Je veux que vous soyez heureux tous les deux. Je ne sais pas si ça change quoi que ce soit pour vous, mais j'ai pensé que vous devriez en savoir davantage sur votre mari. Elle tend la main, serre la mienne et rentre dans la maison en me laissant vers la balustrade encore plus désorientée et plus malheureuse qu'avant.

* * *

Cet après-midi, je ne rejoins pas Julian dans son bureau. À la place, je m'enferme dans la bibliothèque pour faire ma dissertation en essayant de ne pas penser à mon mari ni à mon envie d'être à ses côtés. Je sais qu'il suffirait d'être avec lui pour me sentir mieux et que sa présence soulagerait ma peine et ma colère, mais une sorte d'instinct masochiste m'en empêche. Je ne sais pas ce que j'essaie de me prouver, mais j'ai décidé de garder mes distances au moins pendant quelques heures.

Évidemment, ce n'était pas possible de l'éviter au dîner.

— Tu n'es pas venue aujourd'hui, a-t-il fait remarquer en me regardant tandis qu'Ana nous sert de la soupe aux champignons en entrée. Pourquoi ?

Je hausse les épaules en ne tenant pas compte du regard implorant qu'Ana me jette avant de retourner à la cuisine.

— Je ne me sentais pas bien.

Julian fronce les sourcils.

— Es-tu malade ?

— Non, juste un peu barbouillée. En plus, j'ai une dissertation à finir et des cours à rattraper.

— Est-ce bien vrai ? Il me fixe et fronce les sourcils de plus belle. En se penchant en avant il me demande doucement :

— Tu boudes, mon chat ?

— Non, Julian, ai-je répondu aussi gentiment que possible en mettant ma cuiller dans ma soupe. Si je boudais, ça voudrait dire que je suis fâchée à cause de quelque chose que tu aurais fait. Mais je n'ai pas le droit d'être fâchée, n'est-ce pas ? Et en prenant une cuillérée de la soupe à l'arôme savoureux, je lui fais un sourire mielleux en prenant plaisir à sa manière de plisser les yeux en retour. Je sais que je suis sur la corde raide, mais je ne veux pas que Julian soit doux et tendre ce soir. C'est trop trompeur, trop menaçant pour ma paix intérieure.

Je reste frustrée parce qu'il ne mord pas à l'appât. La colère que j'ai réussi à provoquer chez lui est de courte durée et la minute suivante il se penche en avant avec un sourire sexy au coin des lèvres.

— Est-ce que tu essaies de me donner l'impression que je suis coupable, bébé ? Au point où tu en es, tu sais sûrement que j'en suis incapable.

— Bien sûr. J'aurais aimé que mes paroles semblent amères, mais à la place je n'étais qu'à bout de souffle. Même maintenant il a le pouvoir de me bouleverser rien qu'avec un sourire.

Il sourit de nouveau, en sachant parfaitement l'effet qu'il a sur moi, et trempe sa propre cuiller dans la soupe.

— Alors, mange, Nora. Tu pourras me montrer à quel point tu es fâchée au lit, je te le promets. Et avec cette menace pleine de promesses, il commence à manger sa soupe en ne me laissant pas le choix si ce n'est de suivre son exemple.

Tout en mangeant, Julian m'assiège de questions sur mes cours pour savoir comment se passent mes études en ligne pour le moment. Il semble sincèrement intéressé par ce que j'ai à dire et bientôt je lui parle de mes difficultés en calcul (a-t-on jamais inventé une matière plus ennuyeuse ?) et des avantages et des inconvénients de suivre un cours de Lettres au semestre prochain. Je suis sûre qu'il trouve mes préoccupations amusantes, après tout il ne s'agit que de mes études, mais si c'est le cas il ne le montre pas. À la place, il me donne l'impression de parler avec un ami ou peut-être un conseiller en qui j'aurais confiance.

C'est une des choses qui rendent Julian tellement irrésistible : sa capacité d'écoute, de me donner l'impression que je compte pour lui. J'ignore s'il le fait exprès, mais avoir l'attention exclusive de quelqu'un est ce qu'il y a de plus séduisant, et Julian me donne toujours cette impression. Il me l'a donnée depuis le premier jour. Il a beau être un méchant ravisseur, il m'a toujours donné l'impression que j'étais désirée, que je comptais comme si j'étais le centre du monde.

Comme si j'avais vraiment de l'importance.

Au fil du dîner, l'histoire que m'a racontée Ana passe et repasse dans mon esprit et je me réjouis cruellement que Juan Esguerra soit mort. Comment un père peut-il faire une chose pareille à son fils ? Quelle sorte de monstre peut essayer de transformer volontairement un enfant en tueur ? Je m'imagine Julian à douze ans affrontant cette brute pour protéger un chaton sans défense et je sens un soupçon involontaire de fierté pour le courage de mon mari. Il me semble que garder ce petit animal contre la volonté de son père n'a pas dû être facile.

Je suis encore loin de pouvoir pardonner à Julian, mais tout en mangeant le plat principal je prends en considération la possibilité que Julian ait d'autres motivations que son désir de m'épier en voulant me faire mettre ces implants. Serait-il possible que je compte trop pour lui et non pas le contraire ? Serait-il possible que son amour soit à ce point torturé et obsessionnel ? À ce point pervers ? Bien sûr, je connaissais l'histoire de la mort de Maria et de ses parents, mais je n'avais jamais fait le lien entre les deux évènements, jamais pensé que Julian avait perdu tous ceux qu'il avait aimés. Si Ana a raison, si je compte à ce point pour Julian, alors il n'est pas particulièrement étonnant qu'il aille jusque-là pour assurer ma sécurité, surtout étant donné qu'il m'a déjà perdue une fois.

C'est insensé, c'est effrayant, mais ce n'est pas particulièrement surprenant.

— Et qu'est-ce qui était si urgent ce matin ? ai-je demandé en finissant le saumon au four qu'Ana avait préparé et dont je viens de me resservir. J'ai retrouvé tout mon appétit, toutes les traces de mon malaise de ce matin ont disparu. C'est incroyable l'effet que me fait tout de suite la compagnie de Julian ; sa présence me fait plus de bien que n'importe quel euphorisant disponible dans le commerce. Je veux dire, pourquoi ne pouvais-tu pas être avec moi au petit déjeuner ?

— Ah oui, je voulais t'en parler, dit Julian, et je vois un rayon d'excitation cruelle dans ses yeux. Les contacts de Peter à Moscou nous ont obtenu l'autorisation d'intervenir et de mener une opération pour extraire d'Afghanistan Majid et les autres combattants d'Al-Quadar. Dès que nous serons prêts, dans une semaine ou deux je l'espère, nous attaquerons.

— Oh la la ! Je le fixe des yeux, à la fois enthousiasmée et déconcertée par cette nouvelle. Quand tu dis « nous », tu veux parler de tes hommes, c'est ça ?

— Eh bien oui. Julian semble surpris par ma question. Je vais prendre cinquante de mes meilleurs soldats et laisser les autres garder l'enceinte du domaine.

— Tu vas t'engager personnellement dans cette opération ? Mon cœur s'arrête de battre en attendant anxieusement sa réponse.

— Bien sûr. Il semble étonné que je puisse penser le contraire. Si c'est possible, je vais toujours dans ce genre de mission. D'ailleurs, j'ai des affaires à régler en Ukraine et il vaut mieux que je le fasse en personne, comme ça je m'en occuperai au retour.

— Julian… Tout d'un coup, j'ai mal au cœur, tout ce que j'ai mangé me pèse terriblement sur l'estomac. Mais ça a l'air vraiment dangereux… Pourquoi faut-il que tu y ailles ?

— Dangereux ? Il a un petit rire. T'inquiètes-tu pour moi mon chat ? Je t'assure que ce n'est pas la peine. L'ennemi sera en infériorité numérique et technique. Crois-moi, ils n'ont pas la moindre chance.

— Mais tu n'en sais rien ! Et s'ils font exploser une bombe ? J'élève la voix en me souvenant de l'explosion du hangar. Et s'ils te tendent un piège ? Tu sais qu'ils veulent te tuer…

— Eh bien, techniquement ils veulent d'abord me forcer à leur donner le système explosif, rectifie-t-il avec un sombre sourire aux lèvres, et *ensuite* ils veulent me tuer. Mais tu n'as aucune raison de t'inquiéter, bébé. Avant d'y aller, nous passerons leur quartier général au scanneur pour déceler la présence de bombes et nous porterons tous des protections complètes qui résistent à tout sauf à un tir de rocket.

Je repousse mon assiette sans être en rien rassurée.

— Pour être sûre que ce soit clair… Tu m'obliges à avoir des implants ici où personne ne peut toucher à un cheveu de ma personne et tu as l'intention de partir pour le Tadjikistan pour jouer au plus fort avec des terroristes ?

Julian cesse de sourire, l'expression de son visage se durcit.

— Ce n'est pas un jeu, Nora, Al-Quadar représente une véritable menace, une menace que je dois éliminer le plus vite possible. Nous devons les frapper avant qu'ils ne nous attaquent, c'est l'occasion ou jamais d'agir.

Je le regarde, tout ceci est tellement injuste que je sens monter ma tension.

— Mais pourquoi faut-il que tu y ailles en personne ? Tu as tous ces soldats et tous ces mercenaires sous tes ordres, ils n'ont vraiment pas besoin que tu y sois… ?

— Nora… Sa voix est douce, mais ses yeux froids et durs comme des blocs de glace. Cela ne te regarde pas. Si je devais un jour avoir peur de mon ombre, ça serait le moment de renoncer définitivement à mon métier parce que ça voudrait dire que je serais affaibli. Affaibli et paresseux comme celui dont j'ai repris l'usine à mes débuts… il recommence à sourire en voyant à quel point je suis choquée. Mais oui, mon chat, comment crois-tu que je suis passé du trafic de drogue au trafic d'armes ? J'ai repris l'opération déjà existante de quelqu'un d'autre et je l'ai développée. Mon prédécesseur avait aussi des soldats et des mercenaires sous ses ordres, mais il n'était guère plus qu'un bureaucrate, et tout le monde le savait. Il ne contrôlait pas assez bien son organisation et ça m'a été facile de soudoyer quelques personnes pour le détrôner et m'emparer de son usine d'armement. Julian marque une pause pour me permettre d'assimiler ce qu'il vient de me dire, puis il ajoute : je ne serai pas comme lui Nora. Cette mission est importante pour moi et j'ai absolument l'intention de la diriger personnellement. Et cette fois je ferai en sorte que Majid n'en réchappe pas vivant.

CHAPITRE DIX-HUIT

❖ JULIAN ❖

Une fois que le dîner est terminé, j'emmène Nora dans notre chambre, la main posée au creux de ses reins en montant l'escalier. Elle se tait, elle n'a rien dit depuis que je lui ai expliqué notre prochaine mission et je sais qu'elle m'en veut encore, à la fois à cause des implants et à cause du voyage proprement dit.

Je suis touché par son inquiétude, et même par sa gentillesse, mais je n'ai aucune intention de laisser passer l'occasion de mettre la main sur Majid. Ma chérie ne comprend pas la sombre excitation que l'on ressent en pleine action, quand l'adrénaline jaillit et que les balles sifflent. Elle ne réalise pas que pour quelqu'un comme moi, c'est exaltant de voir couler le sang et d'entendre hurler mes ennemis, que j'en ai presque autant envie que faire l'amour. C'est à cause de ce trait de mon caractère qu'un psychologue a pensé que j'étais presque psychopathe… en fait ça et mon absence de remords. Ce n'est pas un diagnostic qui me gêne particulièrement, en tout cas, pas depuis que j'aie surmonté l'illusion de ma jeunesse de pouvoir mener un jour une vie « normale ».

En entrant dans la chambre, l'ardeur que j'ai réprimée depuis hier s'intensifie, le monstre qui est en moi réclame son dû. Sentir que Nora est distante de moi ne fait qu'empirer la situation. Je sens les obstacles qu'elle tente de dresser entre nous, sa manière de me rejeter de ses pensées ; et ça me rend fou tout en alimentant les désirs sadiques enfouis en moi.

Ce soir, je vais faire tomber ces obstacles. Je vais les mettre en pièces jusqu'à ce que plus rien ne la protège, jusqu'à reprendre pleinement le contrôle de son esprit.

Elle s'excuse pour aller prendre une douche rapide et je la laisse faire en allant vers le lit pour attendre son retour. Je suis déjà à moitié en érection, ma verge sursaute d'anticipation de ce que je vais faire à Nora, et mon pantalon commence à être trop serré et à me gêner. En entendant couler l'eau, je me déshabille et je sors un choix d'instruments que j'ai l'intention d'utiliser sur elle ce soir.

Fidèle à sa parole, Nora ne s'attarde pas. Cinq minutes plus tard, elle sort de la salle de bain, enveloppée dans une serviette blanche moelleuse. Ses cheveux sont noués sur le sommet de sa tête dans un chignon ébouriffé, sa peau dorée est encore humide, de petites gouttes d'eau perlent à son cou et à ses épaules. Elle a dû enlever les sparadraps pour se doucher parce que je peux voir une minuscule croûte et des bleus sur son bras à l'endroit de l'implant. La voir m'emplit d'émotions étrangement contradictoires, le soulagement de pouvoir garder un œil sur elle, et quelque chose qui ressemble bizarrement à du regret.

Elle jette un coup d'œil au lit et s'arrête net en écarquillant les yeux quand elle voit les objets que j'ai préparés.

Je souris en savourant son expression de surprise. Il y a longtemps que nous n'avons pas joué avec ces jouets, en tout cas pas avec une telle sélection.

— Enlève la serviette et vient sur le lit, ai-je ordonné en me levant pour prendre le bandeau.

Elle me regarde, ses lèvres s'entrouvrent et elle rougit légèrement, je sais que ça l'excite aussi, que ses désirs reflètent désormais les miens. Il n'y a qu'un soupçon d'hésitation dans ses gestes quand elle dénoue la serviette et la laisse tomber par terre, la laissant entièrement nue.

Tout en savourant du regard son corps mince et harmonieux, mes valseuses se contractent et les battements de mon cœur s'accélèrent. D'un point de vue rationnel, je sais qu'il doit exister des femmes plus belles que Nora, mais s'il y en a, je ne sais pas où. De la tête aux pieds, elle correspond exactement à mes goûts. J'ai envie d'elle avec une intensité qui semble plus grande chaque jour, un désir éperdu qui me consume presque.

Elle vient sur le lit, s'agenouille avec les pieds sous son petit derrière rond. Ses mouvements sont harmonieux et gracieux comme ceux d'un joli petit chat. Je sens à la fois son parfum de femme et son gel de bain floral, un mélange qui me fait tourner la tête et qui fait vibrer mon sexe de désir. Certains soirs, je ne veux que ça d'elle, la douceur de ses réactions, la sentir dans mes bras. Certains soirs, je veux la traiter avec ménagement parce qu'elle est fragile et vulnérable.

Mais ce soir, je veux quelque chose d'autre.

En le tirant, je noue le bandeau sur ses yeux pour être sûr qu'elle ne puisse rien voir. Je veux qu'elle se concentre exclusivement sur les sensations dont elle va faire l'expérience, pour tout ressentir aussi intensément que possible. Ensuite, je prends une paire de menottes rembourrées et les lui passe aux poignets en lui attachant les mains derrière le dos.

— Hum, Julian… Sa langue vient mouiller sa lèvre inférieure. Qu'est-ce que tu vas me faire ?

Je souris, le soupçon de peur que j'entends dans sa voix m'excite encore plus.

— Qu'est-ce que tu crois que je vais te faire, mon chat ?

— Me fouetter ? devine-t-elle, la voix basse et un peu rauque. Je vois ses tétons se dresser quand elle parle et je sais que cette perspective n'est pas pour lui déplaire.

— Non, bébé, ai-je murmuré en tendant la main vers l'un des autres accessoires que j'ai préparés, une paire de pincettes à tétons reliées par une fine chaîne métallique. Tu n'as pas encore suffisamment cicatrisé. J'ai d'autres projets pour toi aujourd'hui. Et en prenant les pincettes je l'entoure d'un bras par-derrière et pince son téton gauche entre mes doigts. Puis je pose la pincette sur le petit bouton de rose raidi, en la serrant jusqu'à ce que j'entende Nora siffler entre ses dents.

— Que sens-tu ? ai-je demandé doucement en me penchant pour lui embrasser le haut de l'oreille tandis que j'attrape son téton droit. Ses mains menottées se referment, ses poings m'appuient sur le ventre, ce qui me rappelle à quel point elle est sans défense. Je veux t'entendre me le décrire…

Elle respire en tremblant, la poitrine haletante.

— Ça me fait mal, commence-t-elle à dire, puis elle pousse un grand cri quand je mets la seconde pincette et que je la resserre de la même manière.

— Bien… Je lui mordille le lobe de l'oreille. Ma verge en érection lui effleure les reins, un contact qui m'envoie des vibrations de plaisir jusque dans les testicules. Et maintenant ?

— Ça… ça me fait encore plus mal… Son murmure est entrecoupé. Son dos se raidit contre moi, et je sais qu'elle dit vrai, que ses tétons très sensibles souffrent sans doute le martyre sous la cruelle morsure des pincettes. J'ai déjà utilisé des pincettes à tétons sur elle dans l'île, mais c'était une version plus douce qui ne serrait que légèrement. Celles-ci sont beaucoup plus hardcore et j'ai un mauvais sourire en pensant à quel point elles vont lui faire mal quand je les enlèverai.

En mettant les mains sous ses seins, je les presse légèrement comme si je modelais leur chair douce.

— Oui, ça te fait mal, n'est-ce pas ? ai-je murmuré tandis qu'elle a un soubresaut de douleur parce que mon geste de la main a tiré sur la chaîne qui relie les pincettes.

— Mon pauvre bébé, si douce et pourtant tellement martyrisée…

En lui lâchant les seins je parcours son ventre plat et doux de la main jusqu'à parvenir entre ses jambes, vers ses plis si doux. Comme je m'y attendais, malgré la douleur, ou plus vraisemblablement à cause d'elle, elle est toute mouillée, sa chatte est déjà trempée de désir. Ma queue vibre en retour. La voir ainsi menottée avec ses délicats tétons meurtris par les pincettes m'attire d'une manière que mon ancien psy aurait sans aucun doute trouvée gênante. Faisant de mon mieux pour contrôler mon ardeur je touche du pouce son petit clitoris, j'appuie légèrement dessus et elle se met à gémir en s'adossant contre ma poitrine et en levant les hanches dans une prière muette pour que je continue.

— Dis-moi ce que tu sens maintenant. Je fais exprès d'effleurer seulement son clitoris. Dis-le-moi, Nora.

— Je… je ne sais pas.

— Dis-moi comment se sentent tes petits tétons. Je veux te l'entendre dire. Et j'accompagne ma demande d'un pincement vigoureux de son clitoris qui la fait tout à coup crier et sursauter de douleur contre moi.

— Ils… ils me font encore mal, réussit-elle à dire en reprenant son souffle, mais c'est une douleur moins vive, c'est plutôt comme un élancement continu…

— C'est bien… Pour la récompenser, je caresse son clitoris tout gonflé. Et que sens-tu quand je te touche comme ça ?

De nouveau, sa petite langue rose vient lécher sa lèvre inférieure.

— C'est bon, murmure-t-elle, vraiment bon… S'il te plait Julian…

— S'il te plait quoi ? Je l'encourage, je veux l'entendre me supplier. Elle a exactement la voix qu'il faut pour ça, une voix douce, innocente et sexy. Quand elle me supplie, elle atteint exactement l'effet inverse de ce qu'elle désire, elle me donne envie de la tourmenter encore plus.

— Touche-moi, s'il te plait… Elle relève de nouveau les hanches en essayant d'accentuer la pression sur son sexe.

— Te toucher où ? J'enlève la main en la privant complètement de mes caresses. Dis-moi exactement où tu veux que je te touche, mon chat.

— Mon… mon clitoris. Elle gémit ces mots, hors d'haleine. Je vois la sueur perler sur son front et je sais l'effet que la torture a sur elle, les sensations que je lui inflige sont aussi intenses que je le désirais.

— D'accord, bébé. Je la touche de nouveau en appuyant les doigts sur ses plis mouillés pour stimuler légèrement et régulièrement le nœud de nerfs. Comme ça ?

Maintenant, elle respire plus vite, sa poitrine se soulève et retombe à l'approche de l'orgasme.

— Oui, exactement comme ça… Sa voix se perd, son corps se tend comme une corde et puis elle se met à crier et se précipite dans mes bras en jouissant. Je continue à la tenir tout en maintenant la pression sur son clitoris jusqu'à ce que son plaisir s'estompe et puis je prends un autre accessoire que j'avais préparé.

Cette fois, c'est un godemiché qui est à peu près de la taille de ma verge. Il est fait d'un mélange spécial de silicone et de plastique et conçu pour provoquer les mêmes sensations que la chair, il a même une texture proche de la peau à l'extérieur. C'est ce que j'autoriserai Nora à goûter de plus comparable à la queue d'un autre.

En la tenant d'une main, j'approche le godemiché de son sexe et j'approche le gros gland vers son ouverture mouillée et tremblante.

— Et maintenant, dis-moi ce que tu sens, lui ai-je ordonné en commençant à la pénétrer avec.

Elle en perd le souffle, sa respiration s'accentue encore, et je la sens se tortiller au fur et à mesure que le godemiché avance dans son vagin. Elle serre et desserre les poings contre mon ventre sur un rythme agité, elle me griffe la peau.

— Je... je ne...

— Quoi donc ? Je lui parle plus sévèrement quand elle ne réussit pas à terminer sa phrase. Dis-moi ce que tu sens.

— C'est gros et dur. Entendre trembler sa voix fait encore durcir ma queue qui tressaute avidement de désir.

— Et alors ? ai-je dit pour l'encourager en enfonçant encore plus loin le godemiché. Il a l'air trop gros pour pouvoir entrer dans son corps délicat et voir son étroit fourreau s'étirer progressivement pour l'accueillir est presque douloureusement érotique.

— Et... elle souffle d'un coup, sa tête retombe sur mon épaule, et ça me donne l'impression de m'étirer et de me remplir...

— Oui, bébé, c'est bien. Maintenant, le godemiché est entré jusqu'au bout, seule son extrémité dépasse un peu. Je la récompense de son honnêteté en lui frottant le clitoris des doigts et en étalant l'humidité de son ouverture trempée sur ses plis si doux. Quand elle se remet à haleter et que ses hanches ondulent contre ma main je m'arrête avant qu'elle ne jouisse, je la relâche et je recule un peu. Puis je la pousse en avant, je lui appuie le visage sur le matelas, et je la tire par les jambes pour qu'elle soit sur le ventre.

J'ai beau avoir envie de continuer à jouer avec elle, je ne peux plus me retenir de la baiser.

Privée de mes caresses et souffrant de sentir ses tétons pris dans les pincettes qui frottent contre le drap, elle se met à gémir et essaie de rouler sur le côté. Alors j'attrape du lubrifiant et j'en mets directement sur le petit trou froncé qu'elle a entre les fesses, juste au-dessus de l'endroit d'où sort le godemiché, son sexe étiré et tout mouillé.

Maintenant, elle se raidit en devinant mes intentions, et je la fesse d'une main pour étouffer ses moindres protestations si elle a l'intention d'en faire.

— Attention ! Tu dois me dire ce que tu sens, tu m'as compris, mon chat ?

Elle gémit quand je la chevauche et que j'appuie mon gland sur son petit trou plissé, mais sous moi je sens qu'elle essaie de se détendre comme je le lui ai appris. Elle ne s'est pas encore complètement habituée au sexe anal et ses réticences me donnent un plaisir pervers. Elles me montrent à la fois jusqu'où je suis parvenu avec elle et tout ce qu'il me reste encore à accomplir.

— M'as-tu compris ? Je le répète plus durement quand elle garde le silence en respirant bruyamment sur le matelas et en serrant ses poings attachés derrière le dos. Je voudrais éperdument m'enfoncer jusqu'au bout, mais je commence par la taquiner pour étaler le lubrifiant tout autour de son anus. Ce soir, je veux pénétrer son esprit tout autant que son corps et je ne me satisferais pas de demi-mesure.

— Oui… Sa voix est étouffée par la couverture parce que j'appuie sur elle en commençant à la pénétrer sans tenir compte de ses tentatives pour se tortiller et se dérober.

— C'est… Oh mon Dieu… ce n'est pas possible… Julian, je t'en prie, c'est trop…

— Dis-moi, ai-je ordonné en continuant de pousser et en passant outre les résistances de son sphincter. Avec le sexe déjà comblé par le godemiché son cul se serre tellement autour de moi que je tremble sous l'effort que je fais pour me contrôler. Ma voix rauque est pleine de désir quand je lui dis :

— Je veux tout savoir.

— Ça… ça me brûle… Elle est haletante et je vois des gouttes de sueur s'accumuler entre ses omoplates, ses longues mèches de cheveux lui collent à la peau. Oh putain… Je suis trop comblée… c'est trop fort…

— Oui, c'est bien… Continue de parler… Maintenant, je suis presque au fond et je sens ma verge frotter contre le godemiché dont il n'est séparé que par une fine paroi. Nora tremble sous mon poids maintenant, son corps est submergé de sensations et je lui frotte le dos pour la réconforter en avançant encore un peu et en m'enfonçant en elle.

Elle fait un bruit incohérent, ses épaules se mettent à trembler et ses muscles se contractent autour de ma verge dans un effort vain pour me rejeter. Ses gestes font bouger le godemiché et elle pousse un cri en tremblant de plus belle.

— Ce n'est pas possible… Julian… Ce n'est pas possible…

Je pousse un grondement, je reçois un plaisir intense dans les bourses quand son cul me serre. Perdant tout contrôle, je me retire à demi et je retourne en elle en savourant la résistance de son corps et à quel point son fourreau brûlant et lisse se serre presque douloureusement autour de ma verge.

Elle hurle dans la couverture quand je commence à vraiment aller et venir en elle, mêlant les sanglots aux halètements et aux supplications qui viennent de sa gorge tandis que je prends un rythme violent. Je me penche en avant, je passe une main autour d'elle et l'autre sous ses hanches pour trouver son sexe. Et maintenant, chaque mouvement de mes hanches lui appuie le clitoris sur mes doigts et ses cris prennent une autre tonalité, celle d'un plaisir involontaire, d'une extase qui rejoint la souffrance. Je sens bouger le godemiché en la baisant et mon orgasme est sur le point de jaillir avec une telle intensité que ma colonne vertébrale se raidit et que mes testicules remontent le long de mon corps. Juste au moment où je vais jouir elle resserre son anus et je m'aperçois avec un sombre plaisir qu'elle jouit aussi, ses muscles tressautent autour de ma verge et elle crie encore plus sous moi. Et puis l'orgasme me frappe de plein fouet, une onde de choc de plaisir qui me parcourt le corps tout entier alors que ma semence jaillit en jets dans ses profondeurs brûlantes, me laissant hors d'haleine et stupéfait de l'intensité de ma jouissance.

Quand mon cœur ne risque plus d'exploser, je me retire et je lui enlève le godemiché. Elle est allongée, pantelante et malléable, encore secouée de petits sanglots quand j'ouvre les menottes et que je masse ses délicats poignets. Ensuite, je détache le bandeau en le faisant glisser sous elle. Le morceau de soie est trempé de larmes et quand je me tourne vers Nora je les vois couler sur ses joues froissées par les couvertures. Elle cligne des yeux à cause de la lumière vive et m'occupant de ses tétons je les libère l'un après l'autre des pincettes. Pendant un moment, elle ne réagit pas, mais elle se cabre de tout son corps quand le sang revient dans les boutons de rose martyrisés. Un gémissement s'échappe de sa gorge et ses yeux s'emplissent de nouveau de larmes quand elle se couvre les seins de la main pour les protéger de la douleur.

— Chut… je murmure pour la réconforter en me penchant pour l'embrasser. Ses lèvres sont salées comme ses larmes ce qui réveille une petite flamme de désir en moi. Ma verge qui est molle maintenant se met à tressaillir, la souffrance et les larmes de Nora m'excitent alors que je viens juste d'être rassasié. Mais je ne suis pas encore prêt pour le deuxième round et au lieu d'approfondir mes baisers je relève la tête à regret pour la regarder.

Elle lève les yeux vers moi pour me fixer du regard, il est encore un peu flou et je sais qu'elle continue à se remettre de l'intensité de l'expérience que je lui ai fait subir. À cet instant précis, elle est totalement sans défense, son esprit et son corps n'ont plus la moindre protection et j'utilise sa faiblesse pour asseoir mon avantage.

— Dis-moi comment tu te sens maintenant, ai-je murmuré en levant une main pour lui caresser tendrement la joue. Dis-le-moi, bébé.

Elle ferme les yeux et je vois une larme unique couler le long de sa joue.

— Je me sens… vide et comblée à la fois, anéantie et pourtant régénérée, murmure-t-elle, et ses paroles sont à peine audibles. C'est comme si tu m'avais mise en pièces et ensuite recousue en quelqu'un d'autre, quelqu'un qui n'est plus moi… quelqu'un qui t'appartient…

— Oui. Je bois ses paroles avec avidité. Et quoi d'autre ?

Elle ouvre les yeux, rencontre les miens et je vois un étrange désespoir se dessiner sur son visage. Et je t'aime, dit-elle à voix basse. Je t'aime même si je te vois comme tu es, même si je sais ce que tu m'infliges. Je t'aime, parce que je ne suis plus capable de ne *pas* t'aimer… parce que tu fais partie de moi maintenant, pour le meilleur et pour le pire.

Je soutiens son regard, les sombres recoins de mon âme boivent ses paroles comme une fleur du désert boit de l'eau. Son amour ne m'est peut-être pas librement consenti, mais il est à moi. Il sera toujours à moi.

— Et toi aussi tu fais partie de *moi*, Nora, ai-je admis d'une voix basse et étrangement enrouée. C'est ce que je peux faire de mieux pour lui dire à quel point elle compte pour moi, de lui dire la profondeur de mes désirs. J'espère que tu le sais, mon chat.

Et avant de lui permettre de répondre je l'embrasse à nouveau puis je glisse le bras sous elle, je la soulève et je l'emporte dans la salle de bain pour nous laver.

CHAPITRE DIX-NEUF

❖ NORA ❖

La semaine qui précède le départ de Julian est douce-amère. Je ne lui ai pas encore tout à fait pardonné ni de m'avoir mis les implants de force, ni pour le bracelet contenant un autre localisateur qu'il m'oblige à porter quelques jours plus tard. Pourtant, depuis qu'il m'a dit ces quelques mots l'autre soir je me sens infiniment mieux.

Je sais que ce n'est pas exactement une déclaration d'amour éternel, mais de la part de quelqu'un comme Julian ça revient au même. Ana a raison. Julian a perdu tous ceux qui comptaient pour lui. Tous, sauf moi en fait. La possessivité brutale avec laquelle il se raccroche à moi est quelquefois écrasante, mais c'est aussi une indication de ses sentiments.

Son amour pour moi est mauvais et pervers à tout point de vue, mais il n'en est pas moins réel.

Évidemment, le savoir ne fait que renforcer mon inquiétude pour sa sécurité pendant le prochain voyage. Tandis qu'approche la date de son départ, la joie que m'a donnée sa confession s'estompe, elle est remplacée par de l'anxiété.

Je ne veux pas que Julian parte. Chaque fois que je pense qu'il va partir pour cette mission, je suis prise d'un sentiment d'appréhension qui m'étouffe. Je sais qu'une part de ma peur n'est pas rationnelle, mais ça ne la diminue en rien. À part les dangers très réels que Julian va affronter, j'ai aussi peur de me retrouver seule. Nous avons été si peu séparés depuis deux ou trois mois que la pensée d'être sans lui, ne serait-ce que pour quelques jours, me stresse et m'angoisse profondément.

Pour ne rien arranger, j'ai une foule de dissertations et d'examens, et mes parents font sans cesse pression sur moi pour que je leur rende visite, ce que Julian ne permettra pas tant que la menace d'Al-Quadar n'est pas complètement éliminée.

— Tu ne peux pas quitter le domaine, mais eux peuvent venir te voir ici si tu veux, me dit-il un après-midi pendant une séance de tir. Mais je ne te le conseille pas. En ce moment, tes parents sont plus ou moins en dehors de la ligne de mire, mais plus je semble être en contact avec ta famille, plus elle est en danger. À toi de décider. Tu n'as qu'un mot à dire et je leur envoie un avion.

— Non, ça va, me suis-je hâtée de répondre. Je ne veux pas attirer inutilement l'attention sur eux.

Et en levant mon fusil, je commence à tirer sur les cannettes de bière au bout du terrain, laissant la secousse désormais familière de mon arme me débarrasser d'un peu de ma frustration.

J'ai compris que mes parents sont en danger deux ou trois jours après mon arrivée dans le domaine. À mon soulagement, Julian m'a dit qu'il avait organisé une surveillance discrète autour d'eux, des gardes du corps bien entraînés dont le travail est de protéger ma famille tout en la laissant vivre tranquillement. Sinon il faudrait qu'ils viennent vivre avec nous dans le domaine, une solution que mes parents ont rejetée dès que je leur en ai parlé.

— Quoi ? Nous n'allons pas vivre en Colombie avec un trafiquant d'armes ! s'est exclamé mon père quand je lui ai parlé des dangers possibles. Pour qui se prend-il, ce salaud ? Je viens juste de trouver un nouvel emploi, sans parler de l'idée de quitter nos amis et notre famille !

Et ce n'est pas allé plus loin. Je ne peux pas dire que j'en veuille à mes parents de ne pas vouloir traverser la moitié du globe pour vivre avec moi dans l'enceinte de mon ravisseur. Ils sont encore jeunes, tous les deux ont une petite quarantaine d'années, et ils ont toujours eu une vie active et bien occupée. Mon père joue à Lacrosse presque tous les week-ends et ma mère rencontre régulièrement son groupe d'amies autour d'un verre de vin pour bavarder. Et mes parents sont encore très amoureux l'un de l'autre, mon père fait sans cesse à ma mère la surprise de lui apporter des fleurs ou des chocolats ou de l'inviter à dîner. En grandissant, je savais qu'ils m'aimaient, mais je savais aussi que je n'étais pas le centre de leur univers.

Non, si Julian avait raison, et j'ai tendance à lui faire confiance à ce sujet, il vaut mieux que mes parents ne donnent pas l'impression d'être trop liés à l'organisation Esguerra.

C'est à ce prix qu'ils peuvent mener une vie normale.

* * *

Le soir précédant le départ de Julian, j'ai demandé à Ana de mettre les petits plats dans les grands. J'ai récemment découvert que Julian avait une faiblesse pour le tiramisu, ça sera notre dessert ce soir. Comme plat principal, Ana a fait des lasagnes comme la mère de Julian les préparait. La gouvernante m'a dit que c'était son plat préféré quand il était petit.

Je ne sais pas pourquoi j'ai fait ça. Ce n'est pas comme si un bon repas pourrait brusquement convaincre Julian de renoncer au cruel plaisir de mettre la main sur Majid. Je connais assez mon mari pour comprendre que rien ne pourra l'en dissuader. Julian a l'habitude du danger. Je pense même qu'il le désire jusqu'à un certain point. Je ne suis pas assez bête pour croire que je vais l'apprivoiser en un dîner.

Et pourtant je veux que ce soir soit une grande occasion. J'en ai besoin. Je ne veux penser ni aux terroristes, ni à la torture, ni aux enlèvements, ni aux perversités mentales. Pendant un seul soir, je veux faire comme si nous étions un couple normal et que je sois simplement une épouse qui veut faire quelque chose de gentil pour son mari.

Avant le dîner je prends une douche et je sèche mes longs cheveux bruns jusqu'à ce qu'ils soient lisses et luisants. Je mets même un peu de fard à paupières et de rouge à lèvres. D'habitude, je ne fais pas de tels efforts avec mon apparence puisque Julian est insatiable de toute façon, mais ce soir je veux me faire encore plus belle pour lui. Ma robe pour la soirée est une petite robe bustier couleur ivoire avec une ceinture noire et je porte des chaussures noires à bout ouvert très sexy. Sous ma robe, j'ai un balconnet bustier noir et un string assorti, la lingerie la plus coquine de ma garde-robe.

Ce soir, je vais séduire Julian, pour une seule et unique raison, j'en ai envie.

Il est retardé par des détails pratiques de dernière minute et je l'attends un moment à table, à la lumière des bougies, partagée entre l'anxiété et l'excitation que je ressens.

L'anxiété parce que penser à demain me rend malade, l'excitation parce que j'ai hâte d'être avec Julian afin de passer du temps avec lui.

Quand il entre enfin dans la pièce, je me lève pour l'accueillir et il me dévisage avec une intensité à couper le souffle. Il s'arrête à quelques mètres de moi et me regarde de la tête aux pieds. Quand il lève les yeux vers mon visage, la flamme qui brûle dans les profondeurs bleues de son regard m'envoie une décharge électrique qui m'atteint au plus profond de mon être. Un sourire sensuel se dessine lentement sur ses lèvres et il dit doucement :

— Tu es ravissante, mon chat… absolument ravissante.

Ses compliments me font rougir de plaisir.

— Merci, ai-je murmuré, les yeux rivés sur son visage. Lui aussi s'est changé pour le dîner, il a mis un polo bleu clair et un pantalon de coton gris qui lui vont si bien qu'ils donnent l'impression d'avoir été taillés sur mesure pour son grand corps athlétique. Maintenant que ses cheveux noirs et luisants ont retrouvé leur longueur habituelle, Julian pourrait facilement passer pour un modèle ou pour une star de cinéma en vacances dans une station de golf. Ma voix semble hors d'haleine quand je lui dis :

— Toi aussi, tu es très beau.

Il me sourit de plus belle en s'approchant de la table et en s'arrêtant devant moi.

— Merci bébé, murmure-t-il. Ses longues mains se posent sur mes épaules nues tandis qu'il baisse la tête et s'empare de ma bouche en un baiser profond, mais incroyablement tendre. Je fonds instantanément, mon cou ploie sous la pression avide de ses lèvres, et ce n'est que lorsqu'Ana s'éclaircit la gorge derrière nous que je retrouve suffisamment mes esprits pour réaliser que nous ne sommes pas dans notre chambre.

Un peu gênée, je repousse Julian et il me laisse faire en reculant avec un sourire.

— D'abord, le dîner, j'imagine, dit-il malicieusement, puis en faisant le tour de la table, il s'assied en face de moi.

Ana, qui a légèrement rougi, nous sert les lasagnes et verse à chacun de nous un verre de vin puis elle disparait avant que je n'aie eu le temps de lui dire davantage qu'un bref remerciement.

— Des lasagnes… Julian hume le plat en connaisseur. Je ne me souviens pas de la dernière fois que j'en ai mangé.

— Ana m'a dit que ta mère t'en faisait quand tu étais petit, ai-je dit doucement en le regardant prendre sa première bouchée. J'espère que tu les aimes toujours.

Il relève les yeux de son assiette et ses yeux rencontrent les miens pendant qu'il mange.

— Est-ce toi qui as organisé ça ? demande-t-il après avoir avalé une bouchée. Sa voix prend une étrange intonation et il désigne le vin et les bougies qui flambent aux extrémités de la table. N'est-ce pas Ana ?

— Si, c'est elle qui a tout fait, ai-je admis. Je me suis contentée de lui demander deux ou trois choses. J'espère que tu ne m'en veux pas ?

— T'en vouloir ? Bien sûr que non ! Sa voix est encore un peu étrange, mais il ne me pose pas d'autres questions. À la place, il commence à manger avec appétit et la conversation roule sur mes examens qui approchent.

Quand nous avons fini les lasagnes, Ana apporte le dessert. Il a l'air aussi crémeux et aussi savoureux que dans n'importe quel restaurant italien et je regarde la réaction de Julian quand Ana le pose devant lui sur la table.

S'il est surpris, il le garde pour lui. Mais il sourit chaleureusement à Ana pour la remercier de ses efforts. Ce n'est qu'après son départ de la pièce qu'il se tourne vers moi.

— Du tiramisu ? dit-il doucement. Les flammes dansantes des bougies se reflètent dans ses yeux. Pourquoi Nora ?

Je hausse les épaules.

— Pourquoi pas ?

Il m'examine un moment et son regard est inhabituellement pensif en s'attardant sur mon visage, je m'attends à ce qu'il me pose d'autres questions. Mais non. À la place, il prend sa fourchette.

— Effectivement, pourquoi pas, murmure-t-il, puis il se concentre sur l'appétissant dessert.

Je fais de même et bientôt il ne reste plus rien dans notre assiette.

* * *

Quand nous arrivons au premier étage, Julian me mène vers le lit. Mais au lieu de me déshabiller tout de suite il me prend le visage entre les mains.

— Merci pour cette merveilleuse soirée, bébé, murmure-t-il, les yeux assombris par une émotion indéfinissable.

Je lève les yeux vers lui et lui sourit en le prenant par la taille.

— Je t'en prie… Il me semble que mon cœur va exploser tant il déborde de bonheur. Tout le plaisir est pour moi.

Il me regarde comme s'il allait dire autre chose, mais se contente de poser ses lèvres sur les miennes et de m'embrasser passionnément, d'un baiser profond et presque désespéré. Mes yeux se ferment tandis que le plaisir m'envahit en spirale. Ses lèvres sont incroyablement douces, sa langue caresse habilement la mienne et son goût savoureux et sombre me fait tourner la tête. Pendant que nous nous embrassons sa main me glisse dans le dos pour m'étreindre davantage. La dureté de sa verge en érection contre mon ventre qui me lance et me brûle en plein sexe et je le tiens par le côté, les genoux pantelants, alors que ses lèvres s'aventurent des miennes au lobe de mon oreille et à mon cou.

— Putain, tu es tellement sexy, marmonne-t-il d'une voix enrouée. Son souffle brûle presque ma peau sensible et je me mets à gémir la tête en arrière quand il m'incline sur son bras pour mordiller l'endroit si délicat que j'ai juste au-dessus de la clavicule. Mes tétons se raidissent et mon sexe commence à me faire mal, c'est une tension et une pulsation que je connais bien, pendant que Julian me lèche puis souffle un air frais là où ma peau est humide en me donnant des frissons érotiques dans le corps tout entier.

Avant que j'aie le temps de me remettre, il me relève et me fait tourner comme une toupie si bien que je me retrouve dos à lui. Alors il pose les mains sur ma robe et m'enlève la fermeture éclair. La petite robe tombe par terre, je n'ai plus que mes escarpins noirs, mon balconnet et mon string.

Julian respire d'un coup, j'entends son souffle et je me retourne en lui souriant longuement d'un sourire taquin.

— Ça te plait ? ai-je murmuré en reculant de deux pas pour qu'il puisse mieux me voir. L'expression de son visage m'excite tant que mon pouls s'accélère. Il me regarde comme un homme qui mourrait de faim regarderait un gâteau, avec une envie dévorante et un désir brut. Ses yeux disent qu'il veut me dévorer tout en me savourant... et que je suis la femme la plus sexy qu'il a jamais vue.

Au lieu de me répondre, il fait un pas vers moi et tend la main dans mon dos pour dégrafer mon soutien-gorge. Dès que mes seins sont libres, il les couvre de ses mains chaudes et ses pouces frottent mes tétons raidis.

— Putain, tu es délicieuse, murmure-t-il d'une voix toujours rauque en me fixant et quand j'essaie de respirer, ses paroles et ses gestes me font profondément frissonner. Je ne peux penser qu'à toi, Nora... Je ne peux penser à rien d'autre...

Sa confession me fait fondre complètement. Savoir que j'ai cet effet sur lui, que cet homme puissant et dangereux est aussi fou de moi que je suis folle de lui, fait battre mon cœur à un rythme déchaîné. Peu importe comment tout a commencé, désormais Julian est à moi, et je le désire autant qu'il me désire.

En m'enhardissant, je lui mets les bras autour du cou et je lui baisse la tête vers moi. Quand nos lèvres se rencontrent je mets tout mon cœur dans ce baiser pour lui faire sentir à quel point j'ai besoin de lui, à quel point je l'aime. Mes mains glissent dans ses cheveux épais et soyeux tandis que ses bras se referment sur mon dos et me serrent contre lui. Mes tétons dressés se frottent contre le coton de son polo en me rappelant du contraste tentateur entre lui et moi : je suis presque nue, il est tout habillé. Sa verge en érection toute dure se pousse contre mon ventre et la chaleur de mon corps monte en flèche quand nos deux bouches se rejoignent dans une véritable symphonie de désir, une véritable explosion de désir.

Je ne sais pas comment nous nous sommes retrouvés sur le lit, mais m'y voilà, j'enlève frénétiquement les vêtements de Julian et il me couvre la poitrine et le ventre de baisers. Ses mains se referment sur mon string qu'il arrache d'un seul geste, puis ses doigts poussent dans mon ouverture, deux gros doigts qui me pénètrent avec une brutalité qui me fait perdre le souffle et me cambrer contre lui.

— Putain, tu es toute mouillée, grommelle-t-il en enfonçant encore plus loin les doigts avant de les retirer et de les approcher de mon visage. Goûte à quel point tu as envie de moi.

Terriblement excitée, je ferme les lèvres autour de ses doigts que je suce dans ma bouche. Ils sont tout mouillés à cause de moi, mais ce goût ne me déplait pas. Au contraire, il m'excite encore plus, il me fait encore brûler davantage. Quand je lui suce les doigts, Julian pousse un grondement, je tourne ma langue autour comme si c'était sa verge et il retire la main. Il se relève, enlève d'un coup sa chemise et me révèle ses muscles saillants. Ensuite, c'est au tour de son pantalon et j'entrevois sa verge en érection avant qu'il ne me grimpe dessus, ses mains puissantes se saisissent de mes poignets qu'il remonte vers mes épaules. Puis il me regarde fixement et m'ouvre les jambes du genou en appuyant fort son gland contre mon ouverture.

Les battements de mon cœur sont assourdissants tant je suis impatiente et je le regarde droit dans les yeux. Son visage est tendu de désir, sa mâchoire serrée quand il me pénètre lentement. Je m'attendais à ce qu'il me prenne brutalement, mais il fait attention ce soir, il avance sa grosse verge d'une manière contrôlée qui m'excite tout en me frustrant. Je ne souffre pas quand mon corps s'étire pour l'accepter, rien qu'une plénitude délicieuse, mais une part perverse de moi a maintenant envie de brutalité et de violence.

— Julian… Je passe la langue sur mes lèvres. Je veux que tu me baises. Que tu me baises *vraiment*. Pour appuyer ma demande, j'entoure ses hanches de mes jambes et je l'enfonce tout au bout. Nous grondons tous les deux à cette sensation intense et je vois se dilater ses pupilles jusqu'à ce qu'il ne reste plus qu'un fin cercle bleu autour du disque noir.

— Tu veux que je te baise ? Sa voix est gutturale, tellement pleine de désir que j'ai du mal à comprendre ce qu'il dit. Ses mains se ferment si fort sur mes poignets qu'il me coupe presque la circulation. Que je te baise vraiment ?

Je hoche la tête, mon pouls s'est emballé au-delà de tout. J'ai encore du mal à faire cet aveu sur moi-même, à admettre que j'ai besoin de ce qui me faisait peur autrefois.

À savoir que je *demande* à mon ravisseur d'abuser de moi.

Julian respire fort et je sens céder toute sa retenue, toute sa maîtrise de lui-même. Sa bouche descend vers la mienne, maintenant, ses lèvres et sa langue sont pleines de sauvagerie, presque de cruauté.

Ce baiser est dévorant, il emporte mon souffle et mon âme avec. En même temps, il retire presque entièrement sa verge puis revient d'un coup si fort et si brutal qu'il me coupe presque en deux et met le feu à mes terminaisons nerveuses.

Je pousse un cri dans sa bouche, mes jambes se resserrent encore autour de son cul ferme et musclé quand il commence à me baiser sans la moindre retenue. Sa possession est aussi violente que n'importe quel viol, mais je m'y délecte, mon corps aime cet assaut féroce. C'est ce que je veux désormais, ce dont j'ai besoin. J'aurai peut-être des bleus demain, mais pour le moment je ne sens que cette énorme tension qui croît en moi et la pression tapie au plus profond de mon sexe. Chaque coup impitoyable me serre de plus en plus fort jusqu'à me donner l'impression que je vais voler en éclats… et quand j'y arrive, une explosion de plaisir fulgurante me parcourt le corps et je me jette dans les bras de Julian, totalement submergée par ces sombres délices. Puis il jouit à son tour, la tête rejetée en arrière d'extase et de douleur, chaque muscle de son cou se tend à se rompre alors qu'il me martèle de sa verge avec un grand cri. Quand il appuie son entre-jambe sur mon clitoris, il prolonge mes contractions, jusqu'à la dernière goutte, jusqu'à ce que mon corps ne puisse absolument plus rien sentir, buvant tout ce qu'il reste de force dans mes muscles.

Et après il roule en se retirant de moi puis me reprend contre lui, en m'étreignant par-derrière. Alors, tandis que notre respiration commence à ralentir, nous nous endormons d'un profond sommeil, un sommeil dépourvu de rêves.

CHAPITRE VINGT

❖ JULIAN ❖

Le lendemain matin, je me réveille avant Nora, comme d'habitude. Elle dort dans sa position préférée : allongée sur ma poitrine, l'une de ses jambes sur les miennes. En me dégageant silencieusement de son étreinte, je me dirige vers la douche et j'essaie de ne pas penser à la tentation de son petit corps séduisant qui est couché à côté, tout doux et tout chaud de sommeil. Malheureusement, je ne pourrai pas me rassasier d'elle ce matin ; l'avion m'attend déjà sur la piste.

Elle a réussi à me surprendre hier soir. Pendant toute la semaine, j'avais senti une légère distance de sa part, une distance presque imperceptible. Pendant notre fameuse nuit, j'avais réussi à détruire les obstacles qui me séparaient d'elle, mais elle en avait reconstruit. Elle ne boudait pas et elle acceptait de me parler, mais je savais qu'elle ne m'avait pas complètement pardonné.

Jusqu'à hier soir.

Je croyais ne pas avoir besoin de son pardon, mais la légèreté presque euphorique que j'ai dans le cœur ce matin m'indique le contraire.

Je prends moins de cinq minutes pour me doucher. Une fois habillé, je vais vers le lit pour embrasser Nora avant de partir. En me penchant sur elle je lui effleure la joue des lèvres et à ce moment-là, elle ouvre les yeux.

Ses lèvres dessinent un sourire endormi.

— Salut…

— Salut toi-même, ai-je dit d'une voix enrouée, en tendant la main pour dégager une mèche emmêlée de son visage. Putain, elle me fait un de ces effets… un de ces effets qu'aucune jeune fille ne devrait me faire. Je suis sur le point de me venger de celui qui a tué Beth et qui m'a pris Nora, et la seule chose à laquelle je suis capable de penser, c'est de retourner au lit avec elle.

Elle cligne plusieurs fois des yeux et je vois disparaitre son sourire quand elle se souvient qu'aujourd'hui n'est pas un jour comme les autres. Toute trace de sommeil a disparu de son visage quand elle s'assied et me fixe des yeux sans prendre garde à la couverture qui est tombée et qui lui dénude le buste.

— Tu pars déjà ?

— Oui, bébé. En essayant de détourner les yeux de ses seins ronds qui se dressent, je m'assieds dans le lit à côté d'elle et je prends ses mains dans les miennes pour les frotter doucement. L'avion a déjà fait le plein, il m'attend.

Elle avale sa salive.

— Quand reviens-tu ?

— Si tout se passe bien, dans une semaine environ. Je dois d'abord rencontrer deux ou trois fonctionnaires en Russie, je n'irai donc pas directement au Tadjikistan.

— En Russie ? Pourquoi ? Elle fronce légèrement des sourcils. Je croyais que tu avais quelque chose à faire en Ukraine au retour.

— C'est vrai, mais la situation a changé. Hier après-midi, j'ai reçu un appel de l'un des contacts de Peter à Moscou. Ils veulent d'abord me rencontrer, sinon ils ne me laisseront pas aller au Tadjikistan.

— Ah bon. Nora semble encore plus inquiète maintenant et fronce davantage des sourcils. Sais-tu pourquoi ?

Je m'en doute, mais je ne peux pas lui en parler pour le moment. Elle est déjà bien trop inquiète. Les Russes ont toujours été imprévisibles et l'instabilité croissante de cette région n'arrange pas les choses.

— J'ai eu à faire à eux dans le passé, ai-je dit sans m'engager davantage, et je me lève avant qu'elle puisse me poser d'autres questions. Il faut que j'y aille maintenant, bébé, mais je reviens dans quelques jours. Bonne chance avec tes examens, d'accord ?

Elle hoche la tête, les yeux brillants comme si elle pleurait en me regardant, et, incapable de résister, je me penche vers elle et je l'embrasse une dernière fois avant de quitter la pièce.

* * *

Il fait un froid de canard à Moscou au mois de mars. Le froid traverse tous mes vêtements qui sont pourtant épais et va jusqu'à la moelle de mes os en me donnant l'impression que je n'aurai plus jamais chaud. Je n'ai jamais particulièrement aimé la Russie et cette visite ne fait que confirmer l'impression négative que j'en ai.

Glaciale. Sale. Corrompue.

Je peux faire face aux deux derniers, mais les trois à la fois, c'est beaucoup trop. Pas étonnant que Peter ait été content de rester à l'arrière pour garder l'enceinte du domaine. Ce salaud savait exactement ce qui m'attendait. J'ai vu son sourire ironique quand il a regardé décoller l'avion. Après la chaleur tropicale de la jungle, les températures glaciales de Moscou dans les derniers assauts de l'hiver sont vraiment pénibles, et mes négociations avec le gouvernement russe aussi.

Il faut presque une heure, dix amuse-gueules différents et une demi-bouteille de vodka avant que Buschekov en vienne à l'objet de la réunion. La seule raison pour laquelle je tolère cette situation c'est que ça me prend tout ce temps pour me dégeler les pieds après la température négative à l'extérieur. La circulation était si mauvaise pour aller au restaurant que Lucas et moi avons fini par laisser la voiture et avons marché pendant un bon moment, et on s'est gelé le cul pendant le trajet.

Mais maintenant, je peux de nouveau bouger les doigts de pied, et Buschekov semble prêt à parler affaires. Ici, c'est un fonctionnaire officieux : quelqu'un qui a une certaine influence au Kremlin, mais dont le nom n'apparait jamais au journal télévisé.

— Il s'agit de quelque chose de délicat dont je voudrais parler avec vous, dit Buschekov une fois que le garçon a commencé à desservir la table. Ou plutôt c'est ce que dit notre interprète après que Buschekov a dit quelque chose en russe. Comme Lucas et moi ne comprenons que quelques mots de cette langue, Buschekov a engagé une jeune femme pour nous servir d'interprète. Yiula Tzakova est une jolie blonde aux yeux bleus qui n'a que deux ou trois ans de plus que ma Nora, mais le fonctionnaire russe m'a assuré qu'elle savait se montrer discrète.

— Allez-y, ai-je dit en guise de réponse à Buschekov. Lucas est assis à côté de moi, il s'est resservi des blinis au caviar et les mange en silence. Je n'ai amené que lui pour ce rendez-vous. Le reste de mes hommes est stationné à proximité en cas de problème. Je ne pense pas que les Russes essaient de faire quoi que ce soit en ce moment, mais on n'est jamais trop prudent.

Buschekov me fait un demi-sourire et répond en russe.

— Je suis certain que vous êtes conscient des difficultés que traverse notre région, traduit Yulia. Nous aimerions que vous nous aidiez à les résoudre.

— Vous aidez de quelle manière ? Je me doute de ce que veulent les Russes, mais je veux quand même l'entendre dire.

— Certaines parties de l'Ukraine ont besoin de notre aide, dit Yulia en anglais après la réponse de Buschekov. Mais étant donné l'état actuel de l'opinion internationale, il serait problématique pour nous d'intervenir directement.

— Vous voulez donc que je le fasse à votre place.

Il hoche la tête et ses yeux ternes s'attardent sur mon visage tandis que Yulia traduit ma réponse.

— Oui, dit-il, nous aimerions qu'une certaine quantité d'armes et d'autres équipements soient livrés aux combattants de la liberté à Donetsk. Il ne faut pas qu'un lien entre ces livraisons et nous puisse être établi. En échange, vous recevrez votre prix habituel et vous pourrez vous rendre en toute sécurité au Tadjikistan.

Je lui souris d'un air perplexe.

— Rien de plus ?

— Nous préférerions aussi que vous évitiez de traiter avec l'Ukraine pour le moment, dit-il, imperturbable. Vous connaissez le dicton « un cul sur deux chaises »…

J'imagine que ça a plus de sens en russe, mais je comprends ce qu'il veut dire. Bushekov n'est pas le premier client à exiger cela de moi, et il ne sera pas le dernier.

— Pour cela, j'aurai besoin de compensations supplémentaires, j'en ai bien peur, je dis calmement. Comme vous le savez, d'habitude je ne prends pas parti dans ce genre de conflit.

— Oui, nous en avons entendu parler. Buschekov prend un morceau de poisson fumé avec sa fourchette et se met lentement à le mâcher tout en me regardant. Mais vous pourriez reconsidérer votre position en ce qui nous concerne. L'Union Soviétique a beau avoir disparu, notre influence dans la région reste considérable.

— Oui, je m'en rends compte. Pourquoi croyez-vous que je suis ici aujourd'hui ? Le sourire qu'il m'adresse alors est plus dur. Mais renoncer à la neutralité a un prix. Je suis certain que vous le comprenez.

Quelque chose de glacial scintille dans le regard de Bushekov.

— Oui, je le comprends. J'ai l'autorisation de vous offrir vingt pour cent de plus que d'habitude en échange de votre coopération dans cette affaire.

— Vingt pour cent ? Alors que vous diminuez de moitié les profits que je pourrais obtenir ? J'ai un petit rire. Je ne crois pas que ce soit possible.

Il se sert une nouvelle rasade de vodka et la fait virevolter dans son verre en me regardant d'un air pensif.

— Vingt pour cent de plus, et le terroriste d'Al-Quadar vous sera livré pieds et poings liés, dit-il quelques moments plus tard. C'est notre dernier mot.

Je l'examine tout en me versant de la vodka à mon tour. En vérité, je n'avais pas imaginé obtenir autant de lui et je suis assez avisé pour ne pas aller trop loin avec les Russes.

— Alors c'est d'accord, je dis et je lève mon verre pour porter ironiquement un toast avant d'en avaler le contenu.

∗ ∗ ∗

401

Ma voiture nous attend dans la rue quand nous sortons du restaurant. Le chauffeur a finalement réussi à arriver malgré la circulation ce qui veut dire que nous n'allons pas nous geler pour retourner à l'hôtel.

— Est-ce que ça vous ennuierait de me déposer à la station de métro la plus proche ? demande Yulia quand Lucas s'approche de la voiture. Je vois qu'elle commence déjà à frissonner. Ce n'est pas trop loin d'ici.

Je la regarde en y réfléchissant puis je fais un geste rapide pour demander à Lucas de venir.

— Fouille-la.

Lucas s'approche et la tapote de haut en bas.

— Elle est réglo.

— Alors d'accord, je fais en lui ouvrant la portière. Montez !

Elle monte dans la voiture et s'assied à côté de moi sur le siège arrière tandis que Lucas s'installe devant avec le chauffeur.

— Merci, dit-elle avec un joli sourire. Je vous en suis vraiment reconnaissante. Cet hiver est l'un des pires depuis plusieurs années.

— Pas de problème. Je ne suis pas d'humeur à bavarder, je prends donc mon téléphone et je commence à répondre à mes mails. Il y en a un de Nora qui me donne le sourire. Elle veut savoir si je suis bien arrivé. *Oui*, j'écris. *Maintenant, j'essaie d'éviter de me geler à Moscou.*

— Vous allez rester longtemps ici ? La voix douce de Yulia m'interrompt au moment où je vais ouvrir un rapport détaillé sur ce que fait Nora dans le domaine en mon absence. Quand je lui jette un coup d'œil, la jeune Russe me sourit et croise ses longues jambes.

— Si vous voulez, je pourrais vous faire visiter la ville.

Son invitation est aussi claire que si elle venait de me prendre la queue dans les mains. Je vois la lueur avide qui brille dans ses yeux en me regardant et je comprends que c'est une de ces femmes que le pouvoir et le danger excitent. Elle a envie de moi à cause de ce que je représente, à cause de l'ivresse qu'on a en jouant avec le feu. Je suis persuadé qu'elle me laisserait faire ce que je voudrais avec elle, rien ne serait trop sadique ou trop pervers pour elle, et qu'elle demanderait encore son reste.

C'est exactement le type de femme que j'aurais baisée avec plaisir avant d'avoir rencontré Nora. Malheureusement, sa pâle beauté ne me fait aucun effet. La seule femme dont j'ai envie est la brune qui est à des milliers de kilomètres de moi.

— Merci de votre invitation, dis-je en souriant froidement à Yulia. Mais nous allons bientôt partir, et je suis trop épuisé pour rendre justice à votre ville ce soir, j'en ai bien peur.

— Bien sûr. Yulia me sourit à son tour, sans être troublée par mon refus. Visiblement, elle a suffisamment confiance en elle pour ne pas être vexée. Si vous changez d'avis, vous savez où me trouver. Et quand la voiture s'arrête en face de la station de métro, elle en descend gracieusement en laissant derrière elle un léger sillon de parfum de luxe.

Quand la voiture redémarre, Lucas se retourne vers moi.

— Si elle ne vous fait pas envie, je serai content de m'occuper d'elle ce soir, dit-il simplement. Si vous en êtes d'accord, évidemment.

Je souris. Lucas a toujours eu un faible pour les blondes sexy.

— Pourquoi pas ? Elle est toute à toi si tu en as envie. Nous ne partons pas avant demain matin et le dispositif de sécurité en place est amplement suffisant. Si Lucas veut passer la nuit à baiser notre interprète, ce n'est pas moi qui vais le priver de ce plaisir.

Quant à moi j'ai l'intention de me masturber dans la douche en pensant à Nora et puis de bien dormir.

La journée de demain risque d'être mouvementée.

* * *

Dans mon Boeing C-17, le vol de Moscou au Tadjikistan est censé prendre un peu plus de six heures. C'est l'un de mes trois avions militaires, il est assez grand pour cette mission et pour y mettre tous mes hommes avec leur équipement.

Nous sommes tous en tenue de combat de pointe, moi compris. Nous portons des tenues pare-balles et ignifugées et nous sommes armés jusqu'aux dents de fusils d'assaut, de grenades et d'explosifs. C'est peut-être exagéré, mais je ne veux pas mettre la vie de mes hommes en danger. J'aime le danger, mais je ne suis pas suicidaire et je calcule toujours soigneusement les risques que je prends dans mon métier. Venir à la rescousse de Nora en Thaïlande est sans doute l'une des opérations les plus périlleuses dans lesquelles j'ai été impliqué ces dernières années et je ne l'aurais fait pour personne d'autre.

Pour elle seule.

Pendant l'essentiel du vol, je m'occupe des spécificités de production dans une nouvelle usine de Malaisie. Si tout se passe bien, j'y transférerai la production de missiles qui se fait actuellement en Indonésie. Là-bas, les fonctionnaires locaux deviennent trop gourmands, chaque mois ils exigent des pots-de-vin plus importants et je n'ai pas l'intention de leur céder plus longtemps. Je réponds aussi à quelques questions de mon courtier de Chicago ; il prépare un fonds de fonds par l'intermédiaire de l'une de mes branches et il a besoin que je lui donne quelques paramètres d'investissement.

Nous survolons l'Ouzbékistan et ne sommes plus qu'à quelques centaines de kilomètres de notre destination quand je décide d'aller voir Lucas qui est aux manettes.

Dès que j'entre dans la cabine il se tourne vers moi.

— Nous devrions arriver dans une heure et demie environ, dit-il sans que je le lui demande. Il y a de la glace sur la piste d'atterrissage, ils sont en train de la dégager pour nous en ce moment. Les hélicoptères ont fait le plein et sont prêts à partir.

— Excellent. Notre plan prévoit d'atterrir à une vingtaine de kilomètres de la cachette des terroristes dans les monts du Pamir et de faire le reste du trajet en hélicoptère. Rien d'anormal dans la zone ?

Il secoue la tête.

— Non, tout est calme.

— Bien. En entrant dans la cabine je m'assieds à côté de Lucas sur le siège du copilote et je boucle ma ceinture. Comment était la Russe hier soir ?

Contrairement à ses habitudes, Lucas me fait un petit sourire, mais son visage reste impassible.

— Très bien. Elle vous aurait plu.

— Oui, j'en suis certain, je fais bien que je n'éprouve pas le moindre soupçon de regret. Une aventure d'une nuit ne peut en aucun cas rivaliser d'intensité avec le lien que j'ai avec Nora, et je n'ai pas l'intention de rabaisser mes prétentions.

Lucas me fait un large sourire, ce qui est encore plus contraire à ses habitudes.

— Je dois dire que je ne me serais jamais attendu à vous voir en mari modèle.

Je hausse les sourcils.

— Vraiment ? C'est sans doute l'observation la plus personnelle qu'il ne m'ait jamais faite. Lucas travaille depuis des années dans mon organisation, mais il n'a jamais franchi la distance qui sépare un employé loyal d'un ami, bien que je l'y ai encouragé. Il ne m'est jamais facile de donner ma confiance, et ceux que je peux appeler mes « amis » se comptent sur les doigts d'une main.

Il hausse les épaules et son visage redevient un masque impassible et parfaitement lisse, bien qu'une lueur d'amusement lui reste dans les yeux.

— Bien sûr. En général, les gens comme nous ne sont pas ce que l'on considère comme des maris parfaits.

Sans le vouloir, un ricanement m'échappe de la gorge.

— Eh bien, je ne sais pas si à strictement parler Nora me considère comme « un mari parfait ». Un monstre qui l'a enlevée et qui l'a rendue folle, évidemment. Mais un mari parfait ? Ça m'étonnerait bien.

— Alors si ce n'est pas le cas, elle a tort, dit Lucas en se concentrant de nouveau sur le tableau de bord. Vous êtes fidèle, vous prenez bien soin d'elle, et vous avez déjà risqué votre vie pour elle. Si ça n'est pas un mari parfait, alors je ne sais pas ce que c'est.

Tout en parlant, je le vois légèrement froncer des sourcils quand il remarque quelque chose sur l'écran radar.

— Qu'est-ce qui se passe ? Instinctivement je suis tout à coup sur le qui-vive.

— Je n'en suis pas sûr, commence Lucas, et au même moment l'avion fait une telle embardée que j'ai failli tomber de mon siège. Seule la ceinture que j'ai bouclée par habitude m'a empêché d'être projeté contre le plafond de la cabine tant la descente de l'avion a été brutale.

Lucas s'empare des manettes de contrôle en jurant comme un charretier tandis qu'il tente désespérément de rétablir notre trajectoire.

— Merde, putain, merde, merde, putain de merde…

— Qu'est-ce qui nous a touchés ? Ma voix est ferme, je reste étrangement calme tout en évaluant la situation. Un bruit grinçant et grésillant vient des moteurs. Je sens de la fumée et j'entends des cris à l'arrière, je sais donc qu'il y a un incendie. Ce doit être une explosion. Cela signifie que soit un autre avion nous a bombardés, soit qu'un missile sol-air vient d'exploser tout près et a endommagé un ou plusieurs moteurs. Ça ne peut pas être un tir de missile direct parce que le Boeing est équipé d'une protection antimissile destinée à empêcher les attaques les plus sophistiquées, et parce que nous sommes encore en vie au lieu d'avoir été réduits en miettes.

— Je n'en suis pas sûr, parvient à me dire Lucas en bataillant avec les manettes de contrôle. L'avion se redresse un bref instant puis plonge à nouveau. Putain, qu'est-ce que ça peut foutre ?

Franchement, je n'en sais rien. L'analyste que je suis veut savoir ce qui sera responsable de ma mort et qui est derrière tout ça. Je ne pense pas que ce soit Al-Quadar ; selon mes sources, ils n'ont pas d'armes aussi sophistiquées. Ce qui laisse la possibilité d'une erreur commise par un soldat d'Ouzbékistan qui a eu la gâchette facile ou d'une frappe internationale venue d'ailleurs. Peut-être les Russes, mais il est impossible de savoir pourquoi.

Et pourtant Lucas a raison. J'ignore pourquoi ça m'importe de le savoir. Savoir la vérité ne changera rien au résultat. Je vois les sommets enneigés du Pamir au loin et je sais que nous n'y parviendrons pas.

Lucas continue de jurer tout en se battant avec les manettes de contrôle et je m'agrippe au bord de mon siège, les yeux baissés sur le sol qui se rapproche de nous à une vitesse absolument terrifiante. J'entends un hurlement, et je me rends compte que ce sont mes propres battements de cœur, qu'en fait j'entends le sang couler à flots dans mes veines, c'est la montée d'adrénaline qui exacerbe toutes mes sensations.

L'avion fait encore quelques tentatives pour cesser de plonger, chacune d'entre elles retarde notre chute de quelques secondes, mais rien ne semble pouvoir arrêter notre descente fatale.

Tout en voyant que nous nous précipitons vers la mort je n'ai qu'un seul regret.

Jamais plus je ne tiendrai Nora entre mes bras.

TROISIEME PARTIE : LA CAPTIVE

CHAPITRE VINGT-ET-UN

❖ NORA ❖

Deux jours sans Julian.

Je n'arrive pas à croire que je viens de passer deux jours entiers sans Julian. J'ai fait ce que je fais d'habitude, mais sans lui tout semble différent.

Plus vide. Plus sombre.

C'est comme si le soleil s'était caché derrière un nuage et me laisse dans l'ombre.

C'est insensé. Complètement fou. J'ai déjà été sans lui. Quand j'étais sur l'île, il partait tout le temps en voyage. En fait, il passait plus de temps *loin* de l'île qu'*avec moi* et pourtant j'arrivais quand même à vivre. Mais cette fois, je passe mon temps à me battre contre une impression de désarroi et d'anxiété qui s'aggrave d'heure en heure.

— Je ne sais vraiment pas ce qui ne va pas, ai-je dit à Rosa pendant notre promenade matinale. J'ai vécu dix-huit ans sans lui et tout à coup je ne peux pas rester seule deux jours ?

Elle me sourit.

— Évidemment. Vous êtes inséparables tous les deux, mais ça ne me surprend pas du tout. Je n'ai jamais vu deux personnes aussi amoureuses l'une de l'autre.

Je souris en secouant tristement la tête. Malgré ses apparences pragmatiques, Rosa est follement romantique. Il y a une quinzaine de jours, je me suis confiée à elle et je lui ai raconté comment Julian et moi nous étions rencontrés quand il m'avait emmenée sur l'île. Elle avait été choquée, mais bien moins que je l'aurais été à sa place. En fait, elle semblait trouver toute l'histoire assez poétique.

— Il vous a enlevée parce qu'il ne pouvait pas se passer de vous, dit-elle d'un air rêveur quand j'ai essayé de lui expliquer pourquoi j'avais encore des réserves envers Julian. C'est le genre d'histoires qu'on lit dans les livres ou que l'on voit au cinéma… Et tandis que je la fixais des yeux, incapable d'en croire mes oreilles, elle a ajouté pensivement : J'aimerais bien que quelqu'un tienne suffisamment à *moi* pour m'enlever.

Oui, Rosa n'est vraiment pas la personne qui risque de me rendre raisonnable. Elle pense que je dépéris loin de Julian à cause de notre grand amour, au lieu d'avoir besoin d'être aidée par un psychiatre.

Et bien sûr, Ana ne peut pas m'aider non plus.

— C'est normal que votre mari vous manque, dit la gouvernante quand je peux à peine me forcer à manger au dîner. Je suis certaine que vous manquez tout autant à Julian.

— Je ne sais pas, Ana, ai-je dit d'un air dubitatif en poussant les grains de riz sur mon assiette. Il ne m'a donné aucun signe de vie aujourd'hui. Il a répondu à mon mail hier, mais je lui en ai envoyés deux autres aujourd'hui et toujours rien. C'est surtout ça qui me contrarie, je pense. Ou bien Julian se moque de me savoir inquiète, ou bien il ne peut me répondre et il est en plein combat contre les terroristes.

Dans tous les cas, je suis mal à l'aise.

— Peut-être qu'il est en avion, dit raisonnablement Ana en prenant mon assiette. Ou bien dans un endroit sans réception. Vraiment, vous ne devriez pas vous inquiéter. Je connais Julian, il sait se protéger.

— Oui, bien sûr, mais il n'est pas surhumain. Il peut quand même être tué par une balle perdue ou par une bombe qui explose par hasard.

— Je sais, Nora, dit Ana pour me réconforter en me tapotant le bras, et je vois au fond de ses yeux bruns qu'elle s'inquiète aussi. Je sais, mais vous ne pouvez pas vous laisser aller à ces pensées morbides. Je suis sûre que vous aurez bientôt de ses nouvelles. Il va prendre contact avec vous. Au plus tard demain matin.

* * *

Mon sommeil est agité, je me réveille toutes les deux heures pour vérifier mes mails et mon téléphone. Le matin, je n'ai toujours pas de nouvelles de Julian et je sors du lit avec lassitude, les yeux bouffis, mais déterminée à agir.

Si Julian ne me contacte pas, c'est moi qui vais m'en charger.

La première chose que je fais est de partir à la recherche de Peter Sokolov. Quand je le trouve, il est en train de parler avec quelques gardes au fond du domaine et semble surpris que je vienne vers lui et lui demande de lui parler en tête-à-tête. Mais il est tout de suite d'accord.

Dès que les autres ne peuvent plus nous entendre, je lui demande :

— Avez-vous des nouvelles de Julian ? Il continue à m'intimider, mais il est le seul qui puisse me renseigner.

— Non, répond-il avec son accent russe. Pas depuis hier quand leur avion a décollé de Moscou. Il y a une légère tension dans son regard quand il me parle et mon anxiété s'intensifie quand je m'aperçois que Peter est inquiet lui aussi.

— Ils étaient censés entrer en contact, non ? ai-je dit en fixant des yeux ses beaux traits exotiques. Je suis oppressée. Il y a eu un problème, n'est-ce pas ?

— On ne peut pas encore en être certain. Il s'efforce de parler d'un ton neutre. Il est possible qu'ils ne répondent pas à nos appels pour des raisons de sécurité, parce qu'ils ne veulent pas qu'on puisse intercepter leurs communications.

— Vous ne le croyez pas vraiment.

— C'est peu vraisemblable, admet Peter qui me dévisage froidement de ses yeux bleus. Ce ne serait pas la procédure habituelle dans ce genre de situation.

— D'accord, bien sûr. Faisant de mon mieux pour réprimer la peur et la nausée qui m'envahissent je lui demande calmement : alors qu'est-ce qu'on fait maintenant ? Allez-vous envoyer une équipe à leur rescousse ? Avez-vous d'autres hommes prêts à partir en renfort ?

Peter secoue la tête.

— On ne peut rien faire avant d'en savoir plus, explique-t-il. J'ai déjà envoyé des messages en Russie et au Tadjikistan pour tâter le terrain, on devrait donc bientôt en savoir davantage. Pour le moment, tout ce que nous savons, c'est que leur appareil a décollé sans aucun problème de Moscou.

— Quand pensez-vous avoir une réponse de vos contacts là-bas ? J'essaie de contrôler ma panique, mais elle se trahit dans ma voix. Aujourd'hui ? Demain ?

— Je ne sais pas, Madame Esguerra, et je vois un peu de pitié dans ses yeux gris inflexibles. Ça peut arriver n'importe quand. Dès que j'ai des nouvelles, je vous le dirai.

— Merci, Peter, ai-je dit, ne sachant que faire d'autre, je rentre à la maison.

* * *

Les six heures suivantes sont interminables. Je fais les cent pas dans la maison, allant de pièce en pièce, incapable de me concentrer sur quoi que ce soit. Quand je m'assieds pour travailler ou pour peindre j'imagine des douzaines de scénarios, tous plus horribles les uns que les autres. Je veux croire que tout va bien se passer, que l'avion de Julian a disparu des radars pour une raison banale, mais je sais qu'il n'en est rien.

Dans le monde où nous vivons Julian et moi, il n'y a pas de place pour les contes de fées, seulement une violente réalité.

Je n'ai rien pu manger de la journée bien qu'Ana ait essayé de me tenter avec toutes sortes de choses, du steak aux gâteaux. Pour lui faire plaisir, je grignote des petits morceaux de papaye à midi et je recommence à aller et à venir dans la maison.

Au début de l'après-midi, je suis littéralement malade d'anxiété. J'ai un violent mal de tête et le ventre en feu, l'acide me brûle les entrailles.

— Allons nager, propose Rosa quand elle me trouve dans la bibliothèque. Je lis l'inquiétude sur son visage et je sais qu'Ana l'a sans doute envoyée pour me distraire. D'habitude, Rosa a trop à faire pour laisser son travail en plein après-midi, mais visiblement elle fait une exception aujourd'hui.

Nager, c'est vraiment la dernière chose dont j'ai envie, mais je lui dis d'accord. Il vaut mieux être en compagnie de Rosa que devenir folle toute seule dans la bibliothèque.

En sortant toutes les deux, je vois Peter venir dans notre direction, l'air grave.

Mon cœur s'arrête un instant de battre, puis commence à frapper frénétiquement mes côtes.

— Qu'est-ce qu'il y a ? J'ai du mal à le dire. Avez-vous des nouvelles ?

— L'avion s'est écrasé en Ouzbékistan, à trois cents kilomètres environ de la frontière du Tadjikistan, dit-il à voix basse. Il semble qu'il y ait eu une erreur de communication et l'armée d'Ouzbékistan l'a abattu.

Les ténèbres envahissent mon champ de vision.

— Abattu ? Ma voix semble venir de très loin, comme si c'était quelqu'un d'autre qui parlait. J'ai vaguement conscience que Rosa me soutient en mettant son bras derrière mon dos, mais le sentir n'empêche pas un froid glacial de se répandre dans mon corps.

— En ce moment, on recherche l'épave, dit Peter presque doucement. Je suis navré, Madame Esguerra, mais je ne pense pas qu'il puisse y avoir de survivants.

CHAPITRE VINGT-DEUX

❖ NORA ❖

Je ne sais pas comment je me suis retrouvée dans ma chambre, mais m'y voilà, roulée en boule en silence, souffrant le martyre sur le lit que je partageais avec Julian.

Je sens des mains douces dans mes cheveux, des voix qui murmurent en espagnol et je sais qu'Ana et Rosa sont toutes les deux avec moi. J'ai l'impression que la gouvernante pleure. Moi aussi je voudrais pleurer, mais je ne peux pas. Ma peine est trop vive, trop profonde pour permettre le réconfort des larmes.

Je croyais savoir ce que l'on sent quand on a le cœur déchiré. Quand j'ai cru à tort que Julian était mort, j'étais dévastée, anéantie. Ces mois sans lui ont été les pires de ma vie. Je croyais savoir ce que c'était que le deuil, savoir que je ne reverrai plus jamais son sourire ou que je ne sentirai plus jamais ses étreintes.

C'est seulement maintenant que je comprends qu'il y a plusieurs degrés dans l'horreur. Que les souffrances de l'âme peuvent aller de l'accablement à l'anéantissement. Quand j'ai perdu Julian la première fois il était le centre du monde pour moi. Mais maintenant, il est tout au monde pour moi et je ne sais comment vivre sans lui.

— Oh, Nora… La voix d'Ana est pleine de larmes tandis qu'elle me caresse les cheveux. Je suis navrée, mon enfant. Je suis tellement navrée…

Je voudrais lui dire que je suis navrée aussi, que je sais que Julian comptait pour elle aussi, mais je ne peux pas. Je ne peux pas parler. Même respirer me demande un effort insurmontable, comme si mes poumons avaient oublié comment faire. Une minuscule inspiration, une minuscule expiration, c'est tout ce dont je semble capable pour le moment.

Seulement respirer. Seulement ne pas mourir.

Après un moment, le petit murmure s'arrête ainsi que les caresses réconfortantes aussi, et je me rends compte que je suis seule.

Elles ont dû me recouvrir d'une couverture avant de partir parce que je sens sa douceur moelleuse peser sur moi. Elle devrait me réchauffer, mais elle n'y arrive pas.

Je ne sens qu'un vide glacial là où se trouvait mon cœur.

* * *

— Nora, mon enfant… Allez, buvez quelque chose…

Ana et Rosa sont revenues, de leurs mains douces elles m'aident à m'asseoir. Elles m'offrent une tasse de chocolat chaud et je l'accepte machinalement en la prenant entre mes mains glacées.

— Juste une gorgée m'encourage Ana. Vous n'avez rien mangé de la journée. Julian ne le voudrait pas, vous le savez.

Le choc affreux d'entendre prononcer son nom est si violent que j'en laisse presque échapper la tasse. Rosa la rattrape, m'aide à la tenir et doucement, mais inexorablement pousse la tasse vers mes lèvres.

— Allez-y, Nora, murmure-t-elle, les yeux pleins de sympathie. Buvez-en un peu.

Je me force à boire quelques gorgées. La boisson savoureuse et chaude me coule dans la gorge, le mélange de sucre et de chocolat me donne un coup de fouet et chasse une partie de mon épuisement et de mon apathie. En me sentant très légèrement plus consciente qu'avant je jette un coup d'œil par la fenêtre et je suis stupéfaite de voir qu'il fait déjà nuit, j'ai dû rester couchée là pendant plusieurs heures sans sentir le temps passer.

— Avons-nous des nouvelles de Peter ? ai-je demandé en regardant Ana et Rosa. A-t-on retrouvé l'épave ?

Rosa semble soulagée de m'entendre parler de nouveau.

— Nous ne l'avons pas vu depuis cet après-midi, dit-elle, et Ana hoche la tête, les yeux gonflés et ourlés de rouge.

— Entendu. Je prends encore quelques gorgées de chocolat chaud puis je rends la tasse à Ana.

— Merci.

— Puis-je vous apporter quelque chose à manger ? demande Ana avec espoir. Peut-être un sandwich ou un fruit ?

Mon ventre se rebelle à l'idée de manger, mais je sais que je n'ai pas le choix. Je ne peux pas mourir avec Julian, même si l'idée me tente beaucoup en ce moment.

— Oui, s'il vous plait. J'ai du mal à parler. Juste un toast avec du fromage si ça ne vous ennuie pas.

Rosa saute du lit et m'adresse un grand sourire d'approbation.

— Voilà qui est bien. Tu vois, Ana, je t'avais bien dit qu'elle se battrait. Et avant que je puisse changer d'avis pour manger elle sort en courant de la chambre pour aller me chercher ce que j'ai demandé.

— Je vais prendre une douche, ai-je dit à Ana en me levant aussi. Tout à coup, j'en envie d'être seule, de ne plus voir l'inquiétude oppressante que je lis sur le visage d'Ana. J'ai froid et mon corps me donne l'impression d'être une stalactite de glace prête à se briser à tout instant, et mes yeux brûlent des larmes que j'ai retenues.

Concentre-toi seulement sur ta respiration. Juste une petite inspiration après l'autre.

— Bien sûr, mon enfant. Ana me sourit avec gentillesse et lassitude. Allez-y. Le toast et le fromage seront là quand vous aurez fini.

Et en m'échappant de la chambre, je la vois en sortir silencieusement aussi.

* * *

— Nora ! Oh mon Dieu, Nora !

Les cris de Rosa qui frappe comme une folle à la porte de la salle de bain me font sortir de ma torpeur, de l'état presque catatonique où je suis plongée. Je ne sais pas combien de temps je suis restée sous les jets d'eau chaude, mais j'en sors immédiatement. Puis, après m'être enveloppée dans une serviette, je me précipite vers la porte, mes pieds nus glissent sur les carreaux froids.

Mon cœur bat à se rompre et j'ouvre la porte d'un coup sec.

— Qu'est-ce qu'il y a ?

— Il est vivant ! Les cris de Rosa sont assourdissants tellement sa voix est aiguë. Nora, Julian est vivant !

— Vivant ? D'abord, je n'arrive pas à comprendre ce qu'elle me dit, la faim et la peine empêchent mon cerveau de fonctionner normalement. Julian est vivant ?

— Oui ! crie-t-elle d'une voix perçante en m'attrapant les mains et en sautant sur place. Peter vient juste d'apprendre qu'on l'a retrouvé en vie ainsi que certains de ses hommes. On les emmène à l'hôpital en ce moment même.

Mes genoux cèdent et mes jambes flageolent.

— À l'hôpital ? ai-je murmuré. Il est vraiment en vie ?

— Oui ! Rosa me serre si fort dans ses bras que j'ai l'impression qu'elle va me casser quelque chose puis recule avec un immense sourire sur le visage. C'est incroyable, non ?

— Oui, bien sûr… Je suis tellement heureuse que j'en reste incrédule et que la tête me tourne. Mon pouls s'emballe comme un fou. Tu dis qu'on l'emmène à l'hôpital ?

— Oui, c'est ce qu'a dit Peter. Rosa s'assombrit légèrement. Il est en train de parler en bas avec Ana. Je ne suis pas restée l'écouter, je voulais te donner tout de suite la nouvelle.

— Bien sûr, merci ! Brusquement, je suis comme électrifiée, toute trace de mon engourdissement et de mon désespoir a disparu. *Julian est en vie, on l'emmène à l'hôpital !*

En me précipitant vers l'armoire je prends la première robe qui me tombe sous la main et je l'enfile en laissant tomber la serviette sur le sol. Puis je cours vers la porte et je dévale les escaliers avec Rosa sur les talons.

Peter est dans la cuisine à côté d'Ana. La gouvernante écarquille les yeux en me voyant me jeter sur eux, pieds nus, et les cheveux encore dégoulinants après ma douche. Je dois sans doute avoir l'air d'une folle, mais ça m'est complètement égal. La seule chose qui compte est d'en savoir plus sur Julian.

— Comment va-t-il ? ai-je demandé en haletant après m'être arrêtée tout près d'eux. Dans quel état est-il ?

À ma stupéfaction, un sourire apparait sur le dur visage de Peter quand il me voit.

— On va lui faire des examens à l'hôpital, mais pour le moment il semblerait que votre mari ait survécu au crash de l'avion avec rien de plus qu'un bras cassé, deux ou trois côtes fêlées et une vilaine plaie au front. Il est inconscient, mais ça semble essentiellement dû au sang qu'il a perdu à cause de sa blessure à la tête.

Tandis que je fixe Peter des yeux sans réussir à le croire il m'explique :

— L'avion est tombé dans un endroit très boisé, si bien que les arbres ont amorti presque tout l'impact de sa chute. La cabine de pilotage où Esguerra et Kent étaient assis a été arrachée par la force de l'impact, et c'est ce qui semble leur avoir sauvé la vie. Puis il cesse de sourire et ses yeux d'acier s'assombrissent. Mais la plupart des autres ont trouvé la mort. Le carburant était à l'arrière, il a explosé et détruit cette partie de l'appareil. Seuls trois soldats qui s'y trouvaient ont survécu, et ils sont gravement brûlés. S'ils n'avaient pas tous porté leur tenue de combat, ils seraient morts aussi.

— Oh mon Dieu ! Je suis remplie d'horreur. Julian est en vie, mais presque cinquante de ses hommes sont morts. J'ai eu très peu affaire avec la plupart des gardes, mais je les ai souvent vus dans le domaine. Je les connaissais, ne serait-ce que de vue. Ils semblaient tous forts, indestructibles. Et maintenant, ils sont morts. Ils ont disparu, et c'est ce qui serait arrivé à Julian s'il ne s'était pas trouvé à l'avant.

— Et Lucas ? ai-je demandé en commençant à trembler, mes réactions sont comme retardées. Je commence à réaliser que l'avion de Julian s'est écrasé et qu'il a *survécu* à la catastrophe. Comme un chat doté de neuf vies, il a de nouveau vaincu le destin.

— Kent a une jambe cassée et une grave commotion cérébrale. Lui aussi était inconscient quand on l'a retrouvé.

Le soulagement tourbillonne en moi et mes yeux qui brûlaient d'être restés secs s'emplissent tout à coup de larmes. Des larmes de gratitude, des larmes d'une joie si intense qu'il est impossible de la réprimer. J'ai envie de rire et de sangloter à la fois.

Julian est en vie, et celui qui lui avait sauvé la vie aussi.

— Oh, Nora, mon enfant… Le bras grassouillet d'Ana se resserre sur moi tandis que je pleure à chaudes larmes. Tout ira bien maintenant… Tout ira bien…

En tremblant de sanglots que j'essaie d'étouffer, je la laisse me garder un moment dans son étreinte maternelle. Puis je me dégage en souriant à travers mes larmes. Pour la première fois, je crois que tout *ira* bien. Que maintenant le pire est derrière nous !

— Quand décollons-nous ? ai-je demandé à Peter en m'essuyant les joues. Est-ce que l'avion pourra être prêt à partir dans une heure ?

— Décoller ? Il me regarde d'un air bizarre. Nous ne pouvons pas partir, Madame Esguerra. J'ai l'ordre formel de rester dans le domaine et de m'y assurer de votre sécurité.

— Quoi ? Je le regarde avec incrédulité. Mais Julian est blessé ! Il est à l'hôpital, et je suis sa femme…

— Oui, je comprends. Peter reste impassible, les yeux froids et impénétrables quand il me parle. Mais j'ai bien peur qu'Esguerra risque de me tuer si je vous faisais courir le moindre danger.

— Est-ce que vous me dites que je ne peux pas aller voir mon mari qui vient juste d'avoir un accident d'avion ? J'élève la voix en sentant une vague de rage monter brusquement en moi. Que je suis censée rester ici sans rien faire pendant que Julian est sur un lit d'hôpital, qu'il est blessé et qu'il est à l'autre bout du monde ?

Peter ne semble nullement impressionné par mon accès de colère.

— Je vais faire de mon mieux pour organiser une conversation téléphonique sécurisée et peut-être un lien vidéo pour vous, dit-il calmement. Et je vous informerai de l'évolution de son état de santé. À part ça, j'ai peur de ne rien pouvoir faire d'autre pour le moment. Je m'occupe actuellement de renforcer la sécurité autour de l'hôpital où Esguerra et les autres ont été emmenés, j'espère qu'il reviendra sain et sauf et que vous le reverrez bientôt.

Je veux hurler, crier, le contredire, mais je sais que ça ne servira à rien. J'ai autant d'influence sur Peter que je n'en ai sur Julian, c'est-à-dire aucune.

— Bien, ai-je dit en respirant profondément pour me calmer. Vous vous en chargez et je veux être avertie dès qu'il reprend connaissance.

Peter incline la tête.

— Bien sûr Madame Esguerra. Vous en serez immédiatement informée.

CHAPITRE VINGT-TROIS

❖ JULIAN ❖

J'ai d'abord pris conscience des bruits. De petits murmures, des voix de femmes mêlées au rythme des bips. En arrière fonds, un bourdonnement électrique. Auquel s'ajoute une douleur lancinante au front et une forte odeur d'antiseptique dans les narines.

Un hôpital. Je dois être à l'hôpital quelque part.

Je souffre, j'ai l'impression d'avoir mal partout. Instinctivement, j'ouvre d'abord les yeux pour répondre aux questions que je me pose, mais je reste sans bouger et je laisse les souvenirs me revenir.

Nora. La mission. Le vol vers le Tadjikistan. Je revis tout cela, les sensations dont je me souviens sont vives et précises. Je me revois parler avec Lucas dans la cabine de pilotage, puis je sens les secousses de l'appareil. J'entends les grésillements et les sifflements des moteurs et je revis la sensation qu'on a en tombant du ciel en chute libre, la nausée provoquée par l'angoisse. Je suis paralysé par la peur de ces derniers instants quand Lucas essaie de redresser l'avion au-dessus de la cime des arbres pour gagner de précieuses secondes, puis je sens l'impact du crash qui nous fracasse les os.

Après il n'y a plus rien, rien que du noir.

Ç'aurait pu être le noir permanent de la mort, et pourtant je suis en vie. C'est la douleur de mon corps saccagé qui m'en fait prendre conscience.

Tout en continuant à rester immobile, j'examine ma nouvelle situation. Les voix autour de moi, on parle une langue étrangère. Elle ressemble à un mélange de russe et de turc. Sans doute de l'ouzbek, étant donné l'endroit où nous étions quand l'appareil s'est écrasé.

Ce sont deux femmes qui parlent, une conversation banale, presque des commérages. Logiquement, elles doivent être infirmières dans cet hôpital. Je les entends bouger quand elles se mettent à bavarder avec une troisième personne et j'entrouvre avec précaution un œil pour voir où je suis.

C'est une salle triste peinte en vert clair, avec une petite fenêtre sur le mur du fond. Les lampes fluorescentes du plafond font un petit bourdonnement, celui de l'électricité que j'ai déjà remarqué. Je suis branché sur un moniteur et j'ai une intraveineuse au poignet. Je peux voir les infirmières à l'extrémité de la pièce. Elles changent les draps d'un lit vide qui s'y trouve. Un mince rideau sépare ma section de ce lit, mais il est resté ouvert, ce qui me permet de voir toute la pièce.

À part les deux infirmières, je suis seul. Aucun signe de mes hommes. En m'en apercevant, je sens mon pouls s'accélérer d'un coup et je fais de mon mieux pour calmer ma respiration avant qu'elles ne le remarquent. Je veux qu'elles continuent à me croire inconscient. Il ne semble pas y avoir de menace claire, mais tant que j'ignore ce qui est arrivé à l'avion et de quelle manière je suis arrivé ici, je dois rester sur mes gardes.

En repliant avec précaution mes doigts et mes orteils, je referme les yeux et je fais le bilan de mes blessures. Je me sens faible, comme si j'avais perdu beaucoup de sang. La tête me fait mal et je sens un gros bandage sur mon front. Mon bras gauche, qui ne me laisse aucun répit, est immobilisé, comme s'il était plâtré. Par contre, mon bras droit a l'air intact. J'ai mal en respirant, je suppose donc que mes côtes ont dû être atteintes d'une manière ou d'une autre. Par ailleurs, je sens tout le reste de mon corps et la douleur que j'éprouve correspond plutôt à des égratignures et à des contusions qu'à des fractures.

Après quelques minutes, l'une des infirmières s'en va et l'autre se dirige vers mon lit. Je reste immobile et silencieux, faisant toujours semblant d'être inconscient. Elle arrange le drap qui me recouvre puis jette un coup d'œil au bandage qui m'entoure la tête. Je l'entends fredonner doucement quand elle se retourne pour partir et à ce moment-là des pas plus lourds se font entendre dans la pièce.

Une voix d'homme, grave et autoritaire, pose une question en ouzbek.

J'entrouvre les yeux pour jeter un coup d'œil à la porte. Le nouvel arrivant est un homme mince d'âge moyen en uniforme d'officier. Si j'en juge par ses insignes il doit avoir un grade assez élevé.

L'infirmière lui répond d'une voix douce et hésitante, puis l'homme s'approche de mon lit. Je me raidis et je me prépare à me défendre si besoin est malgré la faiblesse de mes muscles. Mais l'homme ne fait ni le geste de s'armer ni celui de me menacer. À la place, il m'examine, avec une étrange curiosité.

Écoutant mon instinct j'ouvre complètement les yeux et je le regarde, le corps encore replié pour attaquer s'il le faut.

— Qui êtes-vous ? ai-je demandé sans préambule, j'ai décidé qu'il vaut mieux être direct. Où suis-je ?

Il semble surpris, mais reprend presque immédiatement toute sa contenance.

— Je suis le colonel Sharipov, et vous êtes à Tachkent, en Ouzbékistan, répond-il en reculant d'un demi-pas. Votre avion s'est écrasé et on vous a amené ici. Son accent est fort, mais son anglais est étonnamment bon. L'ambassade de Russie nous a contactés à votre sujet. Vos employés vont envoyer un autre avion pour venir vous chercher.

Donc il sait qui je suis.

— Où sont mes hommes ? Qu'est-il arrivé à mon avion ?

— Nous continuons d'enquêter sur les causes de l'accident, dit Sharipov dont les yeux se tournent légèrement sur le côté. Pour le moment, ce n'est pas clair…

— Ce sont des conneries. Je chuchote presque. Je sais quand quelqu'un ment, et ce salaud est clairement en train d'essayer de m'enfumer. Vous savez ce qui s'est passé.

Il hésite.

— Je ne suis pas autorisé à parler de l'enquête…

— Votre armée nous a envoyé un missile ? J'utilise mon bras droit pour m'asseoir. Mes côtes s'en ressentent, mais je passe outre la douleur.

Je n'ai peut-être pas plus de forces qu'un nouveau-né, mais ce n'est jamais judicieux de le montrer à l'ennemi. Vous devriez me le dire maintenant parce que d'une façon ou d'une autre je saurai la vérité.

En entendant cette menace implicite, son visage se tend.

— Non, ce n'était pas nous. Pour le moment, il semblerait qu'un de nos lance-missiles ait été engagé, mais personne n'a donné l'ordre d'abattre votre appareil. Nous avions été informés par les Russes que vous traverseriez notre espace aérien et nous avions reçu l'ordre de vous laisser passer.

— Mais vous savez qui est responsable, ai-je observé froidement. Maintenant que je suis assis, je ne me sens plus aussi vulnérable, même si je me sentirais mieux si j'étais armé. Vous savez qui a utilisé le lance-missile.

De nouveau, Sharipov hésite puis admet malgré lui :

— Il est possible que l'un de nos officiers ait reçu un pot-de-vin de la part du gouvernement ukrainien. C'est un scénario que nous examinons en ce moment.

— Je vois. Maintenant, tout s'explique. L'Ukraine a été informée d'une manière ou d'une autre de ma coopération avec les Russes et a décidé de m'éliminer avant que je ne devienne une menace pour elle. *Putain, les salauds !* C'est la raison pour laquelle j'essaie de ne pas prendre parti dans ces conflits mesquins, le prix en est trop élevé, dans tous les sens du terme.

— Nous avons placé quelques soldats à votre étage, dit Sharipov en changeant de sujet. Vous serez en sécurité ici jusqu'à ce que l'envoyé des Russes arrive ici pour vous ramener à Moscou.

— Où sont mes hommes ? Je répète la question que je lui ai déjà posée, et je plisse des yeux en voyant Sharipov détourner une nouvelle fois le regard. Sont-ils ici ?

— Il y en a quatre, admet-il à voix basse en me regardant de nouveau. Malheureusement, les autres ne s'en sont pas tirés.

Je garde mon impassibilité, mais c'est comme si une lame acérée me transperçait les entrailles.

Je devrais y être habitué maintenant, voir les gens mourir autour de moi, mais cela me pèse quand même.

— Qui sont les survivants ? ai-je demandé en m'efforçant de garder une voix ferme. Vous avez leurs noms ?

Il hoche la tête et énumère une liste. À mon soulagement, Lucas Kent y figure. Il a brièvement repris connaissance, explique Sharipov et il nous a aidés à identifier les autres. À part vous, c'est le seul qui n'ait pas été brûlé dans l'explosion.

— Je vois. À mon soulagement succède une rage qui monte lentement. Presque, une cinquantaine de mes meilleurs hommes sont morts. Des hommes avec lesquels je m'entraînais. Des hommes que j'avais appris à connaitre. Tout en assimilant ces nouvelles, je me rends compte qu'il n'y avait qu'un seul moyen pour que le gouvernement ukrainien connaisse mes négociations avec les Russes.

La jolie interprète russe. C'était la seule personne de l'extérieur qui avait eu connaissance de notre conversation.

— J'ai besoin d'un téléphone, ai-je dit à Sharipov en mettant les pieds par terre et en me levant. Mes genoux flageolent un peu, mais mes jambes sont capables de me porter. C'est bon signe. Je vais pouvoir sortir d'ici de mon plein gré.

— J'en ai besoin immédiatement, j'ajoute, quand il me regarde bouche bée, enlever l'intraveineuse avec les dents et débrancher le moniteur branché sur ma poitrine. Évidemment ma chemise d'hôpital et mes pieds nus ont l'air ridicule, mais je m'en fous complètement. J'ai été trahi et je dois réagir.

— Bien sûr, dit-il en se remettant du choc. Il met la main dans sa poche, en sort un portable qu'il me tend. Peter Sokolov voulait vous parler dès que vous reprendriez connaissance.

— Bien. Merci. Avec le téléphone dans la main gauche qui sort du plâtre, je commence à faire le numéro de la main droite. C'est une ligne sécurisée qui emprunte tant de relais qu'il faudrait un hacker de premier ordre pour en retrouver la destination. En entendant les clics habituels et les bips de la communication, je reprends le téléphone de la main droite et je dis à Sharipov :

— Pouvez-vous demander à l'une des infirmières de me procurer des habits classiques. J'en ai assez de porter ça.

Le colonel hoche la tête et sort de la pièce. Une seconde après, Peter est en ligne.

— Esguerra ?

— Oui, c'est moi. Je serre plus fort le téléphone. J'imagine que vous connaissez les nouvelles.

— Oui, je sais ce qui s'est passé. Une pause sur la ligne. Yulia Tzakova vient d'être arrêtée à Moscou. Visiblement, elle avait des contacts que nos amis du Kremlin ignoraient.

Peter s'est donc déjà occupé de ça.

— Oui, ça doit être ça. Ma voix est calme même si je suis fou de rage. Il va sans dire que la mission est annulée. Quand serons-nous rapatriés ?

— L'avion est déjà parti. Il devrait arriver dans quelques heures. J'ai envoyé Golberg au cas où vous auriez besoin d'un médecin.

— Vous avez bien fait. Nous attendons l'avion. Comment va Nora ?

Il y a un bref moment de silence.

— Bien mieux depuis qu'elle sait que vous avez survécu. Dès qu'elle a su ce qui s'était passé, elle a voulu vous rejoindre.

— Mais vous l'en avez empêchée. C'est une affirmation, pas une question. Peter sait bien qu'il vaut mieux ne pas faire ce genre de connerie.

— Oui, évidemment. Voulez-vous la voir ? Je devrais pouvoir obtenir une communication vidéo avec l'hôpital.

— Oui, occupez-vous-en, s'il vous plait. Je préfèrerais vraiment la voir en visuel, mais il faut me contenter de la vidéo pour le moment. Entre-temps, je vais voir Lucas et les autres.

* * *

Comme je suis gêné par mon bras plâtré j'ai du mal à enfiler les vêtements que l'infirmière m'a apportés. Pas de problème avec le pantalon, mais pour la chemise je finis par déchirer la manche gauche pour faire passer le plâtre par l'emmanchure. Mes côtes me font affreusement mal, chaque mouvement me demande d'immenses efforts, mon corps n'a qu'une envie, se recoucher et se reposer. Mais je persiste, et après quelques tentatives j'arrive finalement à m'habiller.

Heureusement, c'est plus facile de marcher. J'arrive à garder un rythme régulier. En sortant de la pièce, je vois les soldats dont Sharipov vient de me parler. Ils sont cinq, tous en treillis et armés de pistolets mitrailleurs. En me voyant sortir dans le couloir, ils font la file derrière moi et me suivent tandis que je me dirige vers l'unité des soins intensifs. En voyant leurs visages impassibles, je me demande s'ils sont là pour me protéger ou protéger quelqu'un d'autre *de moi*. Je n'imagine pas que le gouvernement ouzbek soit ravi d'avoir un trafiquant d'armes dans leur hôpital civil.

Lucas n'y est pas, je vais donc d'abord voir les autres. Comme me l'a dit Sharipov ils ont tous de graves brûlures et les bandages les recouvrent presque tout entiers. Ils sont également sous calmants. Je me dis qu'il faudra penser à transférer un énorme bonus sur le compte bancaire de chacun d'entre eux en guise de compensation, et leur faire rencontrer les meilleurs chirurgiens esthétiques. Ces hommes savaient les risques qu'ils prenaient en venant travailler pour moi, mais je veux quand même m'assurer qu'ils sont correctement soignés.

— Où est le quatrième ? ai-je demandé à l'un des soldats qui m'accompagne et il m'indique une autre pièce.

En y arrivant, je vois que Lucas est endormi. Il n'a pas l'air aussi atteint que les autres, c'est un soulagement. Il pourra rentrer en Colombie avec moi quand l'avion arrivera alors que les grands brûlés devront rester ici au moins quelques jours de plus.

En revenant dans ma chambre, j'y retrouve Sharipov qui pose un ordinateur portable sur le lit.

— On m'a demandé de vous donner ça, dit-il en me le tendant.

— Parfait, merci. Je prends l'ordinateur de la main droite et je m'assieds sur le lit. Ou plutôt je m'effondre sur le lit, mes jambes tremblent de l'effort que j'ai fait en parcourant tous les couloirs de l'hôpital. Heureusement, Sharipov ne s'aperçoit pas de mes gestes maladroits, il se dirige déjà vers la porte.

Dès qu'il est parti, je vais sur internet et je charge un programme destiné à masquer mes activités en ligne. Puis je vais sur un site spécial et j'y entre mon code personnel. Cela fait apparaitre un écran vidéo pour converser en ligne, j'inscris un autre code qui me relit à un ordinateur du domaine.

C'est Peter qui apparait le premier sur l'écran.

— Vous voilà enfin, dit-il, et je vois à l'arrière-plan le salon de ma maison. Nora descend tout de suite.

Un instant plus tard, le petit visage de Nora apparait à son tour.

— Julian ! Oh mon Dieu ! J'ai cru ne jamais te revoir ! Sa voix est pleine des larmes qu'elle a du mal à réprimer et ses joues sont encore mouillées. Mais son sourire est illuminé de joie.

Je lui souris aussi et j'oublie toute ma colère et toutes mes douleurs physiques tellement je suis heureux tout à coup.

— Salut, bébé, comment ça va ?

Elle en reste bouche bée.

— Comment ça va ? Quelle question ! C'est toi qui viens d'échapper à un accident d'avion ! Comment *vas-tu* ? C'est un plâtre à ton bras ?

— On dirait. Je hausse brièvement l'épaule droite. Mais c'est au bras gauche et je suis droitier, donc ce n'est pas grave.

— Et ta tête ?

— Oh, ça ? Je touche l'épais bandage que j'ai autour du front. Je n'en sais rien, mais puisque je peux marcher et parler ça ne doit pas être grave non plus.

Elle secoue la tête et me fixe des yeux avec incrédulité et je lui souris de plus belle. Nora pense sans doute que je joue au dur devant elle. Ma chérie ne comprend pas que ce genre de blessures est insignifiant pour moi ; mon père m'en a infligé de bien pires en me donnant des coups de poing quand j'étais petit.

— Quand reviens-tu à la maison ? demande-t-elle en rapprochant son visage de la caméra. Ses yeux semblent alors immenses, ses longs cils sont encore hérissés de larmes. Tu reviens tout de suite, non ?

— Oui, bien sûr. Je ne risque pas d'aller à la poursuite d'Al-Quadar dans cet état. Je lui désigne mon plâtre. L'avion est déjà parti pour venir nous chercher Lucas et moi, donc je vais te revoir très bientôt.

— J'ai tellement hâte, dit-elle doucement, et ma poitrine se contracte en voyant la vive émotion qu'il y a sur son visage. Un sentiment qui ressemble beaucoup à de la tendresse m'envahit, il accroit l'envie que j'ai de la revoir au point de me faire mal.

— Nora… ai-je commencé avant d'être interrompu par un brusque fracas à l'extérieur. Il est suivi de plusieurs autres, une rafale de bruits que je reconnais immédiatement.

Des coups de feu. Les armes ont des silencieux, mais rien ne peut étouffer le bruit assourdissant d'une mitrailleuse en action.

On entend immédiatement des hurlements et d'autres coups de feu leur répondent. Sans silencieux cette fois. Les soldats qui montent la garde à mon étage doivent répliquer à la menace, quelle qu'elle soit.

En une fraction de seconde, je me suis levé en faisant tomber l'ordinateur. L'adrénaline a jailli dans mon corps, accélérant tout, mais ralentissant ma perception du temps. J'ai l'impression que tout se passe au ralenti, mais je sais qu'il s'agit seulement d'une illusion, c'est mon cerveau qui essaie de faire face à l'intensité du danger.

J'agis d'instinct, mais j'ai aussi des années d'entraînement derrière moi. En un instant, j'examine la pièce et je vois qu'il n'y a nulle part où se cacher. La fenêtre du mur d'en face est trop petite pour que je puisse sortir par-là, même si je voulais prendre le risque de tomber du troisième étage. Il n'y a donc que la porte et le couloir, et c'est de là que viennent les coups de feu.

Je ne prends pas la peine de me demander d'où vient l'attaque. À cet instant précis, c'est sans importance. La seule chose qui compte est de survivre.

Encore des coups de feu, suivis d'un hurlement à l'extérieur. J'entends le bruit sourd d'un corps qui tombe non loin d'ici et je choisis ce moment pour partir.

Je pousse la porte pour l'ouvrir et je me jette dans la direction du bruit lancinant des armes, mon élan me permet de glisser sur le linoléum. Mon plâtre heurte le mur quand je me cogne contre le cadavre d'un soldat, mais je ne me rends pas compte de la douleur. À la place, je le plaque contre moi et j'utilise son corps comme bouclier pour me protéger des balles qui volent autour de moi. En voyant son arme par terre, je l'attrape de la main droite et je commence à tirer au bout du couloir où je vois des hommes masqués et armés accroupis derrière une civière.

Ils sont trop nombreux. Je l'ai déjà compris. Putain, ils sont trop nombreux et je n'ai pas assez de cartouches. Je vois les cadavres gisant dans le couloir, les cinq soldats ouzbeks ont été fauchés ainsi que certains des attaquants masqués, et je sais qu'il est inutile de tirer. Ils m'atteindraient aussi. En fait, je suis surpris de ne pas être déjà criblé de balles, bouclier humain ou pas.

Ils ne veulent pas me tuer.

Je le comprends quand mon arme tire pour la dernière fois en envoyant ses dernières cartouches. Le sol et les murs autour de moi sont en piteux état à cause des tirs, mais je suis intact. Étant donné que je ne crois pas aux miracles, cela signifie que ce n'est pas *moi* qui suis visé par les attaquants.

Ils visent tout autour de moi pour que je reste sur place.

Laissant tomber le cadavre je me relève lentement en continuant de regarder les hommes armés au bout du couloir. Dès que je bouge, les tirs s'arrêtent, et ce silence est assourdissant après tout ce vacarme.

— Que voulez-vous ? J'élève juste assez la voix pour être entendu à l'autre bout du couloir. Que faites-vous ici ?

Un homme se lève derrière la civière, il me vise de son arme en commençant à marcher dans ma direction. Lui aussi porte un masque, mais il me semble que je l'ai déjà vu. Quand il s'arrête à quelques mètres, je vois l'éclat sombre de ses yeux au-dessus du masque et je le reconnais en un éclair.

Majid.

Al-Quadar a dû apprendre que j'étais ici, à leur portée.

Je bouge sans réfléchir. Je tiens toujours la mitrailleuse qui est désormais vide et je me jette sur lui en balançant l'arme comme une batte de base-ball, feignant de la lever très haut avant de l'abaisser d'un coup. Même avec mes blessures mes réflexes sont excellents et l'arme frappe les côtes de Majid avant que je ne me retrouve projeté contre le mur, mon épaule gauche fracassée me fait souffrir le martyre. Mes oreilles résonnent de la détonation tandis que je me laisse glisser au pied du mur et je m'aperçois qu'on vient de me tirer dessus, qu'il a réussi à tirer avant que je ne lui fasse vraiment mal.

J'entends hurler en arabe puis des mains brutales s'emparent de moi et me traînent sur le sol. Je me débats de toutes mes forces, mais je sens que mon corps va renoncer et mon cœur peine à pomper ce qui lui reste de sang. Quelqu'un m'appuie sur l'épaule, ce qui rend la douleur encore plus insupportable, et je ne vois plus que des taches noires.

Ma dernière pensée avant de perdre connaissance c'est que la mort serait sans doute préférable à ce qui m'attend si je survis.

CHAPITRE VINGT-QUATRE

❖ NORA ❖

Je ne me rends pas compte de mes hurlements avant qu'une main ne vienne se plaquer sur ma bouche pour étouffer mes cris hystériques.

— Nora, Nora, arrêtez ! La voix calme de Peter m'arrache au tourbillon de l'horreur et me ramène à la réalité. Calmez-vous et dites-moi exactement ce que vous avez vu. Pouvez-vous vous calmer et me parler ?

Je parviens à lui faire un petit signe de tête et il me relâche puis recule de quelques pas. Du coin de l'œil, je vois Rosa et Ana qui sont tout près aussi. Ana serre les mains sur sa bouche, des larmes coulent à nouveau sur ses joues, Rosa a l'air terrifiée et bouleversée.

— Je n'ai rien… J'ai du mal à le dire, ma gorge est gonflée. Je n'ai rien *vu*. J'ai seulement entendu quelque chose. On se parlait, et brusquement il y a eu des coups de feu et… et des hurlements, et puis encore des coups de feu. Julian… Ma voix se brise en disant son nom. Julian a dû laisser tomber l'ordinateur parce que tout était sens dessus dessous sur l'écran, et puis, je n'ai plus rien vu sauf le mur, mais j'ai entendu les coups de feu, les hurlements, encore des coups de feu… Je m'aperçois que je sanglote et je ne peux m'arrêter que lorsque Peter me prend par l'épaule et m'emmène doucement vers le canapé.

Il m'oblige à m'asseoir et je me mets à trembler, c'est la scène terrifiante à laquelle je viens d'assister qui s'ajoute à mes souvenirs d'il y a quelques mois quand j'ai été enlevée par Al-Quadar aux Philippines. Pendant un moment d'horreur, le passé vient rejoindre le présent et je me retrouve à la clinique, j'entends ces coups de feu et la peur est si intense que mon cerveau renonce à réagir. Mais cette fois, ce n'est plus Beth et moi qui sommes en danger.

C'est Julian.

Ils sont venus le chercher, et je sais exactement qui *ils* sont.

— C'est Al-Quadar. En me levant, ma voix est rauque, mais je passe outre les tremblements qui continuent de me parcourir le corps. Peter, c'est Al-Quadar.

Il hoche la tête, il pense la même chose, et je le vois déjà au téléphone.

— Da. Da, eto ya, dit-il. Je comprends que c'est du russe. V gospitale problema. Da, seychas-zhe. Il laisse le téléphone et me dit : Je viens juste de prévenir la police ouzbek de ce qui s'est passé à l'hôpital. Ils y vont, d'autres soldats aussi. Ils y seront dans quelques minutes.

— Mais ça sera trop tard. Je ne sais pas pourquoi j'en suis si sûre, mais je le sens dans la moelle de mes os. Ils se sont emparés de lui, Peter. S'il n'est pas déjà mort, ça ne saurait tarder.

Il me regarde, et je vois qu'il le sait aussi, qu'il sait à quel point toute la situation est désespérée. On a affaire à l'une des plus dangereuses organisations terroristes au monde, et ils ont entre les mains celui qui les a traqués et qui a décimé leurs rangs.

— Nous allons les retrouver, Nora, dit calmement Peter. S'ils ne l'ont pas encore tué, il y a peut-être encore une chance de le libérer.

— Vous n'y croyez pas vraiment. Je peux le voir sur son visage. Il ne le dit que pour me calmer. Les troupes de Majid ont pu se cacher pendant des mois, et seule l'arrestation fortuite de ce terroriste à Moscou a permis de découvrir leur cachette. Ils vont de nouveau disparaître, aller se cacher ailleurs maintenant qu'ils savent qu'ils ne sont plus en sécurité au Tadjikistan.

Ils vont disparaître, et Julian aussi.

Peter me regarde d'un air impénétrable.

— Peu importe ce que je pense. Toujours est-il qu'ils veulent obtenir quelque chose de votre mari : les explosifs. C'est ce qu'ils voulaient avant et je suis certain que c'est toujours ce qu'ils veulent. Ils seraient vraiment stupides de leur part de le tuer tout de suite.

— Vous croyez qu'ils vont d'abord le torturer. J'ai la nausée en me souvenant des hurlements de Beth, du sang qui jaillissait partout quand Majid l'avait soigneusement démembrée. Oh, mon Dieu, vous croyez qu'ils vont le torturer jusqu'à ce qu'il n'en puisse plus et qu'il leur donne l'explosif.

— Oui, dit Peter en me fixant de ses yeux gris tandis qu'Ana commence à sangloter en silence sur l'épaule de Rosa. Oui, c'est ce que je crois, et ça nous donne du temps pour les retrouver.

— Pas assez. Je le regarde fixement à mon tour, malade de terreur. Vraiment pas assez, Peter, ils vont le torturer et le tuer pendant que nous sommes à leur recherche.

— Nous n'en savons rien, dit-il en reprenant son téléphone. Je vais y consacrer toutes nos ressources. S'il y a le moindre bip d'Al-Quadar quelque part sur un radar, nous le saurons.

— Mais ça va prendre des semaines, peut-être des mois ! J'élève la voix, de nouveau en proie à l'hystérie. Je suis sur le point de devenir folle, ça fait deux jours que je passe du chagrin à la joie et à la terreur, de vraies montagnes russes, et maintenant je m'enfonce dans un abîme de désespoir. C'était seulement hier que je croyais avoir perdu Julian pour toujours avant d'apprendre qu'il était finalement en vie. Et maintenant, alors que le pire semble être derrière nous, le destin vient de nous infliger le plus cruel des coups.

Les monstres qui ont assassiné Beth vont aussi me prendre Julian.

— C'est notre seule option, Nora. La voix de Peter est apaisante, comme s'il parlait à un enfant grognon. Il n'y a pas d'autre solution. Esguerra est résistant. Il pourra sans doute tenir un certain temps, quoi qu'ils lui fassent.

Je respire profondément pour essayer de retrouver le contrôle de moi-même. Je pourrai m'effondrer plus tard, quand je serai seule.

— Personne n'est assez résistant pour supporter une torture continuelle. Je parle presque calmement. Vous le savez.

Peter incline la tête, il me le concède. D'après ce que j'ai entendu dire de ses compétences particulières, il connait mieux que personne l'efficacité de la torture. En le regardant, une idée me vient en tête, une idée à laquelle je n'aurais jamais prêté attention avant.

— Le terroriste qu'on a arrêté, ai-je dit lentement en continuant à fixer Peter des yeux, où se trouve-t-il maintenant ?

— On est censé le remettre sous notre garde, mais pour le moment il est encore à Moscou.

— Vous pensez qu'il sait quelque chose ? Je tords la main dans la jupe de ma robe en regardant fixement le principal bourreau au service de Julian. Quelque chose en moi n'arrive pas à croire que je vais lui poser cette question, mais ma voix reste ferme quand je lui demande : Vous croyez que vous pourriez le faire parler ?

— Oui, j'en suis certain, dit lentement Peter en me regardant avec une expression qui semble empreinte de respect. J'ignore s'il sait quelle sera leur prochaine destination, mais on peut toujours essayer. Je vais tout de suite partir à Moscou et voir ce que je peux y apprendre.

— Je viens avec vous.

Il réagit instantanément.

— Non, ce n'est pas possible, dit-il en fronçant les sourcils. Les ordres que j'ai reçus sont formels, vous devez rester ici en sécurité, Nora.

— Votre patron vient d'être fait prisonnier, on va le torturer et le tuer. Je lui parle d'une voix dure et mordante en insistant sur chaque syllabe. Et vous croyez que la priorité en ce moment c'est ma sécurité ? Maintenant que Julian est entre leurs mains, vos ordres n'ont plus lieu d'être. Ils n'ont plus besoin de moi pour faire pression sur lui.

— Au contraire, ils aimeraient beaucoup vous avoir pour faire pression sur lui. Ils pourraient en venir à bout beaucoup plus vite si vous étiez aussi entre leurs mains. Peter secoue la tête, il a une expression de regret sur le visage, mais il reste déterminé. Je suis navré, Nora, mais vous devez rester ici. Si nous réussissons à sauver votre mari, il sera très mécontent d'apprendre que je vous ai permis de prendre des risques.

Je me détourne en tremblant, la terreur se mêle maintenant à la frustration, elles s'alimentent mutuellement et il me semble que je vais exploser. Je me sens impuissante. Et totalement, absolument inutile. Quand on m'a enlevée, Julian est venu à ma rescousse. Il m'a délivrée, mais je ne peux pas en faire autant pour lui.

Je ne peux même pas sortir du domaine.

— Nora… C'est Rosa. Je sens son bras se poser sur mon épaule tandis que je regarde sans rien voir par la fenêtre et que mon esprit se heurte à des culs-de-sac comme un rat dans un labyrinthe. Nora, s'il vous plait… Venez, on va vous donner quelque chose à manger…

Je secoue la tête pour refuser sèchement et je retire le bras, les yeux toujours sur le vert de la pelouse. Il y a quelque chose qui me titille l'esprit, une pensée vague, à demi formulée que je n'arrive pas encore à saisir. Quelque chose qu'a dit Peter, qu'il a mentionné en passant… Je l'entends quitter la pièce, ses pas discrets dans le couloir, et tout à coup je sais ce que c'est.

Je fais volte-face et je lui cours après sans prêter attention à la surprise sur le visage de Rosa quand je la bouscule et l'écarte du chemin.

— Peter ! Peter ! Attendez !

Il s'arrête dans le couloir et me regarde froidement quand je m'arrête pile à côté de lui.

— Qu'est-ce qu'il y a ?

— Je sais ! ai-je dit en haletant, je sais exactement ce qu'il faut faire. Je sais comment libérer Julian.

Il reste impassible.

— Qu'est-ce que vous racontez ?

Je respire tant bien que mal et je commence à lui expliquer mon plan en parlant si vite que j'en bafouille. Je le vois secouer la tête pendant que je parle, mais je continue quand même, je n'ai jamais eu l'impression que le temps m'était compté à ce point. Je dois convaincre Peter que j'ai raison. La vie de Julian en dépend.

— Non, dit-il quand j'ai fini. C'est de la folie. Julian me tuerait…

— Mais s'il vous tue, ça veut dire qu'il est *en vie*. Je lui ai coupé la parole. Il n'y a pas d'autre solution. Vous le savez aussi bien que moi.

Il secoue encore la tête et il me regarde avec un air de regret vraiment sincère.

— Je suis navré, Nora…

— Je vous donnerai la liste, ai-je lâché en jouant ma dernière carte. Si vous le faites, je vous donnerai la liste de noms avant que les trois ans soient écoulés. Julian vous la donnera dès qu'il mettra la main dessus.

Peter me fixe des yeux, pour la première fois son visage change d'expression.

— Vous avez entendu parler de la liste ? demande-t-il. Sa voix tremble d'une telle colère que je dois lutter contre le désir de reculer. La liste que m'a promise Esguerra ?

Je hoche la tête.

— Oui. Dans n'importe quelle autre circonstance, j'aurais bien trop peur de provoquer un tel homme, mais en ce moment je suis au-delà de la peur. Je suis désormais poussée par une témérité née du désespoir qui me donne un courage inhabituel. Et je sais que si Julian meurt vous n'aurez pas cette liste, ai-je continué en insistant. Vous aurez travaillé pour lui pendant tout ce temps pour rien. Vous ne pourrez jamais vous venger de ceux qui ont tué votre famille.

Son impassibilité a complètement disparu, son visage est déformé par une rage folle.

— Vous ne savez rien de ma famille, merde ! hurle-t-il, et cette fois je recule d'un pas, mon instinct de conservation s'est réveillé tardivement en le voyant serrer les poings. Putain, vous osez me provoquer en me parlant d'elle ?

Il s'avance vers moi et je recule encore, le cœur battant. Alors il donne un violent coup de poing dans le mur et son bras passe à travers. En tressaillant, je bondis en arrière et il donne un nouveau coup de poing dans le mur contre lequel il exerce une agressivité qui est évidemment dirigée contre moi.

— Peter… Je parle lentement et d'une voix apaisante, comme si je m'adressais à une bête sauvage. Je vois Rosa et Ana dans l'embrasure de la porte, elles ont l'air terrifiées et j'essaie de calmer le jeu. Peter, je ne cherche pas à vous provoquer, je décris seulement la situation telle qu'elle est. Je veux vous aider, mais il faut d'abord que vous m'aidiez.

Il me regarde, haletant de rage, et je le vois lutter pour se maîtriser. Je tremble de l'intérieur, mais je continue de le regarder calmement. *Quoiqu'il arrive, ne montre pas ta peur.* À mon immense soulagement, il commence à respirer moins vite, la rage qui tord ses traits se calme, il revient de l'horreur dans laquelle il était plongé.

— Je suis navré, dit-il après quelques instants, la voix tendue. Je n'aurais pas dû réagir comme ça. Il respire profondément plusieurs fois de suite et je vois son masque habituel reprendre sa place. Comment puis-je savoir que vous tiendrez votre promesse pour cette liste ?

demande-t-il d'une voix plus normale, sa colère semble avoir disparu. Vous me demandez de faire quelque chose qui déplaira profondément à Esguerra. Comment puis-je savoir qu'il me donnera cette liste si je fais ça ?

— Je l'y obligerai. Je ne sais pas comment je m'y prendrai pour *obliger* Julian à faire quelque chose, mais je ne laisse aucun doute transparaître. Je vous le jure, Peter. Aidez-moi et vous pourrez vous venger avant que les trois ans se soient écoulés.

Il me fixe des yeux et je peux pratiquement voir qu'il pèse le pour et le contre. Il sait que mes arguments sont justes. S'il fait ce que je lui demande, il a une chance d'avoir la liste plus vite. Si Julian meurt, il ne l'aura jamais.

— Entendu, dit-il, ayant visiblement pris sa décision. Allez-vous préparer. Nous partons dans une heure.

* * *

Quand nous atterrissons dans un petit aéroport proche de Chicago, il y a une épaisse couche de neige sur le sol et je suis contente d'avoir mis mes vieilles bottines. C'est déjà le soir et le vent est terriblement froid, il transperce mon manteau. Mais je m'en aperçois à peine, toutes mes pensées se concentrent sur l'épreuve à affronter.

Il n'y a pas de voiture blindée pour nous accueillir. Il ne faut pas attirer l'attention sur notre arrivée. Peter m'appelle un taxi et je m'assieds seule sur le siège arrière tandis qu'il retourne vers l'avion.

Le chauffeur, un homme gentil d'âge moyen, essaie de lier conversation avec moi pour essayer de savoir qui je suis. Je suis sûre qu'il pense que je suis une personnalité quelconque puisque je suis arrivée en jet privé. Je réponds à toutes ses questions par des monosyllabes et il comprend vite que je souhaite qu'il me laisse tranquille. Le reste du trajet se passe en silence, je regarde la route dans l'obscurité de la nuit. Le stress et le décalage horaire font battre mon cœur plus vite que d'habitude et j'ai la nausée. Si je ne m'étais forcée à manger un sandwich dans l'avion je me serais sans doute évanouie tant je suis épuisée.

Quand nous arrivons à Oak Lawn, j'explique au chauffeur où se trouve la maison de mes parents. Ils ne savent pas que je suis là, mais ça vaut mieux. La situation sera plus crédible, elle risque moins de sentir la manigance.

Le chauffeur m'aide à prendre la petite valise que j'ai emportée et je le paie en lui donnant un pourboire de vingt dollars pour m'excuser d'avoir été impolie avec lui au début. Il s'en va, et je fais rouler la valise jusqu'à la porte de la maison de mon enfance.

Devant la familière porte marron, j'appuie sur la sonnette. Je sais que mes parents sont chez eux parce que je vois de la lumière dans le salon. Ils mettent deux ou trois minutes à venir à la porte, des minutes qui me semblent des heures tant je suis épuisée.

— Salut, maman, ai-je dit d'une voix tremblante. Je peux entrer ?

CHAPITRE VINGT-CINQ

❖ JULIAN ❖

D'abord, il n'y a que l'obscurité et la douleur. Une douleur déchirante. Une douleur qui me met en pièces. L'obscurité est moins pénible. Moins douloureuse, c'est seulement l'oubli. Mais je hais le vide qui me consume tandis que je suis dans cet abîme de ténèbres. Je hais la vacuité de cette mort vivante. Au fil du temps, j'ai même envie de souffrir parce que c'est le contraire de la vacuité, parce que sentir quelque chose vaut mieux que ne rien sentir.

Progressivement, le vide et l'obscurité reculent, ils ont moins prise sur moi. Et maintenant, avec la souffrance reviennent les souvenirs. Des bons et des mauvais, ils arrivent par vague. Le doux sourire de ma mère quand elle me lisait une histoire avant de m'endormir. La voix dure de mon père et ses poings plus durs encore. Courir dans la jungle à la poursuite d'un papillon bariolé, aussi heureux et aussi insouciant que peut l'être un enfant. La première fois que j'ai tué quelqu'un toujours dans la jungle. Jouer avec Lola, ma chatte, puis pêcher et rire avec une jeune fille de douze ans aux yeux brillants, Maria…

Le corps meurtri et violenté de Maria, sa légèreté et son innocence détruites pour toujours.

Du sang sur mes mains, la satisfaction d'entendre hurler les meurtriers. Manger des sushis dans le meilleur restaurant de Tokyo. Des mouches qui volent sur le cadavre de ma mère. La griserie d'obtenir mon premier contrat, l'attrait de l'argent qui rentre à flots. Encore la mort et la violence. La mort que j'ai infligée, la mort dont je me délecte.

Et puis il y a *elle.*

Ma chère Nora. La jeune fille que j'ai enlevée parce qu'elle me rappelait Maria.

Celle qui est désormais ma raison d'être. C'est l'image que je garde à l'esprit, laissant toutes les autres s'évanouir à l'arrière-plan. Je ne veux penser qu'à elle, ne me concentrer que sur elle. Elle fait disparaître la peine, elle fait disparaître les ténèbres. Je l'ai peut-être fait souffrir, mais elle m'a donné le seul bonheur que j'ai connu depuis l'enfance.

Tandis que le temps passe lentement je prends conscience d'autres choses. En plus de la douleur, il y a des bruits et des sensations. J'entends des voix, et je sens une brise fraîche sur mon visage. Mon épaule gauche me brûle, mon bras cassé m'élance et je meurs de soif. Mais j'ai l'impression d'être en vie.

Je bouge les doigts pour vérifier que c'est vrai. Oui, en vie. Presque trop affaibli pour bouger, mais en vie.

Putain ! D'autres souvenirs m'envahissent, et avant d'ouvrir les yeux je me souviens où je suis et je me dis que je n'aurais sans doute pas dû lutter contre l'obscurité. L'oubli aurait mieux valu.

— Bienvenue ! dit doucement une voix d'homme et j'ouvre les yeux pour voir le visage souriant de Majid penché sur moi. Tu as perdu connaissance assez longtemps comme ça. Il est temps pour nous de commencer.

* * *

Ils me traînent sur un sol dur en ciment, j'ai l'impression d'être sur un chantier. Apparemment quand ça sera fini ça sera une usine, et la pièce dans laquelle ils m'emmènent n'a pas de fenêtre, seulement une porte. Je pense résister, mais mes blessures m'affaiblissent tant que je n'ai aucune chance de réussir, je décide donc de prendre mon mal en patience et de conserver mon peu de forces. J'imagine que j'en aurai besoin pour faire face à ce qu'ils me préparent.

Ils commencent par me déshabiller entièrement, et m'attacher avec une corde qu'ils nouent à une poutre du plafond en construction. Ils font preuve de brutalité et cassent le plâtre de mon bras gauche en me ligotant les poignets et en me passant les bras au-dessus de la tête. La souffrance atroce de mon bras cassé et de mon épaule est telle que je m'évanouis et je ne reprends connaissance que quand ils me jettent de l'eau glacée au visage.

D'une certaine manière, j'admire leurs méthodes. Ils savent ce qu'ils font. En déshabillant quelqu'un, on le rend tout de suite plus vulnérable. S'il a froid et qu'il est faible et blessé, il est déjà désavantagé, l'esprit aussi atteint que le corps. Ils commencent bien. Si je n'avais pas infligé la même chose à d'autres, je serais déjà en train d'implorer sans demander mon reste.

Dans l'état actuel des choses, mon corps est prêt à jouer le tout pour le tout. Savoir la mort si proche, ou en tout cas une douleur insupportable, accélère mes battements de cœur à un rythme épouvantable. Je ne veux pas leur donner la satisfaction de me voir trembler, mais je sens de petits frissons sur la peau, c'est à la fois l'eau froide qu'ils m'ont jetée dans une pièce déjà glacée et un surplus d'adrénaline. Ils m'ont attaché si haut que seule la pointe de mes pieds touche le sol, et comme l'essentiel de mon poids est porté par mes poignets ligotés mon bras cassé et mon épaule me font déjà horriblement mal.

Tandis que je suis pendu comme ça en essayant de respirer malgré la souffrance, Majid s'approche de moi avec un sourire de satisfaction sur le visage.

— Eh bien, n'est-ce pas Esguerra en personne ? dit-il d'une voix traînante. Son accent anglais sonne comme celui d'un James Bond du Moyen-Orient. Comme c'est aimable de ta part de rendre visite à notre région.

Je ne dis rien, je me contente de le regarder avec mépris, je sais que ça l'irritera plus que tout. Je sais ce qu'il va exiger et je n'ai aucune intention de le lui accorder, étant donné que de toute façon il va me tuer de la manière la plus cruelle possible.

Comme prévu, mon absence de réaction l'exaspère. Je vois ses yeux briller de rage. Majid Ben-Harid se délecte de la peur et du malheur d'autrui. Je le comprends parce que je suis pareil. Et parce que nous sommes tellement semblables l'un à l'autre, je sais comment gâcher son plaisir.

Il va me torturer, mais il n'y trouvera pas autant de plaisir qu'il se l'imagine.

Je ne le laisserai pas faire.

C'est une piètre consolation étant donné que je vais mourir sous la torture, mais c'est tout ce qu'il me reste.

Majid cesse de sourire et s'avance vers moi.

— Je vois que tu n'es pas d'humeur à bavarder, dit-il en approchant un gros couteau de boucher près de mon visage. Alors, allons droit au fait. Il passe la lame le long de ma joue, la coupant juste assez pour la faire saigner goutte à goutte jusqu'au menton. Tu m'indiques où se trouve ton usine d'explosifs, ainsi que les détails de son dispositif de sécurité et je… Il se penche si près de moi que je vois le noir de ses pupilles dans l'iris marron comme la boue de ses yeux. Je te donnerai une mort rapide. Sinon… eh bien, je suis sûr que je n'ai pas besoin d'entrer dans les détails. Qu'en dis-tu ? Tu veux nous faciliter la tâche ou pas ? De toute façon, le résultat sera le même.

Je ne réagis pas et je ne bronche pas non plus, même quand la lame continue d'avancer cruellement et de me couper le cou, la poitrine et le ventre et laisse une traînée sanglante partout où elle me touche la peau.

Peu importe mon choix, Majid n'a pas l'intention de tenir les promesses qu'il me fera. Il n'a pas l'intention de me donner une mort rapide, même si je lui offre le système explosif sur un plateau. J'ai infligé trop de dégâts à Al-Quadar depuis ces derniers mois, déjoué trop souvent leurs plans. Dès que je lui donnerai ce qu'il veut, il me dépècera de la manière la plus cruelle possible, ne serait-ce que pour montrer à ses troupes quel châtiment il réserve à ceux qui s'opposent à lui.

En tout cas, c'est ce que je ferais à sa place.

Le couteau s'arrête juste sous mes côtes, sa pointe acérée s'enfonce dans ma chair et je vois les yeux de Majid briller d'une joie malfaisante.

— Eh bien ? murmure-t-il en appuyant un peu plus. On joue ou pas, Esguerra ? Je peux commencer par prélever quelques organes, rien que pour que ça soit plus profitable pour nous, ou si tu préfères je peux commencer plus bas, à l'endroit préféré de ta femme...

Je réprime un désir masculin instinctif de frissonner à ce moment-là et je garde mon calme, je semble presque amusé. Je sais qu'il ne va rien m'infliger de trop grave au début, parce que dans ce cas j'aurai tout de suite une hémorragie. J'ai déjà perdu trop de sang, il ne m'en faudrait pas beaucoup pour m'achever. La dernière chose que souhaite Majid c'est de se priver d'une victime consciente. S'il veut sérieusement cet explosif, il devra commencer avec modération et accroitre sa brutalité comme il vient de m'en menacer.

— Allez-y, ai-je dit froidement, faites de votre mieux.

Et en le regardant avec un sourire moqueur, j'attends le début de la torture.

CHAPITRE VINGT-SIX

❖ NORA ❖

Le soir de mon arrivée chez mes parents, se passe à pleurer, à s'embrasser et à répondre à des questions sur ce qu'il s'est passé et comment j'ai réussi à revenir.

Autant que possible, je dis la vérité à mes parents, je leur explique que l'avion de Julian s'est écrasé en Ouzbékistan et qu'il a été fait prisonnier par le groupe terroriste contre lequel il combattait. Tout en parlant, je les vois lutter contre le choc et l'incrédulité. Le terrorisme et les avions abattus par des missiles sont tellement loin de leur vie habituelle que je sais que c'est difficile pour eux de comprendre. Pour moi aussi, autrefois.

— Oh, Nora, ma chérie… Ma mère me parle d'une voix douce, pleine de sympathie. Je suis vraiment navrée… Je sais que tu l'aimes, malgré tout. Est-ce que tu sais ce qui se passe en ce moment ?

Je hoche la tête en essayant de ne pas regarder mon père. Il pense que ce sont de bonnes nouvelles ; je le vois sur son visage. Il est soulagé que je sois débarrassée d'un homme qu'il considère comme mon bourreau. Je suis certaine qu'ils pensent tous les deux que Julian mérite son sort, mais au moins ma mère essaie d'être compréhensive. Par contre, mon père a du mal à cacher sa satisfaction de voir le tour que prennent les évènements.

— Eh bien, quoi qu'il en soit, je suis contente que tu sois revenue à la maison. Ma mère me prend la main. Quand elle me regarde, ses yeux sombres sont pleins de larmes fraîchement versées. Nous sommes là pour toi, ma chérie, tu le sais, n'est-ce pas ?

— Oui, maman, ai-je murmuré, le cœur gros. C'est pour ça que je suis revenue. Parce que vous me manquez… et parce que je ne pouvais pas rester seule dans le domaine.

C'est vrai, mais ce n'est pas la seule raison pour laquelle je suis ici. Je ne peux pas dire à mes parents la vraie raison.

S'ils savaient que je suis revenue pour me faire kidnapper par Al-Quadar ils ne me le pardonneraient jamais.

* * *

Malgré mon épuisement, j'ai à peine dormi cette nuit. Je sais qu'Al-Quadar ne va pas immédiatement s'apercevoir de ma présence à Chicago, mais je suis pleine d'appréhension, de nervosité, et d'impatience. Chaque fois que je suis sur le point de m'assoupir, j'ai des cauchemars, et ce n'est plus Beth qui est coupée en morceaux, c'est Julian. Ces images sanglantes sont si réelles que j'ai la nausée en me réveillant, je tremble, et mes draps sont trempés de sueur. Finalement, je renonce une bonne fois pour toutes à dormir et je sors mon matériel de peinture de ma valise. J'espère qu'en peignant je ne penserai plus que mes cauchemars risquent de se réaliser en ce moment même dans une cachette d'Al-Quadar à des milliers de kilomètres d'ici.

Quand la lumière du soleil pénètre dans ma chambre, je m'arrête pour examiner ce que j'ai fait. D'abord, on a l'impression que c'est abstrait, rien que des volutes rouges, noires et brunes, mais y regardant de plus près, on voit quelque chose d'autre. Toutes ces formes sont des visages et des corps entrelacés dans un paroxysme d'extase et de violence. Les visages révèlent autant la douleur que le plaisir, le désir que le tourment.

C'est probablement ce que j'ai fait de mieux jusqu'ici, et ça me déplait profondément.

Ça me déplait profondément parce que cela me montre à quel point j'ai changé. Et le peu qu'il reste de celle que j'étais.

— Oh la la, ma chérie, c'est extraordinaire... La voix de ma mère m'arrache à ma rêverie et je me retourne pour la voir sur le seuil de la porte, elle regarde mon tableau avec une sincère admiration. Ton maître de dessin français doit être vraiment bon.

— Oui, Monsieur Bernard est excellent, ai-je répondu en essayant de ne pas laisser paraître la lassitude dans ma voix. Je suis si fatiguée que je voudrais m'effondrer, mais ce n'est pas possible en ce moment.

— Tu n'as pas bien dormi, c'est ça ? Ma mère plisse le front, elle a l'air inquiet et je sais que je ne suis pas parvenue à lui cacher ma fatigue. Tu pensais à lui ?

— Bien sûr que oui. Une bouffée de colère durcit ma voix. C'est mon mari, tu sais.

Elle cligne des yeux, visiblement prise de cours et je regrette immédiatement la dureté de mon ton. Ce n'est pas la faute de ma mère si je suis dans cette situation ; s'il y a quelqu'un qui n'a rien à se reprocher, ce sont bien mes parents. Ils ne méritent vraiment pas ma mauvaise humeur... surtout quand je pense que mon projet va les angoisser encore plus.

— Je suis navrée maman, fais-je en allant la prendre dans mes bras. Ce n'est pas ce que je voulais dire.

— Je t'en prie, ma chérie. Elle me caresse les cheveux avec tant de gentillesse pour me réconforter que j'ai envie de pleurer. Je comprends.

Je hoche la tête tout en sachant qu'elle ne peut pas comprendre à quel point je suis stressée. Ce n'est pas possible, puisqu'elle ne sait pas ce à quoi je m'attends.

Je m'attends à être enlevée par les monstres qui se sont emparés de Julian.

J'attends qu'Al-Quadar morde à l'hameçon.

* * *

La matinée traîne en longueur. C'est samedi, et mes parents restent tous les deux à la maison. Ils en sont contents, mais pas moi. Je préférerais qu'ils soient au travail aujourd'hui. Je veux être seule, si, non, *quand* les cinglés de Majid arriveront. J'étais relativement en sécurité pendant la nuit, Al-Quadar a besoin de temps pour mettre son plan en action, mais maintenant c'est le matin. Je ne veux pas que mes parents soient dans les parages. Le dispositif de sécurité que Julian a mis en place les protégerait, mais ces gardes du corps interviendraient pour empêcher mon enlèvement et c'est la dernière chose que je souhaite.

— Faire des courses ? Mon père me regarde d'un air bizarre quand je lui annonce mon intention d'aller dans les magasins après le petit déjeuner. Tu en es sûre, chérie ? Tu viens seulement d'arrivée et avec tout ce qui se passe en ce moment…

— Papa, ça fait des mois que je suis loin de tout. Je le regarde d'un air de dire « C'est quelque chose que les hommes ne peuvent pas comprendre ». Tu ne te rends pas compte de ce que c'est pour une fille. Voyant qu'il n'est pas convaincu, j'ajoute : Sérieusement, papa, j'ai besoin de me changer les idées.

— Elle a raison, chantonne ma mère. Et elle se tourne vers moi avec un clin d'œil complice en disant à mon père : rien de tel que de faire des courses pour qu'une femme se change les idées. J'irai avec Nora, ça sera exactement comme au bon vieux temps.

Mon cœur s'est serré. Ma mère ne peut pas venir avec moi puisque l'essentiel est d'éloigner mes parents d'un éventuel danger.

— Oh, je suis désolée, maman, ai-je dit à regret, mais j'ai déjà donné rendez-vous à Leah. Ce sont les vacances de Pâques, tu sais, et elle est rentrée chez elle. J'avais vu un message qui l'indiquait sur Facebook le matin même, ce n'est donc qu'un demi-mensonge. C'est vrai que mon amie est à Chicago, tout simplement je n'avais pas l'intention de la voir aujourd'hui.

— Bon, d'accord. Ma mère semble triste un instant, mais elle retrouve toute sa contenance et me sourit gaiement. Ne t'inquiète pas ma chérie, nous te verrons après ton rendez-vous avec tes amis. Je suis contente que tu te changes les idées comme ça. C'est vraiment une bonne idée…

Mon père continue d'avoir l'air soupçonneux, mais il n'a pas son mot à dire. Je suis adulte et je n'ai pas à demander la permission à mes parents.

Dès que le petit déjeuner est terminé je les embrasse et je vais à l'arrêt du bus rue 95 pour aller au centre commercial de Chicago Ridge.

* * *

Allez, enlevez-moi tout de suite. Putain, enlevez-moi tout de suite.

J'ai erré pendant des heures dans le centre commercial et je suis agacée de constater que Al-Quadar n'a toujours pas donné signe de vie. Ou bien ils ignorent que je suis ici, ou bien je ne compte plus pour eux maintenant qu'ils ont mis la main sur Julian.

Je refuse de croire cette dernière hypothèse, parce que si c'est vrai, autant dire que Julian est mort.

Il faut que mon plan réussisse. Il n'y a pas d'autre alternative. C'est juste que Majid a besoin de davantage de temps. Du temps pour s'apercevoir que je suis seule ici, sans protection, et qu'ils peuvent facilement se servir de moi pour forcer Julian à leur donner ce qu'ils veulent.

— Nora ? Merde alors, Nora, c'est toi ? Une voix familière me surprend dans mes pensées et je me retourne pour voir mon amie Leah, bouche bée sous la stupéfaction.

— Leah ! Pendant une seconde, j'oublie le danger et j'embrasse celle qui a été ma meilleure amie pendant si longtemps. Je ne savais pas que tu étais là ! Et c'est vrai, malgré le mensonge que j'ai fait à mes parents ce matin, je ne m'attendais pas à rencontrer Leah comme ça. Pourtant, rétrospectivement, j'aurais pu m'y attendre puisque nous allions dans ce centre commercial presque tous les week-ends quand nous étions plus jeunes.

— Mais qu'est-ce que tu fais là ? me demande-t-elle une fois que nous nous sommes embrassées. Je croyais que tu étais en Colombie !

— J'y étais… je veux dire, j'y suis. Après les premières minutes de surprise, je m'aperçois que je pourrais compromettre la sécurité de Leah. Je ne veux surtout pas que mon amie souffre à cause de moi. Je suis seulement venue pour une petite visite, lui ai-je expliqué en hâte en regard d'un air inquiet autour de moi. Tout semble normal et je poursuis donc : Je suis désolée de ne pas t'avoir dit que j'étais rentrée, mais les évènements se sont précipités, et tu sais ce que c'est…

— Bien sûr, tu dois être très occupée avec ton nouveau mari, etc., dit-elle lentement. Je sens grandir la distance entre nous bien que nous n'ayons pas bougé d'un centimètre. Nous ne nous sommes pas parlé depuis que je lui ai annoncé mon mariage, seulement échangé de brefs mails, et je vois qu'elle continue à penser que j'ai perdu la tête… et qu'elle ne comprend plus celle que je suis devenue.

Je ne lui en veux pas. Quelquefois moi non plus je ne comprends pas cette personne.

— Leah, bébé, te voilà donc ! Une voix d'homme interrompt notre conversation, et mon cœur sursaute quand une silhouette que je connais bien s'approche de Leah par-derrière.

C'est Jake, le garçon pour lequel j'avais le béguin autrefois.

Le garçon auquel Julian m'a arrachée cette fameuse nuit dans le parc.

Mais ce n'est plus un garçon. Désormais, ses épaules sont plus larges, son visage plus mince et plus dur. Durant ces derniers mois, il est devenu un homme, et un homme qui n'a d'yeux que pour Leah. Il s'arrête à côté d'elle, se penche pour lui donner un baiser et lui dire en la taquinant à voix basse :

— Bébé, j'ai un cadeau pour toi…

Les joues pâles de Leah deviennent rouges comme une tomate.

— Hum, Jake, bafouille-t-elle, regarde qui je viens juste de rencontrer…

Il se tourne vers moi et écarquille ses yeux bruns tant il est surpris.

— Nora ? Qu'est-ce que tu fais là ?

— Oh, tu sais, juste des courses… J'espère ne pas paraître aussi abasourdie que je le suis. Leah et Jake ? *Ma meilleure amie, Leah, et mon ancien flirt, Jake ?* C'est comme si tout mon univers était sens dessus dessous. Je savais que Leah avait rompu avec son ancien petit ami il y a deux ou trois mois parce qu'elle m'en avait parlé dans un mail, mais elle ne m'avait pas dit qu'elle était avec Jake.

En les regardant tous les deux (ils ont la même expression gênée sur le visage), je m'aperçois que c'est assez logique : ils vont tous les deux à l'université du Michigan, et ils ont des amis communs depuis le lycée. Ils ont eu une expérience traumatisante en commun, l'enlèvement de leur amie et de leur flirt, et ça les a peut-être rapprochés l'un de l'autre.

Et je me rends aussi compte en les regardant que mon seul sentiment est le soulagement.

Le soulagement de les voir heureux ensemble, de voir que ce qu'il y a de tragique dans ma vie n'a pas définitivement gâché celle de Jake. Je n'ai pas de regret sur ce qu'il y aurait pu y avoir entre nous ni de jalousie, rien que de l'anxiété qui s'accroit à chaque minute que Julian passe aux mains d'Al-Quadar.

— Je suis navrée, Nora, dit Leah en me regardant avec circonspection. J'aurais dû te dire que nous étions ensemble. C'est juste que…

— Leah, je t'en prie. Sans tenir compte de mon stress et de mon épuisement, je parviens à lui sourire pour la rassurer. Tu n'as rien à m'expliquer. Vraiment. Je suis mariée maintenant, Jake et moi ne sommes sortis qu'une seule fois ensemble. Tu n'as rien à m'expliquer… J'ai été juste surprise, c'est tout.

— Tu veux, hum, prendre un café avec nous ? Propose Jake en mettant le bras autour de la taille de Leah dans un geste qui me semble excessivement protecteur. Je me demande si c'est de moi qu'il cherche à la protéger. Dans ce cas, il est encore plus astucieux que je ne le pensais. Nous pourrions passer un moment ensemble puisque tu es à Chicago… continue-t-il, et je secoue la tête en signe de refus.

— J'aimerais bien, mais ce n'est pas possible, et je le regrette sincèrement. J'aimerais tant passer un moment avec eux, mais il ne faut pas qu'ils soient dans les parages au cas où Al-Quadar choisit justement ce moment pour frapper. J'ignore comment des terroristes pourraient se saisir de moi dans la foule d'un centre commercial, mais je suis certaine qu'ils en trouveraient le moyen. Je jette un coup d'œil à mon téléphone et je fais semblant d'être contrariée de voir qu'il est si tard, puis je leur dis en m'excusant : Je suis déjà en retard, j'en ai bien peur…

— Ton mari est-il ici avec toi ? demande Leah, et je vois Jake pâlir. Il n'avait sans doute pas pensé à la possible présence de Julian en m'invitant à prendre un café avec eux.

Je secoue la tête, ma gorge se noue et l'horreur de la situation menace de m'étrangler une fois de plus.

— Non, ai-je dit en espérant parler de la manière la plus normale possible. Il n'a pas pu venir.

— Ah, d'accord.

Leah fronce davantage les sourcils et semble interloquée tandis que Jake reprend des couleurs. Visiblement, il est soulagé de ne pas être confronté au criminel impitoyable qui lui a fait tant de mal.

— Il faut vraiment que j'y aille, ai-je dit, et Jake hoche la tête en resserrant son emprise sur Leah dont il tient la taille encore plus fort.

— Bonne chance ! me dit-il et je comprends qu'il est content que je parte. Mais comme il est bien élevé, il ajoute : Content de t'avoir revue, bien que ses yeux disent le contraire.

Je lui souris d'un air compréhensif.

— Moi aussi, et en faisant un signe de la main à Leah je me dirige vers la sortie du centre commercial.

* * *

Dès que j'arrive dans le parking, j'oublie Jake et Leah. Avec une vigilance douloureuse, j'inspecte l'endroit avant de prendre mon portable à regret pour appeler un taxi. J'aimerais rester plus longtemps ici, mais je ne veux pas courir le risque de croiser de nouveau mes amis. Je vais aller sur Michigan Avenue dans le centre-ville de Chicago, je pourrai y faire du lèche-vitrine dans des magasins de luxe tout en espérant être enlevée avant de devenir complètement folle.

Le vent froid transperce mes vêtements tandis que j'attends sur place, mon caban qui m'arrive à mi-cuisses et mon pull fin en cachemire ne me protègent guère de la température glacée qu'il fait dehors. J'attends une bonne demi-heure avant qu'un taxi s'arrête enfin à ma hauteur. Une demi-heure au bout de laquelle je suis à moitié gelée et mes nerfs sont dans un tel état que je suis sur le point de hurler.

En ouvrant la portière, je monte à l'arrière du véhicule. C'est un taxi qui a l'air propre, avec une épaisse paroi pour séparer les sièges avant des sièges arrière, et ses vitres arrière sont légèrement teintées.

— Au centre-ville s'il vous plait. Ma voix est plus sèche que nécessaire. Les magasins sur Michigan Avenue.

— Absolument, Mademoiselle, dit doucement le chauffeur, et j'ai un déclic en entendant un soupçon d'accent dans sa voix. Nos yeux se croisent dans le rétroviseur et je me glace quand une terreur à l'état pur me pénètre jusqu'à la moelle.

Il aurait pu être l'un des milliers d'immigrés qui conduisent un taxi pour gagner leur vie, mais non.

C'est quelqu'un d'Al-Quadar. Je le vois dans la froide malveillance de son regard.

Ils sont enfin venus me chercher.

C'est ce que j'attendais, mais maintenant que j'y suis, je suis paralysée par une peur si intense qu'elle m'étouffe presque de l'intérieur. J'ai des flash backs, des souvenirs si présents que c'est presque comme les revivre. Je sens la douleur de mes points de suture à peine cicatrisés sur le côté, je vois les cadavres des gardes du corps à la clinique, j'entends les hurlements de Beth… et puis le goût de vomissure dans ma gorge quand Majid me touche le visage de son doigt ensanglanté.

J'ai dû pâlir comme un linge parce que le regard du chauffeur se durcit et j'entends le léger clic de la fermeture de la portière qui vient d'être activé.

C'est ce bruit qui me galvanise et me pousse à agir. L'adrénaline jaillit dans mes veines et je me jette sur le sol en secouant la poignée de la portière et en criant à pleins poumons. Je sais que c'est inutile, mais je dois essayer, et surtout je dois en donner l'impression. Je ne peux pas rester calmement assise quand on m'emmène en enfer.

Je ne peux pas les laisser s'apercevoir que cette fois-ci je veux y retourner.

Quand la voiture démarre je continue à me débattre avec la portière et à taper sur la vitre. Le chauffeur n'en tient aucun compte alors qu'il quitte le parking à toute vitesse et aucun des visiteurs du centre commercial ne semble remarquer qu'il se passe quelque chose de grave, les vitres teintées de la voiture les empêchent de me voir.

Nous n'allons pas loin. Au lieu de prendre l'autoroute, la voiture tourne derrière le bâtiment. J'y vois une camionnette beige qui nous attend, et je me débats encore plus. Je me casse les ongles en griffant la porte avec un désespoir qui n'est qu'à moitié feint. Dans ma précipitation pour aller au secours de Julian je n'ai pas totalement réfléchi à ce que cela impliquerait d'être enlevée par les monstres de mes cauchemars, de revivre quelque chose d'aussi horrible, et la terreur qui me submerge n'est que partiellement atténuée par le fait que j'ai choisi d'être dans cette situation.

Le chauffeur s'arrête à la hauteur de la camionnette et le verrouillage de la portière fait entendre son déclic. Je la pousse pour l'ouvrir, je tombe à quatre pattes, je m'écorche les mains sur le bitume, mais avant de pouvoir me relever, une main brutale me serre par la taille et des mains gantées s'abattent sur ma bouche pour étouffer mes cris.

J'entends des ordres hurlés en arabe et l'on me porte dans la camionnette, alors que je me débats et donne des coups de pied, ensuite un poing m'arrive en plein visage.

La douleur explose dans mon crâne, et puis, plus rien.

CHAPITRE VINGT-SEPT

❖ JULIAN ❖

Je perds et je reprends connaissance. Les périodes où je suis éveillé et où je souffre le martyre sont intercalées de brefs moments de répit dans le noir. Je ne sais pas si des heures, des jours ou des semaines se sont écoulés, mais j'ai l'impression que cela fait une éternité que je suis là, à la merci de Majid et de la souffrance qu'il m'inflige.

Je n'ai pas dormi. Ils ne me laissent pas dormir. Je n'ai de répit que quand mon esprit réussit à se protéger de mes tourments, et ils ont les moyens de m'y ramener quand je reste trop longtemps sans connaissance.

D'abord le supplice de l'eau. Il m'amuse, d'une manière assez perverse. Je me demande s'ils me l'infligent parce que j'ai du sang américain ou s'ils pensent seulement que c'est un moyen efficace de briser quelqu'un sans trop le bousiller.

Ils me le font subir une douzaine de fois, chaque fois que je suis sur le point de mourir ils m'en empêchent. C'est comme si je me noyais sans cesse, je lutte pour respirer avec l'énergie du désespoir, ce qui semble inutile étant donnée la situation. Il vaudrait mieux qu'ils finissent par me noyer ; je le sais, mais mon corps lutte pour la vie. Chaque seconde avec ce chiffon mouillé sur le visage semble une éternité, l'eau qui coule semble encore plus effrayante que la plus coupante des lames.

De temps en temps, ils s'arrêtent et me questionnent, en me promettant d'arrêter si je leur réponds. Et quand mes poumons sont sur le point d'exploser, j'ai envie de céder. Je veux en finir, et pourtant quelque chose en moi m'en empêche. Je refuse de leur donner la satisfaction de gagner, de les laisser me tuer en sachant qu'ils ont atteint leur but.

Quand je lutte pour respirer, j'entends la voix de mon père.

— *Tu vas pleurer ? Tu vas pleurer comme le chouchou de sa maman ou tu vas m'affronter comme un homme ?*

J'ai de nouveau quatre ans, je suis acculé dans un coin, et mon père me frappe sans cesse dans les côtes. Je sais ce qu'il faut lui répondre, je sais que je dois l'affronter, mais j'ai peur. J'ai tellement peur. Je sens que mon visage est mouillé et je sais que ça va le mettre en colère. Je n'ai pas vraiment pleuré depuis que j'étais bébé, mais j'ai les larmes aux yeux tant j'ai mal aux côtes. Si ma mère était là, elle me prendrait dans ses bras et m'embrasserait, mais elle ne vient pas vers moi quand mon père est dans cette humeur-là. Elle a trop peur de lui.

Je déteste mon père. Je le déteste et pourtant je voudrais être comme lui. Je ne veux pas avoir peur. Je veux être celui qui détient le pouvoir, celui dont tout le monde a peur.

Je me roule en boule, avec le coin de ma chemise je m'essuie le visage pour que mes larmes ne me trahissent pas, et je me relève sans tenir compte de ma peur et de mes côtes, les contusions me font pourtant mal.

— Je ne pleurerai pas. Je me débarrasse du chat que j'ai dans la gorge, je lève les yeux et je croise le regard furieux de mon père. Je ne pleurerai plus jamais.

Des jurons en arabe. Encore de l'eau sur le visage.

Violent retour au présent, j'ai des convulsions, je m'étrangle, et j'avale de l'air quand ils enlèvent le chiffon mouillé. Mes poumons se gonflent avec avidité, et malgré mes bourdonnements d'oreilles, j'entends Majid hurler contre celui qui vient presque de me tuer.

Eh bien, putain ! J'ai l'impression que la partie de rigolade est terminée.

Ensuite, ils commencent avec les aiguilles. De longues et grosses aiguilles qu'ils m'enfoncent sous les ongles. J'ai moins de mal à le supporter, mon esprit se détache de mon corps torturé et du présent et me ramène au passé.

Maintenant, j'ai neuf ans. Mon père m'a emmené en ville pour négocier avec ses fournisseurs. Je suis assis sur les marches, je garde l'entrée du bâtiment, un pistolet à la ceinture sous mon tee-shirt. Je sais me servir de cette arme ; j'ai déjà tué deux hommes avec. La première fois j'ai vomi, ce qui m'a valu d'être battu. Mais la deuxième fois, c'était plus facile. Je n'ai même pas tiqué en appuyant sur la gâchette.

Quelques adolescents arrivent dans la rue. Je reconnais leurs tatouages ; ils appartiennent à un gang du coin. Mon père leur a sans doute fait distribuer sa marchandise, mais pour le moment ils sont désœuvrés et ont l'air de s'ennuyer.

Je les regarde monter et descendre la rue en donnant des coups de pied dans des bouteilles cassées et en se donnant des bourrades. D'une certaine manière, j'envie leur camaraderie. Je n'ai pas beaucoup d'amis, et les garçons avec lesquels je joue de temps en temps ont l'air d'avoir peur de moi. Je ne sais pas si c'est parce que je suis le fils du Señor ou s'ils ont entendu des racontars à mon sujet. En général ça m'est égal, en réalité j'encourage leur peur, mais quelquefois j'aimerais pouvoir jouer comme un enfant ordinaire.

Mais ces adolescents n'ont pas entendu parler de moi. Je le sais parce que quand ils m'aperçoivent assis à cet endroit ils sourient ironiquement et viennent vers moi, ils pensent avoir trouvé une proie facile à intimider.

— Salut ! dit l'un d'eux. Qu'est-ce qu'un petit garçon comme toi fait ici ? C'est notre quartier. Tu es perdu, gamin ?

— Non, en ai-je dit en imitant leur sourire. Pas plus perdu que toi… gamin.

Le garçon qui vient de me parler est fou de rage.

— Petite merde ! Il s'avance vers moi et s'arrête net quand je mets mon arme en joue sans ciller.

— Vas-y ! ai-je suggéré d'une voix douce. Approche, pourquoi pas ?

Les garçons commencent à reculer. Ils ne sont pas complètement idiots ; ils voient que je sais me servir de mon arme.

À ce moment-là, mon père et ses hommes sortent du bâtiment et les garçons fuient comme les rats quittent le navire.

Quand je raconte ce qui s'est passé à mon père, il m'approuve d'un signe de tête.

— Bien. Tu n'as pas reculé, fils. Souviens-toi, tu prends ce que tu veux, et tu ne recules jamais.

De l'eau froide jetée au visage suivie d'une gifle me ramène au présent. Maintenant, ils m'ont attaché sur une chaise, les poignets ligotés derrière le dos et les chevilles attachées aux pieds de la chaise. Mes doigts et mes orteils me font affreusement mal, mais je suis encore vivant, et je n'ai toujours pas cédé.

Je peux voir la frustration et la rage sur le visage de Majid. Il n'est pas satisfait, la situation n'a pas encore avancé et j'ai l'impression qu'il va redoubler d'efforts.

Effectivement, il s'approche de moi avec un couteau au poing.

— Ta dernière chance, Esguerra… Il s'arrête devant moi. Encore une chance avant de commencer à te dépecer. Où se trouve cette putain d'usine et comment peut-on y accéder ? Au lieu de répondre j'accumule ce qui me reste de salive dans la bouche, et je lui crache dessus. Il a le nez et les joues couverts de salive ensanglantée et je le regarde avec satisfaction s'essuyer de la manche, tremblant de rage d'avoir été insulté.

Mais je ne profite pas longtemps de sa réaction parce qu'il m'empoigne les cheveux et tire dessus ce qui me tord le cou en arrière et me fait mal.

— Je vais te dire ce qui va se passer, espèce de merde, siffle-t-il en appuyant la lame sur ma mâchoire. Je vais commencer par tes yeux. Je vais te couper l'œil gauche en deux, et ensuite j'en ferai de même au droit. Et quand tu auras perdu la vue je vais te couper la bite, centimètre par centimètre, jusqu'à ce qu'il ne reste plus qu'un petit bout minuscule… Tu as compris ? Si tu ne parles pas immédiatement, tu ne verras plus jamais et tu ne baiseras plus jamais non plus.

Luttant contre l'envie de vomir je garde le silence et il remonte la lame sur ma peau pour arriver sous mon œil gauche. En chemin, la lame me coupe la joue et je sens la chaleur du sang couler sur ma peau froide. Je sais qu'il parle sérieusement, mais je sais aussi que lui céder ne changera rien au dénouement. Majid va me torturer pour avoir des renseignements et une fois qu'il les aura, il me torturera encore plus.

S'apercevant que je ne réagis pas Majid enfonce encore la lame dans ma peau.

— C'est ta dernière chance, putain, Esguerra. Tu veux garder ton œil ou pas ?

Je ne réagis pas et quand il remonte le couteau, ma paupière se ferme d'instinct.

— Alors d'accord, murmure-t-il, savourant la panique involontaire dont mon corps fait preuve quand j'essaie de me débattre pour lui échapper… Et puis je sens une douleur vive, une douleur à vomir. La lame m'a crevé la paupière et a pénétré dans mon œil.

* * *

J'ai dû encore perdre connaissance parce qu'on me jette de nouveau de l'eau froide au visage. Je tremble, une souffrance atroce a mis mon corps en état de choc. Je ne vois plus rien de l'œil gauche, je ne sens plus qu'un vide brûlant. J'ai le ventre enflammé de bile et j'ai besoin de tous mes efforts pour ne pas me vomir dessus.

— Et le deuxième œil, Esguerra, hum ? Majid me sourit, il tient fermement son couteau ensanglanté. Préfères-tu être aveugle quand on te coupe la bite ou préfères-tu le voir ? Bien sûr, il n'est pas trop tard pour tout arrêter… Il te suffit de nous dire ce qu'on veut savoir et l'on te laissera peut-être même la vie sauve puisque tu es si courageux.

Il ment. Je l'entends dans l'accent triomphant de sa voix. Il croit être venu à bout de moi ; il pense que je veux tellement arrêter de souffrir que je suis prêt à croire n'importe quoi de sa part.

— Va te faire foutre, ai-je murmuré avec les forces qui me restent. *Il ne faut pas reculer. Il ne faut jamais reculer.* Va te faire foutre avec tes petites menaces minables.

Il plisse les yeux de rage et le couteau jaillit vers mon visage. Je ferme mon œil restant, me préparant à souffrir encore, mais il ne se passe rien.

Surpris, je rouvre ma paupière intacte et je vois que l'attention de Majid a été détournée par un de ses sous-fifres. Celui-ci semble très excité, il me désigne tout en parlant à toute vitesse en arabe. J'essaie de reconnaître quelques mots, mais il va trop vite. Mais si l'on en juge par le sourire qui apparait sur le visage de Majid, il vient de recevoir une bonne nouvelle, donc sans doute une mauvaise nouvelle pour moi.

Mon hypothèse se confirme quand Majid se tourne vers moi et me dit avec un sourire cruellement ironique :

— Ton autre œil est hors de danger pour le moment, Esguerra. Il y a quelque chose que je veux *vraiment* que tu puisses voir dans quelques heures.

Je le regarde, incapable de dissimuler ma haine. Je ne sais pas de quoi il parle, mais mon ventre se contracte en voyant les terroristes sortir à la queue leu leu de la pièce sans fenêtre. Il n'y a qu'une raison pour laquelle on pourrait me persuader d'abandonner, et elle est saine et sauve dans l'enceinte du domaine. Il n'est pas possible qu'ils parlent de Nora étant donné le dispositif de sécurité qui la protège. C'est un nouveau jeu qu'ils ont imaginé pour me torturer l'esprit, pour essayer de me faire croire qu'ils me préparent quelque chose d'encore pire. C'est une manœuvre dilatoire, un moyen de prolonger mes souffrances, rien de plus.

Je n'ai pas l'intention de tomber dans leur piège, mais en attendant dans cette pièce, ligoté et souffrant comme ça ne m'est encore jamais arrivé dans ma vie, je n'ai plus la force d'empêcher l'anxiété de m'envahir. Je devrais être reconnaissant de ce répit, de l'interruption de la torture, mais non.

Je laisserais volontiers Majid me dépecer membre après membre pour avoir la certitude que Nora est saine et sauve.

Je ne sais pas pendant combien de temps j'attends dans l'angoisse, mais finalement j'entends des voix dehors. La porte s'ouvre et Majid fait entrer quelqu'un de petit avec une paire de bottines et une chemise d'homme qui lui arrive aux genoux. Ses bras sont ligotés derrière le dos et il y a une tache de sang sous son bras droit.

Mon ventre se contracte et une horreur glacée pénètre mes veines quand les yeux noirs de Nora s'arrêtent sur mon visage.

Putain, ils ont mis la main sur la seule personne au monde qui compte pour moi !

Ils ont ma chère Nora, et cette fois-ci je ne peux pas venir à son secours.

CHAPITRE VINGT-HUIT

❖ NORA ❖

En tremblant de la tête aux pieds je fixe Julian des yeux et mon cœur se serre douloureusement quand je le vois dans cet état. Il a un bandage mal fait et sale sur l'épaule qui suinte de sang et son corps nu n'est plus qu'un amas de plaies, de contusions et d'écorchures. Son visage est encore pire. Sous l'ancien bandage de son front, tout est enflé et contusionné. Mais ce qu'il y a de plus affreux, c'est une plaie béante qui va de sa joue gauche jusqu'à son sourcil, une vraie bouillie de chair à l'endroit où se trouvait son œil.

À l'endroit où *se trouvait* son œil.

On lui a arraché l'œil.

Je n'arrive pas à comprendre ça pour le moment, donc je n'essaie même pas. Julian est en vie, et maintenant c'est la seule chose qui compte.

Il est ligoté à une chaise en métal, les jambes séparées l'une de l'autre et les bras liés derrière le dos. Je m'aperçois à quel point il est bouleversé et horrifié de me voir, et je voudrais lui dire que tout va bien se passer, que cette fois c'est moi qui vais *le* sauver, mais ce n'est pas possible. Pas encore.

Pas avant que Peter ne puisse arriver avec des renforts.

Ma pommette contusionnée me fait mal à l'endroit où l'on m'a frappée et j'ai mal aussi sous le bras gauche où une plaie me brûle. On m'a déshabillée quand j'ai perdu connaissance, on m'a enlevé l'implant contraceptif que j'avais, sans doute en craignant que ce fût une sorte de moyen de localisation. Je ne m'y attendais pas, je pensais qu'ils trouveraient les véritables implants de localisation, mais le plan a encore mieux marché que prévu. Après avoir enlevé l'implant et s'être aperçus que ce n'était qu'une simple tige de plastique, ils ont dû penser que je ne présentais aucune menace et que j'étais exactement ce que je faisais semblant d'être : une jeune fille naïve qui était allée voir ses parents sans se rendre compte du danger. J'étais contente d'avoir eu la clairvoyance de laisser le bracelet de localisation au domaine pour ne pas éveiller leurs soupçons.

À mon grand soulagement, il ne semble pas qu'ils m'aient touchée ailleurs. En tout cas s'ils ont fait plus que me peloter pendant que j'étais évanouie, je n'en ai gardé aucune trace. Je n'ai pas mal entre les jambes, je n'ai rien de gluant, aucune sensation désagréable. J'ai la chair de poule à l'idée qu'ils m'aient vue toute nue, mais ça aurait facilement pu être encore pire. Quand je suis revenue à moi, je portais la chemise de quelqu'un d'autre et mes bottines. Ils doivent garder tous leurs effets pour le moment où je serai devant Julian.

C'était la partie de mon plan qui avait semblé la plus dangereuse à Peter, entre le moment de ma capture et mon arrivée dans leur cachette.

— Vous savez qu'ils peuvent vous fouiller centimètre par centimètre et trouver les trois implants que Julian vous a fait mettre, m'avait-il dit avant de quitter le domaine. Et alors, nous vous aurons perdu tous les deux. Vous comprenez ce qu'ils vous feront pour faire parler Julian, n'est-ce pas ?

— Oui, Peter, avais-je répondu avec un sourire sombre. J'ai parfaitement compris. Mais il n'y a pas d'autre solution et les implants sont minuscules, il n'y a pratiquement pas de cicatrices. Ils risquent d'en trouver un ou deux, mais ça m'étonnerait qu'ils trouvent les trois, et s'ils finissaient par les trouver, entre-temps vous sauriez où ils sont.

— Peut-être, dit-il, et ses yeux en disent long sur ce qu'il pense de mon état mental. Ou peut-être pas. Il y a une centaine de choses qui peuvent tourner mal entre le moment où ils vous captureront et le moment où ils vous conduiront vers Julian.

— C'est un risque que je dois prendre, lui ai-je dit en mettant fin à la discussion. Je savais à quel point il serait dangereux pour moi de servir à localiser les terroristes grâce à mes implants, mais je ne voyais aucun autre moyen de retrouver Julian à temps, et à en juger par l'état dans lequel il se trouve, même comme ça c'était presque déjà trop tard.

Je vois les efforts qu'il fait pour conserver toute sa contenance, pour cacher en ma présence ses réactions viscérales, mais il n'y parvient pas complètement. Après le choc initial, sa mâchoire se serre et son œil encore intact commence à briller d'une rage violente quand il me voit à moitié déshabillée. Il contracte ses muscles puissants et lutte contre les cordes qui le ligotent. Il a l'air de vouloir mettre en pièces tous ceux qui sont ici, et je sais que seules ces cordes l'empêchent de s'attaquer à ses ravisseurs, ce qui serait suicidaire. Les terroristes doivent penser la même chose parce que deux d'entre eux se rapprochent de lui, prêts à tirer à la moindre occasion.

Majid rit, il semble ravi par le tour qu'ont pris les évènements, et il me traîne au milieu de la pièce en me serrant horriblement fort par le bras.

— Tu sais, ta petite pute est pratiquement venue se mettre dans la gueule du loup, cette idiote, dit-il sur le ton de la conversation, en m'empoignant les cheveux pour m'obliger à m'agenouiller. Nous l'avons trouvée en train de faire du lèche-vitrine en ton absence, comme toutes ces putes américaines qui ne pensent qu'à la consommation. Nous avons décidé de l'amener ici pour que tu voies son joli minois avant que je le mette en pièces… À moins que tu ne te décides à parler ?

Julian garde le silence et regarde Majid avec une haine mortelle tandis que je respire à petites bouffées pour essayer de maîtriser ma terreur. Mon cuir chevelu me fait si mal que j'en ai les larmes aux yeux et la peur se propage et tremble en moi presque comme un être vivant à part entière. Comme j'ai les mains ligotées derrière le dos, je ne peux rien faire pour empêcher Majid de me faire mal.

J'ignore combien de temps Peter va mettre pour arriver, mais il est bien possible qu'il n'arrive pas à temps. Je vois les taches couleur de rouille sur le couteau que Majid porte à la ceinture et la nausée me monte à la gorge en comprenant que c'est le sang de Julian.

Si nous ne sommes pas bientôt délivrés, ce sera aussi le mien.

Je suis horrifiée à la vue de Majid qui prend son couteau sans lâcher sa cruelle emprise sur mes cheveux.

— Oh oui, murmure-t-il en appuyant la lame contre mon cou, je pense que sa tête fera un joli petit trophée. Après avoir été un peu dépecée, bien sûr… Il fait remonter le couteau et je me glace en sentant la lame me couper sous le menton, là où la peau est particulièrement douce, et j'ai ensuite la sensation révoltante d'un liquide chaud qui me coule dans le cou.

Le grondement qui échappe à Julian n'a plus rien d'humain. Je n'ai pas le temps de reprendre mon souffle, il a bondi en avant avec la chaise sur laquelle il est attaché en prenant élan sur la plante de ses pieds. Son geste est si rapide et si violent que les deux hommes qui sont à côté de lui n'ont pas le temps de réagir. Julian rentre dans l'un d'eux et le précipite au sol, puis avec une torsion du corps il l'empale avec le pied de la chaise en métal.

Les quelques secondes qui suivent sont floues, je ne vois que du sang et j'entends hurler en arabe. Majid me lâche et hurle des ordres pour pousser les autres à réagir tandis qu'il se met lui-même à combattre.

Toujours ligoté à la chaise, Julian est séparé du blessé, et je regarde avec une fascination horrifiée celui que Julian a attaqué se tortiller sur le sol, mettant la main à la gorge tandis que des râles et des gargouillis lui sortent de la bouche. Il va mourir, je le sais, car les jets de sang qui sortent de sa plaie au cou sont de plus en plus faibles, et pourtant son agonie ne semble pas me toucher. C'est comme si je regardais un film au lieu de voir un être humain mourir en perdant tout son sang sous mes yeux.

Majid et les autres terroristes accourent à son chevet tentant d'arrêter le flot de sang, mais c'est trop tard. L'homme arrête de se tenir éperdument la gorge, ses yeux se voilent, et la puanteur de la mort, les excréments et la violence emplissent la pièce.

Il est mort.

Julian l'a tué.

Je devrais être écœurée et horrifiée, mais non. Peut-être, vais-je ressentir ces émotions plus tard, mais pour l'instant tout ce que je ressens c'est un étrange mélange de satisfaction et de fierté : la satisfaction de la mort de l'un des assassins et la fierté que ce soit Julian qui l'ait tué.

Même ligoté et affaibli par la torture, mon mari est venu à bout d'un de ses ennemis, un homme armé assez stupide pour être à portée de Julian qui lui a donné un coup mortel.

Sur un certain plan, mon manque de compassion me gêne, mais je n'ai pas le temps d'y réfléchir. Que Julian ait voulu faire diversion ou pas, le résultat est que personne ne m'accorde la moindre attention, et dès que je m'en aperçois, j'entre en action.

Je me lève d'un bond et je regarde frénétiquement autour de moi. J'aperçois un petit couteau sur une table près du mur et quand je me jette dessus, mon pouls bat à se rompre. Les terroristes entourent tous Julian de l'autre côté de la pièce et j'entends des grognements, des jurons et le son affreux des coups de poing.

Ils punissent Julian pour ce meurtre et ne tiennent plus compte de moi en ce moment.

Dos à la table, je cache le couteau dans ma main et je fais passer la lame sous le ruban adhésif dont ils m'ont enroulé les poignets. Comme mes mains tremblent, je m'écorche un peu, mais peu m'importe. Il me faut couper le ruban adhésif avant qu'ils ne s'aperçoivent de ce qui se passe. La sueur et le sang me font glisser les mains, mais je persiste, et finalement, j'ai les mains libres.

En tremblant, j'examine de nouveau la pièce et je vois un fusil d'assaut posé négligemment contre un mur. L'un des terroristes a dû le laisser là dans la confusion qui a suivi l'attaque inattendue de Julian.

Le cœur battant la chamade, je m'approche lentement du fusil le long du mur en espérant de toutes mes forces qu'ils ne jetteront pas de coup d'œil dans ma direction. J'ignore ce que je ferai d'une seule arme dans une pièce pleine d'hommes armés jusqu'aux dents, mais il faut que je fasse quelque chose.

Je ne peux pas rester les bras croisés pendant qu'ils battent Julian à mort.

Mes mains se saisissent du fusil sans que personne le remarque et je pousse un soupir de soulagement. C'est un AK-47, l'une des armes avec lesquelles je me suis entraînée avec Julian. Je la prends, je la soulève, elle est lourde, et je vise les terroristes en essayant de contrôler le tremblement que l'adrénaline provoque dans mon bras. Je n'ai jamais tiré sur quelqu'un de ma vie, mes seules cibles étaient des canettes de bière et des cibles en papier, et je ne sais pas si j'aurai le courage d'appuyer sur la gâchette.

Et au moment même où j'essaie de mobiliser mes forces une explosion étourdissante secoue la pièce et me jette par terre.

* * *

Je ne sais pas si je me suis cognée la tête ou si je suis seulement étourdie par le choc de l'explosion, mais ce que j'entends ensuite ce sont des coups de feu à l'extérieur. Toute la pièce s'est remplie de fumée et je tousse en me relevant d'instinct.

— Nora ! Reste à terre ! C'est la voix de Julian, enrouée par la fumée. Baisse-toi, bébé, tu m'entends ?

— Oui, ai-je hurlé, et une joie intense m'envahit en m'apercevant qu'il est en vie, et qu'il est capable de parler. Toujours sur le sol, cachée derrière une table qui est tombée à côté de moi, je jette un coup d'œil et je vois Julian à l'autre bout de la pièce, toujours ligoté à la chaise de métal.

Je vois aussi que la fumée vient de la bouche d'aération du plafond et qu'il n'y a plus que nous deux dans la pièce. La bataille, ou les évènements qui se déroulent en ce moment se passent à l'extérieur.

Peter et les gardiens ont dû arriver.

En pleurant presque de soulagement, j'attrape le AK-47 qui est à côté de moi, je me mets à plat ventre et je rampe vers Julian en retenant mon souffle pour ne pas avaler trop de fumée.

À ce moment-là, la porte s'ouvre d'un coup et une silhouette familière entre dans la pièce.

C'est Majid, et il tient une arme dans la main droite.

Il a dû comprendre la défaite d'Al-Quadar et il est venu tuer Julian.

Un accès de haine me monte à la gorge, l'amertume de la bile m'étrangle. Voici celui qui a tué Beth… qui a torturé Julian et qui en aurait fait de même avec moi. Un terroriste cruel, un psychotique qui a sans aucun doute assassiné des douzaines d'innocents.

Il ne me voit pas, toute son attention se concentre sur Julian quand il lève son arme et vise mon mari.

— Au revoir, Esguerra, dit-il à voix basse… et j'appuie sur la gâchette de mon propre fusil.

J'ai beau être au sol, j'ai visé juste. Julian m'a entraînée à tirer, assise, allongée et même en courant. Le fusil d'assaut sursaute dans mes bras tremblants et me frappe violemment à l'épaule, mais les deux balles ont atteint Majid exactement là où je le voulais, au poignet droit et à l'épaule.

Les balles l'ont jeté contre le mur et lui ont fait lâcher son arme. En hurlant, il serre son bras ensanglanté, et je me relève sans prendre garde aux balles qui volent à l'extérieur. J'entends Julian me hurler quelque chose, mais ses paroles exactes m'échappent, mes oreilles bourdonnent.

À cet instant, c'est comme si le monde entier avait disparu, il n'y a plus que Majid et moi.

Nos yeux se croisent, et pour la première fois je vois de la peur dans son regard noir de reptile. Il sait que c'est moi qui lui ai tiré dessus et il peut lire une froide détermination sur mon visage.

— S'il vous plait, ne tirez pas… commence-t-il à dire, et j'appuie de nouveau sur la gâchette en lui déchargeant cinq balles de plus dans le ventre et dans la poitrine.

Dans le bref silence qui s'ensuit, je vois le corps de Majid glisser lentement le long du mur, presque au ralenti. Son visage est comme foudroyé, du sang lui coule au coin des lèvres, ses yeux sont grand ouverts, ils me fixent avec une espèce d'incrédulité morne. Il bouge les lèvres, comme pour dire quelque chose, et un râle lui sort de la bouche avec des bulles de sang.

Je baisse mon arme, je fais un pas vers lui, attirée par un étrange désir de voir ce que j'ai fait. Les yeux de Majid implorent les miens, me demandent tacitement pitié. Je soutiens son regard, laisse durer ce moment… et puis je dirige le AK-47 vers son front et j'appuie une dernière fois sur la gâchette.

Sa nuque explose, le sang et la cervelle éclaboussent le mur derrière lui. Ses yeux deviennent vitreux, le blanc autour des iris devient pourpre, les vaisseaux sanguins viennent d'éclater. Son corps s'affaisse et l'odeur de la mort, violente et âcre, emplit pour la deuxième fois la pièce.

Mais cette fois, ce n'est pas Julian qui a tué.

C'est moi.

Quand je baisse de nouveau mon arme en regardant couler le sang le long du mur derrière Majid, mes mains ne tremblent plus. Puis je me dirige vers Julian, je m'agenouille à côté de lui et je pose avec précaution le fusil par terre avant de commencer à le détacher.

Julian garde le silence quand je le libère de ses liens, et moi aussi. Au-dehors les coups de feu commencent à s'espacer, et j'espère que ça veut dire que Peter et les siens sont victorieux. Mais dans un cas comme dans l'autre, je suis prête pour ce qui va se passer, et un calme étrange m'envahit malgré la précarité de notre situation. Quand les bras et les jambes de Julian sont libres, il donne un coup de pied à la chaise et roule sur le dos en me serrant les poignets de sa main droite. Son bras gauche dont une partie est encore plâtrée reste immobile le long de son corps et il y a du sang frais sur son visage et sur lui, résultat de la correction qu'il vient de recevoir. Mais son emprise sur mes poignets m'étonne par sa force quand il m'approche plus près de lui pour me forcer à me baisser au sol près de lui.

— Reste à terre, bébé, murmure-t-il entre ses lèvres tuméfiées, c'est presque fini… Je t'en prie, reste à terre.

Je hoche la tête et je m'allonge à côté de lui, à sa droite en faisant attention de ne pas lui faire encore plus mal. Maintenant que la porte est ouverte, une partie de la fumée commence à sortir et je respire librement pour la première fois depuis l'explosion.

Julian lâche mes poignets et me glisse le bras sous le cou puis me prend dans ses bras pour me protéger. Ma main lui effleure les côtes sans le vouloir ce qui lui fait pousser un cri de douleur, mais quand j'essaie de me dégager il me serre encore plus fort contre lui.

Quelques minutes plus tard, quand Peter et les gardes franchissent le seuil de la pièce, ils nous trouvent dans les bras l'un de l'autre et Julian vise la porte avec l'AK-47.

CHAPITRE VINGT-NEUF

❖ JULIAN ❖

— Comment va-t-elle ? demande Lucas. Il est assis à mon chevet. Un épais bandage lui recouvre la tête et il a des béquilles à cause de sa jambe cassée. Mais à part ça, il va mieux. Il était inconscient dans une autre chambre que la mienne lorsqu'Al-Quadar a attaqué l'hôpital en Ouzbékistan, il a donc tout raté.

— Elle… ne va pas trop mal, je pense. J'appuie sur un bouton pour mettre le lit en position semi-assise. Les côtes me font mal, quand je bouge, mais je n'en tiens pas compte. Depuis l'accident d'avion, la douleur est ma compagne de tous les instants et j'y suis désormais plus ou moins habitué.

Depuis que nous avons été libérés sur ce chantier du Tadjikistan il y a cinq jours, Nora et moi sommes en convalescence en Suisse dans un établissement spécialisé. C'est une clinique privée où travaillent les meilleurs médecins du monde entier, et j'ai demandé à Lucas de se charger personnellement de la sécurité. Évidemment, maintenant que les cellules les plus dangereuses d'Al-Quadar ont été éliminées, le danger immédiat est moindre, mais on ne saurait être trop prudent. J'y ai aussi fait transférer tous ceux de mes hommes qui ont été blessés pour qu'ils puissent être soignés dans un environnement plus agréable.

La chambre que Nora et moi partageons est ultra moderne, avec tout l'équipement possible et imaginable, des jeux vidéo à la douche privée. Elle a deux lits ajustables, un pour moi et un pour Nora, avec des draps en coton égyptien et des matelas à mémoire de forme. Même les moniteurs cardiaques et les goutte-à-goutte des intraveineuses placés autour du lit sont élégants, on dirait davantage des objets d'art que du matériel médical. Toute cette installation est si luxueuse que je pourrais presque oublier que je suis dans un nouvel hôpital.

Presque, mais pas tout à fait.

Je serais tellement content de ne jamais remettre les pieds à l'hôpital.

À mon immense soulagement, toutes les blessures de Nora se sont avérées être superficielles. La blessure qu'elle a au bras a nécessité quelques points de suture, mais le coup qu'elle a reçu au visage ne lui a laissé qu'un vilain bleu sur la pommette. Les médecins ont également confirmé qu'elle n'avait pas subi de sévices sexuels bien qu'elle ait été déshabillée. Quelques heures après notre arrivée ici on a pu établir qu'elle était en bonne santé et qu'elle pouvait rentrer à la maison.

Quant à moi, je vais moins bien, même si je ne suis pas aussi mal en point que j'aurais pu l'être. On m'a déjà opéré deux fois, d'abord pour réduire mes cicatrices au visage, ensuite pour placer une prothèse oculaire dans mon orbite vide afin que je ne ressemble pas à un cyclope. Je ne reverrai jamais plus de l'œil gauche, en tout cas pas avant que la technologie des yeux bioniques ne progresse davantage, mais les chirurgiens m'ont assuré que j'aurai l'air presque normal quand tout sera cicatrisé.

Mes autres blessures ne sont pas trop graves non plus. On a dû remettre en place mon bras cassé et le plâtrer à nouveau, mais la blessure par balle de mon épaule droite est en bonne voie, ainsi que mes côtes fêlées. La torture des aiguilles me laisse encore du sang séché sous les ongles, mais là aussi il y a progressivement une amélioration. La correction que les hommes de Majid m'ont donnée vers la fin m'a un peu endommagé les reins. Mais grâce à l'arrivée rapide de Peter, j'ai échappé à d'autres blessures internes et à d'autres fractures. Quand ma convalescence sera terminée, j'aurai quelques cicatrices de plus, et mon bras gauche ne retrouvera peut-être pas toutes ses forces, mais je ne ferai pas peur aux enfants avec mon apparence physique.

Dieu merci ! Je n'ai jamais été particulièrement fier de ma beauté, mais je veux être certain que Nora continue à me trouver séduisant et qu'elle ne soit pas dégoûtée quand je la touche. Elle m'a assuré que mes cicatrices et mes bleus ne la gênent pas, mais je ne sais pas si c'est vrai. À cause de mes blessures, nous n'avons pas fait l'amour depuis que nous avons été libérés et je ne connaitrai ses véritables sentiments qu'une fois qu'elle sera de nouveau dans mon lit.

En général, je ne sais pas vraiment ce qu'elle ressent depuis cinq jours. Avec les opérations et les médecins qui nous entourent, nous n'avons pas eu l'occasion de parler de ce qui s'est passé. Chaque fois que j'aborde le sujet, elle parle d'autre chose, comme si elle voulait tout oublier. Je ne l'en empêcherais pas si elle n'était pas aussi silencieuse. Repliée sur elle-même, d'une certaine manière. C'est comme si le traumatisme qu'elle a reçu l'amenait à se replier sur elle-même… de bloquer ses émotions.

— Comment s'en sort-elle ? demande Lucas, et je sais qu'il veut parler de la mort de Majid. Tous mes hommes savent comment Nora l'a abattu et ils connaissent le rôle qu'elle a joué dans ma libération. Ils l'admirent d'avoir montré autant de courage, alors que chaque jour je lutte contre l'envie de l'étrangler pour avoir risqué sa vie. Et Peter… eh bien, c'est un autre problème. S'il n'avait pas disparu rapidement après nous avoir conduits à la clinique je lui aurais arraché la tête pour avoir fait courir un tel danger à Nora.

— Elle s'en sort, ai-je répondu à la question de Lucas. Je n'ai pas l'intention de partager avec lui mes préoccupations concernant l'état mental de Nora. Elle s'en sort aussi bien qu'on puisse l'espérer. Ce n'est jamais facile de tuer pour la première fois, bien sûr, mais elle est forte. Elle s'en remettra.

— Oui, j'en suis sûr. Il prend ses béquilles, se lève et demande : Quand voulez-vous rentrer en Colombie ?

— Goldberg dit que nous pourrons partir demain. Il souhaite que je reste ici une nuit de plus, pour s'assurer que ma guérison se passe comme il faut, et ensuite il se chargera de me soigner au domaine.

— Parfait, dit Lucas. Je vais donc m'en occuper.

Il sort de la pièce à cloche-pied et je prends mon ordinateur portable pour vérifier où se trouve Nora. Elle est allée grignoter quelque chose au café du premier étage, mais il y a déjà plus de dix minutes qu'elle est partie et je commence à m'inquiéter.

Une fois en ligne, je télécharge le rapport du localisateur et je vois qu'elle se trouve dans le couloir, à une vingtaine de mètres de notre chambre. Le point qui la localise est immobile, elle doit être en train de bavarder avec quelqu'un.

Soulagé, je referme l'ordinateur et je le pose sur la table de chevet.

Je sais que je me fais trop de souci pour elle, mais je n'arrive pas à me contrôler. Le pire moment de ma vie est celui où j'ai vu Majid la menacer de lui couper la gorge. Je n'ai pas eu de pire terreur que celle de voir le sang couler sur sa peau si douce. J'ai littéralement vu rouge à ce moment-là, la rage qui m'a envahi m'a donné une force et un élan dont je ne me savais pas capable. Je n'ai pas consciemment pris la décision de tuer ce terroriste ; le besoin de protéger Nora l'a emporté à la fois sur mon instinct de conservation et sur mon bon sens.

Si j'avais eu davantage de lucidité, j'aurais trouvé un autre moyen de détourner l'attention de Majid de Nora en attendant l'arrivée des renforts.

J'ai commencé à deviner son projet d'évasion dès que Majid a parlé de lèche-vitrine. C'était terriblement évident : Nora savait que mes ennemis voulaient l'utiliser pour faire pression sur moi et elle savait qu'elle avait des implants. Je ne pouvais pas croire qu'elle prenne un tel risque, ni que Peter la laisse faire, mais c'était le seul moyen de comprendre comment Al-Quadar avait pu mettre la main sur elle en mon absence.

Au lieu de rester en sécurité au domaine, Nora avait mis sa vie en danger pour sauver la mienne.

Tout en sachant ce dont Majid était capable, elle avait affronté ses propres cauchemars pour venir à *ma* rescousse, alors qu'elle a toutes les raisons de me haïr.

J'ignore si j'ai cru qu'elle m'aimait vraiment jusqu'à ce moment précis... Le moment où je l'ai vue devant moi, terrifiée, mais déterminée, sa petite silhouette disparaissant dans une chemise d'homme dix fois trop grande pour elle. Personne n'a jamais rien fait de semblable pour moi ; même quand j'étais petit, ma mère disparaissait au premier signe de mauvaise humeur de mon père et me laissait à la merci de sa cruauté. À part les gardes qui sont à mon service, personne ne m'a jamais protégé. J'ai toujours été seul.

Jusqu'à ce que je la rencontre.

Jusqu'à ce que je rencontre Nora.

Au moment où je me souviens de son air farouche quand elle avait son arme pointée sur Majid la porte de la pièce s'ouvre, et l'objet de ma rêverie entre dans la pièce.

Elle porte un jean et un sweat-shirt marron, ses cheveux épais sont attachés derrière son dos en queue de cheval et elle a des ballerines aux pieds. Le bleu qu'elle a à la pommette n'a pas encore disparu, mais aujourd'hui elle l'a couvert de fond de teint sans doute pour parler sur Skype avec ses parents sans les inquiéter. Depuis notre arrivée à la clinique elle a parlé presque quotidiennement avec eux. Je pense qu'elle se sent coupable de leur avoir fait peur en disparaissant une fois de plus.

Elle mange une pomme bien juteuse, ses dents blanches y mordent avec un plaisir visible.

Mon cœur se met à battre plus fort dans ma cage thoracique, la joie et le soulagement m'aident à mieux respirer. Désormais, c'est comme ça chaque fois que je la revois, ma réaction est la même qu'elle se soit absentée un quart d'heure ou plusieurs heures.

— Salut ! Elle vient vers moi et s'assied gracieusement du côté droit du lit. En se penchant, elle me donne un petit baiser sur la joue, ses lèvres sont douces, puis elle relève la tête pour me sourire. Tu en veux ? dit-elle en me tendant sa pomme.

— Non, merci, bébé. Ma voix devenue rauque dès qu'elle me touche me fait douloureusement prendre conscience que je ne l'ai pas baisée depuis mon départ du domaine. Elle est toute pour toi.

— D'accord. J'ai rencontré le Dr Goldberg dans le couloir, dit-elle après en avoir avalé une bouchée. Il dit que tu vas mieux et que nous pourrons rentrer demain à la maison.

— Oui, c'est exact. Je la regarde sortir un coin de langue pour prendre un petit bout de pomme sur sa lèvre inférieure et mes valseuses se contractent tout en me brûlant. Oui, je vais incontestablement mieux, du moins c'est l'avis de mon sexe. Nous partirons dès qu'il donnera son accord.

Nora mord encore dans sa pomme, elle mâche lentement et m'examine avec une attention particulière.

— Qu'est-ce qu'il y a, bébé ? Je tends la main pour prendre la sienne, je l'approche de mon visage et je frotte sa main délicate contre ma joue. Je sais que je l'égratigne sans doute avec ma barbe naissante, ça fait une semaine que je ne me suis pas rasé, mais je ne peux résister à la tentation de ses caresses. Dis-moi ce qui te préoccupe.

Elle pose le trognon de pomme sur une serviette de la table de chevet.

— Nous devrions parler de Peter, dit-elle à voix basse. Et de la promesse que je lui ai faite.

Je me raidis et mon emprise se resserre sur sa main.

— Quelle promesse ?

— La liste. Elle bouge les doigts dans ma main. La liste des noms que tu lui as promis en échange de trois ans de service. Je lui ai dit que tu la lui donnerais dès que tu l'aurais, s'il m'aidait à venir à ton secours.

— Putain ! Je la fixe des yeux sans pouvoir y croire. Je me demandais comment elle avait persuadé Peter de désobéir à un ordre formel, et voilà la réponse. Tu lui as promis que je l'aiderais à se venger s'il t'aidait dans cette folie ?

Nora hoche la tête et ses yeux s'attardent sur moi.

— Oui. C'est la seule chose à laquelle j'ai pu penser à ce moment-là. Il savait que si tu mourais il n'obtiendrait pas la liste et je lui ai dit qu'il l'aurait plus rapidement s'il m'aidait.

Je fronce violemment les sourcils, je suis fou de rage. Ce salaud de russe a fait courir un danger mortel à ma femme, je ne peux ni lui pardonner ni l'oublier. Il m'a peut-être sauvé la vie, mais il a mis celle de Nora en danger pour le faire. S'il n'avait pas disparu après avoir réussi à nous libérer je l'aurais tué pour avoir fait ça. Et maintenant, Nora veut que je lui donne cette liste ?

C'est hors de question, Bon Dieu !

— Julian, je lui ai promis, insiste-t-elle, devinant visiblement ma réponse tacite. Une détermination inhabituelle se lit sur son visage quand elle ajoute : Je sais que tu lui en veux, mais c'est moi qui ai eu cette idée et au début il était contre.

— Évidemment. Parce qu'il savait que ta sécurité devait être son objectif prioritaire. Je m'aperçois que je lui tiens toujours la main, je la lâche et dit durement : ce salaud a de la chance d'être encore en vie.

— Je comprends, dit Nora en me regardant calmement. Et Peter aussi, crois-moi. Il savait que tu réagirais comme ça, et c'est la raison pour laquelle il est parti après nous avoir déposés ici.

Je respire profondément en essayant de ne pas changer d'humeur. Et bon débarras ! Il sait que maintenant je ne pourrais plus jamais lui faire confiance. Je lui avais ordonné de te garder en sécurité au domaine, et qu'a-t-il fait ? Je la regarde en pensant douloureusement à son apparition dans cette pièce sans fenêtres, traînée par les terroristes, ensanglantée et terrifiée. Putain, il t'a apportée à Majid sur un plateau !

— Oui. Et ainsi il t'a sauvé la vie.

— Mais je me fous de ma vie ! Je m'assieds complètement sans prêter attention à la douleur qui me lance dans les côtes. Tu ne saisis donc pas, Nora ? *Tu* es la seule personne qui compte pour moi. Toi, pas moi, ni personne d'autre !

Elle me regarde fixement et je vois ses grands yeux commencer à se remplir de larmes.

— Je sais, Julian, murmure-t-elle en clignant des yeux. Je sais.

Je la regarde et ma colère se dissipe, elle est remplacée par un inexplicable besoin de lui faire comprendre.

— Je ne sais pas si tu comprends, mon chat. Je parle à voix basse tout en lui reprenant la main, j'ai besoin de sa chaleur et de sa vulnérabilité. Tu es tout pour moi. S'il t'arrivait quelque chose, je ne voudrais pas te survivre. Je ne voudrais pas d'une vie sans toi.

Ses lèvres tremblent, les larmes s'accumulent dans ses yeux avant de couler sur ses joues.

— Je sais, Julian… Ses doigts se replient sur la paume de ma main qu'elle serre plus fort. Je sais parce que c'est pareil pour moi. Quand j'ai pensé que ton avion s'était écrasé, elle avale sa salive, sa voix se brise, et plus tard quand j'ai entendu les coups de feu pendant qu'on était au téléphone…

Je respire encore profondément, sa détresse me serre le cœur.

— Non, bébé… Je porte sa main à mes lèvres et je lui embrasse la paume. N'y pense plus. C'est fini, il n'y a plus rien à craindre. Majid n'est plus là et nous sommes sur le point d'éliminer Al-Quadar pour de bon.

Pendant que je parle, je la vois prendre une expression plus neutre, son regard se ferme étrangement. C'est comme si elle essayait de retenir ses émotions, de construire mentalement une sorte de mur pour se protéger.

— Je sais, dit-elle, et ses lèvres dessinent l'espèce de sourire vide que je lui ai souvent vu prendre depuis notre libération. C'est fait. Il est mort.

— Tu le regrettes ? ai-je demandé en baissant sa main. J'ai besoin de comprendre la raison de son repli sur elle-même, d'aller au fond de ce qui la pousse à se renfermer comme ça. Tu regrettes de l'avoir tué, bébé ? C'est pour ça que tu es contrariée depuis quelques jours ?

Elle cligne des yeux comme si ma question la faisait sursauter.

— Je ne suis pas contrariée.

— Ne me mens pas, mon chat. Je lui lâche la main et je lui prends doucement le menton pour regarder ses yeux cernés. Tu t'imagines que je ne m'en rends pas compte ? Je vois bien que tu n'es plus la même depuis le Tadjikistan et je veux comprendre pourquoi.

— Julian… Sa voix prend un ton implorant. Je t'en prie, je n'ai pas envie d'en parler.

— Pourquoi pas ? Tu crois que je n'ai pas compris ? Tu ne penses pas que je sais ce que cela fait de tuer pour la première fois et de vivre en sachant qu'on a ôté la vie à quelqu'un ? Je m'arrête, cherchant une réaction de sa part. N'en voyant aucune je poursuis. Nous savons tous les deux que Majid méritait son sort, mais c'est normal de se sentir merdique après. Tu as besoin d'en parler pour pouvoir commencer à surmonter tout ce qui s'est passé…

— Non, Julian, m'interrompt-elle, et le vide prudent de son regard est remplacé par une soudaine éruption de colère. Tu *ne comprends pas*. Je sais que Majid méritait de mourir, et je ne regrette pas de l'avoir tué. Je suis convaincu que le monde sera plus en sécurité sans lui.

— Alors qu'est-ce que c'est ? Je commence à m'en douter, mais je veux l'entendre dire.

— Je l'ai tué, dit-elle à voix basse en me regardant. J'étais à côté de lui, je l'ai regardé dans les yeux et j'ai appuyé sur la gâchette. Je ne l'ai pas tué pour te protéger ni parce que je n'avais pas le choix. Elle marque une pause puis ajoute, les yeux brillants : Je l'ai tué parce que je voulais le voir mourir.

CHAPITRE TRENTE

❖ NORA ❖

Julian me fixe des yeux, l'expression de son visage bandé ne change pas après ma révélation. Je voudrais détourner le regard, mais ce n'est pas possible, il me retient le menton et m'oblige à le regarder dans les yeux tout en lui dévoilant l'affreux secret qui me dévore depuis notre libération.

Son absence de réaction me fait croire qu'il ne comprend pas entièrement ce que je lui dis.

— Je l'ai tué, Julian, ai-je répété, déterminée à le lui faire comprendre puisqu'il m'a forcée à en parler. J'ai assassiné Majid de sang-froid. Quand je l'ai vu entrer dans la pièce, j'ai su ce que je voulais faire, et je l'ai fait. Je lui ai d'abord tiré dessus pour qu'il lâche son arme, une fois désarmé, je l'ai visé au ventre et à la poitrine en veillant à ne pas atteindre le cœur pour qu'il vive encore quelques minutes de plus. J'aurais pu le tuer immédiatement, mais je ne l'ai pas fait. Je serre les poings sur mes genoux, j'enfonce douloureusement mes ongles dans ma chair tout en confessant : Je l'ai maintenu en vie parce que je voulais le regarder en face au moment de le tuer.

L'œil de Julian qui n'est pas bandé brille d'un bleu plus profond, et une honte brûlante m'envahit. Je sais que c'est incompréhensible, je sais que je parle à quelqu'un qui a commis des crimes infiniment pires que celui-là, mais je n'ai pas comme lui l'excuse d'avoir eu une enfance bousillée. Personne ne m'a obligée à devenir une tueuse. Quand j'ai tiré sur Majid ce jour-là, je l'ai fait de mon propre chef.

J'ai tué un homme parce que je le haïssais et que je voulais le voir mourir.

J'attends que Julian réagisse, qu'il dise quelque chose de dédaigneux ou qu'il me condamne, mais à la place il me demande doucement :

— Et qu'as-tu ressenti quand c'était fini, mon chat ? Quand il gisait là, sans vie ? Sa main me lâche le menton et elle descend se poser sur ma jambe, sa grande paume me couvre presque entièrement la cuisse. Tu étais contente de le voir comme ça ?

Je hoche la tête en baissant les yeux pour échapper à son regard pénétrant.

— Oui, ai-je admis en frissonnant quand je me souviens de l'exaltation presque euphorique que j'ai ressentie en voyant les balles de mon fusil frapper le corps de Majid. Quand j'ai vu la vie abandonner son regard, je me suis sentie forte. Invincible. Je savais qu'il ne pouvait plus nous faire de mal, et ça m'a fait plaisir. Prenant mon courage à deux mains je relève de nouveau les yeux pour regarder Julian. Julian… J'ai brûlé la cervelle d'un homme, et ce qui est effrayant, c'est que je ne le regrette absolument pas.

— Ah, je vois. Un sourire tend ses lèvres en partie cicatrisées. Tu penses être mauvaise parce que tu ne te sens pas coupable d'avoir tué un meurtrier, un terroriste, et tu crois que tu le devrais.

— Bien sûr que oui. L'amusement déplacé que j'entends dans sa voix me fait froncer les sourcils. J'ai tué quelqu'un et tu m'as dit toi-même que c'est normal de se sentir merdique à cause de ça. Tu as souffert après avoir tué pour la première fois, non ?

— Oui. Le sourire de Julian se teinte d'amertume. J'ai souffert. J'étais petit, et je connaissais celui que j'étais obligé de tuer. C'était quelqu'un qui avait trahi mon père et je ne sais toujours pas quelle sorte d'homme c'était… si c'était un criminel endurci ou simplement quelqu'un qui s'était retrouvé en mauvaise compagnie. Je ne le détestais pas, en fait je n'avais pas d'opinion à son sujet. Je l'ai tué pour prouver que j'en étais capable, pour que mon père soit fier de moi. Il marque une pause, puis poursuit en se radoucissant. Alors tu vois, mon chat, c'était différent. Quand tu as tué Majid, tu as débarrassé le monde de quelqu'un de mauvais, alors que je... eh bien, c'est une tout autre histoire. Tu n'as aucune raison de t'en vouloir de ce que tu as fait, et tu es assez intelligente pour t'en rendre compte.

Je le regarde et ma gorge se serre en imaginant Julian à huit ans appuyant sur la gâchette. Je ne sais que dire, comment apaiser sa culpabilité après toutes ces années, et je suis pleine de colère contre Juan Esguerra.

— Tu sais, si ton père était encore en vie, je le tuerais aussi, ai-je dit violemment, ce qui fait rire Julian de plaisir.

— Oh oui, j'en suis certain, dit-il en me souriant. Il devrait avoir l'air ridicule à cause de ses bleus et de ses bosses, mais en fait il est très sexy. Même après avoir été battu, couvert de bandages comme une momie et avec une barbe noire de plusieurs jours, mon mari dégage un magnétisme animal qui va au-delà de la simple beauté. Les médecins nous ont dit que son visage redeviendrait presque normal une fois que tout serait guéri, mais même si ce n'était pas le cas, j'imagine que Julian serait aussi séduisant avec un bandeau sur l'œil et quelques cicatrices.

Comme pour répondre à mes pensées, sa main remonte de ma cuisse et arrive entre mes jambes.

— Ma farouche petite chérie, murmure-t-il, et son sourire est remplacé dans son œil intact par une ardeur que je connais bien. Si délicate, si féroce... Si seulement tu avais pu te voir ce jour-là, bébé. Tu étais magnifique quand tu t'es confrontée à Majid, si courageuse et si belle... Ses doigts appuient brutalement sur mon clitoris à travers mon jean et quand j'essaie de respirer, la surprise me fait perdre le souffle, mes tétons se raidissent, je suis toute mouillée.

Oui, c'est vrai, bébé, murmure-t-il, et ses doigts remontent vers ma fermeture éclair. Te voir avec cette arme, c'est ce que j'ai vu de plus sexy de ma vie. Je ne pouvais détacher les yeux de toi. La fermeture éclair descend avec un bruit métallique qui est étrangement érotique, et au plus profond de moi je me contracte sous un désir éperdu.

— Hum... Julian... Ma respiration se fait haletante, mon cœur s'emballe tandis que la main de Julian plonge dans l'ouverture de mon jean. Qu'est-ce... Qu'est-ce que tu fais ?

Ses lèvres dessinent un demi-sourire narquois.

— À ton avis ?

— Mais ce n'est pas possible… Ma phrase s'achève en gémissement quand Julian dégage hardiment ma culotte et pose la main sur mon sexe, son majeur se glisse entre mes plis mouillés pour caresser mon clitoris qui vibre déjà. La chaleur qui éclate dans mes terminaisons nerveuses me donne presque l'impression d'une décharge électrique, mes cheveux se dressent sur la tête tellement j'ai du plaisir. J'en perds le souffle, je sens monter la tension en moi, mais avant de jouir je sens Julian retirer ses doigts et me laisser presque au point de non-retour.

— Déshabille-toi et viens sur moi, m'ordonne-t-il d'une voix rauque en rejetant les couvertures pour révéler une chemise d'hôpital tendue par l'érection énorme de son sexe. J'ai besoin de te baiser. Maintenant.

J'hésite un instant, inquiète à cause de ses blessures, et Julian contracte la mâchoire à cause de son mécontentement.

— Je ne plaisante pas, Nora. Déshabille-toi.

En avalant ma salive, je saute du lit, ayant du mal à croire que je suis ainsi poussée à lui obéir même maintenant. Il a le bras gauche dans le plâtre, il peut à peine bouger sans souffrir et pourtant ma réaction instinctive est d'avoir peur de lui, de le désirer tout en ayant peur de lui.

— Et ferme la porte à clef, m'ordonne-t-il quand je commence à enlever mon sweat-shirt. Je ne veux pas être interrompu.

— D'accord.

Tout en commençant à me déshabiller, je me précipite vers la porte et je tourne la serrure qui nous donne de l'intimité. Chacun de mes pas me rappelle l'ardeur et la vibration que j'ai entre les jambes, mon jean serré frotte contre mon clitoris tout excité, ce qui accroit encore mon désir.

Quand je reviens, Julian est à demi couché sur le lit, il a ouvert sa chemise d'hôpital par devant et il se caresse la verge en érection. Ses côtes sont bandées, mais cela n'empêche pas son corps musclé de donner une grande impression de force. Même blessé, il a une présence qui domine la pièce, et son pouvoir d'attraction est aussi magnétique que d'habitude.

— C'est bien, murmure-t-il en me regardant sous ses paupières alourdies. Et maintenant, déshabille-toi complètement pour moi, bébé. Je veux voir ton petit cul sexy sortir de ce jean.

Je me mords la lèvre inférieure, l'ardeur de son regard m'excite encore davantage.

— D'accord, ai-je murmuré, et en me retournant je me baisse et j'enlève lentement mon jean sans oublier de me dandiner d'une hanche sur l'autre en lui montrant mon cul revêtu d'un string.

Quand j'ai le jean aux chevilles, je me retourne et j'enlève mes ballerines, puis j'enjambe le jean qui reste au sol. Julian regarde chacun de mes mouvements sans cacher son désir, sa respiration se fait haletante et son gland commence à briller sous le liquide qui apparait. Il ne se caresse plus, ses mains agrippent les draps et je sais que c'est parce qu'il est sur le point de jouir, la colonne rigide de son sexe se dresse, un véritable défi à toutes les lois de la gravité.

Sans le quitter des yeux, je commence à enlever mon haut, je le fais passer par-dessus ma tête en prenant tout mon temps pour taquiner Julian. Par-dessous je porte un soutien-gorge blanc en soie assorti à mon string. J'ai fait des achats en ligne au début de la semaine et je suis contente d'avoir acheté des sous-vêtements plus jolis. J'adore voir cette avidité incontrôlable sur le visage de Julian, une expression qui indique qu'il pourrait transporter des montagnes pour me posséder en ce moment.

Quand mon sweat-shirt tombe par terre, il me dit brutalement :

— Viens ici, Nora. Il me dévore du regard. J'ai besoin de te toucher.

Je respire profondément, je suis encore plus mouillée qu'avant en me rapprochant du lit et en m'arrêtant devant lui. Il tend le bras vers moi, me caresse la cage thoracique puis remonte la main vers mon soutien-gorge. Il la referme sur mon sein gauche et le pétrit à travers la soie, et je perds le souffle quand il me pince le téton, ce qui le fait se raidir encore plus.

— Enlève tout. Il retire la main, ce qui me déconcerte un instant, et je me hâte de dégrafer mon soutien-gorge et d'enlever mon string.

— Bien, et maintenant, viens à cheval sur moi.

En me mordant les lèvres, je monte sur le lit et je me mets à cheval sur ses hanches. Son gland m'effleure l'intérieur des cuisses, je le prends dans la main droite pour le guider vers mon ouverture douloureuse de désir.

— Oui, c'est ça, marmonne-t-il en m'attrapant par la hanche tandis que je commence à descendre le long de sa verge. Je lui lâche le gland, je pose les mains pour m'appuyer sur le lit et il gronde :

— Oui, prends-moi, mon chat… Jusqu'au fond… Ses mains sur mes hanches lui permettent de m'abaisser et d'enfoncer encore plus sa verge en moi, et je gémis en sentant que je m'étire délicieusement, mon corps s'ajuste à sa pénétration, il est comblé par sa grosse longue verge.

C'est comme le plus doux des soulagements, le plaisir et la douleur de sa possession sont à la fois intenses et douloureusement familiers. Tout en le regardant, en me délectant de l'expression de plaisir tourmentée de son visage, je réalise tout à coup que tout cela aurait pu ne jamais se passer et qu'au lieu d'être sous moi en ce moment Julian pourrait être six pieds sous terre, son corps puissant mutilé et anéanti.

Je n'ai pas l'impression d'avoir fait le moindre bruit, mais il a dû se passer quelque chose parce que Julian plisse les yeux et sa main se referme plus fort sur mes hanches.

— Qu'est-ce que tu as, bébé ? demande-t-il vivement, et je m'aperçois que je me suis mise à trembler et à frissonner à l'idée qu'il aurait pu mourir et n'être plus qu'un cadavre glacé. Mon désir a disparu, il s'est remplacé par des souvenirs terrifiants et de l'appréhension.

C'est comme si je venais d'être aspergée d'eau froide, les horreurs que nous venons de traverser montent en moi et m'étouffent.

— Nora, qu'est-ce qui se passe ? Julian glisse la main sur ma gorge et m'attrape par la nuque pour rapprocher mon visage du sien. Il me dévore des yeux tandis que mes mains s'agrippent de toutes leurs forces aux draps de part et d'autre de sa poitrine. Qu'est-ce qui se passe ? Dis-moi ?

Je voudrais lui expliquer, mais cela m'est impossible de parler, j'ai la gorge trop serrée et mon cœur bat à se rompre, je suis inondée d'une sueur froide. Tout à coup, je ne peux plus respirer, une panique affreuse m'étreint la poitrine et me bloquent les poumons et quand j'entre en hyperventilation, des points noirs apparaissent dans mon champ de vision.

— Nora ! La voix de Julian semble me parvenir de très loin. Putain… Nora !

Une gifle cuisante au visage me jette la tête de côté et j'en perds le souffle, ma main vient immédiatement se poser sur ma joue gauche. Le choc de la douleur m'arrache à la panique et mes poumons se remettent enfin en action, ils se soulèvent pour aspirer l'air dont j'ai tant besoin. En haletant, je retourne la tête pour regarder Julian avec incrédulité, les ténèbres qui avaient envahi mon esprit reculent et la réalité refait surface.

— Nora, bébé… Et maintenant, il me frotte doucement la joue pour calmer la douleur qu'il m'a infligée. Je suis vraiment navré, mon chat. Je ne voulais pas te gifler, mais j'avais l'impression que tu avais une crise de panique. Qu'est-ce qui s'est passé ? Tu veux que j'appelle une infirmière ?

— Non… Ma voix se brise et j'éclate en sanglots. Les larmes coulent sur mon visage et je m'aperçois que j'ai complètement perdu la tête, et que ça m'est arrivé en faisant l'amour. La verge de Julian est encore enfouie au plus profond de moi, juste un peu moins dure qu'avant, et pourtant je tremble et je pleure comme une folle. Non, ai-je répété d'une voix étranglée. Ça va… Je t'assure, ça va aller…

— Oui, ça va aller. Sa voix prend une intonation dure et impérieuse et sa main m'agrippe la gorge. Regarde-moi, Nora. Regarde-moi tout de suite.

Incapable de faire quoi que ce soit d'autre, je lui obéis et je croise son regard. Ses yeux brillent d'un bleu éclatant et intense. En le regardant, ma respiration commence à ralentir, mes sanglots se calment et mon affreuse panique disparaît. Je continue à pleurer, mais en silence et plus instinctivement qu'autre chose.

— OK, c'est bien, dit Julian avec la même dureté. Et maintenant, tu vas me baiser, et tu ne vas plus penser à ce qui t'a tellement bouleversée. Tu me comprends ?

Je hoche la tête, ses instructions continuent à me calmer. Tandis que mon anxiété se dissipe, d'autres sensations apparaissent en moi. Je reconnais la fraîche odeur de son corps, je sens les poils de sa jambe me chatouiller les mollets…

Sa verge en moi, si chaude, si grosse, si dure…

Mon corps reprend le dessus et me fait encore davantage oublier ma panique. En respirant profondément, je recommence à bouger, de haut en bas sur sa verge, toute mouillée à l'intérieur et toute douce en commençant à sentir les prémices du plaisir en bas de mon ventre.

— Oui, exactement comme ça, bébé, murmure Julian dont la main glisse le long de mon corps pour atteindre mon clitoris qu'il se met à caresser en intensifiant la tension qui monte en moi. Baise-moi, baise-moi ! Sers-toi de moi pour oublier tes démons.

— Oui, ai-je murmuré, oui ! Et sans cesser de le regarder j'accélère le rythme et je laisse le plaisir de mon corps me délivrer de toutes les ténèbres, le brasier de notre passion consume les souvenirs glacés de l'horreur qui était en moi.

Et quand nous jouissons, à quelques secondes d'intervalle l'un de l'autre, nos corps sont en parfaite harmonie comme le sont nos âmes.

* * *

Ce soir, je vais dormir dans le lit de Julian, et non pas dans le mien. Les médecins ont donné leur accord à condition de faire attention à ne pas lui toucher les côtes ou le visage pendant la nuit.

Je suis couchée à sa droite, la tête posée sur son épaule valide. Je devrais dormir, mais je suis éveillée. Mon esprit est en effervescence, il bourdonne comme une ruche. Un million de pensées me traversent la tête, mes émotions vont du plus grand bonheur à la tristesse.

Nous sommes tous les deux en vie et plus ou moins intacts. Nous sommes à nouveau ensemble, et contre toute attente, nous avons survécu. Maintenant, j'en suis absolument persuadée, c'est notre foutu destin. Pour le meilleur et pour le pire, nous nous emboîtons l'un dans l'autre désormais, les fragments meurtris et pervers dont nous sommes constitués s'assemblent les uns dans les autres comme les morceaux d'un puzzle.

Je ne sais pas ce que l'avenir nous réserve, ni si notre vie pourra reprendre un cours normal. Il faut encore que je réussisse à convaincre Julian de tenir la promesse que j'ai faite à Peter, et que je demande aux médecins de me donner la pilule du lendemain puisque nous n'avons pas pris de précaution tout à l'heure. Je ne sais pas si c'est possible d'être enceinte si vite après avoir perdu mon implant contraceptif, mais ce n'est pas un risque que j'ai l'intention de prendre. Avoir un enfant, un bébé sans défense qui partagerait et subirait notre genre de vie, m'horrifie plus que jamais.

Je changerai peut-être d'avis avec le temps. Dans quelques années, je verrai peut-être les choses d'un autre œil. J'aurai peut-être moins peur. Mais pour le moment, j'ai parfaitement conscience que notre vie ne sera jamais un conte de fées. Julian n'est pas quelqu'un de bon, et moi non plus.

Ce qui devrait m'inquiéter... et qui m'inquiétera sans doute bientôt. Mais pour le moment, entourée de la chaleur de son corps, je ne sens qu'une paix de plus en plus profonde, une certitude d'être là où il faut.

Je suis à ma place.

En levant la main, je suis des doigts le dessin de ses lèvres à demi-cicatrisées et je sens leur courbe sensuelle dans l'obscurité.

— Est-ce que tu me laisseras partir un jour ? ai-je murmuré en me rappelant la conversation que nous avons eue il y a si longtemps.

Ses lèvres dessinent un léger sourire. Lui aussi s'en souvient.

— Non, répond-il doucement. Jamais.

Nous gardons un moment le silence et puis il me demande à voix basse :

— Tu voudrais que je te laisse partir ?

— Non, Julian. Et je ferme les yeux en souriant à mon tour. Jamais.

Hold Me
Tiens Moi

L'Enlèvement : Volume 3

PREMIÈRE PARTIE :
LE RETOUR

CHAPITRE UN

❖ JULIAN ❖

C'est un cri étouffé qui m'a réveillé de mon sommeil agité. J'ouvre mon œil intact en sentant une poussée d'adrénaline et je m'assieds dans le lit, mais ce mouvement brusque provoque une douleur intense à cause de mes côtes fêlées. Le plâtre de mon bras droit se heurte au moniteur cardiaque placé à côté du lit, la souffrance est si vive que la pièce se met à tourner autour de moi et j'ai le vertige et la nausée. Mon pouls s'est emballé et je ne comprends pas immédiatement ce qui m'a réveillé.

C'est Nora.

Elle doit encore faire un cauchemar.

Mon corps qui était déjà prêt à se battre se détend légèrement. Il n'y a aucun danger, personne ne nous attaque. Je suis allongé aux côtés de Nora dans mon luxueux lit d'hôpital, et nous sommes en sécurité tous les deux, grâce à Lucas la clinique suisse est aussi sûre que possible.

J'ai moins mal aux côtes et au bras maintenant, la douleur est plus tolérable. En faisant davantage attention à mes mouvements, je mets la main droite sur l'épaule de Nora et j'essaie de la secouer doucement pour la réveiller. Elle me tourne le dos si bien que je ne peux pas voir son visage et savoir si elle pleure. Mais elle est trempée d'une sueur froide. Son cauchemar a dû durer longtemps. Et elle frissonne.

— Réveille-toi, bébé, ai-je murmuré en caressant son bras fin. On peut voir la lumière filtrer par les persiennes et je sais que cela doit être le matin. Ce n'est qu'un rêve. Réveille-toi, mon chat…

Je la sens se raidir et je sais qu'elle n'est pas encore réveillée, le cauchemar n'a pas encore lâché prise. Je l'entends respirer, elle halète, et je la sens trembler de tout son corps. Sa détresse est déchirante et elle me fait souffrir davantage que n'importe quelle blessure, savoir que j'en suis responsable et que je n'ai pas pu la protéger, me brûle les entrailles et me rend fou.

Je suis furieux contre moi-même et contre Peter Sokolov, celui qui a permis à Nora de risquer sa vie pour venir à ma rescousse.

Avant ce malheureux voyage au Tadjikistan, Nora commençait à se remettre de la mort de Beth et au fil des mois ses cauchemars se faisaient moins nombreux. Mais maintenant, ils sont de retour et Nora va plus mal qu'avant si l'on en juge par la crise de panique qu'elle a eu hier quand on faisait l'amour.

Cela me donne envie de tuer Peter et je pourrais bien le faire s'il croisait ma route. Le russe m'a sauvé la vie, mais il a mis celle de Nora en danger dans l'aventure et jamais je ne pourrais le lui pardonner. Et sa foutue liste de noms ? Il peut l'oublier ! Il est hors de question qu'il soit récompensé alors qu'il m'a trahi de cette manière, quelles que soient les promesses que Nora lui a faites.

— Allez bébé ! Réveille-toi, ai-je répété pour l'encourager, et de la main droite je me glisse plus bas dans le lit. Ce geste ravive la douleur que j'ai dans les côtes, mais moins fort cette fois-ci. En prenant des précautions, je me rapproche de Nora et je l'étreins par-derrière. Tout va bien. Tout est fini, je te le promets.

Elle respire profondément en hoquetant et je sens la tension qui est en elle s'atténuer quand elle réalise où elle se trouve.

— Julian ? Murmure-t-elle en tournant le visage vers moi, et je vois qu'elle a effectivement pleuré, ses joues sont mouillées de larmes.

— Oui. Tu es en sécurité maintenant. Tout va bien. Je tends la main droite et je lui caresse la mâchoire tout en m'émerveillant de la finesse de ses traits. À côté de son petit visage, ma main semble immense et grossière, mes ongles sont cassés et pleins de bleus à cause des aiguilles que Majid a utilisées pour me torturer. Il y a un contraste frappant entre nous deux, même si Nora a souffert elle aussi. La pureté de sa peau dorée est marquée par un bleu à droite de son visage, à l'endroit où ces salauds d'Al-Quadar l'ont frappée pour qu'elle perde connaissance.

S'ils n'étaient déjà morts, je les déchirerais à mains nues pour l'avoir fait souffrir.

— De quoi as-tu rêvé ? lui ai-je demandé doucement. C'était Beth ?

— Non. Elle secoue la tête et je m'aperçois qu'elle recommence à respirer normalement. Mais j'entends encore la terreur dans sa voix qui est rauque quand elle ajoute : cette fois c'était toi. Majid t'arrachait les yeux et je ne pouvais pas l'en empêcher.

J'essaie de ne pas réagir, mais c'est impossible. Ses paroles me ramènent dans cette pièce froide, dépourvue de fenêtres, et à ces sensations épouvantables que j'essaie d'oublier depuis ces derniers jours. En me souvenant de ces atroces souffrances, la tête me fait horriblement mal et mon orbite à demi guérie me brûle en me faisant de nouveau sentir sa vacuité. Je sens le sang et autre chose me couler sur le visage, j'en ai la nausée. Ni la douleur ni même la torture ne me sont inconnues, mon père pensait que son fils devait pouvoir tout supporter, mais perdre un œil fut de loin la pire expérience de ma vie.

En tout cas physiquement.

Mais moralement, c'est le fait de voir Nora telle qu'elle est en ce moment.

J'ai besoin de toute ma volonté pour contraindre mes pensées à revenir au présent, loin de la terreur et de l'hébètement que j'ai ressentis en voyant les hommes de Majid l'emmener.

— Si, tu l'en as empêché, Nora. Ça me tue de l'admettre, mais sans son courage je serais sans doute en train de me décomposer dans une décharge du Tadjikistan. Tu es venue à ma rescousse et tu m'as sauvé la vie.

J'ai encore du mal à croire qu'elle a pu le faire, qu'elle s'était volontairement mise à la merci de ces terroristes et de ces fous pour me sauver la vie. Elle ne l'a pas fait par naïveté, parce qu'elle était convaincue qu'ils ne lui feraient pas de mal. Non, ma chérie savait exactement de quoi ils étaient capables et elle a quand même eu le courage de le faire.

Je dois ma vie à la jeune fille que j'ai enlevée, et j'ai du mal à l'accepter.

— Pourquoi l'avoir fait ? ai-je demandé en caressant du pouce l'extrémité de la lèvre inférieure. Au fond de moi, je le sais bien, mais je veux l'entendre dire et l'admettre.

Elle me regarde fixement, ses yeux sont encore assombris par le cauchemar qu'elle a fait.

— Parce que je ne peux survivre sans toi, dit-elle à voix basse. Tu le sais, Julian. Tu voulais que je t'aime, et je t'aime. Je t'aime tant que j'irais jusqu'au bout de l'enfer pour toi.

J'entends ces mots avec un plaisir avide, sans éprouver de honte. Je l'ai d'abord désirée à cause de sa ressemblance avec Maria, mais mon amie d'enfance ne provoquait pas en moi une seule fraction des émotions que suscite Nora. Mon affection pour Maria était innocente et pure, tout comme Maria elle-même.

Ce qui n'est nullement le cas de mon obsession pour Nora.

— Écoute-moi mon chat. Ma main quitte son visage pour se poser sur son épaule. J'ai besoin que tu me promettes de ne jamais recommencer. Bien sûr, je suis content d'être en vie, mais j'aurais préféré mourir plutôt que de te faire courir un tel danger. Il ne faut plus *jamais* risquer ta vie pour moi. Comprends-tu ?

Elle m'adresse un léger signe, presque imperceptible, et je vois une lueur de rébellion dans ses yeux. Elle ne veut pas me mettre en colère si bien qu'elle ne me contredit pas, mais j'ai de bonnes raisons de penser qu'elle fera ce qu'elle voudra, sans tenir compte de ce qu'elle dit maintenant.

Cette attitude exige plus de fermeté de ma part.

— Bien, ai-je dit avec la plus grande douceur, parce que la prochaine fois, s'il y a une prochaine fois, je tuerais celui qui enfreindra mes ordres pour t'aider, et sa mort sera lente et pénible. Me comprends-tu, Nora ? Si qui que ce soit te fait courir le moindre danger, il mourra dans les plus atroces souffrances. Est-ce que je suis bien clair ?

— Oui. Elle a pâli, et serre les lèvres comme pour s'empêcher de protester. Elle est en colère contre moi, et elle a peur. Non pas pour elle-même, elle est au-delà ce ça désormais, mais pour les autres. Ma chérie sait que je parle sérieusement.

Elle sait que je suis un assassin sans scrupule, avec une seule faiblesse.

Elle-même.

Je la serre plus fort par l'épaule, je me penche en avant et j'embrasse sa bouche close. Ses lèvres sont d'abord serrées, elle me résiste, mais quand je glisse la main sous son cou et la prends par la nuque, elle laisse échapper un soupir et ses lèvres s'entrouvrent pour me laisser l'embrasser. Immédiatement, je sens une vive chaleur me pénétrer, sentir son goût fait raidir ma verge sans que je puisse la contrôler.

— Hum… Excusez-moi, M. Esguerra… C'est une voix de femme, on tape timidement à la porte, et je réalise que les infirmières viennent faire leur ronde du matin.

Putain ! Je suis tenté de faire comme si elles n'étaient pas là, mais je me doute qu'elles vont bientôt revenir, et ça pourrait être au moment où je suis tout au fond de Nora.

Je la lâche à regret, je roule sur le dos en retenant mon souffle tant j'ai mal et je regarde Nora. Elle s'est levée d'un bond et s'est dépêchée de mettre une robe de chambre.

— Veux-tu que je leur ouvre la porte ? demande-t-elle. Je lui fais un signe d'acquiescement avec résignation. Les infirmières doivent changer mes pansements et s'assurer que je suis en état de voyager aujourd'hui et j'ai parfaitement l'intention de me montrer coopératif.

Plus vite, elles auront fini, plus vite je quitterai ce fichu hôpital.

Dès que Nora ouvre la porte, deux infirmières entrent dans la chambre, elles sont accompagnées de David Goldberg, un petit homme chauve qui est mon médecin personnel au domaine. C'est un excellent spécialiste de traumatologie et c'est lui qui s'est occupé de mes blessures au visage pour être sûr que les chirurgiens esthétiques de la clinique ne fassent pas de bêtises.

Si je peux l'éviter, je ne veux pas faire peur à Nora avec mes cicatrices.

— L'avion attend déjà, dit Goldberg tandis que les infirmières commencent à enlever les pansements que j'ai à la tête. S'il n'y a aucun signe d'infection, nous devrions pouvoir rentrer à la maison.

— Excellent. Je reste immobile sur le lit sans tenir compte de la souffrance infligée par les soins des infirmières. Pendant ce temps, Nora attrape des vêtements dans l'armoire et disparaît dans la salle de bain attenante à notre chambre. J'entends l'eau couler et je réalise qu'elle doit avoir décidé d'en profiter pour prendre une douche. C'est sans doute le moyen qu'elle a choisi pour m'éviter un peu, elle est encore sous le coup de mes menaces. Ma chérie est sensible aux violences dirigées contre ceux qu'elles considèrent comme innocents, comme cet imbécile de Jake qu'elle embrassait la nuit où je l'ai enlevée.

J'ai toujours envie de l'éviscérer pour l'avoir touchée… et je le ferai sans doute un jour.

— Pas de signe d'infection, me dit Goldberg quand les infirmières ont terminé d'enlever les pansements. Vous cicatrisez bien.

— Bon ! Je respire lentement et profondément pour contrôler ma douleur tandis que les infirmières nettoient les points de suture et remettent le bandage sur mes côtes. J'ai diminué de moitié mes analgésiques depuis deux jours et je m'en ressens nettement. Dans deux ou trois jours, j'arrêterai complètement pour ne pas devenir dépendant.

Une seule addiction me suffit.

Les infirmières terminent leur tâche quand Nora sort de la salle de bain, toute propre après sa douche et revêtue d'un jean et d'un chemisier à manches courtes.

— Tout se passe bien ? demande-t-elle en jetant un coup d'œil à Goldberg.

— Il est prêt à partir, répond-il en lui souriant chaleureusement. Je pense qu'il l'aime bien, ce qui ne me dérange pas étant donné qu'il est homosexuel. Comment vous sentez-vous ?

— Bien, merci. Elle lève le bras et montre un grand sparadrap couvrant l'endroit où les terroristes lui ont arraché son implant contraceptif par erreur. Je serai contente de ne plus avoir de points de suture, mais ça ne me gêne pas beaucoup.

— Parfait, j'en suis content. Puis Goldberg se tourne vers moi et me demande : à quelle heure avez-vous l'intention de partir ?

— Dites à Lucas d'être prêt avec la voiture dans vingt minutes, fais-je en dirigeant avec soin les pieds vers le sol alors que les infirmières s'en vont. Je m'habille et l'on y va.

— Entendu, dit Goldberg en se retournant pour partir.

— Attendez, Dr Goldberg, je vous accompagne, dit rapidement Nora, et quelque chose dans sa voix attire mon attention. J'ai besoin d'aller chercher quelque chose en bas, explique-t-elle.

Goldberg semble étonné.

— Oh, bien sûr !

— De quoi s'agit-il mon chat ? Je me lève sans tenir compte du fait que je suis nu. Goldberg détourne poliment les yeux et j'attrape Nora par le bras pour l'empêcher de sortir. De quoi as-tu besoin ?

Elle semble gênée et regarde de côté.

— Qu'est-ce que c'est, Nora ? Ai-je demandé d'un ton impérieux, ma curiosité est en éveil. Je lui serre le bras de plus belle et l'attire vers moi.

Elle lève les yeux vers moi. Elle a rougi et sa mâchoire se relève avec défiance.

— J'ai besoin de la pilule du lendemain, d'accord ? Je veux être certaine de l'avoir avant de partir.

— Oh ! Pendant une seconde, je ne peux penser à rien. Je n'avais pas pensé que sans son implant contraceptif Nora pouvait être enceinte. Je l'ai dans mon lit depuis presque deux ans et pendant toute cette période elle était protégée par cet implant. J'y suis tellement habitué que je n'ai pas réalisé que maintenant il faut prendre des précautions.

Mais visiblement, Nora y a pensé.

— Tu veux la pilule du lendemain ? Ai-je lentement répété en essayant d'assimiler que Nora, ma Nora, pourrait être enceinte.

Enceinte de mon enfant.

Un enfant dont elle ne veut visiblement pas.

— Oui. Ses yeux sombres lui dévorent tout le visage quand elle me fixe du regard. Bien sûr, il n'y a pas beaucoup de risque avec une seule fois, mais je ne veux pas le prendre.

Elle ne veut pas prendre le risque d'être enceinte de mon enfant. J'ai le cœur étrangement serré en la regardant et en voyant la peur qu'elle essaie de me cacher. Elle s'inquiète de la manière dont je vais réagir, elle a peur que je l'empêche de prendre cette pilule.

Peur que je l'oblige à avoir un enfant dont elle ne veut pas.

— Je vous attends dehors, dit Goldberg, qui sent visiblement la tension monter dans la pièce, et avant que je puisse dire quoi que ce soit, il s'esquive et nous laisse seuls.

Nora lève le menton et me regarde droit dans les yeux. Je peux lire la détermination sur son visage quand elle dit :

— Julian, je sais que nous n'en avons jamais parlé, mais…

— Mais tu n'es pas encore prête, l'ai-je interrompue, le cœur de plus en plus serré. Tu ne veux pas avoir un bébé en ce moment.

Elle hoche la tête, en ouvrant grands les yeux.

— C'est vrai, dit-elle avec prudence. Je n'ai même pas encore fini mes études, et tu viens d'être blessé…

— Et tu n'es pas sûre de vouloir un enfant avec un homme tel que moi.

Elle avale sa salive avec nervosité, mais ne dit pas le contraire et ne détourne pas les yeux. Son silence est terrible et ma difficulté à respirer se transforme en une étrange douleur.

Je lui lâche le bras et recule d'un pas.

— Tu peux dire à Goldberg de te donner la pilule du lendemain et le mode de contraception qui lui semblera préférable. Ma voix semble inhabituellement froide et distante. Je vais me laver et m'habiller.

Et avant qu'elle n'ait le temps de répondre je vais dans la salle de bain et je ferme la porte.

Je ne veux pas voir de soulagement sur son visage.

Je ne veux pas penser à ce qu'elle doit ressentir.

CHAPITRE DEUX

❖ NORA ❖

Stupéfaite, je regarde la silhouette nue de Julian disparaître dans la salle de bain. Ses blessures le gênent, il est plus raide que d'habitude. Et pourtant il y a une certaine grâce dans sa démarche. Même après les horreurs qu'il a endurées, son corps musclé est athlétique et plein de force et le bandage blanc qui lui entoure les côtes accentue sa carrure et son bronzage.

Il n'a fait aucune objection à ce que je prenne la pilule du lendemain.

Quand je commence à m'en rendre compte, je sens mes genoux se dérober de soulagement, la tension provoquée par l'adrénaline disparaît en un clin d'œil. J'étais presque certaine qu'il m'en empêcherait ; pendant notre conversation, l'expression de son visage s'était fermée, il était impossible de lire ses pensées, son opacité la rendait menaçante. Les prétextes que je lui ai donnés, finir mes études, ses blessures, ne l'a pas trompé une seule seconde et son œil resté intact brillait d'une froide lumière bleue qui m'a terrifiée et noué l'estomac.

Mais il n'a pas fait d'objections à ce que je prenne la pilule. Au contraire, il a suggéré que je demande un nouveau moyen de contraception au Dr Goldberg.

La joie me donne presque le tournis. Julian doit être d'accord pour ne pas avoir d'enfant, malgré son étrange réaction.

Ne voulant pas remettre en question ma bonne étoile je me précipite à l'extérieur de la chambre pour rattraper le Dr Goldberg. Je veux être sûre d'obtenir ce que je veux avant de quitter la clinique.

Ce n'est pas facile de trouver des implants contraceptifs dans notre domaine, en pleine jungle.

* * *

— J'ai pris la pilule du lendemain, ai-je dit à Julian, une fois que nous sommes installés confortablement dans son jet privé, celui qui nous avait conduits de Chicago en Colombie quand Julian est venu me chercher au mois de décembre. Et il m'a donné ça. Je lève le bras droit pour lui montrer un minuscule pansement à l'endroit où se trouve le nouvel implant. Mon bras me fait un peu mal, mais ça m'est égal.
Julian lève les yeux de son ordinateur portable, le visage toujours fermé.

— Bon, dit-il sèchement. Et il se remet au travail, c'est un message pour l'un de ses ingénieurs. Il y précise les spécifications exactes d'un nouveau drone dont il veut les plans. Je le sais parce que je le lui ai demandé quelques minutes plus tôt et qu'il m'a expliqué ce qu'il faisait. Depuis ces deux derniers mois, il est beaucoup plus ouvert avec moi, et c'est la raison pour laquelle je suis surprise qu'il veuille éviter de parler de contraception.

Je me demande si c'est à cause de la présence du Dr Goldberg. Le petit homme est assis à l'avant de l'appareil, à plus d'une douzaine de mètres de nous, mais il peut nous entendre. Quoi qu'il en soit je décide de laisser tomber pour le moment et d'en reparler à un moment plus opportun.

Pendant le décollage, je me change les idées en regardant les Alpes suisses jusqu'à ce que nous soyons au-dessus des nuages. Puis je m'installe confortablement et j'attends que la jolie hôtesse, Isabella, vienne nous apporter le petit déjeuner. Nous avons quitté l'hôpital si rapidement que je n'ai réussi à prendre qu'une tasse de café en vitesse.

Quelques minutes plus tard, Isabella arrive dans la cabine, son corps de rêve moulé dans une robe rouge qui lui colle à la peau. Elle porte un plateau avec du café et des viennoiseries. Goldberg semble s'être endormi et elle se dirige donc vers nous avec un sourire charmeur.

La première fois que je l'ai vue, quand Julian est revenu me chercher en décembre, j'étais follement jalouse. Depuis j'ai appris qu'Isabella n'était jamais sortie avec Julian et qu'en fait elle était mariée avec l'un des gardes du corps du domaine, deux raisons qui ont beaucoup contribué à calmer le monstre de la jalousie dans mon cœur. Je n'ai vu Isabella qu'une ou deux fois depuis deux mois ; contrairement à la plupart des employés de Julian, elle passe la majorité de son temps à l'extérieur du domaine, elle lui sert d'espionne dans plusieurs compagnies de jets privés de luxe.

— Tu serais surprise de constater comment ces gens se mettent à bavarder après deux ou trois verres à 30 000 mètres d'altitude, m'a un jour expliqué Julian. Les grands patrons, les hommes politiques, les chefs de cartels. Ils aiment tous qu'Isabella s'occupe d'eux, et en sa présence ils ne prennent pas toujours garde à ce qu'ils disent. Grâce à elle, j'ai obtenu toutes sortes de renseignements, des secrets de délits d'initiés aux renseignements concernant les livraisons de drogue dans la région.

Bon, d'accord, je ne suis plus jalouse d'Isabella, mais je ne peux toujours pas m'empêcher de trouver qu'elle flirte un peu trop avec Julian pour une femme mariée. Mais évidemment, je ne suis pas particulièrement bien placée pour juger quel doit être le bon comportement d'une femme mariée. Si j'attardais les yeux plus d'une seconde sur un autre homme que Julian, je le condamnerais à mort.

Julian est possessif à un point qui dépasse tout ce qu'on peut imaginer.

— Aimeriez-vous un café ? demande Isabella en s'arrêtant près de son siège. Elle le regarde avec moins de coquetterie aujourd'hui, mais j'ai quand même envie de la gifler en voyant sur son joli visage le sourire aguichant qu'elle adresse à mon mari.

C'est vrai, Julian n'est pas le seul à être possessif. Malgré l'absurdité de la situation, je suis possessive avec celui qui m'a enlevée. C'est ridicule, mais il y a longtemps que j'ai renoncé à trouver de la logique dans ma relation démente avec Julian.

Il est plus simple de me contenter de l'accepter comme elle est.

À la question d'Isabella, Julian lève les yeux de son ordinateur.

— Entendu, dit-il avant de jeter un coup d'œil dans ma direction. Nora ?

— Oui, s'il vous plait, ai-je dit poliment. Et deux croissants.

Isabella verse une tasse de café à chacun de nous, pose les viennoiseries sur ma table et retourne vers l'avant de l'appareil en balançant ses hanches aux courbes voluptueuses. J'ai une nouvelle bouffée de jalousie avant de me souvenir que c'est de *moi* dont Julian a envie.

En fait, il a trop envie de moi, mais ça, c'est un autre problème.

Pendant la demi-heure qui suit, je lis tranquillement en mangeant mes croissants et en savourant mon café. Julian semble se concentrer sur son message concernant la conception du nouveau drone et je le laisse travailler. Je fais de mon mieux pour me concentrer sur mon livre, un roman policier de science-fiction que j'ai acheté à la clinique. Mais je n'y arrive pas et toutes les deux ou trois pages, je pense à autre chose.

C'est étrange d'être assise ici et de lire, ça me semble irréel d'une certaine façon. C'est comme s'il ne s'était rien passé. Comme si nous ne venions pas d'échapper à la torture et à la terreur.

Comme si je n'avais pas brûlé de sang-froid la cervelle de quelqu'un.

Comme si je n'avais pas failli perdre Julian une nouvelle fois.

Mon cœur commence à s'accélérer, les images du cauchemar de ce matin envahissent mon esprit avec une étonnante clarté. *Du sang… le corps de Julian mutilé et déchiqueté… Son beau visage dont les orbites sont vides…* Le livre glisse de mes mains tremblantes, tombe par terre quand j'essaie de respirer, la gorge serrée.

— Nora ? Des doigts pleins de force et de chaleur se serrent autour de mon poignet et bien que ma vision soit voilée par la panique je vois le visage bandé de Julian devant moi. Il me serre fort, il a laissé son ordinateur sur la table à côté de lui. Nora, tu m'entends ?

Je réussis à lui faire signe, je me lèche les lèvres. La peur a séché ma bouche, mon chemisier colle dans mon dos tant je suis en sueur. Mes mains s'agrippent sur le rebord du siège et s'enfoncent dans le cuir. Une part de moi sait bien que c'est mon esprit qui bat la breloque, qu'il n'y a pas de raison d'être aussi anxieuse, mais mon corps réagit comme si la menace était réelle.

Comme si nous étions de nouveau au Tadjikistan, sur ce chantier, à la merci de Majid et des autres terroristes.

— Respire, bébé. La voix de Julian est apaisante et il prend doucement mon menton dans la main. Respire lentement, profondément. C'est bien…

Je fais ce qu'il me dit sans le quitter des yeux, je respire profondément pour me calmer et vaincre la panique. Une minute plus tard, les battements de mon cœur ralentissent et ma main lâche le rebord du siège. Je tremble encore, mais la peur qui me suffoquait a disparu.

Gênée, je prends la main de Julian et je dégage mon visage.

— Ça va, ai-je réussi à dire d'une voix relativement ferme. Je suis désolée, je ne sais pas ce qui m'est arrivé.

Il me fixe de son regard brillant, et je lis un mélange de rage et de frustration sur son visage. Ses doigts ne m'ont pas lâchée, comme s'il était réticent à le faire.

— Non, ça ne va pas, Nora, ça ne va pas du tout, dit-il durement.

Il a raison. Je ne veux pas l'admettre, mais il a raison. Depuis que Julian a quitté le domaine pour partir à la poursuite de ces terroristes je ne vais pas bien. Je suis une loque depuis son départ et ça a l'air d'être encore pire maintenant qu'il est revenu.

— Si, ça va, ai-je dit. Je ne veux pas qu'il me trouve faible. Julian a été torturé et il semble s'en sortir alors que je m'effondre sans raison.

— Ça va ? Il fronce les sourcils. Tu as eu deux crises de panique et un cauchemar en vingt-quatre heures. Non, ça ne va pas, Nora.

J'avale ma salive et je regarde mes genoux, sa main tient la mienne et la serre de manière possessive. Je déteste le fait de ne pas pouvoir tourner la page comme Julian semble le faire. C'est vrai qu'il a encore des cauchemars au sujet de Maria, mais les horreurs que lui ont infligées les terroristes semblent l'avoir à peine ébranlé. Logiquement, c'est lui qui devrait perdre la tête, mais pas moi. J'ai à peine été blessée alors qu'il a subi des jours entiers de torture.

Je suis faible et je déteste ça.

— Nora, bébé, écoute-moi.

Je lève les yeux vers lui, attirée par la douceur de sa voix, et je suis subjuguée par son regard.

— Ce n'est pas de ta faute, dit-il à voix basse. Rien n'est de ta faute. Tu as traversé une dure épreuve et tu es traumatisée. Ce n'est pas la peine de faire semblant avec moi. Si tu commences à paniquer, dis-le-moi et je t'aiderai à le surmonter. Me comprends-tu ?

— Oui, ai-je murmuré, étrangement soulagée par ses paroles. Je sais qu'il est ironique que ce soit celui qui a fait basculer ma vie dans les ténèbres qui m'aide à leur faire face, mais il en est ainsi depuis le début.

J'ai toujours trouvé du réconfort dans les bras de mon ravisseur.

— Bien ! Ne l'oublie pas ! Il se penche pour m'embrasser et je vais à sa rencontre, en tenant compte de ses côtes fêlées. Ses lèvres sont plus tendres que d'habitude quand elles touchent les miennes et je ferme les yeux, ce qu'il me reste d'anxiété s'évanouit quand la chaleur du désir me brûle de l'intérieur. Mes mains se retrouvent derrière son cou et un gémissement sort de ma gorge quand je sens sa langue m'envahir la bouche, conquise par son goût familier et affolant à la fois.

Il gronde quand je l'embrasse en retour et que ma langue s'enroule autour de la sienne. Son bras droit m'enveloppe le dos, il me rapproche encore de lui et je sens monter la tension dans son corps musclé. Sa respiration s'accélère et ses baisers s'intensifient, ils deviennent dévorants et me font vibrer toute entière.

— Dans la chambre ! Tout de suite ! grogne-t-il sans articuler en me reprenant la bouche. Puis il se lève et me tire hors de mon siège. Avant que je ne puisse dire quoi que ce soit, il m'a prise par le poignet et me pousse vers l'arrière de l'appareil. En mon for intérieur, je me réjouis que le Dr Goldberg soit profondément endormi et qu'Isabella soit retournée à l'avant ; il n'y a personne pour voir Julian m'entraîner au lit.

En entrant dans la petite pièce, il referme d'un coup la porte derrière nous et m'attire vers le lit. Même blessé, il reste incroyablement fort. Une force qui m'excite tout en m'intimidant. Pas parce que j'ai peur qu'il me fasse mal, je sais qu'il le fera et je sais que ça me plaît, mais parce que je sais de quoi il est capable.

Je l'ai vu tuer un homme rien qu'avec le pied d'une chaise.

Ce souvenir devrait me répugner, mais étrangement il m'excite autant qu'il m'effraie. Il est vrai que Julian n'est pas le seul à avoir tué cette semaine.

Maintenant, nous sommes tous les deux des tueurs.

— Déshabille-toi ! ordonne-t-il en s'arrêtant tout près du lit et en me lâchant le poignet. Ses manches de chemise ont été arrachées pour laisser passer son plâtre et avec son visage bandé il est à la fois blessé et menaçant, tel un pirate des temps modernes après un raid. Les muscles de son bras droit sont gonflés et son œil resté intact est extraordinairement bleu dans son visage bronzé.

Je l'aime tant que ça me fait mal.

Après avoir reculé d'un pas, je commence à me déshabiller. D'abord mon chemisier, puis mon jean. Quand je n'ai plus qu'un string blanc et son soutien-gorge assorti, Julian me dit d'une voix rauque :

— Va sur le lit ! Je veux que tu te mettes à quatre pattes, le derrière vers moi.

La chaleur me glisse le long de l'épine dorsale, accentuant la douleur de plus en plus intense que j'ai entre les jambes. En me retournant, je fais ce qu'il me dit, le cœur battant d'impatience et de nervosité. Je me souviens de la dernière fois que nous avons fait l'amour dans cet avion, et des bleus qui ont orné mes cuisses pendant les jours qui ont suivi. Je sais que Julian n'a pas repris assez de force pour m'en infliger autant, mais le savoir ne diminue ni mes appréhensions ni mon désir.

Avec mon mari, la peur est inséparable du désir.

Quand je suis dans la position exigée par Julian, le derrière à la hauteur de son entrejambe, il se rapproche et glisse les doigts sous ma petite culotte qu'il me fait descendre aux genoux. Je tremble sous sa main, mon sexe se contracte et il gronde en passant la main du haut de ma cuisse aux profondeurs de mes plis.

— Putain, tu es toute mouillée, murmure-t-il brutalement en mettant deux doigts en moi. Toute mouillée pour moi, et si serrée… Tu en as envie, n'est-ce pas, bébé ? Tu veux que je te prenne, que je te baise…

Quand il replie les doigts et qu'il me touche là, tout mon corps se raidit d'un coup et j'en perds le souffle.

— Oui… J'ai du mal à parler, des vagues de chaleur déferlent sur moi et ma lucidité m'abandonne. Oui, je t'en prie…

Il a un petit rire grave, plein d'un sombre ravissement. Il retire ses doigts, me laissant vide et vibrante de désir. Avant que je ne puisse le lui reprocher, j'entends s'ouvrir sa fermeture éclair et je sens la douceur de son gros gland m'effleurer les cuisses.

— Oh, je vais le faire, murmure-t-il avec la même brutalité en se guidant vers mon ouverture. Putain ! Je vais te donner tant de plaisir. L'extrémité de sa verge me pénètre, j'en perds le souffle. Tu vas crier pour moi. N'est-ce pas, bébé ?

Et sans attendre ma réponse, il m'attrape la hanche droite et s'enfonce jusqu'au bout, ce qui me fait pousser un cri étouffé. Comme toujours, sa pénétration me fait chavirer, il est si gros qu'il m'étire presque au point de me faire mal. Mais sa brutalité ne fait qu'ajouter un plaisir supplémentaire qui accroit encore mon excitation et m'inonde encore plus le sexe. Je ne pourrais pas ouvrir davantage les jambes et il semble énorme en moi, chaque centimètre de sa chair est dure et incandescente. Je m'attends à ce qu'il prenne un rythme brutal en accord avec cette première poussée, mais maintenant qu'il est entré, il va lentement. Lentement et avec précaution, chacun de ses mouvements est calculé pour rendre mon plaisir encore plus vif. *D'avant en arrière, d'avant en arrière...* J'ai l'impression qu'il me caresse de l'intérieur, qu'il provoque en me taquinant chacune des sensations dont mon corps est capable. *D'avant en arrière, d'avant en arrière...* Je suis proche de l'orgasme sans pouvoir y parvenir s'il continue avec une telle lenteur. *D'avant en arrière...*

— Julian... ai-je grondé, alors il ralentit encore plus, ce qui me fait geindre de frustration.

— Dis-moi ce que tu veux, bébé, il murmure en se retirant presque entièrement, dis-moi exactement ce que tu veux.

— Baise-moi, ai-je soufflé en serrant les poings dans les draps. Je t'en prie, fais-moi jouir.

Il rit de nouveau, mais avec peine, sa respiration est lourde et irrégulière. Je sens sa verge grossir encore en moi et je resserre mes muscles intimes autour d'elle. J'ai envie qu'il aille plus vite, qu'il me donne ce petit plus dont j'ai besoin.

Et finalement, il le fait.

Sans me lâcher la hanche, il accélère son rythme et me baise de plus en plus rapidement.

Ses coups trouvent leur écho en moi et m'envoient des ondes de choc de plaisir qui m'irradient au plus profond de mon être. Mes mains s'agrippent aux draps, mes cris sont de plus en plus forts tandis que la tension augmente au point de devenir insupportable, intolérable... et puis je vole en éclats et mon corps vibre désespérément autour de son énorme verge. Il gronde, ses doigts s'enfoncent dans ma chair alors que son étau se resserre autour de ma hanche et je le sens se frotter contre mes fesses, sa verge tressaute en moi quand il jouit à son tour.

Quand tout est terminé, il se retire et se recule un peu. Encore tremblante de l'intensité de mon orgasme, je m'effondre sur le côté et tourne la tête vers lui.

Il est debout, le jean ouvert, le buste haletant violemment. Son regard est empli d'un reste de désir, il a les yeux rivés à mes cuisses où sa semence coule lentement de mon ouverture.

Je rougis et je jette un coup d'œil dans la pièce pour trouver un mouchoir en papier. Heureusement, il y en a une boîte sur une étagère à côté du lit. J'en prends un et j'essuie les preuves de notre accouplement.

Julian me regarde agir en silence. Puis il recule d'un pas, son visage s'est de nouveau refermé quand il remet sa verge ramollie dans son jean et remonte la fermeture éclair.

J'attrape la couverture et la tire pour couvrir mon corps nu. Tout à coup, j'ai froid et je me sens vulnérable, la chaleur qui était en moi se dissipe. Normalement, après avoir fait l'amour Julian me tient dans ses bras pour renforcer notre proximité et il use de tendresse pour compenser sa brutalité. Mais aujourd'hui, il ne semble pas en avoir envie.

— Est-ce qu'il y a quelque chose qui ne va pas ? Ai-je demandé. Ai-je fait quelque chose qu'il ne fallait pas ?

Il me sourit froidement et s'assied sur le lit à côté de moi.

— Qu'est-ce que tu aurais pu faire de mal, mon chat ? Il me regarde, lève la main et prend une mèche de mes cheveux qu'il caresse entre ses doigts. Son geste est joueur, mais la lueur sombre de son regard accentue mon désarroi.

Brusquement, mon intuition me met sur la voie.

— C'est la pilule du lendemain, c'est ça ? Tu es fâché que je l'aie prise ?

— Fâché ? Parce que tu ne veux pas de mon enfant ? Il rit, mais la dureté de son rire me noue l'estomac. Non, mon chat, je ne suis pas fâché. Je serais un très mauvais père et je le sais.

Je le fixe en essayant de comprendre pourquoi ses paroles me font sentir coupable. C'est un tueur, un sadique, un homme qui m'a enlevée sans le moindre scrupule et qui m'a gardée en captivité, et pourtant je me sens coupable, comme si je l'avais blessé sans le vouloir.

Comme si j'avais vraiment fait quelque chose de mal.

— Julian… Je ne sais que dire. Je ne peux pas mentir et dire qu'il serait un bon père. Il saurait que je lui mens. Alors, à la place je lui demande prudemment : veux-tu des enfants ?

Et puis je retiens mon souffle en attendant sa réponse.

Il me regarde, toujours avec la même expression impénétrable.

— Non, Nora, dit-il à voix basse. C'est la dernière chose dont nous avons besoin, toi et moi. Tu peux avoir tous les implants contraceptifs que tu voudras. Je ne t'obligerai pas à être enceinte.

Je pousse un gros soupir de soulagement.

— Ah bon, d'accord ! Alors pourquoi…

Mais avant même de me laisser le temps de finir, Julian se lève et indique ainsi que la conversation est terminée.

— Je serai dans la cabine, dit-il d'un ton neutre. J'ai du travail. Rejoins-moi quand tu te seras habillée.

Et sur ces mots, il disparaît de la pièce et me laisse au lit, nue et en plein désarroi.

CHAPITRE TROIS

❖ JULIAN ❖

Je suis plongé dans le rapport de mon gestionnaire de portefeuille concernant un possible investissement quand Nora vient silencieusement s'asseoir à côté de moi. Incapable de résister à son pouvoir de séduction je me tourne afin de la regarder pendant qu'elle lit.

Maintenant que j'ai passé quelques minutes loin d'elle, le besoin irrationnel de me déchaîner contre elle et de lui faire de la peine s'est évanoui. Ils ont été remplacés par une inexplicable tristesse… une sensation de perte inexplicable et inattendue.

Je ne comprends pas ce qui se passe. Je n'ai pas menti à Nora en lui disant que je ne voulais pas d'enfants. Je n'y ai jamais beaucoup pensé, mais maintenant que je le fais je ne peux même pas imaginer devenir père. Que ferais-je d'un enfant ? Ce serait seulement une faiblesse supplémentaire que mes ennemis pourraient exploiter. Les bébés ne m'intéressent pas, et je ne saurais pas comment m'en occuper. De ce point de vue mes parents n'étaient pas un modèle à suivre. J'aurais dû être content que Nora ne veuille pas d'enfants, mais à la place, quand elle a parlé de la pilule du lendemain j'ai eu l'impression de recevoir un coup dans le ventre.

Quelque chose qui ressemblait au pire des refus.

J'ai tenté de ne pas y penser, mais la voir essuyer ma semence sur ses cuisses a ramené ces émotions indésirables et m'a rappelé qu'elle ne veut pas ça de moi.

Qu'elle ne le voudra jamais.

Je ne comprends pas pourquoi c'est important. Je n'ai jamais eu l'intention de fonder une famille avec Nora. Le mariage a été un moyen de cimenter notre lien, rien de plus. Elle est ma chérie, elle m'obsède et elle m'appartient. Elle m'aime parce que j'ai fait en sorte qu'elle m'aime, et je la désire parce qu'elle est nécessaire à ma vie. Il n'y a pas de place pour des enfants dans cette dynamique.

Ce ne serait pas possible.

Quand elle s'aperçoit que je la regarde, Nora m'adresse un timide sourire.

— À quoi travailles-tu ? demande-t-elle en posant son livre sur ses genoux. Toujours la conception du drone ?

— Non, bébé. Je me force à penser au fait qu'elle est venue me secourir au Tadjikistan, qu'elle m'aime assez pour faire quelque chose d'aussi insensé. Mon humeur commence à être moins sombre, ma poitrine est de moins en moins oppressée.

— Qu'est-ce que c'est alors ? insiste-t-elle. Je ne peux m'empêcher de sourire, amusé par ses questions. Nora ne se contente plus de rester en marge de ma vie ; elle veut tout savoir, et elle s'enhardit sans cesse dans sa quête pour obtenir des réponses.

S'il s'agissait de qui que ce soit d'autre, cela m'agacerait. Mais pas avec Nora. Sa curiosité me plaît.

— J'examine la possibilité d'un nouvel investissement, je lui explique.

Elle semble intriguée si bien que je lui dis que je me renseigne sur une start-up en biotechnologie se spécialisant dans les médicaments destinés à la chimie cérébrale. Si je décide d'investir, je serai ce qu'on appelle un investisseur providentiel, l'un des premiers à mettre des capitaux dans cette compagnie. Je me suis toujours intéressé au capital de risque ; j'aime rester à la pointe de l'innovation dans toutes sortes de domaines et en profiter le mieux possible.

Elle écoute mes explications avec une évidente fascination, sans me quitter un instant des yeux, de ses beaux yeux noirs. Sa manière d'absorber la connaissance comme une éponge me plaît. Grâce à sa curiosité, c'est amusant de lui apprendre quelque chose, de lui montrer différentes parties de mon univers. Les quelques questions qu'elle me pose sont astucieuses et me montrent qu'elle comprend exactement de quoi je lui parle.

— Si ce médicament peut effacer les souvenirs ne pourrait-il pas être utilisé dans les cas de stress post-traumatique et les maladies de ce genre ? demande-t-elle une fois que je lui ai décrit l'un des produits les plus prometteurs de cette start-up. Je suis d'accord avec elle, je suis moi-même parvenu à cette conclusion quelques minutes plus tôt.

Quand je l'ai kidnappée, je ne m'étais pas attendu à ça, au vrai plaisir que je trouve à passer du temps en sa compagnie. En l'enlevant, je ne l'ai d'abord considérée que comme un objet sexuel, une jolie fille qui m'obsédait tellement que je ne pensais qu'à elle. Je ne m'attendais pas à ce qu'elle devienne ma compagne aussi bien que ma maîtresse, je n'avais pas réalisé que ça me plairait d'être tout simplement avec elle.

Je ne savais pas qu'elle s'emparerait de moi comme je m'étais emparé d'elle.

C'est vraiment tant mieux qu'elle se soit souvenue de prendre la pilule du lendemain. Quand nous nous serons remis tous les deux, notre vie pourra reprendre son cours normal.

En tout cas ce qui est normal pour *nous*.

J'aurai Nora auprès de moi et elle ne me quittera plus jamais.

* * *

La nuit est tombée quand nous atterrissons. Je guide une Nora ensommeillée à l'extérieur de l'avion et nous montons dans la voiture qui nous ramène à la maison.

La maison. C'est étrange de considérer de nouveau cet endroit comme ma maison. C'était la maison de mon enfance et je la détestais alors. Je détestais chacun de ses aspects, de la chaleur moite à l'odeur insistante de la végétation humide dans la jungle. Et pourtant plus tard j'ai été attiré par des endroits qui lui ressemblaient, des endroits dans les tropiques qui me rappelaient la jungle où j'avais grandi.

C'est la présence de Nora qui m'a permis de prendre conscience que finalement je ne détestais pas le domaine. Ce n'est nullement ce lieu qui était l'objet de ma haine, c'est bien celui à qui il appartenait.

Mon père.

Nora se blottit plus près de moi sur le siège arrière, met la tête sur mon épaule et interrompt ma rêverie avec un léger bâillement qui ressemble tellement à celui d'un chaton que je me mets à rire et que j'entoure sa taille du bras pour l'étreindre.

— Tu as sommeil ?

— Mmmm... Elle se frotte le visage contre mon cou. Tu sens bon, marmonne-t-elle.

Et voilà, ma verge se durcit quand je sens les lèvres de Nora m'effleurer la peau.

Putain ! Je pousse un soupir de frustration quand la voiture s'arrête devant la maison. Anna et Rosa sont sur le perron, prêtes à nous accueillir, et ma queue est prête à jaillir de mon pantalon. Je me mets sur le côté et j'essaie d'éloigner Nora pour faire cesser mon érection. Son coude m'effleure les côtes et je me raidis de douleur en vouant Majid à tous les diables en mon for intérieur.

Putain, j'ai une telle impatience de guérir ! J'ai même souffert en faisant l'amour tout à l'heure, surtout à la fin quand le rythme s'était accéléré. Non pas que mon plaisir en ait été amoindri, je suis certain d'être encore capable de baiser Nora sur mon lit de mort et d'en jouir, mais ça m'agace quand même. J'aime la souffrance alliée au sexe, mais seulement quand c'est moi qui l'inflige.

Ce qu'il y a de bien c'est qu'on ne voit plus mon érection.

— Nous sommes arrivés, ai-je dit à Nora qui se frotte les yeux et bâille une nouvelle fois. Je te porterais bien sur le seuil, mais cette fois-ci je ne suis pas sûr d'y arriver.

Elle cligne des yeux, un peu désorientée puis un grand sourire lui envahit le visage. Elle aussi elle se souvient.

— Je ne suis plus une nouvelle mariée, dit-elle en souriant, tu es quitte.

Je lui rends son sourire, un contentement inhabituel me gonfle la poitrine et j'ouvre la portière.

Dès que nous descendons de voiture, nous sommes assaillis par les deux femmes en pleurs. Ou plus précisément, c'est Nora qui est prise d'assaut.

Éberlué, je me contente de regarder Ana et Rosa l'embrasser en riant et en sanglotant à la fois. Après en avoir fini avec Nora, elles se tournent vers moi et Ana sanglote de plus belle en voyant le bandage sur mon visage.

— Oh, pobrecito… Elle revient à l'espagnol comme elle le fait parfois quand elle est émue, alors Nora et Rosa essaient de la réconforter en disant que je vais me remettre et que l'essentiel c'est que je sois en vie.

L'inquiétude de ma gouvernante me touche tout en me déconcertant. J'ai toujours été vaguement conscient de compter pour cette vieille femme, mais je ne savais pas à quel point ses sentiments étaient forts. Aussi loin que je me souvienne, Ana était une présence chaleureuse et réconfortante au domaine, c'est elle qui me donnait à manger, qui faisait ma toilette et qui soignait mes égratignures et mes bleus quand j'étais enfant. Mais je ne l'ai jamais autorisée à être très proche de moi, et pour la première fois j'en ai un soupçon de regret. Ni elle ni Rosa, la bonne qui est devenue l'amie de Nora, n'ont tenté de m'embrasser comme elles l'ont fait avec ma femme. Elles pensent qu'il ne vaut mieux pas et elles ont sans doute raison.

La seule personne dont je veux l'affection ou plutôt dont l'affection m'est *indispensable* c'est Nora, et c'est une nouveauté pour moi.

Quand les trois femmes ont terminé leurs effusions, nous entrons tous dans la maison. Malgré l'heure tardive, nous avons faim et nous dévorons le repas qu'Ana nous a préparé à une vitesse record. Ensuite, rassasiés et épuisés, nous montons dans notre chambre.

Après avoir pris une douche rapide et avoir fait tout aussi rapidement l'amour, je sombre dans le sommeil, la tête de Nora repose sur celle de mes épaules qui n'a pas été blessée.

Je suis prêt à reprendre le cours normal de notre vie.

* * *

Le cri qui me réveille me glace le sang. Empli de désespoir et de terreur, il résonne contre les murs et remplit mes veines d'adrénaline.

J'ai bondi du lit avant même de comprendre ce qui se passait. Tandis que le son s'évanouit, j'attrape le révolver caché dans ma table de chevet tout en allumant la lampe du revers de la main.

Quand la lampe s'allume et éclaire la pièce, je vois Nora recroquevillée au milieu du lit, tremblante sous la couverture.

Il n'y a personne d'autre dans la pièce, aucune menace visible.

Les battements de mon cœur qui s'était emballé commencent à ralentir. Personne ne nous a attaqués. C'est Nora qui a dû pousser ce cri.

Elle fait encore un cauchemar.

Putain ! Mon désir de violence est trop fort pour que je puisse le réprimer. Il emplit chaque fibre de mon corps au point de me faire trembler de rage, j'ai besoin de tuer et de détruire tous les salauds qui sont responsables de cette situation.

En commençant au besoin par moi-même.

Je me retourne, je respire profondément plusieurs fois de suite en tentant de contenir la furie qui me dévore. Mais il n'y a personne contre qui me déchaîner, aucun ennemi contre lequel je peux passer ma rage.

Il n'y a que Nora, et elle a besoin que je sois calme et rationnel.

Après quelques secondes, quand je suis sûr de ne pas lui faire de mal je me retourne dans sa direction et replace le révolver dans la table de nuit. Puis je me recouche. J'ai une douleur sourde aux côtes ainsi qu'à l'épaule et la tête me tourne à cause de la brusquerie de mes mouvements, mais ces souffrances ne sont rien en comparaison de celle de mon cœur qui est si lourd.

— Nora, bébé… En me penchant sur elle, je retire la couverture de son corps nu et je pose la main droite sur son épaule pour la réveiller en la secouant. Réveille-toi, mon chat. Ce n'est qu'un mauvais rêve. Elle est toute en sueur et ses gémissements me font plus de mal qu'aucune des tortures que m'a infligées Majid.

De nouveau, la rage m'envahit, mais je la maîtrise et je parle à voix basse, calmement. Réveille-toi, bébé. Tu as rêvé. Ce n'est pas pour de bon.

Elle roule sur le dos sans s'arrêter de trembler et je vois qu'elle a ouvert les yeux.

Ils sont ouverts, mais ne voient rien, elle est haletante, sa poitrine se soulève à toute vitesse et ses mains s'agrippent désespérément aux draps.

Ce n'est pas un mauvais rêve, elle est au milieu d'une véritable crise de panique vraisemblablement provoquée par le cauchemar qu'elle a eu.

J'aimerais rejeter la tête en arrière et me mettre à hurler de rage, mais je me retiens. Elle a besoin de moi en ce moment, et je ne vais pas la laisser tomber.

Ni maintenant ni jamais.

En m'agenouillant je viens à cheval sur elle et je me penche pour lui attraper de la main droite.

— Nora, regarde-moi ! C'est un ordre, mon ton est dur et impérieux. Regarde-moi, mon chat. Immédiatement !

Malgré sa crise de panique, elle m'obéit, son conditionnement est trop fort pour qu'elle puisse y résister. Ses yeux s'ouvrent pour croiser le mien et je vois que ses pupilles sont dilatées, que ses iris sont presque noirs. Elle est en hyperventilation, la bouche ouverte pour essayer de respirer.

Putain, putain ! Instinctivement, mon premier mouvement est de la prendre dans mes bras, d'être doux et de la réconforter, mais je me souviens alors de la crise de panique qu'elle a eue quand nous avions fait l'amour, rien ne semblait pouvoir l'aider.

Rien, si ce n'est la violence.

Alors au lieu de lui murmurer des mots doux, je me penche en avant, et accoudé sur le bras droit je l'embrasse d'un baiser violent et brutal en lui serrant la mâchoire pour la tenir en place. Mes lèvres se fracassent sur les siennes et mes dents plongent dans sa lèvre inférieure quand j'engouffre ma langue dans sa bouche, je la violente, je lui fais mal. Le monstre sadique qui est en moi se réjouit de sentir le goût métallique de son sang alors que le reste de moi souffre de l'horreur où elle est plongée.

Je la sens haleter dans ma bouche, mais désormais c'est un autre son, la stupéfaction a remplacé le désespoir. Je sens sa poitrine se gonfler, elle a pu inspirer à fond et je m'aperçois que ma méthode rudimentaire pour établir le contact avec elle a fonctionné, que maintenant elle se concentre sur la douleur physique et non sur la douleur morale. Ses poings s'ouvrent, ses mains ont lâché les draps, et elle est toujours sous moi, le corps raidi d'une autre sorte de peur.

Une peur qui excite ce qu'il y a de pire en moi, le prédateur, qui veut la réduire à sa merci et la dévorer.

La rage qui continue de bouillonner en moi augmente mon avidité, se mêle à elle et s'en nourrit jusqu'à ce que je ne sois plus que ce désir, cette soif insensée et terrible. Ma concentration se réduit, s'aiguise jusqu'à ne plus sentir que la douceur soyeuse des lèvres de Nora, ses lèvres au goût de sang, et les courbes de son corps nu, son petit corps sans défense sous le mien. Ma verge se raidit douloureusement quand elle prend mon avant-bras à deux mains et laisse échapper une douce plainte venue du fond de sa gorge.

Tout à coup, les baisers ne me suffisent plus. Je dois la posséder tout entière.

Lâchant son menton et m'aidant d'un bras je m'agenouille. Elle lève les yeux vers moi, les lèvres gonflées et ensanglantées. Elle continue de haleter, sa poitrine monte et descend à un rythme rapide, mais son regard n'est plus vide. Elle m'a rejoint, elle est revenue à elle et ce qu'exige mon démon intérieur pour le moment.

D'un geste vif je l'enjambe, et sans tenir compte de la douleur venue de mes côtes, je fouille de nouveau dans le tiroir de la table de nuit. Mais cette fois au lieu d'un révolver, j'en sors un fouet aux lanières tressées.

Nora ouvre de grands yeux.

— Julian ? Sa voix est essoufflée après sa crise de panique.

— Tourne-toi ! Ma voix est brutale et trahit le violent désir qui fait rage en moi. Immédiatement !

Elle hésite un instant puis roule sur le ventre.

— À genoux !

Elle se met à quatre pattes et tourne la tête pour me regarder en attendant mes ordres.

Qu'elle est bien dressée, ma chérie ! Son obéissance accroit mon désir, mon envie éperdue de la posséder. La position dans laquelle elle est met son derrière en valeur et dévoile son sexe, ce qui fait encore enfler davantage ma verge. Je veux l'avaler toute entière, m'emparer de chaque centimètre de son corps. Mes muscles se tendent et presque sans y penser, je fais siffler le fouet dont les lanières mordent la chair lisse de ses fesses.

Elle pousse un cri et ferme les yeux en se raidissant et les ténèbres de mon être prennent le dessus, annihilant tout ce qui pouvait me rester de pensée rationnelle. Je regarde, presque à distance, les baisers incessants du fouet sur sa peau où il laisse des marques roses et des traînées qui rougissent sur son dos, ses fesses et ses cuisses. Les premiers coups la font céder et crier de douleur, mais quand je trouve le rythme, son corps commence à se détendre au gré des coups, les anticipant au lieu de résister à la douleur. Ses cris s'atténuent et les plis de son sexe commencent à être humides.

Elle réagit aux coups de fouet comme si c'était une caresse.

Mes bourses se contractent, je lâche le fouet et rampe derrière elle en passant mon avant-bras droit sous ses hanches pour l'attirer vers moi. Mon gland se frotte contre son ouverture et je me mets à gronder en sentant sa douce chaleur frotter contre mon extrémité, l'enrobant d'une humidité crémeuse. Elle gémit et se cambre, je pousse pour la pénétrer, forçant sa chair à m'avaler, à me faire entrer.

Son vagin est incroyablement serré, ses muscles intimes me serrent comme un poing. Peu importe à quelle fréquence je la baise ; d'une certaine manière, chaque fois c'est nouveau, les sensations sont plus vives et plus riches que dans mon souvenir. Je pourrais rester indéfiniment en elle, pour sentir sa douceur, sa chaleur humide. Mais c'est impossible, le besoin primitif de bouger, de pousser au fond d'elle est trop fort pour y résister. J'entends tambouriner les battements de mon cœur, mon corps est animé d'un désir sauvage.

Je reste immobile aussi longtemps que possible, et puis je commence à bouger, et à chaque coup mon entrejambe se frotte à son derrière rose qui vient d'être fouetté. Et sous chaque coup de reins, elle gémit, son corps se contracte autour de ma verge qui l'envahit et les sensations s'ajoutent les unes aux autres, s'intensifiant à un point qui devient intolérable. En sentant venir l'orgasme, ma peau se hérisse, et je vais de plus en plus vite, de plus en plus fort, jusqu'à ce que je sente ses contractions, son sexe se contracte autour de moi quand elle crie mon nom.

C'en est trop. L'orgasme que j'ai retenu me submerge avec une violence inouïe et c'est une véritable éruption qui surgit. Je pousse un grondement rauque quand un plaisir intense parcourt tout mon corps. C'est un délice à nul autre pareil, une extase qui va bien au-delà de la satisfaction physique. C'est une sensation que je n'ai connue qu'avec Nora.

Et que je ne connaîtrai qu'avec elle.

Le souffle haletant, je me retire et la laisse s'effondrer sur le lit. Puis je m'incline sur le côté droit et je l'attire vers moi, je sais qu'elle a besoin de tendresse après toute cette brutalité.

Et moi aussi, j'en ai besoin. J'ai besoin de la réconforter, de l'apaiser. De la lier à moi quand elle est aussi vulnérable que possible, pour m'assurer de son amour.

C'est peut-être un froid calcul, mais je ne peux laisser une chose de cette importance au hasard.

Elle se retourne pour me faire face et enfouit le visage au creux de mon cou, ses épaules sont agitées de sanglots silencieux.

— Tiens-moi, Julian, murmure-t-elle, et je le fais.

Je la tiendrai toujours, quoi qu'il arrive.

DEUXIÈME PARTIE :
LA CONVALESCENCE

CHAPITRE QUATRE

❖ NORA ❖

— Julian, as-tu une minute ?

En entrant dans le bureau de mon mari je me dirige vers lui. Il lève les yeux pour m'accueillir et une fois de plus je m'émerveille des progrès extraordinaires qu'il a faits pour se remettre ces six dernières semaines.

On lui a enlevé son plâtre et ses bandages. Julian s'est attelé à sa guérison comme à n'importe quel autre objectif, avec une impitoyable résolution et une détermination à toute épreuve. Dès que le Dr Goldberg lui a donné son accord pour enlever le plâtre, Julian s'est jeté à corps perdu dans sa rééducation, consacrant plusieurs heures par jour aux exercices destinés à rendre plus de mobilité et de force au côté droit de son corps. Maintenant que ses cicatrices commencent à s'estomper, il y a des jours où j'oublie presque qu'il a été si grièvement blessé et qu'il a connu un véritable enfer, mais qu'il en est revenu presque intact.

Même son implant optique ne semble plus le gêner. Notre séjour en Suisse à la clinique et les différentes opérations qu'il a subies ont coûté des millions à Julian (j'ai vu les honoraires dans sa boîte mail), mais les médecins ont accompli un travail extraordinaire sur son visage. L'implant est tellement bien assorti avec son œil véritable que lorsqu'il me regarde de face il est presque impossible de deviner que c'est une prothèse. J'ignore comment on est parvenu à lui donner exactement la bonne nuance de bleu, mais on y est arrivé, et chaque strie, chaque nuance naturelle sont les bonnes. La fausse pupille est même capable de se contracter quand la lumière est vive et de se dilater quand Julian est excité ou qu'il me désire. Tout ceci c'est grâce à un appareillage biotechnique que Julian porte au poignet, comme une montre. Il mesure son pouls et la conductivité de sa peau puis envoie ces informations à l'implant pour permettre des réactions plus naturelles. La seule chose que ne fait pas l'implant c'est de reproduire le mouvement naturel de l'œil… ou de permettre à Julian de voir avec.

— Cet aspect des choses, le lien avec le cerveau prendra quelques années de plus, m'a dit Julian il y a deux ou trois jours. Il y a un laboratoire en Israël qui travaille là-dessus.

Oui, l'implant donne une incroyable illusion d'authenticité. Et Julian apprend à minimiser ce qu'il peut y avoir de bizarre quand un seul œil est capable de bouger en tournant toute la tête pour regarder droit vers quelque chose, et c'est ce qu'il fait en ce moment.

— Qu'est-ce qu'il y a, mon chat ? demande-t-il en souriant. Ses belles lèvres sont complètement cicatrisées et les cicatrices quant à elles sont de moins en moins visibles sur sa joue gauche lui donnant un charme de plus, un air menaçant. C'est comme si un peu de ses ténèbres intérieures étaient désormais visibles sur son visage, et au lieu de me déplaire ça m'attire encore davantage.

C'est peut-être parce que désormais ces ténèbres me sont devenues nécessaires, elles seules me permettent de ne pas devenir folle en ce moment.

— Monsieur Bernard vient juste de me dire qu'un de ses amis aimerait bien exposer mes tableaux, ai-je dit en essayant de faire comme si mon éminent professeur me donnait quotidiennement ce genre de nouvelles. C'est quelqu'un qui est propriétaire d'une galerie d'art à Paris.

Julian hausse les sourcils.

— C'est vrai ?

Je hoche la tête, ayant toutes les peines du monde à contenir mon excitation. Oui, c'est incroyable, tu ne trouves pas ? Monsieur Bernard lui a envoyé des photos de mes dernières toiles et le propriétaire de la galerie a dit que c'était exactement ce qu'il recherchait.

— C'est merveilleux, bébé. Julian me sourit encore plus et il tend le bras pour m'attirer sur ses genoux. Je suis tellement fier de toi.

— Merci ! J'ai envie de sauter de joie, mais à la place je lui jette les bras autour du cou et je l'embrasse passionnément sur la bouche. Bien sûr dès que nos lèvres se rejoignent, Julian s'empare du baiser et mon expression spontanée de gratitude se transforme en un long assaut empli de sensualité qui me laisse à bout de souffle et tout étourdie.

Quand il me laisse finalement respirer de nouveau, je ne sais plus tout de suite comment je me suis retrouvée sur ses genoux.

— Je suis tellement fier de toi, répète Julian d'une voix douce en me regardant. Je sens la bosse de son érection, mais il en reste là. À la place, il me sourit chaleureusement et dit : il faudra que nous remerciions Monsieur Bernard d'avoir pris ces photos. Et si le propriétaire de la galerie expose tes toiles, nous irons peut-être faire un petit voyage à Paris.

— Vraiment ? Je le regarde bouche bée. C'est la première fois que Julian me dit que nous ne resterons peut-être pas toujours au domaine. Aller à Paris ? Je n'en crois pas mes oreilles.

Il hoche la tête en souriant.

— Bien sûr ! Al-Quadar n'est plus une menace pour nous. Nous sommes en sécurité, autant que nous puissions l'être, à condition de prendre des précautions. Je ne vois pas pourquoi nous n'irions pas faire un petit tour à Paris, surtout si nous avons une excellente raison d'y aller.

Je lui souris en essayant de ne pas penser au fait qu'Al-Quadar avait cessé d'être une menace. Julian ne m'a pas beaucoup parlé de cette opération, mais le peu que j'en sais me suffit. Quand nos sauveteurs ont mené leur raid sur le chantier du Tadjikistan, ils ont découvert une quantité considérable d'informations utiles. Après notre retour au domaine, chaque personne ayant le moindre lien avec cette organisation terroriste fut éliminée, certaines eurent une mort rapide, d'autres une plus lente et atroce. Je ne sais pas combien il y a eu de morts en quelques semaines, mais je ne serais pas étonnée qu'elles se chiffrent en milliers.

Celui qui me tient la main en ce moment est responsable de ce qui correspond à un massacre généralisé, et pourtant je continue à l'aimer de tout mon cœur.

— Un voyage à Paris, ça serait génial ! ai-je dit en refusant de penser plus longtemps à Al-Quadar. Je me concentre plutôt sur l'extraordinaire possibilité de voir mes tableaux dans une véritable galerie d'art. *Mes* tableaux. C'est tellement difficile à croire que je demande à Julian d'un air prudent : Ce n'est pas toi qui l'as demandé à Monsieur Bernard, n'est-ce pas ? Ou qui a graissé la patte de l'ami dont il parle ? Depuis que Julian a utilisé son influence et sa fortune pour me faire entrer dans le cours très élitiste de Stanford, je sais qu'il est capable de tout.

— Non, bébé ! Il sourit de plus belle. Je n'ai rien à y voir, je te le promets. Tu as vraiment du talent et ton professeur le sait.

Je le crois, simplement parce que Monsieur Bernard ne tarit pas d'éloges sur ma peinture depuis quelques semaines. La noirceur et la complexité qu'il a décelées dès le début dans ma peinture sont désormais plus visibles. C'est en peignant que je fais face à mes cauchemars et à mes crises de panique. C'est aussi avec ma sexualité masochiste, mais c'est une autre histoire.

Ne souhaitant pas m'attarder sur mes difficultés psychologiques je me relève d'un bond.

— Je vais le dire à mes parents, ai-je dit gaiement en me dirigeant vers la porte. Ils seront ravis.

— J'en suis sûr ! Et après un dernier sourire, Julian se concentre de nouveau sur l'écran de son ordinateur.

* * *

Ma conversation par vidéo avec mes parents dure près d'une heure. Comme toujours, je passe au moins vingt minutes à rassurer ma mère sur ma sécurité en lui disant que je suis toujours au domaine en Colombie et que personne n'est à notre poursuite. Après ma disparition du centre commercial de Chicago, mes parents se sont convaincus que les ennemis de Julian sont partout, prêts à frapper à tout moment. Si je ne contacte pas mes parents quotidiennement par téléphone ou par mail, ils se mettent à paniquer.

Et pourtant ils ne me croient pas en sécurité avec Julian. Dans leur esprit, il est semblable aux terroristes qui m'ont kidnappée. En fait, je crois que mon père pense que Julian est pire étant donné que mon mari ne m'a pas enlevée une fois, mais deux.

519

— Une galerie à Paris ! Mais c'est merveilleux ma chérie ! s'exclame ma mère quand j'en arrive finalement à lui annoncer la nouvelle. Nous sommes si contents pour toi !

— Est-ce que tu continues sérieusement tes études ? demande mon père en fronçant des sourcils. Il montre moins d'enthousiasme pour ma peinture. Il me semble qu'il redoute que je renonce à l'université et que je devienne une artiste famélique, une crainte sans fondement étant donné les circonstances. S'il y a une chose au sujet de laquelle je n'ai pas besoin de m'inquiéter en ce moment, c'est bien l'argent. Julian m'a dit récemment qu'il avait ouvert un fonds d'affectation à mon nom et que je suis également son unique héritière. De cette manière, s'il lui arrivait quelque chose, je serais à l'abri, c'est-à-dire que j'aurais l'équivalent du budget d'un petit pays.

— Oui papa, ai-je dit patiemment. Ne t'inquiète pas. Je te l'ai dit, j'ai seulement moins de cours ce trimestre. Je me rattraperai en suivant davantage le trimestre prochain.

C'est Julian qui a insisté pour cet allègement à notre retour, et malgré mes objections initiales je suis contente qu'il l'ait fait. Pour une raison ou pour une autre, tout me semble plus difficile en ce moment. Je mets un temps fou à faire mes dissertations et ça m'épuise de préparer les examens. Même avec moins de cours je me sens dépassée, mais ce n'est pas un sujet que je veux aborder avec mes parents, l'inquiétude de Julian est déjà suffisante comme ça.

En fait, il s'inquiète tellement qu'il a fait venir un psy au domaine.

— En es-tu sûre, ma chérie ? demande ma mère en m'examinant d'un air soucieux. Tu devrais peut-être prendre des vacances cet été et te détendre pendant deux ou trois mois. Tu as l'air vraiment fatigué.

Merde ! J'espérais que mes cernes ne se remarqueraient pas à la vidéo.

— Je vais bien, maman. C'est simplement que je me suis couchée tard pour réviser et pour peindre.

En fait, je me suis réveillée en pleine nuit en hurlant et ne me suis rendormie qu'après avoir été fouettée et baisée par Julian, mais ça, mes parents n'ont pas besoin de le savoir. Ils ne comprendraient pas que la douleur est une thérapie pour moi en ce moment et je me suis accoutumée à dépendre de ce qui me faisait peur autrefois.

Que j'ai entièrement accepté la cruauté de Julian.

À la fin de la conversation, je me souviens de quelque chose que Julian m'a promis un jour : qu'il m'emmènerait voir mes parents quand Al-Quadar ne constituerait plus de danger. Mon cœur bondit de joie à cette idée, mais je décide de ne rien en dire jusqu'à ce que j'aie l'occasion d'en parler à Julian au dîner. Pour le moment, je me contente de dire à mes parents que je les rappellerai bientôt et je raccroche.

Il y a deux choses dont je dois parler à Julian ce soir… et dans les deux cas ce sera délicat.

* * *

— Un voyage à Chicago ? Julian a l'air vaguement surpris quand je lui en parle. Mais tu as vu tes parents il y a moins de deux mois.

— Oui, une seule soirée juste avant d'être kidnappée par Al-Quadar. Je souffle sur mon velouté de champignons avant de plonger ma cuiller dans la soupe brûlante. Et j'étais malade d'inquiétude pour toi, si bien que je ne suis pas sûre que ça compte comme du bon temps avec ma famille.

Julian m'examine une seconde avant de murmurer :

— D'accord ! Tu as sans doute raison. Puis il commence à manger sa soupe tandis que je le fixe des yeux, j'ai du mal à croire qu'il donne aussi facilement son accord.

— Alors on va y aller ? Je veux m'assurer qu'il n'y a pas de malentendu.

Il hausse les épaules.

— Si tu veux. Quand tu auras fini tes examens, je t'y emmènerai. Évidemment il faudra renforcer la sécurité autour de tes parents et prendre quelques précautions supplémentaires, mais ça devrait être possible.

Je commence à sourire, puis je me souviens de quelque chose qu'il m'a dit un jour.

— Tu crois qu'on mettra mes parents en danger en allant les voir ? ai-je demandé, et brusquement j'ai l'estomac noué. Ils pourraient devenir une cible si l'on te voit en contact immédiat avec eux ?

Julian me regarde d'un air calme.

— C'est une possibilité. Une lointaine possibilité que l'on ne peut pas exclure complètement. Évidemment il y avait un danger bien plus grand quand les terroristes voulaient notre peau, mais j'ai d'autres ennemis. Aucun n'a la même détermination, du moins autant que je sache, mais il y a beaucoup d'individus et d'organisations qui aimeraient bien s'emparer de moi.

— D'accord. J'avale une cuillérée de soupe crémeuse et je le regrette tout de suite, elle accentue encore ma nausée. Et tu penses qu'ils pourraient utiliser mes parents pour faire pression sur toi ?

— C'est peu vraisemblable, mais je ne peux pas complètement écarter cette hypothèse. C'est la raison pour laquelle j'ai mis en place un service de sécurité auprès de ta famille dès le début. Ce n'est qu'une précaution, rien de plus, mais une précaution nécessaire selon moi.

Je respire profondément en faisant de mon mieux pour ne pas tenir compte de mes crampes à l'estomac.

— Et le fait d'aller à Chicago rend ce danger plus grand ou pas ?

— Je ne sais pas mon chat. Julian semble avoir de légers regrets. J'imagine que non, mais c'est sans garantie.

Je prends un verre et j'avale une gorgée d'eau pour essayer de me débarrasser de ce goût de soupe dans ma bouche, c'est gras et ça me rend malade.

— Et si j'y allais toute seule ? Je suggère sans vraiment réfléchir. De cette manière, personne ne pensera que tu es près de ta belle-famille.

Le visage de Julian s'assombrit instantanément.

— Toute seule ?

Je hoche la tête, en me contractant instinctivement à son changement d'humeur. Tout en sachant que Julian ne me fera pas de mal, je ne peux m'empêcher de redouter sa mauvaise humeur. Et même si je suis désormais avec lui de mon plein gré, il continue de contrôler complètement ma vie, tout comme il le faisait quand il me gardait en captivité dans l'île.

À tout point de vue, il est encore mon ravisseur, un homme dangereux et dénué de scrupules.

— Tu n'iras nulle part sans moi. La voix de Julian est douce, mais l'expression de son regard est dure comme de l'acier. Si tu veux que je t'emmène à Chicago, je le ferai, mais tu ne mettras pas un pied en dehors du domaine sans moi. Tu me comprends, Nora ?

— Oui. Je bois encore quelques gorgées d'eau, je continue à garder cet arrière-goût de soupe dans la bouche. Que diable Anna a-t-elle pu y mettre ce soir ? Même l'odeur en est désagréable.

— Je comprends. Ma réponse semble calme et sans rancune, surtout parce que je ne me sens pas assez bien pour me fâcher devant l'autoritarisme de Julian. En finissant mon verre d'eau, je lui dis : ce n'était qu'une suggestion.

Julian me fixe quelques instants du regard puis incline imperceptiblement la tête.

— Entendu.

Et avant qu'il n'ait le temps d'en dire davantage, Anna entre dans la pièce en nous apportant le plat principal, du poisson avec du riz et des haricots. En remarquant que j'ai à peine goûté la soupe, elle fronce des sourcils.

— La soupe ne vous plaît pas, Nora ?

— Si, c'est délicieux. Je lui mens et j'ajoute : Mais je n'ai pas très faim et je voulais garder de la place pour le plat de résistance.

Anna me regarde d'un air inquiet, mais débarrasse les assiettes sans ajouter un mot. Depuis notre retour, mon appétit est capricieux, ce n'est pas la première fois que je n'arrive pas à manger. Je ne me suis pas pesée, mais je pense avoir perdu au moins un kilo ces dernières semaines, et dans mon cas ce n'est pas nécessairement une bonne chose.

Julian fronce aussi les sourcils, mais ne dit rien quand je commence à manger du bout des lèvres le riz dans mon assiette. Je n'ai vraiment pas du tout envie de manger maintenant, mais je m'oblige à en prendre une bouchée. Le riz m'écœure aussi, mais je fais un effort pour mâcher et pour avaler, je n'ai pas envie que Julian se préoccupe de mon manque d'appétit.

Il y a quelque chose de plus important dont je dois parler avec lui.

Dès qu'Ana quitte la pièce, je pose ma fourchette et je regarde mon mari.

— J'ai encore reçu un message, ai-je dit à voix basse.

Julian serre les mâchoires.

— Je sais.

— Tu surveilles mes messages maintenant ? J'ai une nouvelle crampe d'estomac, cette fois la colère se mêle à la nausée. Évidemment, cela ne devrait pas me surprendre étant donnés les implants de localisation qu'il m'a fait poser, mais il y a quelque chose dans la désinvolture de cette invasion de mon intimité qui me révolte.

— Bien sûr. Il ne semble nullement vouloir s'excuser ni avoir de regret. Je me doutais qu'il te contacterait à nouveau.

Je respire lentement en me rappelant que c'est un sujet sur lequel est inutile de discuter.

— Alors tu sais que Peter ne nous laissera tranquilles que lorsque tu lui donneras cette liste, ai-je dit aussi calmement que possible. Il sait maintenant que Frank te l'a procurée la semaine dernière. Dans son message, il dit ˮ Il est temps de vous souvenir de votre promesse. ˮ Il ne laissera pas tomber, Julian.

— S'il continue de te harceler par mail, je ferai en sorte qu'il disparaisse pour de bon. Le ton de Julian s'est durci. Il sait bien qu'il ne vaut mieux pas essayer de m'atteindre à travers toi.

— Il a sauvé ta vie et la mienne, lui ai-je rappelé pour la énième fois. Je sais que tu es furieux qu'il ait désobéi à tes ordres, mais s'il ne l'avait pas fait tu serais mort.

— Et tu n'aurais ni ces cauchemars ni ces crises de panique. Les lèvres sensuelles de Julian font la grimace ; ça fait six semaines maintenant, Nora, et tu ne vas toujours pas mieux. Tu dors à peine, tu manges à peine et je ne me souviens pas quand tu es allée courir pour la dernière fois. Il n'aurait *jamais* dû te faire courir un tel danger…

— Il a fait ce qu'il fallait ! Je me lève en posant violemment les mains sur la table, je ne peux plus rester assise. Tu crois que je me sentirais mieux si tu étais mort ? Tu crois que je n'aurais pas de cauchemars si Majid nous avait envoyé ton corps découpé en morceaux par la poste ? Ce n'est pas de la faute de Peter si je perds la tête, alors arrête de le lui reprocher ! Je lui ai promis cette liste et je veux la lui donner ! En arrivant à cette dernière phrase je crie à tue-tête, trop en colère pour redouter la mauvaise humeur de Julian.

Il me fixe du regard en plissant les yeux.

— Assieds-toi, Nora. La douceur de sa voix est menaçante. Assieds-toi immédiatement.

— Et sinon ? Je le défie, contrairement à mon habitude, je suis prête à tout. Et sinon, Julian ?

— Tu veux vraiment aller jusque-là, mon chat ? demande-t-il avec la même douceur. Et comme je ne réponds pas, il me montre la chaise. Assieds-toi, et finis de manger ce qu'Ana a préparé pour toi.

Je soutiens son regard quelques secondes de plus pour ne pas céder, puis je me rassieds. La défiance et la colère qui m'ont brusquement envahie ont disparu, je suis vidée et j'ai envie de pleurer. Je déteste le fait que Julian puisse l'emporter si facilement, je déteste ne pas avoir assez de courage pour tester ses limites.

En tout cas sur quelque chose d'aussi minime que de finir ou pas mon repas.

Si je réussis à le défier, ça sera pour quelque chose d'important.

En baissant les yeux sur mon assiette, je prends ma fourchette et je pique dans un morceau de poisson en essayant d'oublier ma nausée. J'ai des crampes d'estomac à chaque bouchée, mais je continue à manger jusqu'à ce que presque la moitié de mon assiette ait disparu. Entretemps, Julian avale tout ce qu'il a devant lui, visiblement notre dispute ne lui a pas fait perdre l'appétit.

— Un dessert ? Du thé ? Du café ? Demande Ana en revenant débarrasser la table, et je secoue la tête en silence, refusant de prolonger ce repas si tendu que c'est une véritable épreuve.

— Moi non plus, merci, Ana, dit poliment Julian. Tout était délicieux, comme toujours.

Ana lui adresse un grand sourire, elle est visiblement contente de ces louanges. Depuis notre retour, j'ai remarqué que Julian est attentif à la complimenter plus souvent et qu'en général il est légèrement plus chaleureux avec elle.

Je ne connais pas la cause de son changement d'attitude, mais je sais qu'Ana l'apprécie. Rosa m'a dit que la gouvernante était sur un petit nuage depuis quelques semaines.

Tandis qu'Ana commence à débarrasser la table, Julian se lève et vient m'offrir le bras. Je le prends et nous montons à l'étage en silence. En marchant, mon cœur s'accélère et ma nausée s'aggrave.

La dispute de ce soir ne fait que confirmer ce que je sais depuis un certain temps : Julian n'entendra jamais raison au sujet de la liste de

Peter. Pour tenir ma promesse, je devrai prendre moi-même les choses en main et affronter les conséquences du déplaisir de mon mari.

Même si le seul fait d'y penser me rend littéralement malade.

CHAPITRE CINQ

❖ JULIAN ❖

Dès que nous entrons dans la chambre, Nora s'excuse pour aller se rafraîchir un peu.

Elle disparaît dans la salle de bain et je me déshabille, j'apprécie d'avoir retrouvé l'usage de mes deux bras maintenant qu'on m'a enlevé le plâtre. Mon épaule gauche me fait encore mal quand je fais de l'exercice, mais je commence à reprendre des forces et une plus grande facilité de mouvement. Même la perte de mon œil ne me gêne guère ; les maux de tête et la fatigue de mon autre œil s'atténuent chaque jour davantage et j'ai appris à compenser l'angle mort qui se trouve à ma gauche en tournant plus souvent la tête.

L'un dans l'autre, je suis pratiquement revenu à la normale, mais je ne peux en dire autant de Nora. Chaque fois que ses hurlements me réveillent, chaque fois qu'elle est sans raison en hyperventilation un mélange de rage et de culpabilité m'empoisonne et me serre le cœur. Je n'ai jamais été enclin à m'attarder sur le passé, mais je ne peux m'empêcher d'avoir envie de revenir en arrière et d'annuler les conséquences de mes foutues actions.

Pour retrouver Nora, ma Nora.

Elle sort discrètement de la salle de bain quelques minutes plus tard, déjà douchée et revêtue d'un peignoir molletonné blanc. Sa peau douce est rayonnante après la douche chaude et ses longs cheveux noirs sont relevés au hasard en chignon, révélant la délicatesse de son cou.

Un cou qui commence à paraître bien trop frêle, presque fragile à cause du poids qu'elle a perdu.

— Viens ici, bébé, ai-je murmuré en tapotant le lit à côté de moi. J'avais l'intention de la punir après l'éclat qu'elle a fait au dîner, mais désormais je n'ai qu'une envie, la prendre dans mes bras. En fait, la baiser et la prendre dans mes bras, mais la baiser peut attendre.

Elle se dirige vers moi et je l'attire dans mes bras dès que je peux. Elle est si légère que ça m'inquiète quand je la prends sur mes genoux et ses cernes trahissent son épuisement.

Elle est complètement exténuée et je ne sais que faire. La thérapeute que j'ai fait venir au domaine il y a trois semaines semble incapable d'y remédier et Nora refuse de prendre le traitement contre l'anxiété que le médecin lui a prescrit. Bien sûr, je pourrais l'y forcer, mais moi non plus je n'ai pas confiance dans ce genre de médicament. Je ne voudrais surtout pas que Nora en devienne dépendante.

La seule chose qui semble l'aider, du moins pour un temps, c'est d'exprimer ses émotions en souffrant pendant l'amour. Elle le demande maintenant, elle me supplie presque chaque nuit de lui faire subir.

Ma chérie est devenue aussi accro à la souffrance que je le suis à l'infliger, une nouveauté qui me fait plaisir tout en me consternant.

— Une fois de plus, tu as à peine mangé, lui ai-je dit doucement en l'installant plus confortablement sur mes genoux. En levant la main vers ses cheveux j'ouvre la barrette qui les attache et je regarde cette masse noire épaisse et luisante lui tomber dans le cou. Pourquoi, bébé ? Il y a quelque chose qui ne va pas avec ce que prépare Ana ?

— Quoi ? Non… commence-t-elle par dire. Enfin, peut-être. C'est seulement la soupe qui ne m'a pas plu ce soir. C'était trop gras.

— Alors je demanderai à Ana de ne plus en faire. Je me rappelle parfaitement qu'avant Nora l'aimait bien et en avait mangé avec plaisir, mais je décide de ne pas le lui dire. Peu m'importe ce qu'elle mange, pourvu qu'elle reste en bonne santé.

— S'il te plaît, ne lui dis pas que je me suis plainte. Les yeux de Nora s'emplissent d'inquiétude. Je ne voudrais pas la blesser.

— Bien sûr. Je me mets à sourire. J'emporterai ton secret dans la tombe, c'est promis.

Elle me sourit à son tour en guise de réponse et son visage s'éclaire, presque toute la tension qui restait entre nous s'est dissipée.

— Merci, murmure-t-elle en me fixant des yeux. Puis avec une main sur mon épaule et l'autre derrière mon cou, elle ferme les yeux et ses lèvres douces rejoignent les miennes.

Je respire d'un coup, mon corps s'est brusquement contracté de désir. Son haleine sucrée a le goût de menthe, elle est toute légère et toute chaude dans mes bras. Je sens ses doigts fins sur ma peau, je sens son léger parfum et mon épine dorsale se hérisse d'un désir croissant, ma verge se raidit contre les courbes de son derrière.

Mais cette fois, mon désir ne s'accompagne pas du besoin de lui faire mal. Au contraire, il se nuance de tendresse.

J'ai toujours de cruelles pulsions, mais elles sont dominées par la conscience aigüe que j'ai de sa fragilité. Ce soir plus que jamais, je veux la protéger, panser les plaies qu'elle n'aurait jamais dû avoir. Je veux être son héros, son sauveur.

Rien que pour une nuit, je veux être le mari dont elle rêve.

En fermant les yeux, je me concentre sur son goût, sur les changements de sa respiration au fur et à mesure que mes baisers deviennent plus intenses. Sa manière de renverser la tête en arrière, son corps qui fond contre le mien, ses ongles qui me grattent doucement le cuir chevelu quand elle me passe la main dans les cheveux. Elle est tout pour moi et j'ai tant envie d'elle que ça me fait mal.

Elle est toujours enveloppée dans son peignoir molletonné dont je sens la douceur sur mes cuisses nues et sur ma verge. Même si c'est bon, je sais que sentir sa peau nue sera encore meilleur et j'attrape la ceinture pour la défaire. En même temps, je relève la tête et j'ouvre les yeux pour la regarder.

La ceinture dénouée, le peignoir s'ouvre et révèle son décolleté, sa peau bronzée est douce. Je vois les courbes de ses seins et son ventre bien plat, mais ses tétons et le bas de son corps sont encore couverts, comme à dessein.

C'est une vision érotique, que sa manière de respirer rend encore plus sensuelle : sa cage thoracique se soulève et redescend vite, au rythme de ses halètements. Ses lèvres sont rougies par nos baisers et ses joues aussi.

Ma petite chérie est tout excitée de désir.

Comme si elle sentait que je la regarde, elle ouvre les yeux à son tour et ses longs cils se relèvent. Nous nous regardons et le désir douloureux que je ressens s'accroît. D'une certaine manière, c'est une sensation différente de l'ardeur que je ressens dans mon corps, un désir complexe qui s'ajoute à mes obsessions habituelles.

Un élan dont l'intensité me terrifie.

— Dis-moi que tu m'aimes. Tout à coup, j'en ai besoin de sa part. Dis-le-moi, Nora.

Et sans une hésitation, elle répond :

— Je t'aime, Julian.

Mes bras se resserrent autour d'elle.

— Encore !

— Je t'aime, Julian. Elle soutient mon regard, ses yeux sont sombres et doux. Je t'aime plus que tout au monde.

Putain ! Je suis oppressé, j'ai le cœur de plus en plus serré. C'est trop et pourtant ce n'est pas assez.

En penchant la tête, je reprends ses lèvres et tout ce que je ne peux pas exprimer avec des mots, je le transmets dans ce baiser. Sous le désir qui me submerge, il y a une peur étrange et irrationnelle qui s'y mêle.

La peur de la perdre. La peur qu'elle s'échappe, comme un beau rêve qui n'aurait pas duré.

Non ! Je penche la tête pour l'embrasser plus profondément, laissant son goût et son parfum m'engloutir et chasser les ombres. Elle ne s'échappera pas. Je l'en empêcherai. Elle est bien réelle, et elle m'appartient. Je l'embrasse jusqu'à ce que nous soyons tous les deux à bout de souffle, jusqu'à ce que ma peur se dissipe, consumée par toute notre ardeur.

Puis je lui fais l'amour, aussi tendrement que possible.

Quand je m'endors un peu plus tard, j'étreins Nora bien en sécurité entre mes bras.

CHAPITRE SIX

❖ NORA ❖

J'ai besoin de toute ma volonté pour rester éveillée en entendant la respiration de Julian prendre le rythme régulier du sommeil. Mes paupières sont lourdes, mon corps léthargique, je suis épuisée et rassasiée après l'amour. Je n'ai qu'une envie, fermer les yeux et m'enfoncer dans le réconfort de l'obscurité, mais ce n'est pas possible.

Il y a d'abord quelque chose que je dois faire.

J'attends jusqu'à être certaine que Julian dort, puis je me dégage de son étreinte en me tortillant. À mon soulagement, il ne fait pas un geste, si bien que je me lève et trouve le peignoir qui est tombé par terre pendant que nous faisions l'amour.

Je l'enfile sans un bruit et je vais à pas de loup jusqu'à la salle de bain. Le dîner ne passe toujours pas, la nausée m'a reprise et j'ai besoin d'avaler plusieurs fois ma salive pour ne pas vomir.

Ce n'est sans doute pas le meilleur moment d'agir alors que je ne me sens pas bien. Je le sais, mais je sais aussi que si je ne le fais pas maintenant, je risque de ne pas trouver le courage plus tard. Et il faut que je le fasse. Je dois tenir ma promesse, payer ma dette envers Peter. C'est important pour moi. Je ne veux pas être quelqu'un qui soit incapable d'agir de sa propre initiative, une épouse éternellement dans l'ombre de son mari.

Je ne veux pas rester la petite chérie désarmée de Julian pour le restant de mes jours.

Je m'éclabousse le visage d'eau froide et je respire profondément plusieurs fois de suite pour calmer la nausée avant de revenir dans la chambre. Les persiennes sont à peine entrouvertes, mais c'est une nuit de pleine lune et il y a assez de lumière pour me permettre de voir où je vais.

C'est la commode où est posé l'ordinateur portable de Julian. Il ne le prend pas toujours dans la chambre, mais ce soir il l'a fait, une autre raison pour laquelle je ne veux pas attendre davantage pour mettre mon plan à exécution.

Ce plan ne pourrait être plus simple : je vais prendre l'ordinateur, entrer dans la messagerie de Julian et envoyer la liste à Peter. Si tout se passe bien, Julian ne s'en apercevra pas tout de suite. Et quand il s'en apercevra, ce sera trop tard. J'aurai payé ma dette à l'ancien spécialiste de sécurité de Julian et j'aurai la conscience tranquille.

Enfin, aussi tranquille que possible en sachant que vraisemblablement Peter tuera de la manière la plus atroce ceux dont le nom figure sur cette liste.

Non, n'y pense pas. Je me rappelle que ces gens sont responsables de la mort de la femme de Peter et de celle de son fils. Ils ne sont pas innocents et je ne devrais pas les considérer comme tels.

En ce moment, mon unique préoccupation devrait être d'envoyer cette liste à Peter sans réveiller Julian.

Je traverse la pièce aussi silencieusement que possible, mon cœur bat à se rompre dans ma poitrine. En arrivant à la commode, je m'arrête pour prêter l'oreille.

Tout est calme. Julian doit continuer à dormir.

En me mordant la lèvre, j'attrape l'ordinateur et je l'emporte. Puis je m'arrête de nouveau pour écouter.

Toujours pas le moindre bruit.

En respirant lentement, je retourne à la salle de bain en tenant l'ordinateur contre ma poitrine. Une fois là je me glisse à l'intérieur, puis je referme la porte à clef et je m'assieds au bord du jacuzzi.

Jusqu'ici, tout va bien. Sans prêter attention à mes crampes d'estomac, j'ouvre l'ordinateur.

Un message apparaît qui me demande le mot de passe.

De nouveau, je respire profondément en luttant contre la nausée qui empire. Je m'y attendais. Julian est paranoïaque quand il s'agit de sécurité et change son mot de passe au moins une fois par semaine. Mais la dernière fois qu'il l'a changé, c'est le jour où Frank, son contact à la CIA, lui a envoyé la liste par mail.

Julian l'a changé alors que je préparais déjà mon plan et j'ai fait en sorte d'être à côté de lui à ce moment-là. Évidemment, je n'ai pas gardé les yeux fixés sur son ordinateur, ce qui aurait éveillé ses soupçons. À la place, je l'ai subrepticement filmé avec mon téléphone portable en feignant de vérifier mes messages.

Et maintenant sera-t-il possible d'interpréter correctement ce que j'ai enregistré ?

En retenant mon souffle, je tape " NML_#042160 " puis " Ouvrir ".

L'écran de l'ordinateur clignote… et voilà, j'y suis !

Je pousse un grand soupir de soulagement. Il ne me reste plus qu'à retrouver le message de Frank, ouvrir la pièce jointe, aller dans ma propre messagerie et envoyer la liste à l'adresse d'où partaient les messages de Peter.

Ce qui ne devrait pas être trop difficile, surtout si je réussis à me retenir de vomir.

— Nora ? Les coups sur la porte me font tellement peur que j'en lâche presque l'ordinateur. J'ai du mal à respirer tant je suis paniquée, je me fige en fixant la porte des yeux.

Julian frappe de nouveau à la porte.

— Nora, bébé, est-ce que ça va ?

Il ne sait pas que j'ai son ordinateur. M'en rendre compte me permet de respirer à nouveau.

— Je suis seulement aux toilettes, ai-je crié en espérant que Julian ne s'apercevra pas du tremblement de ma voix provoqué par l'adrénaline. Dans le même temps, j'ouvre la messagerie de Julian et je commence par y chercher le nom de Frank. J'arrive !

— Bien sûr, bébé, prends ton temps. Et ses paroles sont accompagnées d'un bruit de pas qui s'estompe.

Je pousse un soupir de soulagement. Il me reste encore quelques minutes de plus.

Je commence à passer en revue les messages contenant le nom de Frank. Il y en a plus d'une douzaine la semaine dernière, mais celui que je cherche doit être accompagné de l'icône indiquant une pièce jointe… Ah, le voici. Je l'ouvre en vitesse.

C'est un tableau contenant des noms et des adresses. J'y jette instinctivement un coup d'œil. Il y a plusieurs douzaines de lignes avec des adresses en Europe et aux États-Unis. Mais il y en a une qui me saute aux yeux : Homer Glen, Illinois.

C'est près d'Oak Lawn, ma ville natale. À une quarantaine de minutes en voiture de chez mes parents.

Stupéfaite, je lis le nom qui figure à côté de l'adresse.

George Cobakis.

Dieu merci, je ne le connais pas.

— Nora ? C'est encore Julian, et mon cœur se serre en entendant que sa voix est tendue. Ce qu'il dit ensuite confirme mes peurs. Nora, tu as mon ordinateur ?

— Quoi ? Pourquoi ? J'espère que ma culpabilité ne s'entend pas. *Merde, merde, merde, merde !* J'enregistre à toute vitesse la liste sur le bureau et j'ouvre un nouveau navigateur de recherche.

— Parce que je ne le retrouve pas. Il est déjà furieux et ça s'entend dans le ton de sa voix. Tu l'as avec toi ?

— Quoi ? Non ! Même moi je m'entends mentir. Mes mains commencent à trembler, mais j'arrive à ouvrir la page de Gmail et à y faire entrer mon nom et mon mot de passe.

Il secoue la poignée de la porte.

— Nora, ouvre cette porte. Ouvre immédiatement !

Je ne réponds pas. Mes mains tremblent tellement que je me trompe dans le mot de passe et qu'il me faut recommencer.

— Nora ! Julian tambourine sur la porte. Putain, ouvre la porte ou je vais l'enfoncer !

Je suis enfin dans Gmail. Le cœur battant à se rompre je cherche le dernier message de Peter.

Bang ! Un coup violent ébranle la porte.

J'ai de plus en plus la nausée et mon pouls s'accélère au moment où je retrouve ce message.

Bang ! Bang ! Il continue à frapper tandis que j'appuie sur " Répondre " et que je mets la liste en pièce jointe.

Bang ! Bang ! Bang !

J'appuie sur " Envoyer " au moment où la porte sort de ses gonds et se fracasse sous mes yeux.

Julian est là, debout, nu, son beau visage est traversé par l'éclat glacial de ses yeux bleus. Il serre les poings, ses narines sont dilatées et ses pommettes en feu.

Il est à la fois sublime et terrifiant, comme un archange en furie.

— Donne-moi cet ordinateur, Nora ! Sa voix est dangereusement calme. Immédiatement !

Des remontées de bile dans la gorge m'obligent à avaler sans cesse ma salive. Je me lève, je vais vers lui, jambes tremblantes, et je lui tends son ordinateur.

Il me le prend d'une main et avant de me laisser le temps de reculer il m'attrape par le poignet droit comme pour m'enchaîner à lui.

Alors il regarde l'écran.

Je vois exactement à quel moment il comprend ce que j'ai fait.

— Tu lui as envoyé ? Et en posant l'ordinateur sur la tablette du lavabo, il m'attrape par l'autre main et m'attire encore plus près de lui. Ses yeux sont fous de rage. Putain, tu lui as envoyé ? Il me secoue violemment, ses doigts s'enfoncent dans ma chair.

J'ai des soubresauts dans le ventre, et cette fois-ci, la nausée me submerge, je vais vomir.

— Julian, lâche-moi !

D'un geste éperdu, je trouve la force de me dégager et je me précipite vers la cuvette des toilettes que j'atteins de justesse avant de vomir.

* * *

— Depuis combien de temps avez-vous la nausée? Le Dr Goldberg me prend le pouls, je suis allongée sur le lit et Julian tourne en rond comme une bête en cage.

— Je ne sais pas, ai-je dit tout en suivant Julian des yeux. Maintenant, il est en jean et en tee-shirt, mais il est resté pieds nus. Il tourne et retourne devant le lit, le corps entièrement contracté et les mâchoires serrées.

Soit il est toujours furieux contre moi, soit il est follement inquiet à mon sujet. J'imagine que c'est sans doute les deux à la fois. Quelques minutes après m'avoir vu vomir, il avait déjà fait venir le docteur et m'avait mise bien au chaud dans le lit.

Ce qui rappelle la vitesse de ses réactions quand j'avais eu une crise d'appendicite dans l'île.

— J'ai peut-être mangé quelque chose de mauvais, à moins que ce soit un virus, ai-je dit en revenant au docteur. Déjà au dîner je ne me sentais pas bien.

— Hum… Hum… Le Dr Goldberg prend une seringue enveloppée dans un sachet plastique, elle est attachée à un tube et à un flacon.

— Vous permettez ?

— D'accord. Je n'ai pas particulièrement envie qu'il me fasse une prise de sang, mais j'ai l'impression que Julian ne me laissera pas refuser. Allez-y.

Le médecin trouve une veine de mon bras et y glisse l'aiguille tandis que je détourne les yeux. J'ai encore légèrement la nausée et je ne veux pas mettre mon estomac à l'épreuve par la vue du sang.

— C'est fini, dit-il après quelques instants en retirant l'aiguille et en me tamponnant la peau avec un coton qui sent l'alcool à 90°. Je vais faire des examens et je vous donnerai les résultats.

— Elle est fatiguée en permanence, dit Julian à voix basse en s'arrêtant près du lit. Il ne me regarde pas ce qui m'agace un peu. Et elle dort mal, elle a des cauchemars, etc.

— Entendu. Le médecin se relève avec le flacon dans la main. Il faut que j'emmène ça au laboratoire. Je serai de retour dans moins d'une heure.

Il sort rapidement de la pièce et Julian s'assied sur le lit en me regardant. Son visage est étrangement pâle, son front plissé.

— Pourquoi ne pas m'avoir dit que tu ne te sentais pas bien, Nora ? demande-t-il à voix basse en tendant la main pour prendre la mienne. Je sens la chaleur de ses doigts et la douceur de son geste malgré toutes les émotions qui l'agitent.

La surprise me fait cligner des yeux. Je pensais qu'il allait me poser des questions sur la liste de Peter et non pas sur ma santé.

— Ce n'était pas si grave que ça au dîner. Après avoir pris une douche ça allait mieux et puis nous… enfin, tu sais. Je libère ma main pour montrer le lit.

— Nous avons baisé ? La tension du visage de Julian s'apaise légèrement, une expression inattendue d'amusement brille dans ses yeux.

— Oui. J'ai une bouffée de chaleur en voyant les images que ses paroles évoquent en moi. Visiblement, je ne suis pas si malade que ça puisque je peux le désirer. Après, je me sentais mieux.

— Je vois. Julian me regarde d'un air interrogateur en caressant du pouce l'intérieur de ma paume. Et comme tu te sentais bien, tu as décidé de pirater mon ordinateur.

Nous y voilà. Le moment de payer auquel je m'attendais. Sauf que Julian ne semble pas aussi en colère qu'avant, son geste est plus un réconfort qu'une punition.

C'est comme si l'indigestion, ou quel que soit ce dont je souffre, avait des avantages.

Je lui souris avec prudence.

— Mais oui. J'ai pensé que c'était le bon moment. Je ne cherche ni à m'excuser ni nier. Ce serait inutile. C'est fait maintenant. J'ai payé ma dette envers Peter.

— Comment connaissais-tu mon mot de passe ? Le pouce de Julian continue à tourner autour de mon poignet. Je ne te l'avais pas donné.

— Je t'ai filmé quand tu l'as changé il y a quelques jours. Quand j'ai découvert que Frank t'avait envoyé la liste.

La commissure des lèvres de Julian a un imperceptible tremblement.

— C'est ce que je pensais. Je m'étais demandé pourquoi tu avais passé autant de temps au téléphone ce jour-là.

Je lèche mes lèvres.

— Vas-tu me punir ? À cet instant, Julian semble plus amusé que furieux, mais je ne peux pas imaginer en sortir indemne.

— Bien sûr, mon chat. Il n'y a pas la moindre hésitation dans sa voix.

Mon pouls s'emballe.

— Quand ?

— Quand il me plaira. Ses yeux brillent quand il lâche ma main. Et maintenant veux-tu de l'eau ou autre chose ?

— J'aimerais bien des biscottes et une tisane de camomille, ai-je répondu machinalement en le fixant. Bien sûr, je m'y attendais, mais je ne peux m'empêcher d'être anxieuse.

— Je vais te chercher ça. Julian se lève. Je reviens tout de suite.

Il disparaît et je ferme les yeux, ma fatigue de tout à l'heure est revenue maintenant que la poussée d'adrénaline est terminée. Je pourrais faire un petit somme avant le retour de Julian…

Mais je sursaute en attendant frapper à la porte, et je m'assieds immédiatement dans le lit.

— Oui ?

— Nora, c'est le Dr Goldberg. Puis-je entrer ?

— Oui, bien sûr. Je me recouche, mon cœur continue de battre à se rompre. Vous avez eu le temps de faire les examens ? ai-je demandé au médecin quand il entre dans la pièce.

— Oui. Il a une expression bizarre sur le visage en s'arrêtant près du lit.

— Nora, vous êtes épuisée depuis quelque temps, n'est-ce pas ? Et plus stressée que d'habitude ?

— Oui. Je fronce les sourcils, commençant à m'inquiéter. Pourquoi ?

— Avez-vous remarqué autre chose ? Des sautes d'humeur ? Des envies ou des dégoûts inhabituels ? Peut-être vos seins sont-ils un peu douloureux ?

Je le fixe du regard, le cœur dans un étau.

— Qu'est-ce que vous dites ? Les symptômes qu'il énumère, ce n'est pas possible…

— Nora, les examens sanguins que je viens de faire indiquent une présence élevée d'hormones hCG-u, dit doucement le Dr Goldberg. Vous êtes enceinte. Il marque une pause puis ajoute à voix basse : étant donné la date à laquelle votre implant contraceptif a été enlevé, j'estime que vous êtes enceinte de six semaines.

CHAPITRE SEPT

❖ JULIAN ❖

Je remonte l'escalier qui mène à la chambre avec les biscottes et la tisane sur un plateau. Je devrais être furieux à l'égard de Nora, mais à la place mon inquiétude pour elle se colore de l'admiration que je ressens malgré moi.

Elle m'a défié. Elle s'est enfermée dans la salle de bain et a piraté mon ordinateur pour s'acquitter de la dette qu'elle croyait avoir. Elle savait qu'elle serait prise sur le fait, mais elle l'a fait quand même, et je ne peux m'empêcher de la respecter.

À sa place, j'aurais fait la même chose.

Rétrospectivement, j'aurais dû m'y attendre. Elle voulait absolument envoyer cette liste à Peter, il n'est donc pas du tout surprenant qu'elle ait décidé de prendre les choses en main. Dès le début, j'ai décelé chez elle cet entêtement et cette force tranquille, cette volonté de fer sous sa frêle apparence.

La plupart du temps, ma chérie fait peut-être preuve de conciliation, mais c'est seulement parce qu'elle est assez intelligente pour choisir les combats qu'elle décide de mener, et j'aurais dû deviner qu'elle choisirait de livrer celui-là.

En m'approchant de la chambre, j'entends parler et je reconnais les intonations légèrement nasales de Goldberg.

Il est de retour avec les résultats des examens et Nora semble bouleversée.

Putain ! Une peur glacée et violente se saisit de moi. Et si c'était sérieux, et si elle était vraiment malade... Je me dépêche et en deux pas je suis à la porte. La tisane déborde de la tasse, mais je m'en aperçois à peine, il n'y a que Nora qui compte.

Prenant le plateau d'une main je pousse la porte pour l'ouvrir et j'entre.

Elle est assise dans le lit, les yeux immenses dans son visage blême tandis que Goldberg lui dit :

— Si, *c'est* possible, j'en ai peur...

Mon cœur s'arrête.

— Qu'est-ce qui est possible ? ai-je demandé sèchement. Qu'est-ce qui ne va pas ?

Golberg se retourne vers moi.

— Ah, vous voilà. Il semble soulagé. J'étais justement en train d'expliquer à votre femme que la pilule du lendemain n'est efficace qu'à quatre-vingt-quinze pour cent quand on la prend dans les vingt-quatre heures, et même si le risque de conception était faible étant donné la date à laquelle l'implant contraceptif a été enlevé, il y avait tout de même un petit risque de grossesse...

— Un risque de grossesse ? Il me semble qu'il parle une langue étrangère. Qu'est-ce que vous dites ?

Goldberg pousse un soupir, il semble las.

— Nora est enceinte de six semaines, Julian. Visiblement, la pilule du lendemain n'a pas été efficace.

Je le fixe avec stupéfaction et il dit :

— Écoutez, je sais que c'est lourd de conséquences. Pourquoi n'en parleriez-vous pas tous les deux et je répondrais demain matin à vos questions éventuelles. Pour le moment, il vaudrait mieux que Nora se repose. Le stress n'est pas indiqué dans son état.

Je hoche la tête, le choc m'a rendu muet, et il s'en va aussitôt en me laissant seul avec Nora.

Nora, qui est assise là comme une poupée de cire, le visage presque aussi blanc que son peignoir.

Un liquide brûlant se répand sur ma main, et je m'aperçois que j'en avais oublié le plateau que je porte. La brûlure m'éclaircit les idées et j'arrive finalement à digérer ce que vient de dire Goldberg.

Nora est enceinte.

Elle n'est pas malade. Elle est enceinte.

La peur glacée qui m'étreignait est remplacée par une nouvelle émotion que je n'ai encore jamais ressentie.

Après avoir placé le plateau avec ce qui reste de tisane dans la tasse sur la table de nuit, je m'assieds à côté de ma femme et je prends ses mains dans les miennes.

— Nora… Je lui tourne le visage vers moi et je vois qu'elle est encore sous le choc, le regard vide et distant. Nora, bébé, parle-moi !

Elle cligne des yeux comme si elle revenait à elle-même, et sa main s'agite dans la mienne. Je la laisse aller et elle recule d'un bond puis se replie sur elle-même. Ses yeux croisent les miens et nous nous regardons en silence pendant plusieurs secondes.

— C'est toi ? demande-t-elle enfin. C'est toi qui as demandé au Dr Goldberg de me donner un placebo à la place de la pilule du lendemain ? Et le nouvel implant contraceptif que j'ai au bras est aussi un faux ?

— Non. Je ne prends pas la peine de me révolter devant son accusation. Si j'avais voulu qu'elle soit enceinte, j'aurais pu considérer faire une chose de ce genre, et Nora est assez intelligente pour le savoir. Non, mon chat. Cette nouvelle me stupéfait autant que toi.

Elle hoche la tête et je sais qu'elle me croit. Je n'ai pas de raison de mentir. Elle m'appartient, je peux faire d'elle tout ce que je veux. Si j'avais fait en sorte qu'elle soit enceinte, je ne le nierai pas.

— Viens là, ai-je murmuré en tendant la main vers elle. Elle est toute raide quand je la serre contre moi, mais je ne prête pas attention à sa résistance. J'ai besoin de la tenir dans mes bras, de la sentir tout contre moi. Quand je la prends sur mes genoux, ses cheveux me chatouillent le cou et je respire profondément en fermant les yeux.

Nora n'est pas malade.

Elle porte mon enfant.

Et ça ne me semble ni réel ni naturel. Elle est si petite entre mes bras, à peine plus grande qu'un enfant elle aussi. Et pourtant elle va être mère, et je vais être père.

Père, comme celui qui m'a donné la vie et a fait de moi celui que je suis aujourd'hui.

Inconsciemment, un vieux souvenir me revient.

— *Attrape ! Il me lance le ballon en riant. Je bondis pour m'en saisir, et mes petites mains d'enfant de cinq ans se referment autour, je l'ai pris au vol.*

— *Je l'ai ! J'en suis si fier, si content. Père, je l'ai attrapé du premier coup !*

— *Bravo, fiston ! Il me sourit, et à cet instant, je l'aime. Son approbation est ce qui compte le plus au monde pour moi. J'en oublie tous les coups de ceinture qu'il m'inflige, tous les cris et toutes les humiliations.*

C'est mon père, et en ce moment je l'aime.

Je rouvre brusquement les yeux, ils se fixent sur le mur sans le voir, je n'ai pas lâché Nora. J'ai du mal à croire que j'ai pu aimer un tel homme. Il a fait si longtemps l'objet de ma haine que j'avais oublié de tels moments.

J'ai oublié les moments où il m'a rendu heureux.

Et moi, pourrai-je rendre mon enfant heureux ? Ou bien va-t-il, va-t-elle me détester ? J'ai dit à Nora que je serais un très mauvais père, mais j'ignore si c'est vrai. Pour la première fois de ma vie, je m'imagine avec un nouveau-né dans les bras, je me vois jouer avec un bambin joufflu, apprendre à nager à un enfant de cinq ans… Ces images me viennent si facilement que j'en suis tout étonné, et elles m'emplissent de peur et de désir.

Un désir pour quelque chose que je n'ai jamais connu.

Un sanglot étouffé me fait sursauter et je m'aperçois que Nora pleure.

Son corps si mince tremble dans mes bras. Je sens ses larmes me mouiller le cou, et elles me brûlent comme du vitriol.

Pendant un instant, j'avais oublié à quel point elle refuse d'avoir cet enfant.

À quel point elle ne veut pas d'enfants avec *moi*.

— Chut, mon chat. Ma voix est plus dure que je ne l'aurais souhaité, mais je n'y peux rien. Mon cœur est de nouveau serré, et en même temps j'ai envie de faire mal à Nora. En essayant de me maitriser, je dis d'une voix plus douce : crois-moi, ce n'est pas la fin du monde.

Elle s'immobilise et reste un instant silencieuse, puis un nouveau sanglot la secoue. Suivi d'un autre.

Je n'en peux plus. Sa souffrance est comme un poignard incandescent plongé dans ma chair, elle me fait souffrir tout en me rendant furieux.

Je plonge la main dans ses cheveux, je referme le poing sur ses mèches soyeuses et je lui penche la tête en arrière pour l'obliger à me regarder. Stupéfaite, elle écarquille les yeux et me regarde. Je vois ses larmes étinceler sur ses cils, ce qui m'exaspère encore davantage et réveille la bête sauvage qui sommeille en moi.

Ses lèvres tremblent et s'entrouvrent comme si elle voulait parler, mais je baisse la tête et l'en empêche en l'embrassant violemment avec ardeur. Un grand désir me coule dans les veines, fait raidir ma verge et m'obscurcit le cerveau. Je la désire tout en voulant la punir. Je la sens se débattre dans mes bras, je sens le sel de ses larmes et ça m'excite encore davantage, mon désir pervers en est redoublé.

Je ne sais pas comment nous nous sommes retrouvés sur le lit, Nora est étendue sous moi et ne peut se défendre, et nos vêtements me semblent une barrière insupportable entre nous si bien que je les déchire comme une bête. Je lui prends les poignets et les fais passer tous deux dans ma main gauche et je lui écarte violemment les cuisses du genou.

J'ai beau entendre les supplications de Nora, je ne peux plus m'arrêter. Le besoin de la posséder est une flamme qui me dévore et qui consume toute pensée rationnelle. J'attrape ma verge de ma main restée libre, je la guide vers son ouverture et je la pénètre d'un coup en m'emparant d'elle comme j'ai envie de m'emparer de son cœur et de son âme.

Elle est étroite et resserrée autour de moi, ses muscles se contractent éperdument pour refuser, mais cette résistance et cette pression ne font qu'intensifier mon besoin violent de la baiser. Sa résistance me rend fou, me pousse à la prendre encore plus fort, de la marteler de mon sexe en l'immobilisant sous mon poids. À chaque coup, je me l'approprie sans pitié, c'est la conquête brutale de ce qui m'appartient déjà. Il me semble que je la baise pendant des heures, ne sentant que la faim féroce qui me dévore tout entier.

Ce n'est qu'en m'écroulant sur elle en haletant après l'explosion de l'orgasme que les brumes du désir se dissipent et que je prends conscience de ce que j'ai fait.

Je lui lâche les poignets, je me mets sur le coude et je la contemple, la verge encore au fond d'elle. Elle est toujours allongée sous moi, les yeux clos et le visage blême. Je vois quelques gouttes de sang sur sa lèvre inférieure. C'est moi qui l'ai coupée, à moins qu'elle ne se soit mordue tant elle souffrait.

Pendant que je la regarde, elle ouvre les yeux et me regarde à son tour… et pour la première fois depuis des dizaines d'années j'ai le goût de cendre et l'amertume du remords dans la bouche.

CHAPITRE HUIT

❖ NORA ❖

J'ai la tête vide, sans la moindre pensée en regardant Julian. J'ai vaguement conscience qu'il est encore en moi, mais c'est tout ce que je suis capable d'assimiler en ce moment. Je me sens brisée, anéantie, la douleur physique est amplifiée par la souffrance qui fouaille mon âme comme des coups de poignard.

Je ne sais pas pourquoi j'ai ressenti cette brutale séance de sexe comme un véritable viol. Pourquoi cela m'a-t-il rappelé les premiers jours sur l'île quand Julian était mon cruel ravisseur et non celui que j'aime ? Pourtant et pas plus tard qu'il y a deux jours, quand il m'a torturée en me fouettant et en me mettant des tenailles aux tétons je m'y suis délectée, en demandant toujours davantage.

Aujourd'hui aussi, je l'ai supplié, mais pas pour en demander davantage. Je n'avais pas envie de sexe alors que mon cœur se brisait en pensant à la vie minuscule qui grandit à l'intérieur de mon corps.

L'enfant innocent conçu par deux assassins.

— Nora… La voix de Julian est un douloureux murmure. La douleur que j'y retrouve me torture ce qu'il me reste de cœur. Je voudrais le haïr pour le mal qu'il m'a fait, mais je ne peux pas. C'est dans sa nature. C'est une part intégrante de lui-même.

C'est pourquoi un enfant issu de nous est condamné d'avance.

Je soutiens son regard, mais j'ai l'impression de m'effondrer.

— Laisse-moi partir, Julian, je t'en prie.

— Ce n'est pas possible. Son visage se tord de douleur, faisant saillir les cicatrices qui lui entourent l'œil. Ce n'est pas possible, Nora.

J'avale péniblement ma salive en comprenant qu'il ne parle pas de la position de nos corps.

— Mais ce n'est pas ça que je te demande. Je t'en prie. J'ai juste… j'ai juste besoin d'un instant.

Il se retire, roule sur le dos et je me tourne sur le côté en repliant les genoux sur ma poitrine. La nausée qui m'a poursuivie a disparu, mais je n'ai aucune force. Je suis épuisée. Mon corps souffre après ce que Julian lui a fait endurer et un sentiment de désespoir me submerge et vient s'ajouter à ma détresse sans cesse croissante.

Je me rends à peine compte que Julian s'est levé. C'est seulement quand il passe un gant de toilette chaud entre mes jambes que je comprends qu'il a dû aller à la salle de bain et en revenir. Je n'ai pas la force de bouger et je reste donc immobile pour le laisser essuyer les traces de sperme sur mes cuisses.

Ensuite, il me prend dans ses bras et nous recouvre tous les deux d'une couverture. En sentant la chaleur familière de son corps m'envahir et m'aider à m'endormir, je rêve que je sens ses lèvres m'effleurer les tempes et que j'entends murmurer " Je suis navré ".

* * *

— Comme j'ai commencé à vous l'expliquer hier soir cette grossesse était peu probable, mais pas impossible, dit le docteur Goldberg tandis que je m'assieds sur le canapé à côté de Julian. La pilule du lendemain est inefficace dans environ cinq pour cent des cas, et la probabilité d'une conception quelques jours après avoir enlevé l'ancien implant contraceptif est également d'environ cinq pour cent, donc si vous faites le calcul… Il hausse les épaules en me souriant d'un air penaud.

— Et pourtant Nora continue à être sous contraception, demande Julian en fronçant des sourcils. Elle a un nouvel implant au bras, elle l'a depuis plusieurs semaines.

— C'est vrai. Le médecin hoche la tête. Nous devrons l'enlever dès que possible et faire prendre à Nora des vitamines prénatales. Il marque une pause et ajoute avec délicatesse : dans le cas où vous voudriez garder cet enfant.

— Nous le voulons. Julian a répondu avant que je ne puisse comprendre la question. Et nous voulons nous assurer que cet enfant est en bonne santé. Il tend la main pour prendre la mienne et m'entoure la paume de ses doigts en la serrant d'un air possessif. Ainsi que Nora, bien sûr.

En comprenant enfin ce que le Docteur Golberg a voulu dire, je jette un coup d'œil à Julian. Il serre la mâchoire d'une manière qui n'admet aucune contradiction. Je n'ai pas pensé à la possibilité d'un avortement, mais je suis surprise que Julian s'y oppose avec une telle véhémence. Il prétendait ne pas vouloir d'enfants et je ne peux imaginer qu'il soit suffisamment hypocrite pour avoir des objections morales ou religieuses à une telle procédure.

— Bien sûr, dit le médecin. Je ne suis pas spécialisé en obstétrique, mais je peux examiner Nora, lui enlever son implant et lui prescrire les vitamines nécessaires. Je peux aussi recommander une excellente gynécologue qui pourrait être d'accord pour surveiller sur place la grossesse de Nora. Je vous ai déjà envoyé ses coordonnées par mail.

— Bien ! Julian lâche ma main, et se lève, il semble agité et tendu. Je veux que Nora soit soignée le mieux possible.

— Elle le sera, promet le Dr Goldberg en se levant à son tour. Puis se tournant vers moi il ajoute : en tout cas maintenant on comprend mieux.

— On comprend quoi ? Je me lève aussi pour ne pas être la seule assise.

— Vos cauchemars incessants et vos crises de panique. Le médecin me regarde avec sollicitude. Il n'est pas inhabituel de voir les hormones de la grossesse amplifier l'anxiété, en particulier à la suite de traumatismes.

— Oh ! Je le fixe des yeux. Alors ce n'est pas une réaction excessive à ce qui m'est arrivé ?

— Pas du tout, m'assure le Docteur Goldberg. On constate des cas de dépression et d'anxiété chez des femmes enceintes dans des situations beaucoup moins graves. Mais il faut absolument vous reposer et vous détendre le plus possible, autant pour vous-même que pour votre bébé. Un violent stress pendant la grossesse peut provoquer toutes sortes de complications, y compris une fausse-couche.

— Je ferai en sorte qu'elle se repose et qu'elle n'ait pas de stress. Julian reprend de nouveau ma main. C'est comme si aujourd'hui il ne pouvait supporter de ne pas me toucher. Et pour la nourriture et la boisson ?

— Je vous donnerai une liste de ce qu'il faudra éviter, dit le Dr Goldberg. Vous savez sans doute que c'est le cas de l'alcool et de la caféine, mais il y a d'autres interdictions comme les sushis et les fruits de mer ayant un taux élevé en mercure.

— Entendu. Julian tourne la tête vers moi. Bébé, est-ce que le médecin pourrait t'examiner maintenant et t'enlever ton implant ? Sa voix est inhabituellement douce, son regard chargé d'une émotion indéfinissable.

— Hum, bien sûr. Je ne vois aucune raison d'attendre plus longtemps et ça me fait plaisir que Julian ait demandé mon avis au lieu de m'en donner l'ordre selon ses habitudes tyranniques.

— Bien. Il lève ma main, celle qu'il tenait dans la sienne, et m'embrasse sur le poignet avant de la lâcher. Je reviens dans un moment.

Je hoche la tête et Julian sort silencieusement de la pièce en fermant la porte derrière lui.

— Alors, Nora. Le docteur Goldberg me sourit, attrape sa trousse et en sort des gants en latex. On commence ?

* * *

Après le départ du médecin, je mets mon maillot de bain et je vais sur la terrasse qui se trouve à l'arrière de la maison en prenant mon manuel de psychologie avant de sortir. Que je sois enceinte ou pas, j'ai un examen à préparer et je suis déterminée à le faire, ne serait-ce que pour me changer les idées. De nouveau, j'ai une petite égratignure sur le bras, elle est recouverte d'un sparadrap et j'essaie de ne pas tenir compte de ce léger désagrément pour éviter de penser que mon implant contraceptif n'est plus là, ni pourquoi il a fallu l'enlever.

C'est étrange, mais je n'ai plus comme hier soir l'impression d'être brisée. À la place, je ressens une peine plus distante. Je devrais sans doute être traumatisée et en vouloir à Julian, mais ce n'est pas le cas. De la même façon que les jours qui ont suivi mon enlèvement, la nuit dernière appartient désormais à une autre époque de ma vie, une époque où nous étions différents de ce que nous sommes aujourd'hui. Je sais que je recommence à jouer ce jeu avec moi-même, il consiste à n'exister que dans l'instant et à repousser tout ce qui est mauvais dans un coin reculé de mon cerveau, mais c'est un jeu qui m'est indispensable pour ne pas devenir folle.

J'ai besoin d'y jouer parce que je ne peux pas cesser d'aimer mon ravisseur, quoi qu'il fasse.

Et ça n'arrange pas les choses que ce matin Julian est aux antipodes de ce qu'il était hier soir, avec sa brutale sauvagerie. Depuis mon réveil, il me traite comme si j'étais en sucre. Un petit déjeuner au lit suivi d'un massage de pieds, des petits baisers incessants et des gestes d'affection, je pourrais presque croire qu'il se sent coupable.

Mais ce n'est pas possible. Le monstre de la nuit dernière est si proche du tendre amant de ce matin. La culpabilité est une émotion aussi étrangère à mon mari que la pitié pour ses ennemis.

En arrivant sur la terrasse, je prends une chaise longue sous un parasol et je m'installe confortablement.

Comme toujours dehors l'air est chaud et humide, si moite que c'est oppressant. Mais ça m'est égal. J'en ai l'habitude. Si ça devient insupportable, je plongerai dans la piscine. Pour le moment, j'ouvre mon manuel et je commence à lire le chapitre sur les neurotransmetteurs.

Je n'en ai lu que la moitié quand une ombre qui s'avance me fait lever les yeux.

C'est Julian. En maillot de bain noir, il est debout à côté de ma chaise longue et me parcourt des yeux avec un désir qu'il ne cherche pas à cacher.

Je lèche mes lèvres et le fixe du regard. Dans la vive lumière du soleil, il est presque trop beau, et d'une certaine manière ses nouvelles cicatrices ne font qu'accentuer son extrême virilité. Des épaules aux mollets, tout son corps est parfaitement musclé. Son large buste est parsemé de poils noirs et ses abdominaux sont saillants, avec une ligne velue qui lui descend du nombril au short.

Il est splendide, plus beau que n'importe quel autre homme que je connais, et j'ai envie de lui.

J'ai envie de lui malgré ce qui s'est passé la nuit dernière, malgré tout.

— Comment te sens-tu, bébé ? murmure-t-il d'une voix rauque. Tu n'as pas de nausées ? Tu n'es pas fatiguée ?

— Non ! Je m'assieds, pose les pieds par terre et je laisse de côté mon manuel. Aujourd'hui, ça va.

Julian s'assied à côté de moi et glisse une mèche de mes cheveux derrière l'oreille.

— Bon !, dit-il doucement. Je suis content.

— Tu es venu nager ? J'essaie de ne pas faire attention à la chaleur humide que je sens entre les cuisses quand il me touche.

— Oui, quelques minutes. Mais je ne retournerai pas travailler aujourd'hui.

— Vraiment ? C'est si rare que Julian prenne un jour de liberté que je ne me souviens pas de la dernière fois qu'il l'a fait. Pourquoi ?

Il me fait un sourire en coin.

— Impossible de me concentrer.

— Oh ! Je le regarde prudemment. Alors tu veux qu'on aille nager ? J'avais l'intention d'y aller après avoir fini ce chapitre, mais je peux le faire maintenant.

— D'accord ! Julian se lève et me donne la main. Allons-y !

Je mets la main dans la sienne et le laisse me conduire vers la piscine. En s'approchant de l'eau, il se baisse brusquement, glisse la main sous mes genoux et me prend dans ses bras.

Prise au dépourvu, j'éclate de rire en nouant les mains autour de son cou.

— Julian ! Ne me jette pas dans l'eau ! J'aime bien y entrer petit à petit…

— Mais non, mon chat, je ne vais pas t'y jeter, murmure-t-il sans me lâcher tout en descendant dans la piscine. Ses yeux brillent d'un humour auquel je ne m'attendais pas. Tu crois vraiment que je suis un monstre ?

— Hum… Tu veux vraiment que je te réponde ? J'ai du mal à croire que je suis d'humeur à le taquiner, mais tout à coup je me sens le cœur ridiculement léger. C'est sans doute à cause d'un bizarre changement hormonal, mais cela m'est égal. Je préfère de loin avoir le cœur léger plutôt que d'être déprimée.

— Tu dois répondre, dit-il avec un sourire malicieux. Il a maintenant de l'eau jusqu'à la taille et il s'arrête, en me tenant toujours contre lui. Ou sinon ?

— Ou sinon, quoi ?

— Sinon ça. Julian me fait glisser de quelques centimètres et laisse mes pieds qui gigotent toucher l'eau. Il feint de pousser un cri menaçant, mais je vois aux coins de ses lèvres le sourire qu'il réprime.

— Vous me menaceriez de me faire barboter, monsieur ? En battant des pieds dans l'eau, je le regarde et je fais semblant de prendre un air de reproche. Je croyais que nous venions juste de confirmer que vous n'alliez pas me jeter dans l'eau ?

— Qui parle de t'y jeter ? Il avance encore dans la piscine, laissant l'eau m'arriver aux mollets. Sa soi-disant grimace a disparu, remplacée par un sourire sombrement sensuel. Il y a d'autres moyens de s'occuper des vilaines filles.

— Oh, dites-les-moi… Mes muscles intimes se contractent à la pensée des images qui affluent dans mon esprit.

— Eh bien, pour commencer… Il penche la tête, ses lèvres touchent presque les miennes tandis que je retiens mon souffle avec impatience, il faut d'abord les rafraîchir.

Et avant que je ne puisse réagir, il plonge, nous voilà tous les deux dans l'eau et j'en ai jusqu'au menton.

— Julian ! Je suis tellement scandalisée que j'éclate de rire, je lui lâche le cou et je le pousse par les épaules. La piscine est chauffée, mais l'eau semble fraîche sur ma peau restée longtemps au soleil. Tu as dit que tu ne le ferais pas !

— J'ai dit que je ne te jetterai pas à l'eau, corrige-t-il en reprenant son sourire malicieux. Je n'ai pas dit que je ne t'y porterai pas.

— Alors si c'est comme ça… Je réussis à lui échapper et à mettre quelques mètres entre nous. Tu veux la guerre ? Tu vas l'avoir mon gars ! Et en prenant de l'eau au creux de la main, je l'éclabousse et je le regarde en riant quand il la reçoit en pleine figure.

Il l'essuie, clignant des yeux de stupeur. Il n'arrive pas à y croire, et je recule en riant de plus belle.

Remis de sa surprise, il commence à s'avancer vers moi.

— Tu viens de m'éclabousser ? murmure-t-il d'une voix menaçante. Tu m'as jeté de l'eau à la figure, mon chat ?

— Quoi ? Pas du tout ! Pour rire, je lui fais les yeux doux tout en essayant de me réfugier dans la partie la plus profonde de la piscine. Je ne me permettrais pas ! Mais ma phrase se termine par un cri quand Julian se lance à ma poursuite et me rattrape en un clin d'œil. Au dernier moment, je parviens d'un bond à lui échapper et je m'éloigne de lui en nageant et en riant comme une folle.

Je nage bien, mais en moins de deux secondes les doigts de Julian se sont refermés comme un étau autour de ma cheville.

— Je t'ai bien eue, dit-il en me tirant vers lui. Quand je suis assez près, il m'attrape par le bras pour me mettre à la verticale et ses bras musclés m'entourent par le dos. Mes efforts inutiles pour le repousser le font bien rire.

— D'accord, tu m'as eue, ai-je concédé en riant. Et maintenant ?

— Et maintenant, voilà ! Et quand il penche la tête pour m'embrasser, la chaleur de son grand corps compense la fraîcheur de l'eau.

Quand sa langue envahit ma bouche, je me raidis involontairement, le souvenir de la nuit dernière refait surface brusquement en toute clarté. Pendant quelques pénibles instants, je revis ce sentiment d'impuissance, de trahison douloureuse, et je sais alors que je ne suis pas tout à fait parvenue à séparer le bon du mauvais. J'ai beau vouloir faire comme si aujourd'hui était une journée comme les autres, ce n'est pas le cas, et toutes les plaisanteries du monde n'arriveront pas à changer le fait que jamais l'âme de Julian ne sera tout à fait délivrée du mal.

Que le monstre sera toujours là, tapi dans l'ombre.

Et pourtant, alors qu'il continue de m'embrasser, l'ardeur du désir croît en moi, m'attire par ses sortilèges. Maintenant, il est tendre avec moi, mon corps s'adoucit et se prélasse dans sa tendresse, dans la chaleur insidieuse de ses étreintes. Je veux croire à l'illusion de sa douceur, au mirage de son amour pervers, et je laisse s'évanouir les mauvais souvenirs pour rester dans la lumière du présent.

Rester avec l'homme que j'aime.

CHAPITRE NEUF

❖ JULIAN ❖

Nora et moi avons fini par nager et jouer dans la piscine jusqu'à ce qu'Ana vienne nous chercher pour nous dire que le déjeuner était prêt. Je meurs de faim maintenant et j'imagine que Nora aussi. Après tous ces baisers, j'ai les bourses en feu, mais il faudra que ça attende à plus tard.

Je tiens encore davantage à ce que Nora mange qu'à la baiser.

Voir ma chérie comme ça, si heureuse, pleine de vie, insouciante, a beaucoup contribué à me rendre le cœur plus léger, mais n'a pas complètement dissipé mon angoisse. L'expression de son visage quand je l'ai prise l'autre nuit… Cette expression me hante, elle envahit mes pensées malgré tous mes efforts pour la chasser de mon esprit. Je sais que je lui ai fait plus de mal dans le passé, mais il y a quelque chose dans cette nuit-là qui m'a *semblé* encore pire.

Il m'a semblé la trahir.

C'est peut-être que désormais elle m'appartient tout à fait. Je n'ai plus besoin de la dresser, de la façonner selon mes besoins. Elle m'aime assez pour risquer sa vie pour moi, assez pour vouloir être avec moi de son plein gré. Tout ce que je lui ai fait subir autrefois était calculé jusqu'à un certain point, mais cette nuit-là je lui ai fait du mal sans le vouloir.

Je lui ai fait du mal alors que je ne voulais qu'une chose, la prendre dans mes bras, la réconforter.

J'ai fait du mal à la femme qui porte mon enfant, et même si Nora semble m'avoir pardonné, je ne puis me le pardonner à moi-même.

— Que puis-je vous servir, Nora ? demande Ana quand nous nous sommes assis à la table de la salle à manger. La vieille femme adresse un grand sourire à ma femme, je ne l'ai jamais vue aussi heureuse. Des toasts ? Peut-être un peu de riz à l'eau ?

À ces mots, Nora écarquille les yeux, mais réussit à répondre calmement :

— Je mangerai ce que vous avez préparé, Ana. Aujourd'hui, ça va mieux, vraiment mieux.

Malgré les pensées que je viens d'avoir, je ne peux m'empêcher de sourire. Goldberg a dû laisser filtrer quelque chose, ou bien Ana a surpris notre conversation de ce matin. C'est la raison pour laquelle Ana a un sourire jusqu'aux oreilles : elle sait que Nora est enceinte et elle est ravie de cette nouvelle.

Rassurée par Nora, Ana sourit de plus belle.

— Oh, bien ! Je comprends maintenant, vous deviez avoir une nausée de grossesse hier ; ça arrive, vous savez, dit-elle d'un ton complice. On dit que ça commence vers les six semaines.

— Oh, super ! Nora essaie de cacher sa morosité, mais n'y parvient pas tout à fait. J'ai hâte de le voir !

— Je ferai en sorte que tu sois le mieux soignée possible, bébé, ai-je murmuré en tendant la main au-dessus de la table pour prendre celle de Nora. Je ferai tout ce qu'il faudra pour que tu te sentes bien.

J'ai déjà contacté la gynécologue recommandée par Goldberg en lui envoyant un mail pendant que Nora se faisait examiner. Je n'ai peut-être pas eu l'intention d'avoir cet enfant, mais maintenant qu'il est là, la pensée qu'il puisse lui arriver quoi que ce soit est intolérable. Aujourd'hui, quand Goldberg a fait allusion à la possibilité d'un avortement j'ai dû me retenir pour ne pas l'étrangler.

Prévu ou pas, cet enfant est ma chair et mon sang et je tuerai quiconque tentera de lui nuire.

Nora me fait un petit sourire.

— Je suis sûre que ça va bien se passer. Rien de plus naturel pour une femme que d'avoir un bébé. Malgré ses paroles rassurantes, sa voix semble tendue, et je sais qu'elle a toujours du mal à accepter cet événement.

Du mal à accepter le fait qu'elle porte mon enfant.

En respirant profondément, je me débarrasse de la colère instinctive qui est montée en moi. D'un point de vue rationnel, je peux comprendre la peur de Nora. Elle m'aime, mais elle n'est pas aveugle et me voit tel que je suis.

C'est inévitable, surtout après ce qui s'est passé l'autre nuit.

— Oui, tout ira bien, ai-je dit calmement en lui pressant légèrement la main avant de la lâcher. Je ferai tout pour qu'il en soit ainsi.

Et nous évitons ce sujet pendant le reste du repas, nous préférons tous les deux penser à autre chose.

* * *

Je passe le reste de la journée avec Nora en ne tenant aucun compte du travail qui m'attend. Pour la première fois depuis une éternité, je me moque éperdument des problèmes de production en Malaisie ou du fait que le cartel mexicain exige des prix plus compétitifs sur sa commande spéciale de mitraillettes. Les Ukrainiens essaient de se faire pardonner et de monnayer une alliance avec eux au lieu des Russes, Interpol est assez remonté depuis que la CIA m'a envoyé la liste de Peter Sokolov, en Iraq un nouveau groupe terroriste veut se mettre sur la liste d'attente des explosifs, et je me fous de tout ça.

Aujourd'hui, seule Nora compte pour moi.

Après le déjeuner, nous allons nous promener autour du domaine et je lui montre les endroits que je préférais quand j'étais petit, y compris un petit lac en bordure de propriété où je me suis un jour trouvé face à face avec un jaguar.

— Vraiment ? Un jaguar ? Nora ouvre de grands yeux quand nous sortons de la partie boisée et arrivons dans une petite clairière devant le lac. Les grands arbres qui l'entourent donnent de l'ombre et nous cachent des gardiens, c'est la raison pour laquelle j'y allais souvent dans mon enfance.

— Ils sortent parfois de la jungle. Ce n'est pas souvent, mais cela peut arriver.

— Et comment lui as-tu échappé ? Elle me regarde d'un air inquiet. Tu dis que tu n'avais que neuf ans.

— J'avais un fusil avec moi.

— Alors tu l'as tué ?

— Non, j'ai tiré sur un arbre proche de lui et ça lui a fait peur. J'aurais pu le tuer, j'étais déjà un excellent tireur, mais la pensée de faire du mal à cette créature sauvage me déplaisait. Et ce n'était pas de la faute du jaguar si c'était un prédateur, et je ne voulais pas le châtier pour s'être aventuré en territoire humain.

— Qu'est-ce que tes parents ont dit quand tu leur en as parlé ? Nora s'assied sur un tronc d'arbre mort et lève les yeux vers moi. La lumière qui se reflète sur le lac fait briller ses épaules lisses. Les miens auraient eu tellement peur pour moi.

— Je ne leur en ai pas parlé. Je m'assieds à côté d'elle et je suis incapable de résister, je lui embrasse l'épaule droite. Sa peau a un parfum délicieux, et le désir déclenché par nos jeux dans la piscine me revient, une fois de plus je me raidis en la sentant si près.

— Pourquoi pas ? demande-t-elle d'une voix rauque en se retournant pour me regarder quand je relève la tête. Pourquoi ne pas leur en avoir parlé ?

— Ma mère avait déjà peur de la jungle et mon père m'aurait reproché de ne pas lui avoir rapporté la dépouille du jaguar. Ce n'était donc pas la peine de leur en parler ni à l'un ni à l'autre. Je tends la main vers ses cheveux et je la laisse glisser dans sa toison soyeuse, une sensation délicieuse que je savoure. Ma verge est raide de désir, mais je n'ai pas l'intention d'aller plus loin pour le moment.

Je ne lui ferai l'amour que ce soir, quand elle est dans le confort de notre lit et que je serai certain de ne pas lui faire mal.

— Oh ! Nora penche la tête de côté, et se rapproche encore de moi tout en me regardant de ses yeux mi-clos. Elle ressemble à un chat qu'on caresse. Et tes amis ? Tu leur as raconté ce qui s'était passé ?

— Non, ai-je murmuré. Malgré mes bonnes intentions, mon excitation continue. Je n'en ai parlé à personne.

— Pourquoi pas ? Nora est sur le point de ronronner quand je lui caresse de nouveau les cheveux tout en lui massant légèrement le cuir chevelu. Tu pensais qu'ils ne te croiraient pas ?

— Si, je savais qu'ils me croiraient. Je retire la main, mon désir s'intensifie et menace la maîtrise que j'ai de moi-même. Mais je n'avais pas d'amis proches, c'est tout.

Quelque chose qui ressemble un peu trop à de la pitié lui traverse les yeux, mais elle ne dit plus rien et ne pose pas d'autres questions. À la place elle se penche plus près de moi et pose ses lèvres sur les miennes, ses petites mains viennent de part et d'autre de mon visage.

C'est un geste étrangement innocent, hésitant, comme si elle m'embrassait pour la toute première fois. Ses lèvres effleurent à peine les miennes, chaque contact est comme un avant-goût, la promesse d'autres caresses. Je peux presque sentir son goût, sentir son corps, et l'envie de la baiser est si forte qu'elle me fait trembler. Seul le souvenir de l'autre nuit, de la blessure et de la trahison que j'ai lue dans ses yeux, me permet de rester immobile et d'accepter ces esquisses de baisers, les mains posées sur ses épaules. Je sais que je devrais l'interrompre, la repousser, mais j'en suis incapable.

Jamais je n'ai rien senti d'aussi doux que ses baisers pleins d'hésitation.

Quand il me semble que je ne peux plus résister, sa petite bouche ardente va vers ma mâchoire puis descend dans mon cou pour m'embrasser et me mordiller avec la même douceur qui me met à la torture. Ses mains lâchent mon visage et glissent sur mon corps, ses doigts se referment sur le bas de ma chemise. Elle commence à la soulever et je pousse un grondement quand ses phalanges m'effleurent les côtés, ses caresses me font brûler d'impatience.

— Nora... Je ravale mon souffle quand elle se baisse et s'agenouille entre mes jambes ouvertes, le visage à la hauteur de mon nombril. Nora, bébé, il faut que tu arrêtes de me taquiner.

Elle ne tient pas compte de ma demande et continue à relever ma chemise.

— On te taquine ? murmure-t-elle en me regardant. Et avant que je ne puisse lui répondre, elle place un baiser brûlant et tout mouillé sur mon ventre.

Putain ! Je sursaute de tout le corps, mes bourses se contractent violemment dans un élan de désir. La voir là, à genoux, déclenche mes pires instincts, provoque mes pires désirs. Je serre les poings et je respire d'un petit souffle rapide en me rappelant qu'elle est vulnérable désormais.

Qu'elle est enceinte de mon enfant, et que je ne peux pas la prendre comme une bête.

Mais, elle s'est mise à lécher mon ventre. *Putain, elle me lèche !* Elle suit le contour de chaque muscle de la langue comme si elle essayait d'en garder l'empreinte dans sa mémoire.

— Nora ! J'ai la voix rauque. Bébé, ça suffit maintenant.

Elle se recule et me regarde à travers ses longs cils épais.

— Tu en es sûr ? murmure-t-elle sans lâcher ma chemise. Parce que j'ai envie de continuer. Et elle se penche de nouveau sur moi pour m'effleurer le bas de l'abdomen des dents puis se met à sucer cet endroit, sa bouche est chaude et humide sur ma peau nue.

Tout près de ma verge prête à éclater qui est encore prisonnière de mon short.

Putain de merde !

— Nora... J'ai du mal à articuler, mes ongles s'enfoncent dans l'écorce de l'arbre tant je fais un effort pour ne pas m'emparer d'elle. Ce n'est pas ce que tu veux, bébé, arrête...

— Et pourquoi ne le voudrais-je pas ? En reculant, elle lève de nouveau les yeux vers moi, les yeux sombres et brûlants. Si, je le veux, Julian... Tu m'as donné envie.

Je retiens brutalement mon souffle, ma verge tressaute quand elle lâche ma chemise et prend la boucle de ma ceinture.

— Mais je ne veux pas te faire de mal.

Les coins de ses lèvres se relèvent.

— Si Julian, tu en as envie. Elle réussit à ouvrir ma ceinture et sa main plonge dans mon short, puis ses doigts fins se referment sur toute la longueur de ma verge gonflée et la caressent. N'est-ce pas ?

Je suis sur le point d'exploser et mes mains s'emparent d'elle avant que je ne réalise ce que je fais.

— Oui...

Ma voix se réduit presque à un grondement quand je l'attire sur mes genoux et que je la force à se mettre à cheval sur moi.

— Je veux te faire mal, te baiser, te prendre de toutes les façons possibles, et bien plus encore. Je veux laisser des marques sur ta belle peau et t'entendre crier quand je plonge au fond de toi et je veux te faire jouir tout autour de ma bite. C'est ça que tu veux entendre, mon chat ? Tout en lui serrant le bras, je la regarde durement.

Elle passe la langue sur ses lèvres, ses yeux brillent d'une lueur particulièrement sombre.

— Oui, murmure-t-elle. Oui, Julian. C'est exactement ce que je veux.

Putain ! Je ferme les yeux, tremblant littéralement de désir. À cheval sur moi, il n'y a que son minuscule string qui sépare son sexe de ma queue. Si elle bouge de quelques centimètres, je pourrais la pénétrer et marteler son petit corps bien serré…

Cette tentation est insupportable.

Un. Mille. Deux. Deux Mille. Trois. Trois mille.

Je me force à compter mentalement jusqu'à retrouver un semblant de contrôle.

Puis je rouvre les yeux et je croise de nouveau les siens.

— Non, Nora. Ma voix est presque calme quand je lui lâche le bras et prends son menton dans la main. Ce n'est pas comme ça que ça va se passer.

Elle cligne des yeux, l'air dérouté.

— Quoi ?

Je baisse la tête et lui coupe la parole en l'embrassant. Lentement, profondément, je lui envahis la bouche, je sens son goût, je la caresse de ma langue. Puis j'empoigne ses cheveux et je lui mets la tête entre mes jambes tout en savourant la surprise que je vois sur son petit visage.

— Tu vas me sucer, bien fort. Et ensuite, si tu es sage, tu seras récompensée. Compris ?

Nora ouvre grands les yeux, mais s'exécute immédiatement. Elle sort ma queue de mon short, ferme les lèvres autour et commence à la caresser de la main à un bon rythme. L'intérieur de sa bouche est chaud, soyeux et mouillé, presque aussi délicieux que son sexe, et la pression de sa main absolument parfaite. Je suis si près de jouir que cela ne lui prend que deux ou trois minutes, et l'orgasme bouillonne déjà dans mes bourses en envoyant son extase dans mes terminaisons nerveuses. Je lui empoigne les cheveux en grondant et je m'enfonce plus profondément dans sa gorge pour l'obliger à avaler jusqu'à la dernière goutte.

Puis je me retire, je m'agenouille par terre à côté d'elle et je la fais s'allonger dans l'herbe.

— Ouvre les jambes ! lui ai-je ordonné en relevant sa robe pour dénuder le bas de son corps.

Elle fait ce que je lui ordonne, le regard plein d'impatience, mais non sans un soupçon d'appréhension. Je pose la main sur ses fines cuisses bronzées et je les caresse, sa peau est si douce ! Ensuite, je me penche en avant, je passe les doigts sous son string et je l'écarte de côté pour révéler les lèvres humides de son sexe.

— Il est tellement sexy, bébé, lui ai-je murmuré d'une voix rocailleuse, et mon désir qui vient pourtant juste d'être satisfait, reprend de plus belle. En me penchant encore plus bas je sens son odeur sucrée et musquée. Ton joli petit minou tout mouillé.

Sa respiration s'emballe, un gémissement lui échappe de la gorge quand j'appuie les lèvres sur ses plis et les embrasse légèrement.

— Julian, je t'en prie. Elle semble à la torture. Je t'en prie… J'ai envie de toi.

— Oui. Je laisse mon haleine souffler sur sa chair si sensible. Je sais que tu en as envie. Et je la lèche longuement, lentement. Tu auras toujours envie de moi, n'est-ce pas ?

— Oui. Elle relève les hanches en me suppliant. Toujours !

— Alors, mon chat, voici ta récompense.

En appuyant la langue sur son clitoris, je commence à lui donner vraiment du plaisir, je bois ses supplications et ses gémissements. Et finalement quand elle se met à jouir en tremblant et en criant je lui donne encore quelques coups de langue pour prolonger son orgasme et puis je m'allonge à côté d'elle dans l'herbe en pliant le bras gauche sous la tête en guise d'oreiller et en lui posant la tête sur mon épaule droite.

Nous restons un moment ainsi à contempler l'eau scintillante du lac et à écouter le léger bourdonnement des insectes. J'ai encore envie d'elle, mais mon désir est plus doux maintenant. Mieux contrôlé. Cette fois, je ne lui ai pas fait mal, mais mon cœur est toujours serré, le poids est toujours là.

Finalement, je ne peux plus me taire.

— Nora, la nuit dernière… Ce n'était pas à cause de la liste de Peter. Je ne sais pas pourquoi je me sens obligé de le lui dire, mais il le faut. Je veux qu'elle comprenne que je n'avais pas eu l'intention de la punir à ce moment-là, que la douleur que je lui avais infligée ne venait pas d'une mauvaise intention. Je ne sais pas pourquoi ça pourrait être important pour elle, venant de son ravisseur ou si vraiment il y a une différence, mais j'ai besoin qu'elle le sache. C'était une erreur, ça n'aurait pas dû avoir lieu.

Elle ne réagit pas, ne me montre nullement qu'elle m'a entendu, mais quelques instants plus tard elle se retourne dans mes bras et pose la main droite sur ma poitrine, juste à l'endroit de mon cœur.

CHAPITRE DIX

❖ NORA ❖

Pendant les deux semaines suivantes, je fais de mon mieux pour m'adapter à ma nouvelle situation. Ou plus précisément pour vivre en faisant comme si de rien n'était.

La nausée va et vient. Je me suis aperçue que ça va mieux en mangeant souvent et en petites quantités, et évitant tout ce qui est épicé ou trop assaisonné. Sous la surveillance attentive d'Ana et de Julian, je prends religieusement mes vitamines prénatales et j'évite ce que le Dr Goldberg a mis sur sa liste, mais j'essaie surtout de ne pas trop y penser. Tant qu'on ne verra pas que je suis enceinte, j'ai l'intention de me comporter comme d'habitude.

Heureusement, pour le moment mon corps fait preuve de bonne volonté. Mes seins ont un peu augmenté de volume et sont plus sensibles, mais c'est le seul changement dont je me sois aperçue. Mon ventre est toujours plat et je n'ai pas du tout grossi. Ou plutôt, à cause des nausées, j'ai perdu encore au moins un kilo, ce qui inquiète Julian qui fait de son mieux pour me rendre folle à force de sollicitude.

— Je n'ai pas besoin de me reposer, ai-je protesté d'un ton exaspéré quand il essaie une fois de plus de me convaincre de faire la sieste.

Vraiment, ça va bien. J'ai dormi dix heures de suite la nuit dernière. Il y a une limite à la quantité de sommeil dont on a besoin !

Et c'est vrai. Depuis une quinzaine de jours, je dors bien mieux. Aussi étrange que ce soit, savoir que mon anxiété a une origine hormonale l'a considérablement atténué tout en réduisant aussi le nombre de mes cauchemars et de mes crises de panique.

Ma psy me dit que c'est parce que je m'inquiète moins des implications de ce qui m'est arrivé sur mon état mental. Apparemment, il est particulièrement mauvais d'un point de vue psychologique de se mettre la pression parce qu'on est trop stressé, alors que des facteurs plus simples, par exemple avoir un enfant avec un trafiquant d'armes sadique provoque moins d'anxiété.

— Il est très difficile de prévoir ce qui se passe dans le cerveau, dit le Dr Wessex en me regardant derrière ses lunettes Prada à la dernière mode. Ce n'est peut-être pas du tout ce que vous considérez comme effrayant qui pèse sur votre inconscient. Vous vous faites peut-être du souci pour votre bébé, mais ça ne vous fait pas autant peur que la crainte de ne pas pouvoir maîtriser votre anxiété. Si vos crises de panique sont provoquées par votre grossesse, alors vous savez que le problème est provisoire, et ça vous aide à moins les redouter.

Je hoche la tête en souriant, comme si c'était parfaitement logique. Je le fais souvent avec elle. Si Julian n'insistait pas afin que je continue mes deux séances hebdomadaires, j'aurais déjà arrêté.

Ce n'est pas que le Dr Wessex me déplaise, c'est une grande femme élégante qui a la quarantaine, elle est très compétente et elle ne semble pas me juger. J'ai le sentiment que lui parler ne fait qu'augmenter ce qu'il y a d'anormal dans ma relation avec Julian.

Mais oui Docteur, mon mari, vous savez celui qui vous a pris à son service et qui a insisté pour que vous veniez au bout du monde. Mon mari m'a gardée en captivité dans une île pendant quinze mois et il m'a fait subir un tel lavage de cerveau que maintenant je ne peux pas vivre sans lui et sans ses pratiques sadiques. De plus, nous allons avoir un bébé. Rien que de plus normal bien sûr. Une petite famille de criminels comme il y en a tant.

Mais oui, bien sûr !

De toute façon, essayer de me convaincre de faire la sieste est ce qu'il y a de moins pénible dans les attentions excessives dont Julian m'entoure. Il contrôle également ce que je mange, s'assure que le docteur approuve les sports que j'ai recommencés à pratiquer, et ce qu'il y a de pire, il prend sans cesse des gants avec moi. J'ai beau essayer de le provoquer, au lit il se contente de me prendre dans ses bras. C'est comme s'il craignait de laisser de nouveau libre cours à sa brutalité, de reperdre le contrôle de lui-même.

— Je te l'ai dit, la gynécologue a expliqué qu'on n'a pas besoin de prendre de précautions en faisant l'amour du moment qu'on ne constate ni taches de sang ni gouttes de liquide amniotique, ai-je dit à Julian après qu'il m'avait de nouveau prise avec douceur. Je suis en bonne santé, tout est normal, il n'y a vraiment aucun danger.

— Je ne veux prendre aucun risque, répond-il en embrassant le rebord de mon oreille, et je sais qu'il n'a pas l'intention de m'écouter dans ce domaine.

Quelque chose en moi ne parvient toujours pas à croire que c'est ça que j'attends de lui, que le sadisme de notre vie amoureuse me manque. Il est vrai que je ne suis jamais frustrée, Julian fait en sorte que je jouisse au moins deux ou trois par nuit, mais je désire ce mélange enivrant de plaisir et de souffrance, cette bouffée d'endorphine que donne la véritable violence du sexe. Même la peur qu'il me fait ressentir est une addiction d'une certaine manière, que je veuille l'admettre ou pas.

C'est pervers, mais la nuit où nous avons appris que j'étais enceinte, la nuit où il m'a forcée à faire l'amour avec lui, est revenue plus d'une fois dans mes fantasmes depuis quelques jours.

J'ignore ce qu'en dirait le Dr Wessex, et je n'ai pas envie de le savoir. C'est déjà bien assez que le souvenir de ce traumatisme, ainsi que celui du temps que j'ai passé sur l'île, a pris une dimension érotique dans mon esprit.

C'est bien assez de savoir que je suis complètement tordue.

Bien sûr, la douceur inhabituelle de Julian au lit n'est pas le seul problème. Une autre victime de son inquiétude oppressante à mon égard c'est mon entraînement d'autodéfense. C'est particulièrement frustrant parce que pour la première fois depuis plusieurs semaines j'ai de l'énergie. Avoir retrouvé le sommeil a réduit ma fatigue et mes études ne me demandent plus autant d'effort. J'ai pu recommencer à courir, une fois que le médecin a donné son accord évidemment, mais Julian refuse de me laisser faire quoique ce soit qui risque de me donner des bleus. Le tir est également exclu, apparemment une arme à feu dégage des particules de plomb en quantité inconnue qui peut être nuisible au fœtus.

Il y a tant de restrictions que ça me donne envie de hurler.

— Vous savez que c'est provisoire, Nora, dit Ana quand je commets l'erreur de lui parler de ma frustration un jour au petit déjeuner. Encore quelques mois et vous tiendrez votre bébé dans les bras, et tout en vaudra la peine.

Je hoche la tête et je lui fais un sourire de façade, mais les paroles de la gouvernante ne me rendent pas ma bonne humeur.

Ils me remplissent d'angoisse.

Dans un peu plus de sept mois, j'aurai la responsabilité d'un enfant, une idée qui me terrifie plus que jamais.

* * *

— Tu n'as toujours pas parlé du bébé à tes parents ? Rosa me regarde avec étonnement au moment où nous quittons la maison pour aller faire notre promenade matinale.

— Non, ai-je dit en sirotant un smoothie aux fruits agrémenté de vitamines. Je n'en ai pas encore trouvé l'occasion.

— Mais tu leur téléphones tous les jours.

— C'est vrai, mais on n'en a pas encore parlé. Je dois sans doute donner l'impression d'être sur la défensive, mais c'est plus fort que moi. Dans la liste de ce que je redoute, parler de ma grossesse avec mes parents figure en bonne position, juste après l'accouchement.

— Nora… Rosa s'arrête sous un gros arbre recouvert de lierre. Tu as peur qu'ils ne soient pas contents pour toi ?

J'imagine la réaction probable de mon père quand il apprendra que sa fille qui n'a pas encore vingt ans est enceinte et que le père de son enfant est son ravisseur.

— C'est à peu près ça.

— Mais pourquoi ne seraient-ils pas contents ? Mon amie semble sincèrement déconcertée. Tu es mariée à un homme riche qui t'aime et qui prendra bien soin de toi et de ton enfant. Que pourraient-ils souhaiter de plus ?

— Et bien d'abord de ne jamais avoir épousé cet homme-là, ai-je dit sèchement. Rosa, je t'ai raconté notre histoire. Mes parents ne sont pas vraiment fous de Julian.

Rosa fait un geste de dédain.

— Mais tout ça c'est… comment dit-on ? De l'histoire ancienne. Peu importe comment tout a commencé. Ce qui compte c'est le présent, pas le passé.

— Oui, bien sûr. Carpe diem, etc.

— Ce n'est pas la peine d'être sarcastique, dit Rosa quand nous nous remettons à marcher. Tu devrais en parler à tes parents, Nora. C'est leur petit-fils ou leur petite-fille. Ils ont le droit de savoir.

— Ouais, je leur dirai sans doute bientôt. Je prends une autre gorgée de smoothie. De toute façon, je n'ai pas le choix.

Nous marchons deux ou trois minutes en silence.

Puis Rosa me demande à voix basse :

— En fait, tu ne veux pas vraiment de cet enfant, n'est-ce pas Nora ?

Je m'arrête pour la regarder.

— Rosa… Comment puis-je expliquer mes inquiétudes à quelqu'un qui a grandi dans le domaine et qui pense que ce genre de vie est normal ? Qui trouve que ma relation avec Julian est romantique ? Ce n'est pas que je n'ai pas envie d'avoir d'enfant. C'est seulement que le monde de Julian, *notre* monde est trop tordu pour y élever un enfant. Comment quelqu'un comme Julian pourrait-il être un bon père ? Comment pourrais-je être une bonne mère ?

— Qu'est-ce que tu racontes ? Rosa fronce les sourcils. Pourquoi ne serais-tu pas une bonne mère ?

— Je suis amoureuse d'un seigneur de la guerre qui m'a enlevée, qui torture et qui tue pour vivre, ai-je dit doucement. Ce n'est pas la meilleure école des parents. Peut-être un exemple dans un article du Dr Wessex, mais pas la meilleure manière de devenir parent.

— Oh, je t'en prie… Rosa roule des yeux. Tant de gens font du mal. Vous autres, les Américains, vous êtes tellement délicats. Ici, le Señor Esguerra est loin d'être le pire, et tu ne devrais pas t'en vouloir de l'aimer. Et ça ne fait nullement de *toi* quelqu'un de mauvais.

— Il n'y a pas que ça, Rosa. J'hésite, puis je me décide à le lui dire. Quand nous étions au Tadjikistan, j'ai tué quelqu'un. Je laisse lentement échapper mon souffle en retrouvant le sombre plaisir d'appuyer sur la gâchette et de voir la cervelle de Majid éclabousser tout un pan de mur. Je l'ai tué de sang-froid.

— Et alors ? Elle bronche à peine. Moi aussi, il m'est arrivé de tuer.

Je la regarde bouche bée et tellement stupéfaite que j'en perds la parole, et elle m'explique :

— C'était pendant l'attaque du domaine. J'avais trouvé un fusil, je m'étais cachée dans les buissons et j'ai tiré sur nos attaquants. J'en ai blessé un et tué un autre. Plus tard, j'ai appris que le blessé n'avait pas survécu.

— Mais tu étais encore petite. Je n'en reviens pas. Tu me dis que tu as tué deux hommes quand tu n'avais que dix, onze ans ?

— Presque onze, dit-elle en haussant les épaules. Eh oui, j'ai fait ça.

— Mais, tu as l'air si…

— Normale ? suggère-t-elle en me regardant avec un étrange sourire. Gentille ? Mais bien sûr, pourquoi en serait-il autrement ? J'ai tué pour protéger ceux que j'aimais. J'ai tué des hommes qui nous apportaient la mort et la destruction. C'est comme quand on coupe la tête d'un serpent qui voudrait nous piquer. Si je ne les avais pas tués, d'autres seraient morts. Ils auraient peut-être tué ma mère, en plus de mon père et de mon frère.

Je ne sais que répondre. Jamais je n'aurais imaginé que Rosa, Rosa qui est si gaie et qui a de bonnes joues, était capable d'une chose pareille. J'ai toujours pensé que le mal laisse des traces. Je le vois chez Julian, si profondément imprimé dans son âme qu'il est devenu une part de lui-même. Et je le vois aussi chez moi. Mais pas chez Rosa. Absolument pas.

— Comment réussis-tu à t'en préserver ? *Comment as-tu gardé ton innocence ?*

Elle me regarde et pour la première fois elle semble plus âgée que ses vingt-et-un ans.

— On peut choisir de se laisser souiller par le mal ou bien l'on peut s'en protéger, dit-elle à voix basse. J'ai choisi la seconde voie. J'ai tué, mais je ne suis pas une tueuse. Je ne me laisse pas définir par cette action. C'est arrivé et c'est fini. C'est du passé. Je ne peux changer le passé, alors je ne m'y attarde pas. Et tu devrais en faire autant. Ton présent, ton avenir, voilà ce qui compte.

Je mords mes lèvres, les larmes qui me viennent aux yeux me brûlent.

— Mais quelle sorte d'avenir peut avoir cet enfant avec des parents tels que nous, Rosa ? Regarde ce qui nous est arrivé à Julian et à moi depuis deux ans. Comment puis-je être certaine que mon bébé ne sera pas kidnappé et torturé par les ennemis de Julian ?

— Tu ne peux pas en être certaine. Rosa ne me quitte pas des yeux. Personne ne peut être sûr de rien. Des choses terribles peuvent arriver à n'importe qui, n'importe quand. Il y a des soldats qui meurent dans leur lit et des fonctionnaires qui meurent dans la fleur de l'âge. La vie est sans rime ni raison, Nora. Tu peux choisir de vivre sans cesse dans la peur ou tu peux prendre plaisir à la vie. Prendre plaisir dans ta relation avec Julian. Prendre plaisir à sentir ton bébé grandir en toi. C'est un cadeau de donner la vie, pas une malédiction. Tu n'as peut-être pas choisi de mettre un enfant au monde, mais maintenant qu'il est là, il te suffit de l'aimer. De le chérir. Ne laisse pas tes peurs tout gâcher. Elle marque une pause puis ajoute doucement : ne laisse pas ton âme être souillée par ce que tu ne peux pas changer.

CHAPITRE ONZE

❖ JULIAN ❖

— Alors, quels sont les dégâts ? ai-je demandé à Lucas en quittant le terrain d'entraînement. J'ai du mal à respirer, mes muscles sont douloureux et j'ai mal à l'épaule gauche, mais je suis satisfait.
Au combat, j'ai presque retrouvé ma forme d'avant, comme peuvent le confirmer les trois gardiens qui boitent à cause de moi.

— Il y a eu une nouvelle victime en France et deux en Allemagne. Lucas essuie la sueur de son visage avec une serviette roulée en boule. Il ne perd pas de temps.

— Et ça ne m'étonne pas. Étant donné l'obsession de se venger de Peter Sokolov, je sais que ce n'est qu'une question de temps avant qu'il n'élimine les autres hommes figurant sur la liste. Comment s'y est-il pris cette fois-ci ?

— Le corps du français a été retrouvé flottant dans une rivière, avec des signes de torture et d'étranglement, je pense donc que Sokolov l'avait d'abord kidnappé. Quant aux Allemands, l'un est mort dans l'explosion d'une voiture et l'autre a été abattu par un tireur d'élite. Lucas a un sourire sinistre. Ils n'avaient pas dû autant l'emmerder.

— À moins qu'il n'ait préféré la simplicité.

— Effectivement, dit Lucas. Il sait sans doute qu'Interpol est à ses trousses.

— J'en suis certain. J'essaie d'imaginer ce que je ferais si quelqu'un touchait à ma famille, et j'en ai des frissons de rage. Je ne peux même pas imaginer ce que Peter doit ressentir, non que ça l'excuse d'avoir mis Nora en danger pour obtenir sa foutue liste.

— Au fait, dit Lucas d'un air désinvolte, j'ai fait venir Yulia Tzakova de Moscou.

Je m'arrête net.

— L'interprète qui nous a livrés aux Ukrainiens ? Pourquoi ?

— Je veux l'interroger personnellement, dit Lucas en se mettant la serviette autour du cou. Je n'ai pas confiance dans les Russes pour faire le boulot correctement. L'expression de son visage est toujours aussi impassible, mais je vois une lueur d'excitation dans son pâle regard.

Il est impatient de le faire.

Je plisse les yeux en l'examinant.

— C'est parce que tu l'as baisée cette nuit-là à Moscou ?

La Russe aurait d'abord pu être à moi, mais j'avais décliné son invitation et c'était Lucas qui s'y était intéressé. C'est de ça qu'il s'agit ?

Sa bouche se durcit.

— C'est elle qui m'a baisé. Au pied de la lettre. Alors, ouais, je veux mettre la main sur cette petite pute. Mais je crois aussi qu'elle pourrait nous donner des renseignements utiles.

J'y réfléchis un instant puis je hoche la tête.

— Dans ce cas, vas-y ! Il serait hypocrite de ma part de refuser à Lucas de s'amuser avec la jolie blonde. S'il veut la faire payer personnellement pour l'accident d'avion, je n'y vois aucun inconvénient.

De toute façon, elle n'aurait pas fait long feu à Moscou.

— T'es-tu déjà arrangé avec les Russes ? ai-je demandé en recommençant à marcher.

Lucas hoche la tête à son tour.

— Au début, ils ont dit qu'ils ne traitaient qu'avec Sokolov, mais je les ai convaincus qu'ils n'avaient pas intérêt à te déplaire. Buschekov a compris quand je lui ai rappelé les récents problèmes avec Al-Quadar.

— Bien ! Si même les Russes se montrent conciliants alors, ma vendetta contre l'organisation terroriste aura porté ses fruits. Non seulement Al-Quadar est entièrement décimé, mais ma réputation en est sortie considérablement renforcée. Rares seront les clients qui oseront me trahir maintenant, une nouveauté qui promet d'être favorable aux affaires.

— Oui, c'est une bonne chose. Lucas dit tout haut ce que je pense tout bas. Elle arrivera demain.

Je hausse les sourcils, mais décide de ne faire aucun commentaire sur la rapidité des évènements. S'il a tant envie de jouer avec cette Russe, ça le regarde.

— Où vas-tu la mettre ? ai-je demandé.

— Chez moi. C'est là que je l'interrogerai.

Je souris en imaginant l'interrogatoire en question.

— Entendu. Amuse-toi bien !

— Oh oui ! dit-il d'un air sombre. Tu peux y compter.

* * *

Après avoir pris une douche, je pars à la recherche de Nora. Ou plutôt je vérifie sur mon ordinateur les indications données par ses implants de localisation et je vais droit à la bibliothèque où elle doit préparer ses examens de fin d'année.

Je la trouve assise à un bureau, elle me tourne le dos et tape à toute vitesse sur son ordinateur portable. Elle a les cheveux attachés négligemment en queue de cheval et elle porte un immense tee-shirt qui lui tombe aux genoux.

Un de *mes* tee-shirts, visiblement. Elle a pris cette habitude depuis peu quand elle travaille. Elle prétend que mes tee-shirts sont plus confortables que ses robes. Ce qui ne me gêne pas du tout. La voir habillée de mes vêtements ne fait qu'accentuer le fait qu'elle m'appartient.

Elle, et le bébé qu'elle porte.

Quand j'entre dans la pièce et que je m'approche d'elle, elle ne réagit pas. Et quand je suis à ses côtés, je comprends pourquoi.

Elle porte ses écouteurs, son front lisse est plissé tant elle se concentre, et elle martèle le clavier sur lequel ses doigts volent à toute vitesse. J'ai pensé un instant la laisser travailler, mais c'est trop tard. Nora a dû me voir du coin de l'œil parce qu'elle lève les yeux et m'adresse un sourire rayonnant en enlevant ses écouteurs.

— Salut ! Sa voix est douce et légèrement enrouée. C'est déjà l'heure du dîner ?

— Non, pas encore. Je lui souris à mon tour et pose les mains sur sa nuque. Ses muscles sont contractés et je commence à la masser avec les pouces. Je viens juste de m'entraîner avec mes hommes et je suis venu prendre une douche avant de retourner au bureau. J'ai eu l'idée d'en profiter pour venir voir comment tu allais.

— Oh… Elle se cambre sous mes doigts en fermant les yeux. Oh, oui, juste à cet endroit… C'est si bon…

Elle gémit comme si je la baisais, et ma réaction ne se fait pas attendre.

Je bande, très fort.

Putain !

En retenant mon souffle, je contrôle mon ardeur comme je le fais depuis une quinzaine de jours. Et ce soir quand je la prendrai, ce sera en douceur. Quelles que soient les tentations, je ne veux pas prendre le risque de faire du mal au bébé.

— C'est ta dissertation de psychologie ? Je garde le même ton calme tout en continuant à lui masser le cou. Tu as vraiment l'air passionné.

— Oh oui ! Elle ouvre les yeux et penche la tête de côté pour me regarder. C'est sur le syndrome de Stockholm.

Ma main s'arrête.

— Vraiment ?

Elle hoche la tête, et un petit sourire sombre se dessine sur ses lèvres.

— Oui ! C'est un sujet intéressant, tu ne trouves pas ?

— Si, fascinant ! ai-je dit sèchement. Ma chérie s'enhardit de plus en plus. Elle me provoque, sans doute dans l'espoir d'être punie.

Et j'en ai bien envie. Ma main me démange de la prendre sur mes genoux, de relever cet immense tee-shirt, et de lui donner une fessée jusqu'à ce que son joli petit derrière rose soit tout rouge. En l'imaginant, ma verge se gonfle, surtout quand je vois Nora écarter les deux globes parfaits de ses fesses et que je m'imagine entrer dans son petit trou plissé bien serré…

Mais arrête donc de penser à ça ! Je vois Nora sourire de plus belle quand elle jette un coup d'œil à la bosse de mon jean. Cette petite sorcière sait exactement ce qu'elle me fait et l'effet qu'elle a sur moi.

— Oui, ça me plaît beaucoup, murmure-t-elle en tournant les yeux vers mon visage. J'apprends tellement de choses sur ce sujet.

Je respire lentement et je recommence à lui masser le cou.

— Alors il faudra me l'expliquer, mon chat, ai-je dit calmement, comme si je n'avais pas une envie folle de la baiser. J'ai bien peur de ne pas avoir fait de psychologie à Caltech.

Le sourire de Nora se fait sardonique.

— Alors dans ton cas c'est juste un don, non ?

Je la fixe du regard en silence, sans prendre la peine de lui répondre. Ce serait inutile. Je l'ai vue, j'ai eu envie d'elle, je l'ai enlevée. C'est aussi simple que ça. Si elle veut mettre une étiquette sur notre relation, la faire correspondre à une définition psychologique, libre à elle.

Mais elle ne se libérera jamais de mon emprise.

Après un moment, elle soupire, et ferme les yeux en s'appuyant de nouveau contre moi. Je sens les muscles de son cou et de ses épaules se détendre lentement grâce à mon massage. L'expression de défi a quitté son visage, et maintenant elle a l'air particulièrement jeune et sans défense. Avec ses cils en éventail sur ses joues lisses elle semble aussi innocente qu'un faon nouveau-né que rien de mal n'aurait encore touché.

Comme si je ne l'avais jamais touchée.

Pendant un instant, je me demande comment ça serait si la situation était différente. Si j'étais seulement un homme qu'elle avait rencontré au lycée, comme ce Jake auquel je l'ai enlevée. M'aimerait-elle davantage ? Et d'ailleurs, m'aimerait-elle ? Si je ne l'avais pas prise comme je l'ai fait, aurait-elle été à moi ?

Évidemment, c'est absurde de se poser ces questions. Autant penser à voyager dans le temps ou à ce que je ferais si c'était la fin du monde. Je ne vis pas dans un monde hypothétique. Que serait-il arrivé si mes parents n'avaient pas été tués et si j'avais fini mes études à Caltech ? Si j'avais refusé de tuer cet homme quand j'avais huit ans ? Si j'avais pu protéger Maria de ses agresseurs ? Si je pense à tout ça, je deviendrai fou, et ce n'est pas possible.

Je suis ce que je suis et je n'y peux rien.

Même pas pour elle.

* * *

— J'ai parlé avec mes parents cet après-midi, dit Nora quand nous nous mettons à table pour dîner. Ils m'ont encore demandé quand nous viendrons les voir.

— Ah bon ? Je la regarde d'un air sardonique. Et vous n'avez parlé de rien d'autre ?

Nora a le nez dans sa salade.

— Je leur dirai bientôt.

— Quand ? Cela m'agace de la voir se comporter comme si le bébé n'existait pas. Le jour de l'accouchement ?

— Non, bien sûr que non ! Elle relève la tête en fronçant des sourcils. Et d'ailleurs comment sais-tu que je ne leur en ai pas encore parlé ? Tu épies mes conversations ?

— Évidemment ! Je n'écoute pas tout, mais il m'est arrivé de prêter l'oreille. Juste assez pour savoir que ses parents ignorent tout de ce qui vient d'arriver dans la vie de leur fille. Et d'ailleurs, ce n'est pas une mauvaise chose que Nora pense que ses conversations soient écoutées. Tu ne t'y attendais pas ?

Elle serre les lèvres.

— Non, peut-être pas. L'intimité est un droit fondamental après tout.

— Il n'y a pas de droits fondamentaux, mon chat. Sa naïveté me donne envie de rire. C'est un concept fabriqué de toute pièce. Personne ne te doit quoi que ce soit. Dans la vie, si tu veux quelque chose il faut te battre pour l'obtenir. Il faut faire en sorte que ça arrive.

— Comme toi pour ma captivité ?

Je lui souris froidement.

— Exactement. J'avais envie de toi, alors je t'ai enlevée. Je n'ai pas perdu mon temps en souhaits inutiles.

— Ni à réfléchir à l'élaboration des droits de l'homme, visiblement. Il y a un très léger soupçon de sarcasme dans le ton de sa voix. Et c'est comme ça que tu vas élever ton enfant ? En lui apprenant à prendre ce dont il aura envie sans se soucier de faire du mal aux autres ?

Je respire lentement en remarquant à quel point ses traits sont tendus.

— C'est ça qui t'inquiète, mon chat ?

— Il y a beaucoup de choses qui m'inquiètent, dit-elle calmement. Et effectivement, élever un enfant avec un homme sans scrupule vient en tête de liste.

Ses paroles me blessent sans que je sache vraiment pourquoi. Je veux la rassurer, lui dire qu'elle a tort de s'inquiéter, mais je ne peux pas davantage lui mentir que me mentir à moi-même.

Je ne sais pas comment je vais élever cet enfant, quelles leçons vais-je lui transmettre. Les hommes comme moi, les hommes comme mon père, ne devraient pas avoir d'enfant. Elle le sait, et moi aussi.

Comme si elle devinait mes pensées, Nora demande à voix basse :

— Et d'ailleurs pourquoi veux-tu cet enfant, Julian ? Pourquoi est-ce si important pour toi ?

Je la regarde en silence, sans savoir comment lui répondre. Je ne peux expliquer pourquoi cet enfant est aussi important pour moi. Ni pour quelle raison j'en ai autant envie. J'aurais dû être contrarié, ou en tout cas agacé, par la grossesse de Nora et à la place quand Goldberg nous a annoncé cette nouvelle l'émotion que j'ai ressentie m'était si inconnue que je ne l'ai d'abord pas reconnue.

C'était de la joie.

Une joie sans mélange, une joie parfaite.

Pendant un bref et délicieux moment, j'ai été vraiment heureux.

Comme je ne lui réponds pas, Nora soupire et replonge le nez dans son assiette. Je la regarde couper un morceau de tomate et commencer à manger sa salade. Son visage est pâle et tendu et pourtant chacun de ses mouvements est si gracieux, si féminin que je suis comme hypnotisé, complètement sous le charme.

Je pourrais la regarder pendant des heures.

Quand je l'ai conduite sur l'île après l'avoir kidnappée, les repas étaient le moment de la journée que je préférais. J'aimais passer du temps avec elle, la voir lutter contre la peur, et essayer de garder bonne contenance. Son courage stoïque et durement mis à l'épreuve m'avait ravi presque autant que son corps merveilleux. Elle était terrorisée et pourtant je pouvais voir le calcul derrière ses sourires timides et sa timide manière de flirter.

À sa manière, tranquillement, ma chérie s'est toujours battue.

— Nora... Je voudrais faire cesser son stress, ses inquiétudes bien compréhensibles, mais je ne peux pas lui mentir. Je ne peux pas faire semblant d'être quelqu'un que je ne suis pas. Alors quand elle relève les yeux je me contente de lui dire :

— Ce bébé vient à la fois de toi et de moi. C'est une raison suffisante pour qu'il soit important à mes yeux. Et comme elle continue de me regarder de la même manière, j'ajoute à voix basse : je ferai de mon mieux pour notre enfant, mon chat. Cela au moins je te le promets.

Un bref sourire se dessine sur ses lèvres.

— Bien sûr, Julian, et moi aussi. Mais est-ce que ce sera suffisant ?

— On verra bien, non ? ai-je répondu, et quand Ana apporte le plat suivant nous nous remettons à manger et laissons tomber ce sujet.

CHAPITRE DOUZE

❖ NORA ❖

— As-tu vu la fille qu'on a amenée ici ce matin ? demande Rosa pendant notre promenade quotidienne. Ana dit qu'elle était menottée, etc.

— Comment ? Je regarde Rosa d'un air stupéfait. Quelle fille ? Je suis allée courir un peu avant le petit déjeuner et je n'ai rien vu.

— Moi non plus. Ana m'a dit qu'elle l'avait aperçue, c'est une belle blonde. Apparemment, Lucas Kent la garde chez lui. Rosa prend visiblement plaisir à me raconter ce potin. Ana pense qu'elle a dû trahir le Señor Esguerra d'une manière ou d'une autre.

— Vraiment ? Je fronce les sourcils. Je n'en ai pas entendu parler. Julian ne m'en a rien dit.

En plus, depuis que j'ai piraté son ordinateur, Julian me parle moins de ses affaires. Je ne sais pas si c'est parce qu'il se méfie de moi ou parce qu'il essaie de me protéger le plus possible à cause de ma grossesse. Sans doute la seconde hypothèse, car il prend tellement de précautions avec moi en ce moment.

— Veux-tu que l'on passe devant chez Kent pour voir ce qu'il en est ? Les yeux de Rosa brillent d'excitation. On pourra jeter un coup d'œil par la fenêtre.

Je la regarde bouche bée.

— Rosa ! Je ne m'y serais jamais attendu de sa part. Ce n'est pas possible.

— Allez ! Mon amie essaie de m'amadouer. Ça sera amusant. Tu ne veux pas voir qui est cette blonde et pourquoi elle est chez Kent ?

— Il me suffit de le demander à Julian. Il me le dira.

Rosa me regarde d'un air suppliant.

— Oui, cependant je risque de mourir de curiosité en attendant. Je veux juste savoir ce que Kent fait avec elle, c'est tout.

— Pourquoi ? Je n'ai aucune envie de voir l'homme de confiance de Julian torturer une malheureuse, et je ne sais pas pourquoi Rosa veut assister à quelque chose d'aussi atroce. Si elle a trahi Julian, ça ne sera pas beau à voir. Mon cœur se soulève à cette pensée. Aujourd'hui, la nausée ne me laisse pas en paix.

Rosa rougit.

— Juste comme ça. Allez, Nora ! Et elle me prend par le poignet en me tirant dans la direction des logements des gardiens. Allons-y ! Tu es enceinte, personne ne peut t'en vouloir de fouiner.

Je la laisse m'entraîner, stupéfaite par cet inexplicable désir de jouer à l'espionne. Habituellement, Rosa ne s'intéresse guère aux activités criminelles de mon mari. Je n'arrive pas à comprendre ce qu'il y a derrière cette étrange conduite, à moins que…

— Tu t'intéresses à Lucas ? lui ai-je dit brusquement en m'arrêtant de marcher. C'est de ça qu'il s'agit ?

— Quoi ? Mais non ! La voix de Rosa est devenue plus aiguë. C'est seulement de la curiosité, voilà tout.

Je la fixe des yeux et je remarque qu'elle a rougi de plus belle.

— Oh mon Dieu ! si, tu *t'intéresses* à lui.

Rosa prend la mouche, lâche mon poignet et croise les bras.

— Pas du tout !

Je fais un geste conciliant.

— Bon, d'accord, si tu le dis.

Rosa me regarde un moment d'un air mécontent puis baisse les épaules et décroise les bras.

— Oui, c'est vrai, dit-elle d'un air morne. Peut-être bien qu'il me plaît. Mais juste un petit peu, d'accord ?

— Oui, bien sûr, ai-je dit avec un sourire rassurant. Avec ses cheveux blonds et son visage farouche et sa mâchoire carrée, Lucas me fait penser à un guerrier viking, en tout cas tel qu'on les imagine à Hollywood. C'est un bel homme.

Rosa hoche la tête.

— Oui ! Évidemment il ne sait pas que j'existe, mais c'est normal.

— Que veux-tu dire ? Je la regarde en fronçant les sourcils. As-tu déjà essayé de lui parler ?

— Lui parler de quoi ? Je ne suis que la bonne qui fait le ménage dans la grande maison et qui apporte de temps en temps aux gardes de petites douceurs de la part d'Ana.

— Tu peux lui demander quels sont ses plats préférés, ai-je suggéré. Ou s'il a passé une bonne journée. Rien de compliqué. Il suffirait de lui dire bonjour pour qu'il te remarque.

Tout en le disant, je m'aperçois qu'être remarquée par un homme comme Lucas Kent n'est peut-être pas une bonne chose pour Rosa, ou pour n'importe quelle femme d'ailleurs.

Avant de me donner le temps de faire marche arrière, Rosa soupire et reprend :

— Mais je lui ai déjà dit bonjour. C'est simplement qu'il ne m'a pas *remarquée*, Nora. Enfin, pas vraiment. Et d'ailleurs pourquoi le ferait-il ? Enfin, regarde-moi ! Et elle se désigne d'un geste de dérision.

— De quoi parles-tu donc ? Je continue à penser qu'il vaudrait mieux pour Rosa de ne pas attirer l'attention de Lucas, mais je ne peux pas lui laisser dire une chose pareille. Tu es très jolie.

— Oh, je t'en prie ! Rosa me regarde d'un air incrédule. Je suis ordinaire. Un homme comme Kent a l'habitude de top-modèles, comme cette blonde qu'il a chez lui en ce moment. Je ne suis pas son genre.

— Eh bien, si tu n'es pas son genre c'est un imbécile, ai-je dit avec fermeté, et je le pense vraiment. Avec son joli visage rond, ses yeux bruns chaleureux et son sourire gai, Rosa est vraiment mignonne. En plus, elle a le genre de silhouette dont j'ai toujours eu envie : de belles rondeurs, une taille fine et une poitrine opulente. Tu es une très belle femme, un homme serait aveugle pour ne pas s'en apercevoir.

Elle pousse un petit grognement.

— Évidemment ! C'est pour ça que ma vie amoureuse est aussi géniale !

— Ta vie amoureuse est limitée par les bornes de ce domaine, lui ai-je rappelé. Et d'ailleurs, ne m'as-tu pas dit que tu étais sortie avec deux ou trois gardiens ?

— Si, bien sûr. Elle fait un geste dédaigneux de la main. Eduardo et Nick. Mais ça ne veut rien dire. Les gardiens non plus n'ont pas le choix, ils ne sont pas difficiles. Ils baiseraient n'importe qui.

— Rosa ! Je la regarde d'un air désapprobateur. Là, tu exagères !

Elle sourit gaiement.

— Bon, d'accord ! Je devrais sans doute dire " n'importe quelle *femme* " bien que j'aie entendu dire que le Dr Goldberg ne s'ennuie pas non plus. On dit qu'il préfère les types qui ont des tatouages. Et elle lève les sourcils d'un air qui en dit long.

Je hoche la tête en souriant involontairement à mon tour, et nous éclatons de rire toutes les deux en imaginant le médecin en question prenant son pied avec l'un des grands gardiens tatoués de la tête aux pieds.

— Bon, maintenant que nous savons que tu as un faible pour le "Monsieur Blond Dangereux", lui dis-je quelques minutes plus tard quand nous avons fini de rire et repris notre promenade en direction des logements des gardiens, pourrais-tu s'il te plaît me dire pourquoi tu veux l'espionner avec cette fille ?

— Je ne sais pas, admet Rosa. C'est comme ça. C'est nul, je sais, mais j'ai juste envie de voir comment il est avec une autre femme.

— Rosa… Je ne comprends toujours pas. Si elle est arrivée ici menottée, ce n'est pas exactement un rendez-vous amoureux. Tu le sais, non ?

— Oui, bien sûr. Elle semble s'en moquer complètement. Il lui fait sans doute subir quelque chose d'horrible.

— Et tu désires savoir pour quelles raisons.

Elle hausse les épaules.

— Je ne sais pas. J'espère peut-être qu'en le voyant comme ça je me guérirai de ce béguin stupide. Ou peut-être est-ce une curiosité morbide ? D'ailleurs qu'est que cela change ?

— Rien, tu as raison. Je presse le pas pour rester au même rythme qu'elle. Mais je peux tout de suite te dire que ça plairait beaucoup au Docteur Wessex.

— Oh ! j'en suis certaine, dit-elle en me souriant de nouveau. Heureusement que c'est toi sa patiente, non ?

* * *

Les casernes des gardiens sont en bordure du domaine, tout près de la jungle. Il y a un groupe de petits bâtiments ainsi que quelques maisons de taille normale. Grâce à mes explorations précédentes, je sais qu'elles sont occupées par les employés les plus importants de l'organisation de Julian et par des gardiens qui ont des enfants.

En arrivant, Rosa se dirige droit vers une de ces maisons plus grandes et je la suis presque au pas de course pour rester avec elle. J'ai mal au cœur et je regrette déjà d'avoir accepté de faire cette folie.

— Nous y voilà, murmure-t-elle quand nous contournons la maison. Sa chambre est là.

— Et comment le sais-tu ?

Elle me sourit à nouveau.

— Peut-être que je suis déjà venue une ou deux fois.

— Rosa… Je découvre un aspect de la personnalité de mon amie que j'ignorais complètement. Le pauvre, tu es déjà venu l'espionner ?

— Rien qu'une ou deux fois, murmure-t-elle en se baissant sous une fenêtre tandis que je reste un peu en retrait pour l'observer. Et maintenant, chut ! Elle met le doigt sur la bouche pour me faire taire.

Je m'appuie contre un tronc d'arbre et je la regarde se relever lentement pour jeter un coup d'œil par la fenêtre. Je suis stupéfaite qu'elle ait l'audace de le faire en plein jour. Même si le côté de la maison de Lucas est orienté vers la forêt, cette zone est remplie de gardiens et théoriquement ils pourraient nous apercevoir.

Avant de me laisser le temps de lui faire part de cette inquiétude, elle se tourne vers moi, l'air déçu.

— Ils n'y sont pas, dit-elle à voix basse. Je me demande où ils peuvent bien être.

— Il l'a peut-être emmenée ailleurs, ai-je dit avec soulagement. Partons !

— Attends, laisse-moi juste vérifier quelque chose. Toujours baissée, elle se dirige vers une fenêtre plus à gauche.

Je la suis à regret, ma nausée s'aggrave et la situation où nous sommes me déplaît de plus en plus. Encore une minute, c'est la promesse que je me fais, et je prends le chemin du retour.

Juste au moment où je vais lui dire que je m'en vais, Rosa laisse échapper un cri étouffé et me fait signe d'approcher.

— Voilà ! murmure-t-elle, tout excitée en désignant la fenêtre. C'est là qu'il la garde.

Et maintenant, c'est ma propre curiosité qui prend le dessus. En me baissant, je me dirige vers la cachette de Rosa et je m'accroupis à côté d'elle.

— Que fait-il ? Je murmure, mais j'ai presque peur de sa réponse.

— Je ne sais pas, me répond-elle aussi à voix basse en se retournant pour me regarder. Il n'est pas dans la pièce. Elle y est seule.

— Et que fait-*elle* ?

— Jette un coup d'œil ! Elle ne regarde pas vers nous.

J'hésite un instant, mais la tentation l'emporte. En retenant mon souffle, je me relève juste assez pour dépasser le rebord de la fenêtre, sans me rendre compte que Rosa en fait de même à côté de moi.

Et comme je le redoutais, ce que je vois à l'intérieur me glace le sang.

C'est une grande pièce avec peu de meubles. Si l'on en juge par le canapé de cuir noir près du mur et la télévision qui lui fait face, ce doit être le salon de Lucas. Les murs sont peints en blanc et la moquette est grise. C'est une pièce franchement masculine, fonctionnelle et sans fioriture, mais ce n'est pas son style qui retient mon attention.

C'est la jeune femme qui se trouve au centre.

Elle est complètement nue, attachée à une lourde chaise en bois, les pieds écartés et les mains derrière le dos. Elle a la tête baissée, ses cheveux blonds en désordre lui cachent le visage et presque tout le haut du corps. Je ne vois que ses pieds fins et ses longs membres pâles couverts de bleus.

Des membres qui semblent trop maigres pour une fille de sa taille.

Alors que je la fixe d'un regard horrifié et fasciné, elle relève brusquement la tête d'un seul coup, et me regarde droit dans les yeux, ses yeux à elle sont perçants et clairs dans son visage aux traits fins.

Je m'abaisse sans plus tarder, mon pouls s'est accéléré sous l'effet de l'adrénaline. Par contre, Rosa continue à regarder par la fenêtre avec une curiosité avide.

— Rosa, ai-je sifflé en l'attrapant par le bras. Elle nous a vues. Allons-y !

— D'accord, d'accord, dit mon amie en me laissant l'entraîner. Allons-y !

Nous reprenons notre chemin habituel en silence. Rosa semble plongée dans ses pensées et je suis incapable de parler, à chaque pas ma nausée empire. En passant devant un massif de rosiers, je m'agenouille et je vomis tandis que Rosa relève mes cheveux et s'excuse à plusieurs reprises pour m'avoir fait subir ça dans mon état.

Je repousse ses excuses d'un geste de la main et je me remets debout tant bien que mal. Ce qui me bouleverse le plus ce n'est pas d'avoir vu une femme ligotée et sur le point d'être torturée.

C'est le fait que ce spectacle ne m'ait pas autant choquée qu'il aurait dû.

* * *

Ce soir-là, Julian ne me rejoint pas pour le dîner. D'après Ana, il a un appel urgent avec un de ses associés de Hong-Kong. Je me demande si je vais aller dans son bureau écouter ce qu'il dit, mais à la place je décide d'en profiter pour appeler mes parents.

— Nora ma chérie, quand allons-nous te voir ? Demande au moins pour la douzième fois ma mère après lui avoir donné brièvement des nouvelles de mes études. Mon père est en voyage d'affaires, il n'y a que nous deux sur Skype aujourd'hui. Tu me manques tellement.

— Je sais, maman, toi aussi tu me manques. Je mords l'intérieur de ma joue en sentant tout à coup mes yeux brûler de larmes. *Quelle saleté, ces hormones de grossesse !* Je te l'ai dit, Julian a dit que nous allons bientôt venir.

— Mais quand ? demande ma mère avec impatience. Pourquoi ne peux-tu donc pas nous donner de date ?

Parce que je suis enceinte et que mon ravisseur de mari qui me couve littéralement de sa sollicitude refuse même de parler d'aller où que ce soit en ce moment.

— Maman… Je respire et j'essaie de prendre mon courage à deux mains. Je pense qu'il y a quelque chose que je dois te dire.

Ma mère se penche pour se rapprocher de la caméra et fronce immédiatement le front avec inquiétude.

— Qu'est-ce qu'il y a, chérie ?

— Je suis enceinte de huit semaines. Julian et moi allons avoir un bébé. Je n'ai pas plutôt prononcé ces mots qu'un poids énorme disparaît de mes épaules. Je m'aperçois seulement maintenant à quel point ce secret me pesait.

Ma mère cligne des yeux.

— Quoi ? Déjà ?

— Eh bien oui. Ce n'est pas exactement la réaction à laquelle je m'attendais. En fronçant les sourcils, je me rapproche aussi de la caméra. Que veux-tu dire par " *déjà* " ?

— Eh bien ! ton père et moi pensions que maintenant que vous êtes mariés tous les deux… Elle hausse les épaules. Ce que je veux dire, c'est que nous espérions que ça n'arriverait pas tout de suite, que tu pourrais d'abord finir tes études.

— Vous avez envisagé que j'aurai des enfants avec Julian ? J'ai l'impression d'être dans un autre monde. Et ça ne vous gêne pas ?

Ma mère soupire et se penche en arrière en me regardant avec lassitude.

— Bien sûr que si, ça nous gêne. Mais nous ne pouvons pas vivre dans le déni, et pourtant Dieu sait que ton père essaie de le faire. Ce n'est évidemment pas ce que nous aurions souhaité pour toi, mais… Elle s'arrête et pousse un autre soupir avant de continuer : écoute, ma chérie, si c'est ce que tu désires, s'il te rend aussi heureuse que tu le dis, ce n'est pas à nous de nous en mêler. Nous ne voulons qu'une chose et c'est que tu sois heureuse et en bonne santé. Tu le sais, non ?

— Oui, maman, je le sais. Et je cligne vite des yeux pour essayer d'endiguer de nouvelles larmes. Je le sais.

— Bien ! Elle me sourit, et je suis convaincue que ses yeux aussi sont brillants de larmes. Et maintenant, dis-moi tout. As-tu la nausée ? Es-tu fatiguée ? Comment t'en es-tu aperçue ? Était-ce un accident ?

Et pendant l'heure qui suit ma mère et moi, parlons de bébé et de grossesse. Elle me raconte sa propre expérience (je suis arrivée sans crier gare après avoir été conçue pendant sa lune de miel) et je lui explique que je me suis fait mal au bras quand j'ai été enlevée par les terroristes si bien qu'il a fallu m'enlever l'implant contraceptif pendant quelques jours. C'est ce que je peux dire qui s'approche le plus de la vérité : les hommes d'Al-Quadar m'ont arraché l'implant parce qu'ils pensaient que c'était un moyen de localisation. Mes parents savent que j'ai été enlevée dans le centre commercial, il fallait bien leur expliquer ma disparition, mais je ne leur ai pas tout dit.

Ils n'ont pas la moindre idée que leur fille a servi d'appât pour sauver la vie de son ravisseur et qu'elle a tué un homme de sang-froid.

Finalement quand nous terminons notre conversation, il fait nuit et je commence à être fatiguée. Dès que je raccroche, je prends une douche, je lave mes dents et je vais attendre Julian au lit.

Bientôt, mes paupières s'alourdissent et je sens la léthargie du sommeil me gagner. En rêvassant, une image m'apparaît, celle d'une jeune fille ligotée et sans défense, assise sur une chaise au milieu d'une grande pièce aux murs blanc. Mais elle n'est pas blonde. Elle est brune… et son ventre est rebondi parce qu'elle est enceinte.

CHAPITRE TREIZE

❖ JULIAN ❖

Il est presque minuit quand je termine mon travail et que j'arrive dans notre chambre. En entrant dans la pièce, j'allume la lampe de chevet et je m'aperçois que Nora dort déjà, recroquevillée sous la couverture. Je prends une douche et je viens la rejoindre, j'étreins son corps nu dès que je suis sous les draps. Son corps s'ajuste parfaitement au mien, son petit derrière rebondi se glisse contre mon aine et son cou se pose sur mon bras tendu. Mon autre bras est replié, posé sur son côté et je tiens d'une main l'un de ses petits seins si fermes.

Un sein qui me semble avoir un peu grossi, ce qui me rappelle que son corps change.

C'est étrange comme je trouve ces changements érotiques, à quel point je suis excité de sentir Nora s'arrondir maintenant qu'elle est enceinte. Je n'ai jamais pensé que les femmes enceintes étaient séduisantes, mais avec ma femme je me retrouve obsédé par son corps encore mince et fasciné par toutes ses possibilités.

Mon appétit sexuel toujours vif est décuplé en ce moment et j'ai bien du mal à ne pas passer sans cesse à l'attaque.

Si je ne me masturbais pas deux fois par jour, je serais incapable de me contrôler.

Et même maintenant, alors que je viens juste de le faire sous la douche, être couché en l'étreignant comme ça, est une véritable torture. J'ai besoin de la sentir contre moi, même si je vais me contenter de la câliner. Elle a besoin de repos et j'ai parfaitement l'intention de la laisser dormir. Mais quand je m'installe plus confortablement sur l'oreiller, elle remue dans mes bras et dit d'une voix assoupie :

— Julian ?

— Bien sûr, bébé. Je cède à la tentation et je l'embrasse derrière l'oreille, là où sa peau est si douce tout en laissant glisser la main de son sein à ses plis chauds entre les jambes. Qui d'autre ça pourrait-il bien être ?

— Je… je ne sais pas… Sa respiration s'accélère quand je trouve son clitoris et commence à le caresser. Quelle heure est-il ?

— Il est tard. J'enfonce un doigt en elle pour vérifier si elle est prête et ma verge enfle en sentant à quel point elle est mouillée, chaude et serrée. Je devrais te laisser te rendormir.

— Non ! Quand je replie le doigt pour trouver son point G, elle en perd le souffle. Vraiment, ça va !

— Ah bon ? Je ne peux résister à la tourmenter un peu. Ces jours-ci, je dois contrôler mon instinct sadique, mais je ne peux m'empêcher de l'entendre me supplier. En baissant la voix, je murmure : je me demande… Il me semble que je devrais m'arrêter.

— Non, je t'en prie, ne t'arrête pas ! Elle gémit quand mon pouce tourne autour de son clitoris tout en frottant ma verge en érection sur son derrière. Je t'en prie, ne t'arrête pas !

— Alors, dis-moi ce que tu veux que je fasse ! Je continue à lui caresser le clitoris. Elle est en flammes entre mes bras, son corps mince est brûlant. Ses cheveux ont le parfum de fleurs de son shampoing et ses parois intimes se contractent autour de mon doigt, comme si elle essayait de l'aspirer plus profondément. Dis-moi exactement ce que tu veux, mon chat.

— Tu sais bien ce que je veux. Maintenant, elle s'est mise à haleter et ses hanches se trémoussent pour obliger mes doigts à accélérer leur rythme. Je veux que tu me baises. Fort !

— Si fort que ça ? Ma voix perd sa douceur quand des images sombres et dépravées envahissent mon imagination. Il y a tant de saletés que je voudrais lui faire, tant de manières de la prendre. Même après tout ce temps elle a gardé une innocence que j'ai envie de corrompre et qui me donne envie de la pousser au-delà de ses limites. Dis-le-moi, Nora, je veux l'entendre en détail.

— Pourquoi ? demande-t-elle hors d'haleine en frottant son pubis contre ma main. Son sexe dégouline maintenant et mouille mes doigts. Tu ne feras pas ce que je te demande.

— Tu n'as pas le droit de demander pourquoi. En immobilisant la main, je laisse ma voix s'imprégner de mes désirs les plus noirs. Alors, dis-moi !

— Je… Elle retient son souffle alors que je recommence à jouer avec son clitoris. Je veux que tu me baises si fort que ça me fasse mal. Sa voix tremble quand j'introduis un deuxième doigt pour étirer sa petite ouverture. Je veux que tu m'attaches et me fasse faire tout ce que tu voudras.

— Tu veux que je te baise le cul ?

Elle se contracte autour de mes doigts et frissonne de tout son corps.

— Je... Sa voix se brise. Je ne sais pas.

Si mes bourses n'étaient pas sur le point d'exploser, ça m'amuserait qu'elle soit si évasive. Un de ces jours, je vais l'obliger à admettre qu'elle a pris goût au sexe anal, qu'elle aime quand je la prends comme ça. En fait, je vais l'obliger à me supplier de mettre ma verge dans son petit trou plissé. Mais pour le moment, tout ce bavardage n'est que du bavardage. J'ai beau avoir envie de la baiser par tous ses petits trous, ce n'est pas possible. Je ne vais pas risquer la vie du bébé pour un plaisir d'un instant.

On devra se contenter de ces fantaisies verbales jusqu'à ce que Nora accouche.

Je retire mes doigts, je prends ma queue et je la guide dans son sexe chaud et mouillé. Elle gémit quand je commence à la pénétrer. Comme nous sommes tous les deux allongés sur le côté et qu'elle a les jambes serrées, elle est encore plus étroite que d'habitude et j'y vais lentement en faisant taire le violent désir qui tambourine dans mes veines.

Ne lui fais pas mal ! Ne lui fais pas mal ! Ces paroles sont comme un mantra dans mon cerveau. Elle cambre le dos, courbe la colonne vertébrale pour mieux m'accueillir et je glisse la main sur l'avant de son sexe à la recherche du petit bouton de rose qui dépasse de ses plis. Quand mes doigts trouvent son clitoris, elle laisse échapper mon nom et je la sens entrer en spasmes autour de moi, ses muscles intimes se contractent au moment où elle jouit.

Mon cœur bat à se rompre dans ma poitrine, je respire profondément et je reste immobile pour retarder ma propre explosion. Quand le désir d'éjaculer se calme un peu, je commence à pousser en elle tout en frottant son clitoris gonflé. Elle pousse un cri incohérent, entre le gémissement et le halètement, et son corps se tend entre mes bras. Tandis que je continue à la baiser avec de petits coups légers, elle se contracte encore davantage en hurlant et je sens sa chair gonflée se resserrer autour de moi quand elle atteint son deuxième orgasme.

La sentir aspirer ainsi ma verge est indescriptible, c'est un plaisir si vif qu'il m'électrise. Il me traverse si vite, qu'il me pousse à jouir. Avec un grondement rauque, je frotte mon aine contre elle, je m'enfouis encore plus profondément et ma semence jaillit avec toute la violence de mon orgasme.

Ensuite, nous restons allongés pour retrouver notre souffle, nos corps collés l'un à l'autre par la sueur. Les battements de mon cœur reviennent à la normale, je me sens rassasié, détendu, satisfait. Je sais que je devrais me lever et emmener Nora prendre une douche rapide, mais c'est si bon de rester ainsi et de la tenir dans mes bras alors que ma verge ramollit en elle. En fermant les yeux, je m'autorise à goûter cet instant et je me perds dans mes pensées tout en sombrant dans le néant du sommeil.

— Julian ? La douce voix de Nora me sort de mon assoupissement et accélère les battements de mon cœur.

— Qu'est-ce qu'il y a, bébé ? L'inquiétude durcit mon ton. Est-ce que ça va ?

Elle pousse un grand soupir et se tourne dans mes bras pour me regarder.

— Évidemment, ça va ! Pourquoi ça n'irait pas ?

Je respire lentement, trop soulagé et trop satisfait sexuellement pour être agacé par l'exaspération de son ton.

— Qu'y a-t-il alors ? Je lui demande plus calmement en remontant la couverture sur elle. L'air est frais à cause de la climatisation et je sais que Nora a froid quand elle est fatiguée.

Elle pousse un nouveau soupir quand je l'enveloppe dans la couverture.

— Tu sais que je ne suis pas en sucre, non ?

Je ne prends pas la peine de lui répondre. À la place, je la fixe du regard en plissant des yeux jusqu'à ce qu'elle soupire encore une fois et dise :

— Je voulais seulement t'annoncer que j'ai parlé à mes parents, c'est tout.

— Au sujet du bébé ?

— Oui. Elle sourit de plaisir. Ma mère a bien réagi, ce qui m'a étonnée.

— Elle est intelligente, ta mère. Et ton père ?

— Il n'était pas là quand j'ai appelé, mais maman a dit qu'elle lui parlerait.

— Bien ! Je suis étrangement satisfait que Nora ait enfin franchi ce pas. Cela signifie qu'elle est bien plus prête à accepter sa grossesse et à admettre enfin que ce bébé fait partie de notre vie. Maintenant, tu n'auras plus besoin de t'inquiéter à ce sujet.

— C'est vrai. À la douce lumière de la lampe de chevet, ses yeux noirs étincellent. Le plus dur est fait. Il ne me reste plus qu'à accoucher et à élever cet enfant.

Elle parle d'un ton badin, mais j'entends la peur sous ses sarcasmes. L'avenir la terrifie et j'ai beau vouloir la rassurer, je ne peux pas lui dire que tout va bien se passer.

Parce qu'au fond de moi je suis aussi terrifié qu'elle.

* * *

Étant donné que je suis resté tard au bureau hier soir, je dors plus longtemps que d'habitude, et quand j'ouvre les yeux Nora est déjà réveillée.

En m'entendant bouger, elle roule dans le lit et me sourit d'un air ensommeillé.

— Tu es toujours là.

— Oui ! Sans résister à une envie soudaine, je la serre contre moi en la prenant dans mes bras. Parfois, il me semble que nous ne passons jamais assez de temps ensemble. Même si je suis tous les jours avec elle, ce n'est jamais assez.

J'en veux toujours plus.

Elle passe la jambe sur ma cuisse et frotte son nez contre ma poitrine. Mon corps réagit comme je peux m'y attendre, mon érection matinale se raidit encore plus au point d'en être douloureuse. Mais avant que je puisse faire quoi que ce soit, elle me change les idées en demandant :

— Julian… elle parle d'une voix étouffée. Qui est cette femme dans la maison de Lucas ?

Je suis surpris et je me dégage pour la regarder.

— Comment le sais-tu ?

Nora semble réticente et détourne les yeux.

— Nous… nous étions dans les parages. Elle me jette un coup d'œil par en dessous.

— Tiens, tiens ! Je m'accoude pour l'examiner et je remarque qu'elle s'est mise à rougir. Et pourquoi étiez-vous dans les parages ? D'habitude, vous n'allez pas vous promener par là.

— Mais hier, nous y étions. Nora s'enveloppe dans la couverture, s'assied et me regarde d'un air déterminé. Qui est-ce ? Qu'a-t-elle fait ?

Je pousse un soupir. Je ne voulais pas mêler Nora à toute cette histoire, mais visiblement je ne vais pas pouvoir l'éviter.

— Cette fille est l'interprète russe qui nous a vendus aux Ukrainiens, je lui explique en observant attentivement la réaction de Nora. Ma chérie commence juste à surmonter ses cauchemars et je ne veux surtout pas provoquer une rechute.

En m'entendant parler, Nora écarquille les yeux.

— C'est elle qui est responsable de l'accident d'avion ?

— Pas directement, mais oui, ce sont les renseignements qu'elle a donnés aux Ukrainiens qui l'a provoqué.

Si Lucas n'avait pas décidé de s'en charger, j'aurais envoyé quelqu'un à Moscou pour s'occuper de cette traîtresse, au cas où les Russes ne m'auraient pas devancé.

Tandis que Nora assimile ce que je viens de lui dire, je vois changer l'expression de son visage qui s'assombrit. L'observer me fascine. Ses lèvres si douces se durcissent et ses yeux s'emplissent d'une haine sans mélange.

— Elle a failli te tuer, dit-elle d'une voix étranglée. Julian, cette pute a failli te tuer.

— Oui, et elle a aussi fait tuer presque une cinquantaine de mes hommes. Cette perte me désole plus que tout, et je sais qu'il en va de même pour Lucas. Quel que soit le châtiment qu'il va infliger à la prisonnière, il sera amplement mérité et je vois que Nora est arrivée aux mêmes conclusions.

Tandis que je continue à la regarder, elle se lève d'un bond et laisse la couverture sur le lit. Elle attrape son peignoir et le met avant d'arpenter la pièce avec nervosité. En entrevoyant son corps nu, je retrouve mon excitation, mais je m'efforce de garder les yeux sur son visage et je me lève à mon tour.

— Est-ce que ça t'ennuie, mon chat ? Nora s'arrête, elle glisse les yeux vers le bas de mon corps avant de les relever. C'est pour ça que tu voulais savoir qui elle était.

— Bien sûr que ça m'ennuie. La voix de Nora est pleine d'une tension que je n'arrive pas vraiment à définir. Il y a une femme ligotée dans notre domaine.

— C'est une traîtresse, ai-je précisé. Tout, sauf une innocente victime.

— Pourquoi ne pas avoir laissé les autorités russes s'en occuper ? Nora s'approche de moi. Pourquoi fallait-il l'amener ici ?

— C'est Lucas qui l'a voulu. Il a… un compte personnel à régler avec elle.

En comprenant mieux, Nora ouvre grands les yeux.

— Il a eu une liaison avec elle ?

— Il n'a passé qu'une nuit avec elle, mais oui, c'est ça. Je me dirige vers la salle de bain et Nora me suit. Quand je fais couler la douche et que je commence à me laver les dents, elle prend sa propre brosse à dents et en fait de même. Je vois qu'elle est toujours troublée et en me rinçant la bouche je lui dis :

— Si cela t'ennuie vraiment, je peux lui demander de la conduire ailleurs.

Nora pose sa brosse à dents et me dit sur un ton sarcastique :

— Pour qu'il puisse la torturer sans qu'on le sache ? Quel serait l'avantage ?

Je hausse les épaules et je vais vers la cabine de douche.

— Tu ne verrais rien. Je laisse la porte ouverte pour pouvoir lui parler. La cabine est assez grande pour ne pas l'éclabousser.

— Oui, évidemment. Elle me fixe tandis que je commence à me savonner. Et si je ne le vois pas, c'est comme s'il ne se passait rien.

Je pousse un nouveau soupir.

— Viens là, bébé. Sans prendre garde à mes mains savonneuses, je tends les bras vers elle pour l'attirer dans la cabine. Puis j'enlève son peignoir que je jette au-dehors.

Elle ne me résiste pas quand je la mets sous l'eau chaude. À la place, elle ferme les yeux et reste immobile tandis que je verse du shampoing au creux de ma main et que je commence à lui masser le cuir chevelu. Même mouillé, j'aime sentir ses cheveux, épais et soyeux sous mes doigts.

C'est étrange comme j'aime m'occuper d'elle de cette manière. Dans de tels moments, il m'est plus facile d'oublier la violence qui est en moi et d'apaiser les désirs qui resteront inassouvis pour des mois et des mois.

— Quelle différence y a-t-il entre le fait que ce soit Lucas qui la punisse ou les Russes ? ai-je demandé après avoir fini de lui laver les cheveux. Le résultat sera le même. Tu le sais, n'est-ce pas, mon chat ?

Elle hoche la tête en silence puis la renverse en arrière pour se rincer les cheveux.

— Alors, pourquoi insister ? J'attrape le démêlant tandis qu'elle s'essuie les yeux et les ouvre pour me regarder. Tu voudrais qu'elle s'en sorte ?

— Je le devrais. Elle me regarde fixement tandis que je lui frictionne les cheveux. Je ne devrais pas vouloir qu'elle souffre comme ça.

Un violent sourire apparaît sur mes lèvres.

— Et pourtant c'est ce que tu veux, non ? Tu veux te venger autant que moi. Maintenant, je comprends pourquoi elle était aussi agitée. Comme pour l'homme qu'elle a tué, la sensibilité bourgeoise de Nora lutte contre son instinct. Elle sait que la société lui dicte ce qu'elle *devrait* ressentir et elle est contrariée de s'apercevoir qu'elle éprouve des sentiments bien différents.

La nature humaine n'incite pas à tendre l'autre joue et ma chérie commence à le découvrir.

Nora ferme les yeux à nouveau et met la tête sous la douche. L'eau lui dégouline sur le visage et fait de ses cils de longues pointes noires.

— J'ai voulu mourir quand je t'ai cru mort, dit-elle d'une voix presque entièrement couverte par le bruit de la douche. C'était presque encore pire que de t'avoir perdu pour la première fois. Quand j'ai vu cette fille, j'ai cru qu'elle t'avait fait *du tort* dans tes affaires, mais je n'avais pas réalisé qu'elle était responsable de l'accident d'avion.

J'imagine ce que Nora a dû ressentir ce jour-là, et mon cœur se serre violemment. Si jamais je la perdais, je deviendrais fou.

— Bébé… En me rapprochant, je m'interpose entre le jet d'eau et elle, puis je prends son visage dans les mains pour la fixer. C'est fini. Cette période de notre vie est terminée, entends-tu ? C'est du passé maintenant.

Elle ne répond pas, alors je penche la tête et je lui prends les lèvres pour l'embrasser longuement, profondément, c'est ma seule manière de la réconforter.

CHAPITRE QUATORZE

❖ NORA ❖

Je me perds. Lentement et sûrement, je suis attirée dans la ténébreuse orbite de Julian, absorbée par le cloaque pervers qu'est ce domaine.

Bien sûr, cela fait un certain temps que je le sais. J'ai observé ma propre transformation avec une espèce d'horreur et de curiosité distantes. Ce qui me faisait horreur autrefois fait maintenant partie de ma vie quotidienne. Le meurtre, la torture, le trafic d'armes, je continue à les condamner intellectuellement, mais ils ne me révoltent plus comme avant. Petit à petit, mes valeurs morales se sont altérées et j'ai laissé faire.

J'ai laissé le monde de Julian me changer sans même me battre.

Même avant de savoir ce qu'avait fait la blonde, son sort n'affectait pas vraiment ce que je ressentais. Comme chez Rosa, il s'agissait d'une curiosité morbide plutôt que de révolte. Et maintenant que je sais qu'elle est l'interprète qui a failli tuer Julian, la haine qui a jailli dans mes veines laisse peu de place à la pitié. Je sais que c'est mal de laisser Lucas la punir de cette manière, mais ce n'est pas un mal que je *ressens*.

Je veux qu'elle souffre, qu'elle paie pour les tourments qu'elle nous a fait subir.

Il est bizarre que je sois même capable de penser en ce moment, et à plus forte raison que je puisse analyser ses émotions qui me déconcertent.

Je suis sous la douche et Julian m'embrasse, il apaise mes sens de ses caresses. Ses mains entourent mon visage et l'eau chaude qui coule sur ma peau intensifie le feu qui brûle en moi. Mais mes pensées quant à elles sont claires et froides. Je ne vois qu'une solution, un seul moyen de tenter de sauver ce qu'il reste de mon âme.

Je dois partir.

Pas indéfiniment et pas pour toujours. Mais je dois partir, ne serait-ce que pour une quinzaine de jours. J'ai besoin de retrouver mon sens des perspectives, me replonger dans le monde extérieur.

Si je ne le fais pas pour moi-même, alors je dois le faire pour la vie que je porte en moi, pour mon bébé.

— Julian… Quand ses baisers cessent et qu'il fait glisser une de ses mains dans mon dos, ce qui me remplit de désir, ma voix tremble. Julian, je veux retourner à la maison.

Il s'interrompt brusquement et relève la tête, sans me lâcher. Son regard se durcit, l'ardeur de son désir s'unit à quelque chose de froid et de menaçant.

— Mais tu *es* à la maison.

— Je veux voir mes parents, ai-je insisté, et les battements de mon cœur s'accélèrent dans ma poitrine. Avec le corps puissant de Julian tout contre moi, la vapeur de la douche qui s'accumule dans la cabine, j'ai l'impression d'être prisonnière d'une bulle de chair nue et de désir. Mon corps a envie de ses caresses, mais mon esprit m'interdit en hurlant de lui céder. Pas avec un tel enjeu.

Un muscle de sa mâchoire se met à s'agiter.

— Je t'ai dit que je t'y conduirais le moment venu. Mais pas maintenant. Pas dans ton état.

— Alors quand ? Je me force à soutenir son regard. Quand je devrai m'occuper d'un bébé ? D'un enfant en bas âge ? Ou quand cet enfant sera devenu adulte ? Crois-tu que ça sera possible à ce moment-là ?

Les lèvres de Julian dessinent une grimace effrayante. Il m'adosse au mur de la douche, prend mes poignets et les maintient au-dessus de ma tête.

— Ne me pousses pas à bout, mon chat, murmure-t-il tandis que sa verge en érection s'appuie sur mon ventre. Tu n'aimeras pas ce qui s'ensuivrait.

Malgré ma détermination, un soupçon de peur surgit dans mon cœur. Je sais que Julian ne risque pas de me faire de mal en ce moment, mais les sévices physiques ne sont pas la seule arme dont mon mari dispose dans son arsenal. Les images de la manière dont il a brutalement tabassé Jake traverse mon esprit et me donne une nausée qui me glace.

— Non ! ai-je murmuré alors qu'il se penche en avant et effleure mon oreille de ses lèvres, il y a un tel contraste entre la tendresse de ce geste et son corps menaçant qui me domine de toute sa taille. Julian, ne fais pas ça !

Il se relève, ses yeux brillent comme des pierres précieuses.

— Ne fais pas quoi ? Il fait passer mes poignets d'une de ses mains à l'autre et passe celle qui est restée libre sur mes seins et sur mon ventre en égratignant ma peau brûlante.

— Ne… Ma voix se brise, ses caresses me font vibrer de désir au plus profond de moi malgré le froid qui y demeure aussi. Ne permets pas que ça se passe ainsi.

Sa main remonte, elle prend ma mâchoire et la serre dans un étau implacable.

— Ainsi ? Comment ? demande-t-il d'un ton faussement calme. Comme si tu m'appartenais ?

J'en perds le souffle.

— Je suis ta femme, pas ton esclave…

— Tu es ce que je veux que tu sois, mon chat. Tu es à moi. Je reçois la cruauté désinvolte de ces paroles comme une gifle, et je suis incapable de respirer. Il a dû s'apercevoir de ma réaction, car il desserre un peu sa prise et sa voix s'adoucit légèrement quand il ajoute : tu es à la maison ici, Nora. Avec moi. Pas là-bas.

— Ce sont mes parents, Julian. Ma famille. Tout comme *tu* es ma famille maintenant. Je ne peux pas passer le reste de ma vie en cage pour préserver ma sécurité. Je deviendrais folle. Je sens des larmes monter sous mes paupières et je cligne vite des yeux pour essayer de les retenir. Je ne veux surtout pas lui montrer à quel point je suis vulnérable en ce moment.

Ces ridicules hormones de grossesse.

Julian me regarde fixement, ses yeux brillent de frustration et puis tout à coup il me relâche et recule d'un pas. Il ferme l'eau, sort de la douche et attrape une serviette avec des gestes d'une violence à peine contrôlée. Sa verge est toujours en érection et je suis surprise qu'il ne se soit pas encore jeté sur moi, même en tenant compte de sa nouvelle attitude à mon égard et sa manière de me traiter comme si j'étais en sucre.

Avec précaution, je le suis dans la salle de bain, mes pieds nus s'enfoncent dans le tapis de bain moelleux et doux.

— S'il te plaît… mais Julian revient déjà avec une serviette. Il m'en enveloppe et me sèche en me tapotant avant d'aller en chercher une autre pour lui.

— Quel rapport avec Yiulia Tzakova ? Je m'arrête net en entendant sa question au moment de sortir de la salle de bain. Quand je me tourne vers lui sans comprendre, il m'explique :

— L'interprète russe que tu as vue hier. Est-ce qu'elle a quelque chose à voir avec ton soudain désir de voir tes parents ?

Je pense d'abord le nier, mais Julian sait quand je lui mens.

— D'une certaine manière, ai-je dit prudemment. J'ai juste besoin de partir d'ici, de changer d'air. J'ai besoin de faire une pause, Julian. J'avale ma salive en soutenant son regard. J'en ai terriblement besoin.

Il me fixe, puis sans rien dire va dans la chambre pour s'habiller.

* * *

Au petit déjeuner, Julian garde le silence, il semble absorbé dans les messages de son iPad. Je me sens négligée et c'est une sensation inhabituelle pour moi. D'habitude quand nous prenons nos repas ensemble Julian me donne toute son attention et le fait qu'il se consacre aujourd'hui à autre chose me contrarie plus que cela le devrait.

Je me demande si je devrais rompre le silence, mais je ne veux pas encore empirer la situation. Si ça se trouve, notre dispute de ce matin a sans doute déjà anéanti mes chances de sortir du domaine. J'aurais dû attendre un meilleur moment pour parler de cette visite chez mes parents ; ce n'était pas très malin de le faire brusquement alors que nous étions en train de nous embrasser.

Évidemment, rien ne garantit qu'une autre tactique aurait changé le résultat. Une fois que Julian a pris une décision, j'ai peu de chance de le faire changer d'avis, surtout quand il s'agit de ma sécurité. Je me suis battue pour ne pas avoir les implants de localisation, et ils sont toujours là. Julian ne m'autorisera jamais à les faire enlever, et il risque de ne jamais m'autoriser à quitter le domaine. En pratique, je lui appartiens, et je n'y peux rien.

J'essaie de ne pas céder au désespoir morne qui m'oppresse, je finis mes œufs et je me lève de table ne voulant pas m'attarder dans cette atmosphère tendue.

Mais avant que je ne quitte la table, Julian lève les yeux de son iPad et me regarde sévèrement.

— Où vas-tu ?

— Préparer mes examens, ai-je répondu prudemment.

— Assieds-toi. Il désigne ma chaise d'un geste impérieux. Nous n'avons pas encore terminé.

Je réprime un sursaut de colère, retourne m'asseoir et croise les bras.

— Il faut vraiment que je travaille, Julian.

— Quand ton dernier examen a-t-il lieu ?

Je le fixe, mon pouls s'accélère tandis qu'un minuscule espoir se forme dans mon cœur.

— Avec le cours en ligne, on a le choix. Si je finis vite tous les cours, je pourrai tout de suite passer les examens.

— C'est-à-dire au début du mois de juin ? Insiste-t-il.

— Non, plus tôt que ça. Je pose mes mains moites sur la table. Techniquement, je pourrais avoir terminé dans une semaine et demie.

— Entendu. Il baisse de nouveau les yeux vers son iPad, y pianote quelque chose tandis que je le regarde en retenant mon souffle. Une minute plus tard, il relève les yeux et me fixe de son dur regard bleu. Je ne le répèterai pas, Nora, dit-il calmement. Si tu me désobéis ou si tu fais quoi que ce soit qui te met en danger quand nous serons à Chicago, je te *punirai*. M'as-tu compris ?

Sans le laisser terminer sa phrase, j'ai fait le tour de la table et je fais presque tomber la chaise en me jetant sur lui.

— Oui ! Je ne sais même pas comment je me retrouve sur ses genoux, mais m'y voilà, les bras autour de son cou, je le couvre de baisers. Merci ! Merci ! Merci !

Il me laisse l'embrasser jusqu'à ce que je perde haleine, puis il entoure mon visage de ses grandes mains et me regarde avec intensité. Je vois la lueur du désir dans ses yeux, je sens une bosse dure s'appuyer sur mes cuisses et je sais que nous allons poursuivre ce que nous avons commencé ce matin. Mon corps commence à vibrer d'impatience, mes tétons se durcissent sous l'étoffe de ma robe.

Comme s'il sentait mon excitation croissante, Julian a un sourire sombre et se lève tout en continuant à me tenir contre lui.

— Ne m'oblige pas à le regretter, mon chat, murmure-t-il en me portant vers l'escalier. Crois-moi, il ne faudra pas me décevoir.

— Je ne te décevrai pas, lui ai-je promis avec ferveur en lui mettant les bras autour du cou. Je te le promets, Julian, je ne te décevrai pas.

TROISIÈME PARTIE :
LE VOYAGE

CHAPITRE QUINZE

❖ NORA ❖

Je vais à la maison ! Oh, mon Dieu, je vais à la maison !

Même maintenant en regardant les nuages par le hublot j'ai du mal à y croire. Deux semaines seulement sont passées depuis notre conversation au petit déjeuner et nous voilà partis pour Oak Lawn.

— Cet avion ne ressemble pas du tout à ceux que j'ai vus à la télévision, dit Rosa en contemplant l'intérieur luxueux de l'appareil. Je savais bien que nous ne prendrions pas un vol ordinaire, mais c'est *vraiment* génial, Nora.

Je lui souris.

— Oui, je sais. La première fois que je l'ai vu, j'ai eu la même réaction. Je jette un coup d'œil rapide à Julian qui est assis sur le canapé avec son ordinateur portable et qui ne semble pas faire attention à notre conversation. Il m'a dit qu'il avait l'intention de rencontrer son gestionnaire de portefeuilles quand nous serons à Chicago si bien que j'imagine qu'il examine de possibles investissements. À moins que ce soit les modifications apportées par ses ingénieurs aux plans de son dernier drone ; c'est un projet auquel il a consacré beaucoup de temps cette semaine.

— C'est la première fois que je prends l'avion et c'est dans un jet privé. Tu t'en rends compte ? La seule chose qui pourrait être encore mieux ce serait d'aller à New York, dit Rosa. Ses yeux marron brillent d'excitation et elle saute presque de joie sur son confortable siège en cuir. Elle est comme ça depuis plusieurs jours, depuis que Julian et moi avons décidé qu'elle viendrait avec nous en Amérique, ce dont mon amie rêve depuis des années.

— Chicago n'est pas mal non plus, ai-je dit, amusée de son snobisme involontaire. Tu verras, c'est une très belle ville.

— Oh bien sûr ! En s'apercevant qu'elle vient d'insulter ma région d'origine, Rosa se met à rougir. Je suis sûre que c'est super et je ne veux pas que tu penses que je suis ingrate, se hâte-t-elle de dire, consternée. Je sais à quel point c'est gentil de votre part de m'emmener et je suis ravie.

— Rosa, tu viens avec nous parce que j'ai besoin de toi. Je lui ai coupé la parole ne voulant pas en parler devant Julian. Tu es la seule en qui Ana ait confiance pour préparer mes smoothies le matin et tu sais que ces vitamines me sont indispensables.

En tout cas, c'est ce que j'ai dit à mon mari quand j'ai demandé à Rosa de venir avec nous, il est obsédé par le besoin de me protéger. Je suis convaincue que j'aurais pu préparer moi-même les smoothies ou me contenter de prendre les vitamines sous forme de cachets, mais je voulais être certaine qu'il permette à mon amie de faire ce voyage avec nous. Je ne sais toujours pas s'il a donné son accord parce qu'il m'a vraiment cru ou parce qu'il n'avait rien contre de toute façon. Quoi qu'il en soit, je ne veux pas que Rosa fasse des vagues sans le faire exprès.

Être en route pour aller voir mes parents me semble encore un peu irréel. La dernière quinzaine de jours est passée à toute vitesse. Avec tous mes examens et toutes mes dissertations, j'ai eu à peine le temps de penser à ce voyage. C'est seulement il y a trois jours que j'ai pu reprendre mon souffle et m'apercevoir que nous allions vraiment partir et que Julian avait fait tous les préparatifs nécessaires en intensifiant la sécurité entourant mes parents comme s'il s'agissait de la Maison-Blanche.

— Oh oui, les smoothies, dit Rosa en jetant un coup d'œil prudent dans la direction de Julian. Elle a enfin compris. Bien sûr, j'avais oublié. Et je t'aiderai à déballer toutes tes affaires de peinture afin que tu ne te fatigues pas trop.

— Voilà, exactement. Je lui souris d'un air complice. Il ne s'agit pas que je soulève des toiles trop lourdes, etc.

Au même moment, il y a des secousses dans l'avion et Rosa pâlit, oubliant toute son excitation.

— Qu'est-ce… qu'est-ce qui se passe ?

— C'est seulement une zone de turbulence, lui ai-je répondu, en respirant lentement pour lutter contre la nausée qui fait immédiatement son apparition. Je ne suis pas encore tout à fait sortie de la phase des nausées matinales et les soubresauts de l'appareil n'arrangent rien.

— Nous n'allons pas nous écraser n'est-ce pas ? demande Rosa d'un air apeuré et je secoue la tête pour la rassurer. Mais quand je jette un coup d'œil à Julian, je vois qu'il me regarde et que son visage est inhabituellement tendu, et ses phalanges toutes blanches alors qu'il s'agrippe à son ordinateur.

Sans réfléchir, je détache ma ceinture et je me lève pour aller vers lui. Si Rosa a peur d'un accident, il m'est facile d'imaginer ce que Julian doit ressentir alors qu'il en a eu un il y a moins de trois mois.

— Que fais-tu ? demande Julian d'une voix dure en laissant tomber l'ordinateur sur le canapé. Assieds-toi, Nora, c'est dangereux.

— Mais…

Avant de me laisser terminer, il est déjà auprès de moi pour me forcer à me rasseoir et rattache ma ceinture.

— Assieds-toi, hurle-t-il en me regardant sévèrement. N'as-tu pas promis de te tenir tranquille ?

— Si, je voulais seulement… Mais en voyant l'expression sur son visage, je me tais avant de marmonner : peu importe…

Sans cesser de me regarder de cette façon, il recule d'un pas et s'assied en face de Rosa et moi. Elle semble mal à l'aise, elle se tord les mains sur les genoux tout en regardant par le hublot. J'ai de la peine pour elle : ça ne doit pas être facile pour elle de voir son amie se faire traiter comme une petite fille désobéissante.

— Je ne veux pas que tu tombes si l'avion devait entrer dans une poche d'air, dit Julian d'une voix plus calme quand je ne montre aucun signe de vouloir me relever. C'est dangereux de se déplacer dans l'appareil en zone de turbulence.

Je hoche la tête et je me concentre sur ma respiration. Respirer lentement m'aide à lutter à la fois contre la nausée et contre la colère. Quelquefois, j'oublie la réalité et je commence à penser que notre mariage est normal, que nous sommes deux partenaires égaux, alors que… nous sommes ce que nous sommes. Sur le papier, je suis peut-être la femme de Julian, mais en réalité je suis plutôt son esclave sexuelle.

Une esclave sexuelle éperdument amoureuse de son seigneur et maître.

Je ferme les yeux, je trouve la position la plus confortable au milieu du vaste siège en cuir et j'essaie de me détendre.

Le vol va être long.

* * *

— Réveille-toi, bébé ! Des lèvres chaudes m'effleurent le front et ma ceinture est détachée. Nous y sommes !

J'ouvre lentement les yeux en clignotant.

— Quoi ?

Julian me sourit, très amusé. Il est debout devant moi.

— Tu as dormi pendant tout le voyage. Tu devais être épuisée.

J'étais assez fatiguée, le contrecoup des examens et des préparatifs de départ sûrement, mais dormir huit heures d'affilée, je ne l'avais encore jamais fait ! Ce doit encore être les hormones de grossesse.

En mettant la main devant la bouche pour bâiller, je me lève et je vois que Rosa se dirige déjà vers la sortie avec son sac à dos.

— Nous avons atterri, dit-elle gaiement. J'ai à peine senti l'avion toucher terre. Lucas doit être un pilote extraordinaire.

— Il est doué, confirme Julian en posant un châle de cachemire sur mes épaules. Quand je le regarde d'un air interrogateur, il m'explique : il ne fait que vingt degrés dehors. Je ne veux pas que tu prennes froid.

Je me retiens de ricaner. Il faut venir des tropiques pour penser que vingt degrés c'est " froid ", bien que pour être juste il fait peut-être un peu frais avec la robe à manches courtes que je porte. À Chicago, le temps de la fin du mois de mai est imprévisible, les jours frais du printemps alternent avec la chaleur estivale. De son côté, Julian est en jean et en chemise à manches longues.

— Merci ! lui fais-je en le regardant. D'un certain point de vue, je suis touchée par sa sollicitude même si je trouve qu'il exagère en ce moment. D'ailleurs, ce n'est pas désagréable d'avoir envie de me serrer contre lui en sentant ses grandes mains sur mes épaules, même si Rosa n'est qu'à quelques pas de nous.

— Je t'en prie bébé, dit-il d'une voix rauque en soutenant mon regard, et je sais que lui aussi ressent la même chose, cette attirance profonde et inexplicable que nous avons l'un pour l'autre. Je ne sais pas si c'est grâce aux atomes crochus ou à autre chose, mais nous sommes plus liés que si une corde nous attachait l'un à l'autre.

Le bruit métallique que fait la porte de l'avion en s'ouvrant me tire de la rêverie dans laquelle j'étais plongée. Je sursaute et je recule en rattrapant le châle pour qu'il ne tombe pas. Julian me regarde en me promettant que nous continuerons ce que nous venons de commencer et je suis parcourue d'un frisson d'impatience.

— Est-ce que je peux descendre ? demande Rosa et quand je me retourne elle attend avec fébrilité devant la porte ouverte.

— Bien sûr, répond Julian. Vas-y, Rosa ! Nous arrivons tout de suite.

Elle disparaît au-dehors et Julian s'approche de moi. J'en perds le souffle.

— Es-tu prête ? demande-t-il d'une voix douce. Je hoche la tête, captivée par la tendresse que je vois dans son regard.

— Dans ce cas, allons-y, murmure-t-il en me prenant par la main. Sa grande main virile s'empare de la mienne. Tes parents nous attendent.

* * *

La voiture qui nous conduit de l'aéroport à la maison de mes parents est une longue limousine moderne aux vitres particulièrement épaisses.

— Elle est blindée ? je demande à Julian en y montant, et il hoche la tête pour confirmer. Il s'assied derrière avec Rosa et moi, c'est Lucas qui conduit, comme d'habitude.

Je me demande s'il regrette que ce voyage le prive de son jouet, la prisonnière russe. La dernière fois que j'en ai entendu parler, l'interprète était encore en vie, et toujours chez Lucas. Julian m'a dit que Lucas l'avait confiée à deux gardiens pour la surveiller en son absence et s'assurer qu'elle va bien. Apparemment, il ne veut que personne d'autre que lui n'ait le privilège de la torturer.

Toute cette histoire me rend malade, donc je m'efforce de ne pas y penser. Ce que je sais c'est seulement parce que Rosa ne veut pas laisser tomber et me supplie sans cesse de demander des nouvelles à Julian. Son étrange obsession pour le bras droit de Julian m'inquiète, même si je suis parvenue à la conclusion que Lucas ne s'intéresse nullement à elle. Pourtant, bien que je n'aimerais pas qu'elle sorte avec lui, je ne voudrais pas non plus qu'elle ait le cœur brisé, et j'ai bien peur que les choses aillent dans cette direction.

— Tu es sûre que ça ne dérange pas tes parents que nous arrivions aussi tard ? demande Rosa en interrompant le fil de mes pensées. Il est presque neuf heures du soir.

— Non, ils ont vraiment hâte de me voir. Je jette un coup d'œil à mon téléphone, il y a encore un message de ma mère. Je le parcours et dis à Rosa : ma mère a déjà mis la table.

— Et ça ne les gêne pas que je vienne aussi ? Elle se mordille la lèvre inférieure. Évidemment, tu es leur fille, c'est normal qu'ils aient envie de te voir, mais je ne suis que la bonne…

— Tu es mon amie. Sans réfléchir, je tends le bras et je serre la main de Rosa. Je t'en prie, arrête de t'inquiéter. Tu es la bienvenue.

Rosa sourit, elle semble soulagée et je jette un coup d'œil à Julian pour voir sa réaction. Son visage est impassible, mais je saisis une lueur d'amusement dans ses yeux. Pour sa part, mon mari ne s'inquiète pas d'arriver tard chez mes parents et ne se demande pas s'il sera le bienvenu. Et c'est parfaitement logique. Pourquoi s'en soucierait-il alors qu'il a enlevé leur fille sans le moindre remords ?

Ce dîner ne devrait pas manquer de sel.

* * *

— Nora, ma chérie ! Dès que la porte s'ouvre chez mes parents, je me retrouve dans une étreinte douce et parfumée. Je serre ma mère dans mes bras en riant puis c'est le tour de mon père qui est juste derrière elle. Il me tient contre lui quelques instants et je sens son cœur battre à toute vitesse dans sa poitrine.

Quand il se dégage pour me regarder, ses yeux sont humides.

— Nous sommes si heureux de te voir, murmure-t-il d'une voix grave, et je lui souris à travers mes larmes.

— Moi aussi, papa. Moi aussi. Vous m'avez vraiment manqué tous les deux.

Dès que j'ai prononcé ces mots, je me souviens que je ne suis pas seule. En me retournant, je vois que ma mère regarde Rosa et Julian et que son sourire s'est figé.

Je respire profondément pour me galvaniser.

— Maman, papa, vous connaissez déjà Julian. Et voici Rosa Martinez. C'est ma meilleure amie au domaine. J'avais aussi invité Lucas pour le dîner, mais il a refusé en expliquant qu'il fait partie des forces de sécurité ce soir et qu'il doit rester dehors.

Ma mère fait un signe de tête prudent en direction de Julian. Puis son sourire devient un tout petit peu plus chaleureux à l'égard de Rosa.

— Je suis heureuse de faire votre connaissance, Rosa. Nora nous a parlé de vous. Entrez, je vous en prie.

Elle recule pour les accueillir et Rosa entre avec un sourire hésitant. Elle est suivie par Julian qui marche d'un pas aussi désinvolte et aussi confiant que d'habitude.

— Gabriella, je suis tellement content de vous voir. Adressant un sourire éclatant à ma mère, mon ancien ravisseur se penche pour lui effleurer la joue à l'européenne. Quand il se relève, elle semble rougir comme une collégienne à son premier béguin. Lui laissant le temps de se remettre Julian tourne alors son attention vers mon père.

— Je suis heureux de vous rencontrer en personne, Tony, dit-il en lui tendant la main.

— Moi de même, répond mon père en crispant la mâchoire, et il serre la main de Julian à lui faire mal. Je suis content que vous ayez pu enfin venir ici.

— Oui, moi aussi, dit Julian avec aisance en lui lâchant la main. Je vois des marques rouges là où mon père a fait exprès de serrer très fort et mon cœur bat la chamade. Mais en jetant un coup d'œil à la main de mon père, je m'aperçois avec soulagement qu'elle est intacte.

Julian a dû lui pardonner ce petit signe d'agressivité, ou du moins je l'espère.

Tandis que nous nous dirigeons vers la salle à manger, je jette des regards furtifs au beau profil de mon mari. C'est vraiment étrange de voir mon ancien ravisseur dans la maison de mon enfance. J'ai l'habitude de le voir dans des endroits exotiques et lointains, pas à Oak Lawn dans l'Illinois. Voir Julian chez mes parents c'est un peu comme rencontrer un tigre sauvage dans un centre commercial, c'est à la fois bizarre et effrayant.

— Oh, ma chérie, tu es tellement mince, s'exclame ma mère en m'examinant d'un œil critique quand nous entrons dans la salle à manger. Je savais que tu n'aurais pas encore de rondeurs à cause du bébé, mais j'ai l'impression que tu as maigri.

— Je sais, dit Julian en posant une main au creux de mes reins. Je suis à la fois enfiévrée et décontenancée par ce geste qu'il vient de faire devant mes parents. Avec ses nausées, c'est difficile de la faire manger comme il faut. Au moins, elle a cessé de maigrir. Si vous l'aviez vue il y a un mois…

— C'était si pénible que ça, chérie ? demande ma mère avec sollicitude quand nous arrivons à table. Elle garde les yeux sur mon visage, clairement déterminée à ne pas voir le geste possessif de Julian. Mais mon père grince si fort des dents que je peux presque l'entendre.

— Je suis allée mieux une fois que nous avons su que j'étais enceinte. J'ai commencé à manger des plats plus simples à intervalles réguliers et ça m'a fait du bien, ai-je expliqué en rougissant. C'est étrange de parler de ma grossesse devant mon père. Nous avons esquivé le problème pendant nos conversations sur Skype quand mon père me demandait d'un ton bougon des nouvelles de ma santé et que je lui parlais d'autre chose. Je sais qu'il est furieux que je sois enceinte à mon âge et qu'il n'a que du mépris pour ma relation avec Julian. Ma mère ressent sans doute la même chose, mais elle se montre beaucoup plus diplomate sur le sujet.

— J'espère que tu pourras manger ce soir, dit ma mère avec inquiétude. Ton père et moi avons préparé toutes sortes de choses.

— Je suis sûre que je vais y arriver, maman. En souriant, je m'assieds sur la chaise que Julian me présente. Tout a l'air délicieux.

Et c'est vrai. Mes parents se sont surpassés. La table croule sous les plats, du poulet au romarin de mon père (une recette qu'il ne fait que dans les grandes occasions), aux tamales de ma grand-mère et mon préféré, les côtes d'agneau au four. C'est un vrai festin et j'ai des gargouillis dans le ventre en sentant les délicieux fumets qui s'échappent des plats malgré leurs couvercles.

Julian s'assied à ma gauche et mes parents en face de nous.

— Viens, assieds-toi ici à côté de moi, fais-je à Rosa en tapotant la chaise de droite. Je m'aperçois que mon amie n'est toujours pas à son aise et qu'elle est convaincue d'être de trop. Son sourire si gai d'habitude est hésitant et un peu timide quand elle s'assied à côté de moi en passant et repassant les mains sur sa robe bleue.

— Quel beau repas, Mme Leston, dit-elle avec son léger accent.

— Oh merci, ma chère. Ma mère lui adresse un grand sourire. Comme vous parlez bien anglais, où l'avez-vous appris ? Nora m'a dit que vous n'étiez encore jamais venue aux États-Unis.

— C'est vrai. Rosa semble touchée par ce compliment et elle explique comment la mère de Julian lui a appris l'anglais quand elle était petite. Mes parents écoutent attentivement son histoire et lui posent un certain nombre de questions qui s'y rattachent, et j'en profite pour m'excuser et aller aux toilettes.

Quand je reviens quelques minutes plus tard, l'atmosphère à table est particulièrement tendue. La seule personne qui semble à l'aise est Julian qui s'adosse à sa chaise et examine mes parents de son regard impénétrable. Visiblement, mon père se hérisse et ma mère a posé une main sur son coude, un geste qu'elle a l'habitude de faire pour le calmer. La pauvre Rosa donne l'impression de vouloir être ailleurs.

Je m'assieds en hésitant : faut-il leur demander ce qui se passe ? Mais j'ai l'impression que ça mettrait encore de l'huile sur le feu.

— Et comment ça se passe avec ton nouveau travail, papa ? ai-je demandé gaiement.

Mon père respire profondément, puis recommence et tente vaguement de sourire. C'est plutôt une grimace, mais je lui sais gré d'avoir fait cet effort.

Mais avant qu'il ne puisse répondre à ma question, Julian se penche en avant, pose l'avant-bras sur la table et dit :

— Tony, vous ne vous en rendez peut-être pas compte, mais votre fille est désormais l'une des femmes les plus riches du monde. Quelle que soit la profession qu'elle envisagera et même si elle ne travaille pas, elle ne manquera jamais de rien. Je sais que ce n'est pas idéal d'avoir un enfant pendant ses études, mais on ne peut vraiment pas dire que " c'est une catastrophe ", particulièrement dans cette situation.

Mon père bouillonne de rage.

— Vous pensez que cet enfant est le seul problème ? Vous avez enlevé…

— Tony ! Ma mère parle d'une voix douce, mais d'un ton qui arrête mon père en pleine phrase. Puis elle se tourne vers Julian. Je suis désolée du manque de courtoisie de mon mari, dit-elle calmement. Il est évident que nous sommes conscients du fait que vous puissiez subvenir aux besoins de Nora.

— Bien. Julian lui sourit froidement. Et savez-vous également que Nora est en train de devenir une artiste très recherchée ?

J'allais prendre une côte d'agneau, mais je m'interromps et je le regarde bouche bée. Une artiste très recherchée ? Moi ?

— Je sais que cette galerie d'art parisienne s'intéresse à sa peinture, dit prudemment ma mère. Est-ce de cela qu'il s'agit ?

— Oui. Le sourire de Julian se durcit. Mais ce que vous ne savez peut-être pas encore c'est que le propriétaire de cette galerie est l'un des plus grands collectionneurs en Europe. Et il s'intéresse beaucoup au travail de Nora. À tel point en fait qu'il vient juste de me proposer d'acheter cinq de ses tableaux pour sa collection personnelle.

— Vraiment ? Je ne peux cacher mon enthousiasme. Il veut les acheter ? Combien ?

— Cinquante mille euros. Dix mille par tableau. Et je suis sûr que nous pouvons en demander davantage.

Je retiens mon souffle un instant.

— Cinquante *mille* ? Cinq cents m'aurait déjà transporté de joie. Et même cinquante ! Le simple fait que quelqu'un ait envie de mes barbouillages est incroyable. Tu as bien dit *cinquante mille euros* ?

— Oui, bébé. Le regard de Julian s'attendrit en se posant sur moi. Félicitations ! Tu es sur le point de faire ta première grosse vente.

— Oh mon Dieu ! Je pousse un soupir. Oh-mon-Dieu !

Mes parents n'en croient pas leurs yeux non plus, je le vois sur leur visage. Ils sont stupéfaits du tour que prennent les évènements. Seule Rosa semble garder son calme.

— Félicitations, Nora, s'exclame-t-elle avec un grand sourire. Je t'avais bien dit que ces tableaux étaient extraordinaires.

— Quand as-tu reçu cette proposition ? ai-je demandé à Julian quand j'ai retrouvé la voix.

— Juste avant d'arriver ici. Julian tend la main pour serrer légèrement la mienne. J'allais te le dire tout à l'heure, mais j'ai pensé qu'il fallait que tes parents le sachent aussi.

— Oh, oui, absolument, dit ma mère qui se remet enfin de son choc. C'est… c'est incroyable, ma chérie. Nous sommes si fiers de toi.

Mon père hoche la tête, il ne dit toujours rien, mais je peux voir qu'il est tout aussi impressionné. Et peut-être qu'il commence à changer d'avis sur les possibilités de mon passe-temps.

— Papa, ai-je dit doucement en le regardant. Je n'ai pas l'intention de laisser tomber mes études. Même avec le bébé qui va naître, entendu ? S'il te plaît, ne t'inquiète pas pour moi. Sincèrement, tout va bien.

Mon père me fixe des yeux, puis se tourne vers Julian et enfin de nouveau vers moi. J'attends qu'il dise quelque chose, mais il se tait. À la place, il me tend le plat de côtes d'agneau et me les présente.

— Vas-y, chérie, dit-il à voix basse. Tu dois avoir faim après ce long voyage.

Je me sers avec plaisir et tout le monde commence à en faire autant.

Le reste du dîner se déroule aussi bien que possible. Malgré quelques silences tendus, l'essentiel du repas est dominé par une conversation relativement courtoise. Ma mère pose des questions sur la vie dans le domaine et Rosa et moi lui montrons des photos sur le téléphone de Rosa. Pendant ce temps, mon père s'embarque dans une conversation sur la politique avec Julian. À la surprise générale, il s'avère qu'ils ont tous les deux les mêmes opinions cyniques sur la situation au Moyen-Orient, bien que les connaissances géopolitiques de Julian soient nettement supérieures à celles de mon père. Contrairement à mes parents qui apprennent les nouvelles par les médias, Julian fait partie de l'actualité.

En fait, il fait l'actualité, mais rares sont ceux qui le savent en dehors du monde de l'espionnage.

Je dois le reconnaître, pour des gens qui pensent que Julian devrait être derrière les barreaux mes parents sont des hôtes étonnamment bienveillants. J'imagine que c'est parce qu'ils ont peur de me perdre s'ils déplaisent à Julian. Ma mère inviterait le diable en personne à dîner pour garder le contact avec sa fille unique et mon père a tendance à suivre son exemple dans les situations délicates.

Et pourtant, ils le scrutent et l'examinent pendant tout le repas avec autant de méfiance que si c'était une bête sauvage. Il sourit et fait preuve de tout son charme, mais je sais qu'ils devinent la menace permanente qui se dégage de lui, la violence ténébreuse qui l'enveloppe comme un noir manteau.

Quand nous en sommes au dessert et au café, Julian reçoit un message urgent de Lucas et s'excuse pour sortir quelques instants.

— Rien de grave, me dit-il quand je lui jette un coup d'œil inquiet. C'est seulement une petite question d'affaires à régler.

Il sort de la maison et Rosa choisit ce moment pour aller aux toilettes, me laissant seule avec mes parents pour la première fois depuis notre arrivée.

— Les affaires ? demande mon père d'un air incrédule. À dix heures et demie du soir ?

Je hausse les épaules.

— Julian traite avec des gens dans différents fuseaux horaires. Il est dix heures du matin quelque part dans le monde.

Je vois que mon père veut poursuivre ses questions, mais heureusement ma mère s'interpose.

— Ton amie est vraiment gentille, dit-elle en indiquant le hall où est allée Rosa. C'est difficile de croire qu'elle a grandi dans de telles circonstances. Elle baisse la voix. Avec des criminels, je veux dire.

— Oui, je sais. Je me demande ce que penseraient mes parents s'ils savaient que Rosa a tué deux personnes. Elle est merveilleuse.

— Nora, ma chérie… Ma mère jette un coup d'œil furtif dans la pièce vide puis se penche en avant et baisse encore la voix. Je sais que nous n'avons pas beaucoup le temps maintenant, mais dis-le-nous : es-tu vraiment heureuse avec lui ? Parce que maintenant que tu es sur le sol américain le FBI devrait pouvoir…

— Maman, je ne pourrais pas vivre sans lui. S'il lui arrivait quelque chose, j'en mourrais. Cette terrible vérité m'échappe avant de penser à une manière moins brutale de le dire. J'ajoute avec plus de douceur : je ne m'attends pas à ce que vous le compreniez, mais il est tout pour moi. Je l'aime vraiment.

— Et lui ? Est-ce qu'il t'aime ? demande mon père à voix basse. Il fait plus vieux que son âge en ce moment, la pitié et le chagrin que je lis dans ses yeux le vieillissent. Est-ce que quelqu'un comme lui est capable d'amour, ma chérie ?

J'ouvre la bouche pour le rassurer, mais, quelle qu'en soit la raison, je n'arrive pas à prononcer ces paroles. Je veux croire que Julian m'aime à sa manière, mais il y a toujours en moi un élément de doute.

Mon père a touché juste.

Julian est-il capable d'amour ?

Franchement, je ne le sais toujours pas.

CHAPITRE SEIZE

❖ JULIAN ❖

Quand je sors, la Lincoln noire m'attend déjà.

— Je leur ai dit que vous étiez occupé, mais ils ont insisté pour vous rencontrer, dit Lucas qui sort de l'ombre entourant la maison. J'ai pensé qu'il valait mieux vous prévenir.

Je hoche la tête et me dirige vers la voiture.

La vitre arrière descend.

— Allons faire un tour, dit Frank en ouvrant la porte. Il faut que nous parlions.

Je le regarde durement.

— Je ne crois pas. Si vous voulez que l'on parle, ça sera ici.

Frank m'examine, il se demande vraisemblablement jusqu'où il peut aller avec moi, et je détecte exactement le moment où il décide de ne pas me contrarier davantage.

— D'accord. Il descend de voiture, son ventre rond est sanglé dans son costume gris. Pourquoi pas, si les voisins indiscrets ne vous gênent pas.

Je parcours les alentours d'un regard de professionnel. Il a malheureusement raison. De l'autre côté de la rue, il y a déjà un rideau qui se lève.

Nous commençons à attirer l'attention.

— Il y a un petit parc juste à côté, ai-je dit. Ma décision est prise. Pourquoi ne pas marcher dans cette direction ? Je vous donne exactement un quart d'heure.

Frank acquiesce de la tête et la Lincoln noire démarre, elle va sans doute faire le tour du quartier. Je suis persuadé qu'il y a d'autres forces de sécurité bien cachées, exactement comme les miennes. La CIA ne laisserait jamais un de ses membres avec moi sans protection.

— Alors, parlez ! ai-je dit tandis que nous nous dirigeons vers le parc. Je fais signe à Lucas de nous suivre à une certaine distance. Pourquoi êtes-vous là ?

— C'est plutôt : et vous, pourquoi êtes-vous là ? La voix de Frank est empreinte de frustration. Vous savez les problèmes que vous nous causez ? Le FBI sait que vous êtes dans sa juridiction et il est dans tous ses états.

— Je croyais que vous vous en étiez occupé.

— C'est vrai, mais Wilson refuse de laisser tomber. Bosovsky et lui reniflent partout, ils essaient de trouver les traces d'un camouflage. C'est la merde, et votre arrivée n'arrange rien.

— En quoi est-ce que cela me concerne ?

— Nous ne voulons pas de vous ici, Esguerra, dit Frank quand nous tournons au coin de la rue. Vous n'avez aucune raison d'y être.

— Ah bon ? Je hausse les sourcils. Les parents de ma femme habitent ici.

— Votre femme ? Grogne Frank. Vous voulez dire cette fille de dix-huit ans que vous avez enlevée ?

Nora a maintenant vingt ans, en tout cas elle les aura dans deux ou trois jours, mais je ne le contredis pas. Ce n'est pas son âge qui est le problème.

— C'est ça, ai-je dit froidement. Et vous le savez parfaitement puisque vous m'avez dérangé alors que je dînais avec ses parents… mes beaux-parents.

— Merde, vous plaisantez ? Putain, comment pouvez-vous regarder ces gens en face ? Vous avez enlevé leur fille…

— C'est ma femme maintenant. Mon ton se durcit. Ma relation avec ses parents ne vous regarde pas, ne vous en mêlez pas, bordel !

— Je vais m'en mêler si vous restez ici. Frank se tait, il est essoufflé et il a du mal à suivre mon pas plus rapide que le sien. Je ne plaisante pas, Esguerra. Nous pouvons effacer des dossiers et des données, mais pas des gens. Pas dans ce cas.

— Vous êtes en train de me dire que la CIA ne peut pas réduire au silence deux agents trop zélés du FBI ? Je le regarde froidement. Parce que si c'est le seul problème…

— Non, m'interrompt Frank en comprenant tout de suite ce que je veux dire. Il ne s'agit pas seulement du FBI, Esguerra. Il lève la main pour essuyer la sueur de son front. Il y a de gros bonnets que votre présence ici rend nerveux. Ils ne savent pas à quoi s'attendre.

— Dites-leur de s'attendre à ce que je rende visite à mes beaux-parents et à ce que je m'en aille. Pour une fois, je suis parfaitement sincère avec Frank. Je ne suis pas ici pour affaires, vos gros bonnets n'ont aucune raison de s'inquiéter.

Frank n'a pas l'air de me croire, mais je m'en fous complètement. Si la CIA a le sens de ses intérêts, elle me protégera du FBI.

Je suis ici pour Nora et ceux à qui ça ne plaît pas peuvent aller se faire voir.

* * *

Quand je retourne dans la maison, Nora se querelle avec Rosa pour savoir qui va débarrasser la table.

— Rosa, s'il te plaît, aujourd'hui tu es invitée, dit Nora en prenant le plat où il reste des côtes d'agneau. Je t'en prie, assieds-toi et je vais aider ma mère…

— Non, non, non, dit Rosa en faisant le tour de la table et en prenant la vaisselle sale. Tu dois penser au bébé. S'il te plaît, c'est mon travail. Laisse-moi aider.

— Je suis enceinte de dix semaines, pas de neuf mois…

— Elle a raison, bébé, ai-je dit en m'approchant de Nora et en lui prenant le plat des mains. La journée a été longue et je ne veux pas que tu te fatigues trop.

Nora commence à protester, mais j'emporte déjà le plat à la cuisine où les parents de Nora enveloppent les restes. À mon arrivée, Gabriela ouvre grands les yeux, mais elle me prend le plat en murmurant merci.

Je lui souris et je retourne chercher d'autres plats dans la salle à manger.

Rosa et moi faisons plusieurs autres allées et venues pour débarrasser la table et tout amener à la cuisine. Nora est assise sur le canapé du salon et nous regarde avec un mélange d'exaspération et de curiosité.

Finalement, la table est débarrassée et les Leston sortent de la cuisine pour nous rejoindre. Je m'assieds à côté de Nora sur le canapé et je lui prends la main que je pose sur mes genoux pour la caresser.

— Gabriela, Tony, merci pour ce délicieux repas, ai-je dit quand les parents de Nora s'assoient sur l'autre canapé à côté de Rosa. Excusez-moi d'avoir dû sortir et d'avoir raté le dessert.

— Je t'ai gardé une part de gâteau, dit Nora dont je masse la paume de la main. Maman l'a enveloppé pour que nous puissions l'emmener.

Je souris chaleureusement à sa mère.

— Merci d'y avoir pensé, Gabriela, ça me fait plaisir.

Gabriela incline la tête.

— Je vous en prie. C'est dommage que vos affaires vous retiennent si tard le soir.

— Oui, c'est vrai, ai-je dit en faisant comme si je ne remarquais pas la question implicite qu'elle me pose. Et vous avez raison, il se fait tard… Je jette un coup d'œil à Nora qui étouffe un bâillement de sa main restée libre.

— Nora nous dit que vous allez rester à Palos Park, dit Tony en nous regardant d'un air indéchiffrable. C'est là que vous allez dormir ce soir ?

— Oui, c'est vrai. Cette maison est à la limite de la ville avec une surface inhabitée assez grande afin que Lucas puisse mettre en place les mesures de sécurité nécessaires. C'est là que nous habiterons pendant toute la durée de notre visite.

— Si vous voulez dormir dans la chambre de Nora, vous y êtes les bienvenus, propose Gabriela d'un air hésitant.

— Merci, mais nous ne voulons pas déranger. Il vaut mieux que nous soyons chez nous pendant cette quinzaine de jours. Sans lâcher la main de Nora, je me lève en souriant poliment aux Leston. Et à ce sujet, il me semble que nous devrions y aller, Nora a besoin de se reposer.

— *Nora* va bien, marmonne celle qui fait l'objet de mon inquiétude tandis que je la dirige vers la porte. Je suis capable de veiller après dix heures du soir, tu sais.

En entendant son ton grognon, j'étouffe un petit sourire. Ma chérie n'aime pas admettre qu'elle se fatigue plus facilement désormais.

— Oui, je m'en rends compte. Mais tes parents aussi ont besoin de se reposer. C'est jeudi demain, non ?

— Oh, oui, bien sûr ! En s'arrêtant avant de sortir, Nora se retourne vers ses parents. J'avais oublié que vous travaillez tous les deux, dit-elle d'un air contrit. Je suis désolée. Nous aurions sans doute dû partir plus tôt.

— Oh non, ma chérie, proteste sa mère. Nous sommes si heureux que vous soyez ici, et nous vous avions invités ce soir. Quand allons-nous vous revoir ?

Nora lève les yeux vers moi et je réponds :

— Demain soir si ça vous convient. Et cette fois-ci, vous dînerez chez nous.

— Nous y serons, dit Tony et je regarde les Leston embrasser Nora pour lui dire au revoir.

CHAPITRE DIX-SEPT

❖ NORA ❖

Quand nous montons dans la limousine, je m'aperçois que je suis *effectivement* fatiguée, la tension et l'excitation de la soirée se dissipent alors et je n'ai plus de force. De nouveau, Rosa s'assied en face de nous et Julian m'attire vers lui en posant le bras sur mon épaule. Entourée par son chaleureux parfum masculin, je me détends à ses côtés et je commence à rêver.

Mon ancien ravisseur et moi venons juste de dîner avec mes parents. Comme si nous formions une famille. C'est tellement absurde que j'ai encore du mal à y croire. Je ne sais pas exactement ce que j'avais imaginé quand Julian avait donné son accord pour cette visite, mais ce n'était pas du tout ça.

J'imagine que d'une certaine manière je m'étais simplement refusée à penser qu'une telle situation serait possible, mon ravisseur assis à la même table que mes parents. C'est comme si j'avais érigé un mur dans mon esprit pour ne pas avoir d'inquiétudes. Quand je pensais à mon retour à la maison, je ne m'étais imaginée qu'avec mes parents. Uniquement nous trois comme si Julian restait à l'arrière-plan dans l'autre partie de ma vie, celle des ténèbres.

Évidemment, c'était ridicule de penser de la sorte. Julian ne reste jamais à l'arrière-plan. Il domine toutes les situations dans lesquelles il se trouve et les conforme à sa volonté. Et même dans ce cas, dans ma relation avec mes parents, il a pris le contrôle, il s'est immiscé dans ma famille selon son désir, parfaitement à l'aise là où d'autres auraient rougi de honte.

Visiblement, c'est utile de ne pas avoir de conscience.

— Comment te sens-tu, mon chat ?

En entendant la question que vient de murmurer Julian, je relève la tête vers lui en m'apercevant que j'ai gardé le silence durant plusieurs minutes.

— Bien, ai-je dit, consciente de la présence de Rosa juste à côté de nous. Il me faut tout digérer.

— Ah bon ? Julian me regarde d'un air amusé en relâchant son étreinte pour me permettre de m'asseoir plus confortablement. Digérer le repas ou le reste ?

— Sans doute les deux, ai-je dit en souriant et en m'apercevant de mon jeu de mots involontaire. C'était un bon repas.

— Oui, c'est vrai. Malgré l'obscurité de la voiture, je peux deviner la ligne sensuelle de ses lèvres. Tes parents avaient fait merveille.

Je hoche la tête.

— Absolument. Je me demande ce qu'ils ont dû ressentir en dînant avec celui qui a enlevé leur fille.

Avec le criminel qui est désormais leur gendre et le père de leur petit-fils ou de leur petite-fille.

En soupirant, je me blottis de nouveau aux côtés de Julian et je ferme les yeux.

Ma vie est parvenue à un nouveau degré dans l'aberration.

* * *

Nous mettons moins de vingt minutes pour atteindre le quartier cossu de Palos Park. Je l'ai toujours connu quand j'étais petite, le longeant pour aller à la réserve du Lac Tampier. En général, ses habitants sont avocats ou médecins et je n'ai jamais entendu dire que qui que ce soit pouvait y louer une maison pour une quinzaine de jours.

Mais évidemment, Julian n'est pas n'importe qui.

La maison qu'il a choisie est en lisière du quartier et protégée par une haute grille de fer forgé. Après avoir franchi les barrières électroniques, nous parcourons encore une allée sinueuse pendant quelques centaines de mètres avant d'atteindre la maison proprement dite.

À l'intérieur, la maison est luxueuse, presque aussi agréable que celle du domaine. Des parquets luisants aux tableaux contemporains sur les murs, tout dans notre maison de vacances fait preuve d'une grande richesse.

— Combien as-tu payé pour cette maison ? ai-je demandé en traversant une immense salle à manger. Je ne pensais pas qu'on pouvait louer ici.

— Ce n'est pas une location, dit simplement Julian, je l'ai achetée.

Je n'en reviens pas.

— Quoi ? Quand ? Tu avais dit que c'était une location.

— J'ai dit que j'avais trouvé une maison pour notre visite, précise-t-il, je n'ai pas dit comment.

— Ah bon ! Je me sens tout bête d'avoir imaginé qu'il l'avait louée. Mais quand as-tu pu l'acheter ?

— J'ai commencé à m'en occuper dès que nous avons décidé de venir. Les anciens propriétaires ont mis presque une semaine à partir, mais maintenant cette maison est à nous.

À nous ! C'est si facile à dire que je ne comprends pas tout de suite. Et puis j'assimile ce qu'il vient de dire.

— *Nous* sommes propriétaires de cette maison ? ai-je dit prudemment. C'est-à-dire, nous deux ?

— Techniquement, elle appartient à une de nos sociétés-écrans, mais je t'ai nommée actionnaire à cinquante pour cent dedans si bien que oui, elle est à *nous*, dit Julian tandis que nous entrons dans une vaste chambre avec un lit à baldaquin.

— Julian… Je m'arrête devant le lit pour le regarder. Pourquoi avoir fait ça ? Le fonds en fiducie était plus que suffisant…

— Parce que tu es à moi. Il se rapproche d'un pas et une ardeur que je connais bien brûle dans son regard quand il pose la main sur les boutons de ma robe. Ses doigts effleurent ma peau nue, et mes tétons se hérissent de désir. Parce que je veux prendre soin de toi, te gâter, faire en sorte que tu ne manques jamais de rien. Malgré la tendresse de ses paroles, ses yeux brillent d'un sombre éclat quand il finit de déboutonner ma robe et la laisse tomber par terre. D'autres questions, mon chat ?

Je secoue la tête en le fixant des yeux. Je n'ai plus que mon string bleu et un soutien-gorge assorti, et sa manière de me regarder me fait penser à un lion affamé prêt à se jeter sur une gazelle. Il veut peut-être prendre soin de moi, mais à ce moment précis il veut aussi me dévorer.

— Bon ! Sa voix grave ronronne de manière menaçante. Et maintenant, tourne-toi !

Mon pouls s'accélère avec impatience et nervosité, et je lui obéis. J'ai beau désirer ardemment le mal, il me reste encore un peu de peur instinctive au fond du ventre. Julian a toujours été imprévisible. Il est bien possible que cette soirée familiale ait réveillé ses désirs sadiques et libéré le démon qu'il maîtrise depuis quelques semaines.

Une vibration brûlante qui trahit mes désirs se manifeste entre mes jambes à cette pensée.

Alors que je reste immobile, j'entends un léger bruit soyeux et une étoffe douce vient me recouvrir les yeux.

C'est un bandeau, ai-je compris en retenant mon souffle. Privée de vision, je me sens infiniment plus vulnérable. Ma main droite me démange, tout à coup j'ai envie de lever le bras et de déchirer le tissu qui me recouvre les yeux.

— Oh ! non, ne fait pas ça ! Julian m'attrape le bras, ses mains se serrent sur mes poignets comme s'il me menottait. Il se penche en avant et murmure : qui a dit que tu pouvais faire ça, mon chat ?

Son haleine brûlante me fait frissonner.

— C'est seulement…

— Silence ! Son ordre résonne en moi, et intensifie la vibration que je sens entre mes jambes. Je te dirai quand parler. Il lâche mes poignets et il me pousse vers l'avant ce qui me fait trébucher et atterrir tête en premier sur le lit. Ne bouge pas ! ordonne-t-il en s'avançant d'un pas.

Je lui obéis en retenant mon souffle tandis qu'il me parcourt de la main, commençant aux épaules et finissant sur mes cuisses. Ses caresses sont douces, et pourtant indiscrètes, comme celle d'un étranger. Ou peut-être me semblent-elles ainsi à cause du bandeau. Je peux sentir sa présence derrière moi, mais je ne peux rien voir, et il me touche comme si j'étais un objet, m'utilisant à sa guise. Je sens ses grandes mains calleuses et chaudes, et le souvenir de notre première fois ensemble me traverse l'esprit, ce qui me contracte le ventre d'un mélange d'anxiété et de désir pervers.

Quand il a fini de me caresser, il me fait rouler sur le dos et m'installe sur le lit en me mettant un oreiller sous la tête. Puis il m'attrape par le bras et je le sens nouer une corde rêche autour de mon poignet. Il attache l'autre bout de la corde à ce que, je devine être l'un des barreaux du lit.

Ensuite, il contourne le lit et fait de même avec l'autre bras.

Me voilà allongée comme pour une sorte de sacrifice sexuel, les bras étirés à la diagonale et les yeux toujours recouverts du bandeau. Je suis encore plus impuissante que d'habitude, ce qui m'inquiète tout en me ravissant, comme presque toujours avec Julian. Pour d'autres couples, il ne s'agirait que d'un jeu. Mais pour nous, c'est aussi réel que possible. Je n'ai pas la possibilité de dire non. Julian va me prendre que je le veuille ou pas, et d'une manière perverse, le savoir augmente encore mon désir sexuel au point de me faire mal.

— Tu es belle. Son murmure brutal s'accompagne d'un mouvement presque imperceptible, ses doigts caressent la peau délicate de mon ventre. Et tout à moi. N'est-ce pas, mon chat ?

— Oui ! Ma respiration se fait haletante en sentant ses doigts s'approcher du haut de mon string. Oui, tout à toi.

Le matelas s'affaisse un peu quand il vient sur le lit et chevauche mes jambes. L'étoffe de son jean irrite ma peau, me rappelant qu'il est encore tout habillé.

— C'est vrai… Il se penche en avant, les boutons de sa chemise s'appuient sur mon ventre tandis qu'il me recouvre de son large buste musclé. Il me mordille le lobe de l'oreille et j'ai la chair de poule qui se répand sur mes bras lorsqu'il murmure à mon oreille : tu ne seras jamais qu'à moi.

Je réprime un frisson, un liquide brûlant m'envahit au plus profond de moi-même. Venant de quelqu'un d'autre, ces paroles ne seraient que des mots doux très possessifs, mais de la part de Julian, c'est à la fois une menace et une constatation. Si jamais j'étais assez sotte pour laisser un autre homme me toucher, Julian le tuerait sans la moindre hésitation.

— Je ne désire que toi. C'est la vérité, et pourtant ma voix tremble quand Julian embrasse mon cou puis me suce sous l'oreille, là où la chair est si tendre. Tu le sais bien.

Il a un petit rire dont le son grave et viril résonne en moi.

— Oui, mon chat. Je le sais.

Il se relève et j'ai l'impression qu'il va au pied du lit. Quand il m'attrape par la cheville droite, je comprends pourquoi.

Il va aussi m'attacher les jambes.

La corde m'entoure la cheville tandis que je reste allongée au même endroit, le cœur battant. Il est rare que Julian m'attache aussi soigneusement. Il n'en a pas besoin. Même si j'avais envie de me débattre il est assez fort pour me maîtriser sans avoir recours à des cordes ou à des chaînes.

Et d'ailleurs, je n'ai aucune envie de résister étant donné que je sais de quoi il est capable, ce qu'il peut vouloir faire pour me posséder.

Une fois ma jambe droite attachée il prend la gauche. Ses mains sont vigoureuses et sans hésitation, il entoure ma cheville et attache l'extrémité de la corde à l'un des barreaux restants, me laissant ainsi allongée les jambes grandes ouvertes. Cette posture est déconcertante et dès que Julian revient près de moi j'essaie instinctivement de refermer les jambes. Mais évidemment, je peux à peine les bouger. Tout comme les cordes qui m'entourent les poignets, celles des chevilles me maintiennent bien en place, sans toutefois me couper la circulation.

Mon ravisseur n'est peut-être pas un adepte du sadomasochisme traditionnel, mais il sait parfaitement comment attacher quelqu'un.

— Julian ? Je me souviens alors que j'ai toujours mes sous-vêtements, mon soutien-gorge et mon string. Qu'est-ce que tu vas me faire ?

Il ne réagit pas. À la place, je sens de nouveau s'affaisser le matelas quand il se lève puis j'entends des bruits de pas et celui de la porte qui se referme.

Il est sorti de la pièce en me laissant attachée au lit.

Mon cœur se met à battre encore plus vite.

Je plie les bras pour vérifier de nouveau la corde tout en sachant que c'est inutile. Comme prévu, il n'y a presque pas de jeu ; si j'essaie de tirer sur elle, elle me mordra cruellement la peau. Je suis presque nue, seule, avec les yeux bandés, et dans une maison inconnue. Et même si je sais que Julian ne laissera rien de mal m'arriver, je ne peux empêcher la tension de m'envahir alors que les secondes passent sans qu'il fasse signe de revenir.

Après deux ou trois minutes, je vérifie de nouveau la corde. Toujours pas de jeu… et Julian n'est toujours pas revenu.

Je m'oblige à inspirer et expirer lentement. Il ne se passe rien de grave ; personne ne me fait de mal. Je ne sais pas à quoi joue Julian, mais ça ne semble pas particulièrement brutal.

Mais tu as envie de brutalité, me rappelle insidieusement une petite voix intérieure. *Tu as envie de cette violence, et de souffrir.*

Je fais taire cette voix et je me concentre pour conserver mon calme. J'ai beau être excitée par les caprices de Julian en amour, ils m'effraient aussi. En tout cas, ils effraient la part de moi qui est restée saine d'esprit. J'ai envie de souffrir, mais j'en ai également peur. C'est toujours comme ça maintenant. C'est comme si j'étais coupée en deux, ce qu'il reste de la Nora d'autrefois est en guerre contre celle d'aujourd'hui.

Quelques minutes passent encore, interminables.

— Julian ? Je ne peux plus garder le silence. Julian, où es-tu ?

Rien. Pas la moindre réponse.

Je frotte ma nuque contre les draps pour essayer d'enlever le bandeau, mais il bouge à peine. Je suis tellement contrariée que je tire de toutes mes forces sur les cordes, mais je n'arrive qu'à me faire mal. Finalement, j'abandonne et j'essaie de me détendre et de ne pas tenir compte de l'anxiété qui commence à m'envahir.

Quelques minutes de plus s'écoulent. Et juste au moment où il me semble que je risque de devenir folle j'entends la porte qui s'ouvre, suivi d'un léger bruit de pas.

— Julian, c'est toi ? Je ne peux cacher mon soulagement. Qu'est-ce qui s'est passé ? Où étais-tu ?

— Chut… Puis je sens un chatouillement sur mes lèvres. Qui t'a dit que tu avais le droit de parler, mon chat ?

La froideur de sa voix accélère les battements de mon cœur. Me punit-il de quelques fautes ?

— Quoi… ?

— Chut ! Il met la main sur mes lèvres pour me réduire au silence. Pas un mot de plus.

J'avale ma salive, tout à coup j'ai la gorge sèche. Il ne me touche que les lèvres et pourtant tout mon corps s'embrase et je retrouve mon excitation de tout à l'heure malgré ma nervosité croissante.

Ou peut-être à cause d'elle. C'est impossible de le dire.

— Suce-moi les doigts. L'ordre qu'il vient de murmurer s'accompagne d'une pression de plus en plus vive sur le bord de mes lèvres. Vas-y !

J'ouvre la bouche avec obéissance et je commence à sucer deux de ses longs doigts. C'est un goût frais et légèrement salé, l'extrémité de ses ongles me frotte le palais. Je fais tourner la langue autour de ses doigts comme je le ferais autour de sa verge, comme si la sensation était aussi intense pour lui.

Alors que je commence à me prendre au jeu, Julian retire ses doigts et il les passe sur mon corps où ils laissent une traînée humide et fraîche qui me fait frissonner ; mes muscles intimes se contractent quand ses doigts tournent autour de mon nombril en m'égratignant légèrement le ventre. *Plus bas*, ai-je souhaité en silence, *s'il te plaît, juste un petit peu plus bas*, mais au lieu de ça il relève la main en me privant de ses caresses.

J'ouvre la bouche pour le supplier, mais je me souviens alors qu'il ne veut pas que je parle. En avalant ma salive, j'avale aussi mes paroles, ne voulant pas lui déplaire alors qu'il est d'humeur imprévisible.

S'il est vrai que Julian me punit de quelque chose, je ne veux pas lui déplaire davantage.

Alors au lieu de le supplier je reste immobile et j'attends, le souffle court et haletant en essayant de l'entendre bouger. Je n'entends rien. Se contente-t-il de me regarder ? De fixer des yeux mon corps à demi nu, étiré et attaché sur le lit ?

Finalement, j'entends quelque chose. Un grattement, comme s'il avait pris quelque chose sur la table de nuit.

J'attends en écoutant anxieusement et c'est alors que je le sens.

Quelque chose de dur et de froid qui se glisse sous l'élastique de mon soutien-gorge et m'appuie entre les seins.

Le choc me fait presque chanceler, mais je parviens à ne pas bouger tandis que mon cœur bat à se rompre.

Snip. C'est un bruit reconnaissable entre tous.

C'est celui du métal qui coupe un tissu épais. Julian vient de couper le devant de mon soutien-gorge avec des ciseaux.

Je m'autorise un bref soupir de soulagement, puis je me tends de nouveau en sentant le froid des ciseaux me glisser le long du corps.

Snip ! Snip ! Il a coupé les deux côtés de mon string et appuie sur mes hanches avec l'extérieur des ciseaux. Je sens la chaleur de sa main lorsqu'il enlève les bouts de tissu puis je l'entends retenir son souffle. Il me regarde. Je le sais. J'imagine ce qu'il voit, je suis là, couchée, nue, les jambes grandes ouvertes, et ma peau me brûle en pensant à cette image pornographique.

— Tu es déjà mouillée ! Son murmure plein de désir me fait brûler de plus belle. Ta chatte dégouline pour moi. Et il accompagne ces paroles d'une caresse imperceptible sur mon clitoris endolori. Ma chair est si sensible que j'ai une impression de brutalité et pourtant le feu se propage dans mes veines et je suis éperdue de désir. Involontairement, un gémissement s'échappe de ma bouche et je relève les hanches vers lui, pour lui en demander silencieusement davantage.

Cette fois-ci, il répond à ma prière.

Je sens encore une fois le matelas s'affaisser quand il vient sur le lit et s'installe entre mes jambes. Ses grandes mains s'emparent avec force de mes cuisses et il baisse la tête vers mon sexe. Je sens la chaleur de son haleine sur mes plis ouverts. J'ai failli gémir d'impatience, mais je me retiens à la dernière seconde pour ne pas risquer de le faire changer d'avis. Je désire ses caresses. J'en ai besoin. C'est insupportable sans elles.

Et c'est alors que je sens la douceur mouillée de sa langue venir entre mes plis, une caresse qui m'apaise tout en m'attisant. Il ne me lèche pas ; il a juste posé la langue sur mon clitoris, mais c'est suffisant. C'est plus que suffisant. J'agite les hanches en petits mouvements spasmodiques pour provoquer exactement le rythme dont j'ai besoin, et la tension monte en moi, le plaisir forme une bulle qui vibre au plus profond de mon être. Alors il se met à mouvoir la langue autour de mon clitoris en le suçant vigoureusement et quand la bulle éclate, l'extase se propage dans les terminaisons nerveuses et me fait hurler, je ne peux plus garder le silence.

Avant que mon orgasme ne soit tout à fait terminé, il commence à me lécher. Rien que de légers petits coups de langue qui prolongent les secousses de mon plaisir dans tout mon corps. C'est tellement agréable, bien que mon clitoris soit gonflé et hypersensible que je ne bouge plus et que je le savoure, pantelante et satisfaite d'avoir joui. Ce n'est qu'une minute plus tard que je m'aperçois que mon plaisir s'avive de nouveau, s'intensifie et se transforme en une tension douloureuse.

J'en perds le souffle, me cambrant vers sa bouche, j'ai besoin qu'il aille plus fort pour me faire jouir encore, mais il continue ses caresses imperceptibles, sa langue m'effleurant à peine le clitoris.

— Je t'en prie, Julian… Les mots m'échappent avant de me rappeler que je n'ai pas le droit de parler, mais à mon grand soulagement il continue. Il continue à me lécher, sa langue va à un rythme qui m'amène lentement et douloureusement toujours plus près du plaisir tout en le retardant sans cesse. J'essaie de relever encore les hanches, mais je n'ai pas beaucoup de liberté de mouvement dans la position où je suis.

Je ne peux que subir, entièrement à la merci du plaisir-tourment que Julian choisit de m'infliger.

Et juste quand j'ai l'impression de ne pouvoir en supporter davantage il se met de côté et sa main droite passe de ma cuisse à mon sexe en feu. Ses grands doigts rugueux me tâtonnent à l'entrée et je pousse un gémissement quand il y fait entrer deux d'entre eux, me pénétrant à la vitesse de l'éclair. J'y suis presque, c'était presque ce dont j'avais besoin… et puis il appuie fortement sur mon clitoris.

Je vole en éclats sous le plaisir intense qui me traverse, j'ai des convulsions, je suis à bout de souffle et je laisse échapper un grand cri.

— Oui, c'est fait, bébé, murmure-t-il. Sa main me quitte, et j'entends s'ouvrir une fermeture éclair. Je m'en aperçois à peine. Je suis ivre d'orgasmes, et épuisée par l'intensité brutale de tout ce qui vient d'arriver. Mon cœur bat comme après un sprint, je ne suis plus qu'une poupée de chiffon.

Impossible d'en désirer encore plus, pourtant quand il me couvre de son grand corps, un imperceptible sursaut me contracte le ventre. Il est nu, il s'est déjà déshabillé, et je sens l'ardeur de son érection. Son pouvoir viril à l'état brut. Même si je n'étais pas attachée, je me sentirais en situation d'infériorité et d'impuissance devant lui, mais les cordes qui m'entourent les bras et les jambes accentuent cette sensation. Sous son poids je peux à peine respirer, mais peu importe. Même l'air semble secondaire à cet instant.

Je n'ai besoin que de lui.

Tout en restant sur moi, il change de position et se met sur l'un de ses coudes. Son gland dur et lisse m'effleure l'intérieur des cuisses quand il baisse la tête pour m'embrasser et l'impatience me raidit quand je le sens commencer à me pénétrer.

Après tous ces orgasmes, je suis mouillée et glissante, mon corps est prêt à être possédé, et pourtant je le sens s'étirer quand sa grosse verge sépare mes parois intimes juste à la limite de la souffrance. Au même moment, sa langue envahit ma bouche, et je ne peux même pas gémir quand il commence à aller et venir de plus en plus profondément. Le sentir ainsi est irrésistible, comme le goût de ses baisers, comme la manière dont son corps domine complètement le mien et s'en empare. Je ne peux ni voir ni bouger. Je me noie et il est mon seul salut.

Je ne sais pas combien de temps se passe avant que la tension qui vibre au fond de moi se réveille de nouveau. Tout ce que je sais, c'est qu'au moment où Julian jouit je jouis avec lui en tremblant et en criant dans ses bras.

Ensuite, il enlève le bandeau et les cordes et me porte vers la douche. Je suis tellement épuisée que je tiens à peine debout si bien que Julian me lave et prend soin de moi comme si j'étais un enfant. Quand il me porte vers le lit, il me prend dans ses bras et au moment de m'endormir je l'entends dire à voix basse :

— Je te donnerai tout au monde, mon chat. Tout au monde, pourvu que tu sois à moi.

CHAPITRE DIX-HUIT

❖ JULIAN ❖

Je me réveille le lendemain matin avec cette sensation familière, Nora est étendue sur moi. Comme d'habitude, elle dort la tête posée sur mon épaule et l'une de ses jambes minces est posée en travers de mes cuisses. Je sens le poids de ses doux seins gonflés le long de mon corps, j'entends sa respiration régulière, et ma verge se raidit aux souvenirs de la nuit dernière qui envahissent mon esprit avec des détails précis.

Je ne sais pas pourquoi j'ai parfois ce désir de la tourmenter, de l'entendre me supplier et m'implorer. Pourquoi la voir attacher à mon lit me donne-t-il une telle satisfaction ? Quand nous avons quitté la maison de ses parents hier soir, j'avais l'intention de la prendre avec douceur et de la laisser dormir, mais quand je l'ai vue à côté de ce lit à baldaquin, toutes mes bonnes intentions se sont envolées en fumée. Il y avait quelque chose dans son apparence qui a avivé ma soif de cruauté et ramené les ténèbres à la surface. Ce que je voulais lui faire n'a commencé qu'avec ces cordes et si je ne m'étais pas obligé à sortir de la pièce après l'avoir attachée, j'aurais brisé la promesse que je m'étais faite la nuit où je lui ai fait du mal.

La promesse de ne plus laisser la violence entrer dans notre chambre pendant les prochains mois.

Heureusement, la laisser quelques instants et aller prendre une douche froide dans l'une des chambres d'amis a eu l'air de réussir et a atténué mon trop-plein de désir. Quand je suis revenu, je me contrôlais davantage et j'ai été capable de la torturer de plaisir au lieu de la torturer de souffrance.

Un changement dans la respiration de Nora attire mon attention de nouveau vers elle. Elle bouge tout en restant sur moi, fait un léger bruit et se frotte la joue contre ma poitrine.

— Tu n'es pas encore levé, murmure-t-elle d'une voix ensommeillée, et je ressens un bien-être particulier en entendant que ça lui fait plaisir.

— Non, pas encore, ai-je répondu en caressant son dos nu si lisse. Mais ça ne va pas tarder.

— Es-tu obligé ? Sa voix est étouffée. Tu es un si bon oreiller.

— Ravi de me rendre utile.

À la sécheresse de mon ton, elle bouge la tête et lève les yeux vers moi sous ses longs cils noirs. — Cela t'ennuie ? Que je dorme comme ça sur toi ?

— Non. Sa question me fait sourire. Tu crois que je te laisserais faire si ça m'ennuyait ?

Elle cligne des yeux.

— Non, bien sûr que non. Elle se dégage et s'assied en s'enveloppant dans la couverture. Nous devrions sans doute nous lever. Je voulais aller courir avant le petit déjeuner.

Je m'assieds à mon tour.

— Courir ?

— Oui. Il n'y a pas de danger ici n'est-ce pas ?

— C'est moins sûr que dans le domaine. L'idée qu'elle aille courir ne me plaît guère, malgré toutes les mesures de sécurité et l'absence apparente de menace. Si jamais il lui arrivait quoi que ce soit…

— Julian, je t'en prie. Nora semble contrariée. Il s'agit seulement de courir ici, à Palos Park. Je n'irai pas loin, mais je ne peux pas rester enfermée pendant quinze jours dans cette maison…

— Je viendrai avec toi. Je me lève et je vais chercher un short dans l'armoire. Habille-toi. Nous devrions nous dépêcher. Je pense que Rosa prépare déjà le petit déjeuner.

* * *

Nous commençons à courir au petit trot pour nous échauffer. Dehors, il fait frais à peine quinze degrés, mais courir m'empêche d'avoir froid même si je suis torse nu. Je me demande si Nora ne devrait pas s'habiller davantage, mais elle semble à l'aise avec son pantalon corsaire et son tee-shirt si bien que je ne dis rien.

En sortant de notre allée et en arrivant dans la rue, je garde l'œil sur les voitures des voisins qui sortent de leurs garages et sur les gens qui vont faire leur footing matinal. Je suis mal à l'aise au milieu de tant d'inconnus. Mes hommes sont en position tout autour du quartier, un dispositif stratégique, et je sais que nous sommes en sécurité, mais je ne peux m'empêcher de guetter les signes du moindre danger.

— Tu sais que personne ne va sortir des buissons pour sauter sur nous, non ? dit Nora qui a évidemment remarqué que je suis préoccupé par les alentours. Ce n'est pas le genre du quartier.

Je lui jette un coup d'œil.

— Je sais. Je m'en suis assuré.

Elle sourit et se met à courir plus vite.

— Évidemment !

J'accélère aussi et nous courons à bonne allure pendant un moment. La respiration perle sur le visage de Nora, faisant briller sa peau dorée, et je suis de plus en plus distrait en la regardant. Elle est toujours sexy quand elle court, son corps mince est à la fois féminin et athlétique. Les muscles ronds et fermes de son derrière se contractent et se relâchent à chaque foulée et je ne peux m'empêcher de m'imaginer le serrer entre les mains tout en la baisant.

Putain ! Si ça continue comme ça, j'aurai besoin de prendre une autre douche froide.

— Qu'est-ce que tu fais après le petit déjeuner ? demande Nora hors d'haleine quand nous dépassons un couple de joggers. As-tu du travail ?

— J'ai ce rendez-vous en ville avec mon gestionnaire de portefeuille, ai-je répondu en essayant de contrôler mon envie de me retourner et de jeter un regard noir au coureur. Ce salaud a dévisagé Nora avec un peu trop de plaisir quand nous l'avons dépassé. Je serai de retour avant le dîner.

— Ah tant mieux ! Elle commence à haleter en parlant. Je veux aller me faire couper les cheveux aujourd'hui et peut-être voir Leah et Jennie.

— Quoi ? Nous sommes arrivés au coin de la rue, je tourne la tête pour la fixer. Et où as-tu l'intention d'aller pour tout ça ?

— Au centre commercial de Chicago Ridge. La semaine dernière, j'ai envoyé un message à Leah et à Jennie pour leur dire que je venais et elles ont répondu qu'elles seraient là elles aussi et qu'elles resteraient pour le pont du Memorial Day. Elle dit tout cela d'un trait et me regarde d'un air implorant. Mais ça ne te gêne pas que je les voie, si ? Je n'ai pas vu Jennie depuis deux ans, et Leah… Tout à coup, elle garde le silence, et je sais que c'est parce qu'elle allait dire que la dernière fois c'était dans ce maudit centre commercial quand Peter l'a laissée servir d'appât pour Al-Quadar.

Ma chérie ne réalise pas que je suis déjà au courant de ce rendez-vous, et de la présence de Jake ce jour-là.

— Tu n'iras pas dans ce centre commercial. Je sais que je semble dur, mais je n'y peux rien. Il me suffit de l'imaginer s'y promener toute seule pour me faire voir rouge. Il y a trop de monde, c'est trop dangereux.

— Mais…

— Si tu veux voir tes amies, tu peux le faire ici, à la maison ou dans un restaurant d'Oak Lawn, *une fois* que j'en aurai assuré la sécurité.

Nora serre les lèvres, mais elle a le bon sens de ne faire aucune objection. Elle sait qu'elle a déjà atteint les limites.

— D'accord, je vais leur donner rendez-vous au Poisson de Mer, dit-elle une minute plus tard. Et ma coupe de cheveux ?

Je jette un coup d'œil à la longue queue de cheval qui lui tombe dans le dos. Je la trouve belle, surtout avec son extrémité qui se balance sur son joli derrière.

— Pourquoi as-tu besoin d'une coupe ?

— Parce que… (nous courrons plus vite et elle se met à haleter) cela va faire deux ans que je ne suis pas allée chez le coiffeur.

— Et alors ? Je ne vois toujours pas le problème. J'aime tes cheveux longs.

— Tu es vraiment un *homme* ! Elle peut à peine parler, mais elle réussit à rouler des yeux. J'ai besoin de les désépaissir. Ils me rendent folle.

— Je ne veux pas que tu les fasses couper court. Je ne sais pas pourquoi j'y tiens brusquement, mais c'est comme ça. Si tu les fais couper, pas plus de deux centimètres.

Nora me jette un coup d'œil incrédule, nous nous sommes arrêtés pour laisser passer une voiture qui sort d'une allée devant nous.

— Vraiment ? Pourquoi ?

— Je te l'ai dit. J'aime tes cheveux longs.

Elle roule une nouvelle fois des yeux quand nous recommençons à courir.

— Ouais, OK. Tu sais, je n'allais pas me faire raser la tête. Je voulais seulement un dégradé.

— Pas plus de deux centimètres, ai-je répété en la regardant durement.

— Entendu. J'ai l'impression que mentalement elle roule encore des yeux. Alors je peux aller me faire couper les cheveux ?

— Oui, mais pas au centre commercial de Chicago Ridge. Trouve un endroit tranquille dans les parages et je dirai à mes hommes d'en assurer la sécurité.

— OK, souffle-t-elle alors que nous nous lançons dans un sprint. C'est d'accord.

* * *

Avant d'aller en ville, je m'assure que l'emploi du temps de Nora est bien en place pour la journée. Je charge une douzaine de mes meilleurs hommes de sa sécurité en leur ordonnant d'être aussi discrets que possible. Vraisemblablement, elle ne remarquera même pas leur présence, mais ils feront en sorte qu'aucun individu suspect ne puisse s'approcher à moins de cent mètres d'elle.

— Tout ira bien, dit-elle quand j'hésite dans le hall avant de quitter la maison. Vraiment, Julian. Ce n'est qu'une coupe de cheveux et un déjeuner avec les filles. Je te promets que tout va bien se passer.

Je respire profondément. Elle a raison. Je suis vraiment paranoïaque. Les précautions que je prends sont la meilleure façon d'assurer sa sécurité en dehors du domaine. Évidemment, je pourrais la garder *à l'intérieur* du domaine pour le restant de ses jours, ce serait la meilleure solution pour avoir l'esprit en paix, mais alors Nora serait malheureuse, et son bonheur compte pour moi.

Il compte bien plus que je ne m'y attendais.

— Comment te sens-tu ? ai-je demandé. Sans savoir pourquoi je n'arrive toujours pas à partir. Tu n'as pas la nausée ? Tu n'es pas fatiguée ? Je jette un coup d'œil à son ventre, un ventre encore plat dans le jean serré qu'elle porte aujourd'hui.

— Non, rien du tout. Elle m'adresse un sourire réconfortant quand je relève les yeux vers son visage. Pas le moindre soupçon de nausée. Je suis en pleine forme.

— Alors ça va. Et je m'avance vers elle pour lui caresser légèrement la joue. Fais attention, bébé, d'accord ?

— D'accord, murmure-t-elle, en me regardant. Toi aussi, Julian, fais attention. Et à bientôt !

Et avant que je ne parte elle se met sur la pointe des pieds et pose rapidement un baiser brûlant sur mes lèvres.

CHAPITRE DIX-NEUF

❖ NORA ❖

— Rosa, tu es sûre de ne pas vouloir venir avec moi ?

— Non, non, je te l'ai déjà dit, j'ai beaucoup à faire avant le dîner. Le Señor Esguerra me fait confiance pour impressionner tes parents avec ce repas et je ne veux pas le décevoir. Va retrouver tes amies et amuse-toi bien. Rosa me chasse presque de l'immense cuisine. Vas-y, ou tu seras en retard chez le coiffeur.

— Entendu, si tu en es sûre. En secouant la tête devant l'obstination et le sens du devoir de Rosa, je vais vers l'entrée principale où une voiture m'attend déjà. Heureusement, ce n'est pas la limousine, mais une Mercédès de taille normale. Je ne me ferai pas trop remarquer bien que cette voiture, comme la limousine, ait des vitres blindées.

Le chauffeur est un grand homme mince que j'ai aperçu dans le domaine, mais avec qui je n'ai jamais parlé. Julian m'a dit ce matin que son nom est Thomas. Thomas ne se présente pas et n'est pas bavard, toute son attention se concentre sur la route. En sortant de l'allée, je vois démarrer deux 4X4 noirs qui nous suivent ensuite à une certaine distance. Cette escorte me donne l'impression d'être la Première Dame ou une princesse de la mafia.

La seconde comparaison est sans doute plus appropriée.

En moins d'une demi-heure, nous arrivons au salon de coiffure. Ce n'est pas un salon haut de gamme, mais il a bonne réputation dans le quartier et surtout Julian a jugé que sa situation le rendait facile à sécuriser.

Je n'avais pas pensé avoir si facilement un rendez-vous, mais ils ont eu une annulation ce matin et ont donc pu me prendre à onze heures.

— C'est seulement pour un petit rafraîchissement s'il vous plaît, ai-je demandé après qu'une employée tatouée aux cheveux violets m'a fait un shampoing et m'a conduite vers un fauteuil. Pas plus de deux centimètres.

— Vous êtes certaine ? Regardez comme ils sont épais. Vous devriez au moins les faire effiler.

Je fronce les sourcils en me regardant dans la glace.

— Ils seront quand même longs ?

— Bien sûr. Vous ne perdrez rien en longueur, mais ce sera une meilleure coupe. Les mèches les plus courtes, autour de votre visage, vous descendront bien au-dessous des épaules.

— Dans ce cas, allez-y ! J'essaie d'avoir l'air décidé alors que c'est loin d'être le cas. Il est difficile de désobéir à Julian, même pour cette vétille, et c'est ce qui me pousse à le faire. On va désépaissir cette tignasse.

Tandis que la styliste s'affaire autour de moi et me coupe les cheveux, je regarde les autres clientes du salon. Après des semaines d'isolement dans le domaine, c'est une sensation étrange de me retrouver parmi tant d'inconnues. Personne ne fait particulièrement attention à moi, mais je suis tout de même mal à l'aise, comme si tout monde me fixait des yeux. Et puis je suis assez anxieuse. Je sais qu'ici personne ne me veut de mal, ce n'est donc pas logique, mais la paranoïa de Julian devient contagieuse.

Mais en même temps, je suis contente d'être ici. Je sais que les hommes de Julian sont dehors si bien que je ne suis pas vraiment libre, mais j'en ai la sensation.

J'ai l'impression d'être une jeune fille normale qui va passer la journée à se faire belle et à voir ses amies.

— Et voilà ! annonce la styliste quelques minutes plus tard. Il ne reste plus qu'à les sécher et vous serez prête.

Je hoche la tête en évitant de regarder les longues boucles éparpillées par terre. Il me semble qu'il y en a beaucoup et pourtant les mèches mouillées que je vois dans la glace n'ont pas l'air particulièrement courtes.

— Alors, qu'est-ce que vous en dites ? me demande-t-elle après m'avoir séché les cheveux. Elle me tend un miroir. Est-ce que ça vous plaît ?

Je me tourne sur le fauteuil pivotant en examinant ma nouvelle coupe sous tous les angles. J'ai l'impression de ressembler à une publicité pour un shampoing, des cheveux noirs, longs et lisses avec des mèches plus courtes autour de mon visage, et leur volume le met en valeur.

— Parfait. Je lui rends le miroir en souriant. Merci bien.

Désobéir à Julian à l'air de me réussir et de me rendre plus belle.

* * *

Il me reste un peu de temps avant mon rendez-vous avec Leah et Jennie si bien que je ne me refuse rien et je fais une pédicure et une manucure dans le même salon. Au milieu du pédicure mon téléphone sonne, c'est un message de Julian qui vient d'arriver.

Tu es encore au salon ? a-t-il écrit. *Thomas dit que ça fait presque deux heures que tu y es.*

On me met du vernis à ongles, ai-je répondu. Et toi, comment ça va ?

Sans doute moins bariolé !

Je souris en rangeant mon téléphone. Tout ceci paraît si merveilleusement normal, même sous la surveillance de Thomas. C'est comme si nous étions un couple ordinaire, sans que rien de pervers n'assombrisse notre vie.

Suivant mon impulsion je reprends le téléphone dans mon sac à main.

Je t'aime, ai-je écrit en insistant avec un smiley.

Il n'y a pas de réponse, mais je n'en attendais pas. Julian ne pourrait jamais reconnaître les sentiments qu'il éprouve pour moi, quels qu'ils soient, dans un texto. Et pourtant j'ai le cœur un peu plus lourd en remettant le téléphone à sa place et en prenant un magazine à potins.

Une demie heure plus tard je suis aussi apprêtée et aussi resplendissante que les mannequins de ce magazine. Mes cheveux me tombent en cascade dans le dos, ils sont lisses et luisants et mes ongles sont plus soignés qu'ils ne l'ont été depuis des mois. En ajoutant un généreux pourboire, je règle la note et je sors du salon, prête pour le reste de ma journée.

Comme prévu, Thomas m'attend dehors. Je ne vois pas les autres membres de l'équipe de sécurité, mais je sais qu'ils sont là et qu'ils me protègent tout en restant invisibles. Et pourtant leur discrétion ajoute à l'illusion de normalité et je retrouve ma bonne humeur sur le chemin du restaurant de fruits de mer où Leah et Jennie ont rendez-vous avec moi pour déjeuner.

Elles y sont déjà quand j'arrive et les toutes premières minutes se passent en embrassades et en exclamations, cela fait si longtemps que nous ne nous sommes pas vues !

Je redoutais que la situation soit tendue avec Leah après notre dernière rencontre au centre commercial, mais mon inquiétude semble sans fondement. Quand nous sommes toutes les trois, c'est comme si nous étions de nouveau au lycée.

— Oh, mon Dieu, Nora, j'avais oublié à quel point tu étais jolie, s'exclame Jennie une fois que nous sommes toutes assises. À moins que ce soit la vie dans la jungle qui te réussit aussi bien.

— Oh, merci, ai-je dit en riant. Tu es ravissante toi aussi. Quand as-tu décidé de te teindre en rousse ? Je trouve que ça te va très bien.

Jennie sourit et ses yeux verts se mettent à briller.

— En commençant à l'université. J'ai décidé qu'il était temps de changer, et c'était soit rousse soit avoir des cheveux bleus.

— Et je l'ai convaincue de devenir rousse. Le bleu n'aurait pas convenu à son teint irlandais.

— Oh, je me demande, ai-je dit en gardant mon sérieux. Il paraît que les Schtroumfs sont très à la mode en ce moment.

Leah éclate de rire, Jennie et moi l'imitons. Comme c'est bon d'être avec elles ! Depuis mon enlèvement, j'ai vu Leah deux ou trois fois, mais ça faisait presque deux ans que je n'avais pas revu Jennie. Elle étudiait à l'étranger quand je suis revenue passer quatre mois ici après l'explosion du hangar si bien que nous n'avons été en contact que sur Facebook.

— Alors, Nora, dis-nous tout ! dit Jennie une fois que le garçon a pris nos commandes. Quel effet cela fait d'être mariée à un Pablo Escobar des temps modernes ? J'entends les rumeurs les plus extravagantes.

Leah s'étrangle en buvant et j'éclate de nouveau de rire. J'avais oublié le talent de Jennie pour dire ce qui choque.

— Eh bien, ai-je dit une fois que j'ai retrouvé mon sérieux, Julian est trafiquant d'armes et non pas de drogues, mais à part ça, c'est très agréable d'être mariée avec lui.

— Oh, je t'en prie ! Très agréable ? Jennie fronce les sourcils de manière excessive. Je veux les détails les plus sordides. Est-ce qu'il dort avec une mitraillette sous l'oreiller ? Mange des petits chiens au petit déjeuner ? Écoute, ce type t'a enlevée, pour l'amour du ciel ! Alors, raconte…

— Jennie ! Leah l'interrompt sèchement. Elle n'a pas l'air amusé du tout. Je ne pense pas que ce soit un sujet de plaisanterie.

— Ce n'est pas grave, ai-je dit pour la rassurer. Je t'assure, Leah, ça va. Julian et moi *sommes* mariés maintenant et nous sommes heureux ensemble. Vraiment heureux.

— Heureux ? Leah me regarde comme si j'avais deux têtes. Nora, tu sais de quoi il est capable, ce qu'il a fait. Comment peux-tu être heureuse avec un tel homme ?

Je la regarde à mon tour, ne sachant que répondre. Je voudrais lui dire que Julian n'est pas si méchant que ça, mais les mots ne sortent pas. Si, Julian *est* méchant. En fait, il est sans doute pire que ne le croit Leah. Elle ignore la destruction de masse d'Al-Quadar de ces derniers mois ainsi que le fait que Julian a tué depuis l'enfance.

Et bien sûr, elle ignore aussi que moi aussi *j'ai tué.* Si elle le savait, elle penserait sans doute que Julian et moi nous méritons d'être ensemble.

À mon soulagement, Jennie vient à ma rescousse.

— Arrête de jouer les trouble-fêtes, dit-elle à Leah en lui donnant une bourrade. Si elle est heureuse avec lui, ça vaut mieux que d'être malheureuse, non ?

Leah qui est pâle d'habitude se met à rougir.

— Bien sûr ! Désolée, Nora. Elle esquisse un sourire. C'est sans doute que j'ai du mal à comprendre tout ça. Te voilà enfin de retour aux États-Unis et tu as l'intention de retourner en Colombie avec lui.

— C'est ce qui arrive quand on se marie, dit Jennie avant que je ne puisse répondre. On vit ensemble. Comme Jake et toi. C'est parfaitement normal que Nora retourne là-bas avec son mari…

— Jake et toi vous vivez ensemble ? Je lui ai coupé la parole, et je regarde Leah avec stupéfaction. Depuis quand ?

— Depuis quinze jours, dit gaiement Jennie. Leah ne te l'avait pas dit ?

— J'allais te le dire aujourd'hui, me dit Leah. Elle semble mal à l'aise. Je voulais te le dire de vive voix.

— Pourquoi ? Ils ne sont sortis qu'une seule fois ensemble, dit Jennie d'un air raisonnable. Ce n'est pas comme si Jake avait été son petit ami.

— Jennie a raison, ai-je dit. Leah, je suis vraiment contente pour vous deux. Et tu ne devrais pas avoir peur de me dire ce genre de choses. Je t'assure que ça m'est égal. Je lui adresse un grand sourire avant de lui demander : louez-vous un appartement à l'extérieur du campus ?

— Oui, dit Leah qui semble soulagée de ma question. Nous avions tous les deux des problèmes de colocation, alors nous avons décidé que c'était la meilleure solution.

— C'est logique, dit Jennie, et nous passons quelques minutes à parler des avantages et des inconvénients de vivre avec son petit ami plutôt qu'en colocation.

— Et toi, Jennie ? ai-je demandé une fois que le garçon nous a apporté les entrées. Y a-t-il un petit ami à l'horizon ?

— Hélas non ! Jennie fait une grimace de dégoût. Il y a à peine une douzaine de garçons présentables à Grinnell, et ils sont tous pris. Toutes les deux, vous auriez dû me faire entendre raison quand j'ai décidé d'aller en faculté dans ce trou ! Sérieusement, c'est pire que le lycée !

— Non ! J'écarquille les yeux en feignant d'être horrifiée. Pire que le lycée ?

— Rien n'est pire que le lycée, dit Leah, et elles commencent toutes les deux à comparer le choix de garçons disponibles dans un lycée de banlieue et dans une minuscule faculté de lettres.

Au fil du repas, nous parlons de tout sauf de ma relation avec Julian. Leah nous parle d'un stage qu'elle a fait dans un cabinet d'avocats de Chicago et Jennie nous fait part d'anecdotes amusantes sur ses dernières vacances au Curaçao.

— Il y avait une raffinerie de pétrole juste à côté de l'hôtel, c'était atroce, se plaint-elle, et Leah et moi sommes d'accord, même une piscine d'eau de mer à débordement (l'un des atouts de l'hôtel de Jennie) ne peut compenser quelque chose d'aussi atroce qu'une raffinerie de pétrole dans une station balnéaire.

Finalement, la conversation arrive sur ma vie dans le domaine et je leur parle de mes cours en ligne à Stanford, des leçons que je prends avec Monsieur Bernard et de mon amitié croissante avec Rosa.

— J'aurais voulu qu'elle se joigne à nous aujourd'hui, mais elle n'a pas pu, ai-je expliqué en me sentant légèrement coupable. Mes parents viennent dîner chez nous et Julian a demandé à Rosa d'aider pour le dîner. En le disant, je me rends compte à quel point je donne l'impression d'être gâtée, et l'envie qui se lit sur le visage de Jennie et de Leah montre qu'elles le pensent aussi.

— Eh bien ! dit Jennie en secouant la tête. Pas étonnant que tu sois heureuse avec ce type. Il te traite comme une vraie princesse. Si quelqu'un m'offrait Stanford, des serviteurs, et un immense domaine, ça me serait aussi égal d'avoir été kidnappée.

— Jennie ! Leah la regarde d'un air consterné. Tu ne le penses pas vraiment.

— Non, sans doute pas, concède Jennie en souriant. Mais Nora, il faut l'admettre, toute cette histoire est super.

Je hausse les épaules en souriant. " Super " est une façon de parler. On pourrait aussi dire tordu et compliqué, mais je me satisfais de la description de Jenny pour le moment.

— Attends, tu as dit que tes parents venaient pour le dîner ? demande Leah, comme si elle venait seulement de se rendre compte de cette partie de ma réponse. C'est-à-dire qu'ils vont dîner avec vous deux ?

— Oui, ai-je dit en savourant l'expression du visage de mes deux amies. Nous avons dîné chez mes parents hier soir et donc ce soir ils viennent chez nous. Et tandis que Leah et Jennie continuent à me fixer avec stupéfaction, j'explique que Julian a acheté une maison à Palos Park afin que nous soyons en sécurité pendant nos visites ici.

— Ma belle, je dois le dire, tu vis dans un monde entièrement différent maintenant, dit Jennie en secouant la tête. Une île privée, un domaine en Colombie, et maintenant ça…

— Rien de tout ça ne compense le fait que ce soit un psychopathe, dit Leah en regardant sévèrement Jennie avant de se tourner vers moi. Nora, comment réagissent tes parents ?

— Ils… ils font ce qu'ils peuvent. Je ne sais pas comment décrire autrement le consentement et l'attitude circonspecte de mes parents. Évidemment, ce n'est pas facile pour eux.

— Ouais, j'imagine, dit Leah. Tes parents sont courageux. Les miens seraient devenus dingues.

— Je ne crois pas que ça aurait amélioré les choses de devenir dingue, dit judicieusement Leah. Je suis sûre que les parents de Nora sont surtout contents qu'elle soit là.

Au moment où j'allais répondre, Jennie et Leah lèvent la tête et restent bouche bée en voyant quelqu'un derrière moi. Instinctivement, je me retourne, le cœur battant, et je croise le regard bleu de mon ancien ravisseur.

Il est debout derrière moi, la main posée avec désinvolture sur le dos de ma chaise, un sourire dangereusement séduisant aux lèvres.

— Puis-je me joindre à vous, mesdames ? demande-t-il l'air amusé.

— Julian ! Je sursaute de surprise et je suis dans tous mes états. Qu'est-ce que tu fais là ?

— Mon rendez-vous s'est terminé plus tôt que prévu, alors j'ai décidé de passer pour voir si tu étais prête à rentrer à la maison, dit-il. Mais je vois que vous n'avez pas encore fini.

— Hum, non. Nous allions juste commander le dessert. Je jette un coup d'œil incertain à Leah et à Jennie et je vois qu'elles ne quittent pas Julian des yeux. Leah a l'air d'être sur le point de décamper, Jennie semble à la fois fascinée et terrifiée.

Merde ! Et voilà ce qui arrive quand je crois pouvoir déjeuner normalement avec mes amies. En me retournant vers Julian, je lui dis à regret :

— Tu sais je pourrais venir si…

— Non, non, joignez-vous à nous si vous en avez le temps, intervient Jennie qui s'est visiblement remise de ses émotions. On sert un délicieux cheese-cake ici.

— Alors dans ce cas il faut que je reste, dit aimablement Julian en s'asseyant à côté de moi. Je ne voudrais pas priver Nora d'un tel plaisir. Il me sourit. Au fait bébé, tes cheveux sont très beaux. Tu avais raison de vouloir les faire effiler.

— Oh ! En me souvenant de ma petite rébellion, je me touche les cheveux là où les mèches sont plus courtes. L'approbation de Julian est à la fois une déception et un soulagement. Merci.

— Ça lui va bien, dit Leah d'une voix enrouée, et je constate qu'elle commence à retrouver son calme. En s'éclaircissant la gorge, elle précise inutilement : je voulais parler de sa nouvelle coupe.

Julian sourit de plus belle.

— Oui, elle est ravissante n'est-ce pas ?

— Oui, ravissante, répète Jennie, sauf que c'est Julian qu'elle regarde et non pas moi. Elle semble sous le charme et je la comprends. Maintenant que les cicatrices de son visage ont pratiquement disparu et avec sa prothèse oculaire que l'on ne peut distinguer de son œil véritable, Julian est aussi beau que jamais, d'une beauté virile, ténébreuse et saisissante.

Reprenant enfin mes esprits je dis :

— Pardon, j'ai oublié de faire les présentations. Julian, voici mes amies Leah et Jennie. Leah, Jennie, voici Julian, mon mari.

— Je suis heureux de faire votre connaissance, dit Julian avec son charme naturel. Nora m'a beaucoup parlé de vous.

— Ah bon ? Leah fronce des sourcils. Contrairement à Jennie, elle ne semble pas éblouie par l'apparence physique de Julian. Qu'est-ce qu'elle vous a dit par exemple ?

— Par exemple le fait que toutes les deux vous êtes amies depuis l'école primaire, dit Julian. Ou que c'était vous, Jennie, la cavalière de Nora au bal des sophomores.

Je cligne des yeux de surprise. J'en ai parlé un jour à Julian, mais je ne m'attendais pas à ce qu'il se souvienne d'un tel détail.

— Oh la la ! souffle Jennie qui n'a pas quitté Julian des yeux. J'ai du mal à croire qu'elle vous a raconté tout ça.

Leah serre les lèvres et fait un signe au garçon.

— Une part de cheese-cake, s'il vous plaît, et puis la note, demande-t-elle quand il vient vers notre table. Ils servent des parts énormes, explique-t-elle bien que personne n'ait fait d'objection. Nous pourrons partager.

— Ça me convient très bien, ai-je dit. Je suis étonnée que Leah accepte de prendre le dessert avec nous. Si elle était partie immédiatement, je n'aurais pas pu lui en vouloir. Je sais qu'elle est au courant de ce qui est arrivé à Jake et le fait qu'elle fasse l'effort de se montrer polie avec Julian en dit long sur le prix qu'elle accorde à notre amitié.

— Alors, dites-moi, demande Julian une fois que le garçon est parti, comment s'est passé votre déjeuner ? Est-ce que Nora vous a déjà annoncé la grande nouvelle ?

Je me fige, horrifiée qu'il révèle ainsi mon secret. Je n'avais l'intention de parler du bébé à mes amies que bien plus tard, quand ce serait inévitable. Pas aujourd'hui, quand je peux encore faire semblant de me comporter comme une étudiante insouciante.

— Quelle grande nouvelle ? demande impatiemment Jennie en se penchant en avant. La curiosité lui fait ouvrir de grands yeux. Nora ne nous a rien dit.

— Elle ne vous a pas parlé du propriétaire de la galerie d'art de Paris ? Julian me jette un coup d'œil de côté. Celui qui a proposé d'acheter ses tableaux ?

— Quoi ? s'exclame Leah. Quand est-ce arrivé, Nora ?

— Hum, seulement hier, ai-je marmonné. Mon soulagement fait disparaître la nausée qui arrivait. Julian m'en a parlé, mais je n'ai pas encore vu cette offre.

— Toutes mes félicitations ! Jennie me fait un grand sourire. Alors tu vas devenir une artiste célèbre, hein ?

— Je ne sais pas si je serai célèbre… ai-je commencé à dire, mais Julian me coupe la parole.

— Si, dit-il fermement. Le propriétaire de la galerie offre dix mille euros pour chacun des cinq tableaux. Et tandis que mes amies s'exclament, il explique que le propriétaire de la galerie est un collectionneur réputé et que mes toiles acquièrent déjà de la notoriété à Paris grâce aux relations de Monsieur Bernard.

C'est sur ces entrefaites qu'arrive notre cheese-cake. Leah a eu raison de ne demander qu'une seule part, elle est énorme. Le garçon apporte quatre assiettes à dessert et nous partageons le gâteau tandis que Julian répond aux questions de Jennie sur le monde de l'art à Paris et en France en général.

— Oh la la Nora, tu vas vraiment avoir une vie passionnante, dit Jennie en tendant la main vers l'addition que le garçon a apportée. Tu nous préviendras quand tu auras ta première exposition, d'accord ?

— Je m'en occupe, dit Julian qui a pris la note avant que Jennie ne la saisisse. Et avant que mes amies ne puissent protester, il donne deux billets de cent dollars au garçon en lui disant : gardez la monnaie.

— Oh merci, dit Jennie alors que le garçon ravi s'éloigne. Mais vous n'auriez pas dû, car vous n'avez pris qu'une bouchée de cheese-cake, vous n'avez rien mangé d'autre.

— Je vous en prie, laissez-nous payer notre part, dit Leah d'un air contraint en prenant son portefeuille, mais Julian fait un geste de la main.

— Ne vous inquiétez pas s'il vous plaît. C'est la moindre des choses que je puisse faire pour les amies de Nora. Puis il se lève et me tend la main. Tu es prête, bébé ?

— Oui, ai-je répondu en mettant ma main dans la sienne. Mes quelques heures de liberté sont terminées, mais d'une certaine façon, peu importe. C'était une belle journée, mais c'est réconfortant de me retrouver sous la coupe de Julian.

De retourner à ma place.

CHAPITRE VINGT

❖ JULIAN ❖

— Pourquoi es-tu venu me chercher ? demande Nora quand nous montons en voiture après avoir dit au revoir à ses amies. Tu avais peur que je prenne la fuite ?

— Si tu avais essayé, tu ne serais pas allée bien loin. En me retournant vers elle, je passe la main dans ses cheveux. Ils sont un peu plus courts devant, mais tout de même longs et encore plus soyeux que d'habitude.

— Je n'allais pas m'enfuir. Nora fronce les sourcils. Je ne veux pas te quitter. Plus maintenant.

— Je le sais, mon chat. Je m'oblige à ne plus lui toucher les cheveux avant que ça devienne un tic. Sinon je ne t'aurais pas amenée aux États-Unis.

— Alors, pourquoi être venu me chercher ? De toute façon, je serais rentrée à la maison une heure plus tard.

Je hausse les épaules, je n'ai pas envie d'admettre comme elle m'a manqué. Mon addiction est devenue incontrôlable. Quoi que je fasse, je ne pense qu'à elle. Désormais et aussi ridicule que cela puisse paraître, même passer quelques heures loin d'elle est intolérable.

— Entendu. En tout cas, je suis contente que Leah n'ait pas complètement pété un plomb, dit Nora alors que je garde le silence.

Quand tu es arrivé, j'ai cru qu'elle allait fuir ou appeler la police. Elle baisse les yeux puis les relève. Si tu n'avais pas annoncé cette grande nouvelle, la situation aurait été très délicate.

— Vraiment ? ai-je dit d'une voix caressante. Alors j'aurais peut-être dû leur annoncer la *véritable* grande nouvelle. C'était mon intention initiale, leur demander si Nora leur avait déjà parlé du bébé, mais l'expression horrifiée de son visage avait donné la réponse avant que ses amies puissent dire quoi que ce soit.

Nora tend la main pour prendre la mienne, ses doigts fins entourent ma paume.

— Je suis contente que tu ne l'aies pas fait. Elle me serre légèrement la main. Merci d'avoir compris.

— Pourquoi ne pas leur en avoir parlé ? ai-je demandé en plaçant mon autre paume sur sa petite main. Ce sont tes amies, je pensais que tu partageais de tels évènements avec elles.

— Je vais leur dire. Elle semble gênée. Mais pas tout de suite.

— Tu as peur qu'elles te jugent ? Je fronce les sourcils en essayant de comprendre. Nous sommes mariés. C'est parfaitement normal. Tu le sais, non ?

— Mais elles *vont* me juger, Julian. Elle fait la grimace. Je vais être mère à vingt ans. Les filles de mon âge ne se marient pas, elles n'ont pas d'enfants. En tout cas, c'est le cas pour la plupart de celles que je connais.

— Je vois. Je l'examine pensivement. Alors qu'est-ce qu'elles font ? Elles font la fête ? Elles vont en boîte ? Elles ont un petit ami ?

Elle baisse les yeux.

— Je suis sûre que tu penses que c'est idiot.

Oui et non. Quelquefois, je suis encore déconcerté qu'elle soit aussi jeune. À quel point son expérience de la vie est limitée. Je ne peux pas me souvenir d'avoir été aussi jeune. À vingt ans, j'étais déjà à la tête de l'organisation de mon père, j'avais presque vu le monde entier et fait des choses qui feraient trembler les criminels les plus endurcis. J'étais passé à côté de la jeunesse, et j'oublie sans cesse que Nora a gardé une partie de la sienne.

— C'est ce dont tu as envie ? ai-je demandé quand elle relève de nouveau les yeux vers moi. Sortir ? T'amuser ?

— Non… c'est-à-dire… ça serait agréable, mais je sais que ça n'est pas possible. Elle respire profondément et sa main remue dans la mienne. Tout va bien, Julian, je t'assure. Je leur dirai bientôt. Mais je ne voulais pas que ça monopolise notre déjeuner d'aujourd'hui.

— Entendu. Je lui lâche la main, mets le bras sur son épaule et l'attire vers moi. Tu feras comme tu l'entends, mon chat.

* * *

À ma grande satisfaction, le second repas avec les parents de Nora se passe sans encombre. Nora leur fait visiter la maison tandis que je rattrape un peu de travail en retard et quand je les rejoins pour dîner les Leston semblent beaucoup moins tendus qu'avant.

— Oh, mon dieu, regardez cette table ! dit Gabriela quand nous nous asseyons. Rosa, est-ce vous qui avez tout préparé ?

Rosa hoche la tête en souriant fièrement.

— Oui ! J'espère que ça va vous plaire.

— Je suis sûre que oui. La table est jonchée de plats qui vont d'une salade d'asperges au plat traditionnel Colombien, *Arroz on Pollo*. Merci, Rosa.

— Je n'ai plus très faim après ce cheese-cake, dit Nora en souriant, mais je vais essayer de rendre justice à ce repas. Tout semble délicieux.

Tandis que nous commençons à manger, la conversation porte sur la journée que Nora a passée avec ses amies et sur les nouvelles du quartier. Visiblement, l'un des voisins des Leston qui a divorcé commence à sortir avec une femme qui a dix ans de plus que lui et son petit chihuahua s'est bagarré avec le chat persan d'un autre voisin.

— C'est incroyable, dit Tony Leston en gloussant, ce chat fait au moins cinq kilos de plus que le chien. Nora et Rosa se mettent à rire tandis que j'observe les Leston d'un air perplexe. Pour la première fois, je comprends pourquoi Nora avait tant envie de venir les voir et ce qu'elle voulait dire en m'expliquant qu'elle avait besoin de respirer loin du domaine. La vie que mènent les parents de Nora, la vie qu'elle menait avant de me rencontrer est si différente de la mienne que je pourrais me trouver sur une autre planète.

Une planète peuplée de gens dans une ignorance totale des réalités de ce monde.

— Qu'est-ce que tu fais samedi ma chérie ? demande Gabriela en souriant affectueusement à sa fille. As-tu déjà des projets ?

Nora semble perplexe.

— Samedi ? Non, pas encore. Et puis elle ouvre grands les yeux. Oh, samedi ! Tu veux dire pour mon anniversaire.

Je réprime mon agacement. J'avais de nouveau envie de faire une surprise à Nora, en espérant que ça se passerait mieux cette fois-ci. Tant pis, c'est trop tard. En m'adossant à la chaise, je dis :

— Nous avons prévu quelque chose pour le soir, mais pas dans la journée.

— Parfait ! La mère de Nora fait un grand sourire à sa fille. Alors pourquoi ne viens-tu pas déjeuner ? Je préparerai tous tes plats préférés.

Nora me jette un coup d'œil et je lui fais un petit signe.

— Oui, ça nous fera plaisir, maman, dit-elle.

En entendant ce " nous " le sourire de Gabriela perd un peu de sa gaieté si bien que je me penche en avant et dit à Nora :

— J'ai du travail, bébé, j'en ai bien peur. Pourquoi ne pas aller toute seule chez tes parents ?

— Oh, bien sûr. Nora cligne des yeux. Entendu !

Tony et Gabriela semblent ravis et je me remets à manger sans écouter le reste de la conversation. J'ai beau détester l'idée d'être loin de Nora, je veux qu'elle se détende avec ses parents, ce qu'elle ne peut faire que si je ne suis pas là.

Je veux à tout prix que ma chérie soit heureuse le jour de son anniversaire.

* * *

Après le départ des Leston, Nora va prendre une douche et je consulte mes messages sur mon téléphone.

J'ai la surprise de trouver un mail de Lucas. Une seule ligne :

Yulia Tzakova s'est enfuie.

En soupirant, je repose le téléphone. Je sais que je devrais être furieux, mais pour une raison ou pour une autre je ne suis que légèrement agacé.

651

La Russe n'ira pas loin ; dès notre retour, Lucas partira à sa recherche et la retrouvera. Mais pour le moment, j'imagine sa rage, une rage qui transparaît dans la brièveté de son mail, et je me mets à rire.

Si l'accident d'avion ne m'avait pas coûté autant d'hommes, j'aurais presque pitié de cette fille.

CHAPITRE VINGT-ET-UN

❖ NORA ❖

— *Œil pour œil.*

Les yeux de Majid brûlent de haine, il s'avance sur moi en enjambant le corps déchiqueté de Beth. Il a du sang jusqu'aux chevilles, du sang qui gicle autour de ses pieds et y laisse une trace maléfique.

— Une vie pour une vie.

— Non ! La peur me fait trembler, me secoue tout entière et me donne mal au cœur. Pas ça ! Je vous en prie, pas ça !

Mais il est trop tard. Il est déjà près de moi et appuie son couteau sur mon ventre. Avec un sourire cruel, il regarde derrière lui et dit :

— La tête fera un joli petit trophée. Après l'avoir un peu découpée, bien sûr...

— Julian !

Mon cri résonne dans la pièce, je saute du lit, glacée et tremblante de terreur.

— Bébé, ça va ? Dans l'obscurité, des bras m'étreignent avec force et me serrent chaleureusement. Chut... me réconforte Julian tandis que je commence à sangloter en m'agrippant à lui de toutes mes forces. Tu as fait un autre cauchemar ?

Je réussis à lui faire un petit signe.

— Quelle sorte de cauchemar, mon chat ? Toujours avec Beth et moi ?

J'enfouis le visage dans son cou.

— Plus ou moins, ai-je murmuré quand je parviens à parler. Sauf que c'est moi que Majid menaçait cette fois. J'avale la bile qui me monte à la gorge. Il menaçait le bébé dans mon ventre.

Je sens se contracter les muscles de Julian.

— Mais Majid est mort, Nora. Il ne peut plus te faire de mal.

— Je sais. Je n'arrive pas à cesser de pleurer. Crois-moi, je sais.

L'une des mains de Julian descend sur mon ventre pour réchauffer ma peau glacée.

— Tout ira bien, murmure-t-il en me berçant doucement d'avant en arrière, tout ira bien.

Je continue à me serrer à lui pour essayer de calmer mes sanglots. J'ai tellement envie de le croire. Je voudrais que les dernières semaines que nous avons passées ensemble soient la norme et non l'exception dans notre vie.

Je change de position tout en restant sur les genoux de Julian, je sens quelque chose de dur qui s'appuie sur ma hanche, et sans que je sache pourquoi ça apaise ma peur. S'il y a une chose dont je peux être certaine, c'est du désir éperdu et brûlant que nos deux corps ont l'un pour l'autre. Et tout à coup, je sais exactement de quoi j'ai besoin.

— Fais-moi oublier, ai-je murmuré en lui embrassant le cou. S'il te plaît, fais-moi oublier.

La respiration de Julian change, son corps se contracte différemment.

— Avec plaisir, murmure-t-il en se retournant pour me poser sur le lit.

Et quand il plonge en moi, j'enroule mes jambes autour de ses hanches pour laisser la force de ses assauts déloger le cauchemar de mon esprit.

* * *

Je me réveille tard vendredi matin, des grains de sable dans les yeux pour avoir pleuré au milieu de la nuit. En m'extirpant du lit, je me lève, je lave mes dents et je prends une longue douche bien chaude. Maintenant que je me sens infiniment mieux, je retourne m'habiller dans la chambre.

— Comment ça va, mon chat ? Julian entre juste au moment où je mets mon short devant la glace. Il est déjà habillé, avec sa longue silhouette musclée son jean sombre et son tee-shirt donne l'impression qu'il sort d'un magazine de mode.

— Bien ! Je me retourne et lui sourit docilement. Je ne sais pas pourquoi j'ai fait ce cauchemar la nuit dernière. Je ne l'avais pas eu depuis plusieurs semaines.

— Entendu. Julian s'appuie au mur, croise les bras et me regarde d'un air pénétrant. Il s'est passé quelque chose hier ? Quelque chose qui aurait pu provoquer une rechute ?

— Non, me suis-je empressée de dire. Je ne veux surtout pas que Julian puisse penser que je ne peux rester seule quelques heures. C'était génial hier. Je crois que c'est comme ça. J'ai peut-être trop mangé au dîner.

— OK. Julian me fixe du regard. D'accord.

Il ne dit rien, mais je sais que je ne suis pas parvenue à le rassurer tout à fait. Tout au long du petit déjeuner, il ne me quitte pas du regard, il est évident qu'il guette les signes annonciateurs d'une crise de panique. Je fais de mon mieux pour me comporter normalement, le bavardage de Rosa m'y aide beaucoup, et quand nous avons fini de manger je propose que nous allions nous promener dans un parc.

— Quel parc ? dit Julian en fronçant des sourcils.

— N'importe lequel, ai-je dit. Celui où tu penseras que nous sommes le plus en sécurité. J'ai juste envie de sortir, de prendre l'air.

Julian semble pensif pendant quelques instants ; puis il pianote sur son téléphone.

— Entendu, dit-il. Mes hommes ont besoin d'une demi-heure pour se préparer et on y va.

— Tu viendras avec nous, Rosa ? ai-je demandé pour ne pas la laisser encore toute seule, mais je suis surprise de la voir faire non de la tête.

— Non, je vais en ville, explique-t-elle. Le Señor Esguerra (elle jette un coup d'œil à Julian) dit qu'il est d'accord du moment qu'un gardien vient avec moi. Je n'ai pas besoin de la même sécurité que vous deux, alors j'ai pensé passer la journée à visiter Chicago. Elle s'arrête et me regarde d'un air inquiet. Mais ça ne te dérange pas ? Parce que sinon…

— Bien sûr que non, vas-y ! Chicago est une ville magnifique. Tu vas bien t'amuser. Et je lui adresse un grand sourire en essayant de ne pas être jalouse. Je veux que Rosa soit libre de ses mouvements ; il n'y a pas de raison qu'elle soit cantonnée en banlieue.

Il n'y a pas de raison qu'elle soit confinée ici comme moi.

* * *

En moins d'une demi-heure, la voiture nous amène au parc. En arrivant, je comprends où nous sommes et j'ai le ventre noué.

Je connais bien ce parc.

C'est celui où je me promenais avec Jake le soir où Julian m'a enlevée.

Les souvenirs qui affluent sont d'une grande intensité. En un éclair, je retrouve cette impression terrifiante, voir Jake qui a perdu connaissance et qui est étendu par terre et sentir la cruelle piqûre de l'aiguille dans ma peau.

— Ça ne va pas ? Demande Julian, et je m'aperçois que j'ai dû pâlir. Il fronce les sourcils. Nora ?

— Si, ça va. J'essaie de sourire tandis que la voiture s'arrête. Ce n'est rien.

— Si, il y a quelque chose. Il plisse ses yeux bleus. Si tu ne te sens pas bien, nous allons rentrer à la maison.

— Non ! Je me précipite éperdument sur la portière pour l'ouvrir. Tout à coup, l'atmosphère de la voiture me semble lourde, elle est pleine de mauvais souvenirs. Je t'en prie ! J'ai seulement besoin de prendre l'air.

— Entendu ! Julian a visiblement l'air de se rendre compte dans quel état je suis et il fait signe au chauffeur. La fermeture de la porte a un déclic. Vas-y !

Je descends de voiture et dès que je suis dehors l'anxiété qui me serre le cœur se dissipe. En respirant profondément, je me retourne pour voir Julian descendre à son tour, le visage tendu d'inquiétude.

— Pourquoi as-tu choisi ce parc ? ai-je demandé en essayant de prendre une voix neutre. Il en existe beaucoup d'autres à proximité.

Pendant une seconde, il a l'air déconcerté. Quand il comprend, l'inquiétude disparaît de son visage.

— Parce que je l'avais déjà passé au peigne fin, dit-il en se dirigeant vers moi. Il me prend l'avant-bras en baissant le regard sur moi. C'est ça qui t'ennuie, mon chat ? L'endroit que j'ai choisi ?

— Oui, d'une certaine manière. Je respire encore profondément. Il me rappelle certains… souvenirs.

— Ah, bien sûr. Un certain amusement se lit dans le regard de Julian. Effectivement, j'aurais dû en tenir compte. C'est seulement que c'était le parc où il était le plus facile d'assurer notre sécurité parce que j'en avais déjà établi tous les paramètres.

— Quand tu m'as enlevée. Je le fixe des yeux. Parfois, son absence de remords me surprend encore. Tu l'avais déjà passé au peigne fin il y a deux ans quand tu m'as enlevée.

Un sourire se dessine sur ses belles lèvres, il lâche mon bras et recule d'un pas.

— Alors, est-ce que tu te sens mieux ou est-ce que nous devrions rentrer ?

— Non, allons-nous promener, ai-je dit, décidée à profiter de cette journée. Tout va bien maintenant.

Julian me prend la main, entrelace ses doigts avec les miens et nous entrons dans le parc. À mon grand soulagement, de jour tout y est différent de cette soirée fatale et bien vite les mauvais souvenirs s'éloignent pour se réfugier dans la partie interdite et cadenassée de mon cerveau.

C'est là que je veux qu'ils demeurent, je me concentre donc sur la brillante lumière du soleil et la brise tiède du printemps.

— J'adore ce temps, ai-je dit à Julian en passant devant un terrain de jeu. Je suis contente que nous soyons sortis.

Il sourit et porte ma main à ses lèvres pour l'effleurer d'un baiser.

— Moi aussi, bébé, moi aussi.

En marchant, je m'aperçois qu'il y a plus de monde que d'habitude pour un vendredi. Il y a des couples plus âgés, des mères de famille et des nounous avec des enfants et un bon nombre de gens de mon âge. Cela doit être des étudiants qui sont revenus chez eux pour le long week-end. Et çà et là je distingue aussi quelques hommes à l'allure martiale qui font de leur mieux pour rester discrets.

Ce sont les hommes de Julian. Ils sont là pour me protéger, mais leur présence est aussi un cuisant souvenir du fait que je suis encore prisonnière.

— Comment avais-tu réussi à me retrouver ? ai-je demandé après nous être assis sur un banc. Je sais que je devrais arrêter de m'attarder sur le passé, mais je n'arrête pas de penser à ce moment-là. Je veux dire, après notre première rencontre dans la boîte de nuit ?

Julian se retourne pour me regarder, l'expression de son visage est impénétrable.

— J'avais envoyé un gardien pour te suivre jusque chez toi.

— Oh ! Si simple et pourtant parfaitement diabolique. Tu savais déjà que tu voulais m'enlever ?

— Non. Il prend mes deux mains dans la sienne. Je n'étais pas encore parvenu à cette décision. Je me suis dit que je voulais seulement savoir qui tu étais, pour être certain que tu rentres sans encombre à la maison.

Je le fixe, à la fois fascinée et troublée.

— Et quand as-tu décidé de m'enlever ?

Ses yeux bleus se mettent à briller.

— Plus tard. Je ne pouvais m'empêcher de penser à toi. Je suis allé à la fête de ton lycée parce que je me disais qu'il n'était pas possible que tu correspondes à mon souvenir ni aux photos que j'avais demandé aux gardiens de prendre. Je me disais que si je te revoyais pour de bon, mon obsession disparaîtrait… mais évidemment ce ne fut pas le cas. Ses lèvres ont une grimace ironique. C'est devenu pire. Et ça continue à empirer.

J'avale ma salive, incapable de détacher les yeux de l'intensité de son regard.

— Est-ce qu'il t'est arrivé de le regretter ? De me prendre comme tu l'as fait ?

— Regretter que tu sois à moi ? Il hausse les sourcils. Non, mon chat. Pourquoi le regretterais-je ?

Oui, pourquoi ? Je me demande à quelle autre réponse je pouvais m'attendre. Qu'il est tombé amoureux de moi et que maintenant il regrette de m'avoir fait souffrir ? Que désormais je compte tellement pour lui qu'il condamne ses propres actions ?

— Pour rien, ai-je dit à voix basse, en retirant ma main des siennes. Je me demandais juste, c'est tout.

L'expression de son visage s'adoucit légèrement.

— Nora…

Je me penche en avant, mais avant qu'il ne puisse poursuivre nous sommes interrompus par l'éclat de rire d'un enfant. Une toute petite fille blonde avec des couettes s'avance en se dandinant vers nous en serrant un gros ballon vert entre ses mains potelées.

— Attrape ! crie-t-elle en lançant le ballon à Julian et je suis stupéfaite de le voir tendre la main sur le côté pour attraper le ballon qu'elle a maladroitement lancé.

La petite fille rit de joie et se rapproche encore plus vite de nous en courant à toutes jambes. Avant que je ne puisse dire quoi que ce soit, elle est déjà près de notre banc et attrape Julian par la jambe avec la même insouciance que si c'était un arbre.

— Salut ! dit-elle, en adressant à un Julian un sourire qui fait apparaître ses fossettes. Tu peux me rendre mon ballon ? Elle prononce chaque mot avec une clarté dont un enfant plus grand serait fier. Je veux encore jouer.

— Voilà, dit Julian avec un sourire et il lui rend le ballon. Bien sûr que tu peux avoir ton ballon.

— Lisette ! Une femme blonde à l'air tourmenté arrive en courant, elle est toute rouge. Te voilà ! Laisse ces gens tranquilles. Elle attrape l'enfant par le bras et nous regarde d'un air ennuyé. Je suis désolée. Elle s'est échappée avant que je puisse…

— Aucun problème, lui ai-je dit en souriant pour la rassurer. Elle est adorable. Quel âge a-t-elle ?

— Tantôt deux ans et demi tantôt vingt ans, dit la femme avec beaucoup de fierté. Je ne sais pas d'où ça vient, ni son père ni moi n'avons fait d'études.

— Je sais lire ! annonce Lisette en fixant Julian des yeux. Et toi ?

Julian se lève et met un genou à terre devant la petite fille.

— Moi aussi, dit-il gravement. Mais ce n'est pas le cas de tout le monde donc tu as vraiment une longueur d'avance.

La petite fille lui fait un grand sourire.

— Et je sais aussi compter jusqu'à cent.

— Vraiment ? Julian penche la tête de côté. Et qu'est-ce que tu sais faire d'autre ?

En s'apercevant que la présence de sa fille ne nous dérange pas, la femme blonde commence à se détendre et lui lâche le bras.

— Elle connaît toutes les paroles de *La Reine des Neiges*, dit-elle en lissant les cheveux de l'enfant. Et elle sait les chanter en regardant le film.

— C'est vrai ? demande Julian en feignant le plus grand sérieux, et elle acquiesce avec enthousiasme avant de chanter d'une voix suraigüe.

En souriant, je m'attends à ce que Julian l'interrompe d'un instant à l'autre, mais il n'en fait rien. Au contraire, il l'écoute attentivement, l'air approbateur sans paraître condescendant. Quand Lisette termine sa chanson, il l'applaudit et lui demande quels sont ses dessins animés de Disney préférés, ce qui pousse la petite fille à lui parler de manière volubile de *Cendrillon* et de *La Petite Sirène*.

— Je suis désolée, s'excuse de nouveau sa mère à mon intention quand Lisette semble vouloir continuer indéfiniment. Je ne sais pas ce qu'il lui prend aujourd'hui. D'habitude, elle ne parle pas comme ça aux gens qu'elle ne connaît pas.

— Je vous en prie, dit Julian en se relevant avec souplesse quand Lisette s'interrompt pour reprendre son souffle. Elle ne nous dérange pas du tout. Vous avez une merveilleuse petite fille.

— Avez-vous des enfants ? demande la mère de Lisette en lui souriant avec la même expression d'adoration que sa fille. Vous vous y prenez tellement bien avec elle.

— Non, dit Julian qui donne un coup d'œil à mon ventre. Pas encore.

— Oh ! s'exclame-t-elle en souriant d'un air ravi. Félicitations ! Vous aurez de très beaux bébés tous les deux, j'en suis sûre.

— Merci, ai-je dit en me sentant rougir. Nous l'attendons avec impatience.

— Eh bien, nous allons vous dire au revoir, dit la mère de Lisette en reprenant le bras de sa fille. Viens, Lisette chérie, dis au revoir au gentil monsieur et à la gentille dame. Ils sont occupés et nous allons déjeuner.

— Au revoir ! La petite fille se met à rire en faisant signe à Julian de sa main restée libre. Bonne journée !

Julian lui fait signe à son tour en souriant puis se tourne vers moi.

— Aller déjeuner ne semble pas une mauvaise idée. Qu'en dis-tu mon chat ? Es-tu prête à rentrer ?

— Oui ! Je me rapproche de lui et lui prends le bras. J'ai le cœur étrangement serré. Rentrons !

Dans la voiture qui nous ramène à la maison, pour la première fois de ma vie, je m'autorise cette petite rêverie : j'imagine que Julian et moi formons une famille normale. En fermant les yeux, je vois mon ancien ravisseur comme il était dans le parc tout à l'heure, un bel homme sombre et inquiétant agenouillé à côté d'une petite fille très en avance pour son âge.

Agenouillé à côté de *notre* enfant.

Un enfant que pendant que dure cette rêverie je désire de toutes mes forces.

CHAPITRE VINGT-DEUX

❖ JULIAN ❖

Le samedi matin, je me lève de bonne heure et je descends à la cuisine. Rosa y est déjà et après avoir vérifié qu'elle domine bien la situation je remonte vers Nora.

Elle dort encore quand j'entre dans la chambre. En m'approchant du lit, j'enlève doucement la couverture pour la découvrir en faisant de mon mieux pour ne pas la réveiller. Elle marmonne quelque chose et se tourne sur le dos, mais n'ouvre pas les yeux. Elle est incroyablement sexy, allongée nue comme ça et j'essaie de ne pas prêter attention à mon érection en prenant le flacon d'huile de massage tiède que j'ai ramené de la cuisine et dont je verse quelques gouttes dans ma main.

Je commence par ses pieds, car je sais à quel point ma chérie aime se les faire masser. Dès que je lui touche la plante, ses orteils se recourbent et un gémissement ensommeillé s'échappe de ses lèvres qui me fait bander de plus belle ; mais je résiste à l'envie de venir sur le lit et de m'enfouir à l'étroit dans son corps délicieux.

Ce matin, seul compte son plaisir à elle. Je commence par un pied en m'attardant sur chaque orteil, puis je passe au second avant de remonter sur ses fins mollets et sur ses cuisses. Maintenant, Nora est sur le point de ronronner et je sais qu'elle est réveillée même si ses yeux sont encore fermés.

— Joyeux anniversaire, bébé, ai-je murmuré en me penchant pour faire pénétrer l'huile de massage sur son ventre doux et plat. As-tu bien dormi ?

— Mmm… Elle semble incapable de laisser échapper autre chose que des sons inarticulés. J'arrive à ses seins, et je prends ses tétons raidis entre mes paumes, ils semblent demander que je les prenne dans ma bouche pour les sucer. Incapable de résister à cette tentation, je me penche pour en prendre un dans la bouche et le sucer bien fort. Elle en perd le souffle, se cambre, ouvre grands les yeux, et je passe à l'autre sein tout en dirigeant mes doigts couverts d'huile vers son clitoris pour le caresser.

— Julian, gémit-elle en respirant de plus en plus vite quand j'enfonce deux doigts dans son étroit fourreau brûlant et les y replie. Oh, mon Dieu, Julian ! Elle poursuit avec un petit cri tout en se raidissant, puis je la sens vibrer sous la jouissance.

Quand ses contractions s'apaisent, je retire mes doigts de sa chair gonflée et les laisse remonter sur sa cage thoracique.

— Tourne-toi, bébé, ai-je dit doucement, je n'en ai pas encore terminé avec toi.

Elle obéit et je reprends de nouveau de l'huile. J'en verse abondamment dans ma main pour lui masser le cou, les bras et le dos, et les gémissements de plaisir qu'elle continue de pousser me ravissent. En arrivant aux rondeurs bien fermes de son derrière moi aussi, j'ai du mal à respirer et ma verge est comme une lance de fer dans mon pantalon. Je monte sur le lit, enjambe ses cuisses et je me penche en avant en lui couvrant de tout le corps.

— Je veux te baiser, lui ai-je murmuré à l'oreille, sachant bien qu'elle sent la dureté de mon érection contre son derrière. Tu en as envie, bébé ? Tu as envie que je te prenne et que je te fasse encore jouir ?

Elle frissonne sous mon poids.

— Oui, je t'en prie, oui !

Un sombre sourire apparaît sur mes lèvres.

— Je suis à tes ordres ! J'ouvre ma fermeture éclair, je sors ma verge et passe le bras gauche sous ses hanches pour relever son derrière et le placer à un meilleur angle. Si c'était un autre jour, je mettrais de l'huile sur son petit trou plissé et je la prendrais par là en me délectant de ses réticences, mais pas aujourd'hui. Aujourd'hui, je ne veux lui donner que ce dont elle a envie.

En appuyant ma verge sur sa petite ouverture glissante, je commence à la pénétrer.

Une douceur humide m'envahit dès que j'avance plus profondément en elle. Malgré le désir qui me dévore, je vais lentement pour la laisser s'ajuster à la taille de ma verge. Quand je suis tout au fond, elle se met à gémir et à me serrer et je suis sur le point de m'enflammer en la sentant se contracter autour de moi, mes bourses se resserrent contre mon corps.

— Julian… Elle halète de nouveau et gigote sous moi tandis que je commence à pousser lentement en contrôlant mes gestes. Julian, je t'en prie, laisse-moi jouir…

Ses plaintes me rendent fou, avec un grognement sourd je commence à la baiser de plus en plus fort, en martelant sa chair soyeuse si serrée autour de moi. Je l'entends crier, je la sens me serrer de plus en plus fort et quand elle est reprise de contractions, j'explose avec un grognement rauque et ma semence jaillit dans son sexe agité de spasmes.

Ensuite, je m'allonge à côté d'elle et je la prends dans mes bras.

— Joyeux vingtième anniversaire, bébé, ai-je murmuré dans ses cheveux en désordre, et elle se met doucement à rire avec délice.

* * *

— Oh, Julian, vraiment, il ne fallait pas, proteste Nora quand j'attache le délicat pendentif en diamant autour de son cou. C'est ravissant, mais…

— Mais quoi ? Je recule d'un pas pour admirer dans le miroir la pierre en forme de croissant de lune sur sa peau bronzée.

Elle détourne les yeux du miroir pour me regarder, ses yeux noirs ont une expression sérieuse.

— Tu as déjà rendu ce jour tellement spécial pour moi avec ce massage et les crêpes faites par Rosa pour le petit déjeuner. Tu n'avais pas besoin de m'offrir en plus un cadeau aussi coûteux. D'autant plus que je n'ai jamais rien pu t'offrir pour *ton* anniversaire.

— Mon anniversaire est en novembre, lui ai-je dit avec amusement. En novembre dernier, tu ne savais pas si j'avais survécu à l'explosion, tu ne pouvais donc rien m'offrir. Et l'année d'avant, et bien… Je souris en me souvenant à quel point elle m'en voulait pendant ses premiers mois sur l'île.

— C'est vrai. Nora ne détourne pas les yeux. L'année d'avant, j'avais d'autres préoccupations.

J'éclate de rire.

— J'en suis certain ! De toute façon, ne t'inquiète pas pour ça. Je ne fête jamais mon anniversaire.

— Pourquoi pas ? Elle fronce les sourcils de surprise. Tu n'aimes pas les anniversaires ?

— Pas le mien, non. Mes parents l'oubliaient tous les ans quand j'étais enfant et j'ai appris à l'oublier aussi. De toute façon, ça n'a rien à voir avec ce cadeau. S'il ne te plaît pas, je peux t'offrir autre chose.

— Non ! Nora agrippe le collier sans vouloir le lâcher. Je l'adore.

— Alors il est à toi. Je me dirige vers elle, lui relève le menton et l'embrasse rapidement sur les lèvres avant de reculer de nouveau. Et maintenant, tu devrais te préparer. Tes parents t'attendent pour déjeuner avec toi.

Elle cligne des yeux en me fixant du regard.

— Qu'est-ce qu'on fait ce soir ? Tu leur as dit que nous avions déjà des projets.

— C'est vrai. Je t'emmène dîner en ville, au restaurant. Je marque une pause en la regardant. À moins que tu ne veuilles faire autre chose ? À toi de choisir.

— Vraiment ? Son visage s'éclaire tant elle est excitée. Dans ce cas-là, soyons fous ?

— C'est-à-dire ?

— On pourrait aller en boîte après le dîner ?

Ma première réaction serait de refuser, mais je me retiens.

— Pourquoi ? ai-je demandé à la place.

Elle hausse les épaules, et semble un peu gênée.

— Je ne sais pas. Je pense juste que ça serait super. Je ne suis pas allée en boîte depuis… Elle se tait et se mord la lèvre.

— Depuis que tu m'as rencontré.

Elle hoche la tête et je me souviens de la conversation que nous avons eue après son déjeuner avec ses amies. Il y avait une certaine nostalgie dans la voix de Nora quand elle avait parlé de sortir et de s'amuser, comme un désir pour quelque chose qu'elle ne connaîtrait jamais plus.

— Dans quelle boîte voudrais-tu aller ? ai-je demandé, ayant même du mal à croire que je prends sa demande au sérieux.

Les yeux de Nora se mettent à briller.

— N'importe laquelle, se hâte-t-elle de répondre. Là où nous serons le plus en sécurité. Peu m'importe où nous allons du moment qu'il y a de la musique et qu'on peut danser.

— Alors, la boîte où nous nous sommes rencontrés ? ai-je suggéré malgré moi. Mes hommes la connaissent déjà, ça sera plus facile…

— Oui, parfait, m'interrompt-elle, rayonnante. Est-ce que Rosa pourrait venir avec nous ? Je sais que ça lui ferait très plaisir aussi. Elle doit lire sur mon visage parce qu'elle précise aussitôt : seulement en boîte, pas pour le dîner. Moi aussi je veux dîner en tête-à-tête avec toi.

Je soupire.

— Entendu. Je demanderai à l'un des gardiens de l'amener en voiture pour qu'elle puisse nous rejoindre après le dîner.

Nora pousse un cri de joie et me jette les bras autour du cou.

— Merci ! Oh ! je suis tellement impatiente, ça va être tellement génial !

Et pendant qu'elle va déjeuner avec ses parents, je me concerte avec Lucas pour voir comment on peut sécuriser une boîte de nuit à la mode un vendredi soir à Chicago.

* * *

— Oh ! Julian, c'est extraordinaire, s'exclame Nora quand nous entrons dans le luxueux restaurant français que j'ai choisi pour le dîner. Comment as-tu réussi à avoir une table ? Il paraît qu'il faut attendre des mois… Puis elle s'arrête et se met à rouler des yeux. Mais voyons, qu'est-ce que je raconte ? Évidemment toi tu peux y arriver !

Son enthousiasme me donne le sourire.

— Je suis content que ça te plaise. Espérons que la cuisine y soit aussi bonne que l'ambiance.

Le garçon nous conduit à notre table, une alcôve privée au fond du restaurant.

Au lieu de vin, je demande de l'eau gazeuse pour nous deux ainsi que le menu dégustation après avoir d'abord expliqué les restrictions rendues nécessaires par la grossesse de Nora.

— Très bien, Monsieur, dit le garçon en s'inclinant légèrement, et en un clin d'œil, l'entrée arrive à notre table.

Tout en savourant le risotto aux asperges et les raviolis aux langoustines, Nora me raconte son déjeuner et me dit à quel point ses parents étaient heureux de fêter son anniversaire avec elle.

— Ils m'ont offert un nouvel assortiment de pinceaux, dit-elle en souriant. J'imagine que mon père commence à croire à mon passe-temps.

— C'est une bonne nouvelle, bébé. Il devrait avoir confiance en toi, tu as beaucoup de talent.

— Merci ! Elle m'adresse un sourire radieux et tend la main vers son verre d'eau.

Tout en parlant, je ne peux détacher les yeux d'elle. Elle est rayonnante ce soir, je ne l'ai jamais vue aussi belle. Sa robe bustier bleue est à la fois élégante et sexy, mais bien trop courte pour que je puisse garder ma sérénité. Ce soir quand je l'ai vue descendre l'escalier avec cette robe et ses escarpins argentés j'ai eu toutes les peines du monde à ne pas la ramener dans la chambre pour la baiser pendant trois jours de suite.

De plus elle s'est maquillée de telle façon que ses lèvres sont brillantes et très pulpeuses. Chaque fois qu'elle met sa fourchette dans sa bouche, je l'imagine me suçant et mon pantalon commence à me serrer de manière gênante.

— Tu sais, tu ne m'as jamais raconté ce que tu faisais dans cette boîte le soir où nous nous sommes rencontrés, dit-elle quand nous en sommes au troisième plat. Et d'ailleurs, que faisais-tu à Chicago ? Tu travailles surtout à l'extérieur des États-Unis, non ?

— C'est vrai, ai-je répondu en hochant la tête. Mais je n'étais pas vraiment ici pour mes affaires habituelles. Quelqu'un que je connais m'avait recommandé un analyste de fonds spéculatifs, c'était un entretien d'embauche pour le poste de gestionnaire de portefeuille.

— Ah bon ! Nora ouvre grands les yeux. C'est lui que tu as vu l'autre jour ?

— Oui, et j'en étais content si bien que je l'ai engagé. Ensuite, j'ai décidé de sortir et de visiter un peu la ville et c'est comme ça que je me suis retrouvé dans cette boîte de nuit.

— À cette époque, tu n'étais pas inquiet pour ta sécurité ?

— J'avais quelques hommes avec moi, mais non, à ce moment-là, Al-Quadar n'était pas encore aussi dangereux, et en plus je n'avais pas besoin de m'inquiéter pour toi. Ce n'est qu'une fois que Nora est devenue à moi que je suis devenu paranoïaque. Ma chérie ne sait pas à quel point elle m'a rendu vulnérable, elle ne réalise pas jusqu'où j'irais pour la protéger. Si j'avais été certain que Majid la laisse saine et sauve je lui aurai livré ces explosifs, et tout ce qu'Al-Quadar exigeait de moi.

J'aurais tout fait pour la retrouver.

— Et tu avais l'intention de rencontrer quelqu'un ce soir-là ? demande Nora en buvant une gorgée d'eau. Elle parle avec désinvolture, mais le ton de sa voix est démenti par son regard.

Je souris, sa jalousie apparente me fait plaisir.

— Peut-être bien, ai-je dit pour la taquiner. C'est pour ça que la plupart des hommes vont en boîte, tu sais. Ce n'est pas pour danser, je t'assure.

— Et ça a marché ? Elle se penche en avant, sa petite main serre un peu plus fort sa fourchette. Tu as rencontré quelqu'un après mon départ ?

Je suis tenté de continuer à la taquiner, mais je n'arrive pas à être aussi cruel.

— Non, mon chat. Ce soir-là, je suis retourné seul à ma chambre, incapable de penser à autre chose qu'à cette jolie jeune fille que je venais de rencontrer. Et j'ai aussi rêvé d'elle. De son visage qui ressemblait tant à celui de Maria… De sa peau soyeuse et de ses courbes délicates.

De toutes les choses perverses et interdites que j'avais envie de lui faire.

— Je vois. Nora se détend, un sourire apparaît sur son visage. Et le lendemain ? Tu es de nouveau allé en boîte ?

— Non. Je prends une figue fourrée au crabe. Je n'en voyais pas l'intérêt alors que j'étais tellement obsédé par elle que j'ai passé des heures à regarder les photos que mes gardes avaient prises.

Et alors que je savais déjà que je ne désirerais jamais une autre femme autant qu'elle.

CHAPITRE VINGT-TROIS

❖ NORA ❖

Quand nous sortons finalement du restaurant, j'ai l'impression d'être au septième ciel. Depuis que nous nous sommes rencontrés, notre dîner de ce soir est ce qui ressemble le plus à un rendez-vous d'amoureux, et pour la première fois depuis des mois j'envisage l'avenir avec optimisme.

Nous n'aurons peut-être jamais une vie " normale ", mais ça ne nous empêchera pas d'être heureux.

En route pour la boîte de nuit, je m'autorise à retrouver ce rêve dans lequel Julian et moi vivons en famille. Il me semble plus réel désormais, plus tangible. Pour la première fois, je peux nous imaginer élever notre enfant ensemble : ça ne sera pas facile et nous serons sans cesse entourés de gardiens, mais ça sera possible. Nous pourrons y arriver. La plupart du temps, nous vivrons au domaine, mais nous pourrions aussi voyager. Nous pourrons rendre visite à mes parents et à mes amies, et nous pourrons aller en voyage en Europe et en Asie. J'aurai ma carrière de peintre et les affaires de Julian seront à l'arrière-plan au lieu de dominer entièrement notre vie.

Ce ne sera pas le genre de vie dont je rêvais quand j'étais plus jeune, mais ce sera tout de même une belle vie.

À cause de la circulation du centre-ville, nous mettons une demi-heure à rejoindre la boîte de nuit. Quand nous descendons de voiture, Rosa est déjà arrivée et nous attend. En me voyant, elle sourit et court vers la voiture.

— Nora, tu es splendide, s'exclame-t-elle avant de se tourner vers Julian. Et vous, aussi vous êtes très beau, Señor. Elle me fait un grand sourire. Merci beaucoup de m'avoir invitée ce soir. Je mourrais d'envie d'aller dans une vraie boîte de nuit aux États-Unis.

— Je suis contente que tu aies pu venir, lui ai-je dit en souriant à mon tour. Toi aussi, tu es ravissante. Et c'est vrai. Avec des escarpins rouges très sexy et une courte robe jaune qui met ses formes en valeur, Rosa a autant de sex-appeal qu'une pin-up.

— Vraiment ? demande-t-elle avec empressement. J'ai acheté cette robe en ville jeudi dernier. Mais j'avais peur qu'elle soit un peu trop…

— Mais non, ai-je dit avec fermeté. Tu es absolument fantastique. Alors, allons-y, allons danser. Et je la prends par le bras pour la mener vers l'entrée de la boîte tandis que Julian nous suit d'un air amusé.

Bien que la boîte de nuit soit dans un quartier ancien et assez mal famé du centre de Chicago, beaucoup de gens font la queue à la porte. Elle doit être encore plus à la mode qu'il y a deux ans. Sur notre passage, les hommes nous dévisagent, Rosa et moi, et les femmes s'ébahissent devant Julian. Je les comprends, même si mon mauvais démon me donne envie de leur arracher les yeux. Mon mari s'est fait beau ce soir, il porte un élégant blazer et un jean de marque, et il est naturellement séduisant, comme une star de cinéma qui assisterait à la première d'un film. Évidemment les stars n'ont ni poignards ni revolvers cachés sous leur veste, mais j'essaie de ne pas y penser.

Julian n'a qu'un mot à dire au videur et nous voilà à l'intérieur sans avoir eu besoin de faire la queue. Personne ne vérifie nos cartes d'identité, pas même au bar où Julian offre un verre à Rosa. Je me demande si c'est parce que les hommes de Julian ont prévenu la direction de la boîte de notre visite.

Quoi qu'il en soit c'est bien agréable.

Il n'est que dix heures du soir, mais l'atmosphère de la boîte est déjà déchaînée, avec les derniers hits pop pour danser qui passent à pleine puissance. J'ai beau ne pas avoir bu d'alcool, je plane, ivre d'excitation. En riant, j'attrape Rosa et Julian et je les entraîne sur la piste de danse où des centaines de gens se déhanchent déjà.

Quand nous arrivons au centre de la piste, Julian tourne tout autour de moi et me serre contre lui en me tenant le dos tout en commençant à danser. Avec sa manière de me tenir, je suis face à Rosa si bien que nous dansons tous les trois ensemble, mais je suis protégée par la grande silhouette de Julian. Personne d'autre ne peut me toucher ni exprès ni accidentellement sans avoir d'abord affaire à lui.

Même au milieu de la foule d'une piste de danse j'appartiens à Julian et à lui seul.

Rosa sourit, elle aussi a visiblement compris son petit manège. Elle est encore plus excitée que moi, ses yeux brillent quand elle commence à se trémousser au rythme de la dernière chanson de Lady Gaga. Bien vite, deux jeunes types séduisants s'approchent d'elle et je la regarde en souriant commencer à flirter avec eux et s'éloigner progressivement de Julian et de moi.

Dès qu'elle est occupée avec eux, Julian se tourne vers moi.

— Comment te sens-tu, bébé ? demande-t-il de sa voix grave qui couvre les décibels de la musique. Les spots de couleur lui éclairent le visage et lui donnent une beauté surréelle. Tu n'es pas fatiguée ? Tu n'as pas la nausée ?

— Non ! Je secoue vigoureusement la tête. Je suis en pleine forme. Encore mieux que ça d'ailleurs.

— Oui, c'est vrai, murmure-t-il en me serrant encore plus près de lui, et je rougis en sentant la bosse dure dans son pantalon. Il me désire et mon propre corps réagit immédiatement, le rythme de la musique fait écho à la violente pulsation que je sens tout à coup au fond de moi. Nous sommes entourés de monde, mais la foule semble avoir disparu quand nous nous fixons du regard et que nos deux corps commencent à se mouvoir à un rythme sexuel primitif. Mes seins se gonflent, mes tétons durcissent, et quand j'appuie ma poitrine contre Julian, malgré les vêtements que nous portons, je sens la chaleur qui émane de lui… la même chaleur qui monte en moi.

— Putain, bébé, soupire-t-il en baissant le regard vers moi. Ses hanches vont et viennent et nous dansons ensemble, excités tout autant par notre désir réciproque que par le rythme de la musique. Putain, il ne faudra plus jamais remettre cette robe.

— Cette robe ? Je lève les yeux vers lui. Tu penses que c'est cette robe ?

Il ferme les yeux et respire profondément avant de me répondre et de me regarder de nouveau.

— Non, dit-il d'une voix rauque. Ce n'est pas la robe, Nora. C'est toi. Putain, c'est toujours toi.

Je suis presque sûre qu'il va m'emmener quelque part, mais il ne le fait pas. À la place, il relâche son étreinte et laisse quelques centimètres entre nous. Je sens toujours son corps près du mien, mais l'atmosphère est moins chargée de cette sexualité à l'état brut si bien que je peux reprendre mon souffle. Nous dansons encore sur quelques airs et je commence alors à avoir soif.

— Je pourrais aller chercher de l'eau s'il te plaît ? ai-je demandé en haussant la voix pour qu'il puisse m'entendre malgré la musique, et Julian hoche la tête avant de me conduire vers le bar. En passant devant Rosa je vois qu'elle continue de danser avec les deux types de tout à l'heure, elle semble contente d'être prise en sandwich entre les deux.

Je lui fais un clin d'œil et je l'applaudis discrètement puis nous nous éloignons de la foule des danseurs.

Julian demande un verre d'eau glacée pour moi, je le bois d'un trait tant je suis altérée. Il sourit en me regardant boire et je sais que lui aussi il se souvient de notre première rencontre ici même, à ce bar.

Quand nous nous retournons pour aller vers la piste de danse, je vois Rosa se diriger vers le fond de la boîte de nuit, là où sont les toilettes. Elle me fait signe en souriant et je lui fais signe à mon tour avant de me retourner vers Julian.

— Retournons danser, lui ai-je dit en l'attrapant par la main, et nous nous mêlons à la foule juste au moment où commence un nouvel air.

Quelques minutes plus tard, ça y est, je m'aperçois que ma vessie est pleine.

— Il faut que j'aille aux toilettes, fais-je à Julian. Il m'accompagne en souriant, et nous nous dirigeons ensemble vers le fond de la boîte et je fais la queue aux toilettes des dames tandis que Julian s'adosse au mur en regardant autour de lui pendant que j'attends mon tour dans le hall sombre en forme de cercle qui conduit aux toilettes. Je me demande s'il redouble encore de vigilance à cet endroit et j'ai envie de ricaner à l'idée qu'il soit inquiet au point de m'accompagner aux toilettes. Heureusement, il ne le fait pas. Par contre, il reste dans l'entrée de l'étroit couloir, les bras croisés.

Il y a une longue queue et je mets presque un quart d'heure avant d'arriver au bout. Quand c'est enfin mon tour, j'entre dans la petite salle de bains où il n'y a que trois w.c. et je m'exécute. C'est seulement en me lavant les mains que je réalise que Rosa a disparu dans cette direction et que je ne l'ai pas vue ressortir.

Je sors mon téléphone de mon minuscule sac à main et j'envoie un texto à Julian :

— *As-tu vu passer Rosa ? Est-ce que tu la vois ?*

Il ne répond pas tout de suite si bien que je ressors de la salle de bain pour le rejoindre quand quelque chose de rouge à une dizaine de mètres de moi attire mon attention. En fronçant les sourcils, je poursuis mon chemin dans le hall, je passe devant les toilettes et c'est alors que je le vois.

Un escarpin rouge abandonné à cet endroit.

Mon cœur est sur le point de s'arrêter.

Je me penche pour ramasser l'escarpin et un frisson me parcourt le dos.

Aucun doute. C'est bien le soulier de Rosa.

Le cœur battant à se rompre, je me relève, je regarde autour de moi, mais je ne la vois nulle part. À cause de la forme circulaire du hall, d'ici on ne voit même plus les toilettes.

Je jette l'escarpin et je reprends mon téléphone. Il y a une réponse de Julian :

— *Non, je ne la vois pas.*

Au moment de lui répondre, une porte que je n'avais pas encore remarquée s'ouvre à quelques mètres de moi.

Un petit type maigre en sort, referme la porte derrière lui et s'adosse à l'encadrement. En le regardant, je m'aperçois qu'il est très jeune. C'est plutôt un adolescent, il est pâle, avec des taches de rousseur, et n'a pas une ombre de barbe. Son allure est nonchalante, presque paresseuse, mais il y a quelque chose dans le coup d'œil qu'il m'adresse qui retient mon attention.

— Excusez-moi. Je m'approche prudemment de lui, fronçant le nez, car il empeste l'alcool et le tabac. Avez-vous vu mon amie ? Elle porte une robe jaune…

Il crache par terre devant moi.

— Fous le camp, sale pute.

Je suis tellement déroutée que je recule. Puis la colère me saisit, mêlée d'adrénaline.

— Excusez-moi ? J'ai serré les poings. Qu'est-ce que vous venez de dire ?

L'adolescent change de posture et devient plus agressif.

— J'ai dit…

Et c'est à ce moment que je l'ai entendu.

C'est un cri de femme derrière la porte, immédiatement suivi par un bruit de chute.

Mon niveau d'adrénaline redouble. Sans réfléchir, je m'avance, le poing droit en avant, exactement comme me l'a appris Julian. L'élan que j'ai pris ajoute de la force au coup que j'assène et le type en perd le souffle, il a reçu mon poing dans le plexus solaire. Il commence à se plier en deux et c'est alors qu'il reçoit mon genou en plein dans les bourses.

Il se penche en avant avec un cri aigu, les mains entre les jambes, alors je l'attrape par la peau du cou, en me servant de mon élan pour lui faire un croche-pied et le faire tomber.

Encore mieux qu'à l'entraînement !

Il trébuche, les bras ballants, et sa tête vient heurter le mur d'en face. Puis il glisse par terre, prostré et immobile devant moi.

Je le regarde bouche bée en tremblant. Je n'arrive pas à croire ce que je viens de faire.

Je n'arrive pas à croire que je me suis attaquée à un homme, même si c'était un adolescent qui avait trop bu.

Derrière la porte, un autre cri me sort de mon état de choc.

Et maintenant que je reconnais cette voix, une nouvelle poussée d'adrénaline fait battre mon cœur à se rompre. N'obéissant qu'à mon instinct, je saute par-dessus le corps du jeune type et je pousse la porte.

C'est une pièce étroite, toute en longueur, fermée par une autre porte au fond. Un canapé sali se trouve à côté et mon amie s'y débat en sanglotant sous le poids d'un homme.

Pendant une seconde, je suis trop saisie pour réagir puis je remarque des traces rouges sur le jaune vif de la robe de Rosa qui est en lambeaux.

En proie à une rage folle, j'oublie toute prudence.

— Lâchez-la ! ai-je hurlé en me précipitant dans la pièce. Pris de surprise, le type se relève d'un bond puis comme s'il se souvenait de ses noirs desseins, il attrape Rosa par les cheveux et la traîne par terre.

— Nora ! hurle Rosa.

Horrifiée, je me retourne d'un coup, mais c'est trop tard.

L'autre est déjà sur moi, la main en l'air pour me gifler.

Son coup m'abat sur le mur avec une telle force que chaque os de mon dos s'en ressent.

Je vois trente-six chandelles, je m'affaisse par terre, et malgré le bourdonnement dans mes oreilles j'entends une voix d'homme dire :

— Tu peux baiser celle-ci si tu veux, et celle-ci va y passer dans la voiture.

Et tandis qu'il déchire brutalement mes vêtements, je vois l'agresseur de Rosa l'entraîner vers la porte qui est au fond de la pièce.

CHAPITRE VINGT-QUATRE

❖ JULIAN ❖

Commençant à m'ennuyer je m'éloigne du mur et je jette un coup d'œil dans le hall. Nora est déjà en tête de la queue si bien que je m'adosse de nouveau au mur pour continuer à l'attendre. Et je décide de ne jamais remettre les pieds dans cette boîte. Il doit toujours falloir y faire la queue et je trouve ridicule qu'on n'y ait pas installé davantage de toilettes pour dames.

Pour la troisième fois de suite, je sors mon téléphone pour vérifier mes mails. Comme prévu, il ne s'est rien passé depuis trois minutes et je me demande si je ne vais pas retourner au bar y prendre un verre. Je n'ai rien bu de toute la soirée pour garder mes réflexes intacts en cas de danger, mais ce n'est pas une bière qui va changer quoi que ce soit.

Pourtant je décide de ne pas le faire. Bien que plusieurs de mes hommes soient disséminés dans la boîte de nuit, je ne suis pas rassuré d'avoir quitté Nora des yeux depuis quelques minutes. J'aurais dû faire la queue avec elle, mais le hall circulaire est si étroit qu'il n'y a de la place que pour les femmes, et un homme de temps en temps qui s'y fraye un chemin.

Je continue donc à attendre en me distrayant du spectacle des danseurs sur la piste. Avec tous ces corps qui se frottent les uns contre les autres, l'atmosphère est très chargée sexuellement, mais les lumières qui clignotent et le rythme de la musique me laissent indifférent. N'ayant pas Nora entre les bras pour exciter mon désir je pourrais tout aussi bien être à un coin de rue et regarder l'herbe pousser.

Mon téléphone vibre dans ma poche et me tire de mes réflexions. Je le sors, je lis le message de Nora et je fronce les sourcils.

— *Est-ce que tu as vu passer Rosa ? Est-ce que tu la vois ?*

M'éloignant de nouveau du mur je jette un coup d'œil dans le hall. Je n'y vois ni Rosa ni Nora, mais la jeune fille qui était dans la queue derrière Nora continue à attendre son tour.

Certain que Nora se trouve dans les toilettes, je commence à examiner la boîte de nuit pour chercher une robe jaune dans la foule. Ce n'est pas facile avec le monde présent et l'obscurité qui y règne, mais la robe de Rosa est de couleur tellement vive que je devrais pouvoir l'apercevoir.

Et pourtant je ne vois toujours rien. Ni au bar ni sur la piste de danse.

Je commence à être mal à l'aise et je traverse la foule pour aller de l'autre côté du bar et y regarder de nouveau.

Rien. Pas la moindre robe jaune nulle part.

Mon malaise se transforme en état d'alerte maximum. Je reprends le téléphone et j'y vérifie la localisation indiquée par les implants de Nora.

Elle est toujours aux toilettes ou juste à côté.

Légèrement rassuré, j'envoie un message à Lucas pour qu'il alerte mes hommes et je réponds à Nora avant de retourner dans la direction des toilettes. Je suis peut-être paranoïaque, mais il faut que je retrouve Nora. Sans plus tarder. Mon instinct me dit qu'il se passe quelque chose de grave et je ne pourrai me détendre que lorsqu'elle sera en sécurité à mes côtés.

Quand j'arrive dans le hall, la file des femmes s'est encore allongée et il y a même la queue pour les toilettes des hommes. Le hall très étroit est complètement bloqué et je commence à pousser les autres sans prêter attention à leurs cris de protestation.

Nora n'est pas dans cette queue bien que ses localisateurs indiquent qu'elle soit à proximité. Mais en passant devant les toilettes des dames je m'aperçois qu'elle n'y est pas non plus. Selon mon application de localisation, elle est à une trentaine de mètres, vers la gauche du hall circulaire. C'est un endroit où il y a un peu moins de monde et j'accélère le pas en redoublant d'inquiétude.

C'est une seconde plus tard que je vois ce qui se passe.

Il y a un homme allongé par terre, à côté d'une porte close.

Mon sang se glace, je sens le goût âcre et violent de la peur dans ma bouche. Et si quelqu'un avait enlevé Nora, et s'il lui était arrivé quelque chose…

Non, il ne faut pas y penser, pas quand elle pourrait avoir besoin de moi.

Un calme glacé m'envahit et bloque ma peur. Je m'accroupis, je saisis mon poignard dans la gaine que je porte à la cheville et je le glisse dans ma ceinture pour l'avoir à portée de main. Puis en me relevant, je prends mon revolver et j'enjambe le corps sans prêter attention au sang qui coule du front de cet homme.

Selon mon application, Nora n'est qu'à quelques mètres sur ma gauche, ce qui veut dire qu'elle est derrière cette porte.

Après avoir respiré un grand coup, j'enfonce la porte et j'entre dans la pièce.

Immédiatement, un cri étouffé venant de ma droite attire mon attention. En tournant sur moi-même, je vois deux silhouettes se battre près du mur, et alors je deviens fou.

Nora, ma Nora chérie, se bat avec un homme deux fois plus grand qu'elle. Il est sur elle, l'une de ses mains étouffe ses cris et l'autre déchire ses vêtements. Les yeux de Nora sont fous de rage, elle lui griffe le visage et le cou, et le sang dégouline sur lui.

Je vois rouge, je n'ai jamais connu une telle rage.

D'un bond, je suis sur eux et je dégage Nora. Je ne tire pas, ce serait trop risqué, elle est trop près, mais j'ai le poignard dans la main quand je le plaque au sol et que je l'étrangle de l'avant-bras gauche. Il ne peut plus respirer et ses yeux sortent de leurs orbites tandis que je le poignarde à plusieurs reprises. Un sang chaud jaillit et m'éclabousse et je sens la terreur de cet homme, il sait qu'il va mourir. Il me donne des coups de poing, mais je n'en tiens pas compte. À la place, je le regarde droit dans les yeux tout en continuant à le frapper, ses convulsions mortelles me ravissent.

— Julian ! Le cri de Nora m'arrache à ma folie sanguinaire et je me relève d'un bond, laissant son agresseur se tordre de douleur sur le sol.

Elle est toute tremblante, le mascara et les larmes coulent sur son visage tandis qu'elle tente de se relever en se tenant au mur.

Putain ! La peur me donne la nausée et me serre le cœur. Je me précipite vers elle et je l'attire contre moi en la palpant des pieds à la tête pour voir si elle est blessée. Pas de fracture, cependant sa lèvre inférieure est tuméfiée et sa robe a été un peu déchirée au décolleté. Et l'enfant… Non, je ne peux me permettre d'y penser pour le moment.

— Bébé, tu es blessée ? J'arrive à peine à reconnaître ma propre voix. Il t'a fait mal ?

Elle secoue la tête, les yeux encore égarés.

— Non ! Elle s'agite entre mes bras et me repousse avec une force surprenante.

— Lâche-moi ! Il faut aller à sa rescousse !

— Quoi ? Qui ? Pris de cours, je recule en la retenant par le bras pour qu'elle ne tombe pas.

— Rosa ! Il l'a emmenée, Julian ! Il l'a prise et l'a entraînée par-là. Nora agite sa main restée libre vers la porte du fond. Il faut aller à sa rescousse ! Elle semble avoir perdu la tête.

— C'est un autre qui l'a emmené ?

— Oui ! Il a dit (un sanglot l'interrompt), il a dit, qu'elle allait y passer dans sa voiture. Ils étaient deux et l'un des deux a emmené Rosa !

Je la fixe du regard, ma rage reprend le dessus. J'ai beau ne pas être proche de Rosa, je l'aime bien et elle est sous ma protection. L'idée que quelqu'un ait pu oser faire une telle chose, les attaquer ainsi Nora et elle me met hors de moi.

— Dépêche-toi ! me supplie Nora en me tirant éperdument par le bras pour m'entraîner vers la porte. Viens, Julian, il faut se dépêcher ! Il vient juste de l'emmener par-là, nous pouvons encore les rattraper !

Putain ! Je grince des dents, chacun des muscles de mon corps vibre tant ils sont contractés. Je n'ai jamais connu un tel déchirement. Nora a été attaquée, et je n'entends qu'un cri, c'est elle d'abord, je devrais la prendre et la mettre en sécurité aussi vite que possible. Mais si ce qu'elle dit est vrai, la seule manière de sauver Rosa est d'agir immédiatement, et mes hommes vont mettre au moins plusieurs minutes pour nous rejoindre.

— Je t'en prie, Julian ! supplie Nora en sanglotant et c'est la panique que je lis dans ses yeux qui emporte ma décision.

— Reste ici ! Ma voix est froide et brutale, je lui lâche le bras et je recule. Ne bouge pas !

— Je viens avec toi…

— Pour rien au monde. Je sors mon revolver et je le lui mets entre les mains. Tu m'attends ici, et tu tires sur tous les gens que tu ne connais pas.

Et avant qu'elle ne puisse me contredire, je vais à toute vitesse vers la porte du fond en envoyant un message à Lucas pour lui dire ce qui se passe.

CHAPITRE VINGT-CINQ

❖ NORA ❖

Dès que Julian disparaît derrière la porte, je m'affaisse sur le sol en serrant le revolver qu'il m'a donné. Mes jambes tremblent, la tête me tourne, la nausée monte en moi. Il me semble que je vais perdre la tête. Seul le fait de savoir que Julian est parti à la rescousse de Rosa m'empêche de devenir complètement folle. Je respire en tremblant, je m'essuie le visage du revers de la main et en baissant le bras une traînée rouge m'attire l'attention.

Du sang.

J'ai du sang sur moi.

Je le fixe, à la fois dégoûtée et fascinée. Cela doit être celui de l'homme que Julian a tué. Julian était couvert de sang quand il m'a touchée, et maintenant moi aussi. Les traînées rouges que j'ai sur les bras et sur la poitrine me font penser à l'un de mes tableaux. Bizarrement, c'est une comparaison qui me calme un peu. En respirant encore, je relève les yeux et je tourne mon attention vers le cadavre qui est allongé à quelques mètres de moi.

Maintenant qu'il ne peut plus me nuire, j'ai un choc en m'apercevant que je le reconnais. C'est l'un des deux jeunes avec lesquels dansait Rosa. Est-ce que ça veut dire que l'autre agresseur est le second ? Je fronce les sourcils en essayant de me rappeler ses traits, mais ils sont très vagues dans mon souvenir. Et je ne me souviens pas d'avoir vu l'adolescent qui gardait l'entrée de cette pièce. Était-il avec les cavaliers de Rosa ? Et si oui, pourquoi ? Tout ceci est absurde. Même s'ils sont tous les trois des violeurs en série, comment pouvaient-ils croire qu'ils pouvaient commettre impunément une agression aussi brutale dans une boîte de nuit ?

Évidemment les motivations du mort n'ont plus aucune importance. Je sais qu'il est mort parce que son corps est immobile. Ses yeux sont ouverts, sa bouche béante et un filet de sang coule le long de sa joue. Et je m'aperçois qu'il pue la mort, le sang, les excréments et la peur. En remarquant cette odeur nauséabonde, je recule et je vais en rampant me tapir vers le canapé.

De nouveau, un homme vient d'être tué devant moi. Je m'attends à être horrifiée et dégoûtée, mais ce n'est pas le cas. À la place, je ne ressens qu'une joie cruelle. Comme si c'était sur un écran de cinéma que j'avais vu le poignard de Julian se lever et s'abattre pour frapper sans relâche les flancs de cet homme, la seule pensée dont je sois capable c'est d'être contente qu'il soit mort.

Je suis contente que Julian l'ait abattu.

C'est étrange, mais cette fois mon absence de sympathie ne me fait rien. Je sens encore les mains de cet homme sur moi, ses ongles qui me griffent pour déchirer mes vêtements.

Il avait réussi à me plaquer après m'avoir giflée et j'avais beau me débattre de toutes mes forces, je savais qu'il aurait le dessus. Si Julian n'était pas arrivé à ce moment-là…

Non ! Je refuse d'y penser. Julian est arrivé, il est inutile de s'attarder sur le pire. Et finalement, je m'en suis bien tirée. Ma lèvre coupée me fait mal et j'ai l'impression que mon dos est couvert de bleus, mais il n'y a rien eu d'irréparable. Je vais guérir. La dernière fois que j'ai été attaquée, j'ai réussi à survivre.

Mais la vraie question, c'est, si Rosa en sera capable ?

Penser qu'elle peut être blessée, violée, brisée m'emplit de rage. Je voudrais que Julian massacre l'autre homme aussi sauvagement qu'il a tué celui-là.

En fait, je voudrais le faire moi-même. J'aurais bien insisté pour accompagner Julian, mais le contredire n'aurait fait que retarder le sauvetage de Rosa.

Pour le moment, je ne peux qu'attendre et espérer que Julian la ramène.

J'aperçois mon petit sac à main sur le sol et je rampe vers lui pour le prendre. Chaque geste me fait mal, mais je veux récupérer mon sac. Mon téléphone est dedans, ce qui me permet de joindre Julian. Et c'est important parce que je réalise tout à coup que Rosa n'est plus seule à être en danger.

Mon mari aussi.

Non. Je repousse cette idée pour le moment. Je sais de quoi Julian est capable. Si quelqu'un peut s'en sortir, c'est bien mon ravisseur. La vie de Julian est plongée dans la violence depuis son enfance ; pour lui tuer un salaud ou deux sera simple comme bonjour.

À moins que le salaud en question soit armé ou ne soit pas seul.

Non. Je ferme les yeux de toutes mes forces en refusant de me complaire dans de telles pensées. Julian va revenir avec Rosa, et tout se passera bien. Nous allons avoir un enfant, nous allons bâtir notre vie ensemble...

Un enfant...

J'ouvre brusquement les yeux, je porte en toute hâte la main sur mon ventre en poussant un gros soupir. Pour la première fois, je réalise que sans l'intervention de Julian les violeurs auraient fait une autre victime que Rosa et moi. Si j'avais été brutalisée et malmenée plus longtemps, que serait-il arrivé au bébé ?

Cette pensée terrifiante me coupe le souffle.

Je me remets à trembler, de nouvelles larmes me remplissent les yeux. Je ne sais même pas pourquoi je pleure. Tout va bien. Il ne peut en être autrement.

En serrant mon sac à main contre moi, je ne quitte plus des yeux la porte du fond. D'une seconde à l'autre, Julian va apparaître avec Rosa et notre vie reprendra son cours normal.

D'une seconde à l'autre.

Mais le temps passe avec une lenteur désespérante. Si lentement que j'ai envie de hurler. Je fixe la porte des yeux jusqu'à ce que mes larmes cessent de couler et que les yeux me brûlent maintenant qu'ils sont secs. J'ai beau essayer, je ne peux éviter de penser au pire, la peur qui me ronge menace de m'engloutir tout entier et de me faire complètement disparaître.

Enfin, la porte commence à grincer, elle va s'ouvrir.

Je me lève d'un bond en oubliant que j'ai mal partout, puis je me souviens de ce que Julian m'a dit avant de partir.

Quelqu'un d'autre que lui peut franchir ce seuil.

Je lève le revolver qu'il m'a donné, je le braque en tremblant et j'attends.

CHAPITRE VINGT-SIX

❖ JULIAN ❖

Dès que j'ai envoyé mon message à Lucas, j'ouvre la porte et j'arrive dans l'allée qui se trouve derrière la boîte de nuit. Une forte odeur d'ordures et d'urine me prend immédiatement aux narines. Il a dû pleuvoir pendant que nous étions à l'intérieur parce que la chaussée toute défoncée est mouillée et que la lumière d'un lointain réverbère se reflète dans les flaques huileuses.

Maîtrisant ma rage et mon inquiétude j'examine méthodiquement les alentours. Plus tard, je m'autoriserai à penser au visage couvert de larmes de Nora et à quel point j'ai foiré, mais pour le moment je dois me concentrer sur un seul objectif, sauver Rosa.

Je le lui dois bien, ainsi qu'à Nora.

Je ne vois personne à proximité et je me fraye un chemin entre les poubelles en direction de la rue. Des rats s'enfuient à mon approche. Je me demande s'ils peuvent sentir la violence qui me coule dans les veines, la soif de sang qui grandit à chacun de mes pas.

Il ne m'a pas suffi de tuer une fois. Loin de là.

Mes bruits de pas sur le sol mouillé résonnent et j'arrive au coin de l'allée et d'une petite rue étroite ; c'est alors que je les vois.

Deux silhouettes qui se battent près d'un 4x4 blanc à une trentaine de mètres d'ici.

J'aperçois le jaune de la robe de Rosa que l'homme essaie d'entraîner dans sa voiture et une rage noire s'empare de nouveau de moi.

Je sors mon poignard et je cours à toute vitesse dans leur direction.

Je sais exactement à quel moment l'agresseur de Rosa m'aperçoit. Il écarquille les yeux, grimace de peur, et avant que je ne puisse réagir il jette Rosa vers moi et se précipite dans la voiture.

J'accélère, je réussis à rattraper Rosa avant qu'elle ne tombe par terre, et elle s'agrippe à moi avec des sanglots hystériques. J'essaie de la calmer en me dégageant de ses mains qui me serrent, mais c'est trop tard.

La voiture démarre en trombe et les pneus crissent, l'agresseur de Rosa a mis les gaz, c'est un vrai lâche et il vient de s'enfuir.

Putain ! Tout essoufflé, je fixe la voiture avant qu'elle ne disparaisse. Je sais que mes hommes sont postés au prochain croisement, mais une fusillade en pleine rue attirerait trop l'attention. Sans lâcher Rosa, je sors mon téléphone et je dis à Lucas de suivre la voiture blanche.

Puis je tourne mon attention sur celle qui sanglote dans mes bras.

— Rosa ! Sans prêter attention à l'adrénaline qui m'envahit, je la repousse doucement pour voir quel mal lui a été fait. Un côté de son visage est enflé et couvert de sang séché, elle a des égratignures et des bleus partout, mais à mon grand soulagement elle semble n'avoir rien de cassé. Mais elle paraît tellement ébranlée que je lui parle à voix basse comme à un enfant.

— Est-ce que c'est grave, ma douce ?

— Il… On… Elle ne peut pas parler clairement, elle tremble comme une feuille, sa robe est déchirée et je grince des dents en la voyant et en essayant de résister à la rage qui me reprend. Je comprends déjà qu'elle ne se remettra pas facilement de ce qui lui est arrivé.

— Viens ma douce, laisse-moi te ramener auprès de Nora. Je lui parle doucement pour la réconforter en me penchant pour la prendre dans mes bras. Elle tremble de plus belle quand je commence à la bercer et je serre encore plus fort les dents en retournant le plus vite possible dans l'allée.

Lorsque nous arrivons devant la porte de la boîte de nuit, je pose Rosa à terre. Puis, en la tenant par le coude pour l'aider à marcher, je lui fais passer la porte avec beaucoup de précautions.

La première chose que nous voyons c'est Nora qui braque le revolver dans notre direction. Mais dès qu'elle nous aperçoit, son visage s'éclaire et elle baisse son arme.

— Rosa ! Elle jette le revolver et nous rejoint en courant. Tu l'as retrouvée Julian ! Oh, Dieu merci, tu l'as retrouvée ! Arrivée près de nous, elle se met sur la pointe des pieds, et me serre de toutes ses forces dans ses bras avant de prendre Rosa à son tour et de l'emmener vers le canapé. Je l'entends la rassurer en murmurant, Rosa se serre contre elle en pleurant et j'en profite pour demander à notre chauffeur d'amener la voiture dans l'allée.

Deux ou trois minutes plus tard, elle s'y trouve.

— Viens, bébé. Il faut y aller, vous emmener toutes les deux à l'hôpital, ai-je dit doucement en m'approchant du canapé, et Nora hoche la tête sans lâcher Rosa. Ma femme semble désormais bien plus calme, son hystérie de tout à l'heure a complètement disparu. Mais je dois quand même résister au désir de la prendre dans mes bras pour m'assurer qu'elle va aussi bien qu'elle en a l'air. Seule m'en empêche la certitude que Rosa va s'effondrer sans le soutien de Nora.

Heureusement, ma chérie semble capable de s'occuper de son amie qui a été traumatisée. Jamais ce moral d'acier que j'ai toujours décelé en elle n'a été plus évident que maintenant. Malgré la rage qui me brûle les entrailles, je ressens de la fierté en voyant Nora aider Rosa à se relever et la conduire vers la sortie qui mène vers l'allée.

Lucas est adossé à la voiture, il nous attend. Quand il aperçoit Rosa, je vois changer l'expression de son visage, il cesse d'être impassible et sa grimace est effrayante.

— Quels salauds ! marmonne-t-il dans sa barbe en faisant le tour de la voiture pour nous ouvrir la portière. Quels fils de putes ! Il ne semble pas pouvoir détourner les yeux de Rosa. Putain, ils vont le payer !

— Oui, ils vont le payer, ai-je confirmé en le regardant avec surprise prendre toutes ses précautions pour installer Rosa dans les bras de Nora et conduire la jeune fille en pleurs dans la voiture. Contrairement à ses habitudes, il est tellement attentionné que je ne peux m'empêcher de me demander s'il y a quelque chose entre eux. Ce qui serait bizarre étant donnée sa fixation sur l'interprète russe, mais on a vu arriver des choses encore plus étranges.

Je laisse tomber et je me tourne vers Nora qui est à côté de la portière qu'elle agrippe de la main gauche. Elle semble perdue dans ses pensées, le regard étrangement distant en levant la main droite et en la portant sur son ventre.

— Nora ? Je fais un pas vers elle, brusquement pris de peur, et à ce moment précis je la vois devenir pâle comme un linge.

CHAPITRE VINGT-SEPT

❖ NORA ❖

Les crampes que je sens depuis quelques secondes s'intensifient et me font de plus en plus mal. La douleur s'élance dans mon ventre et me coupe le souffle au moment même où Julian s'avance vers moi, le visage plein d'inquiétude. Luttant pour respirer, je me plie en deux et tout à coup je sens ses mains vigoureuses s'emparer de moi et me soulever de terre.

— Tout de suite à l'hôpital ! Hurle-t-il à Lucas, et en un clin d'œil je me retrouve dans la voiture sur les genoux de Julian. Nous démarrons à toute vitesse.

— Nora ? Nora, qu'est-ce qui t'arrive ? La voix de Rosa est toute paniquée, mais je ne suis pas capable de la rassurer, j'ai trop mal au ventre. Je peux seulement respirer à petites bouffées, en haletant, et mes mains s'enfoncent en tremblant dans les épaules de Julian qui me berce, je sens à quel point il est contracté.

— Julian ! Je ne peux retenir un grand cri quand une crampe particulièrement atroce me traverse le ventre. Je sens quelque chose de chaud et d'humide sur mes cuisses et je sais que si je baisse les yeux je verrai du sang. Julian, l'enfant…

— Je sais, bébé. Il pose ses lèvres sur mon front et me berce plus vite. Tiens bon, je t'en prie, tiens bon.

Nous parcourons les rues obscures à toute vitesse, les lumières de la ville et les feux rouges, tout est flou pour moi. J'entends Rosa me parler, ses mains douces caressent mes cheveux et je me sens vaguement coupable de lui infliger ça après ce qu'elle vient de subir.

Mais surtout, j'ai peur.

Une peur atroce, il est trop tard et plus rien ne sera comme avant.

* * *

— Je suis vraiment navrée, Madame Esguerra. La jeune doctoresse s'arrête près de mon lit, ses yeux noisette sont pleins de sympathie. Comme vous l'avez sans doute deviné, vous venez de faire une fausse couche. La bonne nouvelle, si l'on peut parler ainsi à un tel moment, c'est que vous n'étiez qu'au premier trimestre de votre grossesse et que vous ne saignez déjà plus. Pendant les prochains jours, vous risquez d'avoir de nouveau des saignements et des pertes, mais vous allez vite revenir à la normale. Et il n'y a aucune raison pour que, vous n'essayiez pas bientôt de concevoir un autre enfant... si c'est, ce que vous souhaitez évidemment.

Je la fixe, les yeux me brûlent. Je ne peux plus pleurer. J'ai pleuré toutes les larmes de mon corps. Je sens Julian me tenir la main, il est assis au bord du lit, je sens toujours des crampes moins vives dans mon ventre et la seule chose à laquelle je peux penser c'est que j'ai perdu le bébé.

J'ai perdu notre bébé, et c'est entièrement de ma faute.

— Où est Rosa ? J'ai tellement mal à la gorge que je dois me forcer pour articuler. Comment va-t-elle ?

— Elle est dans la chambre d'à côté, dit doucement la doctoresse. Elle est extraordinairement jolie, son visage pâle en forme de cœur est encadré par des boucles brunes. Aimeriez-vous lui parler ?

— Les examens sont terminés ? Je n'ai jamais entendu Julian parler avec une telle dureté. Il a le visage et les mains propres, il avait nettoyé le sang avec une bouteille d'eau avant de sortir de voiture, mais sa veste grise a encore des taches brunes. Je me demande ce que les médecins pensent de notre apparence et s'ils réalisent que le sang qui est sur nous n'est pas seulement le mien.

— Oui, c'est terminé. Le médecin hésite un instant. Mr Esguerra, votre amie dit qu'elle ne veut ni porter plainte ni faire de déposition, mais c'est pourtant ce que nous recommandons vivement dans de telles situations. Au minimum, elle devrait autoriser notre infirmière spécialisée dans les cas de viol à recueillir des preuves. Vous pourriez parler à Mademoiselle Martinez et nous aider à la convaincre…

— Est-ce que certaines de ses blessures nécessitent qu'elle soit hospitalisée ? Julian lui a coupé la parole en serrant plus fort ma main. Ou peut-elle rentrer à la maison avec nous ?

Le médecin fronce des sourcils.

— Elle peut rentrer à la maison, mais…

— Et ma femme ? Il regarde la jeune femme d'un œil perçant. Vous êtes certaine qu'elle n'a rien de plus que des bleus ?

— Oui. Comme je vous l'ai déjà expliqué, Monsieur Esguerra, tous les tests sont bons. Le médecin soutient son regard sans la moindre hésitation. Il n'y a ni commotion cérébrale ni lésions internes et il n'y a pas besoin de faire un curetage quand la fauche couche a lieu aussi tôt dans la grossesse. Je recommande à Madame Esguerra de se reposer pendant quelques jours, mais ensuite elle pourra tout de suite reprendre une vie normale.

Julian me jette un coup d'œil.

— Bébé ? Le ton de sa voix s'est légèrement adouci. Veux-tu rester ici jusqu'à demain matin au cas où ou préfères-tu rentrer à la maison ?

— À la maison. J'ai du mal à avaler ma salive. Je veux rentrer à la maison.

— Madame Esguerra… Le médecin pose la main sur mon avant-bras, ses doigts fins me réchauffent. Quand je lève les yeux vers elle, elle me dit avec douceur : je sais que cela ne vous consolera pas de votre perte, mais je veux que vous sachiez que la grande majorité des fausses couches ne peuvent être évitées. Il est possible que la situation dans laquelle votre amie et vous avez été ait pu provoquer ce fâcheux événement, mais il est tout aussi possible qu'un problème de chromosome l'ait entraîné de toute façon. Selon les statistiques, environ vingt pour cent des grossesses se terminent en fausse couche et jusqu'à soixante-dix pour cent de celles qui interviennent dans les trois premiers mois sont dues à des anomalies et non à quelque chose que la mère aurait fait ou pas.

Je l'écoute d'un air morne, et mes yeux glissent de son visage au badge qu'elle porte sur le buste.

Dr Cobakis. J'ai l'impression de reconnaître ce nom, mais je suis trop fatiguée pour savoir où je l'ai vu.

Je relève les yeux d'un air apathique.

— Merci, ai-je murmuré, en espérant qu'elle cesse d'en parler. Le médecin a sans doute eu affaire à des situations comparables, la réaction automatique d'une femme est de s'en vouloir quand sa grossesse se passe mal. Mais elle ne sait pas que dans mon cas c'est de *ma* faute.

C'est moi qui ai insisté pour aller dans cette boîte de nuit. Ce qui est arrivé à Rosa et au bébé est de ma faute et de personne d'autre.

Le médecin me presse légèrement l'avant-bras et recule.

— Pendant que vous vous habillez, je vais faire préparer votre amie pour qu'elle puisse sortir, dit-elle, et elle sort, me laissant seule avec Julian depuis notre arrivée à l'hôpital.

Aussitôt, après son départ il me lâche la main et se penche vers moi.

— Nora… Je lis dans son regard la même peine qui me ronge. Bébé, est-ce que tu as encore mal ?

Je secoue la tête. Les sensations physiques n'ont plus d'importance pour moi maintenant.

— Je veux rentrer à la maison, ai-je dit d'une voix enrouée. S'il te plaît, Julian, ramène-moi à la maison.

— Oui. Il caresse la partie de mon visage restée intacte, ses mains sont douces et chaudes. Oui, je te le promets.

CHAPITRE VINGT-HUIT

❖ JULIAN ❖

Je n'ai jamais connu un tel vide, une béance brûlante qui me consume et me fais tant souffrir. Quand j'ai perdu Maria et mes parents, j'ai connu la rage et la peine, mais pas ça.

Pas ce vide affreux qui se mêle à une soif de sang d'une intensité que je n'ai jamais connue non plus.

Quand je porte Nora dans notre chambre au premier étage, elle reste immobile et silencieuse. Elle a les yeux fermés, ses cils dessinent de sombres croissants sur ses joues exsangues. Depuis que nous avons quitté l'hôpital elle est comme ça, presque catatonique, à cause du sang qu'elle a perdu et de son épuisement.

En la posant sur le lit, je vois sa pommette contusionnée et sa lèvre fendue et j'ai besoin de détourner le regard pour ne pas devenir fou. La violence qui m'anime est si forte, si intense que je ne peux pas toucher Nora en ce moment, je risquerais de lui faire mal.

Quelques instants plus tard, je me sens suffisamment calme pour lui faire face. Nora n'a toujours pas bougé, elle est exactement là où je l'ai installée, et je m'aperçois qu'elle s'est endormie. En respirant lentement, je me penche sur elle et je commence à la déshabiller. Je pourrais la laisser dormir jusqu'à demain matin, mais il y a du sang séché sur ses vêtements et je ne veux pas qu'elle le voie en se réveillant.

Elle aura bien assez à affronter à ce moment-là.

Une fois qu'elle est nue, je me déshabille à mon tour et quand je la prends dans mes bras pour l'emmener dans la salle de bains, elle reste inerte. En entrant dans la cabine de douche, j'ouvre l'eau sans lâcher Nora.

Elle se réveille quand l'eau chaude arrive sur elle, ses yeux s'ouvrent d'un coup et elle s'agrippe de toutes ses forces à mon bras.

— Julian ?

Elle semble inquiète.

— Chut ! Je veux la réconforter. Tout va bien. Nous sommes à la maison. Elle semble alors un peu plus calme, je la pose par terre et je lui demande doucement : tu peux rester debout toute seule une minute, bébé ?

Elle hoche la tête et je me dépêche de la laver et de me laver. Quand j'ai fini, elle chancèle et je m'aperçois qu'elle fait un grand effort pour ne pas tomber. Je l'enveloppe vite dans une grande serviette et je la porte vers le lit.

Avant même de poser la tête sur l'oreiller, elle est endormie. Je la borde sous la couverture et je m'assieds un moment à côté d'elle en regardant sa poitrine monter et descendre au rythme de sa respiration.

Puis je me lève, je me rhabille et je descends au rez-de-chaussée.

* * *

En entrant au salon, je m'aperçois que Lucas m'y attend déjà.

— Où est Rosa ? ai-je demandé en gardant une voix neutre. Plus tard, je pourrai penser à notre enfant, à Nora qui est couchée là-haut, si mal en point et si vulnérable, mais pour le moment je repousse tout cela. Je ne peux pas me permettre de me laisser aller à ma peine et à ma rage, pas quand il y a tant à faire.

— Elle dort, répond Lucas en se levant. Je lui ai donné un calmant et j'ai fait en sorte qu'elle prenne une douche.

— Bien. Merci. Je traverse la pièce pour me rapprocher de lui. Et maintenant, dis-moi tout.

— Les " nettoyeurs " se sont occupés du cadavre et ils ont fait prisonnier le gamin que Nora avait abattu dans le couloir. Ils le gardent dans un hangar que j'ai loué sur la rive droite.

— Bien. Je suis bouillant d'impatience. Et la voiture blanche ?

— Les hommes ont réussi à la suivre jusque dans un quartier résidentiel du centre-ville. Elle a alors disparu dans un garage et ils ont décidé de laisser tomber. J'ai déjà retrouvé sa plaque minéralogique.

Il marque alors une pause, si bien que je lui demande avec impatience :

— Et alors ?

— Et alors nous avons sans doute un problème, dit-il d'un air sombre. Est-ce que le nom de Patrick Sullivan vous dit quelque chose ?

Je fronce les sourcils en essayant de me souvenir à quelle occasion je l'ai déjà entendu.

— J'ai l'impression de le connaître, mais je ne sais pas pourquoi.

— Les Sullivan contrôlent la moitié de la ville. Prostitution, drogue, armements, etc. c'est eux. Patrick Sullivan est le chef de famille et il a mis dans sa poche tous les hommes politiques et tous les chefs de police de la ville.

— Ah bon. Maintenant, je comprends. Je n'ai pas eu affaire au gang des Sullivan, mais je fais toujours en sorte de connaître les clients potentiels aux États-Unis et ailleurs. C'est comme ça que j'ai remarqué ce nom, et effectivement nous risquons d'avoir un problème. Et qu'est-ce que Patrick Sullivan a à voir dans tout ça ?

— Il a deux fils, dit Lucas. Ou plutôt il en *avait* deux. Brian et Sean. C'est le corps de Brian qui croupit en ce moment dans le hangar que j'ai loué et Sean est le propriétaire du 4x4 blanc.

— Je vois. Donc les deux salauds qui ont attaqué Rosa et ma femme ont des relations. Mieux que ça en fait, ce qui explique leur stupide arrogance et le fait qu'ils aient osé attaquer des femmes en pleine boîte de nuit. Comme leur papa contrôle la ville, ils ont l'habitude d'être les plus gros caïds de la région.

— En plus, continue Lucas, le gamin que nous gardons aussi au frais dans ce hangar est leur cousin de dix-sept ans, le neveu de Sullivan. Il s'appelle Jimmy. Visiblement, il est proche des deux frères. Ou plutôt il en *était* proche.

Tout à coup, je plisse les yeux d'un air soupçonneux.

— Et savent-ils qui nous sommes ? Ont-ils pu viser Rosa pour m'atteindre à travers elle ?

— Non, je ne crois pas. Lucas fait la grimace. Les frères Sullivan ont un lourd passé avec les femmes. Viols de femmes qu'ils ont d'abord droguées, agressions sexuelles, viols en série d'étudiantes, la liste n'en finit pas. Sans leur père, ils se morfondraient déjà en prison.

— Je vois. À mon tour, je fais la grimace. Eh bien, quand nous en aurons fini avec eux ils regretteront de ne pas y avoir été.

Lucas approuve d'un air sombre.

— Je mets en place une équipe de choc ?

— Non, ai-je répondu. Pas encore. Je me retourne et je me dirige vers la fenêtre ; je regarde dans la cour bordée d'arbres et plongée dans l'obscurité. Il est quatre heures du matin et la seule lumière visible vient de la demi-lune dans le ciel.

Ce quartier est tranquille et paisible, mais il ne va pas le rester longtemps. Une fois que Sullivan aura découvert qui a tué ses fils et son neveu, ces rues manucurées seront rouges de sang.

— Avant de faire quoi que ce soit, je veux que Nora et ses parents soient au domaine, ai-je dit en me retournant vers Lucas. Sean Sullivan peut attendre. Pour le moment, nous allons nous concentrer sur le neveu.

— Entendu. Lucas incline la tête. Je m'en occupe.

Il sort de la pièce et je me retourne de nouveau pour regarder par la fenêtre.

Malgré la demi-lune, je ne vois que des ténèbres.

CHAPITRE VINGT-NEUF

❖ NORA ❖

— Nora, ma chérie... Je reconnais la douceur des caresses qui me tirent de mon assoupissement fébrile. En me forçant à ouvrir de lourdes paupières, je fixe ma mère des yeux sans comprendre, elle est assise au bord du lit et me caresse les cheveux. J'ai tellement mal à la tête que je ne comprends pas tout de suite ce qu'elle fait dans ma chambre et je ne remarque pas non plus immédiatement ses yeux rougis et gonflés.

— Maman ? En retenant la couverture, je réprime une plainte causée par la souffrance que provoque mon geste. Mon dos me fait mal, il est raide et j'ai encore des crampes, une douleur sourde à l'abdomen. Qu'est-ce que tu fais là ?

— Julian nous a appelés ce matin, dit-elle d'une voix tremblante. Il nous a dit que Rosa et toi vous avez été agressées dans une boîte de nuit la nuit dernière.

— Oh !

Un éclair de colère achève de me réveiller. Comment Julian a-t-il osé inquiéter ainsi mes parents ? J'aurais trouvé quelque chose de moins inquiétant à leur dire, une manière moins brutale pour leur expliquer la perte du bébé.

La perte du bébé.

Ma douleur est si violente et si brutale que je ne peux la contenir. Des sanglots incontrôlables s'échappent de ma gorge, avec des larmes brûlantes qui coulent à flots. En tremblant, je porte la main à la bouche, mais c'est trop tard. Ma peine afflue et déferle, mes larmes me brûlent comme du vitriol. Je sens les bras de ma mère qui m'entourent, je l'entends pleurer et je sais qu'il faut m'arrêter, mais je n'y arrive pas. C'en est trop, cette souffrance, et la certitude que c'est de ma faute.

Tout à coup, ce n'est plus ma mère qui me tient dans ses bras. À la place je suis enveloppée dans la couverture et Julian m'a prise sur ses genoux, il m'étreint entre ses bras vigoureux et il me berce comme si j'étais un enfant. J'entends la voix de mon père, dont le timbre est grave et réconfortant et je sais qu'il essaie de consoler ma mère, il essaie de calmer *sa* douleur. Julian et lui ont dû entrer dans la chambre à un moment donné, mais je ne sais pas quand ni comment.

Finalement, Julian me porte vers la douche. C'est là, à l'abri des regards de mes parents que j'arrive à me contrôler.

— Je suis navrée, dis-je à Julian en murmurant pendant qu'il me sèche, et m'enveloppe dans un épais peignoir de bain. Je suis tellement navrée. Où est Rosa ? Comment va-t-elle ?

— Elle va bien, dit-il à voix basse. Ses yeux sont rouges, je devine qu'il n'a pas dû beaucoup dormir la nuit dernière. Enfin, aussi bien que possible. Elle est encore dans sa chambre, mais Lucas lui a parlé et il dit qu'elle va mieux. Et tu n'as aucune raison de t'inquiéter, bébé, aucune.

Je secoue la tête, cet affreux sentiment de culpabilité me reprend.

— Il faut que j'aille la voir…

— Attends, Nora. Il m'attrape par le bras juste au moment où je vais me précipiter dans la chambre. Avant ça, il y a quelque chose dont il faut qu'on parle avec tes parents.

— Mes parents ?

Il hoche la tête en baissant le regard vers moi.

— Oui, c'est la raison pour laquelle je les ai fait venir. Il faut que nous parlions.

* * *

— Les Sullivan, cette famille de criminels ? Mon père a élevé la voix de manière incrédule. Vous me dites que les hommes qui ont agressé ma fille font partie de la pègre ?

— Oui, dit Julian dont le visage est dur et impassible. Il est assis à côté de moi sur le canapé, la main gauche posée sur mon genou. C'est ce que j'ai découvert hier soir après notre retour de l'hôpital.

— Il faut immédiatement nous rendre à la police. Ma mère se penche en avant, les mains serrées sur les genoux. Ces monstres doivent payer pour ce qu'ils ont fait. Si vous connaissez leur identité…

— Ils paieront, Gabriela. Le regard de Julian se durcit encore. Vous n'avez aucune inquiétude à vous faire à ce sujet.

— C'est à cause de vous, n'est-ce pas ? dit violemment mon père en se levant brusquement. Ils sont venus à votre poursuite.

— Non, ai-je dit en lui coupant la parole et en secouant la tête. Je suis encore secouée de ce que je viens d'apprendre, mais s'il y a une chose dont je suis sûre c'est que pour une fois les activités de Julian ne sont pas en cause. C'est le hasard, papa. Ils ignoraient qui nous étions, Rosa et moi. Ils voulaient seulement… Je frissonne à ce souvenir. Ils voulaient seulement s'amuser.

— S'amuser ? Mon père me fixe des yeux, la colère contracte ses traits, et il se rassied. Ces salauds pensent que c'est drôle de faire mal à des femmes ?

— En fait, c'est à Rosa qu'ils en avaient, ai-je dit d'un air morne. Et je suis intervenue, c'est tout.

Julian resserre son emprise sur mon genou et jette un coup d'œil vers moi. Pour la première fois depuis le début de la matinée je vois un éclair de rage traverser son masque impassible. Je suis convaincue qu'il m'en veut d'avoir profité de mon anniversaire pour lui faire accepter d'aller dans cette boîte de nuit et pour avoir essayé de venir en aide à Rosa.

Pour avoir perdu notre enfant… cet enfant que je n'ai désiré que quand c'était trop tard.

J'ignore quelle sera ma punition, mais, quelle qu'elle soit, elle sera plus que méritée.

— Il faut nous rendre à la police, répète ma mère. Nous devons faire une déposition…

— Non. Cette fois, c'est Julian qui s'est levé et qui commence à faire les cent pas devant le canapé. Ce n'est pas une bonne idée.

— Pourquoi ? demande sèchement mon père. C'est ce que font les gens civilisés dans ce pays. Ils prennent contact avec les autorités…

— Sullivan a mis les autorités dans sa poche. Julian s'interrompt pour jeter un coup d'œil acerbe à mon père. Et même si ce n'était pas le cas, autant envoyer un message à Sullivan pour lui dire qui nous sommes.

— C'est vrai. Je me lève d'un bond, sans tenir compte de mes muscles endoloris. Finalement malgré l'engourdissement de mon cerveau j'ai réuni toutes les pièces du puzzle et je comprends pourquoi Julian a fait venir mes parents.

Si l'homme que Julian a poignardé hier soir est effectivement le fils du patron de la pègre alors, mon mari n'est pas le seul criminel à vouloir se venger. Maman, papa, nous ne pouvons pas faire ça.

Ma mère semble stupéfaite.

— Mais Nora…

— Il vaudrait mieux que vous veniez tous les deux chez nous pendant quelque temps, dit Julian qui s'est rapproché de moi. Jusqu'à ce que nous ayons réglé ça.

— Quoi ? Ma mère nous regarde bouche bée. Que voulez-vous dire ? Pourquoi ? Oh… Et elle se tait brusquement. Vous vous en êtes pris à un de ces hommes hier soir, c'est ça ? dit-elle lentement en regardant Julian. Vous ne voulez pas qu'ils découvrent votre identité parce que… parce que…

— Parce que l'un des fils de Sullivan est mort, effectivement. La voix de Julian est aussi neutre que s'il parlait du temps qu'il fait. Ils vont venir à notre poursuite, et quand ils sauront qui nous sommes ils iront à votre poursuite et celle de Tony.

Ma mère devient toute pâle et mon père se lève.

— Vous dites que nous sommes recherchés par la pègre ? Sa voix est pleine de colère et d'incrédulité. Qu'ils risquent de s'en prendre à nous parce que… parce que vous…

— Parce que j'ai tué l'un des fils de Sullivan pour avoir essayé de faire du mal à Nora, oui. Je n'ai jamais entendu Julian parler avec une telle froideur. Nous pourrons toujours nous occuper plus tard de savoir qui est en tort. Mais pour le moment comme je ne veux pas que Nora pleure la mort de ses parents je vous suggère de prévenir vos patrons que vous allez partir en vacances et de faire vos bagages.

— Quand partons-nous ? demande ma mère, toujours aussi pâle. Elle s'est levée à son tour.

— Gabs, tu plaisantes… commence mon père, mais ma mère pose la main sur son bras.

— Non. La voix de ma mère ne tremble plus, son regard est déterminé. Je n'en ai pas plus envie que toi, mais tu connais la réputation des Sullivan. Ils sont redoutables et si Julian dit que nous sommes en danger.

— Tu as confiance dans ce meurtrier ? Mon père se retourne pour la regarder avec colère. Tu crois que tu seras plus en sécurité avec *lui* ?

— Plutôt qu'ici où la pègre va vouloir se venger ? Oui, c'est ce que je pense, réplique ma mère. Nous n'avons pas vraiment le choix, si ?

— Nous pouvons contacter la police ou le FBI.

— Non, Tony, ce n'est pas possible si ce que raconte Julian est vrai.

— Mais il est évident qu'*il* ne peut pas être en faveur de nous rendre à la police…

Pendant leur discussion, mon mal de tête ne fait qu'empirer. Finalement, je n'en peux plus.

— Maman, papa, je vous en prie. J'interviens dans la discussion sans tenir compte de cette migraine. Il vous suffit de venir quelque temps chez nous. Il ne s'agit pas de venir définitivement. N'est-ce pas Julian ? Je jette un coup d'œil à mon mari pour qu'il le confirme.

Julian hoche froidement la tête.

— Comme je vous l'ai dit, c'est juste en attendant de régler la situation. J'espère que ce ne sera que l'affaire d'un mois ou deux.

— Un mois ou deux ? Et comment pouvez-vous régler ça en un mois ou deux ? demande ma mère tandis que mon père reste debout, bouillant de colère.

— Souhaitez-vous vraiment le savoir, Gabriela demande Julian, d'une voix douce, et ma mère devient encore plus pâle.

— Non, ce n'est pas la peine. Elle semble légèrement enrouée. Après s'être éclairci la gorge, elle demande : alors que dit-on à notre travail ? Comment expliquer des vacances aussi longues et en prévenant aussi peu de temps avant ? C'est plus qu'un congé, voilà ce que je veux dire…

— Vous pouvez leur dire la vérité : votre fille a fait une fausse couche et elle a besoin de vous pendant quelques semaines. La dureté des paroles de Julian me porte un coup. En remarquant ma réaction, il tend la main et prend la mienne tout en continuant d'une voix plus douce à ma mère : ou vous pouvez inventer autre chose. À vous de voir.

— Entendu, c'est ce qu'on va faire, dit ma mère à voix basse en nous regardant. En jetant un coup d'œil à mon père, je vois que la colère a quitté son visage. À la place, il semble retenir ses larmes. Ses yeux rencontrent les miens et il s'avance vers moi.

— Je suis navré, ma chérie, dit-il à voix basse, sa voix grave est pleine de tristesse. Je n'ai pas encore pu te le dire, mais je suis tellement, tellement navré de ta perte.

— Merci papa. Je dois me détourner pour ne pas recommencer à pleurer.

Immédiatement, les bras de Julian se referment autour de moi et m'étreignent.

— Tony, Gabriela, dit-il d'une voix douce. Il me masse le dos, et je reste là, refoulant mes larmes, le visage appuyé contre sa poitrine. Je crois qu'il vaut mieux que Nora aille se reposer maintenant. Pourquoi n'allez-vous pas parler de tout ça ? Nous serons de nouveau en contact plus tard dans la journée. L'idéal serait que vous partiez demain avec Nora, avant que Sullivan ne découvre notre identité.

— Bien sûr, dit ma mère à voix basse. Viens, Tony, nous avons beaucoup à faire. Et avant même de me retourner, je les entends sortir de la pièce.

Après leur départ, Julian relâche son étreinte et recule pour me regarder.

— Nora, bébé.

— Ça va. Je lui ai coupé la parole, je ne veux pas de sa pitié. La culpabilité que j'ai réussi à refouler depuis une heure est de retour, plus forte que jamais. Je vais voir Rosa maintenant.

Julian m'examine un moment puis recule et me laisse partir.

— Entendu, mon chat, dit-il doucement. Vas-y !

CHAPITRE TRENTE

❖ JULIAN ❖

En regardant Nora sortir de la pièce, je me rends compte à quel point j'ai le cœur serré. Elle tente de cacher sa peine, de se montrer forte, mais je sais que ce qui lui est arrivé est déchirant pour elle. Quand elle s'est effondrée ce matin, ce n'était que la pointe de l'iceberg, et savoir que c'est de ma faute accentue la violente rage qui s'agite dans mes entrailles.

Tout est de ma faute. Putain, si je n'avais pas eu tellement envie de lui faire plaisir, de la rendre heureuse en cédant à ses moindres caprices, rien de cela ne serait arrivé. J'aurais dû suivre mon instinct et la garder au domaine où personne n'aurait pu la toucher. Au moins, j'aurais dû lui refuser d'aller dans cette foutue boîte.

Mais je ne l'ai pas fait. J'ai accepté de céder. J'ai laissé mon obsession pour elle obscurcir mon jugement et maintenant elle en paie le prix. Si seulement je ne l'avais pas laissée aller seule aux toilettes, si seulement j'avais choisi une autre boîte de nuit… Les regrets qui m'empoisonnent s'agitent dans mon cerveau jusqu'à me donner l'impression que ma tête va exploser.

Il faut que je trouve un autre moyen d'exprimer ma rage tout de suite.

En me retournant, je me dirige vers la porte d'entrée.

— J'ai amené le cousin ici, dit Lucas dès que je sors dans l'allée. J'ai pensé que vous n'auriez peut-être pas envie d'aller jusqu'à Chicago aujourd'hui.

— Excellent. Lucas me connaît par cœur. Où est-il ?

— Là-bas, dans cette camionnette. Il désigne une camionnette noire garée stratégiquement derrière les arbres les plus éloignés des voisins.

Empli d'une morbide impatience, je m'y dirige et Lucas m'accompagne.

— Nous a-t-il déjà donné des informations ? ai-je demandé.

— Il nous a donné les codes d'accès du parking et de l'ascenseur de son cousin, dit Lucas. Il n'a pas été difficile de le faire parler. J'ai pensé vous laisser terminer l'interrogatoire au cas où vous voudriez lui parler en personne.

— Tu as eu raison. Je veux absolument le faire. En m'approchant de la camionnette, j'ouvre les portières arrière et je jette un coup d'œil dans l'obscurité.

Un jeune homme maigre est allongé par terre, bâillonné. Ses chevilles sont attachées à ses poignets derrière le dos, le forçant à rester dans une position inconfortable, son visage est ensanglanté et contusionné. Une forte odeur d'urine, de peur et de sueur m'arrive dessus. Lucas et mes gardes ont bien travaillé.

Sans tenir compte de la puanteur, je monte dans la camionnette et je me retourne :

— Elle est insonorisée ? ai-je demandé à Lucas qui est resté dehors.

Il hoche la tête.

— À environ quatre-vingt-dix pour cent.

— Bien, ça devrait suffire. Je referme les portières derrière moi, je suis enfermé avec le gamin qui commence immédiatement à se tortiller sur le sol et à pousser des cris d'orfraie malgré son bâillon.

Après avoir tiré mon poignard, je m'accroupis à côté de lui. Il se débat de plus belle, ses cris de panique redoublent d'intensité.

Sans tenir compte de la terreur que je vois dans ses yeux, je l'attrape par le cou pour le maintenir immobile et je glisse le poignard entre le bâillon et sa joue en traversant le tissu. Une traînée de sang lui coule sur la joue là où il a été coupé, et je me délecte à cette vue. Je veux le faire saigner davantage. Je veux que la camionnette en soit toute ensanglantée.

Comme s'il devinait mes pensées, l'adolescent commence à marmonner :

— Je t'en prie, mec, ne fais pas ça ! me supplie-t-il en sanglotant. J'ai rien fait ! Je le jure, j'ai rien fait…

— Ferme-la ! Je le fixe, laissant monter la tension. Sais-tu pourquoi tu es là ?

Il secoue la tête.

— Non ! Non, je le jure, dit-il en bégayant. Je sais rien. J'étais dans cette boîte, il y avait cette fille, et je sais pas ce qui s'est passé, ensuite je me suis réveillé dans ce hangar, et j'ai rien fait…

— Tu n'as pas touché la fille en jaune ? Je penche la tête de côté en faisant tourner le poignard entre mes doigts. Je sais exactement ce que ressent un chat qui joue avec une souris ; c'est très amusant.

L'adolescent écarquille les yeux.

— Quoi ? Non, putain ! Non, je le jure, je n'ai rien à y voir ! J'avais dit à Sean que ça n'était pas une bonne idée…

— Alors tu savais ce qu'ils allaient faire ?

En se rendant immédiatement compte de ce qu'il vient d'admettre, le gamin se remet à pleurnicher, des larmes et de la morve coulent sur son visage meurtri.

— Non ! C'est-à-dire, ils ne m'ont rien dit avant de le faire, je ne savais pas ! Je le jure, je ne savais pas avant qu'ils arrivent et qu'ils me disent de surveiller la porte, et je leur ai dit, ce n'est pas juste, et ils m'ont dit de le faire, et puis l'autre fille est arrivée et je lui ai dit de s'en aller…

— Ferme-la ! J'appuie la lame sur sa bouche. Il se tait immédiatement, les yeux fous de peur. C'est bon, ai-je dit doucement, maintenant écoute-moi attentivement. Tu vas me dire où ton cousin Sean mange, dort, chie, baise et tout le reste. Je veux la liste de tous les endroits où il va ? Compris ?

Il a un petit hochement de tête, et je retire le poignard. Immédiatement, le gamin me donne une liste de restaurants, de boîtes, de clubs de lutte clandestins, d'hôtels et de bars. Je les enregistre sur mon téléphone portable et quand il a fini je lui souris.

— C'est bien !

Ses lèvres écorchées tremblent dans un vague effort pour essayer de me sourire en retour.

— Alors maintenant vous allez me libérer, pas vrai ? Je le jure, je n'ai rien à voir avec tout ça.

— Te libérer ? Je baisse les yeux vers le poignard comme si je réfléchissais à ce qu'il vient de me dire. Puis je les relève avec un nouveau sourire. Pourquoi ? Parce que tu viens de trahir ton cousin ?

— Mais… je vous ai tout dit ! De nouveau, il est complètement affolé. Je ne sais rien d'autre !

— Oui, je sais. Je lui appuie le poignard sur le ventre. Et ça veut dire que tu ne me sers plus à rien.

— Mais si ! Commence-t-il à hurler. Tu peux exiger une rançon ! Je suis Jimmy Sullivan, le neveu de Patrick Sullivan, et il paiera pour me récupérer ! Je le jure, il paiera…

— Oh ! J'en suis certain. Je laisse s'enfoncer le poignard, la vue du sang autour de la lame me fait plaisir. Puis je détourne le regard et je croise les yeux terrifiés du jeune homme. Dommage que je n'aie pas le moindre besoin d'argent.

Et tandis qu'il pousse un cri de terreur, je l'éventre en regardant jaillir son sang, un beau flot de sang rouge sombre.

* * *

Après m'être essuyé les mains sur la serviette que quelqu'un avait pensé à laisser dans la camionnette, j'ouvre la portière et je saute au-dehors. Lucas m'attend, je lui dis donc de se débarrasser du cadavre et je retourne à la maison.

C'est étrange, mais je ne me sens guère mieux. Tuer aurait dû faire baisser la tension, apaiser mon ardent besoin de violence, mais semble n'avoir fait que l'amplifier ; à chacun de mes gestes, le vide augmente et empire encore.

Je veux être avec Nora. Plus que jamais j'ai besoin d'elle. Mais en arrivant dans la maison, je commence par prendre une douche. Je suis couvert de sang et je ne veux pas qu'elle me voie comme ça.

Ressemblant au meurtrier barbare que ses parents m'accusent d'être.

En sortant de la douche, la première chose que je fais est de vérifier l'application de localisation pour savoir où se trouve Nora. À ma grande déception, elle est encore dans la chambre de Rosa. J'ai envie d'aller la chercher, mais je décide de lui donner encore quelques minutes et de voir entre-temps où en sont les affaires.

En ouvrant mon ordinateur portable, je constate que ma messagerie regorge des mails habituels. Les Russes, les Ukrainiens, l'État islamique, les changements de contrats des fournisseurs, une fuite dans la sécurité dans l'une des usines d'Indonésie… Je fais tout défiler avec indifférence jusqu'à ce que j'arrive à un message de Frank, mon contact à la CIA.

L'ayant ouvert je le lis d'une traite, et il me glace les sangs.

CHAPITRE TRENTE-ET-UN

❖ NORA ❖

— Salut ! Tenant d'une main des sandwiches et de la tisane posés sur un plateau j'ouvre la porte de la chambre de Rosa et j'approche de son lit.

Elle est allongée sur le côté, bien enveloppée dans une couverture. Après avoir posé le plateau sur la table de nuit, je m'assieds au bord du lit et lui touche doucement l'épaule.

— Rosa ? Comment ça va ?

Elle roule sur elle-même pour être face à moi et j'ai du mal à ne pas broncher en voyant les contusions sur son visage.

— Ce n'est pas beau à voir, hein ? dit-elle en s'apercevant de ma réaction. Sa voix est un peu enrouée, mais, elle semble remarquablement calme, elle a les yeux secs malgré son visage tuméfié.

— C'est vrai, ce n'est pas joli, ai-je dit en prenant des précautions. Comment te sens-tu ?

— Sans doute mieux que toi, dit-elle à voix basse en me regardant. Je suis tellement navrée pour le bébé, Nora. Je ne peux même pas imaginer ce que vous éprouvez Julian et toi.

Je hoche la tête en tentant de ne pas tenir compte de la douleur qui perce mon cœur.

— Merci. Je me force à sourire. Alors, est-ce que tu as faim ? Je t'ai apporté quelque chose à manger.

Elle s'assied en grimaçant et regarde le plateau d'un œil interrogateur.

— C'est toi qui as préparé ça ?

— Bien sûr ! Tu sais, je suis capable de faire bouillir de l'eau et de mettre du fromage sur du pain. J'en avais l'habitude avant d'être enlevée par Julian et de vivre dans le luxe.

Une ombre de sourire apparaît sur les lèvres écorchées de Rosa.

— Ah oui, ces années difficiles où tu devais te débrouiller toute seule !

— Exactement. Je prends une tasse de tisane bouillante et je la tends à Rosa en faisant bien attention. Voilà ! De la camomille au miel. Selon Ana, ça peut tout guérir.

Rosa en prend une gorgée et hausse le sourcil à mon intention.

— Bravo ! Presque aussi bonne que celle d'Ana.

— Excuse-moi ! À mon tour, je fronce exagérément le sourcil. Comment ça, presque ? Et moi qui croyais que c'était parfait ?

Cette fois-ci, son sourire est plus gai.

— Tu y es presque, je t'assure. Et maintenant, laisse-moi goûter un de tes sandwiches. Je dois dire qu'ils paraissent appétissants.

Je lui tends l'assiette et la regarde manger.

— Et toi, tu ne manges pas ?

— Non, j'ai déjà pris un petit quelque chose à la cuisine tout à l'heure, ai-je expliqué.

— Moi non plus je ne devrais pas avoir faim, dit Rosa après avoir fini presque tous les sandwiches. Lucas m'a apporté une omelette un peu plus tôt dans la matinée.

— Ah bon ? La surprise me fait cligner des yeux. Je ne savais pas qu'il faisait la cuisine.

— Moi non plus. Elle termine ce qu'il reste et me rend l'assiette. C'était très bon, merci, Nora.

— Je t'en prie. Je me relève sans prêter attention à mon dos encore ankylosé. Est-ce que je peux t'apporter autre chose ? Un livre peut-être ?

— Non, ça va. En grimaçant de nouveau elle repousse la couverture, révélant un long tee-shirt, et elle met pied à terre. Je vais me lever. Je ne peux pas rester au lit toute la journée.

Je la regarde avec sévérité.

— Bien sûr que si ! Tu devrais te reposer aujourd'hui et te faire dorloter.

— Comme si toi tu te reposais ! Elle me jette un regard sardonique et va vers l'armoire au fond de la pièce. J'ai assez traîné au lit. Je veux parler à Lucas pour savoir ce qu'on a fait aux salauds qui nous ont attaquées.

Je la regarde.

— Rosa… J'hésite, ne sachant comment faire.

— Tu voudrais savoir ce qui s'est passé hier soir avec ces types, c'est ça ? Elle enfile un jean et s'interrompt pour me regarder, les yeux brillants. Tu voudrais savoir ce qu'ils m'ont fait avant que tu arrives.

— Seulement si tu veux me le dire, je m'empresse de répondre. Si ça te met mal à l'aise…

Elle lève la main et m'interrompt en pleine phrase. Puis elle respire profondément et raconte :

— Ils m'ont suivie aux toilettes. Sa voix est légèrement crispée. Quand j'en suis sortie, ils étaient là tous les deux, et le plus âgé des deux, Sean, m'a dit qu'il y avait un salon pour VIP au fond et qu'ils voulaient me le montrer. Tu sais, comme il y en a quelquefois dans les films ?

Je hoche la tête, la gorge nouée.

— Eh bien ! j'ai eu la bêtise de les croire. Elle se retourne pour prendre quelque chose dans l'armoire. Je la regarde en silence, elle enlève son tee-shirt et met un soutien-gorge puis une chemise noire à manches longues. Sa peau douce est pleine de griffures et de bleus, on y voit des traces de doigts, et je dois lui cacher ma réaction quand elle me regarde et me dit :

— Je leur avais dit que c'était la première fois que je venais aux États-Unis, je croyais qu'ils voulaient me faire plaisir.

— Oh, Rosa… Je m'approche d'elle, le cœur lourd, mais elle lève de nouveau la main.

— Non ! Elle avale sa salive. Laisse-moi simplement finir.

Je m'arrête à quelques pas d'elle, et quelques instants plus tard elle reprend son récit.

— En passant devant les toilettes, quand les gens qui faisaient la queue ne pouvaient plus nous voir, le plus jeune des deux, Brian, m'a sautée dessus et m'a entraînée dans cette pièce. L'adolescent s'y trouvait aussi, il a tout vu avant que Sean lui dise d'aller dans le hall et de faire en sorte que personne ne puisse entrer. Je crois qu'il… Elle s'interrompt un instant afin de reprendre contenance. Qu'il y aurait eu droit à son tour après eux deux.

En l'écoutant, je retrouve la rage que j'avais ressentie à la boîte de nuit. Elle était enfouie sous le poids de ma peine, écartée par la douleur de ma propre perte, mais maintenant je la sens de nouveau. Une colère violente et brûlante qui me dévore au point de me faire presque trembler, je serre et je desserre les poings le long de mon corps.

— Je crois que tu connais la suite, poursuit Rosa dont la voix est de plus en plus incertaine. Tu es arrivée juste au moment où j'essayais de repousser Sean. Sans toi… Son visage se décompose et cette fois je ne peux plus me retenir.

M'approchant d'elle je la prends dans mes bras et je la serre bien fort, elle est toute tremblante. En plus de ma colère, je me sens impuissante, totalement incapable de faire face à la situation.

Pour n'importe quelle femme, ce qui est arrivé à Rosa est le pire des cauchemars, et je ne sais pas comment la consoler. De l'extérieur, ce que m'a infligé Julian sur l'île semble identique, mais même la première fois, pendant ce moment traumatisant il m'avait montré un semblant de tendresse. Je m'étais sentie violentée tout en étant adorée, aussi incongrue que cette combinaison puisse être.

Je n'ai jamais ressenti ce que Rosa doit ressentir en ce moment.

— Je suis navrée, ai-je murmuré en lui caressant les cheveux. Je suis tellement navrée. Ces salauds vont payer. Nous les ferons payer.

Elle renifle et se dégage, ses yeux sont brillants de larmes.

— Oui. Sa voix s'étrangle quand elle s'écarte de moi. Je le veux, Nora, je le veux plus que tout.

— Moi aussi, ai-je murmuré en la fixant. Je veux que les agresseurs de Rosa meurent. Je veux qu'ils soient éliminés de la manière la plus brutale possible. C'est mal, c'est pervers, mais ça m'est égal. Le spectacle de l'homme que Julian a tué hier soir me vient à l'esprit et m'apporte une satisfaction particulière. Je veux que l'autre, Sean, paie de la même manière.

Je veux que Julian se jette sur lui et je veux voir mon mari se mettre à l'œuvre avec toute la violence dont il est capable.

On frappe à la porte, ce qui nous fait sursauter toutes les deux.

— Entrez ! dit Rosa en essuyant ses larmes avec sa manche.

À ma surprise, Julian entre dans la pièce, il semble tendu et étrangement inquiet. Il s'est changé depuis ce matin et ses cheveux ont l'air mouillés, comme s'il venait juste de prendre une douche.

— Qu'est-ce qui ne va pas ? ai-je demandé immédiatement. Il s'est passé quelque chose ?

— Non, répond Julian en traversant la pièce. Pas encore. Mais il va peut-être falloir hâter votre départ. Il s'arrête devant moi. Je viens juste d'apprendre que notre portrait-robot à tous les trois a été diffusé dans le bureau du FBI de Chicago. Celui des deux frères qui s'est enfui doit avoir une bonne mémoire visuelle. Les Sullivan nous recherchent et s'ils ont autant de relations que nous le pensons, il n'y a pas de temps à perdre.

La peur m'étreint et me serre le cœur.

— Tu crois qu'ils sont déjà au courant pour mes parents ?

— Je n'en sais rien, mais ce n'est pas impossible. Appelle-les immédiatement et dis-leur de faire leurs bagages. Nous irons les chercher dans une heure et je vous conduirai tous les quatre à l'aéroport.

— Attends une minute ! Je fixe Julian des yeux. *Nous* quatre ? Et toi ?

— Il faut que je m'occupe de la menace que représentent les Sullivan. Lucas et moi nous allons rester ici ainsi que la plupart des gardes.

— Quoi ? Tout à coup, je peine à respirer. Qu'est-ce que ça veut dire ? Tu vas rester ici ?

— Il faut que je règle cette situation, répond Julian avec impatience. Bon, on va perdre du temps à parler de ça ou bien tu appelles tes parents ?

Je garde pour moi les objections pleines d'amertume qui me viennent à la bouche.

— Je les appelle tout de suite, ai-je dit d'une voix dure en prenant mon téléphone.

Julian a raison : ce n'est pas le moment de discuter. Mais s'il croit que je vais obéir docilement, il se trompe vraiment.

Je ferai n'importe quoi pour ne pas le perdre une nouvelle fois.

CHAPITRE TRENTE-DEUX

❖ JULIAN ❖

Le trajet pour aller chez les parents de Nora se déroule dans un silence tendu. Je m'occupe de coordonner les détails concernant la sécurité avec mon équipe et Nora envoie texto sur texto à ses parents qui semblent l'assiéger de questions sur ce brusque changement de programme. Rosa nous regarde tous les deux en silence, elle a tellement de bleus qu'ils cachent l'expression de son visage.

Dès que nous arrivons, Nora se précipite dans la maison où je la suis, ne voulant pas la laisser seule, ne serait-ce que pour une demi-heure. Rosa reste dans la voiture avec Lucas en expliquant qu'elle ne veut pas déranger.

En entrant, je m'aperçois que Rosa avait raison de rester dehors.

C'est une maison de fous chez les Leston. Gabriela court dans tous les sens en essayant de mettre autant de choses que possible dans une immense valise et son mari est au téléphone. Il parle très fort en expliquant qu'il doit partir tout de suite et qu'il est désolé de ne pas avoir pu prévenir auparavant.

— Ils vont me virer, marmonne-t-il sombrement en raccrochant. Je réprime l'envie de lui dire qu'aucun emploi ne vaut autant que sa vie.

— Dans ce cas, je vous aiderai à trouver un autre emploi, Tony, ai-je dit à la place en m'asseyant à la table de la cuisine. Le père de Nora me regarde d'un air furieux en guise de réponse, mais je fais comme si je ne l'avais pas vu et je me concentre sur la douzaine de mails qui ont réussi à s'accumuler dans ma messagerie depuis quelques heures.

Quarante minutes plus tard, Nora réussit enfin à obtenir des Leston qu'ils finissent de faire leurs bagages.

— Il faut y aller, maman, insiste-t-elle lorsque sa mère se souvient encore de quelque chose qu'elle avait oublié. Je te promets que nous avons de l'insecticide au domaine. Et pour tout ce dont tu auras besoin, nous le commanderons et nous nous le ferons livrer. Nous ne vivons pas en pleine jungle, tu sais.

Gabriela semble convaincue par cet argument et je l'aide à fermer la grande valise et à la porter à la voiture. Elle doit au moins peser une centaine de kilos et c'est avec un grognement que j'arrive à la mettre dans le coffre de la limousine.

Entre-temps, le père de Nora arrive avec une autre valise plus petite.

— Je vais la prendre, ai-je dit en tendant la main, mais il me repousse.

— Non, ça va, répond-il sèchement si bien que je recule et que je le laisse faire. S'il veut continuer à faire la gueule, ça le regarde.

Quand tous les bagages sont dans la voiture, les parents de Nora y montent et Rosa va devant à côté de Lucas.

— Pour vous laisser plus de place, explique-t-elle bien qu'on puisse facilement tenir à dix derrière dans cette voiture.

— Il y a vraiment besoin de toutes ces voitures, demande Gabriela tandis que je prends place à côté de Nora. En d'autres termes, est-ce que c'est vraiment aussi dangereux ?

— Probablement pas, mais, je ne veux prendre aucun risque, ai-je répondu quand nous démarrons. En plus des vingt-trois gardes qui étaient désœuvrés dans ce quartier tranquille et qui sont répartis entre sept 4x4, j'ai aussi tout un arsenal sous notre siège.

C'est excessif pour un simple trajet jusqu'à Chicago, mais maintenant qu'il y a des problèmes j'ai peur que ce ne soit pas suffisant. J'aurais dû prendre davantage d'hommes et d'armes, mais je ne voulais pas que Frank et les autres aient l'impression que j'étais ici pour un contrat.

— C'est de la folie, marmonne Tony en regardant par la vitre arrière la procession de véhicules qui nous suit. Je ne peux même pas imaginer ce que nos voisins doivent penser.

— Ils pensent que tu es un gros bonnet, papa, dit Nora avec une gaieté forcée. Tu ne t'es jamais demandé comment c'était pour le Président qui se déplace toujours avec les services secrets ?

— Non, pas vraiment. Le père de Nora se retourne vers nous et l'expression de son visage s'adoucit pour regarder sa fille. Comment te sens-tu, ma chérie ? lui demande-t-il. Tu devrais sans doute te reposer au lieu de faire face à tout ça.

— Ça va, papa. Le visage de Nora se ferme. Et je préfère ne pas en parler si ça ne te dérange pas.

— Bien sûr, ma chérie dit sa mère en clignotant des yeux, j'imagine que c'est pour éviter de pleurer. Comme tu voudras mon amour.

Nora s'efforce de sourire à sa mère, mais elle échoue lamentablement. Incapable de résister, je tends le bras et lui pose sur son épaule, l'attirant contre moi.

— Détends-toi, bébé, ai-je murmuré dans ses cheveux tandis qu'elle se blottit à mes côtés. On va bientôt arriver et tu pourras dormir dans l'avion, d'accord ?

Nora pousse un soupir et marmonne quelque chose dans mon épaule.

— Bonne idée. Elle semble fatiguée si bien que je lui caresse les cheveux dont la douceur soyeuse est si agréable. Je pourrais rester comme ça pour toujours, à sentir la chaleur de son petit corps, son parfum doux et délicat. Pour la première fois depuis sa fausse couche j'ai le cœur un peu moins serré, l'amertume de mon profond chagrin s'atténue un peu. La violence qui bouillonne dans mes veines n'a toujours pas disparu, mais l'horrible vide est momentanément comblé, la douleur béante cesse de gagner du terrain.

Je ne sais pas combien de temps nous restons ainsi, mais en jetant un coup d'œil devant moi je m'aperçois que les parents de Nora nous regardent d'un air bizarre. Gabriela semble particulièrement fascinée. Je fronce les sourcils et j'aide Nora à s'asseoir de manière plus confortable à côté de moi. Je n'ai pas envie qu'ils nous voient comme ça. Je ne veux pas qu'ils sachent à quel point je dépends de ma chérie, que j'aie désespérément besoin d'elle.

Mon regard désapprobateur les force à détourner les yeux et je reprends ma caresse sur les cheveux de Nora au moment où nous quittons l'autoroute pour une route à deux voies.

— Combien de temps encore ? demande le père de Nora deux ou trois minutes plus tard. Nous allons à un aéroport privé, n'est-ce pas ?

— Oui, ai-je confirmé. Nous n'en sommes plus très loin maintenant, il me semble. On roule bien, nous devrions arriver dans une vingtaine de minutes. Un de mes hommes est déjà sur place pour préparer l'avion au décollage, dès que nous arriverons nous pourrons décoller.

— Et nous pourrons partir comme ça ? Sans passer par la douane ? demande la mère de Nora. Elle semble toujours aussi intriguée par ma manière d'étreindre Nora. On ne nous empêchera pas de rentrer aux États-Unis à notre retour ?

— Non, ai-je répondu. J'ai des accords spéciaux avec… Mais avant que je puisse terminer mes explications, la voiture accélère, c'est si brutal et si soudain que j'aie du mal à rester assis et à tenir Nora qui sursaute et m'attrape par la taille. Ses parents n'ont pas cette chance, ils tombent sur le côté et sont presque projetés sur le sol de la limousine.

Le panneau qui nous sépare du chauffeur descend et révèle le visage consterné de Lucas dans le rétroviseur.

— Nous sommes suivis, dit-il laconiquement. Ils ont retrouvé nos traces et ils ont mis les grands moyens.

CHAPITRE TRENTE-TROIS

❖ NORA ❖

Pendant une seconde, mon cœur cesse de battre. Puis l'adrénaline explose dans mes veines.

Avant que je ne puisse réagir, Julian est déjà en action. Il détache ma ceinture, m'attrape par le bras et me plaque sur le sol de la voiture.

— Reste là, hurle-t-il, et j'ai le choc de le voir soulever le siège où se trouve tout un arsenal.

— Que… s'exclame ma mère, mais juste à ce moment la limousine fait un écart qui me projette contre le siège de cuir. Mes parents poussent un cri et ils se serrent désespérément l'un contre l'autre, Julian se retient au bord du siège qu'il vient de soulever pour ne pas tomber.

C'est alors que je l'ai entendu.

Le *ra-ta-ta-ta-ta* d'une mitraillette.

On nous tire dessus.

— Gabriela ! Mon père est pâle comme un linge. Tiens-toi à moi !

La limousine a un nouvel écart qui fait pousser un cri d'effroi à ma mère. Julian réussit malgré tout à rester assis, il est penché sur les armes tandis que la voiture accélère encore. Là où je suis, sur le sol, je ne peux voir par les vitres que le sommet des arbres qui défilent à toute vitesse. Nous devons filer sur la route à deux voies à une allure folle.

Une nouvelle salve et les arbres vont encore plus vite, ce n'est plus qu'une traînée verte et floue. Mon pouls bat à se rompre, il est presque plus assourdissant que le crissement lointain des pneus.

— Oh mon Dieu ! En entendant le cri de panique de ma mère, j'attrape l'un des sièges et je me mets à genou pour regarder par la vitre arrière.

Ce que je vois alors ressemble à une scène du film *Fast and Furious*.

Derrière les sept 4x4 de nos gardes, il y a toute une procession de véhicules. Environ, une douzaine d'entre eux sont des 4x4 et des camionnettes, mais il y a aussi trois Hummers avec d'énormes mitraillettes sur le toit. Des hommes armés de fusils d'assaut s'accrochent aux portières et échangent des coups de feu avec nos gardes qui ripostent. J'ai le choc de voir l'une des voitures de nos poursuivants gagner du terrain sur notre dernier 4x4 et lui rentrer dedans pour lui faire quitter la route. Évidemment les deux voitures sont déséquilibrées, les carrosseries se heurtent en faisant des étincelles et j'entends une autre rafale, puis la voiture des assaillants quitte la route et bascule sur le côté.

Une de moins, encore quinze.

Les chiffres sont parfaitement clairs pour moi. *Quinze voitures contre huit, y compris notre limousine.* Les chances ne sont pas de notre côté. Mon cœur s'emballe, la bataille et la course-poursuite continuent, les voitures se rentrent les unes dans les autres sous une pluie de balles.

Boom ! Un bruit assourdissant résonne et secoue chacun de mes os. Stupéfaite, je vois le 4x4 des gardes qui est juste derrière nous se soulever de terre et exploser. Son réservoir a dû être touché, ai-je pensé comme dans un état second, puis j'entends Julian crier mon nom.

Mes oreilles bourdonnent, je me retourne et je le vois me jeter quelque chose de volumineux.

— Mets ça ! hurle-t-il, et il en jette deux autres à mes parents.

Avec incrédulité, je m'aperçois que ce sont des gilets pare-balles.

Il vient de nous donner des gilets pare-balles !

C'est lourd, mais j'arrive à l'enfiler malgré toutes les embardées de la limousine. J'entends mes parents se donner mutuellement des conseils et je me retourne pour voir que Julian a déjà le sien.

Il tient aussi un AK-47 qu'il me met dans les mains avant de prendre une grosse arme étrange qu'il a prise parmi les autres. Je l'examine avec étonnement puis je la reconnais.

C'est un lance-grenades, Julian me l'a montré un jour au domaine.

En essayant de me remettre de ce choc, je reviens m'asseoir avec le fusil d'assaut entre mes mains tremblantes. Je dois prendre part, même si cela me terrorise. Mais avant que je puisse ouvrir la vitre et commencer à tirer, Julian m'abaisse de nouveau sur le sol.

— Reste au sol, hurle-t-il, ne bouge pas, putain !

Je hoche la tête et j'essaie de contrôler ma respiration qui s'est emballée. L'adrénaline qui parcourt mon corps est à la fois un accélérateur et un ralentisseur, mes perceptions sont à la fois floues et précises. J'entends sangloter ma mère, Rosa et Lucas hurlent quelque chose à l'avant, et puis je vois changer l'expression du visage de Julian quand il se tourne vers la vitre avant.

— Merde ! Le juron lui sort de la gorge et me terrifie par sa véhémence.

Incapable de rester immobile, je m'agenouille de nouveau… et je m'arrête de respirer.

Devant nous sur la route il y a un barrage de police, et nous fonçons droit dessus à la vitesse d'une voiture de course.

CHAPITRE TRENTE-QUATRE

❖ JULIAN ❖

Immédiatement, la partie rationnelle et froide de mon cerveau comprend deux choses. Nous n'avons nulle part où nous diriger et les quatre véhicules de police qui bloquent la route sont entourés d'hommes en tenue de combat.

Ils nous attendaient, ce qui veut dire qu'ils sont de connivence avec Sullivan et qu'ils sont là pour nous tuer.

Cette pensée m'emplit de rage et de terreur. Je n'ai pas peur pour moi, mais savoir que Nora pourrait mourir aujourd'hui, que jamais plus je ne la tiendrai dans mes bras.

Non, putain, non. Je repousse impitoyablement cette pensée qui me paralyse et j'examine rapidement la situation.

En moins de vingt secondes, nous avons atteint le barrage de police. Je sais ce que Lucas a l'intention de faire : se jeter entre les deux véhicules les plus éloignés l'un de l'autre. Il y a moins d'un mètre entre eux, mais nous allons presque à 200 km à l'heure, la voiture est blindée, nous avons l'élan pour nous.

Il suffit de survivre à la collision.

Sans lâcher le lance-grenades que je tiens de la main droite, je crie aux parents de Nora :

— Accrochez-vous ! Et je m'abats sur le sol en couvrant Nora de mon corps.

Quelques secondes plus tard, notre limousine se jette sur les véhicules de police avec une violence inouïe. J'entends hurler les parents de Nora, je sens la force d'inertie de l'impact me projeter en avant et je me raidis de toutes mes forces pour m'empêcher de glisser.

Et ça marche, de justesse. Mon épaule droite heurte le côté du siège, mais Nora est saine et sauve sous moi. Je sais que je l'écrase de mon poids, mais c'est un moindre mal. J'entends résonner les balles sur le côté et sur les vitres de la voiture et je m'aperçois qu'on nous tire dessus.

Si c'était une voiture ordinaire, elle serait déjà criblée de balles.

Dès que je sens que la limousine a repris de la vitesse, je me relève et je constate que les parents de Nora ont survécu au choc. Tony se tient le bras en faisant une grimace de douleur, mais Gabriela semble seulement hébétée.

Mais je n'ai pas le temps d'y regarder de plus près. Pour avoir la moindre chance d'en réchapper, il faut s'occuper des hommes de Sullivan et le faire sans plus tarder.

Je tiens toujours le lance-grenades et j'appuie sur un bouton qui se trouve sur la portière pour ouvrir le toit. Puis je me lève entre les sièges, la tête et les épaules au-dehors. En levant mon arme, je vise les voitures lancées à notre poursuite, un véhicule de police a maintenant rejoint les quinze voitures de Sullivan.

Non, ai-je rectifié après un rapide calcul, *treize* voitures appartenant aux Sullivan. Depuis deux minutes mes hommes ont réussi à en neutraliser deux de plus.

C'est le moment d'égaliser le score.

Les balles me sifflent autour de la tête, mais je n'y prends pas garde et je vise avec soin. Il n'y a que six coups dans ce lance-grenades, il faut faire en sorte que chacun d'eux puisse compter.

Boom ! Le premier coup part violemment. L'effet de recul me frappe à l'épaule, mais la grenade a atteint sa cible, le véhicule de police qui est immédiatement derrière nous. Il est soulevé par l'explosion et atterrit sur le côté, en flammes. L'un des Hummers lui rentre dedans et j'ai la satisfaction sardonique de les voir sauter tous les deux, ce qui entraîne une des camionnettes de Sullivan en dehors de la chaussée.

L'ennemi n'a plus que onze véhicules.

Je vise à nouveau. Cette fois-ci, ma cible est plus audacieuse : c'est l'un des Hummers qui se trouvent plus loin. Il a un lance-grenades à un coup sur le toit avec lequel il a tiré sur un de nos 4x4 et je sais qu'ils vont s'en servir dès qu'ils l'auront réarmé.

Boom ! Encore, cet effet de recul ! Mais cette fois, à ma grande déception j'ai raté mon coup.

À la dernière seconde, le Hummer fait une brusque embardée et rentre brutalement dans un de nos 4x4. Avec une rage impuissante, je vois le véhicule de mes hommes se coucher sur le côté et quitter la route.

Nous n'avons plus que les cinq 4x4 des gardes et notre limousine.

Rassemblant tout mon sang-froid je vise un véhicule plus proche de moi. *Boom !* Cette fois, j'atteins ma cible. Le véhicule se retourne et explose et les deux 4x4 des Sullivan qui sont immédiatement derrière lui rentrent dedans à toute vitesse.

Encore huit véhicules contre nous.

Je mets de nouveau en joue en faisant de mon mieux pour compenser les zigzags incessants que fait la limousine. Je sais que Lucas conduit de cette manière afin que nous soyons plus difficiles à atteindre, mais ça *les* rend aussi plus difficiles à atteindre pour moi.

Boom ! J'ai tiré et un autre 4x4 des Sullivan vient d'exploser en atteignant en même temps celui qui le suit.

Il y a encore six véhicules contre nous et il me reste deux grenades.

Je respire profondément et je vise une nouvelle fois, mais au même moment les deux Hummers crachent le feu faisant exploser deux de nos 4x4 qui se couchent sur le côté en quittant la chaussée.

Il ne nous reste que trois 4x4.

En maîtrisant ma rage, je tiens fermement mon arme et je vise celui qui menace de nous rattraper. Un, deux… *boom !* La grenade a atteint sa cible et l'énorme véhicule quitte la route avec de la fumée qui sort de son capot.

L'ennemi n'a plus qu'un Hummer et quatre 4x4.

Il me reste encore une grenade. De nouveau, je respire profondément, je vise, mais avant de pouvoir appuyer sur la gâchette l'un des véhicules ennemis dévie de sa route et rentre dans un autre. Mes hommes ont dû abattre son chauffeur, ce qui accroit nos chances. Les Sullivan n'ont plus qu'un Hummer et deux 4x4.

Soulagé, je vise encore une fois… et c'est alors que je l'entends.

Impossible de s'y tromper, c'est le grondement d'un hélicoptère au loin. En levant les yeux, je vois un hélicoptère de la police qui vient de l'ouest.

Merde !

Ou bien ce sont d'autres flics pourris ou bien les autorités américaines ont eu vent de cette escarmouche.

Dans un cas comme dans l'autre, ce n'est pas de bon augure pour nous.

CHAPITRE TRENTE-CINQ

❖ NORA ❖

En entendant ce nouveau bruit, mon niveau d'adrénaline fait un bond. J'ignorais qu'on pouvait ressentir cela, être à la fois hébétée et très alerte. Mon cœur bat à se rompre et ma peau glacée se hérisse tant j'ai peur. Mais la panique qui s'était emparée de moi tout à l'heure a disparu entre la seconde et la troisième explosion.

On peut visiblement s'habituer à tout, même à voir des voitures exploser.

Tenant de toutes mes forces l'arme que Julian m'a donnée je m'agrippe au siège de ma main restée libre, incapable de détourner les yeux du combat qui a lieu à l'extérieur de la voiture. Derrière nous, la route ressemble à un champ de bataille avec des voitures accidentées et d'autres en flammes sur l'étroite bande vide entre les voies.

C'est comme si nous étions dans un jeu vidéo, sauf que les victimes sont bien réelles.

Boom ! Il suffit d'appuyer sur un bouton de contrôle et un véhicule saute. *Boom !* Encore un autre. *Boom ! Boom !* Je me surprends à guider mentalement la trajectoire de chaque grenade comme si je pouvais aider en pensée Julian à viser.

Un jeu. Rien qu'un jeu de tirs très réaliste avec des effets sonores exceptionnels. En le percevant ainsi, j'arrive à tenir. Je peux faire comme s'il n'y avait pas des douzaines de cadavres qui brûlent derrière nous, dans les deux camps. Je peux me dire que l'homme que j'aime n'est pas debout au centre de la limousine, un lance-grenades à la main, la tête et le buste exposés à une rafale de balles à l'extérieur.

Oui, un jeu, auquel un hélicoptère vient de se joindre. Je l'entends et en allant sur le siège, penchée plus près de la vitre, je peux aussi le voir.

C'est la police, et elle vient droit sur nous.

Ce devrait être un soulagement de voir intervenir les autorités, sauf que le barrage de police que nous venons de franchir n'avait pas l'air de vouloir rétablir l'ordre. J'ai vu leur Land-Cruiser nous poursuivre aux côtés des Sullivan ; la police n'essayait pas d'arrêter les criminels participant à cette fatale course poursuite.

Elle essayait de nous attraper.

Une nouvelle vague de terreur m'envahit et met en péril mon calme apparent. Ce n'est pas un jeu. Tout autour de nous, des hommes meurent et si la limousine n'était pas blindée, si Lucas ne conduisait pas aussi bien, nous aussi nous serions morts. S'il ne s'agissait que de moi, ça n'aurait pas une telle importance. Mais tous ceux que j'aime sont dans cette voiture. S'il leur arrive quelque chose…

Non, arrête ! Je sens que je commence à entrer en hyperventilation et je m'oblige à ne plus y penser. Ce n'est pas le moment de paniquer. En jetant un coup d'œil devant moi, je vois mes parents serrés l'un contre l'autre sur le siège, cramponnés à leur ceinture de sécurité. Ils sont verts de peur. J'ai l'impression qu'ils sont tétanisés par le choc, ma mère a arrêté de hurler.

La limousine fait une brusque embardée sur la droite qui me fait presque tomber par terre.

— Je prends la direction du hangar ! hurle Lucas à l'avant et je m'aperçois qu'on vient de quitter la route à deux voies pour une encore plus étroite.

Le petit aéroport s'annonce bientôt, c'est notre promesse de salut. Le grondement de l'hélicoptère est maintenant juste au-dessus de nous, mais si nous pouvons arriver à notre avion et décoller…

Boom ! Je ne vois plus rien, et pendant l'espace d'une seconde je n'entends plus rien non plus. À bout de souffle, je m'agrippe au bord du siège en essayant éperdument de m'y retenir tandis que la limousine vire brutalement et accélère encore davantage. Quand je retrouve mes esprits, je m'aperçois que c'est le 4x4 des gardes qui est juste derrière nous qui a été atteint. Il y a maintenant une brèche dans son toit d'où s'échappe de la fumée. J'ai le choc de la voir rentrer dans un autre de nos véhicules, la collision est d'une violence extrême. Les pneus crissent et les deux voitures quittent la route, ce n'est plus qu'un amas de métal froissé.

Je comprends avec un accès de panique que l'hélicoptère de la police vient de nous tirer dessus et qu'il a neutralisé deux de nos véhicules, nous n'en avons désormais plus qu'un pour nous protéger.

En me retournant, je jette un coup d'œil affolé vers la vitre avant. Le hangar où nous attend notre avion est proche, si proche. Juste une centaine de mètres et nous y sommes. Nous devrions encore pouvoir résister jusque-là.

Boom ! Assourdie, je me retourne pour voir le Hummer qui est derrière nous prendre feu. Je réalise avec soulagement que Julian a dû l'atteindre. Désormais, il n'y a plus que l'hélicoptère et deux 4x4 lancés à notre poursuite et nous avons encore un 4x4 avec des gardes.

Encore deux coups comme celui-là et nous sommes sauvés…

— Nora ! Des bras puissants m'enveloppent la taille et m'entraînent par terre. Julian est agenouillé au-dessus de moi, furieux, le visage grimaçant de colère. Putain, je t'ai dit de ne pas te relever !

En moins d'une seconde, je m'aperçois de deux choses : il n'est pas blessé et ses mains sont vides.

Il ne doit plus avoir de munitions dans le lance-grenades.

Boom ! La limousine est secouée par une rafale qui nous projette tous deux en avant. Je suis vaguement consciente que Julian me tient dans ses bras et me protège de tout son corps, mais je sens quand même un choc en venant me cogner contre la paroi avant. Je ne peux plus respirer et tout tourne, je vois trouble et il y a quelque chose qui me déchire la peau. L'intérieur de mon crâne me donne l'impression qu'il va exploser comme si mon cerveau voulait en sortir.

— Nora ! La voix de Julian me parvient à travers mon bourdonnement d'oreilles. Hébétée, j'essaie de me concentrer sur lui.

Quand je retrouve un peu de lucidité, je m'aperçois que nous sommes de nouveau sur le sol de la limousine et il est allongé sur moi. Son visage est ensanglanté et son sang coule sur moi. Il me dit quelque chose, mais je n'arrive pas à comprendre.

Je ne vois que son sang, le rouge terrible et affreux de son sang.

— Tu es blessé. Ce son rauque plein de terreur ne ressemble guère à ma voix. Julian, tu es blessé…

Il m'attrape par la mâchoire et me force au silence.

— Écoute-moi, dit-il d'un ton grinçant, dans une minute, exactement une minute je veux que tu partes en courant. Tu me comprends ? Tu partiras en courant dans la direction de ce foutu avion et tu ne t'arrêteras pas, quoiqu'il arrive.

Je le regarde fixement, sans comprendre. *Goutte à goutte*, son sang continue de couler. Il mouille mon visage, j'en sens la chaleur et le goût métallique sur mes lèvres. Ses yeux sont bleu vif dans tout ce rouge, bleu et tellement beau…

— Nora, hurle-t-il en me secouant. Tu me comprends ?

Je commence à mieux entendre et je finis par comprendre ce qu'il me dit.

Il faut courir. Il veut que je coure.

— Mais et… Je veux dire " Et *toi ?* ", mais il me coupe la parole.

— Tu emmèneras tes parents et vous allez tous courir, putain ! Sa voix est dure comme l'airain, son regard me brûle. Tu es armée, mais inutile de prendre des risques inutiles. Me comprends-tu, Nora ?

Je réussis à lui faire un petit signe.

— Oui. Malgré le martèlement de mes tempes, je réalise que la voiture ne s'est pas encore arrêtée et qu'elle poursuit sa route malgré le choc qu'elle a reçu. J'entends le vrombissement de l'hélicoptère juste au-dessus de nous, mais nous sommes toujours en vie. Oui, je comprends.

— Bon. Il continue à me regarder encore un instant puis comme s'il ne pouvait y résister il baisse la tête et prend ma bouche avec violence pour me donner un baiser brûlant. Je sens le goût salé et métallique de son sang, et ce goût qui n'appartient qu'à lui et je voudrais qu'il continue de m'embrasser pour me faire oublier ce cauchemar où nous sommes. Mais trop vite, ses lèvres arrivent vers mon cou et je sens la chaleur de son haleine quand, il me murmure à l'oreille :

— Je t'en prie, va vers l'avion avec tes parents, bébé. Thomas y est déjà et il peut piloter l'appareil si besoin est. Lucas s'occupera de Rosa. C'est notre seule chance de nous en tirer, alors quand je te dirai de courir, vas-y ! Je serai juste derrière toi, d'accord ?

Et avant de me laisser une chance de répondre, il se relève et m'aide à m'agenouiller en me tendant l'AK-47 que j'ai laissé tomber. La brusquerie de ce mouvement me fait tourner la tête, mais je me force à reprendre mes esprits et à agripper le fusil de toutes mes forces. Tout semble étrange, mon corps refuse bizarrement de m'obéir, mais je parviens à me concentrer suffisamment pour voir que la vitre arrière a disparu et qu'il y a de la fumée à l'arrière de la voiture. Par contre, je suis soulagée de voir que mes parents sont toujours ceinturés sur leur siège, ils saignent et semblent sonnés, mais ils sont en vie.

La vitre arrière a dû voler en éclats et le verre être projeté dans la voiture, ce qui explique pourquoi ils saignent ainsi que Julian.

La limousine commence à ralentir et Julian me reprend par la mâchoire afin que je me concentre de nouveau sur lui.

— Dans dix secondes, dit-il durement. Je vais ouvrir la portière et sortir. À ce moment-là, tu t'enfuiras de l'autre côté. Compris Nora ? Tu sauteras et tu prendras tes jambes à ton cou.

Je hoche la tête et quand il me lâche je me tourne vers mes parents.

— Détachez vos ceintures, ai-je dit d'une voix rauque. Dès que la voiture s'arrêtera, on se précipitera vers l'avion.

Ma mère ne réagit pas, le choc l'a rendue inerte, mais mon père commence à triturer la boucle de la ceinture. Du coin de l'œil, je vois se rapprocher le hangar et je commence désespérément à aider mes parents, il faut y arriver avant l'arrêt de la voiture.

J'arrive à détacher la ceinture de ma mère, mais celle de mon père semble coincée et nous tirons tous les deux dessus en nous gênant mutuellement alors que la limousine franchit à toute vitesse un grand portail ouvert avant d'entrer dans une sorte de hangar.

— Dépêchez-vous ! s'écrie Julian alors que la limousine s'arrête brusquement. J'ai failli de nouveau être projetée en avant, mais je réussis à me rattraper à la ceinture de sécurité.

— Vas-y, Nora, hurle Julian en ouvrant sa portière. Vas-y tout de suite !

La boucle de la ceinture de mon père s'ouvre enfin et je l'attrape par la main, de son côté il a pris celle de ma mère. Nous ouvrons l'autre portière et nous sortons à toute vitesse de la voiture si bien que nous tombons à quatre pattes. Le cœur battant à se rompre, je tourne la tête en cherchant l'avion et je l'aperçois.

Il est presque à l'autre extrémité du hangar, une douzaine d'autres avions nous séparent encore de lui.

— Par ici ! Je me relève d'un bond en tirant mon père par la main. Venez, il faut y aller !

Nous nous mettons à courir. Derrière nous, on entend le grincement des freins d'une autre voiture suivie d'une violente rafale. En tournant la tête, je vois Julian et Lucas tirer sur un 4x4 qui vient d'entrer dans le hangar. Rosa court aussi juste derrière nous. Le cœur battant, je ralentis un peu, je meurs d'envie de revenir en arrière pour porter main forte à Lucas et à Julian, mais je me souviens de ce qu'il m'a dit.

Notre seule chance de survie, c'est que tout le monde monte dans l'avion. Même avec mon aide mes parents ont toutes les peines du monde à réagir.

Si bien que je maîtrise mon désir de faire demi-tour et à la place je hurle " Dépêche-toi ! " à Rosa qui nous a presque rattrapés. Maintenant, nous courrons tous les quatre et mon père entraîne ma mère. Il est pâle comme un linge et semble complètement affolé, mais il réussit à avancer, et c'est l'essentiel. Si nous nous en tirons, j'aurai tout le temps de m'inquiéter des conséquences psychologiques pour mes parents et de me reprocher ma responsabilité dans toute cette histoire.

Mais pour le moment, la seule chose qui compte c'est de s'en sortir.

Et pourtant, tout en le sachant, je ne peux m'empêcher de jeter des coups d'œil éperdus derrière nous sans cesser de courir. La peur que j'éprouve pour Julian me noue l'estomac. Je ne peux imaginer le perdre une nouvelle fois. Il me semble que ça me tuerait.

La première fois que je regarde derrière moi, je vois Julian et Lucas se mettre à l'abri derrière la limousine et échanger des coups de feu avec les hommes qui sont derrière le 4x4. Il y a déjà deux cadavres sur le sol et un trou sanglant dans le pare-brise du véhicule.

Malgré ma panique je suis fière. Mon mari et son second savent comment s'y prendre pour tuer.

La deuxième fois que je me retourne, la situation s'est encore améliorée. Il y a quatre morts dans le camp adverse, et Lucas est en train de contourner la limousine pour atteindre le dernier tireur tandis que Julian le couvre.

Au troisième coup d'œil, le dernier tireur a été éliminé, le feu a cessé, et le hangar est étrangement silencieux après tout ce vacarme. Je vois Julian et Lucas debout, ils ne semblent pas atteints et des larmes de joie coulent sur mes joues.

Nous avons réussi. Nous sommes sains et saufs.

Nous sommes déjà près de l'avion et je vois Thomas, le chauffeur qui m'avait conduit chez le coiffeur vers la porte ouverte.

— Aidez-les à monter s'il vous plaît, je lui fais d'une voix tremblante et il me fait un signe en aidant mes parents et Rosa sur la passerelle. Je vous rejoins dans une seconde, ai-je dit à mon père qui essaie de m'obliger à le suivre. Juste un instant. Et je lui lâche la main pour me retourner vers la limousine.

— Julian ! En levant l'AK-47 au-dessus de ma tête, je lui fais signe avec mon arme. Par ici ! Viens, allons-y !

Il me regarde et je vois un grand sourire illuminer son visage.

Entre le rire et les larmes, je commence à courir vers lui, seule ma joie compte désormais et c'est alors que le mur le plus proche de la limousine explose et que Julian et Lucas sont projetés en l'air.

CHAPITRE TRENTE-SIX

❖ JULIAN ❖

Douleur et obscurité.

Pendant une seconde, je me retrouve dans cette pièce sans fenêtre et le couteau de Majid me laboure le visage. J'ai la nausée et je suis sur le point de vomir. Puis mes idées redeviennent claires et je me rends compte d'un bourdonnement sourd dans mes oreilles.

Ce qui n'avait pas été le cas au Tadjikistan.

Et je n'y avais pas eu aussi chaud.

Trop chaud. Si chaud que je brûle.

Putain ! Une vague d'adrénaline me rend toute ma lucidité. À la vitesse de l'éclair, je roule plusieurs fois sur moi-même pour éteindre les flammes qui embrasent mon gilet pare-balles. La nausée me dévore, j'ai affreusement mal à la tête, mais quand je m'immobilise le feu est éteint.

En haletant violemment, je reste allongé sans bouger et j'essaie de retrouver mes esprits. Mais qu'est-ce qui s'est passé, putain ?

Le bourdonnement que j'ai dans la tête s'atténue légèrement et j'essaie d'ouvrir les paupières pour voir des gravats en flammes tout autour de moi.

Une explosion. Il y a dû y avoir une explosion.

Dès que je le comprends, j'entends autre chose.

Une brusque rafale, suivie par une riposte.

Mon cœur cesse de battre. *Nora !*

La panique qui s'empare de moi est d'une telle intensité qu'elle domine tout le reste. En ignorant la douleur, je me relève d'un bond, non sans mal car mes genoux tremblent avant de se raidir pour soutenir mon poids.

En tournant la tête à droite et à gauche, je cherche d'où viennent les coups de feu, puis je la vois.

Une petite silhouette s'est précipitée derrière un gros avion après avoir tiré une nouvelle volée. Derrière elle se trouvent quatre hommes armés en tenue de combat.

En moins d'une seconde, je constate le reste. Le mur du hangar voisin de la limousine a disparu, il est réduit en poussière, et par ce trou, je peux voir l'hélicoptère de la police posé dans l'herbe, ses pales sont désormais immobiles et silencieuses.

Les hommes que j'avais dans le dernier 4x4 ont dû perdre la partie, nous laissant sans défense contre ceux qui restent du côté des Sullivan.

Avant de bien tout saisir, je suis déjà en action. À côté de moi, la limousine brûle, mais c'est l'avant qui est en feu, pas l'arrière, si bien qu'il me reste encore quelques secondes. L'ayant rejointe d'un bond je réussis à ouvrir une des portes et à y entrer. Il y a toujours des armes là où je les avais cachées, j'attrape deux mitrailleuses et j'en ressors immédiatement, la voiture risque d'exploser d'un instant à l'autre. À ce moment-là, j'aperçois Lucas qui tente de se relever à quelques mètres de moi. Il est en vie, ce que je constate avec un vague soulagement.

Mais je n'ai pas le temps de m'y attarder. À une centaine de mètres, Nora se faufile entre les avions et se bat contre nos poursuivants. Ma petite chérie contre quatre hommes armés, cette pensée m'emplit de terreur, de rage et me rend malade.

Une arme dans chaque main je commence à courir. Dès que je peux viser les hommes de Sullivan, je commence à tirer.

Ratatatata ! La tête de l'un des hommes vient d'exploser. *Ratatata !* Un autre est abattu.

En comprenant ce qui se passe, les deux survivants se retournent et commencent à tirer sur moi. Sans prendre garde aux balles qui sifflent autour de moi, je continue à courir et à tirer en faisant de mon mieux pour zigzaguer entre les avions. Même avec mon gilet pare-balles je ne suis pas à l'abri du feu de l'ennemi.

Ratatata ! Quelque chose vient de me traverser l'épaule gauche en laissant une traînée brûlante sur son passage.

En poussant un juron, je renforce ma prise et je riposte si bien qu'un des hommes saute derrière un petit camion de livraison. L'autre continue de tirer sur moi et en courant je vois Nora sortir de derrière l'un des avions et viser, ses yeux noirs semblent immenses dans son visage blême.

Pan ! La tête du tireur vient d'exploser d'un coup. La balle de Nora a atteint sa cible. Elle se retourne d'un coup et vise celui qui est caché derrière le camion.

Mettant à profit la diversion qu'elle me fournit je change de direction et je rampe autour du camion vers lequel il s'est réfugié. En arrivant derrière lui, je le vois viser Nora, et dans un éclair de rage j'appuie sur la gâchette et je le crible de balles.

Il glisse le long du camion, il n'est plus qu'un amas sanglant de viande morte.

Il n'y a plus de coups de feu, le silence qui s'ensuit est presque stupéfiant.

En haletant, je baisse mes armes et je sors de derrière le camion.

CHAPITRE TRENTE-SEPT

❖ NORA ❖

Quand Julian sort de derrière le camion, ensanglanté, mais vivant, je laisse tomber le AK-47, il est trop lourd pour continuer à le tenir. L'émotion qui m'emplit le cœur va bien au-delà du bonheur et du soulagement.

C'est du ravissement. Un ravissement violent et extraordinaire pour avoir tué nos ennemis et avoir survécu.

Quand le mur a explosé et que des hommes armés sont entrés dans le hangar, j'ai cru que Julian avait été tué. Aveuglée par la rage, j'ai ouvert le feu sur eux et quand ils ont commencé à tirer sur moi j'ai couru sans réfléchir, ne suivant que mon instinct.

Je savais que je ne tiendrais pas plus de deux ou trois minutes et ça m'était égal. Je voulais seulement vivre assez longtemps pour en tuer le plus possible.

Mais maintenant, Julian est là, devant moi, il est en vie et aussi vigoureux que d'habitude.

Je ne sais pas si j'ai couru vers lui ou si c'est lui qui a couru vers moi, mais quoi qu'il en soit je me retrouve dans ses bras et il me serre si fort que j'ai du mal à respirer. Il me couvre de baisers ardents et brûlants sur le visage et sur le cou, ses mains me tâtent partout pour savoir si je suis blessée et toute l'horreur de l'heure que nous venons de traverser disparaît pour être remplacée par une joie folle.

Nous avons survécu, nous sommes ensemble, et plus rien ne pourra jamais nous séparer.

* * *

— Ces deux-là étaient vers l'hélicoptère, dit Lucas quand nous sortons du hangar pour aller à sa recherche. Comme Julian, il saigne et il a du mal à tenir debout, mais ça ne le rend pas moins dangereux, comme en témoigne l'état des deux hommes couchés dans l'herbe. Ils gémissent et pleurent, l'un d'eux tient son bras ensanglanté, l'autre essaie d'arrêter le sang qui jaillit de sa jambe.

— C'est bien celui que je crois ? demande Julian d'une voix rauque en indiquant le plus âgé des deux et Lucas a un sourire cruel.

— Oui... Patrick Sullivan en personne et son fils préféré, l'unique survivant, Sean.

Je jette un coup d'œil au plus jeune des deux, et je reconnais ses traits grimaçants. C'est lui qui a agressé Rosa et qui s'était enfui.

— J'imagine qu'ils étaient venus en hélicoptère pour assister aux opérations et intervenir le moment venu, continue Lucas en faisant la grimace et en se tenant les côtes. Sauf qu'ils n'en ont pas eu l'occasion. Ils ont dû apprendre qui vous étiez et appeler en renfort tous les flics auxquels ils avaient rendu service.

— Ceux qu'on a tués étaient des policiers ? Ai-je demandé en commençant à trembler, l'excitation provoquée par l'adrénaline commence à se dissiper. Ceux qui étaient dans le Hummer et dans les 4x4 ?

— À en juger par leur équipement, c'était le cas de la plupart d'entre eux, répond Julian en me mettant le bras autour de la taille. Je lui sais gré de me soutenir, mes jambes semblent en coton. Certains étaient sans doute pourris, mais d'autres suivaient aveuglément les ordres de leurs supérieurs. Je suis certain qu'on leur a dit que nous étions des criminels extrêmement dangereux. Peut-être même des terroristes.

— Oh ! Cette pensée me fait mal à la tête et tout à coup je me rends compte de tous les endroits où j'ai mal et de tous mes bleus. J'ai tellement mal et je me sens tellement épuisée que je m'appuie sur Julian, au bord de l'évanouissement.

— Merde ! En entendant ce juron qu'il a marmonné, tout bascule, je suis à l'horizontale et je réalise que Julian vient de me prendre dans ses bras après m'avoir soulevée de terre. Je l'emmène dans l'avion, l'ai-je entendu dire, et j'ai recours à mes dernières forces pour secouer la tête.

— Non, ça va. Pose-moi s'il te plaît, lui ai-je demandé en le repoussant, et à ma surprise Julian s'exécute et me repose doucement sur le sol. Il a gardé un bras autour de mon dos, mais me laisse me tenir toute seule.

— Qu'est-ce qu'il y a, bébé ? demande-t-il en baissant les yeux vers moi.

Je désigne les deux blessés.

— Que vas-tu en faire ? Tu vas les tuer ?

— Oui, dit Julian. Ses yeux ont une lueur froide. Je vais les tuer.

J'inspire lentement et j'expire. La jeune fille que Julian a emmenée dans l'île aurait fait des objections, lui aurait donné des raisons de les épargner, mais je ne suis plus cette jeune fille. Les souffrances de ces hommes ne m'émeuvent pas. J'aurais davantage de compassion pour un scarabée retourné sur le dos que pour eux et je suis contente que Julian élimine la menace qu'ils représentent.

— Je pense que Rosa devrait y assister, dit Lucas. Elle veut que justice soit faite.

Julian me jette un coup d'œil et je lui fais un signe en guise de confirmation. C'est peut-être mal, mais à cet instant il semble juste qu'elle soit ici et qu'elle voit mourir ceux qui l'ont fait souffrir.

— Amène-la ici, ordonne Julian et Lucas retourne dans le hangar en nous laissant seuls avec les Sullivan.

Nous regardons nos captifs dans un silence morne, ni l'un ni l'autre n'ayant envie de parler. Le plus âgé des deux est presque inconscient, il s'est vidé de son sang, mais l'agresseur de Rosa fait bruyamment appel à notre pitié. Il se tortille en sanglotant sur le sol, nous promettant de l'argent, des avantages politiques, une introduction auprès de tous les cartels américains... tout ce que nous désirons pourvu que nous le laissions partir. Il jure qu'il ne touchera plus jamais à une femme, il dit que c'était une erreur, il ne savait pas, il n'avait pas réalisé qui était Rosa.

Comme ni Julian ni moi ne réagissons, ses tentatives de négociations se transforment en menaces et je cesse de l'écouter, sachant qu'aucune de ses paroles ne nous fera changer d'avis. La colère que je ressens est glaciale, ne laissant aucune place à la pitié.

À cause de ce qu'il a fait à Rosa et à cause de l'enfant que nous avons perdu, Sean Sullivan ne mérite rien moins que la mort.

Une minute plus tard, Lucas est de retour, il sort du hangar et accompagne Rosa qui semble secouée. Mais dès qu'elle aperçoit les deux hommes, son visage retrouve des couleurs et son regard se durcit. En s'approchant de son agresseur, elle baisse les yeux vers lui pendant deux ou trois secondes avant de les relever vers nous.

— Puis-je ? demande-t-elle tout en tendant la main et Lucas souriant froidement lui tend un fusil. Sans trembler, elle vise son agresseur.

— Fais-le, lui dit Julian, et je vois encore mourir un homme, sa tête explose. Avant même que se dissipent les échos du coup de feu tiré par Rosa, Julian s'avance vers Patrick Sullivan qui a perdu connaissance et décharge plusieurs balles dans sa poitrine.

— Nous en avons terminé, dit-il en se détournant du cadavre, et nous nous dirigeons tous les quatre vers l'avion.

* * *

Pour le voyage de retour, c'est Thomas qui pilote l'appareil tandis que Lucas se repose dans la cabine avec Julian, Rosa et moi. Quand elle voit que nous sommes tous sains et saufs, ma mère éclate en sanglots hystériques, si bien que Julian conduit mes parents vers la chambre de l'avion et leur dit de prendre une douche et de s'y reposer. Je voudrais aller voir comment ils vont, mais l'épuisement auquel s'ajoute l'effondrement qui suit la poussée d'adrénaline a finalement raison de moi.

Dès le décollage, je m'endors sur mon siège, la main serrée dans celle de Julian.

Je ne me souviens ni de l'atterrissage ni de notre arrivée à la maison. Quand j'ouvre de nouveau les yeux, nous sommes déjà dans notre chambre et le Dr Goldberg nettoie et panse mes plaies. Je me souviens vaguement que dans l'avion Julian a lavé le sang dont j'étais couverte, mais le reste du voyage reste complètement vague dans mon souvenir.

— Comment vont mes parents ? ai-je demandé au médecin qui enlève un petit morceau de verre logé dans mon bras à l'aide d'une pince à épiler. Comment se sentent-ils ? Et Rosa et Lucas ?

— Tout le monde dort, dit Julian en regardant travailler le médecin. Son visage est gris tant il est épuisé, je ne l'ai jamais entendu parler d'une voix aussi lasse. Ne t'inquiète pas, ils vont bien.

— Je les ai examinés à leur arrivée, dit le Dr Goldberg en bandant la plaie qui saigne légèrement de mon bras. Votre père a une grosse contusion au coude, mais il ne s'est rien cassé. Votre mère était en état de choc, mais à part quelques égratignures à cause du verre cassé et une petite entorse cervicale, elle va bien, ainsi que Mlle Martinez. Kent a plusieurs côtes fêlées et quelques brûlures, mais il s'en remettra.

— Et Julian ? ai-je demandé en jetant un coup d'œil vers mon mari. Il a déjà été nettoyé et pansé, je sais donc que le docteur a dû le soigner pendant que je dormais.

— Une légère commotion cérébrale, comme vous, des brûlures au premier degré dans le dos, quelques points de suture au bras où une balle l'a frôlé, et des contusions. Et bien sûr des égratignures à cause du verre qui a volé en éclat. En me retirant un autre morceau de verre du bras, le médecin s'interrompt et nous regarde tous les deux comme s'il se demandait comment procéder. J'ai appris votre fausse couche, je suis vraiment navré.

Je hoche la tête en luttant contre les larmes qui me viennent brusquement aux yeux. La pitié que je lis dans le regard du Dr Goldberg me fait plus mal que tous les éclats de verre possibles en me rappelant ce que nous avons perdu. L'atroce douleur que j'ai enfouie pendant notre lutte pour survivre est de retour, plus vive et plus forte que jamais.

Nous avons peut-être survécu, mais nous ne sommes pas indemnes.

— Merci, dit Julian d'une voix rauque en se levant et en se dirigeant vers la fenêtre. Ses mouvements sont raides et saccadés, sa posture pleine de tension. Le médecin s'aperçoit visiblement de sa gaffe et finit de me soigner en silence puis s'en va en murmurant " bonne nuit " avant de nous laisser seuls avec notre peine.

Dès le départ du Dr Goldberg, Julian revient vers le lit. Je ne l'ai jamais vu aussi fatigué. Il vacille presque en marchant.

— Est-ce que tu as pu un peu dormir dans l'avion ? ai-je demandé en le regardant enlever le tee-shirt et le jogging qu'il a dû mettre en arrivant à la maison. Mon cœur se serre à la vue de ses blessures. " Quelques contusions " sont vraiment une litote. Il est couvert de bleus des pieds à la tête, son dos musclé et son torse sont presque entièrement bandés.

— Non, je voulais conserver un œil sur toi, répond-il avec lassitude en venant se coucher à côté de moi.

Allongé en face de moi, il me prend dans ses bras et me serre plus près de lui.

— Je pensais que tu avais une commotion cérébrale à cause de ta chute dans la voiture, murmure-t-il, le visage tout près du mien.

— Oh, je vois. Je ne peux détourner les yeux du bleu intense de son regard. Mais toi aussi tu as reçu une commotion cérébrale dans l'explosion.

Il hoche la tête.

— Oui, c'est ce que j'ai pensé. Une autre raison pour ne pas dormir tout à l'heure.

Je le fixe, ma respiration est oppressée. J'ai l'impression de me noyer dans ses yeux bleus, sombrant de plus en plus dans leur pouvoir hypnotique. Involontairement, le souvenir de l'explosion se glisse dans mon esprit en me ramenant toute l'horreur de ce qui s'est passé. Julian projeté en l'air par la détonation, le viol de Rosa, ma fausse couche, le visage terrifié de mes parents quand nous roulions à toute vitesse sur l'autoroute au milieu d'une pluie de balles… Ces scènes atroces se mêlent dans ma tête et m'emplissent d'une peine et d'une culpabilité qui me suffoquent.

Parce que j'ai insisté afin que nous allions dans cette boîte de nuit, en l'espace de deux brèves journées j'ai perdu mon bébé et j'ai failli perdre tous ceux qui comptent pour moi.

Les larmes que je verse semblent des gouttes de sang venues de mon âme. Chacune d'elles brûle mes canaux lacrymaux, et les sanglots qui sortent de ma gorge sont affreusement rauques. Le monde dans lequel je suis désormais n'est pas seulement sombre ; il est ténébreux, absolument dépourvu du moindre espoir.

En fermant les yeux de toutes mes forces, j'essaie de me lover pour me faire aussi petite que possible et empêcher ma douleur d'exploser au-dehors, mais Julian m'en empêche. Il me prend dans ses bras et m'étreint quand je m'effondre, je sens le réconfort de son grand corps contre le mien tandis qu'il me caresse le dos et me chuchote à l'oreille que nous sommes sains et saufs, que tout ira bien et que nous retrouverons bientôt une vie normale… Je suis comme entourée du son grave de sa voix si bien que je suis forcée de l'écouter et ses paroles me réconfortent même si je sais qu'elles sont mensongères.

Je ne sais pas combien de temps je pleure ainsi, mais finalement le pire de ma douleur finit par s'atténuer et je me rends compte des caresses de Julian, de son immense force.

Ses étreintes qui m'emprisonnaient autrefois sont désormais mon salut et m'empêchent de me noyer dans le désespoir.

Alors que mes sanglots se calment, je m'aperçois que je le serre aussi fort que lui et qu'il semble aussi en être réconforté. Il me console, mais moi aussi je le console en échange, et d'une certaine manière cela atténue mes souffrances et permet de dissiper un peu les ténèbres qui m'oppressent.

Il m'a déjà tenu dans ses bras quand je pleurais, mais jamais comme ça. Indirectement, il a toujours été la cause de mes larmes. Jusqu'ici, nous n'avons jamais été unis dans la peine, nous n'avons jamais partagé la même douleur. L'expérience la plus proche de ce qui nous arrive maintenant fut la mort atroce de Beth, mais même à ce moment-là nous n'avions pas pu la pleurer ensemble. Après l'explosion du hangar, j'étais seule pour pleurer Beth et Julian, et à son retour la colère dominait la tristesse dans mon cœur.

Mais cette fois, c'est différent. Ma perte est aussi la sienne. Encore plus la *sienne* en fait puisqu'il avait désiré cet enfant dès le départ. La minuscule vie qui grandissait en moi et qu'il avait protégée si farouchement n'est plus, et je ne peux même pas imaginer ce que doit ressentir Julian.

À quel point il doit me haïr pour ce que j'ai fait.

Cette pensée est dévastatrice, mais cette fois je réussis à contenir mon chagrin. J'ignore ce qui arrivera demain, mais pour le moment il me réconforte et je suis assez égoïste pour l'accepter, pour m'appuyer sur sa force afin de m'en sortir.

En tremblant et en soupirant, je me serre encore plus près de mon mari pour écouter ses battements de cœur vigoureux et réguliers.

Même si Julian me déteste en ce moment, j'ai besoin de lui.

J'ai bien trop besoin de lui pour pouvoir le laisser partir un jour.

CHAPITRE TRENTE-HUIT

❖ JULIAN ❖

Tandis que la respiration de Nora ralentit et se calme, son corps se détend contre le mien. Un frisson la parcourt encore de temps à autre, mais finalement ils cessent eux aussi et elle sombre dans un profond sommeil.

Moi aussi je devrais dormir. Je n'ai pas fermé l'œil depuis la veille de l'anniversaire de Nora, ce qui veut dire que je suis éveillé depuis plus de quarante-huit heures.

Quarante-huit heures qui comptent parmi les pires de ma vie.

Nous sommes sains et saufs. Tout ira bien. Nous retrouverons bientôt une vie normale. Ces paroles prononcées pour rassurer Nora sonnent creux à mon oreille. Je voudrais croire ce que j'ai dit, mais notre deuil est trop récent, la douleur trop vive.

Un enfant. Un bébé conçu par Nora et par moi. Il aurait pu n'être rien, rien que quelques cellules en devenir, mais même à dix semaines cette minuscule créature m'avait rempli le cœur d'émotions et faisait de moi ce qu'elle voulait.

Cet enfant n'était pas encore né et j'aurais déjà tout fait pour lui.

Et il est mort avant d'avoir pu vivre.

Une rage noire et pleine d'amertume me reprend à la gorge, cette fois elle est dirigée uniquement contre moi. Il y a tant de choses que j'aurais pu, que j'aurais dû faire pour empêcher cette situation. Je sais qu'il est inutile de s'y attarder, mais mon cerveau épuisé refuse de lâcher prise. Les regrets inutiles tournoient sans relâche dans ma tête jusqu'à ce que je me sente comme un écureuil en cage, tournant sur place et n'allant nulle part. Et si j'avais empêché Nora de quitter le domaine ? Et si j'étais arrivé plus vite aux toilettes de la boîte de nuit ? Et si, et si... mes pensées tournent de plus en plus vite, l'abîme s'ouvre de nouveau sous moi et je sais que si Nora n'était pas avec moi je sombrerais dans la folie, englouti par le vide.

En serrant encore plus fort son petit corps tout chaud, je regarde fixement l'obscurité, en souhaitant désespérément quelque chose qui est hors d'atteinte, une absolution que je ne mérite pas et que je ne trouverai jamais.

Nora soupire dans son sommeil et se frotte la joue sur ma poitrine, ses lèvres douces me touchent la peau. Une autre nuit, ce geste inconscient aurait excité mon désir, l'aurait réveillé, il me tourmente sans cesse en sa présence. Mais cette nuit, ce geste de tendresse ne fait que me serrer davantage le cœur.

Mon enfant est mort.

L'irrémédiable me frappe et pénètre la carapace qui me protège depuis l'enfance. Je n'y peux rien, personne n'y peut rien. Je pourrais détruire toute la ville de Chicago, mais ça n'y changerait rien.

Mon enfant est mort.

La douleur afflue sans que je puisse la contrôler, comme un fleuve qui a détruit un barrage. J'essaie de lutter, de la repousser, mais c'est encore pire. Les souvenirs arrivent comme un raz de marée, les visages de tous ceux que j'ai perdus m'envahissent l'esprit. *Le bébé, Maria, Beth, ma mère, mon père tel qu'il était dans les rares moments où je l'ai aimé...* La violence du chagrin est insoutenable et surmonte tout sauf la présence de ce nouveau deuil.

Mon enfant est mort.

L'angoisse me tenaille, me torture tout en me purifiant.

Mon enfant est mort.

En tremblant, je m'agrippe à Nora tout en cessant de lutter et en acceptant de souffrir.

QUATRIÈME PARTIE :
LE CONTRECOUP

CHAPITRE TRENTE-NEUF

❖ NORA ❖

Quinze jours après notre retour, Julian estime que mes parents seront en sécurité s'ils rentrent à Oak Lawn.

— J'intensifierai leur surveillance pendant quelques mois, explique-t-il alors que nous marchons dans le camp d'entraînement. Il faudra qu'ils acceptent quelques restrictions, comme ne pas aller dans les centres commerciaux ou dans des endroits trop fréquentés, cependant ils devraient pouvoir recommencer à travailler et reprendre l'essentiel de leurs activités.

Je hoche la tête sans grande surprise. Julian m'a tenue au courant des efforts qu'il a faits dans ce domaine et je sais que les Sullivan ne sont plus à craindre. Avec les mêmes tactiques impitoyables qu'il a utilisées contre Al-Qadar, mon mari a réussi ce que les autorités ont vainement tenté de faire depuis des dizaines d'années : débarrasser Chicago de son gang le plus dangereux.

— Et Frank ? ai-je demandé en passant devant deux gardes qui luttent dans l'herbe. Je croyais que la CIA ne voulait plus qu'aucun de nous ne revienne aux USA ?

— Elle a fini par céder hier. Il a fallu la convaincre, mais tes parents devraient pouvoir rentrer chez eux sans rencontrer d'obstacle.

— Ah bon ! Je ne peux qu'imaginer comment Julian l'a " convaincue " étant donnée la dévastation que nous avons laissée derrière nous. Même l'équipe de camouflage dépêchée par la CIA n'a pas pu dissimuler le récit de notre course-poursuite et de la bataille que nous avons livrée. La zone qui entoure l'aéroport privé n'est pas très peuplée, mais les coups de feu et les explosions ne sont pas passés inaperçus. Depuis quinze jours, l'opération clandestine de Chicago pour appréhender le " redoutable trafiquant d'armes " est l'unique sujet des journaux.

Comme le supposait Julian dans la voiture, les Sullivan avaient effectivement demandé à la police de leur rendre service en organisant cette attaque. Le chef de la police qui était à la solde des Sullivan et qui n'est plus qu'un amas sanglant flottant dans la soude avait pris les informations que les Sullivan avaient obtenues sur nous et utilisé ce prétexte d'un " trafiquant d'armes passant des explosifs en contrebande à Chicago " pour réunir à la hâte une équipe d'intervention spéciale. Les hommes du gang Sullivan qui s'étaient joints à eux furent présentés comme " un renfort extérieur " et toute cette intervention d'urgence avait été dissimulée aux autres organismes de maintien de l'ordre, ce qui explique qu'on ait pu nous prendre par surprise.

— Ne t'inquiète pas, dit Julian en se méprenant sur la tension qu'il lit sur mon visage. À part Frank et quelques hauts fonctionnaires, nul ne sait que tes parents étaient impliqués dans ce qui s'est passé. Cette surveillance supplémentaire n'est qu'une précaution, rien de plus.

— Je sais bien. Je lève les yeux sur lui. Tu ne les laisserais pas partir s'il y avait un danger.

— Non, dit doucement Julian en s'arrêtant à l'entrée de la salle de lutte. Je ne les laisserais pas partir. Son front brille de sueur, la chaleur est moite, et son débardeur colle à ses muscles saillants. Il a encore quelques plaies à demi cicatrisées au visage et au cou venant des débris de verre, mais elles ne nuisent en rien à son pouvoir de séduction.

Se tenant tout près de moi et m'observant avec son regard bleu perçant, mon mari est l'image même de la virilité, de la vigueur et de la santé.

Je détourne les yeux en avalant ma salive, la peau me brûle en me souvenant de mon réveil ce matin. S'il est vrai que nous n'avons pas eu de rapports sexuels depuis ma fausse couche, cela ne veut pas dire que Julian et moi sommes dans l'abstinence. *Attachée à genoux, sa verge dans la bouche et sa langue sur mon clitoris...* Ces images dans mon esprit me consument alors que mon sentiment de culpabilité incessant continue de m'oppresser.

Pourquoi Julian continue-t-il à être aussi gentil avec moi ? Depuis notre retour, j'ai attendu qu'il me punisse, qu'il fasse quelque chose pour exprimer la colère qu'il doit ressentir, mais jusqu'à présent il n'en a rien fait. Au contraire, il s'est montré plus tendre que d'habitude, et d'une certaine manière, plus attentionné que pendant ma grossesse. Son changement de comportement est subtil, quelques baisers et quelques caresses de plus pendant la journée, des massages complets chaque soir, le fait de demander à Ana de préparer mes plats préférés. Rien de nouveau, mais il le fait beaucoup plus souvent depuis notre retour des États-Unis.

Depuis que nous avons perdu notre enfant.

Tout à coup, mes yeux sont brûlants de larmes et je baisse la tête pour les cacher en passant devant Julian pour entrer dans la salle de sport. Je ne veux pas qu'il me voie encore pleurer. Il l'a assez vu depuis quinze jours. C'est sans doute pour cela qu'il se retient de me punir : il doit penser que je n'aurai pas la force de le supporter et que je redeviendrai cette loque en proie aux crises de panique que j'étais après le Tadjikistan.

Sauf que ce n'est pas le cas. Je le sais désormais. La situation actuelle est différente.

Quelque chose en *moi* est différent.

En me dirigeant vers les tapis de sol je me penche et je m'étire en mettant ce temps à profit pour reprendre contenance. Quand je me retourne vers Julian, mon visage ne montre aucun signe du chagrin qui est toujours sur le point de me prendre en embuscade.

— Je suis prête, ai-je dit en me plaçant sur le tapis, allons-y.

Et pendant l'heure qui suit, tandis que Julian m'apprend comment faire tomber un homme de quatre-vingt-dix kilos en sept secondes je parviens à éloigner de mon esprit toutes ces idées noires, le deuil et le sentiment de culpabilité.

* * *

Après la séance d'entraînement, je retourne me doucher à la maison puis je vais à la piscine annoncer la nouvelle à mes parents. Mes muscles sont fatigués, mais l'endorphine provoquée par l'intensité de l'exercice me fait du bien.

— Alors on peut rentrer ? Mon père s'assied dans sa chaise longue, la méfiance et le soulagement luttent sur son visage. Et tous ces policiers ? Et les relations de ces gangsters ?

— Je suis sûre que ça va, Tony, dit ma mère avant que je ne puisse répondre. Julian ne nous permettrait pas de rentrer s'il y avait encore du danger.

En maillot de bain jaune, elle est bronzée et reposée comme si elle venait de passer la dernière quinzaine de jours dans une station balnéaire, ce qui d'une certaine manière n'est pas loin de la vérité. Julian a fait de grands efforts pour assurer le confort de mes parents et leur a donné l'impression qu'ils étaient vraiment en vacances. Des livres, des films, de délicieux repas, et même des jus de fruits au bord de la piscine, tout cela a été mis à leur disposition, si bien que mon père a fini par admettre avec réticence que ma vie dans le domaine d'un trafiquant d'armes n'est pas aussi terrible qu'il l'avait imaginée.

— C'est vrai, il ne vous le permettrait pas, ai-je confirmé en m'asseyant sur une chaise longue à côté de ma mère. Julian dit que vous pouvez partir quand vous voulez. L'avion peut être prêt demain, mais évidemment nous aimerions beaucoup que vous restiez plus longtemps.

Comme prévu, ma mère hoche la tête pour refuser.

— Merci, ma chérie, mais je pense que nous devrions rentrer. Ton père s'inquiète pour son travail et mes patrons me demandent tous les jours quand je serai de retour… Sa voix est hésitante et elle m'adresse un sourire d'excuse.

— Bien sûr. Je lui souris à mon tour sans tenir compte d'un léger pincement au cœur. Je sais pourquoi ils veulent partir, et ce n'est ni à cause de leur travail ni à cause de leurs amis. Malgré tout le confort dont ils disposent ici, mes parents se sentent confinés, prisonniers des miradors et des drones surveillant la jungle. Je m'en aperçois dans leur manière de regarder les gardes en armes et dans la peur qui traverse leur visage quand ils passent vers le camp d'entraînement et entendent des coups de feu. À leurs yeux, vivre ici c'est vivre dans une prison dorée peuplée de criminels.

Et parmi ces criminels se trouve leur propre fille.

— Nous devrions aller dans la maison pour faire nos bagages, dit mon père en se levant. Je crois qu'il vaut mieux que nous partions le plus tôt possible demain matin.

— D'accord. J'essaie de ne pas être blessée par ses paroles. Il serait stupide de me sentir rejetée parce que mes parents veulent rentrer chez eux. Ils ne sont pas à leur place ici et je le sais aussi bien qu'eux. Physiquement, ils n'ont plus les bleus et les égratignures qui leur ont été infligés pendant la course poursuite, mais moralement il en va autrement.

Quelques heures de thérapie avec le docteur Wessex ne suffisent pas afin que mes parents habitués à la vie tranquille, se remettent d'avoir vus exploser des voitures et mourir des gens.

— Voulez-vous que je vous aide à faire vos bagages ? ai-je demandé à mon père tandis que mon père pose une serviette de bain sur les épaules de ma mère. Julian a rendez-vous avec son comptable, je suis donc libre jusqu'au dîner.

— Ce n'est pas la peine ma chérie, dit gentiment ma mère. Nous allons nous débrouiller. Pourquoi ne vas-tu pas nager avant le dîner ? L'eau est fraîche, elle est vraiment bonne.

Et ils me laissent au bord de la piscine pour se hâter vers la maison que la climatisation rend si confortable.

* * *

— Ils partent demain ? Rosa semble étonnée quand je lui annonce le départ imminent de mes parents. Oh, quel dommage ! Je n'ai pas pu montrer à ta mère ce lac dont je leur ai parlé.

— Ce n'est pas grave, ai-je dit en prenant un panier à linge pour l'aider à remplir la machine à laver. J'espère qu'ils reviendront.

— Oui, espérons-le, répond Rosa qui fronce les sourcils en me voyant faire. Mais tu ne devrais pas… Elle s'arrête brusquement.

— Je ne devrais pas soulever quelque chose de lourd ? ai-je dit en terminant sa phrase en lui adressant un sourire ironique. Ana et toi vous oubliez toujours que je n'ai plus besoin de prendre de précautions. Je peux de nouveau faire de l'haltérophilie, de la lutte, du tir, et manger ce que je veux.

— Évidemment. Rosa semble toute contrite. Je suis désolée (elle tend la main vers le panier), mais tu ne devrais tout de même pas faire mon travail.

Je le lui laisse en soupirant, je sais qu'elle sera contrariée si j'insiste pour l'aider. Depuis notre retour, elle est particulièrement susceptible à ce sujet et elle insiste pour ne pas être traitée autrement qu'avant.

— J'ai été violée ; on ne m'a pas coupé les deux bras, a-t-elle rétorqué vivement à Ana quand la gouvernante a essayé de lui faire faire des tâches moins lourdes. Il ne va rien m'arriver en passant l'aspirateur ou la serpillière.

Bien sûr, Ana a éclaté en sanglots en l'entendant dire cela et Rosa et moi avons dû passer les vingt minutes suivantes à tenter de la calmer. La vieille femme a bien du mal à contrôler ses émotions depuis notre retour, elle se lamente ouvertement à cause de ma fausse couche et de l'agression de Rosa.

— Elle réagit plus mal que ma mère, m'a dit Rosa la semaine dernière, et j'ai hoché la tête sans surprise. J'ai beau n'avoir rencontré Mme Martinez que deux ou trois fois, cette femme sévère et bien en chair m'avait frappée par sa ressemblance avec Beth, elle a la même carapace et la même vision cynique de la vie. Comment Rosa est-elle parvenue à demeurer aussi gaie avec une mère pareille, restera toujours un mystère pour moi. Même maintenant, après tout ce qu'elle a enduré, le sourire de mon amie est seulement un peu moins rayonnant, la lueur de ses yeux légèrement moins vive. Maintenant que ses contusions ont presque guéri, personne ne pourrait deviner que Rosa a survécu à un traumatisme aussi grave, d'autant plus qu'elle insiste farouchement pour être traitée normalement.

En poussant un nouveau soupir, je la regarde remplir la machine à laver avec efficacité et rapidité, elle enlève les vêtements les plus sombres qu'elle empile soigneusement par terre. Quand elle a terminé, elle se retourne vers moi.

— Est-ce que tu es au courant ? demande-t-elle. Lucas a retrouvé les traces de l'interprète. Je crois qu'il va partir à sa poursuite après avoir ramené tes parents en avion.

— Il te l'a dit ?

Elle hoche la tête.

— Je l'ai rencontré par hasard ce matin et je lui ai demandé où ça en était. Oui, il me l'a dit.

— Oh, je comprends. Non, je ne comprends pas du tout, mais je décide de ne pas m'en mêler. Rosa m'en dit de moins en moins sur sa relation ou plutôt son absence de relation avec Lucas, et je ne veux pas insister. J'imagine qu'elle m'en parlera quand ça sera le moment, s'il y a quelque chose à en dire évidemment.

Elle va mettre en marche la machine à laver et je me demande si je devrais lui confier ce que j'ai appris hier… et dont je n'ai encore rien dit à Julian. Finalement, je décide de me lancer puisqu'elle connait déjà une partie de l'histoire.

— Te souviens-tu de la jolie doctoresse qui m'a soignée à l'hôpital ? ai-je demandé en m'appuyant sur le séchoir.

Rosa se retourne vers moi, elle semble interloquée par ce changement de sujet de conversation.

— Oui, je crois. Pourquoi ?

— Son nom de famille est Cobakis. Je me souviens l'avoir lu sur son badge et pensé que je le connaissais, comme si je l'avais déjà vu quelque part.

À ces mots, Rosa semble intriguée.

— Et c'était vrai ? Tu l'avais déjà vu ?

Je hoche la tête.

— Oui. Je ne pouvais plus me rappeler où c'était, et puis hier ça m'est revenu. Il y avait quelqu'un qui s'appelait George Cobakis sur la liste que j'ai donnée à Peter.

Rosa ouvre grands les yeux.

— La liste de ceux qui sont responsables de ce qui est arrivé à sa famille ?

— Oui. Je respire profondément. Je n'en étais pas sûre, alors hier j'ai vérifié ma messagerie, et effectivement, c'était bien ça. George Cobakis, Homer Glen, Illinois. À l'origine, j'avais remarqué ce nom à cause de l'adresse.

— Oh ! Rosa me fixe, bouche bée. Et crois-tu que cette gentille doctoresse pourrait avoir un lien avec ce George ?

— J'en suis sûre. J'ai fait une recherche sur George Cobakis hier soir et son nom est apparu dans les données. C'est sa femme. Un journal local a écrit un article sur une vente de charité pour les anciens combattants et leurs familles et il a publié la photo d'un couple qui avait fait des dons importants à cette organisation. C'est apparemment un journaliste, un correspondant à l'étranger. Je ne comprends pas comment son nom s'est retrouvé sur la liste de Peter.

— Merde ! Rosa semble à la fois horrifiée et fascinée. Et qu'est-ce que tu vas faire ?

— Qu'est-ce que je peux faire ? C'est la question qui me tourmente depuis que j'ai compris ce lien. Avant, les noms figurant sur cette liste n'étaient que des noms. Mais maintenant à côté de l'un de ces noms, il y a un visage. La photo d'un homme brun et souriant à côté de sa jolie femme élégante.

Une femme que j'ai rencontrée.

Une femme qui sera veuve si l'ancien spécialiste de la sécurité de Julian réussit à se venger.

— Tu en as parlé à ton mari ? demande Rosa. Il est au courant ?

— Non, pas encore. Et je ne suis pas sûre de vouloir que Julian le sache. Il y a quelques semaines, j'ai parlé à Rosa de la liste que j'ai envoyée à Peter, mais je ne lui ai pas dit que je l'avais fait contre la volonté de Julian. Ce genre de choses, comme ce qui est arrivé après que nous avons appris que j'étais enceinte, est trop personnel pour être confié à quelqu'un d'autre. J'imagine que Julian dira qu'il n'y a rien à faire maintenant que la liste est entre les mains de Peter, ai-je dit en essayant de deviner comment réagira mon mari.

— Et il aura sans doute raison. Rosa me fixe. C'est malheureux que nous ayons rencontré cette femme, mais si son mari a été lié d'une manière ou d'une autre à ce qui est arrivé à la famille de Peter je ne vois pas comment nous pouvons intervenir.

— Entendu. Je respire une nouvelle fois profondément en essayant de me débarrasser de l'anxiété que je ressens depuis hier. Nous ne pouvons pas nous en mêler, nous ne devrions pas le faire. Même si c'est moi qui ai donné cette liste à Peter.

Même si quoiqu'il arrive, ce sera de nouveau de ma faute.

— Ce n'est pas ton problème, Nora. D'une manière ou d'une autre, Peter aurait obtenu ces noms. Il était trop déterminé pour qu'il en aille autrement. Ce n'est pas toi qui es responsable de ce qui arrivera à ces gens, c'est Peter.

— Bien sûr, ai-je murmuré en tentant de sourire. Bien sûr, je sais bien.

Et tandis que Rosa se remet à trier le linge, pour changer de sujet je parle des nouvelles recrues parmi les gardes.

CHAPITRE QUARANTE

❖ JULIAN ❖

Après avoir terminé de parler avec mon comptable, je me lève et je m'étire, mes muscles sont moins tendus. Immédiatement, mes pensées se tournent vers Nora et je vérifie où elle se trouve sur mon téléphone. Désormais, je le fais au moins cinq fois par jour, c'est une habitude aussi profondément ancrée que de me laver les dents le matin.

Elle est à la maison, exactement là où je m'attends qu'elle soit. Avec satisfaction, je laisse le téléphone et je ferme mon ordinateur portable, j'ai décidé que c'était terminé pour ce soir. Avec tous les documents à remplir pour une nouvelle société-écran et les entretiens d'embauche pour remplacer les gardes, je travaille jusqu'à douze heures par jour. Autrefois, cela n'aurait pas eu d'importance, les affaires étaient ma seule raison de vivre, mais maintenant le travail est une distraction importune.

Il m'empêche de passer du temps avec ma jolie femme qui est étrangement distante en ce moment.

Je ne sais pas quand j'ai remarqué que Nora refuse sans cesse de croiser mon regard.

Et elle reste sur la réserve, même en faisant l'amour. J'ai d'abord attribué son attitude renfermée à son chagrin et au contrecoup du traumatisme, mais avec le temps je m'aperçois qu'il y a quelque chose de plus.

Cette distance entre nous est subtile, à peine sensible, mais elle est bien là. Nora parle et se comporte comme si la situation était normale, mais je me rends compte qu'elle ne l'est pas. Quel que soit le secret qu'elle me cache, il lui pèse et la conduit à ériger une barrière entre nous. Je l'ai senti aujourd'hui pendant notre séance d'entraînement et ça a renforcé ma détermination de savoir ce qu'il en est.

Selon les médecins, elle s'est finalement tout à fait remise de sa fausse couche, et d'une manière ou d'une autre ce soir elle me dira tout.

* * *

Au dîner, j'observe Nora avec ses parents, je bois chaque mouvement de ses mains, chaque battement de ses longs cils. Je n'aurais pas pensé que ce soit possible, mais mon obsession envers elle s'est encore accentuée depuis notre retour. C'est comme si tout le chagrin, la rage et la douleur qui sont en moi s'étaient mêlés pour me déchirer le cœur, un sentiment si intense qu'il m'écartèle.

Un désir exclusivement concentré sur elle.

Une fois le plat principal terminé, je m'aperçois que j'ai à peine dit un mot et que j'ai passé l'essentiel du repas à la regarder et à l'écouter. Cela vaut peut-être mieux puisque c'est le dernier soir que ses parents passent ici. Bien que son père soit moins ouvertement hostile à mon égard, je sais que sa femme et lui continuent à souhaiter que leur fille échappe à mes griffes. Évidemment, je ne les laisserai jamais la reprendre, mais ça ne me gêne pas qu'ils passent un peu de temps tous les trois ensemble.

Pour ce faire, dès qu'Ana apporte le dessert je m'excuse en disant que je n'ai plus faim et je vais dans la bibliothèque pour les laisser terminer sans moi.

Une fois là je m'assieds près de la fenêtre et je passe quelques minutes à répondre à des mails sur mon téléphone. Puis le mystère provoqué par l'attitude inhabituellement distante de Nora revient me hanter. Son comportement depuis une quinzaine de jours me rappelle ce qui s'est passé quand je l'ai obligée à avoir les implants de localisation. C'est comme si elle m'en voulait, mais cette fois-ci j'ignore pourquoi.

Après avoir jeté un coup d'œil à l'horloge sur le mur, je réalise que je suis déjà sorti de table depuis une demi-heure. J'espère que Nora est déjà montée dans la chambre. Mais quand je vérifie où elle est, je vois qu'elle est encore à la salle à manger.

Légèrement agacé, je me demande si je vais prendre un livre et lire en attendant, puis j'ai une meilleure idée.

En utilisant une autre application sur mon téléphone, j'allume le micro caché dans la salle à manger, je mets mes écouteurs Bluetooth et je m'adosse à la chaise pour écouter.

Une seconde plus tard, j'entends la voix énervée de Gabriela.

— Il y a eu des morts, dit-elle avec colère. Comment cela peut-il te laisser indifférente ? Il y avait des officiers de police parmi ces criminels, des hommes sans reproche qui se contentaient d'obéir aux ordres…

— Et ils nous auraient tués en obéissant aux ordres. Le ton de Nora est plus vif que d'habitude si bien que je me redresse et que j'écoute plus attentivement. Vaut-il mieux être tué par un homme sans reproche ou se défendre et s'en sortir ? Je suis désolée de ne pas montrer les remords auxquels tu t'attends, maman, mais je ne regrette *pas* que nous soyons sains et saufs. Ce qui s'est passé n'est pas de la faute de Julian. En fait…

— C'est lui qui a tué le fils de ce gangster, dit Tony en lui coupant la parole. S'il avait fait ce que l'on doit faire et appelé la police au lieu d'avoir recours au meurtre…

— S'il avait fait ça, j'aurais été violée et Rosa aurait souffert encore davantage avant l'arrivée de la police. Il y a une nuance dure et cassante dans la voix de Nora. Tu n'y étais pas, papa. Tu ne peux pas comprendre.

— Ton père comprend parfaitement, chérie. Maintenant, Gabriela parle d'une voix plus calme, non sans lassitude. Effectivement, ton mari ne pouvait peut-être pas attendre l'arrivée des policiers sans rien faire, mais tu sais aussi bien que moi qu'il aurait pu s'abstenir de tuer cet homme.

S'abstenir de tuer quelqu'un qui avait fait du mal à Nora et qui avait failli la violer ? Mon sang ne fait qu'un tour. Ce fils de pute a eu de la chance de ne pas avoir été castré et forcé de bouffer ses couilles. Il n'a eu une mort si rapide qu'à cause de la présence de Nora et parce que mon inquiétude pour elle était plus grande que ma rage.

— Il aurait peut-être pu s'en abstenir. Le ton de Nora est le même que celui de sa mère. Mais on a toutes les raisons de croire que les Sullivan auraient été laissés en liberté, étant données leurs relations. C'est ça que tu veux maman, que de tels hommes continuent d'agir ainsi avec les femmes ?

— Non, bien sûr que non, dit Tony. Mais ça ne donne pas à Julian le droit de juger, de condamner et d'exécuter. Quand il a tué cet homme, il ignorait qui c'était, tu ne peux pas prendre cette excuse. Il l'a tué parce qu'il le voulait et voilà tout.

Pendant quelques secondes tendues, je n'entends plus rien. Ma rage ne fait que s'amplifier et ma colère aussi tandis que j'attends la réponse de Nora. Je me fous de ce que ses parents pensent de moi, mais il ne m'est pas du tout égal de les entendre essayer de dresser leur fille contre moi.

Enfin, Nora prend la parole.

— Oui, tu as raison, papa, il l'a tué parce qu'il le voulait. Sa voix est calme et ferme. Il a tué cet homme sans hésiter une seconde parce qu'il m'avait fait du mal. Tu veux que je le trouve coupable à cause de ça ? Eh bien, c'est impossible et je ne le ferai pas. Parce que si j'avais pu j'en aurais fait autant.

Encore un long silence. Puis :

— Chérie, quand tu as quitté l'avion et qu'on a entendu tous ces coups de feu, c'était toi ? demande Gabriela à voix basse. As-tu tiré sur quelqu'un ? Elle s'interrompt puis dit encore plus doucement : as-tu tué quelqu'un ?

— Oui. Le ton de Nora n'a pas changé. Je l'imagine assise à cet endroit, confrontant à ses parents sans flancher. Oui, maman, oui.

Quelqu'un respire très fort, puis il y a encore quelques instants de silence.

— Je te l'ai dit, Gaby. C'est maintenant Tony qui parle, sa voix est lourde de tristesse. Je t'ai dit qu'elle devait l'avoir fait. Notre fille a changé. C'est lui qui l'a changée.

Il y a un crissement, comme le bruit d'une chaise sur le sol, puis d'une voix tremblante :

— Oh, chérie…puis un sanglot étouffé et la voix de Nora qui murmure :

— Ne pleure pas, maman. Je t'en prie, ne pleure pas. Je suis désolée de vous avoir déçus. Je suis tellement désolée…

Je ne peux plus supporter d'en entendre davantage. Me levant d'un bond je sors de la bibliothèque à la hâte, déterminé à aller chercher Nora et à l'emmener en haut. Elle n'a vraiment pas besoin qu'on la force à se sentir coupable et si je dois la protéger de ses propres parents, tant pis.

En marchant, je les entends continuer à parler et je ralentis le pas dans le couloir en écoutant malgré moi.

— Tu ne nous as pas déçus, chérie, dit son père d'une voix rauque. Ce n'est pas ça du tout. C'est seulement que nous nous apercevons maintenant que tu n'es plus la même… et que même si tu nous revenais ce ne serait plus pareil.

— Non, papa, répond Nora à voix basse. Ce ne serait plus pareil.

Deux ou trois secondes s'écoulent encore puis la mère de Nora reprend la parole.

— Nous t'aimons ma chérie, murmure-t-elle d'une voix tendue. Je t'en prie, il ne faut jamais en douter, nous t'aimons.

— Je sais, maman. Et moi aussi je vous aime tous les deux. Pour la première fois, la voix de Nora se brise. Je suis désolée que les choses se soient passées comme ça, mais maintenant ma place est ici.

— Avec *lui*. Curieusement, Gabriela ne semble pas amère, elle est seulement résignée. Oui, on le voit bien. Il t'aime. Je n'aurais jamais imaginé le dire, mais il t'aime. Votre manière d'être ensemble, sa manière de te regarder… Elle laisse échapper un rire nerveux. Oh, ma chérie, je donnerais tout au monde pour que, ce soit quelqu'un d'autre. Quelqu'un d'honnête et de gentil, quelqu'un qui aurait un travail normal et qui t'achèterait une maison près de chez nous.

— Mais Julian m'a acheté une maison près de chez vous, dit Nora et sa mère se met de nouveau à rire, cette fois d'une manière légèrement hystérique.

— C'est vrai, dit-elle une fois calmée. Il a fait ça, n'est-ce pas ?

Et maintenant, les deux femmes rient toutes les deux si bien que je pousse un soupir de soulagement. Nora n'a peut-être pas besoin que j'intervienne après tout.

On entend de nouveau une chaise racler sur le sol puis Tony dit d'une voix bourrue :

— Nous sommes là pour toi, chérie. Quoiqu'il advienne, nous serons toujours là pour toi. Si la situation change un jour, si jamais tu voulais le quitter et revenir à la maison…

— Non, papa. Je suis réconforté par le calme et la confiance que j'entends dans la voix de Nora, ils font disparaître ce qui me restait de colère. J'en suis si heureux que j'ai failli ne pas entendre ce qu'elle murmure ensuite : à moins que ce soit lui, qui le veut.

— Mais il ne le voudra pas, dit le père de Nora qui semble amer. C'est bien évident. Si cet homme n'en faisait qu'à sa tête, tu ne serais jamais à plus de trois mètres de lui.

J'entends à peine ce qu'il dit, à la place je rumine l'étrange déclaration de Nora. *À moins que ce soit lui qui le veut.* Elle semble presque en avoir peur. À moins qu'elle ne le *souhaite* ? Un affreux soupçon se glisse en moi. Est-ce pour cela qu'elle a été si distante depuis quelques jours, parce qu'elle veut que je la laisse partir ? Parce qu'elle ne veut plus être avec moi et qu'elle espère que je vais la laisser partir pour me racheter de ce qui s'est passé ?

Tout à coup, mon cœur se serre, et une nouvelle forme de colère s'ajoute à ma souffrance. Est-ce à cela que s'attend ma chérie ? Une sorte de geste grandiose par lequel je lui accorderai la liberté ? Avec lequel je la supplierai de me pardonner et je feindrai de regretter de l'avoir enlevée ?

Merde alors !

J'arrache les écouteurs, je suis dans une rage noire et je monte l'escalier quatre à quatre.

Si Nora pense que je suis fou à ce point, elle se trompe du tout au tout.

Elle est à moi et le restera jusqu'à la fin de nos jours.

CHAPITRE QUARANTE-ET-UN

❖ NORA ❖

Fatiguée et fébrile, après cette conversation avec mes parents, je monte dans notre chambre. Bien que d'une certaine manière je continue à regretter de ne pas avoir protégé ma famille de ma nouvelle vie, je suis soulagée qu'ils sachent désormais la vérité.

Qu'ils sachent qui je suis devenue et qu'ils continuent à m'aimer quand même.

En arrivant dans la chambre, j'ouvre la porte et j'entre. Les lumières sont éteintes et en refermant la porte derrière moi je me demande où peut bien être Julian. Tout en étant contente d'avoir pu éclaircir l'atmosphère avec mes parents, je m'inquiète qu'il ait quitté le dîner sans raison valable. Est-ce qu'il est arrivé quelque chose, ou en avait-il seulement assez de nous ?

En a-t-il assez de *moi* ?

Au moment même où cette terrible pensée me traverse l'esprit, je remarque une silhouette sombre près de la fenêtre.

Je suis complètement terrifiée, mon pouls s'accélère, j'ai la chair de poule et je cherche l'interrupteur à tâtons.

— N'allume pas. J'entends la voix de Julian dans l'obscurité et je suis tellement soulagée que mes genoux se dérobent presque.

— Oh, Dieu merci ! Pendant une seconde, j'ai cru que ce n'était pas…
ai-je commencé à dire, puis je me rends compte de la dureté de sa voix.
Que ce n'était pas toi, ai-je ajouté d'une voix tremblante.

— Qui d'autre cela pourrait-il être ? Mon mari se retourne et traverse
la pièce avec la démarche silencieuse d'un prédateur. C'est notre
chambre. À moins que tu l'aies oublié ? Il pose ses deux mains sur le mur
qui se trouve derrière moi et m'emprisonne.

J'ai du mal à reprendre mon souffle et j'appuie les mains sur le mur
froid. Visiblement, Julian est de mauvaise humeur et j'ignore pourquoi.

— Non, bien sûr que non, ai-je dit lentement en fixant ses traits restés
dans l'ombre. Il y a si peu de lumière que je ne distingue que la lueur de
son regard. Qu'est-ce que tu…

Il s'approche et se colle à moi, et je perds le souffle en sentant son sexe
en érection contre mon ventre. Il est nu et tout excité, son ardente odeur
virile m'envahit et il me tient à sa merci. Malgré l'épaisseur de ma robe
qui reste entre nous je sens vibrer son désir, son désir et quelque chose
d'infiniment plus ténébreux.

Mon corps s'éveille en un éclair, la montée de la peur accélère mes
battements de cœur. Ce doit être ça : la punition à laquelle je m'attendais.
Plus tôt dans la journée les médecins ont déclaré que j'étais guérie, mon
sursis est terminé.

— Julian ? J'ai prononcé son nom d'une voix étouffée tandis qu'il
m'attrape par le cou et que ses longs doigts se nouent autour de ma
gorge. Sur moi, son corps immense est extraordinairement musclé, dur et
intransigeant. Il suffirait d'un geste de ses doigts d'airain et il me briserait
la nuque. Cette pensée me glace, et pourtant le désir se love au fond de
moi, mes tétons se dressent violemment. La colère qui émane de lui est
tangible et elle réveille quelque chose de sauvage en moi, elle attise les
braises qui frémissent dans les ténèbres de mon cœur.

S'il a enfin décidé de me punir, je vais vraiment faire en sorte d'avoir
ce que je mérite.

Il se penche sur moi, son haleine brûlante souffle sur mon visage et
c'est à ce moment que je réagis. Je serre le poing droit le long de mon
corps et je le lance de toutes mes forces pour l'atteindre sous le menton.
Au même moment, je bascule à droite pour me dégager de son emprise et

je plonge sous son bras tendu en tournant autour de lui pour le frapper dans le dos.

Mais il n'est plus au même endroit.

Dans la demi-seconde qu'il m'a fallu pour me retourner, Julian s'est déplacé, avec la vitesse implacable d'un meurtrier. Au lieu d'atteindre son dos, le revers de ma main a frappé son coude et je pousse un cri quand l'onde de choc me traverse le bras de douleur.

— Putain ! Son sifflement furieux s'accompagne d'un geste d'une rapidité incroyable. Avant que je ne puisse réagir, il m'a encerclée de ses bras et il a croisé mes poignets sur ma poitrine, sa jambe gauche m'entoure les genoux pour m'empêcher de me débattre. Comme il me tient par-derrière, je ne peux pas le mordre et mes tentatives pour lui donner un coup de tête dans le menton échouent lamentablement, son visage est hors d'atteinte.

Malgré toutes ces séances d'entraînement, il a quand même réussi à me maîtriser en l'espace de trois secondes.

Ma frustration se mêle à la poussée d'adrénaline et s'ajoute à la rage qui monte en moi. De la rage contre lui pour m'avoir nargué de sa tendresse depuis quinze jours, et surtout de la rage contre moi-même.

C'est de ma faute, c'est de ma faute, tout est de ma faute. Ces mots terribles résonnent comme un tambour dans ma tête. Un sentiment de culpabilité amer et profond me monte de la gorge et m'étrangle en se mêlant à mon affreux chagrin.

Rosa. Notre bébé. Des douzaines d'hommes qui ont perdu la vie.

Le son qui jaillit de ma gorge tient du grondement et du sanglot. Bien que ce soit inutile, je commence à lutter, à me cabrer et à me débattre contre l'emprise implacable de Julian. Je n'ai pas beaucoup de marge de manœuvre, mais une de ses jambes a beau être plaquée sur les miennes, mes mouvements frénétiques et saccadés réussissent à lui faire perdre l'équilibre.

Il tombe en arrière en poussant un violent juron, mais ne lâche pas prise. C'est son dos qui amortit la chute. Je la sens à peine, il pousse un grognement et immédiatement il roule sur moi et me plaque au sol. Le parquet est dur. Malgré tout son poids sur moi, je continue à me battre et à lutter de toutes mes forces. Mon visage est collé au froid du sol, mais je m'en aperçois à peine.

C'est de ma faute, c'est de ma faute, tout est de ma faute.

Partagée entre les halètements et les sanglots, j'essaie de le frapper, de le griffer, de lui infliger au moins une fraction de la souffrance qui me consume. Mes muscles sont terriblement douloureux, mais je ne m'arrête pas ni quand Julian tire mes poignets dans le bas de mon dos et qu'il les attache avec sa ceinture ni même quand il me tire par le coude et m'entraîne vers le lit.

Je continue à me battre quand il déchire ma robe et mes sous-vêtements, quand il m'empoigne par les cheveux et me force à m'agenouiller. Je me bats comme si c'était une question de vie ou de mort, comme si celui qui me tient était mon pire ennemi et non pas l'amour de ma vie. Je me bats parce qu'il a la force d'affronter la rage qui est en moi.

Parce qu'il a la force de m'en soulager.

J'ai beau me débattre sous son emprise brutale, son genou ouvre mes jambes de force et sa verge s'appuie sur mon ouverture. D'un coup sauvage il me pénètre par-derrière et je pousse un cri, un cri de douleur et un cri de soulagement indicible quand il me possède. Je suis mouillée, mais vraiment pas assez, et chacun de ses coups violents me blesse, me fait mal, me guérit. Mes pensées se dispersent, la ritournelle obsédante disparaît, et il ne reste plus que la sensation de son corps dans le mien, la souffrance et le plaisir douloureux de notre désir.

Je suis déjà sur le point de jouir quand Julian commence à me parler, il grommelle qu'il me gardera toujours avec lui, que je n'appartiendrais jamais à quelqu'un d'autre que lui. Implicitement, il y a une sombre menace dans ses paroles, la promesse que rien ne l'arrêtera. Sa cruauté devrait me terrifier et pourtant, en atteignant l'orgasme, la peur est le dernier de mes soucis.

Je ne sens qu'une extase absolument parfaite.

Alors il me retourne sur le dos, détache mes poignets et je m'aperçois qu'à un moment donné j'ai dû cesser de lutter. Ma rage a disparu, remplacée par un épuisement complet et du soulagement.

Je suis soulagée de savoir que Julian a encore envie de moi. Qu'il me punira, mais qu'il ne me renverra pas.

Si bien que lorsqu'il m'attrape les chevilles et les met sur ses épaules je n'offre aucune résistance. Je ne réagis pas lorsqu'il se penche en avant et me plie presque en deux ni quand il prend toutes les sécrétions de mon sexe et m'en couvre les fesses. C'est seulement quand je sens sa grosse verge prête à pénétrer mon autre ouverture que je pousse un cri de protestation et que mon sphincter se resserre tandis que ma main essaie de repousser son torse musclé. C'est un geste dénué de force, essentiellement symbolique (il me serait impossible de me dégager ainsi de Julian), mais même cet infime signe de résistance semble le rendre fou.

— Oh non pas question ! Gronde-t-il, et à la faible lueur venue de la fenêtre je vois l'éclat sombre de son regard. Pas question de m'en empêcher, de m'empêcher de quoi que ce soit. Tu m'appartiens, chaque centimètre de ton corps est à moi. Et quand il s'avance d'un coup, quand son énorme verge me force à m'ouvrir il murmure durement : si tu ne te détends pas mon chat, tu vas le regretter.

Une excitation perverse me fait trembler, mes ongles s'enfoncent dans sa poitrine et mon anneau d'abord serré cède sous la pression impitoyable. La brûlure de cette invasion est une véritable torture, mes entrailles se déchaînent quand il pousse de plus en plus profondément. Cela fait des mois qu'il ne m'a pas prise de cette manière et mon corps ne sait plus comment faire, comment se détendre pour supporter ce trop-plein. Je ferme les yeux de toutes mes forces, j'essaie de continuer à respirer, mais malgré tout des larmes, des larmes stupides qui me trahissent commencent à couler au coin de mes yeux.

Mais je ne pleure pas de douleur ni à cause de la réaction perverse de mon corps.

Je pleure en m'apercevant que ma punition n'est pas terminée, que Julian ne m'a pas encore pardonné.

Qu'il ne me pardonnera peut-être jamais.

— Tu me détestes ? Cette question m'a échappé avant que je puisse la retenir. Je ne veux pas savoir, mais en même temps je ne peux plus supporter de garder le silence. En ouvrant les yeux, je fixe la silhouette sombre qui est penchée sur moi. Julian, tu me détestes ?

Il s'immobilise, sans se retirer.

— Te détester ? Son grand corps se raidit, sa voix que le désir rend rauque est pleine d'incrédulité. Mais pourquoi, putain ? Pourquoi est-ce que je pourrais te détester ?

— Parce que j'ai fait une fausse couche. Ma voix tremble. Parce que notre enfant est mort à cause de moi.

Il ne répond pas immédiatement puis en jurant à mi-voix il se retire et me fait si mal que j'en perds le souffle.

— Putain ! Il me lâche et revient sur le lit. Je sursaute en ne sentant plus ni la chaleur ni le poids de son corps sur le mien et je suis aveuglée par la lumière de la lampe de chevet qu'il vient d'allumer. Mes yeux mettent un moment à s'y habituer et à voir l'expression de son visage.

— Tu crois que je t'en veux pour ce qui s'est passé ? demande-t-il d'une voix rauque. Il a replié mes genoux et il me fixe d'un regard intense, sa verge est encore en pleine érection. Tu crois que d'une certaine manière c'était de ta faute ?

— Bien sûr que oui. Je m'assieds, au plus profond de moi-même je brûle là où il était enfoui. C'est moi qui ai voulu aller à Chicago, aller dans cette boîte de nuit. Sans moi, rien de tout ça ne serait…

— Arrête ! Son ordre sévère vibre à travers moi alors même que ses traits se tordent sous quelque chose qui ressemble à de la douleur. Arrête, tout de suite, bébé, je t'en prie.

Je me tais et je le regarde sans comprendre. Que vient-il donc de se passer ? Il m'a puni parce que je l'ai déçu ? Parce que je me suis mise en danger avec notre enfant ?

Sans me quitter du regard, il respire profondément et s'approche de moi.

— Nora, mon chat… Il prend mon visage dans ses grandes mains. Comment peux-tu penser que je te déteste ?

J'avale ma salive.

— J'espérais que non, mais je sais que tu es en colère…

— Tu crois que je suis en colère parce que tu voulais voir tes parents ? Parce que tu voulais aller danser et t'amuser ? Il gonfle les narines. Putain, Nora, si quelqu'un est responsable de ta fausse couche, c'est moi. Je n'aurais pas dû te laisser aller seule aux toilettes…

— Mais tu ne pouvais pas savoir…

— Et toi non plus. Il respire de nouveau profondément et baisse la main vers mes genoux pour prendre mes mains dans les siennes.

— Ce n'était pas de ta faute, dit-il d'une voix bourrue. Rien n'était de ta faute.

Mes lèvres sont sèches, je passe la langue dessus.

— Alors pourquoi…

— Pourquoi étais-je en colère ? Sa belle bouche fait la grimace. Parce que je croyais que tu voulais me quitter. Parce que j'ai mal interprété quelque chose que tu as dit à tes parents ce soir.

— Quoi ? Je fronce les sourcils. Qu'est-ce que j'ai… Oh ! Je me souviens alors de cette remarque désinvolte provoquée par la peur et l'insécurité. Non, Julian, ce n'est pas ce que j'ai voulu dire, ai-je commencé à dire, mais avant de me laisser le temps de m'expliquer davantage il me serre les mains.

— Je sais, dit-il doucement. Crois-moi, bébé, je sais.

Nous nous fixons en silence, l'atmosphère est lourde du souvenir de nos violentes étreintes, de nos douloureuses émotions, du contrecoup du désir, du chagrin et du deuil. Étrangement, en ce moment je le comprends mieux que jamais. Derrière le monstre, je vois l'homme, l'homme qui a tant besoin de moi qu'il fera tout pour me garder avec lui.

L'homme dont j'ai tant besoin que je ferais n'importe quoi pour rester avec lui.

— Est-ce que tu m'aimes Julian ? J'ignore ce qui me donne le courage de lui poser cette question maintenant, mais j'ai besoin de savoir, une fois pour toutes. Est-ce que tu m'aimes ? ai-je répété en soutenant son regard.

Il reste d'abord immobile et silencieux. Sa main me serre si fort qu'il me fait mal. Je sens le combat intérieur qui l'anime, le désir se battre contre la peur. J'attends en retenant mon souffle et en sachant qu'il risque de ne jamais s'ouvrir à moi, de ne jamais admettre la vérité, même à ses propres yeux. Alors quand il parle je suis presque prise de cours.

— Oui, Nora, dit-il d'une voix rauque. Oui, je t'aime. Putain, je t'aime tellement que ça me fait mal. Je ne le savais pas, ou peut-être je ne voulais pas le savoir, mais il en a toujours été ainsi. J'ai passé le plus clair de ma vie à refuser d'éprouver des sentiments, à essayer d'empêcher les autres d'être proches de moi, mais je suis tombé amoureux de toi dès le début. J'ai mis deux ans à m'en apercevoir.

— Et comment t'en es-tu aperçu ? Ai-je murmuré. Le soulagement et la joie me serrent le cœur. *Il m'aime.* Jusqu'à cet instant, je ne savais pas à quel point j'avais éperdument besoin de l'entendre me le dire, à quel point son silence me pesait. Quand t'en es-tu aperçu ?

— Le soir où nous sommes revenus ici. Il avale sa salive et je vois bouger sa pomme d'Adam. J'étais couché près de toi. Et là, je me suis vraiment autorisé à sentir, sentir la douleur d'avoir perdu notre bébé, d'avoir perdu tous ceux qui m'étaient chers, et j'ai compris que j'avais essayé de me protéger de la douleur de *te* perdre. J'avais essayé de ne pas t'aimer de peur d'en mourir. Sauf que c'était trop tard. Je t'aimais déjà. Et depuis longtemps. L'obsession, l'addiction, l'amour, ça revient au même. Je ne peux pas vivre sans toi, Nora. Te perdre me *tuerait*. Je peux tout surmonter sauf ça.

— Oh Julian… il m'est impossible d'imaginer ce que cela a pu coûter à cet homme si fort et impitoyable de faire une telle confession. Tu ne me perdras pas. Je suis là. Je ne vais nulle part.

— Je sais bien. Il plisse les yeux, tout signe de vulnérabilité disparaît de son visage. Ce n'est pas parce que je t'aime que je risque de te laisser partir.

Un rire nerveux m'échappe.

— Bien sûr. Je le sais bien.

— Jamais, tu ne partiras jamais. Il semble avoir besoin d'insister.

— Je le sais aussi.

Alors il me fixe, sa main continue de tenir la mienne et sans qu'il ait besoin de parler je comprends l'ordre qu'il me donne. Il veut que moi aussi j'admette mes sentiments, que je lui dévoile mon âme comme il vient de me dévoiler la sienne. Et je lui donne ce qu'il exige.

— Je t'aime, Julian, ai-je dit en laissant mes sentiments se lire dans mon regard. Je t'ai toujours aimé, et je ne veux pas que tu me laisses partir. Jamais.

Alors je ne sais pas si c'est lui qui s'est approché de moi ou si c'est moi qui suis allée vers lui la première, mais sa bouche a rejoint la mienne, ses lèvres et sa langue m'ont dévorée, et il m'a prise dans une étreinte à laquelle il aurait été impossible d'échapper. Nous nous sommes rejoints dans la douleur et le plaisir, dans la violence et la passion.

Nous nous sommes rejoints dans cet amour qui est le nôtre.

* * *

Le lendemain matin, je suis à côté de la piste et je regarde décoller l'avion qui ramène mes parents chez eux. Quand il n'est plus qu'un minuscule point dans le ciel, je me retourne vers Julian qui est à côté de moi et qui me tient par la main.

— Dis-le-moi encore, ai-je dit doucement en levant les yeux vers lui.

— Je t'aime. En croisant le mien, son regard se met à briller. Je t'aime, Nora, je t'aime plus que la vie.

Je lui souris, le cœur plus léger qu'il ne l'a été depuis des semaines. La noirceur du chagrin est toujours dans mon cœur, et le sentiment de culpabilité n'a pas disparu, mais tout n'est plus aussi sombre. Je peux imaginer que le jour viendra où la douleur se dissipera et où je ne sentirai plus que du contentement et de la joie.

Nos ennuis ne sont pas terminés, ce serait impossible, étant donné qui nous sommes, mais je n'ai plus peur de l'avenir. Bientôt, il faudra que je parle à Julian de la jolie doctoresse et des projets de revanche de Peter, et ensuite il faudra parler de la possibilité d'avoir un autre enfant et de la manière de faire face aux dangers permanents qui menacent notre vie.

Mais pour le moment, il nous suffit d'être heureux ensemble.

D'être heureux de vivre et de nous aimer.

ÉPILOGUE

❖ JULIAN ❖

Trois ans plus tard

— Nora Esguerra !

Le président de l'université de Stanford vient de dire son nom et je regarde ma femme traverser l'estrade, revêtue de la même toge et de la même toque noire que les autres diplômés. La toge flotte sur sa fine silhouette et dissimule son petit ventre rebondi, cet enfant que cette fois nous attendons avec impatience.

Nora s'arrête devant le président et lui serre la main au son des applaudissements puis se tourne pour sourire à la caméra, le visage rayonnant dans la vive lumière du matin.

Quand le flash se déclenche, il me fait sursauter même si je m'y attendais.

Je me surprends à mettre la main sur l'arme que je porte à la ceinture et je m'oblige à la lâcher. Une centaine de nos gardes d'élite assurent la sécurité de la zone, mon arme est inutile. Et pourtant je préfère être armé et je sais que Nora est contente d'avoir un semi-automatique dans son sac à main. Bien que l'an dernier le vernissage de sa seconde exposition de Paris se soit déroulé sans incident, nous sommes particulièrement paranoïaques aujourd'hui et nous sommes déterminés à faire en sorte que la sécurité de notre enfant à naître, une petite fille, soit assurée.

Un autre flash se déclenche à côté de moi. En jetant un coup d'œil vers les sièges de droite, je vois les parents de Nora prendre des photos avec leur nouvel appareil. Ils ont l'air aussi fier que moi. Quand elle s'aperçoit que je les regarde, la mère de Nora me regarde à son tour et je lui souris chaleureusement avant de tourner de nouveau le regard vers l'estrade.

Le diplômé suivant s'y trouve déjà, mais peu m'importe. Je ne vois que ma chérie qui descend à la gauche de l'estrade en faisant attention aux marches. Elle a le porte-document de cuir où se trouve son diplôme dans les mains et le pompon de sa toque pend de l'autre côté de son visage pour indiquer qu'elle est désormais diplômée.

Elle est belle, encore plus belle qu'elle ne l'était il y a cinq ans, le jour de la cérémonie du baccalauréat.

Alors qu'elle se fraye un chemin parmi les rangs de diplômés entourés de leur famille, nos yeux se croisent et je sens mon cœur se gonfler et s'emplir de ce mélange de sentiment de possession tourmenté, de tendresse et d'amour qu'elle provoque toujours en moi.

Ma captive. Ma femme, celle qui est tout au monde pour moi.

Je l'aimerai jusqu'à la fin des temps et je ne la laisserai jamais, jamais partir.

EN AVANT-PREMIERE

Merci d'avoir lu ce roman. Si vous avez souhaitez en écrire un compte-rendu je vous en serai très reconnaissante.

Hold Me - Tiens-Moi est la conclusion des aventures de Nora et de Julian, mais Lucas et Yulia sont les héros d'un autre roman d'amour, *Capture Moi*.

Si vous avez aimé cette trilogie vous pourriez aussi aimer les aventures de Mia et de Korum. Si vous voulez être prévenu(e) de la parution de mon prochain livre vous pouvez vous rendre sur mon site http://annazaires.com/series/francais/ et vous inscrire pour recevoir mon bulletin d'information.

Et maintenant tournez la page pour un avant-goût de *Capture Moi*, de *Liaisons Intimes* (le début des aventures de Mia et de Korum) et de certains de mes autres livres.

EXTRAIT DE CAPTURE MOI

Note de l'auteur: *Capture Moi* est le premier volume du sombre roman d'amour de Yulia et de Lucas. L'extrait que vous allez lire est écrit du point de vue de Yulia. La scène a lieu à Moscou où Lucas et Julian se sont rendus pour rencontrer de hauts fonctionnaires russes.

* * *

Elle a eu peur de lui au premier coup d'œil.

Yulia Tzakova a l'habitude des hommes dangereux. Elle a grandi avec eux. Et elle a survécu. Mais quand elle rencontre Lucas Kent, elle comprend que cet ancien soldat risque d'être le plus dangereux de tous.

Une nuit a suffi. C'était l'occasion de se rattraper après avoir raté sa mission et d'obtenir des renseignements sur le patron de Kent, un trafiquant d'armes. Quand son avion est abattu ce devrait être la fin de l'histoire.

Alors qu'elle ne vient que de commencer.

Il la désire au premier coup d'œil.

Lucas Kent a toujours aimé les blondes aux longues jambes et Yulia Tzakova est de toute beauté. L'interprète russe a eu beau essayer de séduire son patron elle arrive dans le lit de Lucas et il fera tout pour l'y retrouver.

Puis son avion est abattu et il apprend la vérité.

Elle l'a trahi.

Elle doit payer.

* * *

Il entre dans mon appartement dès que la porte s'ouvre. Ni hésitation ni salutation, il se contente d'entrer.

Prise au dépourvu, je recule d'un pas, tout à coup l'entrée me semble si petite qu'elle en est oppressante. J'avais oublié à quel point il est grand, à quel point ses épaules sont larges. Je suis grande pour une femme, du moins suffisamment pour passer pour un mannequin si un contrat le demande, mais il me domine d'une tête. Avec le gros anorak qu'il porte, il prend presque toute la place dans l'entrée.

Toujours sans dire un mot il ferme la porte derrière lui et s'avance vers moi. Instinctivement, je recule, j'ai l'impression d'être une proie traquée.

— Bonsoir, Yulia, murmure-t-il en s'arrêtant quand nous arrivons dans la pièce principale. Son regard pâle fixe mon visage. Je ne m'attendais pas à vous voir comme ça.

J'avale ma salive, mon pouls s'accélère.

— Je viens juste de prendre un bain. Je veux paraitre calme et sûre de moi, mais il me déconcerte complètement. Je n'attendais personne.

— Effectivement, je m'en rends compte. Un léger sourire apparaît sur ses lèvres et en adoucit la dureté. Et pourtant vous m'avez laissé entrer. Pourquoi ?

— Parce que je ne voulais pas continuer à parler avec la porte fermée. Je respire pour retrouver mon calme. Puis-je vous offrir du thé ? C'est idiot de dire ça étant donnée la raison de sa présence ici, mais j'ai besoin de quelques instants pour reprendre une certaine contenance.

Il hausse les sourcils.

— Du thé ? Non merci.

— Alors voulez-vous me donner votre veste ? Je n'arrive pas à cesser de jouer la carte de l'hospitalité, la courtoisie me permet de cacher mon anxiété. Elle semble très chaude.

Ses yeux glacials ont un éclair d'amusement.

— Bien sûr. Il enlève son anorak et me le tend. Il n'a plus qu'un pull noir et un jean sombre glissé dans des bottes d'hiver noires. Son jean est moulant et révèle des cuisses musclées et des mollets puissants, et à sa ceinture je vois un revolver dans son étui.

En le voyant, ma respiration s'affole et je dois faire un véritable effort pour empêcher mes mains de trembler en prenant sa veste pour la mettre dans ma minuscule penderie. Il n'est pas surprenant qu'il soit armé, c'est le contraire qui le serait, mais son arme me rappelle brutalement qui est Lucas Kent.

Ce qu'il fait.

J'essaie de me dire que ce n'est pas grave pour calmer mes nerfs à vif. J'ai l'habitude des hommes dangereux. J'ai été élevée parmi eux. Cet homme est comme eux. Je coucherai avec lui, j'obtiendrai les informations que je pourrai et puis il disparaîtra de ma vie.

Voilà, c'est ça. Plus vite, ça sera fait, plus vite ça sera fini.

En fermant la porte de la penderie, j'affiche un sourire d'emprunt et me retourne pour lui faire face, enfin prête pour jouer le rôle de la séductrice sûre d'elle.

Sauf qu'il est déjà près de moi, il a traversé la pièce sans un bruit.

De nouveau, mon pouls s'affole, la contenance que je viens de retrouver me fait défaut une fois de plus. Il est si près que je peux voir les stries grises de ses yeux bleu pâle, si près qu'il peut me toucher.

Et une seconde plus tard, il me touche.

En levant la main, il caresse ma joue.

Je le fixe, la réaction de mon propre corps me trouble. Ma peau s'embrase, mes tétons se durcissent, ma respiration s'accélère. Il n'est pas logique de désirer cet inconnu dur et impitoyable. Son patron est plus beau que lui, plus frappant, et pourtant, c'est Kent qui provoque mon désir. Et il n'a encore touché que mon visage. Ce devrait être sans importance et pourtant c'est intime.

Intime et très déconcertant.

De nouveau, j'avale ma salive.

— M. Kent, Lucas, vous êtes sûr que je ne peux pas vous offrir quelque chose à boire ? Peut-être, un café ou… ma phrase s'interrompt et la surprise me faire perdre le souffle, quand il attrape la ceinture de mon peignoir et tire dessus, aussi nonchalamment que s'il ouvrait un paquet.

— Non. Il regarde tomber le peignoir qui révèle mon corps nu. Pas de café.

Et alors il me touche pour de bon, sa grande main dure prend l'un de mes seins. Ses doigts sont calleux, rugueux. Encore refroidis par la température extérieure. Son pouce donne une chiquenaude à mon téton raidi et je sens un aiguillon de plaisir remonter du plus profond de moi-même, un désir lové qui me semble aussi étrange que ses caresses.

En luttant contre le désir de m'y dérober, je me mouille les lèvres, elles sont sèches.

— Vous n'y allez pas par quatre chemins, n'est-ce pas ?

— Je n'ai pas le temps de jouer. Ses yeux brillent tandis qu'il donne une seconde chiquenaude à mon téton. Nous savons tous les deux pourquoi je suis ici.

— Pour coucher avec moi.

— Oui. Il ne prend pas la peine de dorer la pilule et me donne brutalement la vérité telle quelle. Il n'a pas lâché mon sein et touche ma chair nue comme s'il en avait le droit. Pour coucher avec vous.

— Et si je refuse ? J'ignore pourquoi je pose cette question. Ce n'est pas comme ça que c'est censé se passer. Je devrais le séduire, pas essayer de le faire changer d'avis. Et pourtant quelque chose chez moi se rebelle à l'idée qu'il puisse penser aussi simplement que je serai à lui s'il veut me prendre. D'autres hommes ont fait la même assomption et cela ne m'a jamais autant gênée. Je ne sais pas ce qu'il y a de différent cette fois-ci, mais je veux qu'il s'écarte de moi, qu'il arrête de me toucher. Je le veux tellement que mes poings se ferment de part et d'autre de mon corps et que mes muscles se tendent avec le désir de me battre.

— Vous refusez ? Il me le demande calmement, son pouce tourne maintenant autour de mon auréole. Alors que je cherche que répondre, il glisse l'autre main dans mes cheveux et la pose sur ma nuque d'un geste de propriétaire.

Je le fixe en ayant du mal à retrouver mon souffle.

— Et si c'était le cas ? Je suis révoltée au timbre de ma voix, elle est fluette et terrifiée. C'est comme si j'étais de nouveau vierge, quand mon entraîneur m'avait poursuivie au vestiaire. Vous partiriez ?

La commissure de ses lèvres se relève dans un demi-sourire.

— Qu'en pensez-vous ? Ses doigts agrippent mes cheveux, juste assez fort pour me faire presque mal. Son autre main, sur mon sein, est toujours douce, mais ça n'a pas d'importance.

J'ai la réponse à ma question.

Si bien que lorsque sa main quitte mon sein et glisse le long de mon ventre je ne résiste pas. Au contraire, j'écarte les jambes et je le laisse toucher mon pubis tout doux qui vient d'être épilé à la cire. Et quand son doigt dur entre sans vergogne en moi, je n'essaie pas de me dérober. Je reste simplement immobile et j'essaie de contrôler ma respiration qui s'est emballée, de me convaincre que ce qui se passe est identique à tous mes autres contrats.

Mais ce n'est pas vrai.

Je voudrais que ça le soit, mais ça ne l'est pas.

— Tu es mouillée, murmure-t-il en me fixant tout en enfonçant encore plus le doigt. Toute mouillée. Tu es toujours aussi mouillée avec les hommes dont tu n'as pas envie ?

— Qu'est-ce qui vous fait croire que je n'ai pas envie de vous ? Avec soulagement, je constate que ma voix est maintenant plus assurée. Je l'ai interrogée d'une voix douce, presque amusée. Je vous ai laissé entrer, non ?

— C'est avec *lui* que tu as flirté. La mâchoire de Lucas se crispe et sa main se déplace sur ma nuque pour m'attraper une poignée de cheveux. C'est de *lui* que tu avais envie tout à l'heure.

— Effectivement. Cette preuve de jalousie typiquement masculine me rassure en me ramenant sur un terrain plus familier. Je parviens à adoucir le ton de ma voix et à le rendre plus séducteur. Et maintenant, c'est de vous que j'ai envie. Est-ce que ça vous gêne ?

Kent plisse les yeux.

— Non. Il introduit de force un second doigt en moi tout en appuyant sur mon clitoris avec le pouce. Pas du tout.

Je voudrais dire quelque chose d'astucieux, trouver une bonne répartie, mais je n'y arrive pas. Le plaisir surgit brusquement et violemment. Mes muscles intimes se contractent et se resserrent sous l'irruption de ses doigts et je ne parviens qu'à m'empêcher de gémir de plaisir. Sans le vouloir, mes mains remontent et lui attrapent l'avant-bras. Je ne sais pas si j'essaie de le repousser ou de lui demander de continuer, mais ça n'a pas d'importance. Sous la laine douce de son pull, je sens les muscles d'acier de son bras ; je ne peux contrôler ses gestes, je ne peux que le tenir tandis qu'il s'enfonce plus profondément en moi avec ses doigts durs et impitoyables.

— Tu aimes ça, non ? murmure-t-il en soutenant mon regard, et j'en perds le souffle quand il commence à me caresser le clitoris de droite à gauche puis de haut en bas. Ses doigts se replient et je réprime un gémissement quand il touche un endroit qui me procure une sensation encore plus vive par l'intermédiaire de mes terminaisons nerveuses. La tension commence à monter en moi, le plaisir s'accumule et s'intensifie et je suis choquée de m'apercevoir que je suis au bord de l'orgasme.

Mon corps qui d'habitude est lent à réagir vibre d'un désir douloureux sous les caresses de cet homme qui me fait peur, une situation nouvelle qui me surprend tout en me déstabilisant.

J'ignore s'il le lit sur mon visage ou s'il sent les contractions de mon corps, mais ses pupilles se dilatent et ses yeux pâles s'assombrissent.

— Oui, voilà ! murmure-t-il d'une voix rauque. Tu vas jouir pour moi, ma belle… et son pouce appuie encore plus fort sur mon clitoris. Exactement comme ça !

Et effectivement, ça y est, je jouis. En réprimant un gémissement, je jouis sous ses caresses tandis que ses ongles courts et ébréchés s'enfoncent dans ma chair agitée de secousses. Ma vision s'obscurcit, ma peau brûlante se hérisse, le plaisir déferle sur moi et je m'effondre dans ses bras, seuls sa main dans mes cheveux et ses doigts enfoncés en moi m'empêchent de tomber.

— Et voilà, marmonne-t-il, et en retrouvant la vision je vois qu'il me regarde attentivement. C'était bon, n'est-ce pas ?

Je ne parviens même pas à lui répondre d'un signe, mais il ne semble pas avoir besoin d'une confirmation de toute manière. Et pourquoi en aurait-il besoin ? Je sens à quel point je suis glissante et mouillée autour de ses rudes doigts d'homme, des doigts qu'il retire lentement sans quitter mon visage des yeux. Je voudrais fermer les miens ou du moins les détourner de son regard pénétrant, mais je n'y arrive pas.

Sinon il saurait à quel point il me fait peur.

Alors au lieu de me dérober je l'examine à mon tour et je vois l'excitation monter sur son visage viril. Il serre les mâchoires en me fixant, un muscle presque imperceptible vibre près de son oreille droite. Et malgré son bronzage, je peux voir rougir ses pommettes.

Il a terriblement envie de moi, et le savoir m'enhardit et me pousse à agir.

En baissant la main, je la pose sur son jean, entre ses jambes, là où il y a une bosse bien dure.

— Oui, c'était bon, je murmure en levant les yeux sur lui. Et maintenant, c'est ton tour.

Ses pupilles se dilatent encore davantage, sa poitrine se gonfle, il respire profondément.

— Oui ! Sa voix est rauque de désir et la main qui empoigne mes cheveux me rapproche encore plus de lui. Oui, c'est vrai. Et avant de me donner le temps de changer d'avis après l'avoir ainsi provoqué, il baisse la tête, me prend la bouche et m'embrasse.

J'en perds le souffle, la surprise m'ouvre les lèvres et il prend immédiatement l'avantage en m'embrassant plus profondément. Sa bouche qui semble si dure est étonnamment douce sur la mienne, ses lèvres sont chaudes et lisses tandis que sa langue avide m'explore la bouche. C'est un baiser habile et sûr de lui, le baiser d'un homme qui sait comment donner du plaisir à une femme, comment la séduire rien qu'en la caressant des lèvres.

Mon ardeur reprend de plus belle et s'intensifie, la tension me reprend de nouveau. Il me tient si près de lui que mes seins nus s'appuient sur son pull, la laine se frotte contre mes tétons raidis. Je sens sa verge en érection à travers le tissu rugueux de son jean qui appuie sur le bas de mon ventre et qui me révèle à quel point il a envie de moi, à quel point l'impression de contrôle qu'il veut me donner est superficielle. Je m'aperçois vaguement que mon peignoir a glissé de mes épaules me laissant complètement nue et puis j'oublie tout quand il émet un son rauque et guttural venu du plus profond de sa gorge et qu'il me pousse contre le mur.

La surprise de sentir le froid du mur dans mon dos me fait un instant reprendre mes esprits, mais il a déjà ouvert la fermeture éclair de son jean et avancé le genou entre mes jambes pour les écarter tout en relevant la tête pour me regarder. J'entends une pochette d'aluminium qui se déchire puis il pose les mains sur mon derrière et me soulève du sol. Instinctivement, je l'attrape par les épaules, les battements de mon cœur s'accélèrent quand il m'ordonne d'une voix rauque

— Mets les jambes autour de moi ! Puis il m'abaisse sur sa verge en érection sans jamais me quitter du regard.

Il pousse fort et loin et me pénètre jusqu'au fond. C'est tellement fort que j'en perds le souffle, l'invasion est tellement brutale, tellement intransigeante. Mes muscles intimes se contractent autour de lui, essayant en vain de le repousser. Sa verge est proportionnelle au reste de son corps, si longue et si grosse qu'elle m'étire au point de me faire mal. Si je n'avais pas été si mouillée, il m'aurait déchirée. Mais je *suis* excitée et après quelques instants mon corps commence à s'adoucir et à s'ajuster à sa taille. Inconsciemment, je relève les jambes, j'attrape ses hanches comme il me l'a ordonné et cette nouvelle position lui permet de me pénétrer encore plus profondément, une sensation si violente qu'elle me fait crier.

Alors il commence à bouger tout en me fixant de ses yeux qui se mettent à briller. Chaque coup est aussi fort que le premier et pourtant mon corps ne tente plus de leur résister. Au contraire, il se lubrifie encore davantage ce qui facilite sa pénétration. Chaque fois qu'il s'enfonce en moi, son entrejambe heurte mon sexe et appuie sur mon clitoris et la tension augmente au plus profond de mon corps, chaque seconde elle est encore plus forte. J'ai la stupéfaction de m'apercevoir que je vais jouir pour la deuxième fois… et alors c'est l'orgasme, la tension escalade jusqu'à l'explosion, j'en perds la tête et mes terminaisons nerveuses sont électrifiées.

Je ressens tout, mes propres vibrations, mes muscles se contractant et se relâchant autour de sa verge, puis je vois ses yeux devenir vagues et il s'immobilise. Un cri rauque et sourd lui échappe quand il donne un dernier coup de reins, je sais qu'il vient de jouir à son tour, mon orgasme l'a amené au point de non-retour.

En haletant, je le fixe et je vois ses yeux bleu pâle retrouver la vue. Il est toujours en moi et brusquement cette intimité m'est insupportable. Il ne m'est rien, c'est un inconnu, et pourtant il m'a baisée.

Il m'a baisée et je l'ai laissé faire parce que c'est mon travail.

En avalant ma salive, je repousse sa poitrine et je dénoue mes jambes.

— S'il te plaît, laisse-moi par terre. Je sais que je devrais lui dire des mots doux, le flatter, lui dire à quel point c'était merveilleux et qu'il m'a donné le plus grand plaisir de ma vie. Ce ne serait même pas un mensonge, je n'ai jamais joui deux fois de suite comme ça. Mais je n'y arrive pas. Je me sens trop exposée, trop envahie.

Avec cet homme, je ne contrôle plus la situation, et le savoir me fait peur.

Je ne sais pas s'il s'en rend compte ou s'il veut seulement jouer avec moi, mais un sourire sardonique apparaît sur ses lèvres.

— Ce n'est plus le moment d'avoir des regrets, ma belle, murmure-t-il, et avant de me donner le temps de répondre il me repose et me lâche les fesses. Sa verge ramollie glisse de mon corps et il recule tandis que je le regarde, la respiration toujours entrecoupée, il enlève nonchalamment le préservatif et le laisse tomber sur le sol.

Sans trop savoir pourquoi, le voir faire ça me fait rougir. Il y a quelque chose de tellement sale dans ce préservatif qui est là. C'est peut-être parce que je me sens comme lui : utilisée, puis jetée. En voyant mon peignoir sur le sol, je tends le bras pour l'attraper, mais la main de Lucas arrête mon geste.

— Que fais-tu ? demande-t-il en me fixant. Il ne semble pas le moins du monde gêné que son jean soit toujours ouvert avec sa verge qui en sort. Nous n'avons pas encore terminé.

Mon cœur tressaute.

— Ah bon ?

— Non, dit-il en se rapprochant. Et je suis choquée de le sentir durcir contre mon ventre. Loin de là.

Et en me serrant par le bras, il m'entraîne vers le lit.

* * *

Si vous souhaitez en savoir plus, veuillez consulter le site internet d'Anna http://annazaires.com/series/francais/.

EXTRAIT DE *LIAISONS INTIMES*

Note de l'Auteur : *Liaisons Intimes* est le premier volume de ma série de science-fiction érotique, les Chroniques Krinar. Sans être aussi sombre que *Twist Me, Liaisons Intimes* contient des éléments qui plairont aux amateurs d'érotisme noir.

* * *

Un romance au charme sombre et audacieux qui séduira les amateurs de liaisons dangereusement érotiques...

Dans un futur proche, la Terre est désormais sous l'emprise des Krinars, une espèce sophistiquée venue d'une autre galaxie. Ils restent un mystère pour nous, et nous sommes totalement à leur merci.

Mia Stalis est une jeune étudiante New Yorkaise, plutôt innocente et timide. Elle mène une vie parfaitement normale. Comme la plupart des êtres humains elle n'a jamais eu de contact avec les envahisseurs, jusqu'au jour où une simple promenade dans Central Park va changer sa vie à jamais. Mia a été remarquée par Korum et elle doit maintenant se confronter à un puissant Krinar, doté de dangereux moyens de séduction, qui veut la posséder corps et âme — et qui ne reculera devant rien pour devenir son maître.

Jusqu'où peut-on aller pour retrouver sa liberté ? Quels sacrifices peut-on consentir pour aider ses semblables ? Quels choix nous reste-t-il quand on s'éprend de son ennemi ?

* * *

L'air était vif et pur tandis que Mia descendait d'un pas rapide un sentier sinueux de Central Park. Partout, on voyait l'approche du printemps, les arbres encore nus avaient de minuscules boutons et les nounous étaient sorties en masse pour profiter de cette première journée de beau temps avec les enfants turbulents qui leur étaient confiés.

Bizarrement, tout avait changé depuis quelques années et pourtant tout était identique. Si dix ans plus tôt on avait demandé à Mia à quoi ressemblerait la vie après une invasion d'extra-terrestres, ce n'est pas du tout ce qu'elle aurait imaginé. Les films 'Independance Day' ou 'La Guerre des Mondes' étaient à des lieux de montrer ce qui se passe réellement quand une civilisation plus sophistiquée prend le dessus. Il n'y avait eu ni combat ni résistance du gouvernement parce qu'*ils* les avaient rendus impossibles. Rétrospectivement, il sautait aux yeux que ces films étaient idiots. Les engins nucléaires, les satellites et les avions de combat étaient aussi primitifs que des pierres et des bouts de bois. Mia aperçut un banc vide près du lac et s'y dirigea avec plaisir, ses épaules se ressentaient du poids de son sac à dos où elle avait mis son volumineux ordinateur portable — elle l'avait depuis 12 ans — ainsi que ses livres, imprimés sur papier comme autrefois. Elle avait beau avoir 20 ans, parfois elle se sentait déjà vieille, et comme dépassée par un monde nouveau sans cesse en évolution, un monde de tablettes fines comme du papier à cigarette et de montres qui servaient de téléphones portables. Depuis le jour K, le rythme des progrès technologiques ne s'était pas ralenti ; en fait de nombreux nouveaux gadgets avaient été influencés par ceux des Krinars. Non pas que les Krinars partageaient allègrement leur précieux savoir technologique ; de leur point de vue, leur petite expérience devait se poursuivre sans la moindre interruption.

Mia ouvrit la fermeture éclair de son sac et en sortit son vieux Mac. Il était lourd et lent, mais il fonctionnait encore et Mia, comme tous les étudiants désargentés, ne pouvait rien s'offrir de mieux. Une fois en ligne elle ouvrit une page vierge sur Word et se prépara à rédiger sa dissertation de sociologie, une véritable torture.

Après 10 minutes sans avoir écrit un seul mot elle s'arrêta. De qui se moquait-elle ? Si elle voulait vraiment s'y mettre, il ne fallait pas venir au parc ; évidemment c'était tentant de se donner l'illusion de pouvoir profiter du grand air et travailler, mais elle n'avait jamais été capable de faire les deux en même temps. Pour ce genre d'effort intellectuel, une vieille bibliothèque poussiéreuse lui convenait bien mieux.

En son for intérieur Mia se reprocha d'être aussi paresseuse, soupira et commença à regarder autour d'elle au lieu d'essayer de travailler. Elle ne se lassait jamais de regarder les gens à New York.

La scène lui était familière, comme elle s'y attendait il y avait le clochard de service sur un banc voisin (Dieu merci ce n'était pas le banc le plus proche parce qu'il avait l'air de sentir le fauve) et deux nounous bavardaient en espagnol en promenant tranquillement leurs landaus. Un peu plus loin, une jeune fille faisait du jogging, ses reeboks roses offrant un joli contraste avec son survêtement bleu. Mia suivit la joggeuse des yeux avant qu'elle ne disparaisse. Elle admirait sa condition physique. Elle avait un emploi du temps tellement chargé qu'elle n'avait pas beaucoup de temps pour faire du sport et elle se disait qu'elle n'aurait pas pu suivre cette jeune fille à ce rythme pendant plus d'un kilomètre.

À sa droite, elle voyait le Pont Bow au-dessus du lac. Un homme était penché sur le parapet et regardait l'eau. Son visage était tourné de l'autre côté si bien qu'elle ne pouvait voir qu'une partie de son profil. Et pourtant il y avait quelque chose en lui qui attira l'attention de Mia.

Elle n'arrivait pas à savoir de quoi il s'agissait. Il était vraiment grand et semblait costaud sous l'imperméable élégant qu'il portait, mais ce n'était pas ce qui l'intriguait. Les hommes grands, beaux et bien habillés ne manquent pas à New York, la ville regorge de top-modèles. Non, il y avait autre chose. Peut-être son attitude, parfaitement immobile, ne faisant aucun geste inutile. Ses cheveux bruns brillaient dans la vive lumière ensoleillée de l'après-midi, sa frange se soulevait légèrement dans la brise douce du printemps.

Et puis il était seul.

— Eh bien ! voilà, pensa Mia. D'habitude, il y avait toujours du monde sur ce joli pont, mais là, il était seul ; pour une raison qui lui échappait, tous semblaient l'éviter. En fait, à part elle et le clochard qui sentait sans doute mauvais, tous les bancs au bord de l'eau, d'habitude si recherchés, étaient vides.

Comme s'il avait senti qu'elle le regardait, l'homme qui faisait l'objet de son attention tourna lentement la tête et la regarda droit dans les yeux. Avant d'avoir compris ce qui se passait elle sentit son sang se glacer, elle était pétrifiée et incapable de détourner son regard de ce prédateur qui semblait maintenant, lui aussi, la regarder avec intérêt.

* * *

Respire, Mia, respire !

Une voix enfouie en elle, une petite voix raisonnable n'arrêtait pas de le lui répéter. Et cette même part d'elle-même, bizarrement objective, remarquait la symétrie du visage de cet homme, sa peau bronzée tendue sur ses pommettes saillantes et sa mâchoire solide. Elle avait vu des Ks en photo et sur des vidéos, ni les unes ni les autres ne leur rendaient vraiment justice. La créature qui ne se tenait guère qu'à une dizaine de mètres d'elle était tout simplement extraordinaire.

Alors qu'elle continuait de le regarder fixement, toujours pétrifiée, il se redressa et fit quelques pas dans sa direction. Ou plutôt, il bondit vers elle, lui sembla-t-il, ressemblant à un félin qui s'approche légèrement d'une gazelle. Ce faisant, il ne la quittait pas des yeux. Quand il se rapprocha, elle distingua de petits éclats jaunes dans ses yeux d'or pâle ainsi que ses longs cils épais.

Elle s'aperçut avec un mélange d'horreur et d'incrédulité qu'il s'était assis sur le banc à quelques centimètres d'elle et qu'il lui souriait en montrant ses dents blanches. Pas de crocs, lui dit la part de son cerveau qui fonctionnait encore, rien qui puisse y ressembler. Encore un mythe à leur sujet, tout comme leur soi-disant horreur du soleil.

— Comment vous appelez-vous ? La question avait presque été posée comme un ronronnement. Cette créature avait la voix basse et douce, pratiquement sans le moindre accent. Ses narines se soulevaient légèrement comme s'il sentait son parfum.

— Heu... Mia avala sa salive avec nervosité. M-Mia.

— Mia, répéta-t-il lentement, semblant prendre plaisir à dire son nom. Mia comment ?

— Mia Stalis. Merde alors, pourquoi voulait-il savoir son nom ? Et pourquoi était-il là, en train de lui parler ? Et qui plus est, que faisait-il à Central Park, si loin de l'un des Centres K ? *Respire, Mia, respire !*

— Détendez-vous donc Mia Stalis !

Il sourit de toutes ses dents, et une fossette apparut sur sa joue gauche. Une fossette ? Les K avaient donc des fossettes ?

— Vous n'avez donc encore jamais rencontré l'un d'entre nous ?

— Non, jamais Mia poussa un grand soupir et s'aperçut qu'elle avait retenu son souffle. Malgré tout son trouble, sa voix ne tremblait pas trop et elle en fut fière. Devrait-elle l'interroger, souhaitait-elle savoir ? Elle prit son courage à deux mains.

— Et que... — une fois de plus elle avala sa salive — que voulez-vous de moi ?

— Juste parler, pour le moment. Il plissait légèrement ses yeux dorés, elle avait l'impression qu'il était sur le point de se moquer d'elle. Bizarrement, elle en fut assez agacée pour sentir sa peur s'atténuer. S'il y avait une chose à laquelle Mia était très sensible, c'était la moquerie. Mia était de petite taille, très mince, mal à l'aise avec les autres comme toutes les jeunes filles qui ont dû supporter le désagrément d'avoir eu un appareil dentaire, des cheveux frisés et des lunettes pendant leur adolescence. C'était un véritable cauchemar de faire sans cesse l'objet des moqueries des uns et des autres. Elle releva la tête avec agressivité.

— Alors d'accord, comment *vous* appelez-vous ?

— Moi, c'est Korum.

— Korum tout court ?

— Contrairement à vous, nous n'avons pas vraiment de nom de famille. Le mien est tellement long que vous n'arriveriez pas à le prononcer si je vous le disais.

Voilà qui était intéressant. En l'entendant, elle se souvenait avoir lu quelque chose à ce sujet dans le *New York Times*. Jusqu'ici, tout allait bien. Ses jambes ne tremblaient plus, sa respiration s'était calmée. Elle arriverait peut-être à s'en sortir saine et sauve ? Elle se sentait relativement en sécurité en parlant avec lui, bien qu'il ait continué de la dévisager fixement de ses yeux jaunâtres qui la mettaient mal à l'aise.

— Et que faites-vous ici, Korum ?

— Je viens de vous le dire, un brin de causette avec vous, Mia. Il y avait encore un soupçon de moquerie dans sa voix.

Mia se sentit frustrée, elle poussa un nouveau soupir.

— Ou plutôt que faites-vous ici à Central Park ? Et que faites-vous à New York ?

Il sourit une nouvelle fois en penchant la tête légèrement de côté.

— Disons que j'espérais rencontrer une jolie jeune fille aux cheveux bouclés.

Bon, ça suffisait maintenant. Il était clair qu'il se moquait d'elle. Maintenant qu'elle avait un peu repris ses esprits, elle s'aperçut qu'ils étaient là, au beau milieu de Central Park, et devant des millions de témoins. Elle jeta un coup d'œil discret autour d'elle pour en avoir le cœur net. Eh oui, elle avait raison, bien que les gens s'écartent du banc où elle se trouvait avec cet extra-terrestre, plus loin sur le chemin les plus courageux les regardaient fixement. Il y avait même un couple qui les filmait, sans prendre trop de risque, avec la caméra qu'ils avaient au poignet. Si le K devenait trop entreprenant avec elle, en un clin d'œil les images seraient sur YouTube, il le savait bien. Mais comment savoir s'il s'en moquait ou pas ?

Cependant étant donné qu'elle n'avait jamais vu de vidéos où des étudiantes se faisaient agresser par des Ks au beau milieu de Central Park, elle était relativement en sécurité ; Mia prit son ordinateur portable avec précaution et le remit dans son sac à dos.

— Laissez-moi vous aider, Mia.

Avant même qu'elle ne puisse réagir, elle le sentit s'emparer de tout le poids de l'ordinateur, il le prit des mains de Mia devenues inertes et elle sentit alors qu'il lui touchait le bout des doigts. Ce contact provoqua en elle comme une légère décharge électrique et un frémissement nerveux la suivit aussitôt.

Il attrapa son sac à dos et y mit l'ordinateur portable, chacun de ses gestes était précis, doux et d'une grande souplesse.

— Eh bien ! voilà, tout va bien mieux maintenant.

Mon Dieu, il venait de la toucher. Peut-être avait-elle tort de penser qu'on était en sécurité dans les lieux publics. De nouveau, elle sentit sa respiration s'accélérer et son cœur battre la chamade.

— Il faut que j'y aille maintenant, au revoir !

Elle se demanderait toujours comment elle avait réussi à parler sans s'étrangler de terreur. Elle saisit les sangles de son sac à dos qu'il venait de poser par terre et se leva d'un bond, en remarquant au passage qu'elle avait retrouvé l'usage de ses jambes.

— Au revoir, Mia. Et à bientôt !

En partant, elle entendit sa voix légèrement moqueuse qui portait loin — l'air du printemps était si pur —, elle avait tellement hâte d'être loin de lui qu'elle courait presque.

* * *

Si vous souhaitez en savoir plus, veuillez consulter le site internet d'Anna : http://annazaires.com/series/francais/.

EXTRAIT DE *LECTEURS DE PENSEE*
DE DIMA ZALES

Note de l'auteur: Si vous avez envie d'essayer lire quelque chose de différent, et tout particulièrement si vous aimez les romans fantastiques urbains et la science-fiction vous pourriez lire *Les Lecteurs de Pensée*, le premier volume de la série *Les Dimensions de l'esprit* écrite en collaboration avec mon mari. Mais attention, l'amour et l'érotisme y tiennent une part limitée et y sont remplacés par la voyance. Ce roman est disponible chez la plupart des libraires.

* * *

Tout le monde pense que je suis un génie.

Tout le monde a tort.

Oui, je suis sorti de Harvard à dix-huit ans et je me remplis les poches dans un fonds spéculatif. Mais ce n'est pas parce que je suis extraordinairement intelligent ou travailleur.

C'est parce que je triche.

J'ai un talent unique, voyez-vous. Je peux sortir du temps pour entrer dans ma version personnelle de la réalité — un endroit que je nomme 'le Calme' — où je peux explorer mon environnement pendant que le reste du monde est immobile.

Je pensais être le seul à pouvoir le faire — jusqu'à ce que je la rencontre.

Je m'appelle Darren et voici comment j'ai appris que j'étais un Lecteur.

* * *

Parfois, je pense que je suis fou. Je suis assis à une table de casino à Atlantic City et tout le monde autour de moi est immobile. J'appelle cela le *Calme*, comme si le fait de donner un nom au phénomène le rend plus réel, comme si lui donner un nom change le fait que tous les joueurs autour de moi sont assis là comme des statues et que je marche parmi eux en regardant les cartes qu'on leur a distribuées.

Le problème avec cette théorie sur ma folie est que quand je 'dégèle' le monde, comme je viens de le faire, les cartes que les joueurs retournent sont celles que j'ai vues dans le Calme. Si j'étais fou, ces cartes ne seraient-elles pas des cartes au hasard ? Sauf si j'en suis au point d'imaginer les cartes sur la table.

Et ensuite, je gagne. Si c'est aussi une hallucination — si la pile de jetons à côté de moi est une hallucination — alors je pourrais bien tout remettre en question. Peut-être que je ne m'appelle même pas Darren.

Non. Je ne peux pas penser de cette façon. Si je suis vraiment si perdu, alors je ne veux pas sortir de cet état de confusion : car si j'en sortais, je me réveillerais probablement dans un hôpital psychiatrique.

En outre, j'adore ma vie, aussi folle soit-elle.

Ma psy pense que le Calme est une façon inventive de décrire 'le fonctionnement intérieur de mon génie'. Alors ça, cela me paraît vraiment fou. Il se peut aussi qu'elle soit attirée par moi, mais c'est une autre histoire. Disons simplement que pour sortir avec elle, il faudrait qu'elle ait un âge beaucoup plus proche de ce que je cherche, c'est-à-dire autour de vingt-quatre ans. Encore jeune et sexy, mais qui a fini les études et qui ne fait plus de soirées en boîte. Je déteste sortir en boîte presque autant que ce que j'ai détesté étudier. En tout cas, l'explication de ma psy ne fonctionne pas, car elle ne tient pas compte de la façon dont je sais des choses que même un génie ne pourrait pas savoir : par exemple la valeur et la couleur exactes des cartes des autres joueurs.

Je regarde le croupier commencer à distribuer les nouvelles cartes. Il y a trois joueurs à côté de moi à la table. Le Cowboy, la Grand-mère et le Professionnel, comme je les surnomme. Je ressens cette peur désormais presque imperceptible qui accompagne mon déphasage — c'est comme cela que j'appelle le processus : déphaser vers le Calme. L'inquiétude au sujet de ma santé mentale a toujours facilité le déphasage. La peur semble être utile au procédé.

Je déphase et tout devient calme. D'où le nom de cet état.

C'est étrange pour moi, même maintenant. Ce casino est très bruyant en général. Les gens ivres qui parlent, les machines à sous, le bruit des jackpots, la musique — seuls les concerts ou les boîtes de nuit sont plus bruyants. Et pourtant, en ce moment précis, j'aurais pu entendre une mouche voler. C'était comme si j'étais devenu sourd au chaos qui m'entoure.

Les personnes figées autour de moi augmentent l'étrangeté du phénomène. Ici, la serveuse qui porte un plateau de boissons est arrêtée au milieu d'un pas. Là, une femme est sur le point de tirer sur le levier d'un bandit manchot. À ma table, la main du croupier est levée et la dernière carte qu'il a distribuée flotte dans l'air. Je m'avance vers elle depuis mon côté de la table et je l'attrape. C'est un roi, destiné au Professionnel. Quand je lâche la carte, elle tombe sur la table au lieu de continuer à flotter comme avant — mais je sais très bien qu'elle retournera en l'air, exactement à l'endroit où je l'ai touchée, quand je sortirai du déphasage.

Le Professionnel a l'air de gagner sa vie au poker, ou en tout cas il correspond parfaitement à la façon dont j'imagine ce genre de personnes. Mal habillé, lunettes de soleil, et un peu étrange. Il a très bien maintenu son *poker face*, n'ayant pas bougé le moindre muscle de toute la partie. Son visage est si inexpressif que je me demande s'il ne s'est pas injecté du Botox pour l'aider à maintenir une telle contenance. Sa main est sur la table, recouvrant et protégeant les cartes qui lui ont été distribuées.

Je déplace sa main molle. Elle est normale au toucher. Enfin, façon de parler. La main est moite et poilue, alors c'est désagréable et anormal de la toucher. Ce qui est normal, c'est qu'elle est chaude au lieu d'être froide. Quand j'étais enfant, je m'attendais à ce que les gens soient froids dans le Calme, comme des statues de pierre.

Une fois que la main du Professionnel est déplacée, je ramasse ses cartes. Avec le roi qui flotte en l'air, il a une jolie paire. C'est bon à savoir.

Je m'avance vers Grand-mère. Elle tient déjà ses cartes en éventail pour moi. Je peux éviter de toucher ses mains ridées et tâchées. C'est un soulagement, car j'ai récemment commencé à avoir des réserves sur le fait de toucher les gens — plus particulièrement les femmes — dans le Calme. Si j'étais obligé, je raisonnerais sur le fait que toucher la main de Grand-mère était inoffensif — ou du moins, pas pervers — mais il vaut mieux l'éviter si possible.

Dans tous les cas, elle a une petite paire. Je me sens mal pour elle. Elle a perdu pas mal d'argent ce soir. Ses jetons diminuent. Ses pertes sont peut-être dues, au moins partiellement, au fait qu'elle ne sait pas garder un visage neutre. Même avant de regarder ses cartes, je savais qu'elles ne seraient pas bonnes parce que j'ai vu qu'elle était déçue de sa main au moment où elle l'a regardée. J'avais aussi remarqué un éclat joyeux dans ses yeux quelques tours plus tôt, quand elle avait eu un brelan gagnant.

Ce jeu de poker est, en grande partie, un exercice de lecture des gens : un domaine dans lequel j'aimerais vraiment m'améliorer. On me dit très fort pour lire les gens dans mon travail, mais ce n'est pas vrai. Je suis juste doué pour utiliser le Calme et faire comme si j'étais doué. Mais je veux vraiment apprendre à analyser les gens réellement.

Ce qui ne m'intéresse pas tellement dans ce jeu de poker, c'est l'argent. Je m'en sors assez bien financièrement pour ne pas dépendre d'un gros gain aux jeux de chance. Peu importe que je perde ou que je gagne, même si cela avait été amusant de quintupler mon argent à la table de blackjack. J'ai fait tout ce voyage pour jouer parce que je le peux enfin, ayant vingt-et-un ans maintenant. Je n'ai jamais aimé les fausses cartes d'identité, alors ceci est une première pour moi.

Je laisse la Grand-mère tranquille, et je passe au joueur suivant : le Cowboy. Je ne peux pas résister à la tentation d'enlever son chapeau de paille et de l'essayer. Je me demande si c'est possible d'attraper des poux comme ça. Parce que je n'ai jamais pu rapporter un objet inanimé du Calme, ni affecter le monde de manière durable, je me dis que je ne peux pas non plus ramener de créatures vivantes avec moi.

Je laisse tomber le chapeau et je regarde ses cartes. Il a une paire d'as — sa main est meilleure que celle du Professionnel. Le Cowboy est peut-être un pro lui aussi. Il a un bon *poker face*, d'après ce que je peux voir. Ce sera intéressant de les observer pendant ce tour.

Ensuite, je m'avance vers le deck et je regarde les cartes supérieures pour les mémoriser. Je ne laisse aucune place au hasard.

Quand j'ai fini, je reviens vers moi. Ah oui, est-ce que j'ai dit que je peux me voir assis là, figé comme les autres ? C'est le plus bizarre. C'est comme de vivre une expérience extracorporelle.

Je m'approche de mon corps figé et je le regarde. En général, j'évite de le faire, parce que c'est trop perturbant. On a beau se regarder dans le miroir ou dans des vidéos sur YouTube, rien ne peut préparer à voir son propre corps en 3D. Ce n'est pas quelque chose qu'on est censé vivre. Enfin, sauf pour les vrais jumeaux, je suppose.

Il est difficile de croire que ce corps, c'est moi. Il ressemble plutôt à n'importe qui. Enfin, peut-être un peu mieux que ça. Je le trouve assez intéressant. Il a l'air cool. Il a l'air classe. Je pense que les femmes le considèreraient probablement comme beau, même si ce n'est pas modeste de l'admettre.

Je ne suis pas un expert pour évaluer le degré de beauté des hommes, mais certaines choses sont évidentes. Je sais quand un type est laid et mon corps figé ne l'est pas. Je sais aussi qu'en général il faut des traits symétriques pour être perçu comme étant beau, et ma statue les a. Une mâchoire prononcée n'est pas mal non plus. Check. Avoir les épaules larges, c'est positif, et être grand aide beaucoup. Tout est bon. J'ai des yeux bleus, ce qui semble être une bonne chose. Des filles m'ont dit qu'elles aimaient mes yeux, même si maintenant, sur mon corps figé, ils ont l'air effrayants. Ils sont tout vitreux. On dirait les yeux d'une statue de cire.

Je me rends compte que je passe trop de temps sur ce sujet, et je secoue la tête. Je peux déjà voir ma psy en train d'analyser ce moment. Qui pourrait imaginer que le fait de s'admirer de cette façon soit un symptôme de sa maladie mentale ? Je l'imagine en train de griffonner des mots comme 'narcissique' et de le souligner.

Bon, ça suffit. Je dois quitter le Calme. Je lève la main et je touche le front de ma silhouette figée. J'entends les bruits à nouveau en sortant de mon déphasage.

Tout est de retour à la normale.

Le roi que j'ai regardé un instant auparavant — le roi que j'ai laissé sur la table — est de retour en l'air et de là, il suit la trajectoire normale pour atterrir près des mains du Professionnel. La Grand-mère regarde toujours ses cartes avec déception et le Cowboy porte de nouveau son chapeau, même si je le lui avais enlevé dans le Calme. Tout est exactement comme c'était avant.

D'une certaine façon, mon cerveau ne cesse jamais de s'étonner de la discontinuité entre l'expérience dans le Calme et celle d'en dehors. Notre condition d'humains fait que nous sommes programmés pour nous interroger sur la réalité lorsque ce genre de chose se produit. Quand j'essayais d'être plus malin que ma psy, au début de la thérapie, j'avais un jour lu tout un manuel de psychologie pendant notre session. Elle n'avait rien remarqué, bien sûr, puisque je l'avais fait dans le Calme. Le livre disait comment les bébés, dès l'âge de deux mois, pouvaient être surpris s'ils voyaient quelque chose qui sortait de l'ordinaire, comme la gravité semblant fonctionner à l'envers, par exemple. Ce n'est pas étonnant que mon cerveau ait du mal à s'adapter. Jusqu'à mes dix ans, le monde se comportait normalement, mais depuis, tout est bizarre et c'est peu dire.

Je baisse les yeux et je me rends compte que j'ai un brelan. La prochaine fois, je regarderai mes cartes avant de déphaser. Si j'ai une combinaison aussi forte, je pourrais tenter le coup et jouer sans tricher.

Le jeu se déroule de façon prévisible parce que je connais les cartes de tout le monde. À la fin, Grand-mère se lève. Elle a manifestement perdu assez d'argent.

C'est alors que je vois la fille pour la première fois.

Elle est superbe. Mon ami Bert du travail prétend que j'ai un type de femmes, mais je rejette cette idée. Je n'aime pas me voir aussi creux ou prévisible. Mais il se pourrait que je sois un peu des deux, car cette fille correspond parfaitement à la description de Bert. Et je réagis de façon extrêmement intéressée, c'est le moins qu'on puisse dire.

De grands yeux bleus. Des pommettes bien définies sur un visage fin, avec une pincée d'exotisme. Des jambes longues et très bien formées, comme celles d'une danseuse. Des cheveux sombres ondulés attachés en queue de cheval, ce qui me plaît. Et pas de frange : encore mieux. J'ai horreur des franges, je ne sais pas pourquoi les filles s'infligent ça. Même si l'absence de frange ne faisait pas partie de la description de Bert, cela aurait probablement dû y figurer.

Je continue à la dévisager. Avec ses talons hauts et sa jupe serrée, elle est un peu trop bien habillée pour cet endroit. Ou alors c'est moi qui ne suis pas assez bien habillé, en jean et tee-shirt. Quoi qu'il en soit, je m'en moque. Il faut que j'essaie de lui parler.

J'hésite à passer dans le Calme et à l'approcher pour faire quelque chose de louche, du genre la regarder de près ou peut-être même inspecter le contenu de ses poches. Faire quelque chose qui m'aiderait quand je lui parlerai.

Je décide de ne pas le faire, ce qui est probablement la première fois.

Je sais que le raisonnement qui me pousse à casser mon habitude est très étrange. Si l'on peut appeler ça un raisonnement. J'imagine l'enchaînement suivant : elle accepte de sortir avec moi, on sort ensemble pendant quelque temps, ça devient sérieux, et à cause de la connexion profonde entre nous, je lui parle du Calme. Elle apprend que j'ai fait un truc pervers, elle pique une crise et elle me largue. C'est ridicule de penser tout ça, étant donné que je ne lui ai pas encore parlé. Je brûle carrément les étapes. Elle a peut-être un QI de moins de 70 ou la personnalité d'un morceau de bois. Il peut y avoir vingt raisons différentes qui expliqueraient que je ne veuille pas sortir avec elle. En outre, cela ne dépend pas que de moi. Elle pourrait me dire d'aller me faire voir dès que j'essaie de lui parler.

Malgré tout, le fait de travailler dans les fonds spéculatifs m'a appris à spéculer. Même si le raisonnement est dingue, je m'en tiens à ma décision de ne pas déphaser, parce que c'est ce qu'un gentleman aurait fait. En accord avec cette galanterie qui ne me ressemble pas, je décide également de ne pas tricher pour ce tour de poker.

Pendant que les cartes sont distribuées, je songe à quel point, c'est agréable de se comporter honorablement, même si personne ne le sait. Je devrais peut-être essayer de respecter plus souvent la vie privée des gens.

Ouais, c'est ça. Il faut rester réaliste. Je ne serais pas là où j'en suis aujourd'hui si j'avais suivi ce conseil. En fait, si je prenais l'habitude de respecter la vie privée, je perdrais mon travail en l'espace de quelques jours, et avec lui, beaucoup du confort auquel je me suis habitué.

Je copie le geste du Professionnel et je couvre mes cartes de la main dès que je les reçois. Je suis sur le point de jeter un coup d'œil à mes cartes quand quelque chose d'inhabituel se produit.

Le monde devient silencieux, exactement comme quand je déphase... Mais je n'ai rien fait cette fois.

Et à ce moment-là, je la vois : la fille assise à l'autre bout de la table, la fille à qui je viens de penser. Elle est debout à côté de moi et elle retire sa main de la mienne. Ou, plus précisément, de la main de mon corps figé : moi je suis un peu plus loin et je la regarde.

Elle est également assise en face de moi à la table, une statue figée comme toutes les autres.

Mon cerveau se met à turbiner et mon cœur se met à battre plus vite. Je n'envisage même pas la possibilité que cette seconde fille soit une sœur jumelle ou un truc du genre. Je sais que c'est elle. Elle fait ce que j'ai fait quelques minutes auparavant. Elle marche dans le Calme. Le monde autour de nous est figé, mais pas nous.

Elle a un regard horrifié quand elle se rend compte de la même chose. Elle se précipite de l'autre côté de la table et elle se touche le front.

Le monde redevient normal.

Elle me fixe, choquée, avec des yeux immenses, le visage pâle. Je vois ses mains trembler quand elle se lève. Sans un mot, elle me tourne le dos et elle se met à courir.

Me remettant de ma surprise, je me lève et je la suis en courant. Ce n'est pas très élégant. Si elle remarque qu'un type qu'elle ne connaît pas lui court après, elle aura autre chose en tête que sortir avec. Mais je n'en suis plus là maintenant. C'est la seule personne que j'ai rencontrée et qui sache faire la même chose que moi. Elle est la preuve que je ne suis pas fou. Elle a peut-être ce que je désire le plus au monde.

Elle a peut-être des réponses.

* * *

Si vous souhaitez en savoir plus sur nos romans fantastiques et nos romans de science-fiction vous pouvez consulter le site de Dima Zales http://www.dimazales.com/series/francais/ et vous inscrire pour recevoir son bulletin d'information.

EXTRAITS DU LIVRE DE DIMA ZALES
LE CODE ARCANE

Note de l'auteur : Dima Zales est un auteur de science-fiction et de fantasy et mon collaborateur pour la création des Chroniques Krinar. Il est également mon mari. Son roman de fantasy s'appelle Le Code arcane et cette fois je suis sa collaboratrice. Ce n'est pas une romance, mais le livre contient une intrigue secondaire romantique (bien que sans scènes de sexe explicites). Le livre est maintenant disponible en français.

* * *

Une histoire captivante écrite par des auteurs américains reconnus : intrigue, amour et danger se mêlent dans un monde où la sorcellerie est intimement liée à la science...

Blaise, un paria qui était autrefois un membre respecté du Conseil des Sorciers, a passé l'année précédente à développer un objet magique spécial. Son objectif est de permettre à tout le monde de pratiquer la magie afin qu'elle ne soit plus réservée à l'élite des sorciers. Le résultat de sa quête est pour le moins inattendu : au lieu de créer un objet, il l'a créée, Elle.

Elle, c'est Gala et elle est tout sauf inanimée. Elle est née dans le Domaine des Sorts et elle est belle et très intelligente. Personne ne sait de quoi elle est capable. Elle ferait n'importe quoi pour pouvoir découvrir le monde... Elle abandonnerait même l'homme dont elle est en train de tomber amoureuse.

Augusta, une puissante sorcière et autrefois la fiancée de Blaise, considère que celui-ci fait preuve de la pire des arrogances et que Gala est une abomination qu'il faut exterminer. Dans sa quête pour sauver l'espèce humaine, Augusta se forge de nouvelles alliances et s'implique dans un réseau d'intrigues qui s'étire au-delà de tout ce qu'ils peuvent imaginer. Elle devra peut-être même se confier à Barson, son nouvel amant, un guerrier qui pourrait bien avoir des plans à lui...

* * *

Il y avait une femme nue sur le plancher du bureau de Blaise.

Une magnifique femme nue.

Stupéfait, Blaise fixait des yeux la superbe créature qui venait de se matérialiser. Elle regardait autour d'elle d'un air perplexe, visiblement aussi choquée d'être là que ce qu'il était étonné de l'y voir. Ses cheveux blonds ondulés tombaient en cascade sur son dos, couvrant partiellement un corps qui semblait être la perfection même. Blaise essaya de ne pas penser à ce corps et de se focaliser plutôt sur la situation.

Une femme. Une personne, pas une chose. Blaise n'arrivait pas à le croire. Était-ce possible ? Cette fille pouvait-elle être l'objet ?

Elle était assise avec les jambes pliées sous elle, s'appuyant sur un seul bras mince. Cette pose avait quelque chose d'étrange, comme si elle ne savait pas quoi faire de ses membres. Malgré les courbes qui faisaient d'elle une femme, il y avait une espèce d'innocence enfantine dans sa façon de rester assise là, sans gêne et totalement ignorante de son attrait.

En s'éclaircissant la gorge, Blaise essaya de chercher quoi dire. Même dans ses rêves les plus fous, il n'aurait pu imaginer une telle issue au projet qui avait demandé tout son temps ces derniers mois.

En entendant son bruit, elle tourna la tête pour le regarder et Blaise fut absorbé par deux yeux bleu exceptionnellement clair.

Elle cligna des yeux, puis pencha la tête d'un côté en l'étudiant avec une grande curiosité. Blaise se demanda ce qu'elle voyait. Il n'avait pas vu la lumière du jour depuis des semaines et il n'aurait pas été surpris s'il avait maintenant l'apparence d'un sorcier fou. Son visage était probablement couvert d'une barbe d'une semaine et il savait que ses cheveux foncés n'étaient pas brossés et qu'ils pointaient dans tous les sens. S'il avait su qu'il se retrouverait face à une jeune femme magnifique aujourd'hui, il aurait lancé un sort de toilette ce matin-là.

— Qui suis-je ? demanda-t-elle en faisant sursauter Blaise. Sa voix était douce et féminine, tout aussi séduisante que le reste de sa personne.

— Quel est cet endroit ?

— Ne le sais-tu pas ? Blaise était content de parvenir à bafouiller une phrase presque cohérente. Ne sais-tu pas qui tu es ni où tu te trouves ?

Elle secoua la tête.

— Non.

Blaise avala sa salive.

— Je vois.

— Que suis-je ? demanda-t-elle encore en le regardant de ses yeux incroyables.

— Eh bien, dit lentement Blaise, si tu ne me fais pas une farce cruelle et que tu n'es pas le fruit de mon imagination, alors c'est un peu compliqué à expliquer...

Elle regardait sa bouche pendant qu'il parlait et quand il s'arrêta, elle releva la tête pour croiser son regard.

— C'est étrange, dit-elle, d'entendre des mots de cette façon. Ce sont les premiers véritables mots que j'entends.

Blaise sentit un frisson lui parcourir l'échine. Il se leva de sa chaise et il se mit à arpenter la pièce en essayant de ne pas regarder son corps nu. Il s'était attendu à ce que *quelque chose* apparaisse. Un objet magique, une chose. Il n'avait simplement pas su quelle forme cette chose prendrait. Un miroir, peut-être, ou une lampe. Peut-être quelque chose d'aussi rare que la Sphère de Capture Vitale posée sur son bureau comme une sorte de gros diamant rond.

Mais une personne ? Et une personne de sexe féminin en plus ?

Pour être honnête, il avait bien essayé de rendre l'objet intelligent pour s'assurer que la chose aurait la capacité de comprendre le langage humain et de le retranscrire en code. Peut-être ne devrait-il pas être si surpris que l'intelligence qu'il avait invoquée prenne une apparence humaine.

Une forme magnifique, féminine et sensuelle.

Concentre-toi, Blaise, concentre-toi.

— Pourquoi marches-tu comme ça ? Elle se leva lentement, ses mouvements étaient peu assurés et étrangement maladroits. Je devrais marcher aussi ? C'est comme ça que les gens discutent ?

Blaise s'arrêta devant elle en faisant de son mieux pour ne pas regarder plus bas que son cou.

— Je suis désolé. Je n'ai pas l'habitude d'avoir des femmes nues dans mon bureau.

Elle fit descendre ses mains le long de son corps, comme pour essayer de le toucher pour la première fois. Quelle qu'ait été son intention, Blaise trouva le geste extrêmement érotique.

— Est-ce qu'il y a un problème avec mon apparence ? demanda-t-elle. C'était une inquiétude si typiquement féminine que Blaise dut retenir un sourire.

— Au contraire, assura-t-il. Tu es magnifique. Si belle, en fait, qu'il avait du mal à se concentrer sur autre chose que ses courbes délicates. Elle était de taille moyenne et si bien proportionnée qu'elle aurait pu servir de modèle pour un sculpteur.

— Pourquoi est-ce que je suis comme ça ? Un léger froncement vint plisser son front lisse. Que suis-je ? Cette dernière question semblait tout particulièrement la préoccuper.

Blaise inspira profondément, essayant de ralentir son pouls.

— Je crois que je peux hasarder une conjecture, mais avant, je voudrais te donner des vêtements. S'il te plaît, attends-moi ici, je reviens.

Et sans attendre sa réponse, il sortit en trombe de son bureau.

✳ ✳ ✳

Pour plus d'informations, veuillez consulter : http://www.dimazales.com/series/francais/.

À PROPOS DE L'AUTEUR

Anna Zaires a découvert son amour des livres à l'âge de cinq ans, quand sa grand-mère lui a appris à lire. Elle a écrit son tout premier livre bientôt après. Depuis elle a toujours vécu en partie dans un monde de fantaisie dont les seules limites sont celles de son imagination. Elle habite actuellement en Floride et vit heureuse avec son mari Dima Zales, qui écrit des romans de science-fiction et des romans fantastiques, et avec qui elle travaille en étroite collaboration pour chacune de leurs œuvres.

Pour en savoir davantage, rendez-vous sur
http://annazaires.com/series/francais/.